SUTTON KRIMI

Helmut Barz

DAMENOPFER

Katharina Klein in den Schlagzeilen

SUTTON KRIMI

Sutton Verlag GmbH
Hochheimer Straße 59
99094 Erfurt
www.suttonverlag.de
www.sutton-belletristik.de

Lektorat, Gestaltung und Satz: Sutton Verlag
Korrektorat: Hamburger Buchkontor, Dorothée Engel
Umschlaggestaltung: coverdesign uhlig, Augsburg,
www.coverdesign.net
Umschlagbild: picture alliance/dpa
Druck: CPI books GmbH, Leck

Dieses Buch wurde vermittelt durch BookaBook,
die Literarische Agentur Elmar Klupsch, Stuttgart.

ISBN: 978-3-95400-451-5

»Goodbye to you all on the count of three.
Please make sure that the sacrifice of my life is not in vain.«
BUDD DWYER

»I don't feel like it anymore. Maybe I'll see you around.«
HERMAN BROOD

»There is no happiness in chess.«
H.G. WELLS

Über den Autor

Helmut Barz lebt in Offenbach am Main. Nach einem Studium der Theaterwissenschaften und -regie arbeitet er als freier Autor, Regisseur und Texter in der Werbung und Unternehmenskommunikation.

Seine viel gepriesene Krimi-Reihe um Katharina Klein, Frankfurts explosivste Kriminalpolizistin, umfasst mittlerweile vier Bände.

Mehr Informationen zum Autor finden Sie im Internet unter www.helmut-barz.info.

Mehr Informationen zu den Katharina-Klein-Krimis finden Sie unter www.sonderermittlungseinheit.de oder unter facebook.com/Sonderermittlungseinheit.

Bisher von Helmut Barz bei Sutton Krimi erschienen:

Westend Blues. Ein Katharina-Klein-Krimi aus Frankfurt am Main
African Boogie. Katharina Klein fort von Frankfurt
Dolphin Dance. Katharina Klein zurück in Frankfurt

»Zehntausend unerkannte, übersehene Morde!«

... verkündet die Moderatorin mit entrüstet-dräuendem Tremolo. »Diese Schlagzeile schockierte Deutschland vor einigen Monaten. Schuld sind, darin sind sich die Experten einig, mangelhaft ausgebildete, schlampig arbeitende Ärzte, unerfahrene Ermittler und an den Rand der Arbeitsunfähigkeit zusammengesparte rechtsmedizinische Institute. – Willkommen bei ›Hessen live‹, dem Morgenmagazin auf Radio Hessen mit Mona ...«

»... und Lisa!«, piepst eine jüngere Stimme unangemessen fröhlich. »Es ist jetzt sieben Uhr und sechs Minuten. – Der Volksmund sagt: Wenn auf dem Grab jedes Ermordeten eine Kerze brennen würde, wären unsere Friedhöfe nachts taghell erleuchtet. Ist das wirklich so? Und wie will das Land Hessen diesem Missstand begegnen?«

»Über diese Fragen wollen wir mit unseren ersten Gästen heute Morgen sprechen«, übernimmt wieder die erste Moderatorin, ihr Tremolo so drohend, als wolle sie besagten Gästen die Daumenschrauben anlegen. »Telefonisch zugeschaltet sind die kriminalistische Leiterin der neu gegründeten Sonderermittlungseinheit eins Frankfurt am Main, Kriminaldirektorin Katharina Klein. Frau Klein, guten Morgen.«

»Guten Morgen.«

»Und auf der anderen Leitung begrüße ich Doktor Andreas Amendt«, piepst die jüngere Moderatorin. »Chefarzt des Institutes für okkulte Pathologie und kryptoforensische Medizin.«

»Guten Morgen. Wenn ich Sie gleich einmal korrigieren darf –«

»Herr Doktor Amendt, verzeihen Sie, dass ich Sie unterbreche«, fällt ihm die jüngere Moderatorin ins Wort. »Aber ›okkulte Pathologie‹: Das bedeutet doch nicht, dass Sie sich mit Teufelsaustreibungen befassen, oder?«

»Nur in Ausnahmefällen«, nimmt der Angesprochene souverän den Ball auf. »Okkult heißt verborgen, und eine Aufgabe des Institutes wird es sein –«

»Herr Doktor Amendt, zehntausend Morde: Ist diese Zahl überhaupt realistisch?«, stoppt ihn die erste Moderatorin robust. »Und wenn ja, wie werden Sie in Ihrem Institut in Zukunft dieses Thema adressieren?«

»Nun, wie ich gerade schon ausführen wollte ...« Der Interviewte räuspert sich, als erwarte er eine erneute Unterbrechung. »Diese Zahl ist natürlich viel zu hoch gegriffen. Wir sprechen von zehntausend Todesfällen, bei denen eine eigentlich indizierte Obduktion nicht vorgenommen wurde. Darunter finden sich schätzungsweise tausendzweihundert bis tausendfünfhundert Tötungsdelikte. Bei etwa zweitausenddreihundert erkannten vollendeten oder versuchten Tötungsdelikten im Jahr 2007 also eine Dunkelziffer von sechzig Prozent. Was sicher immer noch zu hoch ist.«

»Aber –«, beginnt das Moderatorentremolo, doch die jüngere Stimme ist schneller: »Und die restlichen neuntausend?«

»Bei diesen Fällen geht es vor allem darum, die eventuell unter etwas oberflächlichen Bedingungen festgestellte Todesursache zu verifizieren, also nicht nur Tötungsdelikte auszuschließen, sondern auch ansteckende Erkrankungen oder Vergiftungen, etwa durch Umwelteinflüsse.«

Mit Macht reißt das Tremolo das Wort wieder an sich: »Gerade im Rahmen der eingangs zitierten Schlagzeile las man ja immer wieder von Fällen, bei denen der Hausarzt auf Herzanfall erkannte und erst der Bestatter das Messer im Rücken des Toten entdeckte. Herr Doktor Amendt, gibt es solche Fälle wirklich? Und wenn ja: Wie wird Ihr Institut sie in Zukunft verhindern?«

»Ja, solche Fälle kommen vor, leider. Allerdings auch nicht allzu häufig, das ist die gute Nachricht. Die schlechte Nachricht ist, dass die Qualität der sogenannten äußeren Leichenschau, die bei jedem Verstorbenen vorgenommen wird, sehr stark schwankt. Das liegt zum einen an einer nicht immer gewissenhaften Ausführung: So wird zum Beispiel aus Rücksicht auf die Hinterbliebenen oder weil man es mit einer sogenannten Ekelleiche zu tun hat, die bereits stark verwest ist, auf das vollständige Entkleiden verzichtet. Aber ebenso problematisch ist die mangelnde Ausbildung von Ärzten. Fortbildungen in der Leichenschau werden sicher ein Schwerpunkt unserer Tätigkeit sein.«

»Herzlichen Dank, Herr Doktor Amendt.« Die Enttäuschung des Tremolos über diese so souveräne wie nichtssagende Antwort ist deutlich zu hören. »Frau Klein! Die deutsche Kriminalpolizei rühmt sich einer Mordaufklärungsquote von über fünfundneunzig Prozent. Ist das angesichts der von Doktor Amendt erwähnten großen Dunkelziffer gerechtfertigt?«

Kurzes Zögern, dann: »Wir können nur ermitteln, wenn wir zumindest einen Anfangsverdacht haben. Jeden Todesfall unter die Lupe zu nehmen, dazu fehlen uns die Kapazitäten und das wäre auch sicher nicht im Sinne der Bevölkerung.«

»Aber hat nicht gerade die Bevölkerung ein Recht –?«

»Dingdong«, fällt ihr die Interviewpartnerin sarkastisch ins Wort. »Guten Tag, wir sind von der Kriminalpolizei, haben Sie zufällig Ihren Großvater umgebracht?«

»Ich verstehe«, erwidert das Tremolo säuerlich.

»Frau Klein ist übrigens eine sehr verdiente Kriminalbeamtin mit einer Aufklärungsquote von hundert Prozent.« Die jüngere Moderatorin platzt fast vor Stolz ob ihres Fachwissens. Dankbar, über eines ihrer Lieblingsthemen sprechen zu können, greift das Tremolo das Stichwort auf: »Mit dreiunddreißig ist Katharina Klein die jüngste Kriminaldirektorin in Hessen und zudem eine der wenigen Frauen im höheren Polizeidienst. Frau Klein, wie beurteilen Sie die Situation von Frauen bei der Polizei? Wären Sie für die konsequente Durchsetzung einer Frauenquote? Und was werden Sie zur Förderung von Frauen in Ihrer Sonderermittlungseinheit tun?«

Kurzes Papiergeraschel, dann die abgelesene Antwort: »Wir werden natürlich auch in der Sonderermittlungseinheit die Richtlinien der hessischen Landesregierung zur Förderung und Gleichstellung der Frau umsetzen. Die bisherigen Ergebnisse zeigen ja, dass diese Maßnahmen greifen.«

»Mehr nicht?« Das Tremolo vergisst vor lauter Enttäuschung sogar das Betroffenheitsbeben.

»Nun, natürlich bin ich für eine Quote«, kommt die knurrende Antwort. »Ich werde mich bemühen, zu einhundert Prozent qualifizierte Mitarbeiter einzustellen. Das Geschlecht sollte dabei zweitrangig sein.«

»Natürlich.« Im bittersüßen Tonfall des Tremolos kann man den Ball geradezu ins Aus rollen hören. »Aber da wir gerade davon sprechen: Sie sind als Halbjapanerin jemand, den das Innenministerium ein ›gelungenes Beispiel für die Integration von Menschen mit Migrationshintergrund‹ nennt –«

»Meine Mutter war Koreanerin«, wird sie schroff zurechtgewiesen, »und außerdem Professorin an der Frankfurter Universität, mein Vater war Kunsthändler. Ich bin in Frankfurt geboren und aufgewachsen. Ich glaube nicht, dass ich besonders integriert werden musste.«

»Natürlich. Verzeihung. Aber stimmen Sie nicht trotzdem der Politik von Innenminister Hanfried de la Buquet zu, der hinsichtlich der hohen Kriminalitätsrate von Menschen mit Migrationshintergrund gerade im Bereich Gewalt gegen Frauen mehr Beamte mit Migrationshintergrund einstellen will?«

»Das ist sicher eine sinnvolle Maßnahme. Allerdings ist meine Erfahrung auch, dass Gewalttäter aus allen Bevölkerungsschichten stammen. Alles andere ist Panikmache und billige Hetze.«

»Das ist schon fast ein schönes Schlusswort«, übernimmt die jüngere Moderatorin. »Jetzt fehlt nur noch der Hinweis, dass das ›Institut für okkulte Pathologie und kryptoforensische Medizin‹ sowie die Sonderermittlungseinheit heute mit einem Festakt eröffnet werden, und zwar um dreizehn Uhr in der Karl-Kreutzer-Villa am Schaumainkai 71. Danach sind die Räumlichkeiten im Rahmen eines Tags der offenen Tür für die Öffentlichkeit zugänglich. Außerdem wird es ein umfangreiches themenbezogenes Programm geben. – Herr Doktor Amendt, das bedeutet aber nicht, dass Sie nachher noch eine Leiche aufschneiden, oder?« In der Stimme der Moderatorin mischen sich Abscheu und morbide Neugier.

»Nein, natürlich nicht. Wir werden eher allgemeine Einblicke in unsere Arbeit geben. Und die Einheit von Frau Klein … aber das erzählt sie am besten selbst.«

»Was? – Ach ja, wir werden an einem kleinen Beispiel zeigen, wie die Kriminaltechnik einen Tatort absichert und untersucht, welche Fragen wir uns stellen und so weiter.«

»Gut, dann sehen wir uns heute um dreizehn Uhr am Schaumainkai 71«, verkündet die jüngere Moderatorin vergnügt. »Herzlichen

Dank an unsere telefonischen Gäste Kriminaldirektorin Katharina Klein und Doktor Andreas Amendt. Und jetzt U2 mit ›Sunday, Bloody Sunday‹.«

Eröffnungszug

Sonntag, 6. April 2008

»The attack and defence emanating from this classical opening produce some of the most beautiful chess it is possible to obtain. The Queen's Gambit possesses the merit of being the soundest of all the openings.«
Frank Marshall

Mittagszeit. Strahlender Sonnenschein.
Auf dem Gelände einer altehrwürdigen Mainufer-Villa.

Keine falsche Bewegung!

Keinen Schritt weiter!

»Das Gesamtbild im Blick, mit Fokus auf das Detail, das ist, wie ich auch Kriminaldirektorin Klein für ihre neue Aufgabe mitgeben möchte, …«

Katharina blickte artig auf, als sie ihren Namen aus dem Mund des Polizeipräsidenten Karl Ernst Drechsel hörte.

Ein Fehler!

Denn als hätte die wackelige Stufe aus unbehauenem Stein, auf der Katharina stand, nur auf diesen Moment der Unaufmerksamkeit gelauert, gab sie ein wenig nach, und Katharina wäre fast gestürzt.

»… der Kern erfolgreicher kriminalistischer Arbeit. Es wäre mir nie gelungen …« Der Polizeipräsident hatte in seinem Redefluss nicht mal innegehalten. Gut. Er hatte Katharinas Malheur nicht bemerkt.

Sie spannte ihre Muskeln an und bewegte sich ganz langsam ein kleines Stück zur Seite. Etwas besser. Aber der Boden unter ihr schwankte noch immer.

Anderthalb Stunden schon.

In der prallen Sonne.

Balancierend am Rande des Abgrunds.

Und kein Ende in Sicht.

Reden. Grußworte. Danksagungen.

Und nun also der Polizeipräsident mit seiner »Keynote«, wie das Programm großsprecherisch verkündete. Gespickt mit kriminalistischen Glückskeksweisheiten, wie zum Beispiel dieser: »Wir dürfen niemals nachlassen, niemals aufgeben. Und unsere Ressourcen stets im Sinne der Sicherheit des Steuerzahlers einsetzen.«

Katharina bekam von der verdrehten Grammatik Kopfschmerzen. Doch viele ihrer Kollegen notierten Drechsels Weisheiten auf Zetteln, die sie über ihren Schreibtischen an die Wand pinnten, für den Fall, dass sich seine Hoheit doch einmal in ihre Büros verirrte.

Nun, Katharina hatte es auch ohne solche Mätzchen geschafft. Kriminaldirektorin mit 33. Leiterin einer eigenen Einheit.

So stand es zumindest auf dem Papier. Die Realität sah anders aus: weggelobt. Auf Gedeih und Verderb mit dem Mann zusammengeschweißt, der neben ihr auf dem Treppenabsatz stand und den sie sich nicht einmal traute anzusehen.

Sie würde sich an Andreas Amendt festhalten müssen, wenn die Stufe endgültig nachgab. Ihn mit in den Abgrund reißen. Meine Güte, wie symbolträchtig.

Zwei Schweißperlen rannen langsam Katharinas Rücken hinab und hinterließen eine juckende Spur.

Warum war sie an diesem Morgen nur auf die blöde Idee gekommen, ausgerechnet ihren Nadelstreifen-Anzug anzuziehen? Und dazu noch Schuhe mit Absätzen? Sie würde sich auf der lockeren Stufe den Hals brechen. Aber sie durfte den Platz nicht wechseln: Die Fernsehteams und die diversen Protokollchefs der anwesenden Politiker hatten in zähen Verhandlungen alle Anwesenden malerisch auf der alten – und baufälligen – Treppe positioniert, die zum Portal der Karl-Kreutzer-Villa emporführte.

Katharina war die subtile Machtdemonstration nicht entgangen. Die Politiker und die Vertreter der Sponsoren saßen natürlich auf bequemen Stühlen, im kühlen Schatten, während Katharina und ihr Team stehen mussten, in der für die Jahreszeit viel zu heißen, stechenden Sonne.

In der Mitte das Rednerpult. Dahinter Polizeipräsident Drechsel, der in seiner gut gefüllten Uniform und mit seinem Schnauzbart aussah, als hätte Super-Mario den Verlust seiner Prinzessin mit viel zu viel Pasta gefeiert und anschließend den Beruf gewechselt. Er schwadronierte mittlerweile vom »Bahnhofsviertel-Ripper«. Seinem großen Fall. Damals in den Achtzigern, als er für ungefähr fünf Sekunden Leiter der Abteilung für Kapitalverbrechen war – nur eine Zwischenstation auf seinem Weg die Karriereleiter empor.

Endlich hatte Katharina einen halbwegs stabilen und bequemen Stand gefunden und senkte den Blick zu Boden. Als Schutz gegen die Sonne und die neugierigen Augen der Kameras. Doch ...

Die Haare in ihrem Nacken wollten sich aufstellen. Und ihr Rücken kribbelte. Nein, das waren keine weiteren Schweißperlen, die sie in den Wahnsinn treiben wollten. Das war ihr Jagdinstinkt. Warum schlug er ausgerechnet jetzt an?

Gut, es hatte sich auch Politprominenz zur Eröffnung der Sonderermittlungseinheit verirrt. Aber das Anschlagsrisiko sollte der Personenschutz des BKA doch im Griff haben, oder?

Prüfend ließ Katharina den Blick über das Publikum schweifen, das sich auf dem Platz vor der Villa versammelt hatte. Mehrere Fernsehteams mit Kameras. Journalisten, die ihr Diktafon in die Höhe reckten. Fotografen, ihre Kameras schussbereit. Und jede Menge Frauen. Wie immer, wenn *er* irgendwo sprach: Jan-Ole Vogel. Minister des Landes Hessen für Justiz, Integration und Europa. Rockstar der liberalen Partei. Schwarm aller Frauen jenseits der fünfunddreißig. Und für heute der letzte Redner. Der *Höhepunkt.*

Stopp, was wollte sie noch? Ach ja! Risiko-Assessment in einer heterogenen Menschenansammlung! So zumindest war der Fachartikel im »Kriminalist« überschrieben, der jahrzehntelange Polizeierfahrung in die Sprache der PowerPoint-Generation übersetzt hatte. Der Autor des Artikels hatte es sich nicht nehmen lassen, zur Illustration seiner Gedanken ein »Wo ist Walter?«-Wimmelbild abzudrucken.

Also: Medienvertreter, viele Frauen, mal mit, mal ohne IKEA-einkaufsgestählten, beziehungsoptimierten Begleiter. So weit, so gut. Wo war das Element, das nicht ins Bild passte? Wo war Walter?

Weiter hinten hielt ein vereinzelter Demonstrant stolz ein Schild hoch: »Gegen Polzeistatt und Überwachsungswann!«

Rechtschreibung hielt er vermutlich auch für einen faschistoiden Auswuchs. Rechts und links von ihm standen bereits Männer mit kurz geschorenen Haaren und dunklen Anzügen: Beamte aus der Politiker-Leibgarde. Sollte der Demonstrant Grund für Katharinas inneren Alarm gewesen sein, war also alles in bester Ordnung.

Sie warf noch einen letzten prüfenden Blick in die Runde, ließ ihn auch über die Bäume und die Mauerkrone zum Nachbargrundstück schweifen. Nichts Auffälliges. Ihr Jagdinstinkt musste sich getäuscht haben. Sie wollte sich wieder dem Geduldsspiel widmen, auf ihrer Wackelstufe eine etwas bequemere Haltung finden, doch ihr Nacken kribbelte noch immer. Stärker als zuvor.

Jemand beobachtete sie.

Nein. Nicht irgendjemand.

Jan-Ole Vogel!

Kein Wunder, dass man ihn den Richard Gere der hessischen Landespolitik nannte: hochgewachsen, schlank, schmale Hüften, breite Schultern – eine Schwimmerfigur, die er selbst leger auf seinen Stuhl gegossen nicht verbergen konnte. Die schmalen, langen, sorgsam manikürten Hände, die hin und wieder nachdenklich über das graumelierte, volle Haar strichen. Das markante Kinn. Die hohen Wangenknochen. Die geschwungenen Lippen. Der graue Maßanzug mit farblich abgestimmtem Hemd, Krawatte, Einstecktuch.

Und dann natürlich dieser Blick aus seinen eisgrauen Augen, den die Kameras – und die Frauen im Publikum – so liebten: klar, manchmal stechend, doch immer umflort von einem leichten Hauch von Tragik; vieles gesehen, vieles vergeben, doch nichts vergessen.

Vielleicht sollte ich mich geschmeichelt fühlen, dachte Katharina, dass er von allen anwesenden Frauen ausgerechnet mich ansieht. Aber das war kein Flirtblick. Das war der Blick des Schachgroßmeisters, bevor er den nächsten, den entscheidenden Zug machte.

Jan-Ole Vogel galt als brillanter Schachspieler. Seine ELO-Zahl bewegte sich angeblich in Meister-Nähe. Katharina hatte einmal gegen ihn gespielt. Auf einem dieser unsäglichen Charity-Events, die der Polizeipräsident in regelmäßigen Abständen aus dem Boden stampfen ließ.

Vogel war simultan gegen die zehn besten Schachspieler des Frankfurter Polizeipräsidiums angetreten. Michael Phelps gegen die zehn besten Schwimmer der Sahara. Katharina war stolz darauf gewesen, dass es ihr immerhin gelungen war, ein Remis herauszuspielen.

Hatte Vogel sie damals auch so gemustert? In der Endphase ihrer Partie? Und jetzt? Taxierte Vogel sie wirklich? Oder war das nur ihre berufsbedingte Paranoia? Vielleicht wusste Vogel ja einfach nur nicht mehr, wo er noch hinsehen sollte. Und, zugegeben, sie war ein attraktiverer Anblick als der Polizeipräsident.

Nun denn, es gab eine ganz einfache Möglichkeit, herauszufinden, warum Vogel sie ansah. Sie richtete ihrerseits den Blick auf den Minister. »Spielst du auch Poker, Vogel? Ich habe gesehen, dass du mich ansiehst. Na, welches Blatt hast du, Vogel? Ich will sehen!«

Vogels Reaktion überraschte Katharina. Er nickte ihr freundlich zu.

»Sicherheit ist der Anspruch, den alle Bürgerinnen und Bürger haben, das Supergrundrecht, wenn Sie so wollen, gegenüber dem andere Rechte zurücktreten müssen, wenn es die Lage erfordert«, trompetete der Polizeipräsident in diesem Augenblick.

Katharina sah Zorn in Vogels Augen aufflammen. Als engagierter Liberaler war der Justizminister schon häufiger mit dem Polizeipräsidenten und seinem Lieblingsfeind, dem Innenminister, aneinandergeraten, wenn diese wieder einmal »die bürgerlichen Freiheiten« im Namen der Sicherheit mit Füßen traten.

Vogel fasste sich rasch wieder. Seine Mundwinkel hoben sich zu einem spöttischen Grinsen, er deutete mit einem kleinen Kopfnicken zu dem gedrungenen Mann am Rednerpult und verdrehte die Augen. Katharina hielt rasch die Luft an, um den Lachanfall zu unterdrücken. Der kleine Ruck reichte aus, um die wackelige Stufe unter ihr erneut zum Schwanken zu bringen. Nur mit Mühen gelang es Katharina, sich zu fangen.

Selbst der Polizeipräsident hatte die Unruhe bemerkt und warf ihr einen tadelnden Blick zu. Katharina hob rechtfertigend die

Schultern und deutete auf die Stufe. Sie glaubte nicht, dass der Polizeipräsident verstand, doch er war offenbar zufrieden, sich Respekt verschafft zu haben, und fuhr in seiner Rede fort.

Vogel formte mit seinen Lippen lautlos ein »Entschuldigung!«. Dann senkte er wieder den Blick auf den kleinen Aluminiumkoffer auf seinem Schoß.

Vielleicht hat er in dem Koffer sein Pausenbrot, dachte Katharina sehnsüchtig. Sie hatte den ganzen Tag noch nichts gegessen.

Der Polizeipräsident war inzwischen beim Höhepunkt der Ermittlungen gegen den »Bahnhofsviertel-Ripper« angekommen. Bei dem Tatzeugen, den man nur durch »umfänglichste kriminalistische Arbeit« hatte aufspüren können und dessen Identität durch »energischste Bemühungen seiner Person« hatte geheim gehalten werden können. »Bis zum heutigen Tag!«, wiederholte Drechsel gleich mehrfach.

Dann die dramatische Festnahme, bei der er, Drechsel, »von meiner Schusswaffe habe Gebrauch machen müssen. Zum ersten und einzigen Mal in meinem Leben!«

Der Polizeipräsident schnaufte, als hätte er eben erst die noch rauchende Pistole zurück in das Holster gesteckt. Dann fuhr er fort: »Zusammenfassend möchte ich daher sagen ...«

»Und das soll uns für die Zukunft Lehre und Leitsatz sein, auch und gerade in der Sonderermittlungseinheit, die wir heute eröffnen«, kam der Polizeipräsident nach weiteren endlosen Minuten zum Ende. »Ich bedanke mich für Ihre Aufmerksamkeit!«

Katharina hätte um ein Haar vor Erleichterung laut aufgeseufzt.

Während der Polizeipräsident wieder umständlich auf seinem Stuhl Platz nahm, erhob sich Jan-Ole Vogel. Er trat gemessenen Schrittes an das kleine Rednerpult, legte seinen Aktenkoffer vor sich und ließ die Schlösser aufschnappen, öffnete ihn aber nicht.

Als er anhob zu sprechen – seine Stimme natürlich ein sonorer Bariton –, verstummte die Menge andächtig.

»Sehr geehrte Damen und Herren!« Die so angesprochenen Damen reckten sich gleich und betonten vorteilhaft ihre Figuren, während die Herren in ihrer Begleitung den Stich von Eifersucht weglächelten.

»Sehr geehrter Herr Innenminister!« Vogel würdigte den Angesprochenen keines Blickes. Er und Hanfried de la Buquet waren Todfeinde, durch eine Koalition dazu verdammt zusammenzuarbeiten. In ihrem aktuellen Streit hatte Vogel den Innenminister als »faschistoiden Undemokraten, dessen Amtseid auf die Verfassung den Straftatbestand des Meineids erfüllt« bezeichnet. De la Buquet hatte sich revanchiert, indem er Vogel als »idealistischen Träumer, der auch den revolutionärsten Sozi links überholt« beschimpft hatte. Der Landtagspräsident hatte die beiden daraufhin als »Hessens Pat und Patachon« tituliert, was wiederum das Führungsduo der Landtagsfraktion der Alternativen aufbrachte, die diesen Titel für sich beanspruchten.

Der Vergleich mit Pat und Patachon war nicht ganz von der Hand zu weisen. Vogel war so groß und schlank wie der Innenminister klein und – höflich ausgedrückt – untersetzt war. Wo Vogel Eleganz, Finesse und Charme versprühte, setzte der Innenminister auf Pomp und »das direkte Wort, das man in Hessen pflegt«, das aber außerhalb der Landesgrenzen zumeist als Kriegserklärung aufgefasst wurde. Jetzt wühlte er missmutig mit den Fingern in seinem langen, buschigen Bart, der ihm den Spitznamen »Máximo Líder« eingetragen hatte.

»Werte Frau Oberbürgermeisterin!« Vogel schenkte Walpurga Grüngoldt einen seiner Blicke, der die robust gebaute Mittfünfzigerin beschämt zu Boden blicken ließ wie ein Schulmädchen.

»Sehr geehrter Herr Polizeipräsident!« Vogels Stimme bekam etwas Schneidendes. Karl Ernst Drechsel war nicht gerade ein Freund des Ministers.

»Lieber Herr Professor Schnitzer!«, begrüßte Vogel nun den Direktor der Universitätskliniken Frankfurt am Main, einen untersetzten, kleinen Mann mit pathologisch guter Laune.

»Sehr geehrter Doktor Burgholzer!«, fuhr Vogel in seiner Begrüßungsarie fort, und das mit einer Freundlichkeit, die so gar nicht zu der Mensch gewordenen Bulldogge passen wollte, an die sich dieser Gruß richtete. Burgholzer war der Generalstaatsanwalt Hessens. Vogel hatte ihn auf diesen Posten befördert.

»Und natürlich verehrte Vertreter der Sponsoren, die unsere neue Institution so großzügig mit Tat und Technologie unterstützen!«

Katharina hatte auf dem »Rundgang für Mitarbeiter, Entscheider, Sponsoren und ausgewählte Presse« alle ihre Hände geschüttelt.

Dem schlanken, hochgewachsenen, weißhaarigen Mann mit liebevoll kultiviertem Schnauzbart, der den großen Magnetresonanztomografen und die Röntgeneinheit von Siemens Medical so stolz präsentiert hatte wie ein Großwildjäger das eben erlegte Nashorn.

Dem kleinen, knubbeligen Menschen, der eine fatale Ähnlichkeit mit Dr. Bunsenbrenner aus der Muppetshow hatte und im Labortrakt der Sonderermittlungseinheit begeistert den »OMA 2015« enthüllt hatte – ohne jedoch zu erläutern, wozu der große grünweiße Kasten dienen sollte.

Dem breitschultrigen Herrn von JCN Technologies: gemeißelte Gesichtszüge, eisgraue Haare, in seinem schwarzen Anzug so aussehend, als sei er in der gleichen Fabrik gefertigt worden wie die großen, von seinem Unternehmen zur Verfügung gestellten Serverschränke im Rechenzentrum der Sonderermittlungseinheit. Leider hatte er einen schweren S-Fehler und mit Wörtern wie »Schupercomputerfähischkeiten« und »Poschteingangschverarbeitungschschtrasche« unvermutete Heiterkeit ausgelöst.

Und Morticia Addams. Zumindest hatte Katharina sie so getauft. Figurbetonter, schwarzer Businessanzug, schwarze Haare, kajalumflorte Augen, blutrot lackierte Fingernägel. Amelita Thalbein, die Seniorchefin der »Thalbein Thanato- und Pathologietechnik GmbH«, hatte auf dem Rundgang die von ihrer Firma ausgestatteten Autopsieräume im Souterrain präsentiert und schließlich aus einem der Leichenkühlfächer ein Huhn hervorgezaubert, dass dort ihren Worten zufolge bereits seit drei Wochen lag und »dank der präzisen und zuverlässigen Kühl- und Entkeimungstechnologie so verzehrfrisch war wie direkt nach der Schlachtung«.

Zuletzt saßen da noch Ulf und Monica Marbert, Geschäftsführer von Marbert Communications, einer der angesehensten PR- und Political-Consulting-Firmen des Landes.

Er: Frettchengesicht, Teflonlächeln, Samtpfotenhändedruck.

Sie: Schraubstock und die Eiseskälte einer Scharfschützin.

Die beiden saßen auf zwei Stühlen hinter den anderen Sponsoren und wechselten sich damit ab, ein mokkabraunes Kind zu halten. Eigentlich hatten die Marberts ein genetisch optimiertes Wunderkind haben wollen, zur Welt gebracht von einer Leihmutter. Doch Katharina und Andreas Amendt hatten ihnen einen Strich durch die Rechnung gemacht. Deshalb hatten sie adoptiert. Natürlich ein Kind aus einem afrikanischen Land. »Besser fürs Image«, hatte Ulf Marbert Katharina auf dem Rundgang erklärt.

Auch sonst schienen die Marberts beängstigend wenig nachtragend: Sie hatten der Sonderermittlungseinheit nicht nur eine gut sortierte rechtsmedizinische Bibliothek spendiert, sondern auch die anderen Sponsoren zusammengetrommelt. Doch mit welchem Hintergedanken?

Vogel räusperte sich, blickte kurz auf den in der Sonne silbrig glänzenden Aktenkoffer vor ihm, als läge dort ein Redemanuskript. Dann endlich sprach er weiter: »Wir haben heute schon viel gehört über Joint Ventures und Public Private Partnerships, über transparente Verwaltung und Prozessoptimierung, über neueste Ermittlungsmethoden und Paradigmenwechsel, über Bürgernähe und soziale Netzwerke, über Kommunikation, Kooperation und kommunikative Kooperation sowie über kooperative Kommunikation. Und ich glaube, wenn Sie noch einmal das Wort ›Synergieeffekt‹ hören, laufen Sie schreiend davon.«

Die Lacher im Publikum gaben Vogel recht.

»Doch worüber wir noch gar nicht gesprochen haben«, fuhr er fort, sein Ton deutlich ernster, »ist das, womit sich die neue Sonderermittlungseinheit und das Institut für okkulte Pathologie und kryptoforensische Medizin beschäftigen werden: mit dem Tod!«

Vogel nahm einen Schluck aus dem bereitstehenden Wasserglas, um den Satz einsinken zu lassen. Doch das Publikum hing längst an seinen Lippen.

»Ja, mit dem Tod. Der letzten Grenze. Dem ultimativen Feind. Wir haben ihn aus unserem Leben ausgesperrt; wir ziehen hohe Mauern um unsere Friedhöfe, verbannen sie, wo es geht, hinaus aufs

Land. Aus den Augen, aus dem Sinn. Aber Tatsache ist und bleibt: Wir alle werden sterben. Der Tod gewinnt immer, das müssen wir machtlos anerkennen. Doch viel zu viele Menschen sterben vor ihrer Zeit. Durch heil- oder vermeidbare Krankheiten, durch Unfälle. Und, ja, auch durch die Hand Dritter. Wissentlich oder unwissentlich.«

Vogel senkte erneut den Blick auf den Aktenkoffer, bevor er fortfuhr: »Die Sonderermittlungseinheit sowie das Institut für okkulte Pathologie und kryptoforensische Medizin, die wir heute eröffnen, werden diesen Menschen, die nicht mehr für sich selbst sprechen können, eine Stimme geben. – Und letztlich, das erhoffe ich mir zumindest, wird die Arbeit dieser Institution dazu beitragen, dass weniger Menschen zu früh – vor ihrer von Gott, von der Natur bestimmten Zeit – dem schwarzen Schwarm des Todes zum Opfer fallen.«

Schwarzer Schwarm des Todes? Das hatte Katharina an diesem Tag schon einmal gehört. Auf dem Rundgang. Richtig. Vogel selbst hatte Andreas Amendt danach gefragt. Ob er wisse, was der Begriff bedeute. Leider hatte Katharina die Antwort nicht mitbekommen, denn in diesem Augenblick hatte sich Walpurga Grüngoldt ihrer bemächtigt. Die Oberbürgermeisterin hatte sie in legendärer Heldenverehrung in ihr Herz geschlossen, seit Katharina ihrem Sohn das Leben gerettet hatte.

»Und nun möchte ich Ihnen gerne die Menschen vorstellen, die diese schwere Aufgabe für uns schultern«, fuhr der Justizminister fort. »Denn über sie haben wir heute noch gar nicht gesprochen. – Leider heute nicht anwesend sind der Geschäftsführer Doktor Manès Müller ...«

Natürlich. Das hatte Katharina beinahe verdrängt. Ihnen war ja ein Geschäftsführer vor die Nase gesetzt worden.

»... sowie Kriminaloberkommissar Arndt Betsinger ...«

Katharina war froh gewesen, seinen Namen auf der Bewerberliste zu lesen. Betsinger war ein alter Freund von ihr aus Polizeihochschulzeiten. Er saß aber gerade noch im Flieger aus Rom.

»Und nun, der Einfachheit halber, von innen nach außen:« Vogels Geste hatte die Eleganz und Verve eines Großzauberkünstlers. »Zunächst Doktor Alfons Horn und Doktor Bertram Horn, die Experten für Spurenkunde …«

Die Hörnchen. Gleichfalls Freunde von Katharina. Und die Besten ihres Fachs. Die eineiigen Zwillinge waren an diesem Morgen in den gleichen schwarzen Anzug und das gleiche weiße Hemd gekleidet. Wohl, damit man sie unterscheiden konnte, trug das eine Hörnchen eine rote Fliege mit blauen Punkten, das andere eine blaue Fliege mit roten Punkten.

»Daneben Kriminalhauptkommissar Doktor Arnulf Sturmer …«

Niemand würde vermuten, dass der Mann mit der Statur eines Preisboxers aus der unteren Liga und dem Bulldoggengesicht, aus dem er jetzt missgelaunt in die Menschenmenge vor ihm starrte, Psychologie studiert hatte.

»Die uniformierten Beamten sind Polizeihauptwachtmeister Harald Markert …«, fuhr Vogel fort.

Harry. Katharinas erster Partner. Ihr Ausbilder. Ein großer, gutmütiger, grauhaariger Bär, ein »Schutzmann von nebenan«, der aber auch sehr ungemütlich werden konnte.

»… Kommissarsanwärter Darian Kadkani …«

Jung, drahtig, schneidig, olivfarbener Teint, militärischer Haarschnitt und gepflegter Schnauzbart. Ein Vorzeigebeamter aus der Kampagne »Mitbürger mit Migrationshintergrund in Uniform«.

»Daneben wiederum Polizeioberkommissar Oswald Kramer …«

Oswald schaffte es auch an diesem Morgen, seine Uniform wie ein Fashionstatement aussehen zu lassen. Er musste sich die Kleidungsstücke maßfertigen lassen. Gegönnt war es ihm, denn er war der beste Einsatzkoordinator, den Katharina kannte.

»Diana Söhnlein …«

Blond, zierlich, gutgelaunt. Ihr enger Rock gerade noch diesseits der Ziemlichkeitsgrenze. Amendts Sekretärin, die eigentlich Schauspielerin werden wollte, weshalb jeder sie Jeannie nannte, nach der bezaubernden Jeannie aus der beliebten Fernsehserie der Sechziger und Siebziger.

»Frank Grüngoldt, der ab dem Sommer seinen Zivildienst in der IT der Sonderermittlungseinheit ableisten wird …«

Der schlaksige Junge mit den zu groß geratenen Ohren war der Sohn von Oberbürgermeisterin Walpurga Grüngoldt. Seit Katharina ihm das Leben gerettet hatte, träumte er davon, Polizist zu werden.

»Und natürlich die beiden Leiter der Institution: Professor Doktor Andreas Zölestin Amendt ...«

Amendts zweiter Vorname war Zölestin? Das hatte Katharina nicht gewusst. Sie musste sich eingestehen, dass sie ohnehin nicht viel über ihn wusste. Endlich traute sie sich, ihm einen Blick zuzuwerfen. Gut sah er aus. Erholt. Die Haut gebräunt. Der graue Anzug saß wie angegossen. Sein schwarzes Haar war frisch geschnitten. Und er hatte endlich den Kampf mit dem Rasierer aufgegeben und sich einen gepflegten Dreitagebart stehen lassen. Souverän stand er da, die linke Hand lässig in die Hosentasche gesteckt, als absolviere er solche Pressetermine jeden Tag.

»Zu guter Letzt die kriminalistische Leiterin: Kriminaldirektorin Katharina Klein!«

Nachdem er nun endlich alle Anwesenden vorgestellt und begrüßt hatte, stellte sich Vogel etwas aufrechter hin. »Ich bin wirklich stolz darauf, die Sonderermittlungseinheit sowie das Institut für okkulte Pathologie und kryptoforensische Medizin offiziell eröffnen zu dürfen. Aus diesem Anlass möchte ich ihnen gleich den ersten Fall übergeben.«

Während Vogel mit der einen Hand den Aluminiumkoffer vor sich aufklappte, ergriff er mit der anderen das Wasserglas, das für ihn bereitgestellt worden war. Er nahm einen großen Schluck ...

doch ...

er ...

schluckte ...

nicht!

Plötzlich wusste Katharina, was er vorhatte, noch bevor sie die monströse Pistole sah, die Vogel nur Sekunden später in der Hand hielt.

Sie sprang vor. Die Steinstufe unter ihr gab endgültig nach.

Katharina stürzte, versuchte sich abzufangen, ihr Fuß stieß hart auf die nächsttiefere Stufe, glühender Schmerz schoss durch ihren

Knöchel, sie kippte nach vorne, schaffte es gerade noch, den Arm vor das Gesicht zu legen.

Dann schlug sie auf dem harten Stein der Treppe auf.

Sie versuchte sofort, sich wieder aufzurappeln, doch ihr Arm hatte keine Kraft, auch nicht ihr Bein, das jetzt bis zur Hüfte vor Schmerzen loderte. Hilflos ließ sie sich zurücksinken …

… und musste mit ansehen, wie sich Vogel die Pistole unter das Kinn setzte …

Bitte, bitte, bitte lass das einfach einen schlechten Scherz sein!

… und abdrückte.

Damengambit

Weiterhin Sonntag, 6. April 2008.
Fühlt sich aber eher nach Montag an.

»No Chess Grandmaster is normal;
they only differ in the extent of their madness.«
Viktor Korchnoi

Gleicher Ort. Gleiche Zeit. Aber zu spät.

Kein schlechter Scherz. Und auch kein Zaubertrick.

Der Knall des Schusses peitschte über den Vorplatz der Villa.

Blut und Wasser schossen Vogel aus Mund und Nase. Dann kippte er rückwärts aus Katharinas Sichtfeld. Umstandslos. Als hätte man ihm den Strom abgeschaltet.

Katharina versuchte erneut, aufzustehen, doch Schmerzen durchschossen ihre Schulter und ihren Knöchel wie Brandeisen.

Schwere Schritte. Schwarze Hosenbeine wirbelten um sie herum. Die Personenschützer stürmten die improvisierte Bühne auf den Eingangsstufen der Villa.

»Ich habe einen Puls!« Laut. Kraftvoll. Souverän. Die Stimme von Andreas Amendt. »Ruft jetzt endlich jemand den verdammten Notarzt?«, setzte er im gleichen Ton hinterher.

Notarzt, Notarzt … Verdammt, wie sollte der Rettungswagen durch die ganzen Menschen durchkommen?

Katharina biss die Zähne zusammen, als die Schmerzen in ihrer Schulter erneut Blitze durch ihren Körper jagten. Endlich gelang es ihr, sich aufzusetzen.

»Wir müssen ihn reinbringen!« Wieder Andreas Amendt. Das Gewirr der Beine um sie herum hatte sich gelichtet und Katharina konnte ihn endlich sehen, über Vogel gebeugt, die Hand auf die Wunde unter dem Kinn gepresst. Blut rann zwischen seinen Fingern hindurch. Mit knappen Worten wies er sechs Personenschützer an, wie sie Vogel anheben mussten. Ein Siebter stemmte das schwere Eichenportal der Villa auf. In einer makabren Mischung aus einer Leichenprozession und einer Partie Twister bewegten sich die Männer, noch immer angeleitet von Andreas Amendt, durch die Tür, Vogels Körper zwischen sich tragend, ohne seine Haltung auch nur um einen Millimeter zu verändern.

Aber … Ach ja, der Notarzt. Katharina blickte sich um. Endlich entdeckte sie Harry. »Wir müssen die Zuschauer rauslotsen«, rief sie ihm zu. »Und den Weg für den Rettungswagen freimachen!«

Harry nickte ihr beruhigend zu. Natürlich. Er wusste schon längst, was zu tun war. Zusammen mit Darian und Oswald ging er zielstrebig die Treppe hinab. Auf die Menschenmenge zu. Höflich, freundlich, hartnäckig drängten die drei die Besucher in Richtung Ausgang. Die Menge gehorchte, langsam, als würden sich die Menschen durch zähes Gelee kämpfen. Totenbleiche Gesichter. Paare, die einander festhielten. Kinder, rasch auf den Arm genommen.

Katharina fischte ihr Handy aus der Tasche und wählte den Notruf. Den Beamten, der antwortete, kannte sie nicht. Aber er sie: »Wir haben die Meldung gerade bekommen, Frau Kriminaldirektorin«, vermeldete er zackig.

Dennoch wiederholte Katharina stur die Forderung nach dem Notarzt, nach mehr Beamten. Und nach allen Psychologen und Seelsorgern, die sich an einem Sonntagnachmittag auftreiben ließen.

»Frau Klein! Sind Sie verletzt?«

Katharina wünschte sich, es wäre wirklich eine Walküre, die da zu ihr herangesegelt kam, um sie nach Walhalla zu bringen. Doch es war Oberbürgermeisterin Walpurga Grüngoldt, die jetzt neben ihr niederkniete.

»Gestolpert«, antwortete Katharina knapp.

Mit einem Schwung, den man der matronenhaften Gestalt gar nicht zugetraut hätte, sprang Walpurga Grüngoldt wieder auf: »Rühren Sie sich nicht von der Stelle. Nicht, dass was gebrochen ist! Ich hole Hilfe!«

Mit schweren Schritten eilte sie zur großen Eichentür, wuchtete sie auf, wollte hineingehen. In diesem Augenblick machte Arnulf Sturmer den Fehler, den Kopf hinauszustecken. Die Oberbürgermeisterin packte ihn am Ärmel. »Sie! Tun Sie was! Bringen Sie Ihre Kollegin nach drinnen! Sie ist verletzt!«

Verdattert gehorchte Sturmer. Katharina konnte ihm gerade noch zurufen »Vorsicht! Schulter und Bein!«, da hatte er sie schon hochgehoben und sich über die Schulter gelegt. Walpurga Grüngoldt hielt ihnen die Tür auf.

Im Foyer der Karl-Kreutzer-Villa rannten Personenschützer und verstörte Politprominenz durcheinander, ohne sie zu beachten.

»Sie warten hier!«, befahl Walpurga Grüngoldt Arnulf Sturmer und verschwand in der Menge.

Katharina wollte ihren Kollegen gerade bitten, sie abzusetzen, da kehrte Walpurga Grüngoldt auch schon zurück, Jeannie am Arm hinter sich herschleifend.

»Sehen Sie doch! Tun Sie was!«, kommandierte die Oberbürgermeisterin.

Jeannie hatte Arnulf Sturmer und seine unfreiwillige Passagierin in ein geräumiges Behandlungszimmer im medizinischen Flügel der Villa geführt und erklärt, sie würde Andreas Amendt so schnell wie möglich schicken. Doch der sei noch beschäftigt. Mit dem Justizminister.

Das allerdings hätte sie Katharina gar nicht zu sagen brauchen. Der Operationsraum lag direkt nebenan; Amendts Stimme war trotz der dicken Wände klar und deutlich zu vernehmen: »Ich brauche Klemmen! Halten Sie die Infusion höher! Wo bleibt der verdammte Notarzt? Verfluchte Scheiße!«

Sturmer legte Katharina auf die Behandlungsliege und schloss die Tür. Gemeinsam schafften sie es nach einigen Bemühungen, Katharina das Jackett auszuziehen. Dann wandte sich Sturmer ihren Stiefeletten zu.

»Sie … Sie brauchen nicht …«, wollte Katharina widersprechen.

Sturmer hob nicht einmal den Kopf: »Doch! Wenn der Fuß weiter anschwillt, kriegen wir die Dinger später nur noch mit einem Schwingschleifer runter. Und das wäre doch schade um die guten Stücke.« Endlich war es ihm gelungen, den Reißverschluss der Stiefelette an Katharinas linkem Fuß zu öffnen. Jetzt streifte er behutsam den Schuh ab. Katharina biss die Zähne zusammen, als ihr Knöchel wieder Schmerzensblitze aussandte, das Bein hoch bis hinter ihre Schläfen. Schließlich war es geschafft. Welch eine Wohltat!

Und in letzter Sekunde: Katharina hatte vorsichtig den Kopf gehoben, bis ihre Schulter rebellierte. Aber es gelang ihr trotzdem, einen Blick auf ihren Fuß zu erhaschen. Der Knöchel war bereits mächtig angeschwollen.

Sturmer durchsuchte die Schränke, bis er fand, was er suchte. Es knackste laut, als er die kleinen, blauen Päckchen zurechtbog.

»Achtung! Kalt!« Dann presste er die Eiskompressen auf Katharinas Knöchel und fixierte sie mit einer Binde. Augenblicklich ließ der Schmerz nach.

»So, das sollte reichen, bis der Arzt kommt.« Sturmer zog sich einen fahrbaren Hocker heran und setzte sich neben Katharinas Kopf.

»Wir sind ja verdammt gut ausgestattet.« Er deutete auf die zahlreichen Geräte, die an einer Wand in Reih und Glied auf ihren Einsatz warteten. »Ultraschall. EKG. Und … Aber«, wechselte er plötzlich das Thema. »Sollen wir uns hier nicht um Tote kümmern? Das hier … Der Raum ist doch nur für lebende Patienten.«

Die schlichte Wahrheit war, dass Katharina und Andreas Amendt die Begeisterung von öffentlichen Stellen kannten, Anforderungen von Material und Räumlichkeiten gnadenlos zusammenzustreichen. Als ihnen daher aufgetragen worden war, doch bitte Listen mit gewünschter Ausstattung und Inventar einzureichen, hatten sie einfach alles aufgeschrieben, was nur im entferntesten in ihre jeweiligen Fachgebiete fallen könnte. Doch dann hatten sich die ganzen Sponsoren gefunden. Geld und Materialspenden im Überfluss. So gab es nicht nur diesen Behandlungsraum, sondern auch einen voll ausgestatteten Operationssaal nebenan und daneben ein intensivmedizinisches sowie ein normales Krankenzimmer.

Katharina erinnerte sich, wie sie und Amendt an einem Tisch im Freien gesessen hatten. Unter afrikanischer Sonne. Lachend und feixend, einander in immer utopischer klingenden Anforderungen für die Sonderermittlungseinheit überbietend. Damals hatten sie sich noch gut verstanden. Beziehungsweise überhaupt miteinander gesprochen. Das war gerade mal etwas über drei Monate her.

»Hey, alles im Lack?« Sturmer hatte sich über Katharina gebeugt. Im Strudel ihrer Gedanken hatte sie völlig vergessen, ihm zu antworten.

»Ja, ja«, antwortete Katharina zögernd. »Wir müssen in der Sonderermittlungseinheit auch darauf vorbereitet sein, mit lebenden Patienten umzugehen.« Schlimmer hätte es auch die Pressestelle nicht formulieren können. »Deswegen sind wir auf alle Eventualitäten vorbereitet.«

Sturmer verzog sein Bulldoggengesicht zu einem freudlosen Grinsen: »Und die Sponsoren haben ja auch nur so mit Geld um sich geworfen. Hab sogar den ganzen psychologischen Testkram bekommen, den ich angefordert habe.« Mit der Eleganz eines Formel-1-Fahrers in einer zu engen Kurve wechselte Sturmer das Thema: »Stimmt das eigentlich, was man im Präsidium so flüstert? Dass du und dieser Amendt ein Paar seid?«

»Die sagen *was*?«

»Dass ihr ein Paar seid. Und so, wie ihr euch eben bei der Feier ostentativ ignoriert habt? Sah aus, als hättet ihr gerade eine heiße Nacht miteinander verbracht. Und keiner darf's wissen.«

»Nein, Doktor Amendt und ich sind nur Kollegen«, sagte Katharina rasch.

»Gut.« Sturmer schien erleichtert. »Don't be intim in the team, sag ich immer. Gibt nur Scherereien. Und dann landen die jedes Mal bei mir. Zur psychologischen Beratung. Oder jetzt bei meinem Nachfolger. Wer auch immer das arme Schwein ist. Ich bin so froh, dass ich das nicht mehr machen muss. Ich meine, ich bin genauso Bulle wie ihr. Spezialisiert auf forensische Psychologie. Und was kriege ich den ganzen Tag zu tun? Liebeskummer. Mobbing. Dienstunfähigkeitsgutachten. Zum Kotzen. – Apropos: Was denkst du, warum er es getan hat?«

»Warum wer was getan hat?«

»Na, warum dieser Minister sich umbringen wollte.«

Endlich verstand Katharina. Und schämte sich im nächsten Augenblick. Jan-Ole Vogel hatte sich vor ihren Augen in den Kopf geschossen. In aller Öffentlichkeit. Sie hatte es nicht verhindern können. Wegen dieser verdammten wackeligen Stufe. Nein! Wegen ihrer Unachtsamkeit. Sie hätte nicht stolpern dürfen. Dann wäre sie rechtzeitig am Rednerpult gewesen, um Vogel die Waffe aus der Hand zu schlagen.

»Also?«, fragte Sturmer noch mal. »Irgendeine Idee?«

Katharina wollte mit den Schultern zucken, doch schon der Ansatz der Bewegung tat so weh, dass sie Luft durch die Zähne einziehen musste. »Nein. Keine Ahnung. Ist das nicht eher dein Metier?«

»Man steckt halt nicht drin. Suizide sind meistens ziemlich vertrackt. Schulden. Eheprobleme. Oder einfach nur gekränkter Narzissmus. Das zeigt ja auch das Wie.«

»Wieso das Wie?«

»Na ja, sich in aller Öffentlichkeit die Knarre an den Kopf zu setzen. ›Jetzt seht her, was ihr davon habt.‹ Spricht nicht gerade für besondere emotionale Reife.«

Eine Stunde später.

Endlich wurde die Tür des Behandlungszimmers aufgestoßen. Hereingestürmt kam Andreas Amendt, sein Anzug blutgetränkt. Er würdigte Katharina keines Blickes. Stattdessen riss er zornig Schubladen auf und schob sie mit einem Knall wieder zu: »Natürlich. Auch hier. Es ist zum Kotzen.«

»Was?«, fragte Katharina mürrisch.

»Keine Kleininstrumente. Keine Skalpelle, Klammern, Scheren … Supertoller OP, aber kein Besteck! Tolles Omen, wenn einem gleich der erste Patient auf dem Tisch verreckt, weil man kein Material zum Arbeiten hat.«

»Ist Vogel tot?«

Amendt blieb stehen und holte tief Luft. »Ja. Ist er. Der Notarzt hat es gerade bestätigt und ist sofort wieder abgerauscht. Die Leiche haben sie uns natürlich dagelassen. Klasse. Jetzt darf ich mich auch noch um den Abtransport bemühen.«

»Das hier ist doch ein gerichtsmedizinisches Institut?«, mischte sich Sturmer ein. »Dann liegt er hier doch genau richtig.«

»Ja, ist aber ...« Amendt stockte. Dann endlich schien er Katharina wahrzunehmen. Er stöhnte theatralisch auf. »Katharina, na klar! Du musst natürlich wieder in Schwierigkeiten geraten. Kannst du dir das nicht endlich mal abgewöhnen?«

Seine Worte waren die Funken, die Katharinas angestaute Wut zur Explosion brachten. Ruckartig setzte sie sich auf: »Sie duzen mich nicht! Sie nennen mich nicht Katharina! Am besten reden Sie nur mit mir, wenn Sie gefragt werden! – Und ziehen Sie sich erst mal was anderes an, bevor Sie an mir herumdoktern. Ich will nicht auch noch Blut auf meinen Anzug kriegen.«

Erschrocken sah Andreas Amendt an sich herab. Dann eilte er aus dem Raum.

Katharina ließ sich zurücksinken. Das hatte verdammt gutgetan.

Sturmer hob die Mundwinkel zu einem Grinsen. »Ist wohl doch was dran am Präsidiums-Flurfunk. Ex-Freund?«

Katharina war nicht in der Stimmung, jemandem ihre komplizierte Beziehung zu Andreas Amendt zu erklären, also sagte sie nur: »So was Ähnliches, ja.«

Zehn Minuten später war Amendt zurück im Behandlungszimmer. Er trug jetzt blaue OP-Kleidung. Auch seine Hände hatte er geschrubbt. Er trat an die Untersuchungsliege. »Ich weiß, ich soll nicht reden, aber trotzdem muss ich fragen, wo es weh tut.«

»Knöchel und rechte Schulter«, antwortete Katharina kurzangebunden.

Amendt nahm sich zunächst den Knöchel vor. Behutsam betastete er ihn, drehte den Fuß vorsichtig hin und her. »Tut das weh?«

Katharina bejahte, die Zähne zusammengebissen. Amendt legte den Fuß langsam wieder zurück und wandte sich der Schulter zu, die er gleichfalls vorsichtig untersuchte.

Dann richtete er sich auf. »Wir müssen sie runterbringen«, wandte er sich an Sturmer.

»Runter?«, fragte Katharina. Ein Schauer lief ihr über den Rücken. Unten waren die Obduktionsräume.

»Zum Röntgen. Kann sein, dass da was gebrochen ist. Und unsere Geräte sind besser als alles, was die Uniklinik so zu bieten hat. Außerdem nehme ich mal an, dass Sie die nächsten Stunden nicht unbedingt in der Notaufnahme verbringen wollen, oder?«

Amendt betrachtete Katharinas Röntgenbilder auf dem großen Plasmaschirm im Behandlungszimmer. »Gebrochen ist nichts. Auch keine Sehne gerissen. Der Fuß ist nur verstaucht. PECH!«

»Pech?«, fragte Katharina verärgert.

»Er meint Pause – Eis – Compression – Hochlegen«, erklärte Sturmer, bevor Amendt antworten konnte. »Das solltest du eigentlich wissen. Ist Bestandteil unserer Ersthelferausbildung.«

Amendt rief das nächste Bild auf: »Und die Schulter … Setzen Sie sich mal auf.«

Gemeinsam richteten er und Sturmer Katharina auf. Amendt sah ihr in die Augen: »Es tut mir leid.«

»Jetzt wollen Sie darüber reden? Ausgerechnet jetzt?«

»Nein. Das meine ich nicht.«

»Sondern?«

»Das!«

Beherztes Zupacken.

Knacken.

Weißglühender Schmerz.

Katharina stiegen die Tränen in die Augen. Am liebsten hätte sie sich übergeben.

Dann war es vorbei.

Amendt lehnte sich an die Liege, seine Hand wieder locker in den Kittel geschoben, als hätten sie nur gemütlich geplaudert. »Tut mir leid, ich hätte Sie ja vorgewarnt, aber dann hätte es richtig wehgetan.«

Richtig wehgetan? Katharina rieb sich die Schulter.

»Das Schultergelenk war disloziert – verrenkt«, dozierte Amendt. »Nichts Dramatisches. Aber trotzdem bitte ein paar Tage nur behutsam belasten. Kein Sport und nicht schießen.«

»Ich kann auch mit links schießen.«

»Das überrascht mich nicht. – Ich gebe Ihnen gleich noch zwei Spritzen gegen die Schwellung. Das heißt, wenn …« Gespannt zog er eine weitere Schublade auf: »Na, Spritzen und Kanülen haben wir zumindest in ausreichender Menge.«

Er öffnete einen Medikamentenschrank, nahm zwei Ampullen heraus, füllte zwei Spritzen, die er dann in ihre Schulter und ihren Knöchel injizierte. Zufrieden warf er Spritzen und Tupfer in einen Behälter für medizinischen Abfall. »So, das war's.«

Er ging noch einmal zum Medikamentenschrank und nahm zwei Packungen heraus. Die eine öffnete er und riss zwei Pillen vom Blisterpack ab. Dann reichte er beides Katharina: »Die Pillen in der Packung heute und morgen zu den Mahlzeiten nehmen. Sind gegen die Schwellung und reduzieren die Reizung. Die hier«, er deutete auf die beiden einzelnen Pillen, »die sind gegen Schmerzen. Also nur nach Bedarf. Achtung, die machen ziemlich müde.«

Katharina schob beides in ihre Handtasche. »Und jetzt?«, fragte sie.

Wie zur Antwort wurde die Tür des Behandlungszimmers aufgerissen.

Máximo Líder Hanfried de la Buquet stapfte herein und fixierte Amendt und Katharina. »Wir erwarten Ihren Bericht über diesen Vorfall bis morgen früh«, bellte er im Pluralis Majestatis. Dann machte der Innenminister auf dem Absatz kehrt. Seine Bodyguards hatten wenigstens den Anstand, die Tür hinter sich zu schließen.

Katharina gewann als Erste die Fassung wieder und schwang die Beine über die Kante des Behandlungstisches. »Na, dann wollen wir mal.«

Sie wollte vom Tisch klettern, doch Amendt verstellte ihr den Weg: »Sie gehen besser nach Hause. Um den Bericht kann ich mich kümmern.«

»Ich gehe nirgendwo hin«, sagte Katharina mit leisem Knurren in der Stimme.

Amendt hob entwaffnend die Hände: »Schon gut, schon gut.« Dann wandte er sich an Sturmer: »Sie! Sie sind doch Polizeipsychologe, oder?«

»Richtig.«

»Falsch. Zumindest für heute. Heute sind Sie Krankenpfleger.«

Zum ersten Mal im Rittersaal.

Sturmer hatte Katharina auf einem hochbeinigen Rollhocker durch die nun fast völlig verwaiste Karl-Kreutzer-Villa geschoben, in den Raum, der Rittersaal genannt wurde. Großer Eichentisch, hochlehnige Stühle, an den Wänden mehrere große Plasmabildschirme anstelle der eigentlich angemesseneren Ahnengalerie.

Der Tisch bot Platz für 25 Personen, daher wirkte die kleine Runde etwas verloren: Katharina, Amendt, Sturmer, die Hörnchen, Jeannie, Oswald, Harry und Darian, der Nachwuchspolizist.

»Der Innenminister ...«, begannen Katharina und Amendt gleichzeitig, nur um dann innezuhalten und dem anderen den Vortritt zu lassen. Nach mehrmaligem Hin und Her nölte Oswald schließlich genervt: »Was ist jetzt mit dem Innenminister?«

»Er erwartet unseren Bericht über den Vorfall bis morgen früh«, erklärte Katharina.

»Schon klar«, sagte Oswald. »Wer macht was?«

Bevor Katharina Aufgaben verteilen konnte, meldete sich Harry zu Wort: »Ich schlage vor, Darian und ich befragen die Zeugen, soweit sie vernehmungsfähig sind. Die Seelsorger sind draußen noch am Beruhigen.«

»Jeannie und ich«, übernahm Oswald, »sprechen am besten mal mit den ganzen Medienfritzen, ob die uns Kopien ihrer Bilder und Filme überlassen.«

Katharina zweifelte: »Wir brauchen dazu eigentlich einen Gerichtsbeschluss.«

»Lass uns das mal machen«, wiegelte Oswald beruhigend ab. »Wenn Jeannie und ich unseren gemeinsamen Charme spielen lassen und die sich außerdem eine gute Story davon versprechen ...«

»Gut. Und ihr ...«, wollte Katharina sich an die Hörnchen wenden.

»Wir sichern den Tatort ...« – »... und die Spuren.« Die Hörnchen hatten die Eigenart, alles, was sie sagten, unter sich aufzuteilen.

»Aber übertreibt es nicht mit euren Spielzeugen«, ermahnte sie Katharina, die wusste, dass die Hörnchen dank der Sponsoren über ein gewaltiges Arsenal an Hilfsmitteln verfügten und nur darauf brannten, alles auszuprobieren. »Das ist nur ein Bericht. Keine kriminaltechnische Leistungsschau.«

»Nicht mal ...« – »... einen 3D-Scan?«, fragten die beiden enttäuscht.

»Na gut. Aber nur einen.«

Leichenschau exakt nach Vorschrift.

Die Leiche von Justizminister Vogel lag noch immer auf dem Tisch im OP. Das Jackett war beiseitegeschoben, das Hemd aufgerissen. Auf und um den Tisch verstreut lagen blutige Bandagen, aufgerissene Packungen, Spritzen, Infusionsflaschen ... Die Spuren einer fehlgeschlagenen Notfallrettung.

Amendt drückte Sturmer einen großen Fotoapparat in die Hand. »Können Sie damit umgehen?«

Sturmer drehte die Kamera in den Händen: »Eine EOD drei Mark fünf. Klar. Gutes Teil. Was soll ich damit tun?«

»Wir müssen das hier fotografisch dokumentieren. Ich sage Ihnen, was und wie.«

»Warum machen Sie das nicht selbst?«, fragte Katharina.

Sie war bloß neugierig gewesen, doch Amendt wirbelte zu ihr herum und streckte ihr seine linke Hand hin, die er bis dahin in seiner Kitteltasche verborgen hatte. »Deshalb!«

Die Raubtierklaue eines Filmmonsters! Im permanenten Krampf gekrümmte Finger. Der Daumen unnatürlich zur Handfläche gebogen.

»Ein kleines Andenken an meinen Trip ins Jenseits.«

»Aber –«

»Tja, so was passiert, wenn das Hirn zu lange ohne Sauerstoff ist.«

»Ich habe –«

»Schwamm drüber. Wir haben Wichtigeres zu tun!«

»Sie geben mir die Schuld?«, fauchte Katharina zurück.

In Amendts Augen blitzte blanker Hass auf. Abrupt drehte er sich zu Sturmer um. »Dann wollen wir mal.« Seine Stimme war plötzlich wieder ganz ruhig, sachlich.

Katharina vollkommen ignorierend, sie nur ein paar Mal beiseiteschiebend, wenn sie auf ihrem Rollhocker im Weg war, scheuchte er Sturmer um den Tisch und wies ihn an, welche Fotos er schießen sollte. Jedes Mal ließ er sich das Bild auf dem Display der Digitalkamera zeigen.

Endlich war er zufrieden. »Na, dann bringen wir ihn mal runter in die Autopsie.«

Sturmer half ihm, Handschuhe überzustreifen. Dann luden sie den Körper von Vogel auf eine Rollbahre und schoben ihn aus dem OP. Die Schwingtür pendelte zwei Mal hin und her, dann war alles ruhig. Sie hatten Katharina allein zurückgelassen.

Schuld? Natürlich war es ihre Schuld gewesen, dass Amendt versucht hatte, sich umzubringen.

Sie hätte die Andeutungen verstehen müssen. Seinen Suizidversuch von Anfang an verhindern. Doch sie war zu spät gekommen. Amendt wäre um ein Haar gestorben. Und jetzt war seine Hand verkrüppelt.

Egal, sie musste runter in die Autopsie. Vorsichtig ließ sie sich von ihrem Hocker herab. Ihr Fuß schmerzte noch immer, wenn sie ihn aufsetzte, und ihr Arm, den Amendt in eine Schlinge verbannt hatte, war auch keine große Hilfe. Auf den Rollhocker gestützt, gelang es ihr, sich Schritt für Schritt zur Tür vorzuarbeiten.

Doch gerade, als sie nach dem großen Metallgriff fassen wollte, um die Tür aufzuschieben, wurde sie fast umgestoßen. Sturmer kam hereingestürmt. Tadelnd musterte er sie: »Aber, aber! Zurück auf deinen Hocker. Ich bring dich runter.«

Es war ein Gerücht, dass Tote immer friedlich aussahen. Die Muskeln erschlafften und je nach Körperposition sah das Gesicht friedlich aus oder wie eine verzerrte Fratze. Vogels Kopf war leicht zur Seite gerollt, seine Augen standen offen, ebenso sein Mund. Wangen und Kinn waren mit getrocknetem Blut verschmiert. Eine Breughel'sche Höllenfratze wie die, die Katharinas Vater ihr einmal in einem Buch mit Detailvergrößerungen aus den Höllenvisionen des Malers gezeigt hatte.

Hölle? In der Hölle ist Vogel schon gewesen, dachte Katharina. Warum sonst dieser drastische Schritt? Vielleicht würden sie mehr erfahren bei der Untersuchung der Leiche und von Vogels Habseligkeiten. Vielleicht gab es einen Abschiedsbrief. Das würde die Sache leichter machen. Für die Angehörigen. Hatte Vogel Kinder? Katharina wusste es nicht. Nur, dass er verheiratet war.

Nun, wenn Amendt nach Protokoll vorging, würde er zunächst einmal die Taschen des Toten ausleeren und ihn dann entkleiden. Moment! Wo steckte …?

»Wo ist denn der Amendt?«, fragte Katharina Sturmer.

»Keine Ahnung. Wir haben die Leiche auf den Tisch gelegt, dann hat er ein paar Schubladen aufgezogen, gemurmelt ›Natürlich! Auch hier!‹ und ist abgerauscht, ohne ein Wort zu sagen. Kleine Diva, der Gute, oder? – Und die Sache mit der Hand vorhin? Darf ich fragen, was –?«

»Lange Geschichte«, schnitt ihm Katharina das Wort ab.

»Okay, okay.« Nachdenklich wandte sich Sturmer dem Toten zu. »In meiner Streifenzeit habe ich ja einige Tote gesehen, auch Selbstmörder, aber so? Gewöhnungsbedürftig. – Was war deine erste Leiche?«, fragte er Katharina. »Meine war ein Verkehrsunfall.«

Sturmer wollte zu einem Monolog über seine erste Begegnung mit einer Leiche ansetzen, doch die Tür zum Autopsiesaal wurde aufgestoßen. Andreas Amendt kam hereinmarschiert; er trug eine rosafarbene Plastikschüssel, auf der er einen antik aussehenden Holzkasten balancierte.

»Man höre und staune, die Küche ist vollständig ausgestattet.« Er stellte Schüssel und Kasten auf einen kleinen, rollbaren Stahltisch.

Mit einer Hand begann er, die Schüssel auszupacken und seine Fundstücke säuberlich auf den Tisch zu legen: eine Geflügelschere, Küchenmesser in unterschiedlichen Größen, ein paar normale Scheren, einen Kuchengreifer und zuletzt eine Packung Strohhalme.

Dann klappte er den Holzkasten auf. Blitzende Klingen, Instrumente mit Perlmuttgriffen.

»Wo haben Sie das denn her?«, fragte Katharina.

»Karl Kreutzers Pathologie-Besteck«, erklärte Amendt mit einem Schulterzucken. »Stand in einer Vitrine in der Bibliothek. – Na gut, dann wollen wir mal.« Amendt drückte Sturmer zwei Paar Handschuhe in die Hand und bedeutete ihm wortlos, erst selbst welche überzustreifen und ihm dann zu helfen.

Er rieb die Hände gegeneinander, damit die Handschuhe an die richtige Stelle rutschten, und massierte mit dem Daumen die Innenfläche seiner linken Hand. Dann trat er an den großen Plasmabildschirm und schaltete ihn an. Mit ein paar Berührungen rief er das Formular für eine »äußere Leichenschau« auf. Er streifte sich ein Headset über, dessen Sender er unter seinem Kittel an den Hosenbund klippte.

»Diktatsystem«, erklärte er. »Funktioniert ziemlich perfekt.«

»Na ja«, murrte Sturmer. »Wollten die im Präsidium auch mal einführen. Bei mir hat es immer ›Dienstunfähigkeit‹ als ›Dienstuntätigkeit‹ verstanden. Oder das System war einfach sehr ironiebegabt.«

Amendt ignorierte ihn. Zunächst diktierte er die Eckdaten zu Vogel. Alter, Geschlecht, Größe, Ort, Datum und Uhrzeit des Todes. Dann tippte er in das Feld »Bericht«. Gleichzeitig poppte daneben der Umriss eines Körpers auf. »Das System fertigt sogar automatisch Skizzen an und fügt die Bilder von der Kamera ein«, erklärte er in einer Diktatpause und deutete auf einen großen Fotoapparat, der an einem Schwenkarm über dem Autopsietisch befestigt war.

Schließlich trat er an den Stahltisch. »Ergebnisse der Taschenuntersuchung«, diktierte er. Dann fasste er der Reihe nach in die Jackett- und Hemdtaschen Vogels, zum Schluss in die Hosentaschen. »Nichts. Kein Tascheninhalt.«

»Was? Jeder hat doch irgendetwas in den Taschen. Brieftaschen, Schlüssel, Taschentuch, Kleingeld …«, sagte Katharina.

»Und diese undefinierbaren grauweißen Knäuel«, ergänzte Sturmer, »die vielleicht mal ein Papiertaschentuch, ein Notizzettel oder ein Geldschein gewesen sind.«

Auch Amendt trat einen Schritt zurück und überlegte. Dann atmete er durch. »Protokoll der Entkleidung der Leiche«, diktierte er.

Er wies Sturmer an, Vogel behutsam auszuziehen und die einzelnen Kleidungsstücke in Plastikbeutel zu verpacken. »Krawatte, grau. Jackett, grau. Hemd, hellgrau«, diktierte er der Reihe nach. »Stiefelette, schwarz, rechts. Stiefelette, schwarz, links ...«

Katharina schloss die Augen und massierte sich das Gesicht. Sie hatte fast vergessen, wie langweilig Leichenschauen im Grunde waren. Endlos viele bürokratische Schritte mit wenig Erkenntnisgewinn. Sie zwang sich, die Augen wieder zu öffnen.

»Strümpfe, schwarz, Gürtel, schwarz, Hose, grau, Unterwäsche ... - Holla, was ist das denn?«

Während Sturmer noch damit beschäftigt war, die Hose vorsichtig von Vogels Beinen zu streifen, hatte Amendt innegehalten und starrte auf den Schritt des Leichnams. Katharina stieß sich mit dem gesunden Bein ab, um sich an den Tisch zu rollen.

Der Anblick war tatsächlich ... unerwartet. Vogel trug einen schwarzen, spitzenbesetzten, bestickten Seidentanga. Einen Damenslip?

Bis auf ... Anstelle des kleinen Stoffdreiecks, das gerade eben die Scham verbergen sollte, war der Schritt des Slips weit genug, um Vogels Penis aufzunehmen.

Amendt zog die Kamera zu sich heran und schoss ein paar Fotos.

»Fürs Poesiealbum der Perversionen?« Sturmer hatte inzwischen die Hose verpackt und war gleichfalls herangetreten.

»Nein«, erklärte Katharina, während Amendt noch fotografierte. »Die erste Abweichung vom Erwarteten.«

Unwillens, die Belehrung einfach so stehen zu lassen, knurrte Sturmer: »Wenn man mal davon absieht, dass er sich vor Publikum eine Kugel in den Kopf geschossen hat. - Soso, unser Justizminister war also eine Transe.«

»Oder das war ein sexuelles Rollenspiel. Den Partner Unterwäsche des anderen Geschlechts tragen zu lassen«, dozierte Amendt. Dann bemerkte er, dass Katharina und Sturmer ihn verwundert anstarrten. Seine Wangen röteten sich leicht. »Hab ich mal in einer Pathologie der Sexualität gelesen«, ergänzte er viel zu rasch.

Wer's glaubt, wird selig, schoss es Katharina durch den Kopf. Dann erinnerte sie sich, dass Amendt in seinem Leben nur mit einer Frau geschlafen hatte. Ihrer Schwester Susanne. Seiner Verlobten. Hatten sie solche Spielchen gespielt? Katharina sah plötzlich Susannes verschmitztes Lächeln vor sich. Zuzutrauen war es ihr.

Amendt und Sturmer zögerten, Vogel den Slip abzustreifen. Als könnten sie sich mit irgendetwas anstecken . Also bat Katharina um eine Schere und durchschnitt die beiden Haltebändchen. Sorgfältig faltete sie den Slip, um ihn in einen Plastikbeutel zu stecken. Doch dann zögerte sie. Durch die Ausbeulung durch den Penis war die Stickerei im Schritt zuerst nicht zu erkennen gewesen. Das war … eine Schachfigur. Die Dame, um exakt zu sein. Wer stickte sich denn so was in den Schritt?

Sturmer dachte offenbar das Gleiche: »Die mächtigste Figur auf dem Brett. Gleichzeitig weiblich. Freud hätte seine Freude daran. Ich sag ja, eine Transe.«

Das ist natürlich eine einfache Erklärung, dachte Katharina, und wollte den Slip zu den anderen Kleidungsstücken legen. Eine kleine geheime sexuelle Vorliebe, vielleicht ein Erpressungsversuch, Angst vor dem drohenden Skandal. War das der Grund für Vogels Selbstmord?

Doch andererseits: kein Tascheninhalt, die Kleidung elegant, aber nichtssagend. Vogels Suizid war geplant und gut vorbereitet gewesen. Und dann plötzlich dieser Slip, der ihn bloßstellte?

Sie betrachtete das Höschen noch einmal genauer. Wenigstens war ihr Fachwissen in Sachen weiblicher Unterwäsche einmal kriminalistisch nützlich. Sie erkannte die von Hand gesetzten Nähte, die leichten Unregelmäßigkeiten in der Stickerei, die gleichfalls auf Handarbeit schließen ließen. Hatte sich Vogel den Slip extra anfertigen lassen? Nur für diesen Anlass? Sicherheitshalber legte sie den Plastikbeutel mit dem Slip etwas abseits.

Amendt hatte unterdessen den Leichnam abgeduscht, Blut und Dreck weggespült. Dann hatte er Sturmer das Paket Strohhalme in die Hand gedrückt und ihn angewiesen, zwei davon möglichst gerade ineinanderzustecken.

Mit der Kamera am Schwenkarm fotografierte Amendt die Wunde an Vogels Hals, während er diktierte: »Augenscheinlich ist die Eintrittswunde am Hals, deren Durchmesser an der breitesten Stelle«, Amendt maß mit einem Lineal, »sieben Zentimeter beträgt. Die Wunde ist nach Form und Größe konsistent mit einer Schusseintrittswunde. Die sternförmigen Ausrisse sowie der klar abgegrenzte Schmauchring lassen auf einen aufgesetzten Schuss schließen. Der Einschusswinkel beträgt …«

Er hielt inne, nahm Sturmer die ineinandergeschobenen Strohhalme aus der Hand und schob sie vorsichtig in die Wunde. Dann zog er einen Winkelmesser, der gleichfalls an einem Schwenkarm befestigt war, herab und hielt ihn neben den Hals des Toten.

»… 47 Grad zur Körperachse«, fuhr er fort zu diktieren. Er zog den Strohhalmverbund vorsichtig aus der Wunde und maß die Wundtiefe: »Der Schusskanal ist einundzwanzig Zentimeter lang und nachverfolgbar bis zur Schädeldecke. Nach Lage des Einschusskanals hat das Geschoss das Stammhirn und den Okzipitallappen penetriert. Weitere Hirnschädigungen sind nicht auszuschließen, doch die beschriebenen Verletzungen sind bereits ausreichend todesursächlich.« Er warf die Strohhalme in einen Behälter für medizinischen Abfall. Dann betastete er Vogels Hinterkopf. »Eine punktuell begrenzte Schädelfraktur mit Ausstülpung nach außen ist leicht ertastbar. Eine Austrittswunde ist nicht festzustellen. Das Projektil befindet sich noch im Schädel.«

Amendt tastete den Rest des Schädels ab, zuletzt unter dem Kinn. Er hielt überrascht inne und sah zu Katharina auf: »Haben Sie zufällig eine Pinzette? Oder eine kleine Zange?«

Pinzette? Zange? Nein. Oder …? Doch. Sie suchte in ihrer Handtasche nach dem kleinen Leatherman, den sie dem Werkzeugset in ihrer Handtasche hinzugefügt hatte. Sie klappte die Zange auf und reichte sie Amendt. Er führte die Backen der Zange vorsichtig in die Wunde ein. Ein paar Sekunden später zog er sie wieder heraus und diktierte: »Das Projektil konnte aus dem Weichgewebe am Hals des Verstorbenen geborgen werden, ohne den Schädel zu öffnen.«

Glückstreffer, dachte Katharina. Das Geschoss musste im Schädel ein paar Mal abgeprallt sein und hatte zufällig durch die Einschussstelle wieder hinausgefunden. Amendt reichte ihr das Geschoss auf einer Untertasse.

Katharina rollte sich zu einem Waschbecken und wusch die Kugel vorsichtig ab. Das Geschoss war schwer deformiert, aber sie erkannte es sofort. Vollblei. Flachköpfig und ohne Spitze. Ein sogenanntes Wadcutter-Geschoss. Sportmunition.

Sie berichtete Amendt davon, der ihre Erkenntnisse direkt in den Bericht diktierte. Dann drückte er auf den Schalter am Kabel des Headsets.

»Na, der hat's aber wirklich gewollt«, sagte er.

»Was gewollt?«

»Sterben. Die richtige Art zu schießen, der Schluck Wasser, maximal verformende Munition …«

»Wozu dient denn der Schluck Wasser?«, fragte Sturmer. »Ich meine, ich habe schon davon gehört, aber …«

»Zweierlei«, erklärte Andreas Amendt. »Zum einen muss das Geschoss so durch noch eine Schicht mit unterschiedlichem Widerstand durch. Das bremst das Geschoss und lässt es taumeln. Der Schaden wird dadurch größer. Gleichzeitig verteilt das Wasser die Druckwelle und führt zu einer weiteren Deformation des Gehirns und seiner Blutgefäße. Ein zusätzliches Hirntrauma, wenn Sie so wollen. – Vogel war vermutlich schon hirntot, bevor er auf dem Boden aufgeschlagen ist.«

Katharina hatte die Kugel verpackt, während Amendt die bei den Rettungsmaßnahmen zugefügten Verletzungen dokumentierte: gebrochene Rippen und Druckstellen von der Reanimation. Leichte Hautreizung von den Paddles des Defibrillators, zwei Einstichstellen im Brustkorb von den Epinephrin-Spritzen.

Dann suchte er Vogels Körper sorgfältig nach weiteren Spuren und Verletzungen ab. Bei den Oberschenkeln hielt er inne. »Sehen Sie das?«, fragte er Sturmer.

»Holla, ein Ritzer war er auch«, kommentierte Sturmer Amendts Entdeckung.

Katharina rollte sich heran. Ihre Augen mussten sich erst an das gleißende Licht der OP-Lampen gewöhnen, dann sah auch sie die feinen weißen Linien auf der gebräunten Haut. Sie kannte solche Narben. Hatte sie schon zu oft bei ihren Ermittlungen gesehen.

»SVV?«, fragte sie. Selbstverletzendes Verhalten?

»Sehe ich auch so.« Amendt schaltete das Headset wieder an.

»Auf der linken und rechten Innenseite des Oberschenkels rechtwinklig zur Beinachse verlaufende, dünne Narben«, diktierte er. »Nach Form und Länge ist von einer Selbstzufügung mittels eines scharfen Werkzeugs auszugehen. Die Narben sind jedoch gut verheilt und mehrere Jahre alt, wenn nicht noch älter.« Er wandte sich an Sturmer: »Dann wollen wir mal schauen, was wir auf der anderen Seite finden. Helfen Sie mir, ihn umzudrehen.«

Sturmer tat, wie ihm geheißen. Sorgfältig, Zentimeter um Zentimeter, beginnend beim Haaransatz suchte Amendt den Körper ab. Als er die Pobacken auseinanderzog, hielt er eine Sekunde inne. Dann diktierte er weiter: »Haut und Schleimhaut um die Afteröffnung gerötet und gereizt. Spuren analog zu einem Klysma oder analer Stimulation innerhalb der letzten vierundzwanzig Stunden. Narbengewebe um die Afteröffnung lässt auf regelmäßige Penetration schließen.«

»Transe und schwul«, stellte Sturmer fest.

Katharina widersprach: »Nein, er war verheiratet.«

Sturmer stieß verächtlich die Luft aus: »Alibi-Braut.«

»Ach, es gibt auch Heteromänner, die auf so was stehen.«

»Und wie …?«, fragte Sturmer mit einer Mischung aus Ekel und Neugierde.

»Mit einem Strap-on«, erwiderte Katharina trocken. »Einem Dildo zum Umschnallen.« Katharina sah Sturmer an, dass er nur so darauf brannte, zu fragen, woher sie das wusste. Der Psychologe war also doch zu schockieren. Sie fasste zusammen: »Gestern hat er Analverkehr gehabt. Und heute schießt er sich eine Kugel in den Kopf.«

»Vielleicht wollte er noch mal Spaß haben«, schlug Sturmer vor.

Amendt räusperte sich: »Die Narben auf den Oberschenkeln sind ein klassisches Symptom für jugendliche Depression oder eine Erkrankung aus dem schizophrenen Formenkreis. Kann sein, dass ihn seine Jugend wieder eingeholt hat. Ein Rückfall.«

»Wollen wir das wirklich so in den Bericht schreiben?«, fragte Katharina.

Amendt zögerte, dann schüttelte er energisch den Kopf. »Nein. Das wäre alles reine Spekulation. Und wir sollen ja nur die Vorgänge von heute dokumentieren. Fürs Motiv sind wir diesmal ja Gott sei dank nicht zuständig.«

Er speicherte den Bericht ab, legte eine Kopie an und redigierte sie, bis sie nur noch die Beschreibung der tödlichen Verletzung enthielt.

Endlich schaltete Amendt den Monitor ab. Gemeinsam mit Sturmer hob er den Leichnam Vogels auf eine Bahre und schob sie in eines der stählernen Kühlfächer, die an einer Seite des Autopsieraums auf ihre Gäste warteten. Bevor er die Klappe hinter dem Leichnam schloss, hielt Amendt noch einmal inne. »Dem schwarzen Schwarm des Todes zum Opfer gefallen«, murmelte er eher zu sich.

»Was hat er damit gemeint?«, fragte Katharina.

»Was hat wer mit was gemeint?«

»Na, mit ›der schwarze Schwarm des Todes‹. Das hat Vogel in seiner Rede gesagt. Und er hat Sie danach gefragt. Auf dem Rundgang mit den ganzen Sponsoren.«

Amendt holte Luft, als wolle er zu einem längeren Vortrag ansetzen. Doch dann ließ er die Schultern sinken. »Ach, nichts. Ein medizinisches Ammenmärchen.«

Beratungspartie

Der Uhrzeit nach Montag,
aber gefühlt noch immer Sonntag, 6. April 2008

»Life is a kind of Chess,
with struggle, competition, good and ill events.«
BENJAMIN FRANKLIN

Im Niemalsland.

Knallen. Ein Blitz.

Katharina riss die Augen auf.

Doch sie blickte nur in das knisternde Kaminfeuer im Wohnzimmer ihrer Eltern. Einer der brennenden Holzscheite war wohl noch nicht ganz durchgetrocknet gewesen. Das Wasser im Inneren hatte sich erhitzt und das Scheit aufplatzen lassen. Als Kind hatte sie diese kleinen Feuerwerke geliebt.

Ihre Schwester Susanne saß auf ihrem Lieblingssessel, kichernd, mit einem Finger gedankenverloren mit der neonblauen Strähne spielend, die sie sich in ihr schwarzes Haar gefärbt hatte. Ihre Form der Anarchie.

Ihre Eltern auf dem Sofa, wie immer. Ihr Vater gut gelaunt, der rote Bart sauber gestutzt. Ihre Mutter, ganz strenge Professorin, ihn tadelnd ansehend.

Erst jetzt bemerkte Katharina, dass sich noch mehr Menschen im Wohnzimmer befanden. Einige standen, andere saßen. Im Sessel neben ihr saß Thomas. Ihr langjähriger Partner bei der Polizei. Gut sah er aus. Wie üblich wie aus dem Ei gepellt mit seinem auf Maß gefertigten Anzug.

Moment! Thomas war tot. Er war bei der Geiselnahme, bei der Katharina den Sohn der Oberbürgermeisterin gerettet hatte, erschossen worden. Auch die anderen Menschen im Raum: Alle waren sie tot. Professor Paul Leydth, Andreas Amendts Zieh- und

Doktorvater, ganz der gemütliche Großvater mit seinem weißen Bart und der Strickweste unter dem Jackett. Angelica Leydth, seine Frau. Katharina hatte selbst mit angesehen, wie sie gestorben waren. Damals. Als Katharina und Andreas Amendt geglaubt hatten, endlich den Mord an Katharinas Familie aufgeklärt zu haben.

Tripp stand bei ihnen, sich halb hinter dem Rücken des Professors versteckend; der leicht autistische Anwalt der Leydths.

Neben ihnen, selig-vergnügt lächelnd, Absalom Schmitz, natürlich im Anzug mit bunter Fliege, das weiße Haar sturmzerzaust. Der Anwalt von Katharinas Vater. Sein Testamentsvollstrecker.

Dort, vor dem Panoramafenster, eine unscheinbare Gestalt. Deckname Koala. Sein richtiger Name … Ach ja, richtig. Hartmut Müller. Katharina meinte, den Geruch der von ihm so geliebten Eukalyptuspastillen riechen zu können. Seine Rolle hatte sie nie so ganz verstanden. Bevor er sie aufklären konnte, war er erschossen worden. Mit Katharinas Dienstwaffe. Von der Frau, die neben ihm stand und mit der er sich offenbar blendend unterhielt. Eine Profikillerin mit dem Codenamen S/M. Schneewittchen wäre der passendere Deckname gewesen. Die Haut weiß wie Schnee, die Lippen rot wie Blut, die langen Haare schwarz wie Ebenholz.

Marianne Aschhoff saß am Esstisch. Üppig, die lange rothaarige Mähne schüttelnd, während sie lachte. Andreas Amendts mütterliche Freundin. Sie war zur falschen Zeit am falschen Ort gewesen. S/M hatte auch sie erschossen.

Und dann all die anderen, die im Raum standen oder saßen: Alle waren sie tot. War dies das Jenseits? Und wieso sah es so aus wie das Wohnzimmer im Haus ihrer Eltern?

Wie dem auch sei, der Tod stand den Anwesenden gut: Erholt sahen sie aus. Gut gelaunt. Und alle hielten sie Sektgläser in den Händen. Niemand trank. Alle schienen zu warten. Nur auf was?

Und was machte sie selbst überhaupt hier? Sie war nicht tot. Oder? Hatte sie etwas verpasst? Katharina erinnerte sich nur, dass sie gestürzt war. Warum? Ach ja. Der Justizminister hatte sich vor ihren Augen erschossen.

Er schien in der trauten Runde zu fehlen. Doch dann entdeckte sie ihn, auch wenn es schwer war, ihn zu erkennen. Er stand allein in der Nähe der Tür. Das bodenlange schwarze Kleid stand ihm gut. Und sein Gesicht war halb hinter einem Witwenschleier verborgen. In der Hand hielt er seinen Aluminium-Aktenkoffer.

»Ich bitte um Verzeihung für die Verspätung!«

Die Anwesenden verstummten, als sie die Stimme hörten. Die Wohnzimmertür war aufgeschwungen, und Andreas Amendt trat ein.

Gut sah auch er aus. Erholt. Die Haut leicht gebräunt. Der graue Anzug mit farblich abgestimmtem Hemd, Krawatte und Einstecktuch stand ihm ausgezeichnet. Seine linke Hand war leger in der Hosentasche verborgen.

Doch ... Sein Haar war grau geworden. Nicht, dass das schlecht aussah, im Gegenteil, es gab seinem jugendlichen Gesicht distinguierte Reife.

Amendt hob seine Hand, um die Anwesenden um Ruhe zu bitten – als wären sie nicht schon längst mucksmäuschenstill gewesen. Gebannt an seinen Lippen hängend.

»Der Tod«, begann er, »die letzte Grenze. Den wir als ultimativen Feind betrachten. Wir haben ihn aus unserem Leben ausgesperrt, ziehen hohe Mauern um unsere Friedhöfe, verbannen sie, wo es geht, hinaus, aufs Land. Aus den Augen, aus dem Sinn. Doch Tatsache ist und bleibt: Wir alle sterben früher oder später, wie Sie bereits wissen.«

Einige der Anwesenden lachten.

Amendt fuhr fort: »Der Tod gewinnt immer, das müssen wir machtlos anerkennen. Das ist der natürliche Lauf der Dinge. – Und was ist so schlimm daran? Das ist die Natur. Und die uns vorbestimmte Daseinsform. Nicht das Ende. Sondern das Ziel.«

»Hört, hört!«, murmelte einer der Anwesenden.

»Und ich freue mich, dass Sie alle erschienen sind, mich in Ihrem Kreis willkommen zu heißen. Mich – sozusagen – beim Zieleinlauf zu begrüßen.«

Höflicher Applaus antwortete ihm. Was für eine Gespensterparty ...?

Amendt wandte sich an Jan-Ole Vogel: »Kirsten?«, fragte er höflich. Wie kam er denn auf »Kirsten«?

Vogel öffnete elegant den Aktenkoffer und hielt ihn Amendt hin. Der nahm eine Pistole heraus. Klein. Bissig.

»Nun aber, ohne weiteren Aufschub ...« Er setzte sich die Pistole ans Kinn.

»Nein! Andreas!« Katharina sprang auf.

Wollte aufspringen.

Doch ihre Beine fühlten sich an, als würden sie in Gelee feststecken. Als würde das weiche Polster des Sessels sie festhalten.

»Andreas! Nicht!«

Sie kämpfte. Doch je mehr sie sich abmühte, desto fester, klebriger wurde der Griff des Sessels, desto stärker saugte das Polster sie ein. Endlich gelang es ihr, sich loszureißen.

Doch zu spät. Amendt hatte abgedrückt. Er lächelte, während Blut aus seiner Nase schoss. Sie musste zu ihm hin, sie musste ...

Doch starke Arme packten sie. Umschlangen sie. Zogen sie in tiefe Schwärze.

In einer gemütlichen Dachgeschosswohnung im Frankfurter Westend.

Nein. Keine Schwärze.

Die Dunkelheit um sie herum wurde aufgehellt durch ein rotes Glühen. Der Wecker auf ihrem Nachttisch. Er zeigte 1:32 Uhr.

Ihr Schlafzimmer. Gott sei dank.

Doch die Arme hielten sie noch immer umschlungen. Sie versuchte, sich umzudrehen, um zu sehen, wer sie da im Arm hielt.

»Ganz ruhig. Nur ein Albtraum«, flüsterte Andreas Amendt.

Mit einem Ruck machte Katharina sich los.

Genau! Ein Albtraum!

Sie war nicht im Jenseits gewesen. Sie war nicht tot.

Amendt auch nicht. Dafür saß er neben ihr im Bett. Sein Oberkörper war nackt. Wie kam er –?

Egal! Nur fort von hier! Sie schwang die Beine über die Bettkante.

»Vorsicht mit dem Fuß«, warnte Amendt sie.

Ach ja, richtig. Sie hatte sich den Knöchel verstaucht. Vorsichtig setzte sie beide Füße auf den Boden, belastete sie abwechselnd. Der verletzte Knöchel schmerzte noch. Aber nur wenig. Ein gutes Zeichen.

Amendt war eben ein guter Arzt. Der Gedanke ließ sie beinahe hysterisch losprusten. Sie stand auf; ihre Beine trugen sie. Dann humpelte sie, so schnell sie konnte, aus dem Schlafzimmer.

Wohin jetzt?

Ins Bad. Das konnte sie abschließen. Außerdem spürte sie Druck auf der Blase und der Geschmack in ihrem Mund war kaum auszuhalten. Der Nachgeschmack von schlechtem Schlaf und Albtraum.

Tür zu. Abschließen. Durchatmen. Klo. Gründlich Zähne putzen.

Sie tränkte einen Waschlappen mit heißem Wasser und wischte sich Gesicht und Arme ab. Verdammt. So sehr sie sich anstrengte, sie konnte sich nicht erinnern, wie Amendt in ihr Bett gekommen war.

Gestern noch Streit. Missachtung. Beinahe Todfeinde. Und dann?

Wie war sie überhaupt nach Hause gekommen?

Also, ganz von Anfang.

Woran konnte sie sich noch erinnern?

Amendt, Sturmer und sie hatten die Leichenschau gemacht. So weit, so gut.

Dann hatten sich alle im Foyer getroffen. Genau. Harry und sein junger Kollege – wie hieß er noch? Ach ja. Darian – hatten tatsächlich ein paar Zeugen gefunden, die aussagefähig waren.

Die Hörnchen hatten sich die improvisierte Bühne vor der Sonderermittlungseinheit vorgenommen, aber außer den Spuren des Suizids nichts Außergewöhnliches entdeckt.

Jeannie hatte mit geübten Fingern den Bericht in ihren Computer getippt und an das Innenministerium gemailt.

Amendt hatte Katharina die ärztliche Anweisung gegeben, endlich nach Hause zu fahren und den Fuß hochzulegen.

Arnulf Sturmer hatte sich mürrisch eingemischt: »Ich finde, einer von uns sollte Frau Klein begleiten, denken Sie nicht, Doktor Amendt?«

»Das ist vielleicht keine schlechte Idee«, hatte Andreas Amendt zugestimmt.

»Und ich finde, das sollten Sie sein, Doktor Amendt.«

»Ich? Aber ich muss doch –«

»Sie und Frau Klein haben Gesprächsbedarf.«

Amendt und Katharina wollten widersprechen, doch Sturmer hatte sich schon an Jeannie gewandt. »Könntest du wohl ein Taxi für Katharina und Herrn Doktor Amendt bestellen?«, hatte er gefragt. Mit viel Honig in der Stimme.

Katharina und Amendt hatten sich ihrem Schicksal ergeben.

Sich demonstrativ anschweigend, waren sie zu Katharinas Wohnung gefahren. Amendt hatte ihr die Treppe hochgeholfen. Und dann?

Was war dann passiert?

Katharina trocknete sich das Gesicht ab und band sich die Haare zu einem Pferdeschwanz zusammen. Sie verließ das Bad, ging in die Küche, trat an die Spüle und trank ein Glas Wasser. Inzwischen konnte sie praktisch schmerzfrei auftreten. Ein Glück. Es wäre sehr ärgerlich gewesen, wenn sie ihren ersten offiziellen Dienstag humpelnd hätte verbringen müssen.

Auf dem Trockenständer neben der Spüle stand Geschirr. Ach ja, richtig. Amendt hatte gemeint, Katharina solle erst etwas essen, bevor sie eine der Schmerztabletten nahm. Er hatte sie ins Wohnzimmer auf die Couch verbannt und sich dann der schier unlösbaren Aufgabe gewidmet, aus den spärlichen Lebensmittelbeständen in ihrer Küche eine essbare Mahlzeit zuzubereiten.

Sie hatten im Wohnzimmer gegessen. Katharina auf der Couch, Amendt in einem Sessel. Schweigend. Und dann?

So sehr sie sich ihr Hirn zermarterte, sie wusste es nicht. Katharina ließ sich auf einen Stuhl sinken. Auf dem großen eichernen Küchentisch lagen noch immer die zahlreichen Zettel mit den vorgefertigten Antworten, die die Verantwortliche für Öffentlichkeitsarbeit im Frankfurter Polizeipräsidium für sie zusammengestellt hatte. Für das Telefoninterview, das Katharina am Vortag in aller Frühe gegeben hatte.

Sie erinnerte sich noch, wie sie am Ende des Interviews aufgelegt hatte. Wie ihr Herz plötzlich bis zum Hals geschlagen hatte. Ihre Hände hatten gezittert. Frustriert hatte sie sie auf die Platte ihres Küchentischs gepresst, doch es hatte nichts genützt. Stattdessen hatten erst ihre Arme das Zittern übernommen, dann ihre Schultern, schließlich der Rest ihres Körpers, als hätte sie der Schüttelfrost gepackt. Selbst ihre Zähne hatten geklappert.

In den letzten drei Monaten hatte man sie mit Messern und Giftschlangen attackiert, mit Schusswaffen aller Art bedroht. Einmal hatte sie sogar wiederbelebt werden müssen. Doch nie hatte sie solche Panik empfunden wie nach diesem Radiointerview.

Fuck! Katharina schlug mit der Faust so hart auf die Tischplatte, dass das Telefon vor ihr in die Höhe sprang.

So ein alberner Anlass. Ein Radiointerview! Sie wollte lachen, doch alles, was sie zustande brachte, war eine erstickte Mischung aus Grunzen und Schnauben.

Nicht das Radio hatte sie am Morgen aus der Fassung gebracht. Sondern der zweite Interviewpartner: Dr. Andreas Amendt.

Katharina ließ die Sendung in Gedanken Revue passieren. Nur eine anonyme Stimme am Telefon war er gewesen. Souverän hatte er geklungen. Erholt. Entspannt.

Ganz anders als bei ihrem letzten Gespräch. Vor mehr als zwei Monaten. Seine Stimme ein tonloses Krächzen. »Warum haben Sie mich nicht sterben lassen?«

Er hatte versucht, sich umzubringen. Katharina hatte ihn in letzter Sekunde gefunden. Ihn am Leben erhalten.

Und das war der Dank gewesen: ein gekrächzter Vorwurf.

Gleich darauf hatte er sich wütend weggedreht und sich demonstrativ die Decke über den Kopf gezogen.

Danach mehr als zwei Monate Schweigen. Gegenseitiges Ignorieren. Aus dem Weg gehen.

Bis auf einen kurzen Moment. Katharina hatte allen Mut zusammengenommen. War in die Uniklinik gefahren. In die psychiatrische Abteilung. Der freundliche Oberarzt hatte sie in den Garten geschickt. Dort hatte Amendt auf einer Parkbank gesessen. Katharina hatte sich neben ihn gesetzt. Er hatte sie nicht mal angeschaut. Sie hatte den Mut verloren und sich nicht getraut zu fragen, wie es ihm ging. Nicht mal das hatte sie über die Lippen gebracht.

Doch dann war der Tag gekommen, an dem sie sich nicht mehr ausweichen konnten. Der Eröffnungstag der Sonderermittlungseinheit. Vogels Suizid. Die Leichenschau.

Plötzlich sah Katharina Amendt wieder vor sich. Wie er ihr vorwurfsvoll seine Hand hinstreckte, die verkrampften Finger zur Klaue erstarrt. Weil sie zu spät gekommen war. Er musste sie wirklich hassen.

Und trotzdem hatte er sie gefickt? Oder vielleicht gerade deswegen? Hass-Sex? Jedem anderen Mann hätte sie das zugetraut. Aber Amendt, der in seinem Leben nur mit einer Frau geschlafen hatte?

Oder hatten sie sich versöhnt?

Katharina erinnerte sich an den Moment damals, nach der Beerdigung von Marianne Aschhoff. Vor Amendts Haus. Er hatte sie geküsst. Seine Lippen hatten die ihren nur leicht berührt. Aber der Kuss hatte einen Stromschlag durch ihren Körper gejagt.

»Alles in Ordnung? – Auuuu!«

Mit einer einzigen, fließenden Bewegung war Katharina aufgesprungen und hatte dem Eindringling mit der Fußkante in den Bauch getreten. Im nächsten Augenblick hatte sie ihm die Beine weggekickt, er lag auf dem Bauch, sie saß auf seinem Rücken, seine Arme fest im Griff.

Dann erst erkannte sie den Eindringling. Amendt. Natürlich. Rasch ließ sie ihn los, sprang auf und streckte ihm dann entschuldigend die Hand hin, um ihm aufzuhelfen.

Er nahm die Hand nicht. Leicht und federnd stand er auf und zog sich das T-Shirt gerade. Wenigstens war sein Oberkörper nicht mehr nackt.

Ein paar Sekunden standen sie sich gegenüber.

Was nun?

»Kaffee?«, fragte Katharina übereifrig das Erste, was ihr in den Sinn kam.

Amendt blinzelte verwirrt. Dann sagte er: »Es ist zwar mitten in der Nacht. Aber warum nicht?«

Froh, etwas zu tun zu haben, spurtete Katharina zur Kaffeemaschine, schaltete sie ein, stellte zwei Tassen darunter, düste zum Kühlschrank, holte die Milch, füllte den kleinen Stahltopf des Milchaufschäumers, sauste zum Kühlschrank, stellte die Milch wieder hinein und eilte zurück zur Kaffeemaschine.

Nun komm schon, trieb sie die ehrwürdig-stählerne Profimaschine – ein Geschenk ihres Patenonkels – im Geiste an. Endlich sprudelte der Kaffee in die Tassen, und der Dampfauslass hatte genug Druck, um die Milch aufzuschäumen.

Sie häufte auf jede Tasse einen Berg Milchschaum, nahm die Tassen und stellte sie einladend auf dem Küchentisch.

»Danke«, sagte Andreas Amendt. »Und ich sehe, Sie können Ihren Fuß wieder belasten. – Wie geht es der Schulter?«

Vorsichtig drehte Katharina den Arm im Gelenk, ließ die Schulter kreisen. Nichts. »Auch gut.«

»Hervorragend«, sagte Amendt und setzte sich endlich auf den Stuhl, vor dem Katharina seine Kaffeetasse abgestellt hatte.

Ein Schluck Kaffee. Schweigen. Noch ein Schluck Kaffee. Schweigen. Noch ein Schluck … Was jetzt?

»Haben wir …? Haben wir letzte Nacht eigentlich ein Kondom benutzt?« Und das ist die erste Frage, die dir einfällt, Katharina?

Amendt blinzelte wieder. »Nein. Wozu?«

Wozu? Hatte er wirklich »Wozu?« gefragt? Sie hatten … ohne Verhütung? Großer Gott! Bei ihrem Glück hatte sie sicher gerade ihre fruchtbaren Tage. Schnell! Was jetzt? Pille danach. Genau! Sie hatte eine. Irgendwo im Bad. Katharina sprang auf.

Amendt prustete los. Umstandslos. Lachte. Lachte lauter. Sein Gesicht lief rot an. Katharina wusste nicht, ob sie jetzt ihrer Panik nachgeben, gekränkt sein oder ihm eine Ohrfeige verpassen sollte, um seinen Lachanfall zu stoppen, bevor er sich ins Hysterische steigerte.

Sie hatte schon die Hand gehoben, als Amendt aufhörte zu lachen. Tränen rannen ihm über die Wangen. »Wir hatten keinen Sex!«, stieß er atemlos hervor.

Katharina ließ die Hand sinken. Kein Sex! Das war doch eine gute Nachricht, oder nicht? Nicht ungewollt schwanger von dem

Mann, der sie hasste. Warum mischte sich dann Enttäuschung in ihr Gefühlswirrwarr?

Sie setzte sich wieder und nahm einen Schluck Kaffee.

Amendt lehnte sich vor, musterte sie kritisch: »Haben Sie wirklich geglaubt, ich hätte mit Ihnen geschlafen?«

Ja, ja, sie hatte schon verstanden, dass er kein Interesse an ihr hatte und die Idee von Sex mit ihr nur komisch fand. Musste er noch weiter darauf herumreiten?

Er schüttelte missbilligend den Kopf: »Frau Klein, das wäre eine glatte Vergewaltigung gewesen.«

Was warf er ihr denn jetzt vor? Sexuelle Belästigung?

Er legte seine Hand auf ihren Unterarm. Katharina wischte sie beiseite.

»Erinnern Sie sich nicht?«, fragte Amendt. »Das habe ich befürchtet.«

»Erinnern an was?«, fragte Katharina und schämte sich zugleich, dass ihre Stimme so giftig klang.

»Na ja, gestern Abend. Wir haben gegessen. Sie haben Ihre Medikamente genommen. Dann habe ich Sie gefragt, ob Sie Schmerzen haben. Sie hatten. Also habe ich vorgeschlagen, dass Sie sicherheitshalber noch eine der Schmerztabletten nehmen. – Ich hätte es wissen müssen. Tut mir leid.«

»Was hätten Sie wissen müssen?«

»Dass Sie nur selten Schmerzmittel nehmen. Und dass eine ganze Tablette zu viel war. Sie waren auf einmal ganz benommen. Also habe ich Sie lieber ins Bett geschickt.«

»Und Sie? Wie sind Sie in mein Bett gekommen? Mehr oder minder nackt?«

»Ich … ich habe im Gästezimmer geschlafen und bin davon aufgewacht, dass Sie geschrien haben. Da bin ich zu Ihnen gekommen. Wusste ja nicht, ob das vielleicht Schmerzensschreie waren. Nicht, dass Sie sich bei dem Sturz noch eine andere Verletzung zugezogen haben. Aber es war nur ein Albtraum.«

Richtig. Nur ein Albtraum.

Katharina blickte in ihre Tasse, um nicht Amendt anschauen zu müssen.

»Haben Ihre Träume auch noch nicht aufgehört?«, fragte Amendt leise.

Überrascht blickte Katharina auf. Darüber hatte sie nie nachgedacht. Amendt musste bestimmt oft von ihrer Schwester geträumt haben. Von der Mordnacht.

Sie verneinte stumm.

»Meine auch nicht.« Amendts Stimme war noch immer leise. »Ihr Traum vorhin ... Sie haben meinen Namen gerufen. Haben Sie wieder mich als Täter gesehen?«

Was? Ach ja, sie hatte Amendt einmal davon erzählt, dass ihr üblicher Albtraum sie in das Wohnzimmer ihrer Familie versetzte. In die Mordnacht. Dass sie hilflos mit ansehen musste, wie eine Gestalt durch das große Panoramafenster eindrang und sie alle erschoss. Ja. Sie hatte Amendt einmal als Täter gesehen. Aber das war lange her. Und sie wusste ja, dass er es nicht war.

»Nein, ich ...«, begann sie. Und mit einem Mal sprudelte der Traum aus ihr hervor. Sie konnte nicht anders.

Amendt hatte geduldig zugehört. Als sie geendet hatte, sagte er nur: »Nein. Ich würde mich nicht erschießen. Nicht öffentlich.«

Verdammt! Amendt war doch nicht noch immer ...? Musste er zurück in die Klinik? Was sollte sie ...?

»Bereuen Sie noch immer, dass ich Sie nicht habe sterben lassen?«, fragte sie schließlich und biss sich gleich darauf auf die Zunge.

»Nein. Nicht wirklich.« Amendts Ton wurde sachlich. »Aber es wird wohl noch eine Weile dauern, bis ich die Ereignisse des Tages damals wirklich vollständig aufgearbeitet habe. Sagt zumindest Kirsten.« Er nahm einen Schluck Kaffee. Dann setzte er die Tasse energisch ab. »Frau Klein, hören Sie ... Ich werde gehen.«

»Jetzt? Mitten in der Nacht?«

»Nein, ich meine, ich werde die Sonderermittlungseinheit verlassen. Ich finde einen guten Nachfolger. Und dann ...« Er sprach nicht weiter.

»Aber ...«, setzte Katharina an, doch dann fiel ihr kein Gegenargument ein.

»Es ist besser so. Für uns beide.«

»Dann lassen Sie mich gehen«, sagte Katharina rasch. »Ich habe ein paar Angebote und –«

»Und es ist auch besser für mich. Ich weiß nicht, ob ich diesen Job auf Dauer ertragen kann. Und dann …« Amendt massierte nachdenklich seine verkrümmte Hand, doch sie wollte sich nicht geradebiegen lassen.

»Wissen Sie schon … wissen Sie schon, wohin?« Katharina ärgerte sich, dass ihr keine bessere Frage einfiel.

»Ich …« Er zögerte. »Ich habe ein Angebot vom Groote Schuur Hospital in Kapstadt. Research Fellow und Dozent für Neuropathologie.«

»Das … das klingt doch gut.« Das Groote Schuur Hospital galt als eines der besten Krankenhäuser der Welt.

»Vor allem weit weg. Weit weg von allem.« Er massierte wieder seine Hand, dann ließ er sie auf seinen Oberschenkel fallen: »Wissen Sie, Frau Klein, lassen Sie uns das wann anders besprechen. Ich glaube, es ist besser, wir kriegen noch ein paar Stunden Schlaf. Irgendwie habe ich das Gefühl … Ich kann es nicht genau benennen. Aber ich denke, wir stecken in noch größeren Schwierigkeiten als sonst.«

Rochade

Montag, 7. April 2008.
Montag. Natürlich Montag.

»Like dogs who sniff each other when meeting, chess players have a ritual at first acquaintance: they sit down to play speed chess.«
ANATOLY KARPOV

Noch immer in der gemütlichen Dachgeschosswohnung im Westend.

Was hatte sie denn jetzt schon wieder geweckt?

Der Wecker auf Katharinas Nachttisch zeigt 6:30 Uhr. Er würde erst in einer halben Stunde klingeln.

Nun, warum die Zeit bis zum Aufstehen nicht nutzen? Sie drehte sich um, um sich an Andreas Amendts nackten Körper zu kuscheln. Doch … Die Seite des Bettes war leer. Sie musste geträumt haben.

Schade.

Moment!

Das hatte sie geträumt?

Sex mit Andreas Amendt?

Dass er nach ihrem nächtlichen Gespräch nicht zurück ins Gästezimmer gegangen war, sondern mit ihr ins Schlafzimmer?

Verdammtes Verliebtsein! Verdammter früher Frühling!

Die Türklingel zerriss die Stille.

Großer Gott! Wer wollte denn so früh etwas von ihr? Katharina wälzte sich aus dem Bett und streifte den übergroßen Bademantel über, der an einem Haken an der Schlafzimmertür hing.

Faustschläge pochten dumpf gegen ihre Wohnungstür.

Ja doch!

Sie vergewisserte sich mit einem Blick in den Garderobenspiegel, dass sie halbwegs manierlich aussah, und öffnete.

Der Mann, der vor der Tür gestanden hatte, trat gleich einen Schritt vor, sodass er in ihrem Flur stand.

»Michael Glaser, persönlicher Referent des Innenministers«, stellte er sich zackig vor. »Ich habe Anweisung, Sie nach Wiesbaden ins Innenministerium zu bringen.«

»Warum das denn?«

»Der Innenminister bittet Sie um eine persönliche Unterredung, in der er –«

»Alles in Ordnung?« Amendt war in den Flur getreten, nur mit Boxershorts bekleidet.

»Innenminister de la Buquet möchte Frau Klein sprechen. Und Sie auch, Doktor Amendt«, antwortete Glaser hastig, den Blick gesenkt. »So bald wie möglich. Ich …« Er sah auf, wohl um die Situation einzuschätzen. »Ich warte wohl besser unten im Wagen.«

Die schwarze Mercedeslimousine stand im Hof von Katharinas Haus und blockierte drei Parkplätze. Michael Glaser lehnte am Kofferraum, ungeduldig mit den Fingern auf das Blech trommelnd. Wortlos öffnete er ihnen die Tür zum Fond und schwang sich selbst auf den Beifahrersitz. Natürlich hatte der Wagen einen Chauffeur.

»Na, dann wollen wir mal«, verkündete Glaser. »Ich nehme an, Sie haben die Schlagzeilen heute Morgen noch nicht gesehen?« Er reichte Katharina eine Ausgabe der »Frankfurter Presse«.

»Warum, Jan-Ole?« Die Schlagzeile nahm fast die ganze obere Hälfte der Titelseite ein. Darunter ein Bild von Vogel, wie er sich gerade die Pistole unter das Kinn presste.

Der Chauffeur steuerte den Wagen in den Frankfurter Morgenverkehr. Die Fahrt nach Wiesbaden konnte eine Weile dauern. Amendt hatte Katharina ein oder zwei schüchterne Seitenblicke zugeworfen und starrte jetzt auf die lederbezogene Lehne des Beifahrersitzes. Katharina hätte gerne gewusst, was *er* geträumt hatte. Nun, der Dienstwagen des Innenministers war sicher nicht der richtige Ort für solch ein Gespräch. Also schlug sie die Zeitung auf.

Der Artikel zu den Ereignissen des Vortags und der Nachruf auf Jan-Ole Vogel nahmen die erste Doppelseite ein. Der Ablauf war recht nüchtern wiedergegeben: die Reden, der Auftritt Vogels mit einer wörtlichen Wiedergabe seiner letzten Worte, die Beschreibung des Schusses, das Chaos danach, ein paar Stimmen von der Pressekonferenz im Polizeipräsidium.

Kein Wort über ihren Sturz. Ihr Versagen. Glück gehabt.

Sie widmete sich Vogels Nachruf. Der erste Teil gab in groben Zügen Vogels Leben wieder. Jahrgang 1963. Abitur auf einem Nobelinternat, Zivildienst in der Obdachlosenbetreuung, Jurastudium, Promotion – natürlich Prädikatsexamen und »Summa cum laude«, Arbeit als Anwalt und Justiziar in der freien Wirtschaft bei einem Unternehmen namens Lionshare BioPharm …

Katharina meinte, von dem Unternehmen schon einmal gehört zu haben. In Zusammenhang mit einem Fall? Sie kramte in ihrem Gedächtnis, doch sie kam nicht drauf.

Nach der Arbeit bei Lionshare BioPharm war Vogel in die Landespolitik eingestiegen. Staatssekretär, Landesvorsitzender und im Bundesvorstand der liberalen Partei, schließlich Minister. Die Leiter immer nur aufwärts. Irgendwo mittendrin die Heirat mit seiner Frau Christiane, einer Frauenärztin. Keine Kinder.

Vogel sei beliebt gewesen, fuhr der Artikel fort, einer der beliebtesten Politiker weit über die Landesgrenzen Hessens hinaus, gerade in der wichtigen Wählergruppe der Frauen. Viele hatten in ihm schon den nächsten Ministerpräsidenten gesehen, einige sogar den Kanzler.

Ein Politiker mit großer Karriere hinter sich und einer noch größeren vor sich. Doch kein Karrierist, stellte der Artikel in einer Zwischenüberschrift fest. Keiner, der mit schmierig zur Schau gestellter Volksnähe um die Wählergunst buhlte. Keiner, der mit vorgefertigten Aussagen in Talkshows saß.

Im Gegenteil, wie der Kommentator betonte. Vogel hatte sein Mandat sehr ernst genommen. Und war dabei keinem Streit aus dem Weg gegangen. Mit dem Innenminister und den Sicherheitsbehörden, wenn es um die Grundrechte und bürgerlichen Freiheiten ging. Mit dem Ministerpräsidenten, dessen sturzkonservative

Haltung er als verdächtig weit im schwarzbraunen Grenzgebiet verortete. Mit der eigenen Partei, deren Credo »Wer nicht arbeitet, soll auch nicht essen« ihn so anwiderte, dass er auf dem letzten Parteitag den Antrag gestellt hatte, alle Parteifunktionärsgehälter zu streichen.

Das, so eröffnete der Artikel endlich die Spekulationen über die Gründe für Vogels Selbstmord, mochte auch der Grund für die Verzweiflung gewesen sein. Dass in diesem Land Argumente und das sachlich Richtige nicht mehr zählten. Dass man einander nicht mehr zuhörte. Dass sich jeder nur noch seiner Klientel verpflichtet fühlte. Und dem dumpfen Sumpf des Stammtischs.

Der Artikel spekulierte weiter, dass vielleicht – hinter den Kulissen – Feinde an Vogels Stuhl gesägt hatten. Und Vogel, ganz der Schachspieler, hätte vielleicht nur ein paar Züge vorausgedacht. Das Foto neben diesem Absatz zeigte ihn dann auch über ein Schachbrett gebeugt.

Zuletzt, wohl als Ausgleich für die Verschwörungstheorien, zitierte der Artikel einen Psychiater, der darauf hinwies, dass die weitaus häufigste Ursache für einen Suizid in einer psychiatrischen Erkrankung zu finden war, oft gepaart mit einer Lebenskrise, die sich eher aus dem privaten Umfeld speiste.

Katharina ließ die Zeitung sinken. Der Slip. Die Narben. Die sexuellen Vorlieben. All das schien dem Psychiater recht zu geben. Doch als Todesermittlerin hatte sie mehr Suizide gesehen, als ihr lieb war. Oft blieben die Gründe im Dunklen, Diagnosen wurden posthum gestellt. Und der Ringschluss »Der Tote hat Selbstmord begangen, also muss er psychisch krank gewesen sein, ergo war eine psychische Erkrankung die Ursache« war ihr schon immer bitter aufgestoßen. Zu einfach. Zu glatt.

»Was glauben Sie, warum er es gemacht hat? Vogel, meine ich?«, unterbrach Glaser ihre Gedanken. Er hatte sich auf dem Beifahrersitz zu Amendt und ihr umgedreht.

Katharina hatte keine Antwort für ihn und auch Amendt sagte nur: »Das kann ich Ihnen nicht so einfach beantworten. Fest steht für mich nur, dass er es wirklich gewollt hat.«

»Was gewollt hat?«, fragte Glaser verständnislos.

»Sterben. Der präzise Schuss unters Kinn. Der Schluck Wasser vorher …«

»Warum haben Sie dann alles getan, um ihn zu retten?«

»Weil ich es musste. Ich hatte klare Lebenszeichen. Also war ich als Arzt zur Rettung verpflichtet. Aber manchmal dauert es halt nur etwas, bis der Rest des Körpers begriffen hat, dass das Hirn nicht mehr arbeitet.« Nach einem Moment des Schweigens fügte Amendt hinzu. »Außerdem hasse ich es, wenn Menschen sterben.«

»Und dann sind Sie ausgerechnet Rechtsmediziner geworden?«

»Vielleicht gefällt mir die Ironie.«

Amendts zynisch hingeworfener Satz brachte Glaser zum Schweigen. Katharina glaubte, die wahre Antwort zu kennen. Wie hatte es Paul Leydth, Amendts Zieh- und Doktorvater, formuliert? »Medizin ist nur ein höfliches Wort für den Krieg mit dem Tod. Und Andreas hat sich schon immer als Ein-Mann-Spezialeinheit an vorderster Front gesehen.« Als Gerichtsmediziner sei er im »Dauereinsatz hinter den feindlichen Linien«.

Und natürlich hatte sich Amendt auch deshalb für die Fachrichtung entschieden, um irgendwann seine eigene Vergangenheit aufzuklären. Herauszufinden, ob er wirklich Katharinas ganze Familie ermordet hatte.

Er hatte es nicht. Er und Katharina hatten den wahren Täter gefunden. Und auf der Suche hatte Amendt all die Menschen verloren, die ihm etwas bedeuteten.

Katharinas Gedanken wanderten zurück zum Tag von Amendts Suizidversuch. Zu dem Moment vor seiner Haustür. Sie waren gerade von Marianne Aschhoffs Beerdigung gekommen. Was hatte Amendt da gesagt? »Ob ich nun als Neurologe daran scheiterte, unheilbar Kranken zu helfen, oder als Gerichtsmediziner den Toten … Es kommt wohl aufs Gleiche raus.« Er hatte unendlich müde geklungen. »Ehrlich gesagt will ich jetzt erst einmal schlafen. Und am liebsten nicht mehr aufwachen.«

»Schlafen und nicht mehr aufwachen.« Das war eine Suizidankündigung aus dem Lehrbuch.

»Damit Sie an mich denken. Andreas Amendt« war auf einer UV-Lampe eingraviert gewesen. Amendts Abschiedsgeschenk an sie. Sein Abschiedsbrief. Sieben Worte.

Im Büro des Innenministers.

»Spielen Sie Schach?«

Katharina konnte den Frager zunächst nicht ausmachen. Das Büro des Innenministers lag in düsterem Halbdunkel, die schweren Vorhänge waren zugezogen, einzig eine kleine Lampe warf dämmriges Licht auf einen kleinen Tisch mit einem Schachspiel. Dahinter, im Halbdunkel, kauerte Hanfried de la Buquet. Ein uralter Mann, dachte Katharina. Sie trat an den kleinen Tisch und sah auf das Schachbrett.

»Ich sehe den Zug nicht. Ich sehe ihn einfach nicht ...«, murmelte der Minister eher zu sich selbst als zu seinen Gästen. Katharina fragte sich, ob sie sich im Sessel ihm gegenüber niederlassen sollte. War dies ein Test?

De la Buquet blickte auf und sah sie erstaunt an, als habe er eben erst bemerkt, dass sie dastand. Seine Gestalt straffte sich, mit einem Ruck stand er auf.

»Ah, Kriminaldirektorin Klein«, sagte er energisch. »Gut, dass Sie da sind. Ich muss mit Ihnen über Ihren Bericht sprechen!« Er ging an Katharina vorbei zu seinem Schreibtisch und drückte auf einen Schalter. Licht flammte auf. Die schweren Vorhänge fuhren automatisch beiseite und ließen den Frühlingsmorgen hinein. Gleichzeitig klappten die oberen Teile der deckenhohen Fenster auf.

Der Innenminister setzte sich in den Sessel hinter seinem monströsen, antiken Eichenschreibtisch, der sich in die nüchternmoderne Architektur des Innenministeriums ungefähr so gut einpasste wie eine tausendjährige Buche in einen japanischen Bonsaigarten.

»Nehmen Sie doch Platz«, sagte er beflissen. »Bitte, bitte, setzen Sie sich. Und entschuldigen Sie, dass ich Sie vor Tau und Tag hierher zitiert habe. Das ist sonst nicht meine Art. Wirklich nicht. Aber ich fürchte, was ich mit Ihnen beiden zu besprechen habe, duldet keinen Aufschub.« Er begann, hektisch die Schubladen seines Schreibtisches aufzuziehen und zu durchwühlen. »Wo habe ich denn …? Ach, hier.«

Er warf einen Schnellhefter auf den Tisch. Katharina nahm ihn und blätterte ihn durch. Das war der Bericht, den sie am Vortag erstellt hatten.

»Und?«, fragte sie.

»Ich bin sehr unzufrieden damit.«

»Er enthält eine genaue Dokumentation des Vorfalls wie erbeten.« Katharina ärgerte sich, dass sie so defensiv klang.

»Was vorgefallen ist, weiß ich auch so!«, blaffte der Innenminister. »Ich saß ja schließlich direkt daneben. – Das Warum will ich wissen! Warum hat Vogel sich erschossen?«

Katharina wollte etwas sagen, doch Amendt hob die Hand: »Das Warum ist bei Suiziden nicht unsere Aufgabe. Angesichts der Mittel und Zeit –«

Der Innenminister wiegelte ab: »Ich weiß, ich weiß. Vielleicht habe ich auch einfach nur ein Wunder erwartet. Also gut …« Er griff wieder in die Schublade und zog einen Briefumschlag hervor, aus dem er zwei kleine Karten nahm, die wie besonders hochklassige Kreditkarten aussahen. Er legte die Karten vor Katharina und Amendt auf den Schreibtisch. Sie waren schwarz, hatten ihre Namen und mehrere Nummern eingeprägt und trugen ihr Foto neben dem Dienstsiegel des Innenministeriums. »Hier! Die werden Ihnen die notwendigen Türen für Ihre Aufgabe öffnen. Ich ernenne Sie beide temporär zu Speziellen Ermittlern im Dienste des Innenministeriums.« Er lachte plötzlich, als würde er gleich die Pointe des Jahrhunderts setzen: »Intern sprechen wir von den SEDI-Rittern.«

Katharina sah noch einmal auf die Karte, dann zu de la Buquet. »Was für eine Aufgabe?«

»Ich werde Ihre Befugnisse zeitlich befristet ein wenig erweitern. Aber …« Er wühlte sich durch die Aktenberge auf seinem Schreibtisch und zog endlich einen weiteren Hefter hervor, den er hektisch durchblätterte. »Ach ja, hier. Aufgaben der Sonderermittlungseinheit, römisch zwei. Die Sonderermittlungseinheit ist befugt und beauftragt, Todesfälle auf das Vorliegen einer Straftat oder auf ein mögliches Gefährdungspotenzial für die Bevölkerung oder den Staatsfrieden hin zu untersuchen und auszuermitteln. – Ja, genau. Um Ihnen das im vorliegenden Fall zu erleichtern, erweitere ich temporär Ihre Befugnisse.« Mit großer Geste legte de la Buquet die Hände auf den Tisch und spreizte die Finger. »Haben Sie noch Fragen?«

»Was genau sollen wir denn tun?«, fragte Amendt.

Der Innenminister sah ihn an, als hätte Amendt ihn gebeten, das kleine Einmaleins aufzusagen. »Ich möchte natürlich, dass Sie den Tod von Jan-Ole Vogel untersuchen. Gründlich. Ursachen, Folgen, wer darin verwickelt ist. Sie berichten mir direkt. Die strafrechtliche Bewertung ist sekundär.«

Andreas Amendt räusperte sich: »Viel zu untersuchen gibt es da aus meiner Sicht nicht. Die Todesursache ist eindeutig. Und der Freitod auch. Ein Gefährdungspotenzial kann ich nicht sehen.«

»Hören Sie mir nicht zu? Warum hat er sich umgebracht? Das muss ich wissen!« De la Buquet stand auf, ging mit schnellen Schritten durch den Raum und deutete auf das Schachspiel: »Am Samstagabend noch habe ich mit ihm Schach gespielt. Und ich bilde mir ein, ein guter Menschenkenner zu sein. Aber nichts! Ich zermartere mir schon die ganze Zeit den Kopf …« Der Innenminister schien zu schrumpfen. Er wurde wieder der alte Mann hinter dem Schachbrett. Müde. Kraftlos. Selbst sein buschiger Vollbart hing kraftlos herab wie eine Fahne bei Flaute.

Andreas Amendt war gleichfalls aufgestanden und zu de la Buquet hinübergegangen. Jetzt sprach er leise auf ihn ein: »Sie wissen vielleicht, dass bei Suiziden … Nun, nicht immer ist das zu verstehen und zu verkraften, was zum Vorschein kommt, wenn man allzu genau hinschaut. Vielleicht wäre es besser –«

Weiter kam er nicht. Ein Ruck ging durch den Innenminister. Plötzlich war er wieder der Máximo Líder. »Genau deshalb muss ich es wissen. Und zwar nach Möglichkeit vor allen anderen. Vor allem vor den Medien!« Er ging wieder zu seinem Schreibtisch und setzte sich. Dann legte er die Fingerspitzen aneinander. Nein, er presste. So fest, dass das Fleisch unter den Nägeln weiß wurde. Doch seine Stimme klang wieder ganz nach Politikprofi: »Und was das Gefährdungspotenzial betrifft: Ich meine, wenn nun ein politischer Grund dahintersteckt? Sie haben ja sicher mitbekommen, dass unsere momentane Regierungskoalition nicht so fest im Sattel sitzt, wie sie sollte. Wie schnell kann so ein Skandal sich ausweiten? Und dann? Neuwahlen mit ungewissem Ausgang? Und wer weiß, wer da seine Finger im Spiel hatte. Und wer der Nächste auf seiner Abschussliste ist.«

Katharina sah zu Andreas Amendt, doch der schwieg. Also fragte sie: »Meinen Sie, jemand hat Vogel in den Selbstmord getrieben? Und wie?«

»Was weiß ich? Erpressung? Drohung von Enthüllungen?«

»Hatte Vogel denn –?«

»Doktor Vogel, wenn ich bitten darf.« De la Buquet musterte Katharina. »Gut, Sie sind keine Politikerin. Aber ich mache das seit fünfzehn Jahren. Und glauben Sie mir: Jeder hat seine Leichen im Keller. Echte oder von anderen erfundene. Die Wahrheit spielt keine Rolle. Nicht bei unseren Hetzmedien. Die schlachten uns um des Schlachtens willen. Wegen der tollen Schlagzeile.«

Katharina kaute auf ihrer Unterlippe: »Die Sonderermittlungseinheit ist eine Strafermittlungsbehörde. Und ob wir da befugt –«

»Deshalb habe ich Sie beide ja zu SEDI-Rittern ernannt. – Normalerweise hätte ich mich damit an den Verfassungsschutz gewandt, aber der ... hat gerade seine eigenen Probleme.«

So konnte man das auch sehen. Der Verfassungsschutz war in letzter Zeit weniger durch Erfolge als durch interne Querelen und spektakuläres Versagen aufgefallen. Unschlüssig drehte Katharina die Ausweiskarte in ihrer Hand, doch Amendt schob seine demonstrativ auf dem Tisch von sich fort.

»Ich fürchte, ich muss Ihr Angebot ablehnen«, sagte er. »Mit allem Respekt: Für mich fühlt sich das so an, als wollten Sie unsere Ressourcen, die einer unabhängigen Behörde, für persönliche Zwecke einsetzen.«

De la Buquet musterte ihn kalt: »Erstens war das kein Angebot, sondern eine dienstliche Anweisung. Zweitens: Können Sie ganz sicher ausschließen, dass hinter Vogels Selbstmord keine Straftat steckt? – Und wenn wir hier schon vom persönlichen Zweck reden:

Gerade Sie beide sollten nicht mit Steinen schmeißen. Sie sitzen selbst im Glashaus.«

»Wie meinen Sie das?«

»Liegt das nicht auf der Hand? Schon bald wird irgendjemand ganz öffentlich fragen, warum Vogel gerade Ihre Behörde als Schauplatz für seinen Suizid ausgewählt hat. – Was in der Tat eine interessante Frage ist. Auf die ich übrigens auch keine Antwort habe. Und die Sie brennend interessieren sollte. Schon aus Selbsterhaltungstrieb.«

»Dennoch ...« Amendts begonnener Einwand lief ins Leere.

Der Innenminister hatte sich bereits an Katharina gewandt, die ihm wohl als die Vernünftigere von beiden erschien. »Und Sie, Kriminaldirektorin Klein? Wenn Sie Vogels Selbstmord betrachten, klingeln da nicht die ermittlerischen Alarmglocken bei Ihnen?«

Das taten sie. Leider. Der Innenminister hatte die entscheidende Frage ausgesprochen: Warum hatte Vogel ausgerechnet diese Zeit und diesen Ort ausgewählt? Vogels letzte Worte hallten in ihrem Kopf: »Aus diesem Anlass möchte ich ihnen gleich den ersten Fall übergeben.«

»Gab es denn irgendwelche Hinweise auf einen möglichen Skandal?«, fragte sie. »Gerüchte? Gemunkel? Hinter den Kulissen?«

De la Buquet lachte höhnisch auf: »Nein! Vogel war wirklich der Saubermann, für den ihn alle gehalten haben. Da war nichts. Gar nichts. Und ich hätte es wissen müssen. Es gibt nur einen, der besser informiert ist über solche Dinge als ich. Und das ist der Ministerpräsident. Und selbst der ...«

Katharina wollte etwas fragen, doch sie hielt inne. Ihr Nacken kribbelte. Vielleicht ohne es zu wollen, hatte de la Buquet gerade eine Frage beantwortet, die sie sich schon immer gestellt hatte. Robert Hans Becker, der amtierende Ministerpräsident, war ein Technokrat mit der Ausstrahlung eines Furunkels am Hintern. Katharina hatte sich immer gefragt, wie er zu seinem Posten gekommen war. Nun hatte sie eine Ahnung, wie.

Wenn der Ministerpräsident besser über alles und jeden im Bilde war als der Innenminister, dann musste er über ein weitgespanntes Informationsnetz verfügen. Vermutlich saß auch er gerade in seinem Büro und führte ein ähnliches Gespräch wie de la Buquet mit ihr. Wen würde er wohl beauftragen?

»Hat Becker ... Ministerpräsident Becker denn einen Verdacht?«, fragte sie. »Oder lässt er selbst Nachforschungen anstellen?«

Der Innenminister nickte gönnerhaft. »Ich sehe, Sie verstehen das Problem«, sagte er. »Und nein, Becker hat keinen Verdacht. Zumindest keinen, den er mit mir geteilt hätte.«

Okay, wo anfangen? Am besten mit dem Klassiker.

»Hatte Vogel Feinde? Außer Ihnen, meine ich?«, fragte Katharina.

De la Buquet zuckte zusammen. Doch in der nächsten Sekunde hatte er sich schon wieder gefasst. Er öffnete eine Schublade, fischte ein fingerdickes broschiertes Buch heraus und warf es vor Katharina auf den Schreibtisch. »Suchen Sie sich jemanden aus.«

Bei dem Buch handelte es sich um das Telefon- und Adressverzeichnis der hessischen Landesregierung und des Landtags.

»Soll das ein Scherz sein?«, fragte Katharina.

De la Buquet lachte freudlos auf. »Ich wünschte, es wäre einer. – Jan-Ole ... nun ja, Superstars haben viele Neider.«

»Auch in der eigenen Partei?«

»Kennen Sie nicht die Steigerung von Feind? Feind, Todfeind, Parteifreund?«

Katharina stieß frustriert die Luft aus. Politik war ein Spiel, in dem sie nicht gut war. Schon im Polizeipräsidium nicht. Und nun hier? War sie überhaupt kompetent für diese Aufgabe? Gab es da nicht ...?

»Sie zweifeln?«, fragte der Innenminister.

»Ich frage mich nur, ob wir wirklich die Richtigen sind. Ich meine, ich kenne mich in der Politik überhaupt nicht aus. Wäre es nicht besser, jemanden zu beauftragen, der –?« Weiter kam sie nicht.

»Meinen guten Freund Berndt meinen Sie?«

Berndt Hölsung. Katharinas Todfeind im Polizeipräsidium.

Aber ja. Hölsung wäre genau der Richtige. Der geborene Politiker. Golfpartner von de la Buquet. Er musste sich doch mit all dem hier auskennen.

Doch der Innenminister schüttelte bereits den Kopf: »Berndt. Tja. Sicher ein tüchtiger Beamter. Gut vernetzt. Wird seinen Weg nach oben machen. – Aber, ganz ehrlich, auch mir ist schon aufgefallen, dass seine Ermittlungsergebnisse eher durchschnittlich sind.«

So konnte man das auch nennen.

»Außerdem will ich gerade keinen Politiker«, fuhr de la Buquet fort. »Keinen, der das Spiel mitspielt. – Warten Sie ...« Er durchwühlte wieder einen Aktenberg auf seinem Schreibtisch und schlug schließlich einen Hefter auf. »Die Beamtin Katharina Klein ist, und darüber dürfen ihre Ermittlungserfolge nicht hinwegtäuschen«, las er vor, »ein überaus problematischer Fall, deren Diensttauglichkeit gerade im höheren Polizeidienst aus gutem Grund hinterfragt wird. Sie weigert sich, sich unterzuordnen, ignoriert Dienstvorschriften und direkte Weisungen ihrer Vorgesetzten, integriert sich nur schwer ins Team und überschreitet bei ihrer Arbeit auch schon einmal die Grenzen der Legalität. Jenseits dessen, dass sie damit kontinuierlich die ordentliche Strafverfolgung der ihr anvertrauten Fälle gefährdet, stellt sie zudem eine Bedrohung für den Betriebsfrieden dar. Sie geht in Konfliktfällen nicht ausgleichsorientiert oder deeskalierend vor.«

Katharina fühlte ihre Wangen aufglühen. Sie kannte diesen Text: ein nicht eben schmeichelhafter Eintrag in ihrer Personalakte. Sie holte Luft, um sich zu verteidigen, doch der Innenminister kam ihr zuvor: »Genau so jemanden brauche ich. Der sich um Spielregeln nicht kümmert. Für den nur das Ergebnis zählt. Der nicht mit falsch verstandener Diplomatie Zeit und Ressourcen verplempert. Der kein Problem damit hat, sich notfalls auch Feinde zu machen. Der die Eier hat, diesen Saustall, den wir Landespolitik nennen, auszukärchern und das ganze Kroppzeug in die Gosse zu schwemmen. Und Sie, Frau Kriminaldirektorin Klein, sind dieser Mensch! Das sind Sie doch? Deshalb nennt man Sie doch die Killer Queen, nicht wahr? Oder hat die Beförderung Sie etwa weichgespült?«

Katharina blieb der Mund offen stehen. Andreas Amendt bebte unter einem mühsam unterdrückten Lachen. Und noch bevor sie etwas erwidern konnte, fuhr der Innenminister fort: »Allerdings wäre ich dankbar, wenn Sie bei der Arbeit ausnahmsweise darauf verzichten, gleich ganze Ministerien niederzubrennen. Zumindest nicht ohne Vorwarnung.« Er gluckste plötzlich auf. »Doch wenn Sie das schon müssen: Fangen Sie bitte beim Innenministerium an. Dieser Bunker schlägt mir aufs Gemüt, und ich will endlich einen angemessenen Amtssitz.«

De la Buquet ließ sich in seinen Sessel zurückfallen. Lachte. Und lachte. Und lachte. Sein Lachen wurde immer höher und schriller. Tränen rannen ihm über die Wangen, er rang nach Luft, doch er lachte noch immer.

Oh Gott, er ist hysterisch, dachte Katharina. Eigentlich müsste man …

Andreas Amendt hatte wohl den gleichen Gedanken, allerdings zögerte er nicht, ihn in die Tat umzusetzen. Er ging mit zügigen Schritten um den Schreibtisch herum und gab de la Buquet zwei schallende Ohrfeigen.

Eine dritte Ohrfeige brachte endlich das gewünschte Resultat. Aus tränenden Augen starrte der Innenminister Andreas Amendt an. Doch der fühlte nur routiniert den Puls und zog eine kleine Stabtaschenlampe hervor, mit der er de la Buquet in die Augen leuchtete.

»Bitte verzeihen Sie die drastische Maßnahme«, sagte er schließlich ohne einen Funken der Entschuldigung im Ton. »Aber Sie hatten, was man im Volksmund einen hysterischen Lachanfall nennt. – Sagen Sie, Sie wurden doch nach dem Vorfall gestern medizinisch betreut, oder?«

Der Innenminister nickte artig.

»Haben Sie irgendwelche Medikamente erhalten? Zur Stabilisierung des Kreislaufs? Psychopharmaka?«

De la Buquet zögerte zunächst, doch unter Amendts streng-mitfühlendem Blick nickte er schließlich erneut.

»Und welche Medikamente?«

»Das weiß ich nicht.«

»Wie sahen die Medikamente denn aus?«

»Pillen. Klein und weiß. Hilft das?«

Amendt stieß ärgerlich die Luft aus. »Warten Sie, ich schreibe Ihnen etwas Besseres auf.«

Während er zurück um den Schreibtisch ging, zog er einen Rezeptblock und einen Kugelschreiber aus der Innentasche seiner Jacke. Er legte den Block auf den Tisch, während er die linke Hand wieder in seiner Jackentasche verbarg. Lässig an die Tischkante gelehnt schrieb er. Dann riss er das Rezept vom Block und legte es vor den Innenminister. De la Buquet nahm das Blatt, warf einen kurzen Blick darauf und wollte es wegstecken. Doch dann stockte er und las das Rezept noch einmal. »Soll das Ihr Ernst sein, Doktor Amendt?«, fragte er. »Fünf Kilometer Dauerlauf pro Tag? Mit dem Fahrrad zur Arbeit?«

Katharina wollte losprusten vor Lachen, doch dann sah sie, dass Amendt vollkommen ernst blieb.

»Körperliche Ertüchtigung ist aus medizinischer Sicht eines der potentesten Heilmittel, das wir kennen«, dozierte er wie vor einer Klasse lernunwilliger Medizinstudenten. »Neben der Erhöhung des Grundumsatzes, der Stärkung der Muskulatur, der Verbesserung von Stoffwechsel und Immunsystem und der Förderung der Durchblutung sind die bei verstärkter körperlicher Bewegung ausgeschütteten Botenstoffe das wirksamste Psychopharmakon, das wir kennen. Sie helfen gegen Depression, steigern die Antriebskräfte und unterstützen uns dabei, Stress abzubauen.« Sein Ton wurde versöhnlicher. »Ich laufe zwischen zehn und fünfzehn Kilometern am Tag. Und ich möchte das nicht mehr missen. – Das Dritte, was ich Ihnen aufgeschrieben habe«, fuhr Amendt fort, »ist aber genauso wichtig.«

»Zehn Stunden Gesprächstherapie«, las der Innenminister halblaut vor, um dann ärgerlich zu fragen: »Halten Sie mich etwa für gestört?«

Amendt blieb ruhig: »Nein, natürlich nicht. Zumindest nicht für gestörter als den Durchschnitt der Menschheit. Aber Sie waren Zeuge, als sich ein Mensch erschossen hat. Zudem ein Mensch, den Sie näher kannten. Ich halte es daher für eine gute Idee, die posttraumatische Belastung gleich von Anfang an in den Griff zu kriegen. Wenn Sie wollen, kann ich Ihnen ein paar Namen von Therapeuten nennen, die –«

»Nicht nötig«, winkte de la Buquet ab, während er das Rezept in die Innentasche seines Jacketts schob. »Wir sind hier etwas empfindlich, was die Auswahl von Ärzten und so weiter angeht. Sie wissen schon, die Presse. Deshalb müssen wir so etwas diskret angehen. Aber ich werde Ihren Rat beherzigen.«

Amendt zögerte kurz, dann fragte er: »Zu wem würden Sie gehen? Oder einer Ihrer Kollegen?«

»Ich sagte doch gerade, dass –«

Amendt hob die Hände, um den Innenminister zu bremsen. »Ich frage nicht Ihretwegen. Sondern wegen Doktor Vogel.«

»Warum das denn?«

»Niemand begeht grundlos Suizid. Die häufigste Ursache sind psychische Probleme, etwa eine Depression. Vielleicht hat Doktor Vogel deswegen Hilfe gesucht. Also: Haben Sie eine Vermutung, bei wem?«

Der Innenminister zögerte und starrte auf seinen Schreibtisch. Endlich sah er auf: »Nein. Leider nicht. Wie ich schon sagte: Es ist nicht so einfach für uns, Hilfe zu – Oder doch, Moment, Vogels Frau ist Ärztin.«

»Eventuell hat sich auch seine Sekretärin darum gekümmert«, mischte sich Michael Glaser ein. Katharina erschrak. Sie hatte ihn fast völlig vergessen. »Die paar Male, die ich mit Vogel zu tun hatte, hatte ich den Eindruck, dass sie und Vogel ein sehr vertrautes Verhältnis haben.«

»Seine Geliebte?«, fragte Katharina.

Glaser lachte, stellte dann aber wohl fest, dass seine Reaktion unangemessen war, und fuhr ernst fort: »Nein. Seine Sekretärin ist … nun, Sie werden sehen.«

»Gut. Vielleicht fangen wir genau dort an. In Vogels Büro«, sagte Katharina sachlich. »Können Sie uns den Weg zeigen, Herr Glaser?«

Der Innenminister war aufgestanden: »Nicht so vorschnell. Erst sprechen wir mit der Presse. Ich war so frei, eine kleine Pressekonferenz anzusetzen.«

»Aber ich dachte, Sie wollten die Sache diskret –?«

De la Buquet winkte ab: »So etwas bleibt nicht geheim. Spätestens dann nicht, wenn Sie irgendwo auftauchen und Fragen stellen. Da sind wir lieber ehrlich und informieren die Medien vorab.«

»Aber –«

»Noch sind die Medien auf Ihrer Seite, Frau Klein. Und das ist gut so. So sollte es auch bleiben. Sonst haben Sie ganz schnell die gesamte Bluthundmeute auf dem Hals.« Der Innenminister kam um den Schreibtisch herum: »Gehen wir.« Dann hielt er inne. »Nein, Moment, eines noch.« Er ging wieder zurück hinter den Schreibtisch, öffnete eine Schublade und nahm einen Holzkasten heraus, den er vor Katharina auf die Tischplatte stellte. »Als SEDI-Ritter sind Sie befugt, eine Waffe zu führen.« De la Buquet schob den Holzkasten auffordernd zu Katharina hin. »Die hier gehört ohnehin Ihnen, wenn ich recht informiert bin.«

Katharina klappte den Kasten auf. Darin, auf schwarzem Samt, lag ihre Stockert & Rohrbacher Modell 1. Die handgefertigte Pistole war ein Prototyp, den ihr ihr Patenonkel zum letzten Geburtstag geschenkt hatte. Die Waffe war beschlagnahmt worden, als Katharina bei ihrem letzten Fall kurzfristig unter Mordverdacht festgenommen worden war.

»Nehmen Sie«, sagte der Innenminister. »Ihre Waffenbesitzkarte und Ihr neuer Waffenschein stecken im Fach im Deckel.«

Unschlüssig klappte Katharina den Kasten zu und schob ihn in ihre Handtasche: »Brauche ich denn als Sonderermittlerin –«

»SEDI-Ritter. Sagen Sie es ruhig.«

»Brauche ich denn als SEDI-Ritter eine Schusswaffe?«

De la Buquet lächelte schmal: »Wundern würde es mich nicht.«

Pressesaal des Innenministeriums.

Fernsehkameras und Fotografen beobachteten jeden Schritt, während der Innenminister mit steinerner Miene zum Podest mit dem Tisch darauf am Kopfende des holzgetäfelten Saales marschierte, Katharina und Amendt im Schlepptau.

Endlich hatten sie den Tisch erreicht, auf dem bereits ein Wald von Mikrofonen aufgebaut war. Amendt und Katharina nahmen rechts und links von de la Buquet Platz. Katharina bemühte sich, staatstragend auszusehen. Hoffentlich wirkte das nicht, als hätte sie eine schwere Magenverstimmung.

Nachdem der Saal zur Ruhe gekommen war, verlas der Innenminister eine Presseerklärung, die ihm seine Sekretärin auf dem Weg in die Hand gedrückt hatte. Er hatte eine Hand fest auf den Tisch gepresst; Katharina konnte die Vibrationen seines Zitterns spüren. Doch sein Ton war so gelangweilt-sachlich, als verkünde er lediglich, dass das Innenministerium den Toilettenpapierlieferanten gewechselt habe.

Unwillkürlich fühlte sich Katharina an den Vortag erinnert. Und wieder klingelten ihre inneren Alarmglocken. Vermutlich nur eine Nachwirkung von Vogels Selbstmord, trotzdem ließ sie den Blick über die Journalisten schweifen. Die meisten von ihnen hatten den Kopf über ihre Notizblöcke gesenkt oder beschäftigten sich mit ihren Aufnahmegeräten. Zwei Kameramänner gähnten synchron, um dann wieder ihre Objektive zu justieren.

In der ersten Reihe saß ein grauhaariger Mann, einen aufgeschlagenen Hefter auf dem Schoß. Er schrieb nicht mit, sondern blickte zu … Andreas Amendt. Der Blick war schwer zu deuten. Neugierde vielleicht?

Der Innenminister hatte die Presseerklärung ganz vorgelesen; jetzt bat er um Fragen.

Er hätte nicht lang bitten müssen. Zunächst prasselten die Fragen völlig ungeordnet auf sie ein, sodass sie nur die Hälfte verstanden und auch keine Zeit fanden, zu antworten. Mit einer herrischen Geste bat de la Buquet um Ruhe: »Einer nach dem anderen, bitte.«

Artig schossen jetzt die Hände in die Höhe, der Innenminister deutete ins Publikum. Die nächste Viertelstunde verbrachten Katharina und de la Buquet damit, auf die Fragen mit immer neuen Varianten von »Kein Kommentar« zu antworten: »Warum hat Vogel sich umgebracht?« – »Wir stehen noch am Anfang der Ermittlungen.« – »Haben Sie schon Mutmaßungen zum Motiv?« – »Wir bitten um Verständnis, dass wir keine Spekulationen äußern wollen.« – »War Vogel in eine Straftat verwickelt?« – »Dazu haben wir keine Erkenntnisse.« – »Vermuten Sie eine parteipolitische Intrige?« –

»Wir können zu diesem Zeitpunkt keine Angaben machen, versichern Ihnen aber, dass wir mit breitem Ansatz ermitteln werden.« Und so weiter. Und so fort.

Endlich ebbte der Strom der Fragen ab. Noch einmal blickte der Innenminister in die Runde: »Nun, dann wollen wir die Konferenz an dieser Stelle beenden und Frau Klein und Professor Doktor Amendt ihre Arbeit tun lassen –«

Der grauhaarige Journalist mit dem Hefter auf dem Schoß unterbrach ihn. »Ich hätte da noch ein paar Fragen an Herrn Doktor Amendt.«

Offenbar ein Wissenschaftsjournalist. Langatmig erkundigte er sich nach Amendts Werdegang (Medizinstudium in Frankfurt, Facharztausbildung zum Neurologen gleichfalls in Frankfurt, zum Gerichtsmediziner in Freiburg), nach seiner Dissertation (irgendwas mit sieben Fremdwörtern im Titel, die Katharina sich nicht merken konnte) und Habilitationsschrift (»Darstellung und Dokumentation okkulter subkutaner Einblutungen« – freundlicherweise fragte niemand nach einem satanistischen Bezug). Dann wandte sich der Journalist den Ereignissen des Vortags zu. Geduldig beantwortete Amendt die Frage nach der vorläufigen Todesursache: »Schweres Hirntrauma nach einer Schussverletzung«, mehr könne und dürfe er an dieser Stelle nicht sagen.

»Sind solche Verletzungen in der Regel tödlich?«

»Es kommt darauf an«, war Amendts ausweichende Antwort. »Auf den Schusswinkel zum Beispiel.«

»Aber Schüsse mit unter dem Kinn aufgesetzter Pistole gelten als tödlich, richtig?«

»Nun, auch in diesem Fall kann die Kugel am Knochen oder an den Zähnen abprallen.«

»War das bei Herrn Doktor Vogel der Fall?«

»Nein. Dann hätten wir eine sehr auffällige Austrittswunde vorliegen.«

»Die Verletzung war also aller Wahrscheinlichkeit nach sofort tödlich?«

»Nach medizinischem Ermessen ja. Aber Wunder geschehen immer wieder.«

»Haben Sie solch ein Wunder schon einmal erlebt?«, fragte der Journalist scharf. Katharina wurde hellhörig. Doch kein Wissenschaftsjournalist? Wenn nein, worauf wollte er hinaus?

»Nur in der Fachliteratur davon gelesen«, antwortete Amendt.

»Sie mussten also davon ausgehen, dass Vogel bereits tot war. Und doch haben Sie versucht, sein Leben zu retten.«

»Ich hatte eindeutige Lebenszeichen. Puls, Atmung. Und für eine genauere Untersuchung hatte ich weder Zeit noch Mittel. Ich war also verpflichtet zu helfen. – Und wie ich schon sagte: Wunder geschehen immer wieder.«

»Hatten Sie vielleicht auch persönliche Gründe, sich über das Maß hinaus zu engagieren?«

»Wie meinen Sie das?«

»Offenkundig wollte Doktor Vogel freiwillig aus dem Leben scheiden. Und er war immer ein Vorkämpfer für den freien Patientenwillen. Vielleicht hätten Sie –«

»Nun, Sie wissen es vielleicht nicht, aber hätte ich nicht geholfen, hätte ich mich strafbar gemacht«, unterbrach ihn Amendt ungehalten. »Ohne eine schriftliche Patientenverfügung –«

»Oder einen klaren Ausdruck des Patientenwillens«, schnitt ihm der Journalist das Wort ab. »Und Vogel hat ja seinen freien Willen klar zum Ausdruck gebracht, als er sich die Kugel in den Kopf geschossen hat, oder sehen Sie das anders?«

Amendt räusperte sich: »Also, freier Wille in Zusammenhang mit einem Suizid ist so eine Sache, die momentan übrigens in der Wissenschaft sehr kontrovers diskutiert wird. Gerade bei einer zugrunde liegenden psychischen Erkrankung ist es schwer, von freiem Willen zu reden.«

»War Doktor Vogel psychisch erkrankt?«

»Ich weiß es nicht, und selbst wenn ich es wüsste, dürfte ich Ihnen darüber keine Auskunft geben«, fertigte Amendt den Journalisten ab. »Gerade weil ich keine weiteren Informationen hatte, war ich zum Eingreifen verpflichtet.«

De la Buquet nutzte die kurze Pause, die danach entstand: »Nun, das ist ein gutes Schlusswort. Wenn es keine weiteren Fragen mehr gibt …«

Der grauhaarige Journalist hob erneut die Hand: »Ich war mit meinen Fragen noch nicht am Ende.« Da sich auch die anderen Reporter jetzt neugierig vorbeugten, erteilte der Innenminister ihm erneut das Wort.

Der Journalist setzte sich etwas aufrechter hin: »Herr Doktor Amendt, kann es nicht auch sein, dass Sie aufgrund persönlicher Erfahrungen voreingenommen sind?«

Katharina sah, dass Amendt schluckte. Der Journalist erklärte selbstzufrieden: »Mir liegen Dokumente vor, aus denen hervorgeht, dass die Eröffnung der Sonderermittlungseinheit, der Sie vorstehen, verschoben werden musste, da Sie krankgeschrieben waren. Sie waren in einer psychiatrischen Klinik, ist das richtig?«

»Nein«, sagte Amendt eisig. »Es waren zwei Kliniken. Zunächst die psychiatrische Abteilung des Universitätsklinikums Frankfurt, in die ich nach einem gescheiterten Suizidversuch eingewiesen wurde. Danach die Privatklinik Doktor Beilhartz in Königsstein, wo ich mich freiwillig wegen einer Tablettenabhängigkeit habe behandeln lassen.«

Die Journalisten begannen emsig, auf ihren Notizblocks zu kritzeln, andere überprüften hektisch ihre Aufnahmegeräte, die Kameramänner, die nun nicht mehr gähnten, justierten ihre Arbeitsgeräte auf Amendt.

Der grauhaarige Journalist räusperte sich und warf einen Blick in den Schnellhefter. »Tablettenabhängigkeit und ein Suizidversuch … Gemessen an diesen Tatsachen: Fühlen Sie sich einer so verantwortungsvollen Aufgabe wie der Leitung eines eigenen Institutes gewachsen?«

Amendt blieb ruhig: »Zwei unabhängige Gutachter haben meine Diensttauglichkeit bestätigt. Andernfalls hätte ich den Posten wohl kaum antreten dürfen.«

»Ist es dennoch möglich, dass Sie als Überlebender eines Suizidversuchs in der Causa Vogel nicht ganz unvoreingenommen sind?«

Amendt wollte antworten, doch der Innenminister kam ihm zuvor: »Doktor Amendt genießt in dieser Angelegenheit mein vollstes Vertrauen. Ich bin mir sicher, dass nicht nur seine medizinische Expertise, sondern auch seine persönlichen Erfahrungen ihm wertvolle Einsichten ermöglichen. Und ich denke, wir sollten die Pressekonferenz an dieser Stelle wirklich beenden.«

»Einen Augenblick«, der Journalist war aufgestanden, »Herr Doktor Amendt, stimmt es gleichfalls, dass –«

Amendt ließ ihn nicht ausreden: »Stimmt was? Dass meine Mutter unter einer Erkrankung aus dem schizophrenen Formenkreis litt und meinen Vater umgebracht hat? Und sich selbst? Ja, das stimmt gleichfalls. Damals war ich zwölf. Und nein, ich selbst bin *nicht* schizophren. Ich bin mir sicher, dass Ihre Unterlagen das ebenfalls belegen.«

Der Journalist wirkte, anders als seine Kollegen, nicht sonderlich überrascht, sondern verärgert, dass Amendt ihm die Pointe gestohlen hatte. »Aber –«, wollte er fortfahren.

Doch Amendt hatte endgültig die Geduld mit ihm verloren. Er lehnte sich vor, damit die Mikrofone ihn auch klar und deutlich aufzeichneten: »Und, um hier gleich reinen Tisch zu machen: Ja, ich bin 1991 als Verdächtiger für die Morde an meiner Verlobten – der Schwester von Frau Kriminaldirektorin Klein übrigens – und ihren Eltern festgenommen worden. Die Anklage wurde mangels Beweisen fallengelassen.«

Der Innenminister stand so kraftvoll auf, dass sein Stuhl umkippte. »Die Konferenz ist beendet.«

Er packte Katharina und Andreas Amendt am Arm und zog sie zu einer kleinen Seitentür hinter dem Tisch, das Fragenbombardement aus dem Publikum ignorierend. Michael Glaser hatte die Tür bereits geöffnet und de la Buquet stieß sie hindurch in ein Treppenhaus. Hastig manövrierte er sie die Treppe hinauf und durch zahlreiche Gänge, bis sie endlich wieder im Büro des Innenministers angelangt waren. Er drängte Katharina und Amendt hinein und schloss energisch die Doppeltür.

Dann wirbelte er zu Andreas Amendt herum und stieß ihm den Zeigefinger gegen die Brust: »Sind Sie vollkommen übergeschnappt?«

Amendt wischte den Finger beiseite wie eine lästige Fliege: »Nein. Ein abstinenter Tablettenabhängiger. Ehrlichkeit ist eine gute Idee für mich.«

»Ehrlichkeit ist eine gute Idee für Sie?«, tobte de la Buquet los. »Und für uns? Für Ihre Ermittlungen? Das steht doch morgen alles in der Presse! Wie stehe ich dann da?«

»Das hätte morgen ohnehin in der Presse gestanden. Haben Sie den Journalisten nicht gesehen? Der wusste genau, was er da in den Händen hielt. Und hat nur darauf gewartet, seine Karten auszuspielen. – Besser, ihm den Wind aus den Segeln zu nehmen.«

»Aber –«

»Kein Aber.« Noch nie hatte Katharina Amendt so schneidend gehört. »All diese Informationen waren vertraulich. Einzig aktenkundig sind sie hier. Im Innenministerium. Sie sollten vielleicht einmal herausfinden, wer dieser Journalist war und wer ihm die Akten zugespielt hat.«

»Sie meinen ...?« Der Innenminister war blass geworden.

»Ja. Sie haben einen Maulwurf im Ministerium.«

Im nächsten Moment hatte sich de la Buquet gefasst. »Michael?«

Doch Glaser, den Willen seines Chefs vorausahnend, war bereits durch die Bürotür geschlüpft. De la Buquet sah ihm nach: »Der Glaser wird sich da schon drum kümmern. Ehemaliger Verfassungsschützer. Dann persönlicher Referent des Ministerpräsidenten. Ich hatte Glück, dass er mehr an innerer Sicherheit interessiert ist als an der Bundesgartenschau. Deshalb konnte ich ihn abwerben.« Langsam wanderte er zu dem kleinen Tisch mit dem Schachbrett hinüber und setzte sich in den Sessel. Wurde wieder zum uralten Mann. »Und keiner von Ihnen beiden spielt Schach? Ich sehe den verdammten Zug einfach nicht.«

»Vielleicht sollten wir besser überlegen, was unser nächster Zug ist«, begann Katharina vorsichtig.

»Na, was wohl?«, sagte Amendt ungeduldig. »Wir finden raus, warum sich Vogel umgebracht hat. So schnell wie möglich. Offenbar will das jemand verhindern.«

Früher Tempoverlust

Montag, 7. April 2008.
Soweit ein echter Montag.

»While forced play winds through a labyrinth of variations like Ariadne's thread, you have to go in this direction.«
IGOR ZAITSEV

Justizministerium. Vorzimmer des Ministers.

Die pompöse Flügeltür stand offen. Trotzdem klopfte Katharina höflich gegen den Türrahmen. Eine leise Frauenstimme sagte: »Herein!«

Das Vorzimmer sah aus, als wäre ein Sturm hindurchgefegt: offene Schranktüren, herausgezogene Schubladen, ein paar Kabel, die aus einer Bohrung in der leergefegten Schreibtischplatte ragten, Schreibutensilien und Notizblöcke, auf dem Boden verstreut.

Die Frau, die an einem der Fenster gestanden und hinausgesehen hatte, drehte sich jetzt zu ihnen um. Sie war groß und – wie nannte man das noch? Genau! – stattlich. Sie trug einen schwarzen Hosenanzug, der ihre üppige Figur verbarg, ihr blond gefärbtes Haar war zu einer Turmfrisur aufgeschichtet, von der Katharina geglaubt hatte, dass sie irgendwann im letzten Jahrtausend in den Giftschrank der friseurlichen Todsünden gewandert war. Um den Hals der Frau hing an einer silbernen Kette eine Lesebrille mit kantigem Rahmen. Ihr Gesicht war jedoch weich und machte den strengen Eindruck zunichte. Ihre Augen waren rot, sie musste geweint haben.

Mit zielgerichteten Schritten ging die Frau zu ihrem Schreibtisch, setzte sich auf den Bürostuhl, dann beugte sie sich zu Boden und hob ein silbernes Schild auf, das sie vor sich hinstellte. »Anita

Gmündner – Chefsekretärin« stand darauf. »Sie wünschen?«, fragte sie mit mütterlicher Strenge.

Michael Glaser hatte recht gehabt. Anita Gmündner war entschieden nicht der Typ einer Geliebten (außer Vogel hatte einen Bemutterungs-Fetisch gehabt – man sollte ja nichts ausschließen).

Katharina trat vor den Schreibtisch: »Katharina Klein und Andreas Amendt. Innenminister de la Buquet wollte unser Kommen ankündigen.«

Anita Gmündner deutete auf das traurig aus ihrer Schreibtischplatte ragende Kabelbündel. »Sie haben alles mitgenommen«, sagte sie. »Auch die Telefone. Computer. Akten. Mein Diensthandy. Sogar die Blumenvasen. Alles.«

»Wer?«, fragte Katharina.

»Die Männer vom Archiv. Sonst brauchen die immer Wochen, um auch nur eine Akte aufzugabeln.« Ohne Vorankündigung brach Anita Gmündner in Tränen aus.

Weinende Zeugen! Katharina hatte noch nie mit ihnen umgehen können. Andreas Amendt war jedoch bereits um den Schreibtisch herumgegangen, hatte ein Taschentuch aus seiner Jacke gezogen und es Anita Gmündner gereicht. Sie trocknete sich die Augen, doch es half nichts. Sie weinte weiter. Amendt ging neben ihrem Stuhl in die Hocke und nahm ihre Hand.

Katharina kam sich überflüssig vor. Und …

Rasch ging sie hinaus auf den Flur und zog ihr neues Handy aus der Handtasche. Sie hatte sich von ihrem ersten Gehalt als Kriminaldirektorin ein iPhone gegönnt. Dann durchsuchte sie ihre Taschen nach der Visitenkarte von Michael Glaser. Kurz bevor sie das Innenministerium verlassen hatten, war er noch einmal herangehuscht und hatte ihr die Karte in die Hand gedrückt. Auf die Rückseite hatte er seine Handynummer geschrieben, mit dem Hinweis, auf der könne sie ihn Tag und Nacht erreichen.

Glaser hob bereits nach dem ersten Klingeln ab: »Frau Klein, was kann ich für Sie tun?«

Ja, was? »Es sieht so aus, als ob alle Unterlagen aus Vogels Büro bereits ins Archiv gebracht worden sind. Können Sie uns da Zugang verschaffen?«

»Was denn? Jetzt schon? Das Staatsarchiv ist doch sonst so schläfrig. – Ich schaue, was ich tun kann. Melde mich später bei Ihnen.«

Er wollte wohl schon auflegen, als Katharina ihn stoppte: »Schon herausgefunden, wer der Journalist war?«

»Nein«, kam die knurrende Antwort. »War wohl nicht akkreditiert. Unser Pressemäuschen kannte ihn auch nicht. Na, den Pförtner, der den durchgelassen hat, schnappe ich mir.«

Damit war das Telefonat beendet. Frustriert steckte Katharina das Handy in ihre Handtasche und ging zurück ins Vorzimmer.

»Natürlich war Jan-Ole ein guter Chef. Ich meine, er hat mir die Stelle hier verschafft, als mich niemand anderes einstellen ...« Anita Gmündner drohte, wieder in Tränen auszubrechen. Amendt, der inzwischen auf einem Stuhl neben ihr saß, drückte ihre Hand fester.

Katharina entdeckte eine umgefallene Trittleiter. Sie stellte sie vor den Schreibtisch und setzte sich auf die oberste Stufe.

»Jan-Ole? Sie waren per Du?«, fragte sie zaghaft.

»Ja. Er hat es mir angeboten. Seine ... seine Büroperle hat er mich immer genannt.« Anita Gmündner schluchzte erneut.

Rasch fragte Katharina, um sie abzulenken: »Was war Ihre Aufgabe hier?«

Anita Gmündner sah sie verwundert an, dann sagte sie stolz: »Ich war seine Chefsekretärin. Ich habe alles für ihn gemacht. Schreibarbeiten. Seinen Kalender geführt. Telefonate für ihn vermittelt. Termine vereinbart.«

»Auch Arzttermine?«, fragte Andreas Amendt.

Anita Gmündner antwortete verständnislos: »Nein. Das ... das muss er wohl selbst gemacht haben. Oder seine Frau. Die ist doch Ärztin.«

»Hatte Vogel –?«, begann Katharina.

»Doktor Vogel, bitte«, korrigierte Anita Gmündner sie streng.

»Hatte Doktor Vogel Feinde?«

Aus Anita Gmündners Kehle drang ein grunzender Laut zwischen Schluchzen und Auflachen. »Hunderte. Wir haben sogar Morddrohungen bekommen.«

»Haben Sie die aufgehoben?«

»Nein, die haben wir immer gleich an den Staatsschutz weitergeleitet. Das ist Vorschrift.« Na Klasse, der Staatsschutz war mindestens ebenso geheimniskrämerisch wie die Geheimdienste.

»Aber Jan-Ole hat die Drohungen nie ganz ernst genommen«, fuhr Anita Gmündner fort. »Hat immer gesagt, wenn dich jemand bedroht, machst du irgendetwas richtig.«

»Und wie sah es aus mit Widersachern in seiner Umgebung? Andere Politiker vielleicht?«

Anita Gmündner lächelte melancholisch: »Ja. Vor allem die aus seiner eigenen Partei.«

»Irgendjemand, der gegen ihn intrigiert hat?«

»Versucht haben es alle. Aber Jan-Ole ... Am schlimmsten sind ... waren Becker und de la Buquet.«

»Der Ministerpräsident und der Innenminister?«

»Genau. Ich meine, de la Buquet und Jan-Ole waren ja schon in der Öffentlichkeit über Kreuz. Aber die Briefe, die sie sich geschrieben haben? ›Jan-Ole‹, habe ich oft gesagt, wenn er mir wieder einen diktiert hat, ›das schreiben wir so nicht. Sonst muss ich dir den Mund mit Seife auswaschen‹.«

»Und worüber haben die beiden gestritten?«

»Ach, über alles. Drogenlegalisierung. Grundrechte. Einschränkung von Polizeikompetenzen. Vor allem aber über das Frankfurter Bahnhofsviertel.«

Katharina erinnerte sich, dass de la Buquet im letzten Jahr vor der Presse verkündet hatte, er wolle am liebsten das gesamte Viertel durchkärchern und den ganzen Abschaum in die Gosse schwemmen lassen. Vogel hatte ihn daraufhin einen Banken- und Immobilienmakler-Knecht genannt.

»Das hat Jan-Ole ganz besonders am Herzen gelegen«, redete Anita Gmündner weiter. »Die Armut. Die Obdachlosigkeit. Die wollte er bekämpfen. Den Menschen wieder Hoffnung geben. Das war seine Lebensmission.«

Das hatte auch in dem Nachruf gestanden. In jedem Fall würde Katharina noch einmal mit dem Innenminister sprechen müssen.

Andererseits: Wenn er seine Finger im Spiel hatte, warum hatte er dann gerade sie mit dieser Ermittlung beauftragt? Ihr fiel eine Bemerkung von de la Buquet wieder ein.

»Und doch hat Vogel … Doktor Vogel mit Innenminister de la Buquet Schach gespielt. Noch am Samstag.«

»Ja, das machte er manchmal. Umarme deine Feinde, hat er immer gesagt. Nichts ärgert sie mehr.«

»Und der Ministerpräsident?«, fragte Andreas Amendt. Richtig. Anita Gmündner hatte ja noch einen weiteren Feind benannt.

»Der war besonders schlimm. Hat Jan-Ole gehasst. Es war ja kein Geheimnis, dass Jan-Ole beliebter war. Gehört ja auch nicht viel dazu. Am Freitag, da ist Becker einfach hier reingestürmt. Direkt durch in Jan-Oles Büro. Die beiden haben sich angeschrien.«

»Wissen Sie, weshalb?«

»Nein. Die Doppeltür war zu. Ich habe nur die Stimmen gehört. Und Jan-Ole musste danach sofort weg. Hat mir nicht mehr erzählt, um was es ging. – Aber Becker hat eine Vase nach ihm geschmissen und –«

In diesem Augenblick wurden sie von einem jungen Mann unterbrochen, der einen großen Pappkarton hereinschleppte und auf den Schreibtisch stellte. »Lieferung für Anita Gmündner«, sagte er gelangweilt und hielt sein Klemmbrett über den Schreibtisch. Geistesabwesend unterschrieb die Chefsekretärin. Der junge Mann schlurfte aus dem Raum.

Mechanisch öffnete Anita Gmündner den Karton. Er war mit farbigen DIN-A4-Umschlägen gefüllt. Rot, gelb, blau, grün. Obenauf lagen ein kleines Päckchen sowie ein weißer Briefumschlag, auf dem mit geschwungener Handschrift geschrieben stand: »Anita – persönlich«. Sie öffnete den Umschlag und zog einen Brief heraus.

Plötzlich ändert sich ihr Ton: »Ich glaube, Sie müssen jetzt gehen«, sagte sie streng. Dann ging sie zum Fenster, um den Brief zu lesen. Tränen liefen ihr über die Wangen.

Katharina wollte etwas sagen, doch Amendt legte ihr die Hand auf den Arm. Leise gingen sie nach draußen. Behutsam schloss Amendt die Tür.

Chaos im Staatsarchiv.

Überall standen Kisten, Kartons, ja selbst Plastiktüten mit Akten. Menschen eilten durch die verstopften Gänge, um noch mehr Akten anzuliefern. Es dauerte zehn Minuten, bis sie endlich einen gestressten Archivar gefunden und gestellt hatten.

»Quartalsabschluss«, hatte er geknurrt. »Ein Kilometer neue Akten, dafür sind zwei Kilometer verjährt und müssen nach ›für die Geschichte des Landes erheblich‹ und ›überflüssig‹ sortiert werden.«

Und nein, die Sendung mit den Akten aus Vogels Büro sei ihm noch nicht untergekommen. Auch im Computer sei sie noch nicht als ›angeliefert‹ verzeichnet. Aber das konnte auch in der Hektik untergegangen sein. Wenn sie denn die Akten unbedingt brauchten, müssten sie ein Archivanforderungs- und Nachforschungsformular ausfüllen und abwarten. Das könne aber ein bis zwei Monate dauern. Sie könnten ihrem Dienstherrn dafür danken, dass er das Budget des Staatsarchivs so großzügig zusammengekürzt hatte, dass selbst die Alltagsaufgaben kaum noch zu bewältigen waren.

Vor dem Wohnhaus eines Ministers.

»Scheint niemand da zu sein.«

Frustriert drückte Katharina noch einmal die Klingel in der gemauerten Säule, die das schmiedeeiserne Gartentor hielt.

Zwischen den anderen Villen des Viertels nahm sich der Bungalow der Vogels bescheiden aus. Doch Katharina erkannte die klaren Linien, den Glas- und Natursteinbaustil sofort als die Handschrift eines italienischen Stararchitekten. Ihr Vater, der vor seiner Karriere als Kunsthändler Kunst- und Architekturgeschichte studiert hatte, hatte oft mit Katharina und ihrer Schwester Susanne Ausflüge unternommen und ihnen die unterschiedlichen architektonischen Schulen erklärt. Dieser Architekt war sein besonderer Favorit gewesen; er hatte immer davon geträumt, sich eines Tages von ihm eine Galerie nach Maß bauen zu lassen.

Architektenvilla, dann das großzügig bemessene Grundstück in der besten Lage von Wiesbaden ... Eine Dienstvilla? Oder gehörte sie Vogel persönlich? Wenn ja, so notierte sich Katharina in Gedanken, sollte sie unbedingt herausfinden, wie Vogel sich die Immobilie hatte leisten können. War er vielleicht verschuldet gewesen?

Das große Tor im mannshohen Gartenzaun hatte keine Klinke. Katharina schaute sich auf der Straße um. Keine Passanten. Nur in einiger Entfernung ein parkendes Auto am Straßenrand, in dem zwei Männer saßen. Ein Schild hinter der Windschutzscheibe wies sie als »Presse« aus. Paparazzi vermutlich. Egal!

»Machen Sie mal eine Räuberleiter!«, befahl sie Andreas Amendt.

Gehorsam hielt er ihr die rechte Hand hin, die linke blieb in seiner Jackentasche. Na, hoffentlich überschätzte er seine Kräfte nicht. Katharina setzte einen Fuß auf die Hand, fasste in das Gitter und zog sich nach oben.

Wow! Krafttraining hatte offenbar auch zu Amendts Therapie gehört. Er schob sie in die Höhe, bis sie sich über das Gitter des Tores schwingen konnte. Katharina ließ sich fallen und landete etwas unsanft auf dem Kiesweg. Ihr Knöchel schmerzte. Richtig, den hatte sie sich ja verstaucht. Vorsichtig trat sie auf. Es tat zwar etwas weh, war aber auszuhalten.

Amendt stand noch auf der anderen Seite des Tores und machte keine Anstalten, ihr zu folgen. Vielleicht wollte er Wache stehen? Trotzdem fasste sie an die Klinke an der Innenseite des Tors. Es war nicht abgeschlossen. Seltsam. Ein Justizminister sollte doch eigentlich mehr um seine Sicherheit besorgt sein, oder?

Amendt trat hindurch und schloss das Tor hinter sich. Sie wanderten die kiesbestreute Auffahrt hinauf zum Haus und klingelten an der Tür. Keine Reaktion. Nicht beim zweiten oder dritten Klingeln und auch nicht, als sie klopften und gegen die Tür hämmerten.

Niemand zu Hause. Oder?

Sicherheitshalber ging Katharina einmal ums Haus herum und spähte durch die Fenster. Nichts Besonderes zu sehen. Nur ein sehr aufgeräumtes und mit geschmackvoller Schlichtheit eingerichtetes Haus. Alle Fenster waren verschlossen.

»Sollen wir?«, fragte Andreas Amendt, als sie wieder an der Eingangstür angekommen war. Er hielt ihr ein kleines Etui hin. Sein Set mit Dietrichen. Amendt konnte gut damit umgehen, wie Katharina herausgefunden hatte, als sie auf der Suche nach dem Mörder ihrer Familie gewesen waren.

Für einen Moment war Katharina versucht, Amendts Vorschlag nachzugeben. Doch dann blickte sie noch einmal durch das Kassettenfenster und sah das kleine rote Licht an einem unscheinbaren weißen Kasten gegenüber der Tür. »Besser nicht. Die Alarmanlage ist scharf. Und eine Festnahme wegen Einbruchs ist nicht gerade ein guter Start für unsere Ermittlungen.«

»Wir könnten Gefahr im Verzug geltend machen. Suizid ist ansteckend, wie man so schön sagt.«

Das stimmte. Katharina hatte selbst schon erlebt, wie Angehörige ihrem geliebten Menschen folgen wollten. Andererseits ...

»Wenn jemand im Haus wäre, wäre die Alarmanlage ausgeschaltet.«

»Die Vogel ist ausgeflogen, meinen Sie?«

Das schwere Gartentor zum Haus der Vogels war ins Schloss gefallen. Ratlos standen Amendt und Katharina auf dem Bürgersteig. Was nun?

Schnelle, klackernde Schritte hinter ihnen.

»Frau Klein! Doktor Amendt! Warten Sie! Bitte!«

Das klang eher flehend als nach einem Befehl. Eine junge Frau kam so schlagartig vor ihnen zum Stehen, dass sie stolperte. Amendt fing sie an den Schultern auf.

Einen Augenblick sah es so aus, als wolle sich die Frau vor lauter Dankbarkeit an Amendts Brust sinken lassen. Auf ihren Wangen glühten kleine hektische Flecken. Na dann viel Glück, Kleine, dachte Katharina. Viel Spaß mit Amendt. Gleichzeitig ärgerte sie der leichte Stich von Eifersucht im Bauch.

Endlich trat die junge Frau einen Schritt zurück: »Ich ... ich bin Lisa. Lisa Riedtmann. Ich habe Sie gestern Morgen für das Radio interviewt. Und ich war auch gerade auf der Pressekonferenz. Außerdem schreibe ich für ›Mademoiselle‹ und –«

Katharina bemühte sich, ihr höflichstes Lächeln aufzusetzen: »Leider können wir Ihnen zum Stand der Ermittlung keine weiteren Auskünfte geben.«

»Ja, ja, schon klar.« Offensichtlich aus dem Konzept gebracht, stotterte die junge Frau. »Ich ... ich wollte nur fragen: Ist das alles wirklich wahr? Was heute gesagt worden ist? Über Sie, Doktor Amendt?«, wandte sie sich wieder an das Objekt ihrer Begierde.

»Ja«, antwortete Amendt kalt.

Die Augen der Reporterin wurden größer. »Aber das ist ja furchtbar! Sie haben mehr als anderthalb Jahrzehnte damit gelebt, für den Mord an Ihrer Verlobten verdächtigt zu werden? Und Sie wussten nicht einmal selbst, ob Sie es gewesen sind?«

Katharina trat zwischen Amendt und die Reporterin: »Er war es nicht. Das haben wir bewiesen.« Oh Gott, sie war zu voreilig. Sie sprach zu einer Medienvertreterin, verdammt. Dabei hatte sie sich doch verpflichten müssen, über die Ermittlungen zum Mord an ihrer Familie Stillschweigen zu bewahren.

Doch Lisa Riedtmann nickte nur: »Ja, ja, natürlich. Das stand auch so in den Unterlagen.«

»Welche Unterlagen?«

»Na ja, dieser Kollege, der die ganzen Fragen gestellt hat, der hatte irgendwelche Dokumente. Und nach der PK –«

»Nach der was?«

»Der Pressekonferenz. Also, da haben wir alle eine Mail bekommen. Mit diesen Unterlagen zu Doktor Amendt. Warten Sie, ich ...« Sie wollte in ihre Umhängetasche greifen, um ein kleines Notebook hervorzuziehen, verhedderte sich an den Henkeln, ließ die Tasche beinahe fallen, stolperte vor Schreck wieder – auch diesmal war Amendt ganz Kavalier –, stellte die Tasche schließlich auf den Boden und zog das Notebook mit beiden Händen heraus. Sie klappte es auf und tippte auf eine Taste: »Hier!«

Katharina nahm der Reporterin kurzerhand den Rechner ab und scrollte durch das Dokument. Medizinische Unterlagen und Gutachten, Auszüge aus ihrer Ermittlungsakte ... Unglaublich.

»Könnten Sie mir die E-Mail weiterleiten?«

Lisa Riedtmann zog beflissen ihr iPhone aus der Jacke. Das gleiche Modell wie Katharinas, nur steckte es in einer violetten, mit Strasssternchen verzierten Schutzhülle. Katharina gab ihr ihre private E-Mail-Adresse. Wer wusste, wer ihren Dienstaccount mitlas. Zufrieden drückte die Reporterin auf Senden. Katharina holte ihr eigenes iPhone hervor und sah in den Posteingang. Die E-Mail war wohlbehalten eingetroffen. Die ursprüngliche Absenderadresse gehörte zu einem Provider, der Wert auf Anonymität legte und an dem sich selbst das FBI die Zähne ausgebissen hatte.

»Wissen Sie, von wem das kam?«

»Nein, keine Ahnung. Auch die Kollegen haben es nicht gewusst. Hat eine riesige Debatte gegeben, ob sie dieses Material verwenden sollen.«

»Und der Journalist, der mich befragt hat?«, mischte sich Andreas Amendt ein.

»Das war ganz merkwürdig«, sagte die Reporterin. »Natürlich wollten alle mit dem sprechen. Woher er die Infos hat und so. Aber der war einfach verschwunden. Angeblich kam er vom Spiegel, aber …«

»Aber?«, bohrte Katharina nach.

»Na ja, mein Schatz … also, mein Freund … mein Lebensgefährte … nein, mein Verlobter …« Versonnen sah sie auf den Ring an ihrer linken Hand. »Sorry, bin noch nicht dran gewöhnt. Er hat mich erst letzte Woche gefragt und –«

»Herzlichen Glückwunsch«, unterbrach Amendt sie ungehalten. »Was ist mit Ihrem Verlobten?«

»Ach so, ja, also, der ist Schlussredakteur beim Spiegel. Und er hat die PK im Fernsehen gesehen. Ich habe ihn gleich danach angerufen. Also, na ja, er meinte, den hat er noch nie gesehen. Meinen Sie«, ihre Stimme wurde zum verschwörerischen Flüstern, »er arbeitet vielleicht für den Focus?«

Nach einem Moment des Schweigens sagte die Reporterin plötzlich: »So, ich muss dann mal weiter.« Sie nahm Katharina ihr Notebook wieder ab und schob es zurück in die Umhängetasche. »Aber, eins noch …«, begann sie wie ein sechzehnjähriges Schulmädchen, das ihren Lieblingsstar um ein Autogramm bitten will. »Doktor Amendt? Darf ich ... also ... über all das ... darf ich darüber schreiben?«

Amendt lächelte. Lisa Riedtmann errötete.

»Natürlich«, sagte er. »Wir haben Pressefreiheit.«

Verlegen wollte sich die Reporterin umdrehen, doch Amendts Frage hielt sie zurück. »Sagen Sie, was wissen *Sie* über Jan-Ole Vogel? Sie haben doch bestimmt gute Informationen.«

Seine Stimme klang so schmeichelnd, dass Katharina beinahe erschrak.

Lisa Riedtmann erstrahlte im hellsten Reporterstolz: »Nun, nicht viel. Vita und so weiter. Ich wollte ja immer gerne eine Homestory über ihn machen, aber ... so schwer, an ihn heranzukommen. Sein Presseagent blockt immer alles ab. Dieser Ulf Marbert.« Unwillkürlich schüttelte sie sich. »Ganz unangenehmer Typ. Hat aber alle Politiker unter Vertrag.« In ihren Augen leuchtete ein kriminalistischer Geistesblitz auf. »Den sollten Sie mal unter die Lupe nehmen.«

Ulf Marbert. Der Kommunikationsberater mit dem Teflonlächeln. Katharina sah ihn vor sich, wie er mit seinem Kind auf dem Schoß dagesessen hatte. Auf der Eröffnungsfeier. Sie notierte sich in Gedanken, dass sie tatsächlich mit ihm sprechen sollte, auch wenn sie sich nicht viel davon versprach. Marbert war ein Meister darin, nichts zu sagen.

»Und seine Frau?«, fragte Amendt weiter.

»Monica Marbert? Die Eisprinzessin?«

»Nein, ich meinte Frau Vogel«, korrigierte Amendt sich.

»Ach, die ist so wunderschön. Die Haut, die sie hat, und das mit Mitte vierzig? Und dann diese langen roten Haare.«

»Wissen Sie, wo sie steckt?«

»Nein. Ich hatte gehofft, sie wäre zu Hause. Wir, also das Team von ›Mademoiselle‹, waren große Fans ihres Mannes, da wollte ich ihr wenigstens mein Beileid aussprechen.«

Und für eine kleine Homestory recherchieren. Katharina sprach den Gedanken nicht aus.

»Gab es denn keine Gerüchte über Jan-Ole Vogel? Ich meine, es wird doch gerade bei Prominenten immer etwas gemunkelt«, fragte Amendt weiterhin freundlich lächelnd.

»Ich berichte doch nicht über Gerüchte«, erwiderte die Reporterin empört. Amendt hatte den Bogen wohl überspannt. »Obwohl …« Oder doch nicht? »Na ja, das ist aber wirklich nur ein Gerücht. Und ich glaube das nicht.«

»Nämlich?«

»Angeblich«, schamvoll senkte Lisa Riedtmann die Stimme, »angeblich soll Vogel gerne Frauenkleider getragen haben. Aber nein!« Ihre Stimme wurde wieder fester. »Nein. Das glaube ich nicht.«

Oh süße Unschuld, dachte Katharina.

»Und dann war da noch diese Sache«, fuhr Lisa Riedtmann fort. »Eine Kollegin, die den Vogel nicht mag, hat behauptet, dass sie mal gesehen hat, wie er auf einer Party mit einer kurzhaarigen Blondine rumgeknutscht hat.«

»Und?«

»Seine Frau hat doch lange rote Haare.«

Mantrin

Montag, 7. April 2008. Weiterhin.

»On the chessboard, lies and hypocrisy do not last long.«
Emanuel Lasker

Im Garten der Karl-Kreutzer-Villa.

Zwei wuchtige, dreistöckige Flügel, die ein großes L bildeten.

Der Flügel, der in Richtung Straße und Mainufer zeigte, wurde von einem Turm abgeschlossen, der an eine mittelalterliche Festung erinnerte – wenn seine Mauern nicht statt durch Schießscharten von großen Fenstern durchbrochen gewesen wären.

Der hintere Flügel endete in einem Rundbau.

Der Stein des Gebäudes war verwittert und dunkel vom Staub der letzten hundertfünfzig Jahre. Auch der helle Frühlingssonnenschein konnte die Düsternis, die das Gebäude umgab, nicht ganz besiegen.

Die Karl-Kreutzer-Villa war eine Trutzburg. Oder ein Gefängnis.

Die kleine, aber schwere Stahltür neben der Einfahrt war hinter Katharina und Amendt ins Schloss gefallen, der Kies knirschte unter ihren Schritten, während sie die Auffahrt durch den parkähnlichen Garten entlangwanderten. Alte Bäume, Büsche, mäßig gepflegter Rasen, dazwischen ein paar von Wind und Wetter angegriffene Steinskulpturen.

Amendt blieb stehen und hielt auch Katharina am Arm zurück. »Hören Sie das?«

Katharina lauschte. Doch außer dem Rauschen der Blätter im Wind konnte sie nichts ausmachen. »Nein. Was soll ich hören?«

»Na, die Stille! Wie ruhig es hier ist. Trotz der Straße. – Ein Ort poetischer Ruhe. So steht es im Frankfurter Reiseführer. Etwas veraltet. Da war die Villa noch ein Museum. – Kennen Sie die Geschichte der Villa?«, fragte Amendt unvermittelt.

Natürlich. Katharinas Vater hatte oft mit seinen Töchtern lange Spaziergänge unternommen. Um ihr Interesse für Architektur und Kunst zu wecken, hatte er ihnen dabei die Geschichten der Gebäude, an denen sie vorüberkamen, erzählt. Karl Kreutzer, ein schwerreicher Industrieller, außerdem studierter Arzt und Anatom, hatte sich die Villa für seine Familie errichten lassen, doch –

»Kaum, dass die Villa fertig und Kreutzer mit seiner Familie eingezogen war«, begann Amendt zu dozieren, »hat sein ältester Sohn seine Frau und seine beiden Kinder abgeschlachtet und sich dann erhängt. – Ist ein Lehrbuchfall für uns Rechtsmediziner.«

Katharina hatte das nicht gewusst. »Wie das?«

»Als studierter Arzt wollte Kreutzer natürlich alles ganz genau wissen. Er war einer der Ersten, der einen Tatort hat fotografieren lassen. Außerdem hat er an seinem Sohn eine Autopsie vorgenommen. Das Gehirn hat er speziell präpariert und scheibchenweise untersucht. Hatte wohl gehofft, dem Wahnsinn auf die Spur zu kommen. Hat aber nichts gefunden. Dennoch hat er den Fall akribisch dokumentiert. War wohl so was wie seine Trauerarbeit.«

»Und?«

»Soweit ich weiß, wenig erfolgreich. Er hat die Villa der Stadt geschenkt, sein Vermögen verteilt und sich aufs Land zurückgezogen, wo er noch eine Weile als Arzt praktiziert hat. Ein paar Jahre später hat man ihn im Main treibend gefunden.«

»Auch Selbstmord?«

»Niemand weiß es. Ich würde aber davon ausgehen. Suizid ist ansteckend. – Tja, und jetzt Vogel. Das Gebäude scheint solche Kandidaten anzuziehen.«

»Warum haben Sie mich nicht sterben lassen?«, hallte Amendts Stimme in Katharinas Kopf.

»Freitod scheint unser aktuelles Thema zu sein«, sagte sie bitter. »Unser Leitmotiv.«

»In der Tat. Muss wohl gerade ›Jahr des Selbstmords‹ sein.« Plötzlich verschwand der schneidende Sarkasmus aus Amendts Stimme. »Hören Sie, ich … Wegen meines Suizidversuches …« Er hielt mitten im Satz inne. »Oh, Scheiße.«

»Was ist?«

»Nicht hier.« Amendt packte Katharina unsanft am Arm und zog sie mit sich. Mit schnellen Schritten steuerte er auf einen schmalen Durchgang zwischen zwei Büschen zu.

Katharina stemmte ihre Beine in den Boden, um Amendt zu stoppen. Er stolperte beinahe, dann drehte er sich um: »Kommen Sie!«, sagte er ärgerlich.

»Sagen Sie mir erst, was los ist. Nach einer halb garen Entschuldigung direkt gemeinsam in den Büschen zu verschwinden, das geht mir doch etwas zu fix.«

»Was? Nein. Ich habe eine Idee. Und möchte nicht, dass die jemand außer uns hört. Kommen Sie.«

Hinter Bäumen und Gestrüpp verborgen, an die Gartenmauer geschmiegt, stand eine kleine Kapelle, kaum größer als eine Garage. Von der hatte Katharina noch gar nichts gewusst.

Amendt stemmte bereits die Tür auf. »Kommen Sie«, drängte er erneut.

Katharina folgte ihm in die Kapelle. Die Tür fiel hinter ihnen ins Schloss. Dann standen sie im Stockdunklen. Sie hörte Amendt irgendwo zu ihrer Linken rumoren.

Mehrere nackte Glühbirnen flammten auf und tauchten das Innere der Kapelle in trübes Licht: drei Bankreihen, ein kleiner Altar mit halb von der Wand gefallenem Kruzifix, ein Holzpult für die Bibel. Alles kurz vor dem Zerfall und mit Staub bedeckt.

»Die Kapelle scheinen sie beim Renovieren vergessen zu haben«, erklärte Amendt. Er trat in den kleinen freien Raum zwischen Bänken und Altar. »Keine Mikrofone. Keine Videokameras. Hier sind wir sicher.«

»Also?«, fragte Katharina. »Welche große Erleuchtung hatten Sie gerade?«

Amendt schaute sie einen Augenblick verständnislos an, dann fasste er sich: »Was ist, wenn er uns meint?«

»Wer soll uns meinen? Und mit was?«

»Na, Vogel. Er hat doch gesagt, dass er der Sonderermittlungseinheit ihren ersten Fall übergeben will. Was ist, wenn er uns auf unsere eigene Spur gesetzt hat?«

»Wie kommen Sie denn darauf?«

»Der Schluck Wasser vor dem Schuss direkt unters Kinn. Genau so habe ich dem Staufer gesagt, dass er sich erschießen soll. Ich habe ihm sogar das Wasser hingestellt.«

Darauf wollte Amendt also hinaus. Katharina und er hatten endlich den wahren Mörder ihrer Familie gefunden. Eine Unterweltlegende namens »Der Staufer«. Doch sie hatten ihm nichts nachweisen können. Also hatte Amendt ihm eine Spritze in den Hals gesetzt und behauptet, es handele sich um ein aggressives Karzinogen, dass den Staufer langsam, aber sicher und qualvoll umbringen würde. Er solle sich daher besser erschießen. Das sei einfacher und schmerzfreier. Dann hatte Amendt ein Glas Wasser vor ihm abgestellt und eine Pistole auf den Tisch gelegt. Ungeladen. Das hatte er zumindest geglaubt. Er hatte dem Staufer nur Todesangst einjagen wollen. Katharina und Amendt hatten den Schuss mit angehört.

Katharinas Magen schmerzte. Ein glatter Mord. Ein perfekter dazu. Niemand hatte den Suizid des einsamen alten Mannes angezweifelt.

»Wie sollte Vogel davon erfahren haben?«, fragte Katharina harscher, als sie beabsichtigt hatte. »Was genau passiert ist, dass wissen nur Sie und ich –«

»Und der Staufer. Vielleicht hat er eine Abschiedsnotiz hinterlassen.«

»Die hätte die Polizei doch gefunden. Und dann ständen wir nicht hier.«

»Oder er hatte andere Mittel und Wege. Jemand wie der Staufer sorgt bestimmt vor.«

»Und zwingt den Vogel aus dem Grab heraus zum Selbstmord, nur um uns bloßzustellen? – Finden Sie das nicht ein wenig weit hergeholt? Und warum sollte der Vogel dazu ausgerechnet Suizid begehen?«

»Was weiß ich? Vielleicht war das der Plan des Staufers. Und der hatte was gegen Vogel in der Hand.«

»Das ist doch absurd.«

»Können Sie das Gegenteil beweisen? – Denken Sie an diesen Journalisten heute Morgen. Der diese Akte über mich hatte. Der muss die ja irgendwo hergekriegt haben. – Und können Sie völlig sicher sein, dass wir keine Mitwisser haben?«

Mitwisser? Plötzlich sah Katharina einen dicken, roten Kugelschreiber vor sich. Einen Mann mit Priesterkragen. Er war tatsächlich Priester. Und Auftragskiller. Er hatte Katharinas Familie erschossen. Weil der Staufer ihn hereingelegt hatte.

»Ministro!« Katharina spuckte das Wort aus.

»Was ist mit dem?«

»Erinnern Sie sich an den Wanzenkugelschreiber, den er in meine Handtasche geschmuggelt hat? Damit habe ich unser Gespräch mit dem Staufer aufgenommen. Ich dachte, ich kann mich irgendwie in die Daten hacken.«

»Ja, und? Ministro ist tot. Sie haben ihn selbst erschossen.«

»Nein. Eben nicht.«

Natürlich. Das wusste Amendt ja gar nicht. Sie hatte keine Zeit mehr gehabt, ihm von der letzten Begegnung mit dem Killer zu erzählen.

»Ich … ich habe ihn auf dem Friedhof getroffen. Auf Marianne Aschhoffs Beerdigung.« Katharina hatte sich schuldig gefühlt am Tod von Amendts mütterlicher Freundin. Deshalb hatte sie es auf der Trauerfeier nicht ausgehalten und war zum Grab ihrer Eltern gewandert. Dort hatte Ministro auf sie gewartet.

»Das kann nicht sein. Ich habe doch die Brustwunde gesehen. Als ich versucht habe, ihn wiederzubeleben.«

»Er hat das Herz auf der rechten Seite. Das hat er mir erzählt.«

»Auch dann. Der Schuss hat wenigstens seine Lunge erwischt. Und selbst, wenn nicht … Wie ist er aus dem Feuer entkommen? Er war bewusstlos.«

Als Katharina und Amendt das erste Mal und fälschlicherweise geglaubt hatten, endlich den wahren Täter gefunden zu haben – ausgerechnet Amendts Ziehvater Professor Paul Leydth – hatten sie einen großen Showdown arrangiert, der im Desaster geendet hatte. Paul Leydths Villa war in Flammen aufgegangen. Aber …

»Die haben doch nur vier Leichen gefunden anstatt fünf! Erinnern Sie sich nicht?«

Amendt stieß genervt die Luft aus. »Bei der Explosion ist es erstaunlich, dass sie überhaupt irgendetwas gefunden haben. Keine Chance, dass Ministro da rausgekommen ist. Nicht verletzt, wie er war.«

»Vielleicht war er gar nicht so verletzt. Vielleicht hat er eine kugelsichere Weste getragen.«

»Nein, die hätte ich gespürt. Und das Blut an meinen Händen?«

»Vielleicht von Leydth? Oder seiner Frau? – Hören Sie, Sie standen unter Schock. Vielleicht haben Sie sich getäuscht.«

»Bei einem Patienten?«, fragte Amendt wütend.

»Wie dem auch sei: Ich habe Ministro auf dem Friedhof getroffen, am Grab meiner Eltern«, erwiderte Katharina ebenso ärgerlich.

»Hören Sie sich eigentlich zu? Das klingt doch nach klassischer Einbildung.«

»Ich weiß, was ich gesehen habe. Er hat über die Wanze unser Gespräch mit dem Staufer mit angehört. Und versprochen, die Aufnahme zu löschen, wenn ich ihn laufen lasse.«

»Das ist doch alles absurd.«

»Wie dem auch sei, die Aufnahme existierte. Und Ministro ist ein Killer. Verkauft seine Dienste an den Meistbietenden. Und wenn Sie recht haben mit Ihrer Vermutung, dass Vogel sich umgebracht hat, um uns bloßzustellen …«

»Was dann?«

»Dann müssen wir genau das machen, womit wir beauftragt wurden. Und sei es nur, um unseren eigenen Arsch zu retten. Kommen Sie!« Katharina wollte sich umdrehen und die kleine Kapelle verlassen, raus aus diesem Geruch nach Verwesung und Verfall, doch Amendt hielt sie sanft an der Schulter zurück.

»Frau Klein, hören Sie …« Er verstummte, als ihre Blicke sich trafen. Mehrfach setzte er an, um etwas zu sagen, doch hielt gleich wieder inne.

»Was?«, bohrte Katharina nach.

»Ach, nichts. – Oder doch: Können Sie Jeannie noch Ihre Krankenversicherungsdaten geben? Die brauchen wir, um die Röntgenbilder und die Untersuchung von gestern abrechnen zu können. Muss ja alles seinen korrekten bürokratischen Gang gehen.«

Das war alles? Katharina verspürte den dringenden Wunsch, Amendt eine schallende Ohrfeige zu geben. Doch sie kam nicht dazu.

»Ach, hier seid ihr«, sagte eine Stimme vom Eingang.

Wer zur Hölle …? Doch noch bevor Katharina sich zum Sprecher umdrehen konnte, hatte Amendt sie hinter eine der Bänke geschubst und war neben ihr zu Boden gefallen. »Ministro!«

»Was?«

»Das ist Ministro!«, zischte Amendt. »Tun Sie was.«

Katharina wollte nach ihrer Waffe greifen. Verdammt. Ihre Handtasche mit der Pistole stand auf der Bank auf der anderen Seite des Mittelgangs.

»Katharina? Alles in Ordnung?«, fragte die Stimme. Moment. Da war kein Hauch spanischen Akzents. Und die Stimme klang auch anders. Das war …

Vorsichtig lugte sie über die Bank. Der Mann, der dort stand und fragend in ihre Richtung sah, trug einen Priesterkragen. Aber damit endete die Ähnlichkeit mit Ministro auch schon. Er war groß, breitschultrig, und unter seinen kurzgeschorenen Haaren blickte ein freundliches Kindergesicht mit blauen Augen neugierig in die Welt.

Katharina sprang auf. Noch bevor Amendt sie festhalten konnte, war sie um die Bank herumgelaufen und dem Mann um den Hals gefallen.

»Bruder Rapunzel!«

»Schwester Schaschlik!« Der Mann schloss sie seinerseits in die Arme und hob sie mit Leichtigkeit hoch. Erst nach einer Weile setzte er Katharina wieder ab.

»Gut siehst du aus. Kriminaldirektorin bekommt dir.«

»Bruder Rapunzel? Schwester Schaschlik?«

Katharina erschrak fast, als sie Amendts Stimme hinter sich hörte. Den hätte sie ob der Wiedersehensfreude beinahe vergessen.

»Ach ja, richtig. Das ist Kriminaloberkommissar Betsinger. Er gehört zu unserem Team.«

Betsinger streckte Amendt seine Pranke hin: »Arndt.«

Amendt nahm die Hand nur zögerlich. »Und der Priesterkragen? Verkleidung? Oder ein übler Scherz?«

»Scherz?« Bruder Rapunzel sah zu Katharina.

»Lange Geschichte.« Dann wandte sie sich zu Amendt. »Bruder Rapunzel ist tatsächlich Priester. Geweiht und alles.«

»Im Polizeidienst?«

»Warum nicht?« Bruder Rapunzel musste diese Frage schon oft gehört haben. »Wir arbeiten überall. Nicht nur als Seelsorger. Als Professoren, Ärzte, Braumeister … Nach meiner Weihe stellte sich heraus, dass mein wahres Talent in der Polizeiarbeit liegt. Also hat mein Bischof mich auf die Polizeihochschule geschickt.«

»Arndt und ich haben zusammen unsere Ausbildung gemacht. Er ist Vegetarier. Daher der Spitzname. Bruder Rapunzel.«

»Und Katharina hat jeden Tag an der gleichen Frittenbude ein Schaschlik gegessen. Ohne Pommes und ohne Sauce. Irgend so ein Fitness-Diät-Ding. – Ach ja, ich wollte euch nicht erschrecken. Tut mir leid.«

Katharina wischte sich den Staub von ihrer Jacke: »Keine Ursache. Wir reagieren nur gerade etwas empfindlich auf Priesterkragen.«

Betsinger fragte wenig überrascht: »Ministro? Ich habe läuten gehört, dass er auf dich angesetzt war. Und dass er sich gelegentlich als Priester verkleidet.«

»Nein, er *ist* Priester. Behauptet er zumindest.«

»Wundern würde es mich nicht. – Ich fürchte, auch mein bisheriger Arbeitgeber braucht manchmal jemanden fürs Grobe.«

Damit sprach er aus, was Katharina schon länger dachte. Jemand wie Ministro konnte sich nur halten, wenn … »Meinst du, der Vatikan schützt ihn?«

»Ganz ehrlich? Nach dem, was ich in den letzten Jahren erlebt habe …«

»Ja, was hast du überhaupt im Vatikan gemacht?«

»Detektiv gespielt. Als Leihgabe der deutschen Polizei an die ›Kongregation für die Mehrung des Wissens‹.«

»Noch nie davon gehört.«

»Ja, wir versuchen, unser Wissen eher unauffällig zu mehren. Zur höheren Ehre Gottes. Und wenn dabei etwas weltlich Interessantes herauskommt …« Bruder Rapunzel zwinkerte Katharina zu.

»Na Klasse, ein Geheimdienstler«, knurrte Andreas Amendt.

»Nicht mehr. Jetzt bin ich wieder ganz normaler Kriminalpolizist.«

»Und Priester.«

»Das auch.«

Amendt wandte sich an Katharina: »Sie engagieren einen Priester? Wusste gar nicht, dass Sie so religiös sind.«

»Bin ich auch nicht. Aber Arndt ist ein guter Polizist. Und einen Priester im Team zu haben, kann bei unserer Tätigkeit nicht schaden.«

Katharina, Amendt und Bruder Rapunzel hatten die Kapelle verlassen und sich durch das Buschwerk wieder auf den Kiesweg zurückgekämpft.

Harry kam ihnen verschmitzt grinsend entgegen. »Unsere Dienstwagen sind gerade gekommen. Schaut mal.« Vergnügt marschierte er ihnen voran auf den Vorplatz der Villa.

Ein Streifenwagen. Das Silber und Blau des VW-Busses glitzerte in der Sonne.

Zwei große Sprinter, beide schwarz lackiert. Einer zum Leichentransport. Den Zweiten umwanderten die Hörnchen gerade, den Lack zärtlich mit den Händen streichelnd.

»Das…« – »… ist …« – »unserer!« – »Ein …« – »… vollständiges …« – »… mobiles …« – »… Labor.« Wenn die Hörnchen richtig begeistert waren, teilten sie sich ihre Sätze wortweise auf.

Okay, das waren drei Wagen. Doch wo …?

Harry musste ihr die Frage an den Augen abgelesen haben. »Die zivilen Dienstfahrzeuge stehen hinter den Transportern.« Er schmunzelte in sich hinein.

Neugierig umwanderte Katharina die drei großen Wagen, und blieb geschockt stehen.

»Smarts? Die stecken uns in verdammte Smarts?«

Im Foyer der Karl-Kreutzer-Villa. Vermutlich.

»Was ist das denn?«

Die einfache, wenn auch wenig hilfreiche Antwort: eine Mauer. Direkt hinter der Tür zum Foyer der Karl-Kreutzer-Villa.

Aus Aktenkartons. Deckenhoch.

»Nach links, dann nach rechts, dann wieder links. – Sonderermittlungseinheit eins Frankfurt am Main, Söhnlein?«, hörte Katharina Jeannies Stimme über das Klingeln mehrerer Telefone.

Katharina, Amendt, Harry und Bruder Rapunzel tasteten sich durch den schmalen Gang zwischen Wand und Aktenkartons, fanden die Rechts-, dann die Linksbiegung.

Endlich hatten sie den noch nicht mit Kartons vollgestellten Teil des Foyers erreicht.

Jeannie und Oswald saßen hinter ihrem wuchtigen Tresen, jeder ein Telefon am Ohr, einen zweiten Hörer in der Hand. Das Telefon zwischen ihnen, der fünfte Apparat, klingelte ebenfalls.

Katharina trat an den Tresen: »Darf ich fragen –?«

Synchron geboten Oswald und Jeannie ihr, sich einen Augenblick zu gedulden. Oswald legte eines seiner Telefone auf, nur um gleich wieder abzuheben. »Sonderermittlungseinheit, Kramer … Nein, für Haustiere sind wir leider nicht zuständig. – Aber das ist ja furchtbar. Und Sie sind sicher, dass Ihr Nachbar …? – Da sind wir dennoch leider nicht zuständig. Sie müssten sich damit an den Tierschutzverein wenden. Haben Sie was zu schreiben?« Er diktierte dem Anrufer eine Telefonnummer und legte auf. Gerade hatte er Katharina fixiert, als das Telefon schon wieder klingelte. »Sonderermittlungseinheit. Kramer?«

Während er dem Anrufer zuhörte, reichte Oswald Katharina eine aufgeschlagene Zeitung.

Katharina überflog den Artikel. Beinahe wortwörtlich die Pressemeldung, die die Öffentlichkeitsarbeit des Polizeipräsidiums anlässlich der Gründung der Sonderermittlungseinheit rausgeschickt hatte. Katharina hatte sie, eine ihrer ersten Amtshandlungen, gegenzeichnen müssen. Sie wedelte Oswald mit der Zeitung vor der Nase herum, um seine Aufmerksamkeit zu erhaschen. »Und?«

Ohne beim Telefonieren innezuhalten, bedeutete er ihr, die Zeitung umzudrehen. Und dann sah Katharina den großen roten Kasten:

Die Sonderermittlungseinheit ist natürlich auf die Mitarbeit der Bevölkerung angewiesen. Zu diesem Zweck wurde eine Telefonnummer eingerichtet, an die sich Bürger mit ihren Belangen richten können:

Und wiederum darunter, in großen Lettern, eine 0800-Nummer.

»Na Klasse«, knurrte Katharina und reichte Amendt die Zeitung.

»Oh Scheiße«, war sein einziger Kommentar.

»Was ist?«, fragte Bruder Rapunzel.

Amendt deutete auf die kostenfreie Telefonnummer. »Jetzt kommen die ganzen Spinner aus ihren Löchern gekrochen.«

Rumpeln. Die Pappwand bebte und schwankte gefährlich.

»Verdammte Scheiße, was soll das?«

Arnulf Sturmer tauchte aus dem schmalen Durchgang zwischen Kartonmauern auf und rückte seine Hornbrille zurecht, während er in sich hineinmurmelte: »Toller Empfang.«

»Lass mich raten, der Mann fürs Grobe?«, fragte Bruder Rapunzel.

Sturmer marschierte auf Katharina und ihre Begleiter zu. Er streckte Bruder Rapunzel, den er wohl als Einzigen noch nicht kannte, die Hand hin: »Sturmer. Forensischer Psychologe.«

Mit dem Ellbogen stieß er an einen der Pappkartons. Die Wand geriet ins Schwanken. Rasch zog er seine Hand zurück und starrte die Mauer aus Kartons hinauf: »Das wird wohl unser erster Fall werden. Kriminalpolizist von Aktenbergen erschlagen. Metaphorischer geht es ja wohl kaum.«

Akten, Akten ... Richtig, was machten die Akten hier? Katharina ging zum Tresen. Jeannie blickte auf, den Telefonhörer am Ohr.

»Warten Sie! Kriminaldirektorin Klein steht gerade vor mir. Ich frage sie mal, ob wir da zuständig sind.« Sie presste den Telefonhörer an ihre Brust: »Kümmern wir uns auch um Entführungen durch Außerirdische?«

Katharina musste dringend etwas Dampf ablassen, also streckte sie die Hand nach dem Hörer aus, den Jeannie ihr nur zu bereitwillig gab.

»Kriminaldirektorin Klein? – Nein, da sind wir leider nicht zuständig, da müssten Sie sich an Kriminalhauptkommissar Berndt Hölsung im Polizeipräsidium Frankfurt wenden. Warten Sie ...« Katharina kramte in ihrer Handtasche, zog ihr iPhone hervor und rief das Telefonverzeichnis auf. »Ich gebe Ihnen mal die Durchwahl und Handynummer. – Ja sicher. Tag und Nacht. – Haben Sie was zu schreiben?«

Nachdem sie die Nummern diktiert hatte, reichte Katharina den Hörer zurück.

»Soll ich alle Entführungen durch Außerirdische an Herrn Hölsung weiterleiten?«, fragte Jeannie beflissen.

»Ja. Und auch alle Hellseher, Weltverschwörer und Parapsychologen.«

Jeannie befestigte die beiden Nummern mit einem Post-it auf ihrem Telefon, das schon wieder klingelte. Sie wollte antworten, doch Katharina hielt den Hörer fest.

»Was machen die ganzen Kartons hier?«

»Unten im Archiv war kein Platz mehr.«

»Kein Platz?« Das Archiv nahm das halbe Kellergeschoss unter einem der Flügel ein und war beim Sponsorenrundgang noch absolut leer gewesen. »Und was sind das überhaupt für Akten?«

»Also, das hier oben sind die Akten der Phalanx-Lebensversicherung. Alle Versicherungsfälle der letzten zehn Jahre.«

»Der letzten zehn … was?«

»Wir sollen die wohl überprüfen oder so.«

»Wer hat das denn gesagt?«

»Weiß ich auch nicht, aber die Kartons werden schon den ganzen Tag angeliefert. Phalanx, Phoenix, Axxis … Und wie die Lebensversicherungen alle heißen.«

Das musste ein Irrtum sein. Hoffte Katharina wenigstens. Sie würde sich später darum kümmern. Erst mal die anstehenden Ermittlungen in Gang bringen. Sie ging zurück zu Amendt, Sturmer, Bruder Rapunzel und Harry.

»Na ja, Schuld auf sich geladen ist sehr dramatisch formuliert«, sagte Sturmer gerade. »Meiner Erfahrung nach sind Suizide zumeist multikausal.« Amendt hatte ihn wohl schon über ihre erste Ermittlung aufgeklärt.

»Keine Spekulationen, bitte. Noch nicht«, unterbrach Katharina das Gespräch.

Amendt stimmte zu. »Ich ziehe mich nur gerade um, und dann sollten wir uns die Leiche noch mal anschauen. Sagen wir in fünfzehn Minuten in der Autopsie?«

Bruder Rapunzel, der gerade einen Apfel aus seinem Rucksack gefischt hatte, sagte: »Ich stelle wohl am besten erst mal ein Dossier zu Vogel zusammen.«

»Und ich versuche, mein Büro zu finden«, muffelte Sturmer.

Harry warf einen verzweifelten Blick auf die Kartonwand: »Dann schaue ich mal, ob wir die Aktenberge nicht irgendwo anders unterbringen können.«

Katharina hatte sich das Turmzimmer im zweiten Stock als Büro ausbedungen. Der eindeutig schönste Raum des Gebäudes. Sie hatte gerade nach der Klinke der großen, eichenen Doppeltür gegriffen, als ihr ein kleines Messingschild neben der Tür auffiel:

In diesem Turmzimmer erstach am 7. April 1881 Rufus Maximilian Kreutzer seine Ehefrau und seine beiden Töchter, bevor er sich selbst erhängte.

Der 7. April war doch heute, oder? Der Mord war, überschlug Katharina im Kopf, vor genau 125 Jahren geschehen.

Erst die Stufe, die sie in den Abgrund zu stürzen versuchte, dann die Aktenberge, die noch jemanden erschlagen würden, und jetzt das? Konnte es mit der Symbolhaftigkeit endlich mal aufhören?

Andererseits, überlegte Katharina, als sie die Eichentür aufwuchtete, andererseits würde sie die Plakette im Zweifelsfall daran erinnern, warum sie –

Was zur Hölle …?

Telefon, Computer, Büromaterialien, selbst zwei große Zimmerpflanzen: All das war vorhanden, Computer und Telefon ordentlich angeschlossen.

Und alles stand oder lag auf dem Boden.

Im Büro befand sich kein einziges Möbelstück. Nicht einmal der obligatorische graue Stahlaktenschrank mit dem eingebauten Waffenschließfach, den man unter Kollegen nur den Schalt- und Waltkasten nannte. Als hätten Außerirdische die Möbel einfach weggebeamt und den Inhalt an Ort und Stelle belassen.

Sie wollte ihr Büro schon wieder verlassen, um sich bei Jeannie und Oswald zu erkundigen, was mit den Möbeln passiert war, als ihr Blick auf die Wendeltreppe in der einzigen Ecke des Raumes fiel. Die Treppe führte in den nach ihren Wünschen ausgebauten Dachboden. Ihr Reich. Neugierig stieg sie hinauf.

Die beiden Dachstühle der Gebäudeflügel waren sauber ausgebaut und miteinander verbunden worden, einstmals wohl als zusätzliches Lager für das geplante Museum gedacht. Den einen Flügel nahm jetzt ein kleiner, aber gut ausgestatteter Dojo ein: Bodenmatte, Sandsäcke, Hanteln und Hantelbank, ein Laufband, außerdem eine Auswahl an asiatischen und europäischen Waffen. Am liebsten hätte Katharina sofort eine Trainingseinheit eingelegt, aber dazu fehlte wohl die Zeit. Sie warf einen kurzen Blick in den Umkleideraum und die Dusche, dann ging sie weiter, zur Verbindungstür zum zweiten Flügel.

Noch besser: ihr eigenes ballistisches Labor, komplett mit Schießstand, Werkbank und Vergleichsmikroskop. Der Waffenschrank war noch leer. Aber er war ja für Asservate gedacht. In Gedanken machte sie sich eine Notiz, dass sie die Waffe, mit der sich Vogel erschossen hatte, hier unterbringen sollte.

Sonderbarerweise hatte niemand gefragt, wozu die Sonderermittlungseinheit ein ballistisches Labor brauchte. Oder eine zertifizierte Ballistikerin.

Als sich die Eröffnung der Sonderermittlungseinheit wegen Amendts »Erkrankung« verzögerte, hatte man Katharina eigentlich in Urlaub schicken wollen. Stattdessen hatte sie mit Hinweis auf ihre neue Aufgabe um Fortbildung gebeten. Gerhard Schönauer, der bärbeißige Ballistiker des BKA, hatte sie unter seine Fittiche genommen und sechs Wochen lang gedrillt. Endlich hatte er ihr in seinem Büro die Zertifizierungsurkunde überreicht. Ihr einen Wodka angeboten. Und einen Job. Er sei gerade dabei, eine Spezialeinheit für den Einsatz gegen Waffendelikte in großem Umfang zusammenzustellen. Ob sie nicht Lust hätte …

Katharina hatte sich eine Nacht Bedenkzeit ausgebeten. Dann abgelehnt. Die Sonderermittlungseinheit konnte sie nicht im Stich lassen. Nicht, wo sie bereits das Team zusammengestellt hatte.

Jetzt, als sie in ihrem ballistischen Labor stand und über Vogel nachdachte, über den explosiven Fall, der ihr da vor die Füße gefallen war (oder besser: dem sie vor die Füße gefallen war), fragte sie sich, ob es nicht der größte Fehler ihres Lebens gewesen war, das Angebot abzulehnen.

Warum hatte sie nur unbedingt die Sonderermittlungseinheit übernehmen wollen? Weil sie Frankfurt nicht verlassen wollte? Weil die Aufgabe so reizvoll war?

Oder weil sie …?

Nein! Das konnte es wirklich nicht sein. Sie war nicht nur hier, weil sie noch immer in Amendt verknallt war. Bestimmt nicht!

Als Katharina zurück ins Foyer kam, lehnte Amendt an der Theke, bereits umgezogen: blaue OP-Kleidung, darüber ein weißer Kittel. Seine linke Hand lässig in die Kitteltasche gesteckt, sah er amüsiert zu, wie seine Sekretärin, ein Ohr weiterhin am Telefon, versuchte, einen Blumenlieferanten abzuwimmeln, der ihr vorwurfsvoll einen großen Strauß Rosen entgegenstreckte.

»Nein, ich sage es Ihnen doch, einen Müller gibt es hier nicht. Sie müssen sich in der Adresse geirrt haben.«

»Steht aber so auf dem Lieferschein.«

»Kein Schreibtisch. Verdammte Schlamperei.« Sturmer kam die Treppe heruntergestampft, gefolgt von Bruder Rapunzel, der in sich gekehrt lächelnd seinen Apfel aß.

»Zum letzten Mal: Hier gibt es keinen Müller!« Auf Jeannies Wangen hatten sich jetzt hektische rote Flecken gebildet.

»Aber ja doch! Mich!«

Katharina hatte den Mann gar nicht ins Foyer kommen hören. Sein dunkler Anzug war seit mindestens hundert Jahren aus der Mode, seine Schuhe spitz und blank geputzt, der Schirm über seinem Arm sorgsam gerollt, im Knopfloch seines Jackettaufschlags steckte eine rote Nelke. »Gestatten, Doktor Manès Müller«, stellte er sich vor. »Die Blumen werden wohl für mich sein.«

Erleichtert übergab ihm der Lieferant den Strauß, und Müller unterzeichnete. Dann zog er einen Fünf-Euro-Schein aus seiner Hosentasche und steckte ihn dem Lieferanten zu.

Er wollte an den Tresen treten, doch Katharina versperrte ihm den Weg: »Kriminaldirektorin Katharina Klein. Und Sie sind?«

»Frau Klein, natürlich. Erfreut, Ihre Bekanntschaft zu machen. Manès Müller«, sagte der Mann siegesgewiss, als müsse Katharina ihn auf der Stelle erkennen.

»Ja, und?«

»Na! Ihr Geschäftsführer!«

Ach ja, richtig. Den hatte sie schon wieder völlig vergessen. Der Aufpasser aus dem Innenministerium. Katharina musterte ihn abschätzend von oben bis unten. »Na, dann geschäftsführen Sie mal und schaffen die fehlenden Büromöbel heran.«

»Fehlende Büromöbel?«, fragte der Mann freundlich.

»In meinem Büro.«

»In meinem auch«, blaffte Sturmer. »Und auch in dem von Hochwürden hier.« Bruder Rapunzel grüßte mit einem höflichen Kopfnicken und nahm einen neuen Bissen von seinem Apfel.

»Bei mir auch«, sagte Amendt. »Und im OP, im Behandlungsraum und in der Autopsie fehlen alle Kleininstrumente.«

»Keine Möbel, keine Kleininstrumente. Interessant.« Müller wiegte den Kopf hin und her. »Und bedauerlich.«

»Und wir sitzen hier auf einer Bierbank!«, warf Oswald ein.

»Bierbank? Aha! Nicht schön. Noch etwas?«

»853 Anrufe auf der 0800-Nummer seit heute Morgen«, sagte Jeannie eifrig.

»Aha! Ich gehe wohl recht in der Annahme, dass das Ihre Kapazitäten übersteigt?«

Jeannie und Oswald konnten Müller nur fassungslos anstarren.

»Ich schätze wohl, das heißt ja.« Die Stimme des Mannes war noch immer sanft, geduldig und gut gelaunt. »Und ich mutmaße mal, dass die ganzen Aktenkartons auch nicht hierhergehören?«

»Ehrlich gesagt wissen wir es nicht. Das sind alles Akten von Lebensversicherungen. Versicherungsfälle der letzten zehn Jahre«, erklärte Katharina.

»Soso. Lebensversicherungen.« Versonnen sah er an den Kartonwänden hinauf. »Lässt Sie das nicht auch nachdenklich werden? So viele von uns gegangene Menschen. Und nichts übrig als eine Akte und ein Geldbetrag?«

»Können Sie was dagegen tun oder nicht?«

»Ich vermag es zumindest zu versuchen. Ich rekapituliere: keine Büromöbel, keine Kleininstrumente, keine Sitzmöbel im Foyer, telefonische Überlastung sowie Akten von Lebensversicherungen. Ich werde mich sofort eines Telefons bemächtigen und alles daransetzen, diese Probleme zu lösen. Sobald ich diese Blumen in eine Vase gestellt habe. – Sie wissen nicht zufällig, wo ich eine finde?«, wandte er sich an Jeannie, die gerade das Telefon aufgelegt hatte und den nächsten Anruf annehmen wollte.

Es war Amendt, der antwortete: »In der Küche der Kantine. Turmzimmer im Erdgeschoss. Hinterster Schrank. Einfach den Gang runter bis zur letzten Tür.«

Müller deutete über den Blumenstrauß hinweg eine Verbeugung an. Im Gehen zog er die Karte aus dem Strauß und las sie: »Der Gute. Dass der an mich gedacht hat …« Dann war er um die Ecke verschwunden.

Im Autopsiesaal.

Amendt öffnete das Kühlfach und zog die Schublade mit Vogels Leiche hervor. Katharina sah, dass auf dessen Bauch der in der Plastiktüte verpackte Slip lag. Verdammt. Sie erinnerte sich, dass sie ihn beiseitegelegt hatte. Offenbar hatte sie vergessen, ihn dann in die Asservatenbox zu den übrigen Kleidern zu legen. Nun denn, der Slip war ja nicht verlorengegangen.

Sie half Amendt, die Leiche auf den Stahltisch zu wuchten. Das dauerte länger als gedacht, da Amendt seine linke Hand nur sehr begrenzt einsetzen konnte. Außerdem war die Leichenstarre inzwischen voll ausgeprägt.

Amendt nahm sich ein Vergrößerungsglas – Modell Sherlock Holmes – aus dem Holzkasten mit dem Sezierbesteck von Karl Kreutzer und suchte die Leiche noch einmal minutiös ab. Doch er bestätigte nur, was sie schon wussten. Schussverletzung unter dem Kinn sowie alte, vermutlich selbst zugefügte Narben auf den Oberschenkeln. Nachdem sie die Leiche auf den Bauch gedreht hatten, bestätigte er auch noch einmal die Verletzungen im Analbereich.

Amendt richtete sich auf und dehnte seinen Rücken. »Vielleicht ist der Slip eine Spur?« Er deutete auf den Plastikbeutel, den Katharina noch immer in der Hand hielt.

Nachdenklich betrachtete Katharina die Stickerei mit der Schachfigur. Vogel war ein guter Schachspieler gewesen. War die Stickerei nur eine Marotte oder ein Zeichen? Sie würde nicht umhinkommen, die Ehefrau nach den Vorlieben ihres Mannes zu fragen. Katharina hätte ihr das gerne erspart.

Amendt hatte unterdessen das Vergrößerungsglas beiseitegelegt und massierte seine linke Hand mit der rechten.

»Was ist? Wollen Sie nicht mit der Autopsie anfangen?«, fragte Katharina.

»Wollen schon, aber …«

»Aber was?«

»Sehen Sie sich um. Was fehlt?«

»Was soll fehlen?«

»Ein zweiter Arzt. Vier-Augen-Prinzip? Schon die Grundregeln vergessen? Und ich habe noch keinen zweiten Arzt angestellt.«

»Wollte niemand?«, konnte sich Katharina nicht verkneifen zu fragen.

»Doch. Hunderte. Die Bewerbungen liegen alle in meinem Büro. Aber …«

»Ja?«

»Ich habe einfach noch nicht die Zeit gefunden. Ich war mit anderen Dingen beschäftigt.«

»Haben Sie keinen Freund, den Sie anrufen könnten? Doktor Neurath zum Beispiel?«

»Sicher. Gehen würde das, aber … Und das ist das zweite Problem.«

»Was ist das zweite Problem? Nun lassen Sie sich doch nicht alles aus der Nase ziehen.«

»Ich habe keine Genehmigung für eine Autopsie.«

»Gut, ich rufe die Müller-Burkhardt an.« Die Oberstaatsanwältin war schon seit einiger Zeit unsterblich in Katharina verliebt und würde ihr die Genehmigung sicher erteilen. Katharina suchte in ihrer Tasche nach dem Handy.

»Ich glaube nicht, dass sie da zuständig ist. Die Anordnung der Staatsanwaltschaft bezieht sich nur auf die Ermittlung der Todesursache. Und die haben wir. Vogel hat sich in den Kopf geschossen. – Was wir wirklich bräuchten, wäre die Genehmigung der Angehörigen. Der Ehefrau, die nun mal nicht aufzufinden ist.« Amendt schaute wieder auf die Leiche. »Und selbst dann ... Ich glaube nicht, dass wir bei einer Autopsie finden, was wir suchen.«

»Wie meinen Sie das?«

»Suizid ist ein Phänomen der Psyche. Was Vogel dachte, fühlte ... das finden wir bei der Autopsie nicht. Und selbst wenn man es irgendwie vom Gehirn ablesen könnte«, er tippte auf Vogels Stirn, »dann hätte der Kopfschuss dem einen Strich durch die Rechnung gemacht. Da dürfte nicht sehr viel mehr als Hirnpüree drin sein. – Der schwarze Schwarm des Todes hat ganze Arbeit geleistet.«

Diese Phrase ... die hatte Vogel doch auch benutzt.

»Schwarzer Schwarm? Was bedeutet das?«, fragte Katharina. »Und sagen Sie nicht wieder Ammenmärchen.«

»Doch, leider: ein medizinisches Ammenmärchen. Nicht weiter wichtig.«

»Nicht weiter wichtig? Immerhin waren das Vogels letzte Worte, oder nicht?«

»Also gut«, sagte Amendt genervt. »Wissen Sie, was Toxoplasma gondii ist?«

Katharina hatte den Ausdruck schon gehört. »Irgendwas, das durch Katzen übertragen wird, nicht wahr?«

»Ja, ein Erreger, der über den Kot und Speichel von Katzen übertragen wird. Er dringt ins Gehirn seiner Wirte ein und verursacht einige Veränderungen. Menschen werden zum Beispiel in geringem Umfang unaufmerksamer, risikobereiter. Sie werden häufiger Opfer von Unfällen. Außerdem gibt es Studien, die nahelegen, dass Toxoplasmose beim Krankheitsverlauf von Psychosen eine Rolle spielen könnte. Aber das ist umstritten.«

»Und was hat das alles mit dem ›schwarzen Schwarm‹ zu tun?«

»Ach, das ist so eine Legende: Angeblich gibt es im Amazonasgebiet einen Stamm, dessen Männer auf der Jagd gelegentlich von einem schwarzen Schwarm angefallen werden. Vermutlich Fliegen oder Stechmücken. Nach ein paar Tagen werden die Männer paranoid oder sterben durch Leichtsinn – so eine Art Turboversion von Toxoplasma gondii. Ein Prof von mir nutzte die Legende immer, um die Toxoplasmose einzuführen.«

»Wäre so ein schwarzer Schwarm denn wenigstens theoretisch denkbar?«

»Denkbar schon. Toxoplasma gondii ist weitläufig mit dem Malariaerreger verwandt. Eine besonders aggressive Form, die durch Fliegen oder Stechmücken übertragen wird, ist zumindest möglich. – Warum wollen Sie das denn so genau wissen?«

Katharina betrachtete Vogels Leichnam. »Nur so ein Gedanke. Weil er den schwarzen Schwarm erwähnt hat. Und Sie danach gefragt. Ich meine: risikobereit, misstrauisch … auch depressiv oder suizidal?«

»Ich denke schon. Aber das müsste ich noch mal nachschlagen.« Dann verstand er wohl, worauf Katharina hinauswollte. »Sie meinen, dass er mit Toxoplasma gondii infiziert war? Und sich deshalb umgebracht hat?«

»Sie müssen zugeben, dass das zumindest als Trigger ausreichen könnte. Lässt sich das herausfinden?«

»Nun, man müsste eine Hirnprobe analysieren. Aber dazu brauche ich eine Autopsiegenehmigung.«

»Oder er hatte irgendeine andere Krankheit. – Was würden Sie als Nächstes machen, wenn Sie so könnten, wie Sie wollten?«

»Vielleicht haben Sie recht«, stimmte Amendt ohne Überzeugung zu. »Irgendwo müssen wir ja anfangen. Blut- und Gewebeproben kann ich nehmen. Notfalls kann ich sagen, dass es sich um Einstiche von der Reanimation handelt. Wir könnten ihn auch durch den Magnetresonanztomografen schicken. Eine virtuelle Autopsie sozusagen.«

»Na, dann mal los.«

Amendt grinste schief: »Ich bin sehr stolz auf Ihr Vertrauen in meine ärztlichen Künste. Aber ich bin weder Labormediziner noch Radiologe. Mit dem Röntgengerät kann ich gerade noch umgehen. Aber das MRT? Das – Moment! Ich habe eine Idee.« Er zog sein Handy aus der Kitteltasche. »Brainiac!«

»Brainiac?«

Doch Amendt hatte schon gewählt: »Hi, Brainiac! – Ja, ich weiß, ich soll dich nicht so nennen. – Hör mal … – Ja, wir haben hier eine OMA 2015, was auch immer das ist. Du bist ja gut informiert. – Aber hör mal. Wir bräuchten deine Hilfe. Mit einem MRT und ein paar Analysen. Hast du Zeit?«

Endlich legte Amendt auf. »Ist unterwegs.«

»Wer ist denn dieser Brainiac? Kann er uns helfen?«

»Brainiac ist eine Sie. Außerdem sowohl Labormedizinerin wie auch Radiologin. Und noch ein paar Dinge. Ein echtes Wunderkind.«

Im ~~Bau~~ Labor der Hörnchen.

»Was soll das heißen, sie sind weg?«

Katharina war ins erste Stockwerk zum Labor der Hörnchen gewandert, um ihnen den Slip zu übergeben und sie zu bitten, sich Vogels Kleidung und den Aluminiumkoffer noch mal genau vorzunehmen. Sie selbst wollte einen Blick auf die Schusswaffe werfen.

Einer der Hörnchen öffnete schwungvoll die Tür zur Asservatenkammer.

Leer!

Wie Nagetiere auf der Suche nach ihren letzten Futtervorräten durchstöberten die Hörnchen jeden Winkel.

»Weg!« – »Einfach weg!«

»Seid ihr sicher, dass …?«

»Natürlich!« – »Wir haben …« – »… die Kisten …« – »… und den Koffer …« – »… gestern selbst …« – »… hier abgestellt.« – »Und abgeschlossen.« – »Hältst du uns …« – »… für Amateure?«, brach der Proteststurm wütend über sie herein.

Also Diebstahl! Aber hatte die Villa nicht eine moderne Sicherheitsanlage? Wer konnte ungesehen –?

Der Lautsprecher über der Tür erwachte zum Leben.

»Kommen Sie doch bitte alle in den Versammlungsraum. Zu einer Besprechung«, flötete die sanfte Stimme Manès Müllers.

»Also, erst einmal allen einen schönen guten Tag«, begann Manès Müller, sich nervös an der Krawatte zupfend. »Für die, die mich noch nicht kennen: Ich bin Manès Müller. Ihr Geschäftsführer.« Unsicher blickte er in die Runde. »Und ich möchte gleich von Anfang an eines klarstellen«, er räusperte sich, »damit keine Gerüchte aufkommen: Ich bin …« Dramatische Pause. »… homosexuell!«, stieß er endlich hervor, als würde er gerade gestehen, Kennedy erschossen zu haben.

Die Reaktion fiel nicht sehr dramatisch aus.

»He, das ist meine diskriminierte Randgruppe«, nölte Oswald. »Suchen Sie sich gefälligst eine andere.«

»Wie meinen?«, fragte Manès Müller verdutzt.

Oswald blickte in die Runde. »Ist das noch niemandem hier aufgefallen? Wir alle repräsentieren Randgruppen. Katharina ist eine Frau in Führungsposition, die Hörnchen vertreten die grenzautistischen Inselbegabungen, Doktor Sturmer hier ist Psychologe, Arndt«, er deutete auf Bruder Rapunzel, der sich gerade eine Birne in mundgerechte Häppchen zerteilte, »ist ein Mann des Glaubens. Harry vertritt die Generation 50 plus, Darian steht für unsere integrierten Mitbürger südländischer Herkunft, Frank repräsentiert die Nerds.«

Frank Grüngoldt hatte sich auch zu der kleinen Versammlung eingefunden, obwohl er offiziell noch gar kein Mitarbeiter war. Angeblich hatte er schulfrei, doch Katharina mutmaßte, dass er schwänzte.

»Doktor Amendt ist Arzt, ich bin schwul«, kam Oswald zum Ende. »Und Jeannie ist blond.« Nach einer kurzen Pause fragte er seine Sitznachbarin: »Du bist doch echt blond, oder?«

»Klar! Beweise ich dir gerne.«

»Bemüh dich nicht. – Wie Sie also sehen«, wandte sich Oswald wieder an Manès Müller, »ist die Randgruppe ›schwul‹ schon vergeben. Suchen Sie sich eine andere aus.«

Einen kurzen Augenblick zog Müller die Augenbrauen zusammen, dann atmete er erleichtert aus. »Ich werde darüber nachdenken. – Nach diesem heiteren Zwischenspiel«, fuhr er fort, »lassen Sie uns zum Geschäftlichen kommen. Also: Ich habe mich gleich ans Telefon gehängt und den diversen fehlenden Dingen nachgespürt. Die Kleininstrumente werden über einen speziellen Etat abgerechnet, der erst letzte Woche freigegeben wurde. Die Bestellung müsste also bald eintreffen.«

»Und die Möbel?«, fragte Jeannie. »Stammen die auch aus diesem Etat?«

»Leider nein. Das war ein größeres Problem. Es scheint, als sei der Posten Büroausstattung Querstrich Großobjekte und Holzprodukte bei der Kalkulation und bei den Bestellungen unter den Tisch gefallen, da keine speziellen Orders von Herrn Professor Amendt und Kriminaldirektorin Klein vorlagen.«

»Aber versteht sich das nicht von selbst, dass Büros möbliert sind?«

Müller schaute Katharina mitleidig an: »Ach ja, richtig. Sie sind noch nicht so lange mit Verwaltungsaufgaben befasst. Wenn ich Ihnen diese eiserne Regel mitgeben darf: Wenn es darum geht, dass die deutsche Verwaltung Geld ausgeben soll, versteht sich überhaupt nichts von selbst.«

»Also müssen wir bis auf Weiteres auf dem Fußboden arbeiten?«, fragte Sturmer missgelaunt.

»Da kann ich Sie beruhigen.« Stolz fuhr Müller fort: »Es ist mir gelungen, eine Lösung zu finden. Wir können uns aus den Beständen der Stadt ausstatten. Aus dem Fundus der städtischen Bühnen, genauer gesagt.«

Jeannie strahlte: »Bitte, bitte, darf ich die Möbel aussuchen?«

»Ich wollte gerade fragen, wer diese Aufgabe übernimmt. Der technische Leiter des Theaters wartet auf Ihren Anruf.«

Jeannie unterdrückte mühsam einen Glückskiekser.

»Ich brauche Jeannie aber hier«, protestierte Oswald. »Alleine schaffe ich die ganzen Telefonate nicht.«

»Ach, auch dafür habe ich bereits eine Lösung«, sagte Müller begeistert. »Es hat sich herausgestellt, dass die Behördenhotline viel zu viele Callcenter-Kapazitäten hat. Die Anrufe werden ab sofort dorthin umgelenkt. Ich war so frei, denen das Kapitel ›Fallaufnahme‹ aus Marquardt und Borchers als Muster für das Telefonprotokoll zukommen zu lassen.«

Katharina musterte Müller erstaunt. »Todesermittlung« von Marquardt und Borchers war ein internes Lehrbuch der Polizei. Woher kannte Müller das?

Er musste ihre Frage erraten haben: »Ich war so frei, mich auf meine neue Aufgabe ein wenig vorzubereiten. Zwar kenne ich alle Lord-Peter-Wimsey-Krimis praktisch auswendig, aber das macht mich ja noch nicht zum Kriminalisten, nicht wahr? – Das bringt mich zu ein paar offenen Fragen«, fuhr Müller fort. »Mir ist aufgefallen, Herr Professor Amendt, dass Sie Ihre Assistentenstelle noch nicht besetzt haben. Und auch die Position für Labormedizin ist noch offen.«

Amendt räusperte sich ertappt. »Ich arbeite dran«, murmelte er.

»Ich wäre dankbar, wenn Sie Ihre Bemühungen etwas intensivieren. Sonst werden uns die Gelder für die Stellen gestrichen.«

»Okay, ich … nachher habe ich bereits ein Vorstellungsgespräch angesetzt.« Rasch wechselte Amendt das Thema. »Was ist mit den Versicherungsakten? Sind Sie die auch losgeworden?«

»Leider nicht. Das Aufgabenspektrum der Sonderermittlungseinheit ist so breit formuliert, dass wir die Akten nicht zurückweisen können. Könnten ja alles Fälle von Versicherungsbetrug sein.«

»Versicherungsbetrug ist kein Tötungsdelikt«, warf Arnulf Sturmer ein.

»Tja, das ist das Problem: Die Aufgabe der Sonderermittlungseinheit sieht so aus, dass sie bei Todesfällen nach einer möglichen Straftat suchen soll. Nicht nur nach einem Tötungsdelikt. Sondern im Prinzip nach allem jenseits eines Strafzettels für Falschparken. Also müssen wir uns irgendetwas einfallen lassen. Hat jemand eine Idee?« Müller blickte in die Runde.

Frank Grüngoldt hob schüchtern die Hand: »Ich vielleicht. – Na ja, ich habe da vorhin mal in eine der Kisten reingeschaut. Das sind vollständige Kranken- und Unfallakten. Die könnten wir mit unserer automatischen Posteingangsverarbeitungsstraße erst mal komplett einscannen. Dann hätten wir sie alle in einer großen Datenbank.«

»Was soll uns das bringen?«, fragte Katharina unwirsch.

»Wir könnten vielleicht einen Algorithmus entwickeln, der nach verdächtigen Fällen sucht. Außerdem hätten wir wohl die vollständigste Sammlung von Todesfällen mit allen Daten weltweit. Ansonsten gibt es nur noch ein Projekt in Australien, da haben die das mit Krankenakten gemacht.«

Katharina wollte ihn mürrisch unterbrechen, doch Amendt war schneller. »Ich habe davon gehört. Die nutzen ein paar Millionen Krankenakten als Diagnosetool. Man gibt die Symptome ein und der Computer sucht nach vergleichbaren Fällen mit Diagnose und Therapieansatz. Ich finde, das ist gar keine dumme Idee.« Dann ergänzte er zweifelnd: »Aber das sind doch ... Wie viele Akten sind das jetzt?«

»994.832, Tendenz steigend«, antwortete Jeannie hilfsbereit.

»Lassen die sich überhaupt alle einscannen? Ich meine, mit halbwegs vernünftigem Zeitaufwand?«

Frank Grüngoldt antwortete mit vor Begeisterung glänzenden Augen: »Die Posteingangsverarbeitungsstraße schafft zehntausend Seiten pro Minute. Und die Datenbank gibt es auch schon. Die kann mit Fuzzy Logic und Predictive Analytics sowie einem semantischen Informationsansatz –«

»Mit was? Sprich Deutsch, Junge«, stoppte ihn Arnulf Sturmer.

»Na ja, die kann die ganzen Informationen auch verstehen und in reguläre Datenbankeinträge übersetzen. So wird der ganze Kram durchsuchbar.«

»Sehr gut«, ergänzte Manès Müller. »Dann können wir wenigstens den ganzen Papierkram an die Versicherungen zurücksenden. Man kann sich ja im Foyer kaum mehr rühren. – Herr Grüngoldt, das Einscannen fällt wohl in Ihren Bereich.«

»Ich helfe, wenn ich mit den Möbeln durch bin«, bot Jeannie an. Katharina hatte schon am Vortag den Eindruck gehabt, dass sie an Frank Grüngoldt einen Narren gefressen hatte.

»Ja«, sagte Müller. »Und alle anderen bitte auch, soweit es Ihre Zeit zulässt. – Nun würde ich das Wort gerne an Sie übergeben, Frau Klein. Ich denke, wir haben einen aktuellen Fall?«

Ach ja, richtig. Das hier war ja so was wie die Tagesbesprechung. Im Präsidium hatte sie immer ihr alter Chef Polanski geleitet. Jetzt war sie an der Reihe. Hoffentlich blamierte sie sich nicht. Sie stand auf.

»Nun, wenig überraschend sind Doktor Amendt und ich damit beauftragt worden, den Suizid von«, Katharina betonte jede Silbe des Titels, »Justizminister Doktor Jan-Ole Vogel zu untersuchen. Dazu sind Doktor Amendt und ich temporär zu speziellen Ermittlern im Auftrag des Innenministeriums ernannt worden.«

Müller lehnte sich neugierig vor: »Gibt es denn schon Hinweise?«

Amendt stand auf: »Leider sehr wenige«, begann er. »Die Todesursache ist zwar eindeutig, aber um das festzustellen, brauchte es ja kein Genie.«

»Vogels Büro im Justizministerium ist schon ausgeräumt, und seine Akten sind ins Archiv gewandert«, setzte Katharina den Bericht fort. »Seine Sekretärin konnte uns nur allgemeine Hinweise geben, und Vogels Ehefrau war heute Vormittag nicht zu Hause.«

Müller hatte die Stirn gerunzelt. »Schon im Archiv? So schnell? Die trödeln doch sonst ewig. Lassen Sie mich nachher mal nachhaken.« Dann sah er auf. »Ach ja, ich vergaß zu erwähnen, dass ich vorher im Justizministerium gearbeitet habe. Nur damit keine Missverständnisse aufkommen.«

»Weggelobt?«, fragte Bruder Rapunzel mit erfrischender Offenheit.

»Oh nein, freiwillig beworben. Ich wollte einfach mal was anderes machen, als bis an mein Lebensende Akten schubsen und Gutachten schreiben.« Müllers Blick wurde verträumt. »Wissen Sie, als junger Mann wäre ich gerne zur Kriminalpolizei gegangen. Aber damals … als Homosexueller …?«

»Nun, gut, dass sich die Zeiten geändert haben«, wiegelte Katharina ab. Dann fiel ihr etwas ein: »Moment, ich dachte, Sie kommen vom Innenministerium?«

»Das auch. In gewisser Weise. Ich war zuletzt Liaison zwischen beiden Ministerien. Aber im Justizministerium. Der bestbezahlte Laufbursche des Landes.«

»Aha«, sagte Katharina, der einmal mehr schwante, dass sie in Sachen Bürokratie noch einiges zu lernen hatte. Deshalb wechselte sie das Thema: »Viel wichtiger ist, herauszufinden, wer Vogels Kleidung, seinen Aktenkoffer und die Schusswaffe aus der Asservatenkammer entfernt hat.«

»Wer *was* hat?«, fragte Müller überrascht.

Katharina, sekundiert von den noch immer entrüsteten Hörnchen, berichtete ihm von ihren Entdeckungen.

»Das ist ja …«, wollte Müller auffahren, doch dann lehnte er sich zurück. »Das Justizministerium. So ein Sumpf. Würde mich nicht wundern, wenn die einen Maulwurf bei uns eingeschleust haben. Oder das Innenministerium. De la Buquet hat Doktor Vogel gehasst. Und der Ministerpräsident auch.« Er lehnte sich wieder vor. »Wissen Sie was? Ich habe noch ein paar Freunde in den Ministerien. Vielleicht kann ich ja herausfinden, was der Flurfunk so munkelt.«

War Müller wirklich auf ihrer Seite?, fragte sich Katharina. Oder verstellte er sich? Als ehemaliger Mitarbeiter des Justizministeriums wäre er die Idealbesetzung für den Maulwurf. Außerdem kannte sie ihn nicht.

»Gut«, stimmt sie zu. Dann war er wenigstens beschäftigt. »Bleibt die Frage der Aufgabenverteilung …«

»Der Pfaffe und ich«, Sturmer deutete auf Bruder Rapunzel, der selig mit seiner Birne beschäftigt war, »stellen gerade ein Dossier zu Vogel zusammen.«

»Ich kümmere mich erst mal um die Möbel«, sagte Jeannie. »Damit wir vernünftig arbeiten können.«

Darian meldete sich zu Wort: »Ich schätze, dass Frau Vogel in ein Hotel gegangen ist, um den Medien zu entgehen. Meine Mutter leitet den Concierge-Dienst im Marriot. Ich kann sie anrufen und fragen, ob sie sich mal umhören könnte.«

Na, das klappte ja wie am Schnürchen. »Gut, dann werden Doktor Amendt und ich die weitere Strategie beraten«, sagte Katharina. »Alle anderen … tun, was eben zu tun ist. Und wer nichts zu tun hat, fasst beim Einscannen der Akten mit an.«

Sie blickte in die Runde. Kein Protest? Gegen gar nichts? Das lief ja besser als in Polanskis Besprechungen.

»Wenn es nichts mehr gibt …« Sie sah fragend zu Müller, der nur den Kopf schüttelte. »Dann würde ich vorschlagen, wir treffen uns heute Abend noch einmal für die Zwischenergebnisse.«

Alle standen auf und wollten den Raum verlassen, doch Katharina hielt Oswald am Ärmel zurück. Er würde ihr vielleicht weiterhelfen können.

Sie zog den Plastikbeutel mit Vogels Slip aus ihrer Handtasche: »Irgendeine Idee, wie Vogel daran gekommen sein könnte? Ist handgearbeitet.«

Oswald nahm den Slip und betrachtete ihn kurz. »Nee, keine Ahnung. Nicht mein Ding.« Dann stemmte er gespielt protestierend die Hände in die Hüften. »Ich bin schwul, keine Transe.«

Übertrieben empört rauschte er davon. Katharina sah ihm grinsend nach.

»Lassen Sie mich mal sehen«, sagte plötzlich eine Stimme neben ihr. Manès Müller streckte die Hand nach dem Slip aus. Verdammt, Katharina hatte gar nicht bemerkt, dass er noch im Raum war. Nun, sie konnte ihm den Beweis schlecht verweigern.

Müller musterte den Slip anerkennend: »Schönes Stück. Also, wenn Sie mich fragen, stammt der von Transitions. – Das ist ein Shop, der –«

Katharina nahm ihm rasch den Plastikbeutel aus der Hand.

»Ich weiß, was und wo Transitions ist«, sagte sie fröhlich.

Endlich eine Spur, der sie folgen konnte.

Transitions. In einer kleinen Gasse in der Nähe der Zeil.

»Was wollen wir denn hier?«, fragte Andreas Amendt missmutig.

Katharina hatte sich geweigert, mit ihrem Dienstsmart zu fahren, sondern Amendt stattdessen schweigend über den Eisernen Steg und in eine schmale Seitenstraße der Zeil geführt. Jetzt standen sie vor einem kleinen Ladengeschäft. Jemand hatte das Wort »Transitions« kunstvoll auf eine Holzplatte über der Eingangstür gesprüht, darunter »Find Your Identity«. Im Schaufenster standen mehrere Paare Damenschuhe neben einem Schild mit der Aufschrift »erhältlich bis Größe 46«. Auf an Drähten herabhängenden

Kleiderbügeln waren Dessous aus Leder und Seide drapiert, und in der Mitte stand eine eindeutig männliche Schaufensterpuppe im langen Abendkleid.

»Das ist Transitions«, erklärte Katharina.

»So weit war ich auch schon. Aber was wollen wir hier?«

»Nach dem Slip forschen.«

»Ich dachte, Sie glauben nicht an einen Sexskandal.«

»Aber irgendwo müssen wir ja anfangen. Oder haben Sie eine bessere Idee?« Ohne eine weitere Widerrede zuzulassen, stieß Katharina die Tür des Geschäfts auf. Die Türglocke verkündete mit einem sonoren Dreiklang ihre Ankunft.

»Ich komme gleich«, rief eine ähnlich wohlklingende Altstimme.

Der Laden war so vollgestellt mit Kleiderständern, dass man sich kaum rühren konnte: Dessous, Kleider, selbst Anzüge, an einer Wand ein deckenhohes Schuhregal. Über jedem Ständer war ein Schild angebracht: XX, XY oder ein Fragezeichen.

»Wo sind wir hier?«, fragte Amendt. »In einem Laden für Transvestiten?«

»Nicht doch«, verkündete der wohltönende Alt. »Ich helfe Menschen dabei, ihre sexuelle Identität zu entdecken und sich passend einzukleiden. Ich bin übrigens Evelyn.«

Evelyn trat durch einen Vorhang, als würde sie die Bühne für ein großes Broadway-Musical betreten. Milchkaffee-farbene Haut, große braune Augen, die lockigen Haare zu einem lockeren Dutt aufgesteckt. Sie trug ein schwarzes, armfreies Kleid, das ihre langen Beine gerade einmal bis zu den Oberschenkeln bedeckte. Um ihren Hals baumelten eine Lesebrille und ein Schneidermaßband.

»Katharina! Gorgious!« Evelyn war groß, einen halben Kopf größer als Amendt, also musste sie sich tief herabbeugen, um Katharina mit zwei Küsschen auf die Wangen zu begrüßen. »Ich habe da ein Lederbustier, da steht so was von dein Name drauf. Du gehst mir hier nicht raus, ohne es zumindest anprobiert zu haben«, zwitscherte sie.

Ihre Stimme sackte schlagartig zurück in die Alt-Lage, als sie Amendt erblickte: »Well, hello there ... Ich bin Evelyn. Der Eigentümer von Transitions.«

Sie streckte Amendt die Rechte hin wie zu einem Handkuss. Völlig verunsichert nahm er die Hand und schüttelte sie.

»Die Eigentümerin?«, fragte er unwillkürlich.

Katharina biss sich auf die Zunge, um nicht zu lachen. Evelyn war weniger zurückhaltend, ihr Lachen ein sonorer Glockenklang. »Wie heteronormativ gedacht. Aber wenn du es genau wissen musst: Ich habe einen Schwanz. Meine Titten sind allerdings auch echt. Mit nur ganz wenig Silikon dabei.«

Amendt lief rot an. Evelyn trat einen Schritt zurück und musterte ihn amüsiert: »Meine Güte, Katharina. So verklemmt. Wurde höchste Zeit, dass du ihn hierher gebracht hast. Warte mal.« Sie trat zu einem Kleiderständer, warf noch einmal einen prüfenden Blick auf Amendt und zog dann ein langes Kleidungsstück heraus.

»Schlüpf da mal rein, Süßer!«

Amendt starrte auf den fließenden, glänzenden Stoff in seinen Händen. »Aber das ist ein Rock!«

»Natürlich. Ein Herrenrock. Wird dir also nicht das Gemächt abbeißen. – Nun mach schon. Die Garderobe ist dort hinten.« Sie drängte Amendt zu einem Vorhang. Hilfesuchend sah Amendt zu Katharina.

»Spielen Sie einfach mit«, sagte Katharina mitleidlos. Dann hatte Evelyn Amendt durch den Vorhang geschubst.

»Und du kommst mit mir!« Mit einer fließenden Bewegung hatte Evelyn ein ledernes Bustier aus einer Auslage gefischt, Katharina an der Hand genommen und zog sie nun in ein Hinterzimmer.

Katharina wusste es besser, als Evelyn zu widersprechen. Rasch schlüpfte sie aus ihrer Jacke und ihrem T-Shirt. Dann hakte sie den BH auf.

»Hach, was gäbe ich für deine Titten«, seufzte Evelyn. »Richtige Größe, richtige Form und auch noch an der richtigen Stelle.« Sie half Katharina, das Bustier zu verschließen.

»Deiner?«, raunte sie Katharina dabei ins Ohr, mit dem Kopf vage in Richtung Amendt deutend.

Katharina schüttelte den Kopf. »Nur ein Kollege. Gerichtsmediziner.«

»Und dann so verklemmt? Was für eine Verschwendung. – Aber seine Hand? Die sieht ja gar nicht gut aus«, fragte Evelyn. »Unfall?«

Katharina murmelte etwas Unbestimmtes.

»Wie bei einem anderen Kunden von mir. Hat das aber mit Physiotherapie wieder richtig gut hinbekommen. Ich schaue, dass ich die Adresse des Therapeuten auftreibe. Dann kann dein …« Evelyns Zögern machte mehr als deutlich, dass sie Katharina in Bezug auf ihr Verhältnis zu Andreas Amendt kein Wort glaubte: »… Kollege auch wieder Gitarre spielen.«

»Woher weißt du …?«, begann Katharina zu fragen, um sich dann gleich daran zu erinnern, dass Evelyn eine brillante Beobachtungsgabe besaß. Außerdem Abschlüsse in Psychologie und Modedesign.

»Ach, Honey, das ist doch offensichtlich. Die Fingernägel an der linken Hand kurz, an der rechten Hand länger und sorgfältig manikürt. Auch wenn sie mal wieder eine Nagelfeile vertragen könnten. – So!«

Evelyn schloss einen letzten Haken am Bustier. Umstandslos griff sie in die Körbchen, um Katharinas Brüste zurechtzurücken, und schob sie dann vor einen Spiegel. »Schau dich an! Nur für dich gemacht!«

Wow! Das Bustier saß perfekt. Sie musste es haben. Aber … Katharina hatte einen Blick auf das Preisschild erhaschen können. Dreistellig. Hatte sie überhaupt genug Geld dabei?

Doch dann fiel ihr die schwarze Kreditkarte ein, die ungenutzt in ihrer Brieftasche schlummerte. Arthur von Koestler, ihr Vermögensberater, hatte sie ihr aufgedrängt. Sie solle sich endlich einmal etwas leisten. Geld ausgeben. Und ja. Das konnte sie jetzt. Katharina hatte sich einst geschworen, das Vermögen, das sie von ihrem Vater geerbt hatte, nicht anzurühren, ehe der Mord an ihrer Familie aufgeklärt war. Das war er jetzt. Der Mörder war tot. Also hatte Katharina widerstrebend die Kreditkarte angenommen, während Koestler ihr wieder einmal eine seiner Lektionen über Wirtschaft hielt. Katharina hatte nur halb zugehört: »Drohende Krise … Krise als Chance … Portfolio umschichten … Vermögen nachhaltig sichern und mehren …«

Hatte Koestler nicht auch irgendetwas von einem Pharmaunternehmen erzählt, in das Katharina unbedingt investieren sollte? Und warum musste sie gerade jetzt daran denken? Ach ja, richtig. Es handelte sich um Lionshare BioPharm. Das Unternehmen, bei dem Vogel gearbeitet hatte, bevor er in die Politik eingestiegen war. Gut, das war vor zehn Jahren oder so gewesen. Aber endlich wusste sie, warum ihr der Name des Unternehmens so bekannt vorgekommen war.

»Nun, was denkst du?«, fragte Evelyn. »Oder hat dir das Bustier die Sprache verschlagen?«

»Nein, es ... Ich nehme es.« Sie wollte zu den Haken am Rücken greifen, doch Evelyn hielt ihre Hand fest.

»Erst zeigen wir das mal einem Mann.« Sie nahm Katharina am Arm und zog sie zurück ins Ladengeschäft.

Hinter dem zweiten Vorhang rumorte es.

»Du kannst ruhig rauskommen, Schätzchen, wir gucken dir schon nichts ab.«

Mit beschämt herabhängenden Schultern trat Amendt durch den Vorhang. Unter dem fließend-glänzenden Stoff des Rockes zeichneten sich bei jedem Schritt seine Beinmuskeln ab.

»Der sitzt wie angegossen«, stellte Evelyn fachkundig fest. »Wie fühlt sich das an?«

»Luftig«, sagte Amendt trocken.

»Ja, das ist echte Beinfreiheit. Und stehen tut dir der Look auch. – Nicht wahr?« Evelyn stieß Katharina in die Rippen.

»Ja, doch. Durchaus. Sehr sexy.« Katharina konnte sich nicht zurückhalten.

Amendts Schultern sanken noch weiter herab. »Kann ich mich jetzt wieder umziehen?«

»Erst ein paarmal drehen«, kommandierte Evelyn. Amendt gehorchte.

»Hach, da wird mir gleich ganz anders. Wenn du nicht in Begleitung von Katharina da wärst ...«

»Ach, wir sind kein Paar«, warf Katharina spielerisch ein.

»Nicht? So eine Schande. Andererseits schreib ich dir gleich mal meine Handynummer auf und ...«

»Ich glaube nicht, dass er daran interessiert ist«, half Katharina Amendt gnädig aus der Patsche. »Außerdem ist er in festen Händen.«

»Hach, wie schade. Die besten Männer sind immer vergeben. – Nun denn, Katharina: Was kann ich eigentlich für dich tun? Du bist doch nicht am helllichten Tag hier, um Dessous zu kaufen, oder?«

Richtig. Das hatte Katharina ja völlig vergessen. Das weiche Leder, das ihre Haut liebkoste, hatte sie abgelenkt. Sie zog den Plastikbeutel mit Vogels Slip aus der Handtasche.

»Hast du eine Ahnung, wer den hier gemacht haben könnte?«

Evelyn nahm den Beutel und zog den Slip heraus, um ihn näher zu untersuchen. »Ja, das ist einer von meinen. Auftragsarbeit. Einer von zweimal sechs Stück. Alle Schachfiguren, jeweils in Weiß auf Schwarz und in Schwarz auf Weiß.«

»Und wer –?«

Evelyn legte Katharina den Finger auf den Mund: »Dummchen, das kann ich dir nicht sagen. Meine Kunden legen Wert auf Diskretion.«

»Dieser hier vermutlich nicht mehr«, warf Amendt sarkastisch ein. »Er ist tot.«

Dann erst schien Evelyn zu verstehen. »Sag bloß … Ich habe im Radio gehört, dass ihr bei diesem Vogel …«

»Doktor Vogel, bitte«, korrigierte Katharina sie automatisch.

»Auch recht. Dass ihr bei diesem Doktor Vogel ermittelt. Und der Slip …?« Doch dann schien sich Evelyn die Antwort auf ihre Frage selbst zusammenreimen zu können: »Hach, so ein schöner Mann. Immer so elegant gekleidet. Kein Wunder.«

»Hast du ihm den Slip denn nicht verkauft?«

»Ich wünschte, ich hätte es. Allein schon, um selbst Maß nehmen zu können. Hab ihn mal live reden hören. Wusste gar nicht, ob ich feucht werden oder einen Ständer kriegen sollte. Nein, die Slips hat eine Frau in Auftrag gegeben. Das war im Dezember. Ein Weihnachtsgeschenk, mutmaße ich mal.«

»Hast du einen Namen?«

»Nein. Die hat bar bezahlt.«

»Kannst du dich wenigstens an ihr Aussehen erinnern?«

»Natürlich. Wofür hältst du mich? Groß, etwa einen Meter fünfundsiebzig. Hosenanzug von Jil Sander. C-Körbchen. Grüne Augen. Lippenstift ›Sienne Poudré‹. Nicht ganz ihre Farbe.«

»Und die Haare?«

»Kurz und blond. Aber nachgeholfen. Ursprünglich brünett oder rot, würde ich sagen.«

»Hat sie öfter hier gekauft?«

»Nein. War wohl ein Weihnachtsgeschenk, wie ich schon sagte.«

»Kann ich mich dann wieder umziehen?«, fragte Amendt verlegen.

»Natürlich, Schätzchen. Außer … Ich habe da noch ein passendes Oberteil, dass du vielleicht anprobieren möchtest.«

»Das wird nicht nötig sein, danke.« Amendt huschte eilig zurück in die Umkleidekabine.

»Magst du einen Kaffee?«, fragte Evelyn Katharina.

»Nein, danke. Aber … hältst du es für möglich, dass sich jemand deswegen umbringt? Wegen seiner Neigung zu Frauenkleidern, meine ich?«

Evelyn zuckte mit den Schultern: »Möglich ist alles. – Andererseits: Wann ist in Deutschland schon mal ein Politiker über eine Sexaffäre gestolpert? Ich meine, schau dir die Bande doch mal an. Da ist man schon froh, wenn die überhaupt mal etwas Action kriegen. Und, Kindchen, ich sage dir, wenn sich alle Leute umbringen würden, die hohe Stellungen haben und auf Frauenkleider stehen, dann hätte ich bald keine Kundschaft mehr.«

Amendt und Katharina schlenderten gemächlich über den Eisernen Steg. Unter ihnen glitzerte der Main in der Sonne wie Quecksilber. In der Mitte hielten sie inne und lehnten sich an das Geländer. Endlich erkannte Katharina, wo Amendt sehnsüchtig hinstarrte: zur Dreikönigskirche. In einer kleinen Gasse dahinter lag das Blaue Café, der Laden von Marianne Aschhoff, Amendts Ziehmutter und mütterlicher Freundin.

Katharina lehnte sich neben ihn und fragte behutsam: »Was passiert jetzt eigentlich mit dem Blauen Café?«

Amendt blickte ertappt auf das Wasser unter ihnen. »Ich finde keinen Pächter. Und der Laden hat nur Schulden. Ich werde ihn wohl verkaufen müssen.«

»Sind Sie der Erbe?«

»Ja. – Ich wünschte, ich könnte den Laden irgendwie am Laufen halten. Gibt nicht mehr viele Jazzclubs in Frankfurt. Andererseits …« Er hatte die linke Hand aus der Jackentasche gezogen und betrachtete seine krampfverkrümmten Finger. »Das ist ein Moll-Septakkord mit verminderter None«, sagte er. »Das schränkt mein musikalisches Repertoire deutlich ein.«

»Evelyn meinte vorhin, mit Physiotherapie –«

»Ich habe es gehört. Bin ich auch schon dabei. Aber Kirsten meint, die Hand sei psychosomatisch.«

»Welche Kirsten?«, fragte Katharina. »Sie haben den Namen schon mal erwähnt.«

»Meine Therapeutin. Sehr hilfreich. Und ich werde sie wohl noch eine Weile brauchen. Um die Ereignisse zu verarbeiten.«

Die Ereignisse verarbeiten … Den Tod von Marianne Aschhoff. Die Schießerei in Paul Leydths Villa. Seinen eigenen Suizidversuch.

»Hören Sie«, begann Katharina. »Das alles tut mir furchtbar leid. Ich hätte Sie da nicht mit hineinziehen –«

»Sie haben mich nicht mit hineingezogen«, schnitt Amendt ihr schroff das Wort ab. »Das Blaue Café als konspirativen Treff zu nutzen, war meine Idee, nicht Ihre. Machen Sie sich also deswegen keine Vorwürfe.«

»Und …« Katharina zögerte.

»Und dass Sie mich nicht haben sterben lassen?«, fragte Amendt. Dann fuhr er sanfter fort. »Hören Sie, ich müsste mich entschuldigen. Ich … hätte das nicht sagen dürfen.«

»Oder gar nicht erst versuchen, sich umzubringen.«

Amendt blickte wieder auf das Wasser. »Das auch.«

Hineinziehung

Noch immer Montag, der 7. April.
Nimmt dieser Tag denn nie ein Ende?

»You must take your opponent into a deep dark forest where 2+2=5, and the path leading out is only wide enough for one.«

MIKHAIL TAL

Zurück in der Karl-Kreutzer-Villa.

»Man kann die Rezeption wieder sehen«, stellte Andreas Amendt fest.

In der Tat. Die große Pappkartonwand wies Löcher auf. Katharina wollte einen Karton zur Seite zu schieben, sodass sie ungehindert das Foyer der Karl-Kreutzer-Villa betreten konnten.

»Nicht. Da ist System drin«, stoppte Jeannies Stimme sie. Gefolgt von Harry kam die kleine Blondine aus dem Gang zum Rechenzentrum gestiefelt. »Ihr müsst noch mal außen herum. Bringt uns hier bloß nichts durcheinander.«

Amendt und Katharina tasteten sich gehorsam durch das nun eher an eine aus Pappkartons nachgebildete Burgruine erinnernde Labyrinth. Jeannie empfing sie auf der anderen Seite.

»Wir können gar nicht so schnell Akten ranschaffen, wie Frank sie einscannt«, verkündete sie. »Komm, Harry. Weiter geht's.«

Harry wischte sich den Schweiß von der Stirn. Die Ärmel seines Uniformhemds hatte er bereits aufgekrempelt, den Pullunder und die Stichschutzweste abgelegt. Artig hob er drei weitere Kartons auf. Jeannie stellte ihm einen Vierten obenauf, nahm sich selbst einen Karton und trieb ihren gehorsamen Arbeitspartner wieder in Richtung Rechenzentrum.

»Andreas, da ist übrigens Besuch für dich«, rief sie über die Schulter. »Im Versammlungsraum.«

Das hätte sie gar nicht zu sagen brauchen.

»Zölestin!«

Im ersten Augenblick dachte Katharina, ein großer Hund käme herangestürmt. Da war das kleine Wesen mit der langen Haarmähne Amendt schon um den Hals gefallen.

»Brainiac!« Amendt hob das Wesen hoch und drückte es an sich.

»Du sollst mich doch nicht immer so nennen.«

»Und du mich nicht Zölestin!«

»Wieso? Das ist doch dein zweiter Vorname. A bis Z. Gut, dass deine Eltern auf die übrigen vierundzwanzig Namen verzichtet haben.«

»Haben sie nicht. Der Standesbeamte hat sich nur geweigert, sechsundzwanzig Namen aufzuschreiben.«

Amendt hatte Brainiac wieder abgesetzt, und das Wesen stapfte auf Katharina zu. »Wow! Scharfe Schnitte, deine Kollegin!«

Das Wesen war klein, mindestens einen halben Kopf kleiner als Katharina. Die lange brünette Lockenmähne hing ihr fast bis zur Hüfte ihrer … Ja, wie sollte man die Figur beschreiben? Pummelig? Kurvenreich? Eher, als hätte ein Puppen- und Schmusetiermacher sich alle Mühe gegeben, die perfekte Knuddelpuppe zu schaffen. Alles schien weich, rundlich, ohne jedoch die Form zu verlieren. Ein Eindruck, der durch den halblangen Mohairstrickmantel, der Brainiacs Figur wie ein flauschiges Plüschfell umschlang, noch verstärkt wurde.

Auch das Gesicht wirkte, als hätte es der Puppenmacher mit größter Sorgfalt genäht und gestickt. Stupsnase. Natürliche rote Lippen. Grübchen. Durch eine Brille mit dicken Gläsern vergrößert blickten die haselnussbraunen Augen mit kindlichem Staunen in die Welt. Oder, in diesem Fall, auf Katharina. Langsam wanderte Brainiacs Blick auf und ab, als wolle sie Katharina gut in Erinnerung behalten. Und … täuschte sich Katharina oder blieb der Blick an ihren Brüsten hängen?

Brainiac wandte sich zu Amendt. »Hetero, oder?«

»Soweit ich weiß. Oder, Frau Klein? Haben Sie es sich in der Zwischenzeit anders überlegt?«

»Ach, Zölestin, du und deine hübschen Kolleginnen. Da machst du mir den Mund wässrig und dann wieder nichts.« Brainiac drehte sich erneut zu Katharina um und streckte ihr burschikos die Hand hin. »Charlotte Perl. Aber alle nennen mich Peggy. Und fang gar nicht erst mit dem dummen Gesieze an. Wenn du darauf bestehst, Frau Klein genannt zu werden, dann bin ich ab sofort Frau Kleiner.«

Verdattert nahm Katharina die Hand. »Katharina.«

»Katharina? Bei deinem exotischen Look hätten deine Eltern auch etwas kreativer sein können.« Charlotte Perl betrachtete die ineinander verschränkten Hände interessiert. »Nein, wirklich nicht lesbisch. Totaler Hetero-Handschlag.« Sie ließ Katharinas Hand los. »Also, Zölestin, was kann ich für dich tun?«

»Wir haben da einen Toten, bei dem wir keine richtige Autopsie machen können. Aber vielleicht können wir ihn wenigstens mal durch den Tomografen jagen.«

Charlotte Perls Gesicht verzog sich. »Einen Toten?«, fragte sie angeekelt.

»Ja. Außerdem gibt es ein paar Untersuchungen, die ich dich bitte zu machen.«

»Schon besser. Ihr habt einen OMA 2015, habe ich gehört? Darf ich den benutzen?«

Amendt zog die Augenbraue hoch: »So ein großer weißgrüner Kasten oben im Labor? Wenn du weißt, wozu der gut ist?«

»Ja, weiß ich. Geil!«

»Aber erst müssen wir die Proben nehmen.«

»Wirklich? Muss ich da dabei sein?«

Charlotte Perl – Peggy, wie sie immer wieder betonte, wenn sie Amendts »Brainiac« korrigierte – hatte eine Sporttasche aus dem Versammlungsraum geholt, und gemeinsam waren sie die Treppe zu den Autopsieräumen hinuntergestiegen.

Andreas Amendt hatte ihnen die Umkleidekabine für Frauen aufgeschlossen. Katharina schlüpfte rasch in einen der dort hängenden Kittel. Charlotte Perl war – gelinde gesagt – etwas umständlicher. Mühsam schälte sie sich aus ihrem halblangen Mohairmantel, verhedderte sich in Gürtel und Armen, stolperte beinahe; Katharina konnte sie gerade noch auffangen.

»Danke«, sagte Charlotte Perl atemlos. »Ich bin manchmal etwas ungeschickt.«

Darauf wäre Katharina jetzt gar nicht gekommen.

Es gelang Charlotte Perl jedoch, ohne größere Unfälle Schuhe, Hose und T-Shirt auszuziehen. Dann öffnete sie umständlich ihre Sporttasche und entnahm ihr ein sorgfältig zusammengefaltetes Set Krankenhauskleidung. Die Hose bereitete ihr kein Problem, aber als sie das Oberteil überstreifte, versuchte sie zunächst, ihren Kopf durch einen der Ärmel zu schieben. Katharina griff beherzt ein, und endlich stand Charlotte Perl fertig angezogen vor ihr. Aus der Sporttasche nahm sie ein paar Flipflops, und Katharina befürchtete schon, sie müsste ihr helfen, damit die andere sich nicht auch noch den Fuß brach.

Zuletzt zog Charlotte Perl einen Kittel aus der Tasche und schlüpfte hinein. Das kleine gestickte Namensschild auf ihrer Brust wies sie als »Dr. Dr. Dr. Charlotte Perl« aus.

»Drei Doktortitel?«

»Ja! Medizin, Biochemie und Physik. – Außerdem Fachärztin für Radiologie und für Labormedizin. Deswegen nennt Zölestin mich immer Brainiac.«

»Und warum nennst du ihn Zölestin? Wegen A bis Z?«

»Nein«, Charlotte Perl grinste plötzlich schelmisch. »Unter uns: weil er der letzte Mann gewesen ist, mit dem ich gerne mal in die Kiste gehüpft wäre. Nur mal, um's auszuprobieren. Hat aber leider nicht sollen sein.«

»Ach, warum nicht?«, fragte Katharina amüsiert. Diese Geschichte konnte sie sicher irgendwann verwenden, um Amendt aufzuziehen.

Charlotte Perl seufzte matt: »Na ja, er war doch immer so umschwärmt. Und als ich mich endlich trauen wollte … Na, da hatte er plötzlich eine Verlobte. Und –«

Entsetzt starrte sie Katharina an. Die Brillengläser ließen ihre Augen so schreckensgeweitet aussehen, als stamme sie geradewegs aus einem Zeichentrickfilm. Dann ließ sie sich auf die Bank im Umkleideraum fallen. Tränen rollten ihr über die Wangen: »Ach, ich bin ein solcher Trampel«, stieß sie unter Schluchzern hervor. »Du bist die Schwester von Susanne, oder?«

Katharina setzte sich neben sie und fischte ein Taschentuch aus ihrer Handtasche. Sie reichte es Charlotte Perl, die sich umständlich und laut schnäuzte.

»Ich bin so ein Trampel«, murmelte sie immer wieder, »so ein Trampel.«

»Nicht doch.« Katharina legte ihr die Hand auf den Arm. »Das ist alles lange her.«

»Dennoch. Ich hätte das nicht sagen dürfen.«

Oh Gott, wenn das so weiterging, würde sich Charlotte Perl in einen hysterischen Weinkrampf hineinsteigern, aus dem sie, wenn überhaupt, nur mit einer Ohrfeige herauszuholen war.

»Nun reiß dich mal am Riemen«, schnauzte Katharina mit ihrer besten »Platz da, ich bin Polizistin«-Stimme.

Das zeigte Wirkung. Prompt hörte Charlotte Perl auf zu schluchzen. Energisch wischte sie sich das Gesicht ab und warf das Taschentuch in den Papierkorb. Dann schien ihr etwas einzufallen. Hektisch durchwühlte sie ihre Sporttasche: »Oh nein, oh nein, oh nein, ich habe es vergessen.«

»Was vergessen?«, fragte Katharina.

Charlotte Perl sah sie flehend an: »Du hast nicht zufällig ein Antiemetikum?«

»Ein was?«, wollte Katharina fragen, doch Amendt steckte in diesem Moment den Kopf durch die Tür: »Kommt ihr bald mal?«

»Hast du ein Antiemetikum?«, fragte Charlotte Perl ihn noch flehender.

»Ach, Brainiac, da wirst du diesmal so durch müssen.«

»Oh Gott, ist das …?«

»Brainiac! Waschbecken!«

Charlotte Perl gehorchte und rannte zu dem großen, stählernen Waschbecken am anderen Ende des Autopsieraums. Dort erbrach sie sich. In immer neuen Schüben. Katharina wollte zu ihr hin, um ihr wenigstens den Kopf zu halten, doch Amendt hielt sie an der Schulter zurück.

»So, jetzt –« Charlotte Perl hatte sich aufgerichtet, doch dann wurde ihr Körper von einem neuen Krampf geschüttelt.

»Was ist mit ihr?«, fragte Katharina flüsternd.

»Sie kann keine Leichen sehen. Oder Kranke«, erklärte Amendt.

»Wie hat sie dann das Medizinstudium geschafft?«

»Hiermit.« Amendt hatte eine kleine Flasche und einen Löffel aus der Tasche gezogen und Katharina hingehalten. »Zählen Sie mal zwanzig Tropfen auf den Löffel?«

»Was ist das?«, fragte Katharina, während sie Amendts Anweisung ausführte.

»Ein Antiemetikum.«

»Ein was?«

»Ein Mittel gegen Erbrechen.«

»Und das hätten Sie ihr nicht vorher geben können?«

»Leider nein. Wirkt nicht so schnell. Besser auf leeren Magen.«

»Sie kann wirklich keine Leichen sehen?«

»Und keine Kranken.«

»Sollte sie nicht daran gewöhnt sein?«

Amendt schmunzelte: »Na ja, das Erbrechen beim Anblick einer Leiche ist eine normale biologische Reaktion. Oder ist Ihnen bei Ihrer ersten Leiche im Dienst nicht schlecht geworden?«

Ja, erinnerte sich Katharina mit Grausen, ihr war schlecht geworden. Sie und Harry waren während Katharinas Ausbildung zu einem Verkehrsunfall gerufen worden. Ein Mann war vor einen Lastwagen gelaufen, der nicht mehr hatte bremsen können. Fast hundert Meter war der Tote mitgeschleift worden, und so hatte er auch ausgesehen. Katharina hatte sich nicht erbrechen müssen. Aber nur, weil sie an dem Tag noch nichts gegessen hatte. Harry hatte ihr dann einen der Dauerlutscher gegeben, die er immer bei sich trug. Sie dienten nicht nur zum Kindertrösten.

»Die meisten Ärzte verlieren diesen Reflex. Brainiac nicht.«

»Und dann ist sie ausgerechnet Ärztin geworden?«

»Laborärztin und Radiologin. So weit weg wie möglich vom Patienten.«

»Laborärztin? Aber da hat sie doch mit Blut zu tun?«

»Ja. Und Urin. Und Kot. Und Biopsien. Scheint ihr alles nichts auszumachen.«

Inzwischen hatte sich Charlotte Perl halbwegs beruhigt. Sie spülte das Becken sorgfältig aus, wischte sich Mund und Gesicht mit Papierhandtüchern ab und kam dann zielstrebig auf Amendt zu, ohne die Leiche anzublicken.

Amendt steckte Charlotte Perl den Löffel in den Mund. Sie lutschte ihn sorgfältig ab, schluckte. »Danke«, sagte sie, den Löffel noch immer im Mund. Sie zog ihn heraus und reichte ihn Amendt, der ihn in seiner Kitteltasche verschwinden ließ.

Plötzlich wurden Charlotte Perls Augen wieder größer. Katharina befürchtete, sie würde sich erneut übergeben, und blickte sich rasch nach einem Eimer oder einem anderen Gefäß um.

Doch Charlotte Perl griff nur nach Amendts linker Hand. Sie hielt die verkrampfte Klaue mit beiden Händen. »Ist das ...? Das ist ja ... Aber ... – Du kommst in die Röhre, Andreas Zölestin! Das kann so nicht sein.«

Amendt entzog ihr die Hand und schob sie in die Kitteltasche. »Das sagt Kirsten auch. Die denkt, es ist psychosomatisch.«

Charlotte Perl blickte ihn verdutzt an. Und blitzte da nicht auch ein Funken Eifersucht auf? »Wer ist Kirsten?«

»Seine Therapeutin«, kam Katharina Amendt zu Hilfe. Sie wusste auch nicht genau, warum.

Amendt verbarg seine Hand im Kittel. »Lass gut sein. Du weißt ja, das Gehirn. Man steckt nicht drin.«

Entrüstet stemmte Charlotte Perl die Fäuste in die Hüften. »Dann müsste die Sprache aber auch beeinflusst sein. Du kommst in die Röhre. Von Kopf bis Fuß, Andreas Zölestin.«

»Später«, wiegelte Amendt ab. »Erst kümmern wir uns um unseren Patienten. Geht es?«, fragte er. Charlotte Perl nickte energisch und drehte sich vorsichtig um.

»Was brauchst du?«, fragte sie.

»Eigentlich alles. Blutwerte. Toxikologie, vor allem Antidepressiva, Sedativa.« Er warf einen Blick auf die Leiche. Katharina folgte seinen Augen. Die Unterleibsregion. »Mach auch mal ein STI-

Panel.« Sexuell übertragbare Krankheiten, übersetzte Katharina für sich. Den Begriff kannte sie aus Autopsieberichten.

»Und ...«, dachte Amendt nach.

»Schwarzer Schwarm des Todes«, half Katharina aus.

»Genau. Schau auch mal nach Parasiten. Vor allem Toxoplasma gondii. – Was brauchst du?«

»Herzblut, venöses Blut, Urin, Stuhl, Leber, Hirn«, zählte Charlotte Perl so sachlich auf, als diktierte sie einen Einkaufszettel.

Das Herzblut war kein Problem gewesen, doch für das venöse Blut hatten sie die Leichenstarre an einem Arm brechen müssen. Amendt hatte Katharina angewiesen, den Arm zu massieren, während er versuchte, eine Vene anzuzapfen. Endlich war es ihnen gelungen. Doch die Ausbeute war mager. »Reicht das?« Er hielt die kleine Spritze hoch, um sie Charlotte Perl zu zeigen.

»Mit dem OMA 2015 schon, denke ich.«

Auch die Urinprobe war kein Problem. Amendt stach die Blase mit einer Kanüle durch die Bauchdecke an.

Dann hielt er inne. »Hirn, Leber und Kot werden knifflig.«

»Keine Autopsieanweisung?«, fragte Charlotte Perl aus der sicheren Ecke des Autopsieraums, in die sie sich verzogen hatte.

»Genau. Todesursache steht ja fest. Wir sollen das Warum klären.«

»Meinst du, er war krank?«

»Vielleicht. Und irgendwo müssen wir ja anfangen.«

Amendt betrachtete die Leiche für ein paar Minuten sinnierend. Dann nahm er ein Instrument aus dem antiken Holzkasten, das aussah wie ein Löffel mit einem langen Stiel. »Das dürfte gehen.«

Er schob das Instrument vorsichtig in den Einschusskanal an Vogels Hals. Ein paar Sekunden später zog er ihn mit einer grauen Masse gefüllt heraus. »Hirnpüree«, sagte er nachdenklich. »Die Kugel hat wirklich ganze Arbeit geleistet.«

Er ließ die graue Masse in eine kleine Glasschale tropfen, die er anschließend sorgfältig abdeckte.

»Okay, was noch? Leber …« Er durchsuchte den antiken Holzkasten, um dann etwas herauszuziehen, das wie ein Bratenthermometer aussah.

»Tja, keine Kleininstrumente«, sagte er entschuldigend zu dem Toten. »Da müssen wir uns bei der Temperaturbestimmung eben anderweitig behelfen.«

Er stieß das Thermometer durch die Bauchdecke.

Lebertemperaturmessung. So wurde früher die Leichentemperatur zur möglichen Todeszeitbestimmung ermittelt. Heute nutzte man digitale Thermometer. Aber Katharina ahnte, was Amendt vorhatte.

Er nahm ein weiteres Instrument, eine dünne Metallröhre mit Handgriff, und schob sie in die Einstichstelle des Thermometers. »Damit hat man früher Knochenmarksproben entnommen«, erklärte er. Er drehte die Röhre ein paar Mal hin und her, dann zog er sie heraus. Aus ihrem Inneren konnte er eine kleine Leberprobe bergen, die er gleichfalls in einer Glasschale verschloss.

Und zuletzt gelang es ihm sogar, eine Stuhlprobe zu nehmen. Mithilfe eines Plastikschlauchs und einer großen Spritze, um genug Vakuum zu erzeugen.

Zu dritt war es ihnen gelungen, die Leiche in die Radiologie und auf den Tisch des Tomografen zu bugsieren, und Charlotte Perl hatte sich ans Werk gemacht. Eine geschlagene Stunde dauerte es, bis sie Vogel zu ihrer Zufriedenheit von Kopf bis Fuß gescannt hatte.

Sie blickte vom Monitor auf: »Auf den ersten Blick sehe ich hier nichts. Aber ich muss die Bilder genau analysieren. Und natürlich brauche ich ein Labor. Wird aber die Nacht über dauern.«

Im Labortrakt der Karl-Kreutzer-Villa.

»Ruhe! Ruhe!«, krächzte der kleine grüne Papagei laut, der in einer Voliere im Eingangsbereich des Labortraktes auf einer Stange hockte. Coco war das Maskottchen der Hörnchen. Nun, eines ihrer Maskottchen.

In der kleinen Vorhalle, von der die Räume des Labors abzweigten, hatte die Menagerie der Hörnchen ihren Platz gefunden. Das

Chinchillagehege. Das Käfiglabyrinth der Schwarzratten. Das Terrarium mit dem faulsten Chamäleon der Welt. Die Hörnchen schworen, dass es sich noch nicht einmal beim Umzug bewegt habe. Und eben die Voliere mit Coco.

Fasziniert war Charlotte Perl von Käfig zu Käfig gewandert. Zunächst misstrauisch beäugt von den Hörnchen, dann schnell mit ihnen in ein Gespräch verwickelt.

»Brainiac könnte ihre Zwillingsschwester sein«, hatte Amendt gemurmelt. Er hatte Katharina das Stahltablett mit den Proben tragen lassen, da Charlotte Perl nun einmal etwas ungeschickt war, zumindest außerhalb des Labors. Innerhalb sehe das anders aus, hatte er versprochen.

»Eine Rotspiegelamazone«, stellte Charlotte Perl fest, als sie bei Coco angekommen waren.

»Ruhe! Ruhe!«, krächzte der Papagei.

»Er mag …« – »… dich«, erklärten die Hörnchen in ihrem gewohnten Wechselspiel, das Charlotte Perl nicht im Geringsten zu stören schien.

Hoffentlich freunden die sich nicht zu sehr an, dachte Katharina. Sonst wird bald jeder Satz dreigeteilt.

»Vielleicht sollten wir ins Labor gehen?«, schlug Amendt vor, um die Führung ein wenig zu beschleunigen. Innerlich dankte Katharina es ihm. Ihr Arm wurde vom Tabletttragen langsam müde.

»Prima …« – »… Idee!«, verkündeten die Hörnchen und stießen eine große Flügeltür auf, die zum medizinischen Teil des Labortrakts führte. »Dein …« – »… Reich!«

»OMA 2015!«, stieß Charlotte Perl ehrfurchtsvoll hervor.

Die Hörnchen, Amendt und Katharina folgten Charlotte Perl, die bereits vor dem großen weißgrünen Kasten stand.

»Weißt du …« – »… was der Kasten tut?«, fragten die Hörnchen im Chor.

»Natürlich. Das ist ein OMA 2015.«

Okay, dachte Katharina, als einzige Nicht-Wissenschaftlerin im Raum ist es wohl meine Aufgabe, die dummen Fragen zu stellen.

»Und wozu ist der gut?«

Charlotte Perl sah sie an, als hätte Katharina gerade gefragt, warum Wasser nass ist. »Also, OMA steht für Organic Molecule Analyzer. Der OMA 2015 kann aus einem Substanzgemisch jedes organische Molekül herausfinden und dessen Struktur analysieren.«

»DNA-Proben?«, fragte Katharina.

»Pah!«, erwiderte Charlotte Perl abschätzig. »Eine der leichteren Übungen. DNA-Analyse ist was für Anfänger. Nein, wirklich alle organischen Moleküle.«

»Also im Prinzip alles Lebendige«, erläuterte Amendt. »Aber auch Medikamentenmoleküle et cetera.«

»Genau«, bestätigte Charlotte Perl. »Das wird meine Arbeit sehr erleichtern. – Dann wollen wir mal.« Sie nahm Katharina das Tablett mit den Proben ab und stellte es mit ungeahnter Geschicklichkeit auf einen Labortisch.

»So, Kinder, nun lasst mich arbeiten«, sagte sie streng und scheuchte alle aus dem Labor. »Ich werde die Nacht brauchen und es geht nicht schneller, wenn ihr mir im Nacken sitzt.« Damit verschloss sie die Flügeltür vor den Nasen von Amendt, Katharina und den Hörnchen.

»Dürfen wir …« – »… sie behalten?«, fragten die Hörnchen ehrfürchtig.

Erneut im Rittersaal.

Katharina hatte alle Mitarbeiter zusammengerufen und sie über den Stand der Ermittlungen informiert. Der Damenslip und die möglichen sexuellen Vorlieben von Jan-Ole Vogel gaben Anlass zu ein paar faulen Witzen, an deren Ende Jeannie nur seufzte: »Tja, die schönsten Männer sind eben alle schwul.«

»Wenn er da so aktiv war und sogar Wäsche hat machen lassen, dann spricht das für mich nicht gerade für ein Suizidmotiv«, fasste Arnulf Sturmer mufflig zusammen. »Und dass Politiker eine Geliebte oder einen Geliebten haben, ist ja auch nichts Neues.«

»Nicht mal im Vatikan«, pflichtete Bruder Rapunzel ihm bei, der sich gerade eine Orange schälte.

»Wie dem auch sei«, fuhr Arnulf Sturmer fort. »Unser Dossier gibt genauso wenig her. Karrierelebenslauf ohne Ecken und Kanten. Nobelinternat. Jurastudium. Heirat. Arbeit in der Privatwirtschaft und dann in der Politik.«

»Und die finanzielle Seite?«, fragte Katharina. »Schulden?«

»Nicht viel rauszukriegen«, murrte Sturmer. »Wir mussten erst im Innenministerium anrufen und dann einen Richter beschwatzen, um eine entsprechende ›Genehmigung zur Einsichtnahme‹«, er malte die Anführungszeichen theatralisch in die Luft, »zu kriegen. Und dann schickt uns die Bank eine Akte, die auch ›Herr Mustermann‹ überschrieben sein könnte. Keine Schulden. Ein paar Sparverträge. Solide Altersvorsorge. Liest sich wie eine Werbebroschüre.«

»Und das Haus der Vogels?«, fragte Katharina. »Wie konnten die sich das leisten?«

»Gehört der Frau. Ist abbezahlt. Die macht wohl mit ihrer Frauenarztpraxis echten Reibach. Außerdem waren ihre Eltern vermögend.«

»Und damit geht das zweite große Suizidmotiv dahin. Schulden«, stellte Katharina frustriert fest. Sie blickte in die Runde: »Noch etwas?«

»Wir haben mehr als hundert Stunden Material von den Medien bekommen«, sagte Oswald. »Irgendwer muss das jetzt sichten.«

Eine Strafarbeit, dachte Katharina. Wer soll sich die jetzt ansehen?

Bruder Rapunzel hob die Hand: »Das machen wir. Wir sind ja mit dem Dossier durch.«

»Aber erst morgen«, brummte Sturmer mürrisch. »Hab schon ganz viereckige Augen vom vielen Auf-den-Monitor-Starren.«

»Na, meinetwegen«, sagte Katharina. »Noch irgendetwas?«

Manès Müller antwortete: »Im Justizministerium gibt es jede Menge Flurfunk, das reicht von heimlichen Affären bis hin zum Verfassungsschutzskandal. Aber niemand weiß etwas Genaues. Alles nur Mutmaßungen.«

Zuletzt meldete sich Darian. Der junge Polizeibeamte war reichlich geknickt: »Keine Spur von Frau Vogel. Meine Mutter hat alle Hotels abgefragt. Nirgendwo ist sie aufgetaucht.«

Nun, vermutlich war sie bei der Familie oder bei Freunden untergekommen. Aber nach ihr zu suchen war müßig, wenn sie nicht wenigstens so etwas wie ein Adressbuch von Vogel oder seiner Frau finden konnten. Sie hätte Amendts Drängen nachgeben und einfach in die Vogel'sche Villa einbrechen sollen. Nun ja, das konnten sie morgen auch noch machen. Die Uhr im Sitzungssaal zeigte schon kurz nach sieben.

»Also gut.« Katharina stieß die Luft aus. »Für alle, die nichts mehr zu tun haben, ist dann jetzt mal Feierabend.«

Katharina allein zu Haus.

Eigentlich hatte Katharina Amendt überreden wollen, mit ihr etwas essen zu gehen. Doch er hatte sich entschuldigt: eine wichtige Sitzung mit Kirsten.

Also war Katharina mit der U-Bahn nach Hause gefahren. Die viereinhalb Zimmer im Dachgeschoss kamen ihr, wie schon so oft, viel zu groß vor. Früher, das hieß noch vor wenigen Monaten, war sie in dieser Stimmung oft in die Stadt gefahren. In irgendeine Bar. Männliche Gesellschaft für die Nacht suchen.

Eigentlich keine schlechte Idee. Eine Runde guter Sex würde helfen, Amendt aus ihrem System zu kriegen. Doch dann fiel ihr ein, dass die Pressekonferenz im Fernsehen übertragen worden war. Wenn sie jemand erkannte, würde das nur wieder Ärger bedeuten.

Sie räumte die Küche auf, wusch ab, bestellte sich schließlich eine Pizza.

Den ungeöffneten Pizzakarton auf dem Schoß spielte Katharina mit der Fernbedienung ihres Fernsehers. Eigentlich sah sie nicht gern fern. Und lieber …

Ja, klar. Sie stand auf und ging zum DVD-Regal. Dort zog sie die Box mit der Star-Wars-Trilogie hervor und legte den ersten Film in den DVD-Player.

Sie setzte sich zurück auf das Sofa und schaltete den Fernseher an. Doch gerade, als sie auf den Kanal des DVD-Players umschalten wollte, musste sie innehalten.

Dort! Auf dem Bildschirm!

Das war sie. Eindeutig. Wie sie auf den Stufen der Sonderermittlungseinheit lag. Nach ihrem Sturz.

Rasch drehte sie den Ton lauter.

»Wäre Jan-Ole Vogel noch zu retten gewesen?«, dröhnte die Moderatorin. »Nach der Werbung sprechen wir mit dem Sicherheitsexperten und Polizeikritiker Herbert Stammer über mögliche polizeiliche Fehler beim Selbstmord von Hessens Justizminister.«

Mit einer dramatischen Fanfare blendete das Bild ab, und der Werbeblock begann. Katharina schaltete trotzdem nicht um.

Herbert Stammer. Ausgerechnet. Er hatte sich nach dem Jura- und Kriminologiestudium für den gehobenen Polizeidienst beworben, war aber mit Pauken und Trompeten abgelehnt worden. Irgendwie war er dann zu einem Doktoren- und Professorentitel gekommen und nun hauptamtlicher »Sicherheitsexperte und Polizeikritiker«.

Katharina wartete ungeduldig auf den Beginn des Beitrags. Nach einer letzten Werbung ertönte erneut die elektronische Fanfare. Der Beitrag begann mit einem Einspieler. Vogels letzte Worte, die Waffe in seiner Hand. Schnitt auf Katharina, wie sie stolperte. Und dann …

Was war das denn?

Ein kleines Detail. In einem unwillkürlichen Schwenk von der Kamera erfasst und gleich wieder verloren.

Eine Hand, die ein Mobiltelefon hielt und wählte.

Doch wer telefonierte so seelenruhig, wenn sich gerade vor seinen Augen ein Mensch erschossen hatte?

Katharina sprintete in die Küche zu ihrer Handtasche und riss ihr Telefon heraus. Bruder Rapunzel antwortete sofort.

»Sehe den Beitrag auch gerade«, sagte er. »Meine Güte, dieser Stammer ist wirklich ein Spinner. Na ja, selig sind die geistig Armen.«

Katharina berichtete ihm, was sie glaubte, gesehen zu haben.

»Ich fahre gleich mal rüber ins Büro«, sagte Bruder Rapunzel nur. »Und suche das Material durch.«

Katharina packte das schlechte Gewissen. »Ach, das hat doch auch bis morgen früh Zeit.«

»Ora et labora, Katharina«, kam es freundlich aus dem Hörer. »Und gebetet habe ich heute schon.«

»Aus diesem Anlass möchte ich ihnen gleich den ersten Fall übergeben.«

Vogels letzte Worte. Die Pistole in seiner Hand. Der Schuss.

Gegenschnitt.

Kriminaldirektorin Katharina Klein. Ihr Stolperer. Eine Aufnahme, künstlich vergrößert, von der kippenden Stufe. Der Sturz.

Gleich dreimal wiederholt der Beitrag diese Montage.

In Zeitlupe.

Unterlegt von den dramatischen Klängen, die sonst für brennende Ölquellen reserviert sind.

Dann erstarrt das Bild in einer Montage. Vogel, die Waffe unter das Kinn gepresst. Katharina Klein auf den Stufen liegend, ihr Gesicht schmerzverzerrt.

Das Bild wird zum Hintergrund. Am Tisch davor steht die Moderatorin, neben ihr ein Mann mit sorgfältig gestutztem Bart und hoher Stirn. »Prof. Dr. Herbert Stammer – Sicherheitsexperte« lautet die Schrift auf der Einblendung am unteren Bildrand.

»Wäre der Suizid von Jan-Ole Vogel, Justizminister des Landes Hessen, zu verhindern gewesen?«, fragt die Moderatorin so dramatisch in die Kamera, dass der Betrachter unwillkürlich den Impuls verspürt, aufzuspringen und laut »Ja« zu rufen. »Darüber sprechen wir jetzt mit dem Polizeiexperten und Kriminologen Professor Doktor Herbert Stammer.«

Sie wendet sich ihrem Gast zu. »Herr Doktor Stammer. Sie gelten seit Jahren als genauer Beobachter und strenger Kritiker der Arbeit der deutschen Polizei. Ihrer Meinung nach hätte Justizminister Vogel nicht sterben müssen. Ist das richtig?«

En passant

Dienstag, 8. April 2008.
Hoffentlich besser als Montag.

»Chess is a game sufficiently rich in meaning
that it is easily capable of containing elements
of both tragedy and comedy.«
Luke McShane

Zwischen Zeit und Raum. Bzw. im Frankfurter Westend.

Verdammt! Warum konnte sie ihre Augen nicht öffnen?

Und wie war sie überhaupt hierhergekommen?

Sie war im Haus ihrer Eltern gewesen. Ganz sicher. Durch die Räume gewandert. Sich fragend, ob sie das Haus vermieten oder verkaufen sollte.

Oder gar selbst einziehen?

Doch dann hatte sie eine Stimme singen hören.

Nein, nicht irgendeine Stimme. Die ihrer Schwester. Susanne war immer sehr viel musikalischer gewesen als sie.

Sie war der Stimme nachgegangen. Wo war sie hergekommen? Wann immer sie glaubte, den Raum gefunden zu haben, wanderte die Stimme. Endlich hatte sie vor der großen Stahltür des Tresorraums im Keller gestanden. Die Tür war nur angelehnt gewesen. Aber das durfte nicht sein. In dem Tresorraum befand sich doch die unschätzbare Kunstsammlung ihres Vaters.

Sie hatte die schwere Tür aufgestemmt. War hindurchgetreten. Grelles Licht hatte sie geblendet und gezwungen, die Augen zu schließen. Dann Schwärze um sie herum. Stille.

Und sie bekam die Augen nicht mehr auf. Das konnte doch nicht wahr sein. Mit aller Macht stemmte sie die Lider nach oben und …

... schrak hoch. Das hier war ... ihr Bett. Ihr Schlafzimmer. In ihrer Wohnung, nicht im Haus ihrer Eltern. Die Uhr auf dem Nachttisch zeigte 5:15.

Natürlich. Im Schlaf musste sie sich so sehr in die Kissen gewühlt haben, dass ihr Gesicht in den Stoff gepresst wurde. Kein Wunder, dass sie die Augen nicht aufbekommen hatte.

Erleichtert drehte sie sich auf den Rücken. Auch ein wenig traurig. Wenn sie nicht gerade vom Mord an ihrer Familie träumte, waren ihre nächtlichen Begegnungen mit ihrer Schwester meistens schön. Lehrreich. Ihre Schwester hatte oft Einsichten in Probleme, die Katharina beschäftigten. Ein Traum-Alter-Ego, natürlich. Ein Therapeut hätte sicher seine helle Freude damit.

Kirsten!

Wer?

Ach ja, Amendts Therapeutin, die er am Vorabend noch unbedingt hatte aufsuchen müssen. Schade, sie wäre gerne mit ihm etwas essen gegangen. Stattdessen war sie allein nach Hause gefahren, hatte den Fernseher eingeschaltet –

Der Fernsehbericht!

Sie hatte sich über Prof. Dr. Herbert Stammer schwarzgeärgert. Immer wieder hatte er auf ihrem Stolperer herumgeritten. Dass der nicht hätte passieren dürfen. Dass sie Vogel das Leben hätte retten können.

Am meisten ärgerte sie jedoch, dass Stammer recht hatte.

An der Decke ihres Schlafzimmers zeichnete sich ein Lichtschein ab. Wo kam der her? Von draußen? Unwahrscheinlich. Katharina blickte sich um und sah, dass das Display ihres Mobiltelefons erleuchtet war. Warum das denn?

Sie nahm das Telefon. Eine E-Mail war eingetroffen. Auf ihrem Privataccount.

Die E-Mail stammte von einer Lisa Riedtmann. Ach ja, die Reporterin, der sie vor Vogels Haus begegnet waren. Was wollte die denn?

Guten Tag, begann die E-Mail, *das hier habe ich gestern bekommen. Wieder aus einer anonymen Quelle. Ich dachte mir, das dürfte Sie interessieren.*

Was denn? Eine Reporterin, die freiwillig Informationen mit der Polizei teilte? Ohne dass man ihr Daumenschrauben anlegen musste?

PS:, endete die E-Mail und beantwortete damit Katharinas Frage, *Ob Sie wohl den Kontakt zu Herrn Dr. Amendt herstellen könnten? Für ein Interview, meine ich.*

Interview? Die Kleine war scharf auf Amendt. So, wie sie ihn gestern angeschaut hatte. Katharina ignorierte den leichten Stich der Eifersucht.

Was hatte die Reporterin denn nun geschickt? Katharina tippte auf den Anhang, aber er ließ sich auf dem Handy nicht öffnen. Zu groß. Na gut, wach war sie ja ohnehin.

Sie schwang die Beine aus dem Bett und stapfte ins Gästezimmer. Dort schaltete sie ihren PC an, der natürlich ewig zum Hochfahren brauchte. Dann rief sie das E-Mail-Programm auf. Der Anhang an der Mail von Lisa Riedtmann war ein Zip-File. 10 Megabyte. Sie speicherte das File auf dem Desktop und öffnete es. Es enthielt eine Bilddatei. Offenbar in Druckqualität.

Endlos langsam baute sich das Bild auf dem Monitor auf. Zuerst sah sie Vogels Kopf. Seine Augen waren geschlossen. Er lächelte.

Dann seinen Oberkörper. Der in eine Korsage gekleidet war. Absolut Rocky Horror Show.

Dann endlich der Unterleib: Strapse und Netzstrümpfe.

Und eine Frau mit blondem Kurzhaarschnitt, die Vogels erigierten Penis im Mund hatte.

Das Bild war kein Schnappschuss einer Spionagekamera. Es war scharf, gut ausgeleuchtet und offenbarte auch das kleinste Detail. Offenbar war Vogel gerade gekommen. Am Kinn der Frau hing der Tropfen einer milchigen Flüssigkeit.

Moment. Blonder Kurzhaarschnitt? Das hatte sie doch schon mal gehört! Richtig. Lisa Riedtmann hatte eine blonde, kurzhaarige Frau erwähnt, mit der Vogel auf einer Party herumgeknutscht hatte. Und Evelyn von Transitions hatte die Käuferin der Slips gleichfalls als blond und kurzhaarig beschrieben.

Aber … Wieder richtig. Vogels Frau hatte lange, rote Haare.

Soso. Vogel hatte also eine Geliebte gehabt, mit der er seinen Frauenkleider-Fetisch auslebte. Nun, das sollte vorkommen. Aber was hatte das mit seinem Selbstmord zu tun? Und warum schickte jemand dieses Bild an eine Journalistin? Anonym?

War Vogel erpresst worden? Hatte das seine Depression ausgelöst?

Sie speicherte das Bild auf einem USB-Stick und steckte ihn in die Handtasche.

Beinahe hätte Katharina den Postkartenständer umgerannt, der vor dem kleinen Zeitungskiosk am Eingang zur U-Bahn stand. Der Klappständer, der gleichfalls vor dem Laden stand und die Titelseite der »Frankfurter Presse« zeigte, hatte sie abgelenkt. Geschockt, genauer gesagt.

»Sexpartys in Frauenkleidern?«, verkündete die Schlagzeile skandallüstern. Darunter das Foto, das Katharina von Lisa Riedtmann zugesandt bekommen hatte. Zwar waren Vogels Penis und der Mund des blonden Kurzhaarschnittes züchtig verpixelt, doch es war das gleiche Foto. Eindeutig.

Rasch betrat Katharina den Kiosk und schnappte sich ein Exemplar der »Frankfurter Presse« von dem großen Stapel an der Kasse. Beschämt bestellte sie zudem einen Kaffee. Die Mühe hätte sie sich sparen können. Der mürrische Hesse hinter der Theke sah sie nicht mal an, als er den nicht gerade hygienisch aussehenden Kaffeeautomaten in Betrieb nahm. Auch die beiden Wohnraumherausgeforderten, die das von ihnen gesammelte Leergut bereits gegen ihr morgendliches Bier eingetauscht hatten, beachteten sie nicht, sondern babbelten über gute Fundstellen für Pfandflaschen.

Sie zahlte und stieg die Treppe hinab zur U-Bahn. Sie hatte Glück, in diesem Augenblick kam eine Bahn, und sie konnte sogar einen Sitzplatz ergattern. Rasch schlug sie die Zeitung auf. Der Artikel zum Bild war ebenso reißerisch wie nichtssagend. Er spekulierte über Vogels transsexuelle Neigungen, über die Frau und ihre Identität (ohne irgendetwas Sinnvolles dazu beitragen zu können) und erging sich dann gönnerhaft in einem Lamento über die Doppelmoral in diesem unserem Lande.

Katharina schlug die Zeitung zu und warf noch einen Blick auf das Titelbild.

»Also, irgendwoher kennisch das Blondschöpfsche!«, kommentierte die Frau, die Katharina gegenübersaß, und deutete auf das Foto. »Ist das nisch diese Sängerin?«

Katharina betrachtete das Foto noch einmal, konnte jedoch keine Ähnlichkeit mit irgendwem ausmachen. Aber die Frau hatte einen wichtigen Gedanken bei Katharina ausgelöst. Die Kurzhaarblondine war eine Zeugin. Sie mussten sie identifizieren und finden. Vorzugsweise, bevor es die Presse tat. Oder irgendein Buchverlag, der ihr einen Millionenvorschuss für ihre Skandalmemoiren zahlte.

Morgenstimmung in der Sonderermittlungseinheit.

»Also, den Schwanz hätte ich auch gerne gelutscht«, verkündete Oswald, als Katharina die Zeitung auf die Theke in der Empfangshalle legte. Frank Grüngoldt, der an der Theke lehnte und in einer Kaffeetasse rührte, bekam rote Flecken auf den Wangen.

»Wir sind mit dem Einscannen durch«, verkündete Jeannie verlegen kichernd, um das Thema in weniger jugendgefährdende Gefilde zu lenken.

»Und die Anrufe sind auch deutlich weniger geworden«, sagte Oswald, indem er einen Stapel Zettel vor Katharina auf die Theke legte. »Nur noch hilfreiche Mitbürger in Sachen Vogel.«

»Irgendwas Brauchbares dabei?«, fragte Katharina.

»Nein, nur die üblichen Verdächtigen. CIA, Mafia, Außerirdische. Und nicht weniger als fünfzehn Leute glauben, dass Vogel gar nicht tot ist, sondern in einem Zeugenschutzprogramm.«

Katharina zog den USB-Stick mit dem Bild aus der Tasche und reichte ihn Frank Grüngoldt, der herzhaft gähnte. Er musste sich die Nacht um die Ohren geschlagen haben. Willkommen im Polizeidienst, Junge. »Hier, kannst du bitte für alle ausdrucken, was da drauf ist?«

»Klar. Mach ich. Und dann –«

Weiter kam er nicht.

»Ruhe! Ruhe!«, krächzte es laut hinter ihnen.

»Das ist meine Taschenuhr, du blödes Vieh!«

Manès Müller sah sich dem Angriff eines kleinen grünen Papageien ausgesetzt, der mit dem Schnabel auf seine Uhrkette einhackte und daran zergelte. Müller wusste wohl nicht, ob er den Vogel packen oder wegschlagen sollte. Also wedelte er mit den Händen. »Husch! Husch! Weg da!«

»Coco!« – »Coco!« Die Hörnchen kamen mit wehenden Laborkitteln die Treppe heruntergerannt. Doch Coco hatte bereits den Kampf um die Uhr gewonnen und war davongeflattert. Jetzt saß er hoch oben auf einem Balken in der Eingangshalle und blickte mäßig interessiert auf die Menschen unter ihm herab.

»Coco!« – »Coco!« – »Komm da …« – »… runter!«, riefen die Hörnchen zu ihm hinauf. Doch Coco schien nicht willens, ihnen zu gehorchen.

»Das ist alles meine Schuld!« Schluchzend kam nun auch Charlotte Perl die Treppe herunter, stolperte beinahe über ihre Flipflops, fing sich im letzten Augenblick, nur um sich dann weinend auf den Boden zu setzen. »Ich bin so ein Trampel. Dabei wollte ich ihm doch nur ein Körnchen geben.«

Kommentarlos zog Katharina ein Taschentuch aus ihrer Handtasche und reichte es ihr. Charlotte Perl tupfte sich die Augen ab und schnäuzte sich umständlich.

»Nichts mache ich richtig«, jammerte sie und brach wieder in Tränen aus.

Die Hörnchen hockten sich neben sie. »Na komm schon …« – »Das kannst du …« – »… doch nicht wissen.« – »Und Coco …« – »… kommt schon wieder zurück«, versuchten sie im Chor, Charlotte Perl zu trösten.

»Ich bin so ungeschickt«, sagte sie dumpf.

Zeit für ein Machtwort, dachte Katharina: »Da wir alle so traut versammelt sind, schlage ich vor, dass wir gleich mal in den Rittersaal gehen und den Tag besprechen. – Apropos …« Sie blickte sich um. »Ist der Amendt schon da?«

»Hat gerade angerufen«, antwortete Oswald. »Ist bei einer Kirsten aufgehalten worden. Kommt aber gleich.«

Bei seiner Therapeutin? Da wollte er doch am Vorabend hin! War er über Nacht bei ihr geblieben? Was für eine Therapie war das denn? »Fick dich sorgenfrei«?

Als Katharina den Rittersaal betrat, stellte sie fest, dass dort bereits jemand saß. Oder besser halb auf dem Tisch lag. Bruder Rapunzel. Er schlief tief und fest. Vor ihm lag ein halber Apfel. Katharina rüttelte ihn an der Schulter, doch er drehte nur den Kopf zur anderen Seite. Hochwürden hat wirklich einen gesegneten Schlaf, dachte Katharina und kicherte. Nun, sollte er noch ein wenig dösen. Die Versammlung würde ihn schon aufwecken.

Nach und nach trudelten die anderen Mitglieder der Sonderermittlungseinheit ein. Jedem von ihnen drückte Frank Grüngoldt einen Vierfarbausdruck des Bildes in die Hand.

Amendt kam als Letzter. Er trug eindeutig die Kleidung des Vortags, sagte aber nichts, sondern setzte sich und blätterte durch die Ausdrucke, die ihm Charlotte Perl gereicht hatte.

»Also«, eröffnete Katharina die Sitzung. »Wir müssen unbedingt herausfinden, wer die blonde Frau auf dem Foto ist. Sie ist vermutlich eine wichtige Zeugin.«

Manès Müller stimmte zu: »Ich schicke gleich mal eine Rundmail an meine ehemaligen Kollegen im Justizministerium.«

Darian, in seiner Uniform soldatischer aussehend denn je, ergänzte übereifrig: »Und ich bitte Mama … äh, meine Mutter, bei ihren Kollegen in den Hotels nachzufragen. Kann auch eine Professionelle sein. Vom Aussehen her. Hochpreisig. Eine für Haus- und Hotelbesuche.«

Richtig. Daran hatte Katharina noch gar nicht gedacht. Eine Prostituierte. Das hätte das Saubermann-Image von Vogel durchaus schwer beschädigen können. Vielleicht war Erpressung doch nicht so abwegig.

»Gut. Und nun –«, begann Katharina.

»Ich will, ich will.« Charlotte Perl zeigte aufgeregt mit dem Finger auf. Offenbar wollte sie unbedingt ihren Fehler wiedergutmachen. Katharina erteilte ihr das Wort.

»Also«, begann sie. »Ich bin die ganzen MRT-Bilder durchgegangen. Kein auffälliger Befund. Auch im Blutbild keine Geschlechtskrankheiten oder Parasiten. Keine Toxoplasmose. Kein Hinweis auf Drogenmissbrauch. Aber –«

»Ich sehe schon«, murmelte Amendt abwesend und verdarb seiner Kollegin damit ihre Pointe. »Er hat ein Antidepressivum eingenommen. Nicht sehr lange. Vielleicht vierzehn Tage. Aber … Das ist merkwürdig.« Er blätterte die Ausdrucke durch.

»Eben«, sagte Charlotte Perl triumphierend. »Kein Sedativum. Nicht die geringste Spur.«

»Und warum ist das wichtig?«, fragte Katharina.

»Weil zu Beginn der Einnahme eines Antidepressivums praktisch immer auch ein Sedativum verordnet wird«, dozierte Amendt.

»Warum das denn?«

»Nun, ein Antidepressivum hat zwei Wirkungen. Antriebssteigerung und Stimmungsaufhellung. Die Stimmungsaufhellung setzt aber in der Regel zeitverzögert ein.«

»Und das heißt?«

Arnulf Sturmer räusperte sich: »Ist doch ganz einfach. Der Typ fühlt sich schlecht und denkt an Selbstmord. Dann kriegt sein Antrieb auch noch einen Schubs und peng! Ist gar nicht so selten. Gibt schon einen Grund, warum unser Körper bei Depression die Antriebskraft herunterfährt.«

Katharina schloss kurz die Augen, um die Puzzleteile in ihrem Kopf zu sortieren. »Das heißt, Vogel ist falsch behandelt worden. Absichtlich?«

Amendt knabberte an seiner Unterlippe: »Möglich. Oder aber von einem Arzt, der keine Ahnung hatte. Oder Vogel hat sich selbst therapiert. Kommt vor, dass Leute sich von Freunden Antidepressiva borgen. Wäre ja denkbar, dass er sich nicht getraut hat, um professionelle Hilfe zu bitten.«

»Dagegen spricht aber«, warf Charlotte Perl mit aufgeregt hoher Stimme ein, »dass die Dosis, soweit ich das sehen kann, der klinischen Empfehlung entspricht. Die Leute, die sich die Medikamente selbst besorgen, dosieren in der Regel falsch.«

»In jedem Fall wäre es sinnvoll, mal mit Vogels Arzt zu sprechen«, schloss Amendt. »Nur: Wie finden wir den?«

»Finden wir wen?«, nuschelte Bruder Rapunzel, der in diesem Augenblick endlich aufgewacht war.

»Den Arzt von Vogel«, wiederholte Amendt.

»Ach so, ich dachte, ihr sprecht von dem Telefonierer aus dem Fernsehbericht.« Bruder Rapunzel wollte den Kopf wieder auf die Tischplatte sinken lassen, doch dann merkte er, dass er nicht träumte, sondern in einer Besprechung saß. Er gähnte herzhaft. »Entschuldigung. Ich muss wohl eingenickt sein, als ich gestern hier die ganzen Videos angesehen habe.«

»Und? Hast du den Anrufer gefunden?«

Bruder Rapunzel gähnte erneut. »Nein, auf allen Aufnahmen, die ich gesehen habe, war nur die Hand mit dem Telefon drauf. Ich schaue aber gleich weiter.«

Manès Müller hob die Hand und wartete artig darauf, dass Katharina ihm das Wort erteilte.

»Ich habe da mal eine Frage«, begann er bedächtig. »Dieses Antidepressivum muss ihm doch ein Arzt verordnen, oder?«

»Ja, wenn er es sich nicht schwarz besorgt hat«, antwortete Amendt genervt.

»Und dann geht er mit dem Rezept in eine Apotheke, oder?«

»Das ist der normale Weg, ja.«

»Dann könnten wir doch nach Apotheken und Ärzten suchen, die Doktor Vogel frequentiert hat.«

»Wir können schlecht alle Ärzte und Apotheken von Wiesbaden abklappern«, knurrte Katharina. »Dazu haben wir weder Zeit noch Mittel.«

»Das wird nicht nötig sein«, erwiderte Müller entspannt. »Doktor Vogel hatte einen Dienstwagen mit Fahrer. Und kein eigenes Auto. Und, wissen Sie, im letzten Jahr, nach dieser Dienstwagenaffäre, hat die Landesregierung den Ukas ausgegeben, dass alle Fahrten dokumentiert und gemeldet werden müssen. – Vogel … Verzeihung, Doktor Vogel … war so empört darüber – wegen des Datenschutzes –, dass er seine Mitarbeiter angewiesen hat, jede Fahrt und wirklich jeden Zwischenstopp festzuhalten.«

»Wozu das denn?«

»Widerstand durch Soll-Übererfüllung hat er das genannt. Er wollte, dass die Abrechnungsstelle in Daten ertrinkt. Um aufzuzeigen, wie absurd das Ganze ist.«

»Das heißt«, fragte Frank Grüngoldt, der vor Begeisterung schon wieder rote Flecken auf den Wangen bekam, »wir haben ein ganz genaues Bewegungsprofil von Vogel? Cool.«

Müller sagte selbstzufrieden: »Ja. Zumindest soweit er mit seinem Dienstwagen unterwegs war. Ich war gestern so frei, diese Daten schon einmal anzufordern.« Er stand auf und ging zu dem großen Plasmaschirm. Mit einem Geschick, das Katharina ihm nicht zugetraut hatte, klickte er sich durch verschiedene Verzeichnisse und rief schließlich eine lange Tabelle auf.

»Aber das sind ja Tausende von Datensätzen«, sprach Frank Grüngoldt aus, was Katharina dachte, nur ein wenig qualifizierter. »Da brauche ich mindestens einen Tag, bevor ich das übertragen und nachvollziehbar gemacht habe.«

»Oder«, sagte Manès Müller, »wir machen einfach eine Volltextsuche.«

Er rief die Suche auf, begann mit »Arzt«, »Doktor«, »Dr.«, »Praxis« … Kein Erfolg. »Er muss seinen Fahrer angewiesen haben, nur die Adressen zu notieren.«

»Versuchen Sie ›Apotheke‹«, schlug Amendt vor. »Vielleicht hat er das vergessen.«

Manès Müller tippte. Drei Treffer. Immer die gleiche Apotheke.

Amendt trat an den Bildschirm: »Der letzte Besuch war am einundzwanzigsten März. Das könnte passen.« Er wandte sich an Katharina. »Frau Klein, kommen Sie?«

»So reisewillig heute, Amendt?«, fragte Katharina, nachdem sie sich in den Dienstsmart gezwängt hatten.

»Kirsten sagt, ich muss mehr Initiative ergreifen«, antwortete Amendt. »Nicht immer nur passiv warten, dass etwas passiert.«

»Und da haben Sie gestern die Initiative ergriffen und sind über Nacht bei ihr geblieben?« Katharina konnte nicht anders.

»Was?« Amendt lachte auf: »Nein, sie wollte mir am Ende der Stunde eine neue Lektion autogenes Training vermitteln. Das war so entspannend, dass ich auf dem Sofa in ihrem Behandlungszimmer einfach eingeschlafen bin. Und sie hat mich bis heute Morgen nicht mehr wachgekriegt.«

Hasen-Apotheke. Wiesbaden.

Es waren keine Kunden in dem altmodischen Ladengeschäft mit seinem Interieur aus dunklem Holz und den mit Emailleschildern beschlagenen Schubladenschränken. Die Apothekerin legte erfreut ihr Staubtuch beiseite, mit dem sie wohl aus Langeweile einen der ohnehin schon glänzenden Schränke poliert hatte.

Sie war jung, brünett, der steife Apothekerkittel konnte die Figur nicht ganz verbergen. Push-up, mutmaßte Katharina mit Kennerblick. Das kleine Namensschild auf ihrer Brust wies sie als »Beatrice Hernandez, Pharmazeutin« aus.

»Was kann ich für Sie tun?«, fragte sie.

Amendt legte freundlich lächelnd seine schwarze Ausweiskarte auf den Tresen. »Wir haben da ein kleines Problem und hoffen, Sie können uns helfen .«

Die Frau sah auf die Ausweiskarte. Vermutlich sagte ihr nur ein kleines Detail etwas. Das »Prof. Dr.« vor Amendts Namen. Sie nahm unwillkürlich Haltung an und streckte ihr Dekolleté vor. »Aber natürlich. Wie kann ich helfen?«

Aus den unergründlichen Tiefen seiner Lederjacke fischte Amendt ein zusammengefaltetes Blatt. Er faltete es auf und schob es über den Tresen. »Ich müsste wissen, ob jemand Medikamente mit diesem Wirkstoff gekauft hat. Und zwar am einundzwanzigsten März.«

Die Apothekerin warf einen Blick auf den Zettel, dann sah sie Amendt entschuldigend an: »Ich weiß nicht, ob ich Ihnen das sagen darf.«

»Es wäre sehr wichtig.« Amendts Stimme wurde leise und tief. »Und wir können jederzeit einen Gerichtsbeschluss dafür bekommen. Aber das wäre mehr Aufwand als notwendig. Ich verspreche Ihnen, wenn es nicht um die Aufklärung eines Todesfalls ginge …«

»Ein Mord?« Die Apothekerin schluckte. Amendt widersprach nicht.

»Ich schaue mal in der Buchhaltung nach.« Die Apothekerin tippte eifrig auf ihrem Computerterminal. »Ja. Hier. Das Medikament ist noch ziemlich neu. Das verkaufen wir nicht so häufig. Wir mussten es bestellen.«

»Dann wissen Sie doch sicher, für wen es war?«

»Nein, das war ein Privatrezept. Und die Daten dürfen wir nicht speichern. Nur den Bestellvorgang. Außerdem wurde das Medikament bar bezahlt.«

»Können Sie sich vielleicht an den Käufer erinnern? Wie er aussah?«

Die Apothekerin hob ratlos die Schultern.

Katharina hatte eine Idee. Gut, dass sie das Dossier zu Vogel mitgenommen hatte, das Bruder Rapunzel und Arnulf Sturmer zusammengestellt hatten. Sie schlug es auf und zeigte der Apothekerin ein Foto von Vogel. »Sah der Kunde vielleicht so aus?«

Die junge Frau erschrak. »Was? Nein. An … Daran hätte ich mich erinnert. – So schrecklich, was mit ihm geschehen ist. Sie untersuchen –?«

»Ja«, sagte Amendt rasch. »Aber bitte behalten Sie das für sich. Das ist eine vertrauliche Angelegenheit.«

»Ja, natürlich«, sagte die Apothekerin. »Und es tut mir leid, dass ich …« Sie stockte. »Warten Sie mal.«

Sie tippte wieder auf dem Computer. »Natürlich«, sagte sie erleichtert. »An den Käufer erinnere ich mich doch.« Sie stockte wieder. »Ich weiß aber immer noch nicht, ob …«

Amendt legte ihr die Hand auf den Arm. »Keine Sorge. Wir behandeln das vertraulich.«

Die Apothekerin atmete aus: »Also gut. Das war so ein muskulöser, kahlgeschorener Typ. Sie wissen schon. Irgendwie militärisch.«

Personenschutz, dachte Katharina. Oder Vogels Fahrer.

»Na ja, wir haben solche Kunden hin und wieder. Kommen meistens vom BKA. Und ich bin mir ziemlich sicher, dass er eine

Dienstwaffe trug. Außerdem war er ziemlich erkältet und hat mich um Empfehlungen gebeten. Sie wissen schon, der Hausapotheken-Rundumschlag. Was gegen Schmerzen und Fieber, gegen die verstopfte Nase, Halstabletten. Wollte aber zwei Rechnungen. – Ich weiß noch, dass ich gedacht habe, dass Antidepressiva und Dienstwaffen keine gute Mischung sind. Deshalb erinnere ich mich überhaupt an ihn. Ich hab ihn gefragt, ob er denn wegen der Dosierung Bescheid wisse. Er sagte, die Medikamente auf dem Rezept seien für seinen Chef, und der wisse das. Er war ziemlich ruppig.«

Amendt hatte inzwischen die Unterarme auf den Tresen gestützt, als würde er fasziniert zuhören. Seine graublauen Augen blitzten.

Derart ermutigt fuhr die Apothekerin fort: »Und … das fällt mir jetzt wieder ein … Ich habe noch gedacht, dass der Mann und der Name auf dem Rezept gar nicht zueinander passten. Der Typ sah nämlich aus wie eine Bulldogge. Und das Rezept … warten Sie … das war auf eine Vogelart ausgestellt. Adler. Richtig. Der Name war Adler.«

»Sehr gut«, sagte Amendt, seine Stimme ein samtiges Raunen. »Und wissen Sie noch, wie das Rezept ausgesehen hat? Irgendeine bestimmte Farbe oder ein Logo?«

Unwillkürlich schloss die Apothekerin die Augen, nur um sie gleich wieder zu öffnen. »Ha«, sagte sie stolz. »Ich weiß, von wo das Rezept kam. Warten Sie mal.« Sie verschwand mit eilig tippelnden Schritten im Hinterzimmer der Apotheke.

»Alter Charmeur«, sagte Katharina leise zu Amendt, doch der reagierte nicht.

Die Apothekerin kam zurück, eine Visitenkarte in der Hand, die sie Amendt reichte. »Privatklinik Praetorius! Ziemlich edler Schuppen.«

Amendt schob die Karte in seine Jackentasche. »Danke. Sie haben uns sehr geholfen.«

»Aber gerne. Und wenn Sie weitere Fragen haben …«

Amendt zögerte kurz. Dann richtete er sich auf und streckte der Apothekerin seine Hand hin: »Ganz herzlichen Dank, Beatrice.«

Die Wangen der Apothekerin wurden rosig: »Nichts zu danken.«

Als sie vor der Apotheke die Türen des Smart öffneten, sah Katharina, dass die Apothekerin Amendt durch die Scheibe noch einmal zuwinkte.

»Ich brech die Herzen der stolzesten Frauen ...«, sang sie deshalb leise vor sich hin, als sie sich wieder in den Wagen hineinfalteten. »Seit wann sind Sie so ein Smooth Operator, Amendt?«

Amendt sah sie erschrocken an: »Meinen Sie, das war zu dick aufgetragen? – Kirsten sagt immer, ich solle es mehr mit Charme und Diplomatie versuchen. Mehr auf die Menschen zugehen.«

Katharina grinste in sich hinein: »Ein weiser Rat. Aber wenn Sie noch weiter auf das Mädchen zugegangen wären, hätten Sie in ihr dringesteckt. – Nun, wo geht es hin?«

Amendt zog die Visitenkarte heraus und wollte sie schon beschämt wieder wegstecken, doch Katharina war schneller und schnappte die Karte aus seiner Hand. »Beatrice« und eine Handynummer waren in flüchtiger, aber leserlicher Handschrift auf die Rückseite notiert, ein kleines Herz anstelle eines i-Punkts.

»War vielleicht doch etwas dick aufgetragen, Amendt.« In sich hineinkichernd drehte Katharina die Karte um und tippte die Adresse ins Navigationsgerät. Dann besah sie sich die Visitenkarte genauer. Cremefarben. Geschöpftes Papier. Geschwungene Schrift, als Wappen ein kleines Schlösschen. Edel geht die Welt zugrunde, dachte sie.

**Eine Privatklinik für holistische Medizin
im besten Viertel von Wiesbaden.**

Die »Privatklinik Dr. Praetorius« hielt, was die Visitenkarte versprach. Eine sich nobel in den Himmel schnörkelnde Villa. Erkerchen und Türmchen. Parkgrundstück.

»Gesundheitstempel für Hypochonder! Kein Wunder, dass die den Vogel falsch therapiert haben.« Amendt deutete auf das protzig-goldene Schild am Tor: »Praetorius Privatklinik für holistische und ganzheitliche Medizin«, war in geschwungener Schrift darauf eingraviert. »Sprechstunden nur nach Vereinbarung«. Darunter der Sinnspruch: »Medizin ist Dienst am ganzen Menschen.«

»Frau Klein und Herr Professor Amendt! Herzlich willkommen!«

Das Einzige, was dem Mann, der um seinen Glasschreibtisch herum auf sie zugeschritten kam, fehlte, war ein großes Schild mit der Aufschrift: »Der Arzt, dem die Menschen vertrauen.«

Hochgewachsen, schlank, die graumelierten Haare sorgfältig frisiert, der Schnauzbart gepflegt und in Form, die Haut leicht gebräunt, der weiße Kittel frisch gestärkt, die Krawatte korrekt gebunden, auch wenn der Knoten vielleicht ein wenig zu groß geraten war. Seine Schritte lärmten auf dem Parkett, denn er trug holzbesohlte Gesundheitssandalen an den schwarz bestrumpften Füßen.

Er reichte ihnen die Hand zum Gruß. Seine Haut war trocken und geschmeidig, der Händedruck Balsam für die geschundenen Herzen der Reichen und Schönen.

»Was kann ich für Sie tun, Herr Kollege?«, wandte er sich ausschließlich an Andreas Amendt. Natürlich. Ärzte sprachen nur mit ihresgleichen.

»Nun, wir müssen mit Ihnen über einen Ihrer Patienten sprechen. Über Justizminister Jan-Ole Vogel«, begann Amendt freundlich. Zu freundlich?

Ein Muskel unter dem linken Auge von Praetorius zuckte. »Wir haben hier keinen Patienten dieses Namens. Leider. So gerne ich Ihnen helfen würde …«, sagte er beflissen.

»Nun, Sie kennen ihn vielleicht unter dem Namen Adler«, erwiderte Amendt, das höfliche Lächeln seines Gegenübers spiegelnd.

»Aber, Herr Kollege, Sie wissen doch, die Schweigepflicht. Genau genommen darf ich Ihnen nicht einmal sagen, ob wir hier einen Patienten dieses Namens haben.«

»Hatten«, sagte Amendt noch immer betont höflich. »Er ist tot, wie Sie sicher wissen.«

»Ja, sehr bedauerlich. Aber Sie verstehen, mir sind die Hände gebunden. Sie wissen ja …«

»… die Schweigepflicht«, echote Amendt.

»Ganz recht. Mein Haus ist auf äußerste Diskretion bedacht. Wenn nun –«

Amendt hob die Hände, um Praetorius zu bremsen. »Schon in Ordnung.« Er schaute einen Moment auf den Boden, dann wieder zu Praetorius: »Dann muss ich allerdings alle Akten zu Todesfällen, die im Zusammenhang mit Ihrer Klinik stehen, anfordern und einmal näher ansehen. So leid es mir tut.«

»Sie können doch nicht –«, wollte Praetorius protestieren.

»Oh doch, ich kann«, unterbrach ihn Amendt freundlich lächelnd. »Als Leiter des Institutes für okkulte Pathologie und kryptoforensische Medizin ist es sogar meine Amtspflicht. Vor allem bei solch einem Anfangsverdacht.«

»Anfangsverdacht?« Praetorius blieb der Mund offen stehen.

»Aber sicher. Sie behandeln Patienten wissentlich unter falschem Namen. Oder denken Sie etwa, ich glaube Ihnen, dass Sie nicht wussten, dass Ihr Patient Adler eigentlich Justizminister Vogel war? Ich bin mir sicher, dass wir auf noch mehr Pseudonyme stoßen werden. Und wenn ich nur einen einzigen Behandlungsfehler finde, fürchte ich, dass …« Er brauchte es nicht auszusprechen.

»Schon gut, schon gut. Setzen Sie sich.« Praetorius winkte Katharina und Amendt zu einer Sitzgruppe und ließ sich selbst schwer in einen Sessel sinken. »Was wollen Sie wissen?«

»Doktor Vogel war also Ihr Patient?«

»Nun, wenn es nicht … Ja. Er war mein Patient.«

»Und warum?«

»Zunächst nur das Übliche. Jährliche Check-ups. Mal eine Grippe … Halt, nein, es war eine schwere Halsentzündung.«

»Und warum dann das Alias?«

»Das bieten wir unseren Patienten als besonderen Service. Unsere Klientel ist sehr auf Diskretion bedacht.«

»Nun gut.« Amendt räusperte sich. »Und dann?«

»Wie? Und dann?«

»Sie sagten gerade ›zunächst‹. Weswegen kam Vogel noch zu Ihnen?«

Praetorius zögerte. »Ich weiß wirklich nicht, ob ich –«

»Werter Herr Kollege!« Amendts scharfer Ton machte jede Höflichkeit der Anrede zur Farce. »Wir wissen bereits, dass Sie Doktor Vogel ein Antidepressivum verordnet haben. Äußerst fahrlässig. Ohne Sedativum für die Initialbehandlung.«

Praetorius starrte ihn an: »Das … das ist unmöglich. Ich habe Doktor Vogel streng nach Lehrbuch behandelt. Und selbstverständlich habe ich ihm ein Sedativum verordnet.« Er stand auf. »Ich kann Ihnen gerne den Befundbericht zeigen. Und eine Kopie des Rezeptes.«

»Nicht nötig«, sagte Amendt eisig. »Setzen Sie sich wieder.«

Praetorius gehorchte.

»Sie sind kein Psychiater?«, fragte Amendt in einem Ton, den selbst Katharinas Polizeihochschuldozent für Vernehmungstechnik als »ein wenig zu forsch« bezeichnet hätte.

»Nein. Nein, nein. Ich … ich bin Internist und Kardiologe. Aber natürlich habe ich einen Kollegen um Konsultation gebeten und mit ihm den Behandlungsplan besprochen.«

»Und wie sah der aus?«

»Antidepressivum, Sedativum. Streng nach Lehrbuch.«

»Und keine Psychotherapie?«

»Doch. Selbstverständlich. Ich habe Doktor Vogel an einen der besten Therapeuten der Umgebung verwiesen. Und selbst den Anfangstermin vereinbart.«

»Dann bräuchte ich den Namen des Therapeuten.«

»Ich weiß nicht, ob …«

»Müssen wir das Spiel noch mal spielen?«, fragte Amendt wie eine sehr geduldige Mutter beim achtundreißigsten Versuch, ihr Kind ins Bett zu bringen.

»Nein«, sagte Praetorius willfährig. »Also, der Therapeut ist Doktor Siegbert Falcke. Mit ck.«

»Der Name sagt mir nichts.«

»Sehr gut. Und sehr diskret. Nimmt nur Patienten auf ausdrückliche Empfehlung.«

»Warum litt Vogel an Depressionen?«, wollte Amendt wissen.

»Ich weiß es nicht. Leider. Er wollte nicht darüber reden. Nicht hier in der Praxis. Zu viele unnötige Mitwisser, hat er gesagt.«

»Aber er muss doch wenigstens Andeutungen gemacht haben.«

»Nein. Keine. Beklagte sich nur über Depressionen. Was mich, ehrlich gesagt, nicht gewundert hat.«

»Warum?«

»Nun, er hatte ...« Praetorius hielt inne.

»Wir wissen von den Narben an seinen Oberschenkeln.«

»Ja, die sind mir auch aufgefallen. Bei der ersten Untersuchung. Aber er hat damals nur gesagt, die seien alt und hätten nichts zu bedeuten. Dummheiten in der Jugend. Ich habe mir aber trotzdem eine Notiz gemacht. – Außerdem«, fuhr er rasch fort, »der stressige Job, die ständigen Anfeindungen und dann die Vorbelastung aus der Jugend ... Also, gewundert hat es mich nicht.« Er stockte kurz, dachte nach. »Sie haben gerade nach dem Sedativum gefragt.«

»Wir haben in seinem Blut keine Spuren davon gefunden.«

Praetorius schüttelte den Kopf: »Ich habe es ihm eingeschärft. Gleich mehrfach. Dass er unbedingt das Sedativum nehmen muss in der Anfangszeit. Nun wundert mich ...« Sein Satz verebbte ins Leere.

»Ist Ihnen sonst noch etwas aufgefallen? Vielleicht im Zusammenhang mit seinem Sexualleben?«

»Nein, nichts. Vogel war ansonsten kerngesund. – Wie kommen Sie auf das Sexualleben?«

»Nur ein Gedanke. Menschen mit Neigung zur Selbstverletzung zeigen oft auch abnormes Verhalten in diesem Bereich.«

»Nein, zumindest nicht, dass ich wüsste. Vogel hat zwar bei den Check-ups auch immer auf einem STI-Panel bestanden, doch ...«

»Ja?«

»Nun, er hat das damit erklärt, dass seine Frau Gynäkologin ist und sich vielleicht bei einer Patientin anstecken könnte. Ganz asexuell, meine ich. Das kommt vor. Zahnärzte haben ja auch oft Probleme mit Hepatitis. Tut mir leid, dass ich Ihnen nicht mehr sagen kann.«

»Ach, das war schon sehr hilfreich.« Amendt wollte aufstehen, doch Katharina hielt ihn am Ärmel zurück. Sie zeigte ihm die zwei Worte, die sie hastig auf ihren Notizblock gekritzelt hatte. Amendt nickte, dann fragte er Praetorius: »Übrigens, hat Vogel Ihnen gegenüber mal den ›schwarzen Schwarm‹ erwähnt? Oder Toxoplasmose?«

Erstaunt fragte Praetorius: »Sie kennen den ›schwarzen Schwarm‹? Haben Sie in Frankfurt Medizin studiert? Parasitologie-Einführung bei Professor Poznanski? Der muss doch inzwischen mindestens hundert sein. – Aber, jetzt, da Sie es erwähnen: Bei dem Termin, bei dem er mir von seiner Depression berichtet hat, wollte er wissen, was ich über den ›schwarzen Schwarm‹ weiß. Ich denke, ich konnte ihn beruhigen, dass das alles ein medizinisches Ammenmärchen ist.«

Amendt stand auf und streckte Praetorius die Hand hin, die dieser zögernd ergriff. »Wissen Sie, Professor Amendt, ich habe diesen Artikel in der Zeitung über Sie gelesen. Wir haben hier übrigens auch ein sehr gutes und diskretes Sucht-Nachbetreuungsprogramm. Falls Sie Interesse haben. Bei uns landen Informationen sicher nicht in den Medien. Und was Ihre Hand angeht ... Haben Sie es schon mit neurostimulierender Makro-Akupunktur versucht?«

Eine psychotherapeutische Praxis im Vormittagssonnenschein.

»Dr. Siegbert Falcke, Consultationen« stand auf dem dezenten Messingschild neben der polierten hölzernen Eingangstür des edel renovierten, dreistöckigen Altbaus, in dem, den anderen Schildern nach, noch eine HNO-Praxis, eine Steuerkanzlei und eine Immobilienfirma residierten. Keine Telefonnummer, keine Sprechzeiten auf dem Schild. Hoffentlich war der Herr Doktor zu sprechen.

Katharina drückte auf den Klingelknopf unter der Gegensprechanlage mit Videokamera. Keine Reaktion, auch nicht beim zweiten und dritten Versuch.

Was nun? Versuchsweise fasste sie an die Klinke der Tür: nicht abgeschlossen. Katharina und Amendt traten in den Hausflur. Jugendstil, dachte Katharina unwillkürlich. Originalgetreu restauriert. Der Eigentümer des Hauses hatte sich die Renovierung einiges kosten lassen. Die Praxis des Psychologen musste wirklich gut gehen, wenn er sich die Miete in so einem Haus leisten konnte.

Sie stiegen die Treppe zum Hochparterre hinauf. Rechts die HNO-Praxis, aus der Stimmengemurmel drang. Links die Tür zu Falckes Praxis. Im Stil angepasst, aber moderner. Katharina kannte diese Türen. Hinter der Holzverkleidung verbarg sich eine Stahlplatte. Eine Sicherheitstür. Dr. Falcke war offenbar um Sicherheit und Diskretion bemüht.

Sie waren nicht alleine. Ein Mann klopfte gerade ungeduldig gegen die Tür. Nervös sah er zu Katharina und Amendt, entspannte sich aber, als er sah, dass weder er sie, noch sie ihn erkannten.

»Nicht da«, brummelte der Mann, als Katharina auf die Klingel drückte. »Viertelstunde überfällig. Auf niemanden kann man sich heute mehr verlassen.«

»Kommt das öfter vor?«, fragte Amendt.

»Noch nie«, empörte sich der Mann. »Und das kann er einfach nicht machen. Nicht mit mir. Nicht jetzt.«

»Benötigen Sie Hilfe?«, fragte Amendt höflich-besorgt.

»Nein. Das heißt ja. Aber ... Ach, verdammt. Na, dem werde ich was erzählen. Und den Termin von heute bezahle ich bestimmt nicht.« Der Mann stapfte die Treppe hinunter und ließ die Haustür hinter sich laut ins Schloss fallen.

In diesem Augenblick trat eine junge Frau im weißen Kittel aus der HNO-Praxis, eine Zigarettenschachtel und ein Feuerzeug in der Hand.

»Bemühen Sie sich nicht«, sagte sie, als sie Amendt und Katharina sah. »Der Siegbert ist schon den ganzen Morgen nicht da. Ein paar Patienten haben schon bei uns nach ihm gefragt.«

»Kommt das öfter vor?«

Die junge Frau lächelte verschmitzt: »Na ja, manchmal lässt der Siegbert den lieben Gott einen guten Mann sein. Aber dann sagt er eigentlich den Patienten Bescheid.«

»Nicht sehr professionell«, murmelte Amendt eher zu sich selbst.

»Na ja, der Siegbert meint immer, neunzig Prozent seiner Patienten brauchen ihn eh nur zum Ausheulen, weil sie keine Freunde haben.« Die Frau spazierte die Treppe hinunter und war durch die Haustür verschwunden, bevor Amendt weiterfragen konnte.

Amendt zog das schmale Etui mit seinem Dietrichset aus der Jacke. »Wir schauen besser mal nach.« Er hielt Katharina das Etui hin. »Helfen Sie mir gerade mal?«

»Meinen Sie?«, fragte Katharina zweifelnd.

»Ja, irgendwas stimmt nicht. Der Patient eben gehörte nicht zu den neunzig Prozent. Der hatte echte Probleme.«

»Wie kommen Sie darauf?«

Amendt sah sie verdutzt an: »Haben Sie nicht gesehen, wie seine Hände gezittert haben? Suchtpatient, würde ich sagen.«

Verdammt, das war Katharina völlig entgangen. Sie nahm Amendt das Etui ab und öffnete es. »Was jetzt?«

»Sie müssen meine linke Hand ersetzen«, erklärte er. Er deutete auf einen kleinen Haken. »Üben Sie damit leichten Druck auf den Schließzylinder aus.«

Die Tür hatte zwei Schlösser. Amendt führte ein Instrument in das obere Schloss ein, während Katharina den kleinen Haken hielt. Behutsam bewegte er das Instrument hin und her, wechselte es noch einmal, dann drehte sich der Zylinder. Das erste Schloss war offen.

Das zweite Schloss unter dem Türgriff war komplizierter. »Neues Modell«, erklärte Amendt, während er im Schloss herumstocherte. »Habe ich noch nicht so oft geknackt.« Doch endlich gab der Schließzylinder nach. Katharina lehnte sich mit der Schulter gegen die Tür und …

Die Tür ließ sich gerade einmal fünf Zentimeter weit aufschieben, dann stieß sie auf Widerstand. Eine Kette? Katharina ließ ihre Hand in der Türöffnung auf- und abgleiten: nichts.

Noch einmal drückte sie gegen die Tür. Sie öffnete sich einen Zentimeter weiter und stieß dann wieder an ein Hindernis.

»Die Tür ist von innen verbarrikadiert«, stellte Katharina fest.

»Das ist nicht gut«, verkündete Amendt so überflüssiger- wie richtigerweise. »Auf drei.«

Sie warfen sich gemeinsam gegen die Tür, doch sie gewannen nur einen weiteren Zentimeter. Und dann bewegte sich die Barriere im Inneren gleichfalls und drückte die Tür zurück ins Schloss. Katharina wollte den Haken schon wieder in den Schließzylinder stecken, aber Amendt hielt sie zurück. »Das bringt so nichts.«

Er nahm Katharina das Etui ab, verstaute die Instrumente und steckte es zurück in die Tasche.

»Und jetzt?«, fragte Katharina, während sie in ihrer Handtasche nach dem Handy wühlte. »Die Kollegen von der Wiesbadener Polizei rufen?«

Amendt sah sich mit einem prüfenden Blick um. »Schauen wir erst mal, ob wir nicht einen anderen Weg in die Wohnung finden.«

Er lotste Katharina eine kleine Treppe hinunter, die zu einem Hinterausgang führte. Die Tür war nicht abgeschlossen und führte hinaus auf einen sorgsam gepflegten Garten: geharkte Flächen, große Steine, ein künstlicher Wasserfall, der leise vor sich hin plätscherte.

Amendt deutete auf den Balkon, der vermutlich zu Falckes Praxis gehörte. »Schaffen Sie das?«

Eine alte Weinranke, die sich am Gebäude hochschlängelte, ein paar Absätze im Mauerwerk: Ja, das war zu schaffen.

Katharina drückte Amendt ihre Handtasche in die Hand. Zwanzig Sekunden später schwang sie sich über die Balkonbrüstung. Sie wollte durch die Fenster spähen, doch die schweren Vorhänge waren zugezogen. Sie besah sich die alten, aber restaurierten Rahmen mit den zweiflügeligen Fenstern. Welche Scheibe sollte sie einschlagen?

Doch sie hatte Glück: Der Riegel der Balkontür war nur halb gedreht. Vermutlich klemmte das Schloss, oft eine Folge verzogener Rahmen. Eigentümlich. Eine hochmoderne Sicherheitstür und dann das? Sie drückte auf der Höhe des Schlosses leicht gegen das Holz der Flügeltür. Es gab nach. Ein etwas kräftigerer Schubs, ein leichtes Knirschen, die Tür sprang auf.

Rasch beugte sich Katharina über den Balkon und bat Amendt, ihr die Handtasche hochzuwerfen. Er gehorchte, und sie fischte Latexhandschuhe und Plastiküberzieher für die Schuhe aus dem Vorderfach. So trat sie durch die Balkontür, den Vorhang nur vorsichtig zur Seite schiebend, in ein modern eingerichtetes Zimmer. Im Schein ihrer Taschenlampe sah sie eine Couch, ein großes Bücherregal und eine Sitzgruppe mit Sofa und Sessel. Auf dem kleinen Tischchen standen eine Glasschale mit Kandis, ein paar saubere Tassen und ein paar Löffel in einem Ständer. Ein dicker Teppich dämpfte ihre Schritte.

Die Tür zum Flur war nur angelehnt. Sie zog sie auf. Im Lichtkegel der Taschenlampe sah sie, was die Tür zur Praxis blockierte.

Der Gang vor der Tür war mit prall gefüllten, schwarzen Müllsäcken zugestapelt. Sie widerstand dem Drang, einen der Säcke zu öffnen.

Stattdessen sah sie in die anderen Räume. Ein kleineres Zimmer war offenbar das Büro: noch mehr Regale, allerdings leer, in der Mitte ein Schreibtisch mit einem altmodischen Röhrenmonitor. Der dazugehörige PC stand unter dem Tisch. Neben dem Schreibtisch ein leerer Papierkorb und ein leistungsfähiger Papierschredder.

Ein weiterer Raum diente als Schlafzimmer, auch wenn das Bett nur eine Art Feldbett war, die Decke eine sorgfältig gefaltete Wolldecke. Vielleicht ein Notquartier, wenn Falcke zu lange im Büro geblieben war. Zwei Anzüge und drei Hemden hingen auf einer einfachen Kleiderstange, eine Plastikbox enthielt Unterwäsche.

Der Form des Schlosses nach zu urteilen führte die dritte Tür in ein Badezimmer. Das kleine Drehschild im Schloss stand auf »Besetzt«, dennoch fasste Katharina nach der Klinke. Die Tür ließ sich natürlich nicht öffnen. Sie klopfte, rief »Doktor Falcke?«, erhielt jedoch keine Antwort.

Was jetzt? Ein Geräusch ließ sie herumfahren und nach ihrer Waffe greifen, doch es war nur Amendt. Er musste auch über den Balkon geklettert sein. Sie deutete auf die Tür.

Amendt betätigte vorsichtig einen der Lichtschalter im Flur. Dann schnupperte er. Erst die Luft des Flurs, dann am Türrahmen des Badezimmers, schließlich an der unteren Kante der Tür. »Riechen Sie das?«

Warum war ihr das nicht gleich aufgefallen? Süßlich. Moschus. Verwesung.

Amendt besah sich das Schloss des Badezimmers. »Haben Sie eine Zange?«, fragte er Katharina.

Sie reichte ihm ihr Leatherman. Er schraubte den Beschlag ab und drehte dann den viereckigen Riegel mit der Zange herum. Die Tür öffnete sich. Katharina leuchtete mit der Taschenlampe hinein, doch Amendt war etwas forscher. Er schaltete das Licht ein und trat in das Badezimmer.

Allerdings stoppte er sofort: Auch er musste gesehen haben, dass jede Hilfe zu spät kam. Der Mann hing an einem Bademantelgürtel von einem Wasserohr. Seine Zunge war aus dem Mund gequollen, sein Gesicht blau vom gestauten, geronnenen Blut. Er trug einen Anzug. Seine Krawatte war korrekt gebunden, wenn auch ein wenig gelockert, wohl um Platz für den Gürtel zu machen.

Nicht der erste korrekt gekleidete Selbstmörder, den Katharina sah. Rücksicht auf die Finder und Hinterbliebenen? Scham? Oder der Versuch, Würde zu bewahren?

Amendt wollte auf das Klobecken steigen und den Knoten des Gürtels lösen, doch Katharina hielt ihn zurück. »Die Hörnchen sollen sich das erst mal ansehen.«

Zur Antwort blickte sich Amendt skeptisch um. »Sie meinen, das ist der Klassiker der Kriminalliteratur? Ein Mord in einem von innen abgeschlossenen Raum? Und dann durch Erhängen? Mehr oder minder unmöglich.«

»Stattdessen der so praktische Suizid, der unsere Ermittlungen noch schwieriger macht?«, giftete Katharina zurück. »Wir wollen doch nicht voreilig sein. Und helfen können Sie ihm ohnehin nicht mehr, oder?«

»Wenn Sie meinen. Ich muss hier raus.«

Katharina folgte Amendt auf den Balkon, wo er tief Luft holte. Am liebsten hätte sie ihn in den Arm genommen, doch Mitleid war fehl am Platz. »Konzentrieren Sie sich, Amendt. Das ist nicht der erste Suizid, den Sie sehen, oder? Für Ihre eigenen Probleme ist später noch immer genug Zeit.«

Amendt fuhr herum. Eine Sekunde funkelten seine Augen wütend auf, dann hielt er inne und atmete nochmals durch. »Sie haben recht. – Und jetzt?«

»Wir rufen die Wiesbadener Kollegen. Technisch ist das hier deren Zuständigkeitsbereich.«

Die beiden Streifenpolizisten, die als Erste eintrafen, organisierten eine Leiter, sahen sich kurz in der Wohnung um, entschieden dann, dass das, wenn überhaupt, der Job der Kriminalpolizei war, und kletterten wieder nach draußen.

Die beiden älteren Kriminalbeamten, die sich kurz darauf über den Balkon wuchteten – einer sagte sogar »Ich bin allmählich zu alt für so was« – waren freudig überrascht, dass Katharina ihnen bei diesem »glasklaren Suizid« die Arbeit abnehmen wollte.

»Seit Sonntagnachmittag fahren wir nämlich von Selbsttötung zu Selbsttötung«, erklärte einer der Polizisten, der mit seiner Pfeife spielte, die er sich wohl gerne angezündet hätte.

»Suizid ist eben ansteckend«, sagte der andere. »Und unser Herr Minister hatte eine Menge Fans.«

»Irgendjemand unter den Toten, der eine Verbindung zu Vogel hatte?«, fragte Katharina.

»Nicht, soweit wir das feststellen können. Außer Fangirl vielleicht.«

»Fangirl?«

»Na ja, Sie kennen doch den Typ. Mitte dreißig, alleinstehend. Das halbe Wohnzimmer war ein Altar für Vogel. Dutzende von Liebesbriefen, die sie geschrieben und nie abgeschickt hat.«

»Sie war nicht zufällig groß, blond und kurzhaarig?«

Der Kriminalbeamte grinste süffisant: »Die Frau, die dem Vogel auf diesem Foto einen bläst, meinen Sie? Nein, die Frau war das Gegenteil. Klein, brünett, langhaarig. Teddybärsammlung im Schlafzimmer.«

Katharina zog eine Visitenkarte aus der Handtasche und reichte sie dem Polizisten, der sie bedächtig nahm und las. »Und unsereins bringt es gerade mal zum Kriminalrat«, sagte er. »Tja, hast eben Glück, dass gerade so viele Beamte in Pension gehen und der Innenminister auf Junggemüse steht.«

Katharina überhörte die Bemerkung. Sie war Schlimmeres gewohnt. Betont vertraulich wechselte sie zum kollegialen Du: »Kannst du mir Kopien der Akten zu den Suiziden schicken? Sicher ist sicher.«

»Klar, aber vertrau einem alten Kollegen, der mehr als dreißig Dienstjahre Vorsprung hat: Der hier«, er deutete mit dem Kopf ins Bad, »der hat sich selbst umgebracht. Nicht der erste Psycho-Heini, der so geht. Und der Vogel? Weißt doch, Schulden, unglückliche Ehe, Depression. Der Klassiker.«

»Nun, wir werden sehen.«

In diesem Moment streckte das erste Hörnchen den Kopf über die Balkonbrüstung.

Katharina hatte sich immer gefragt, ob die Hörnchen eigentlich telepathisch begabt waren. An einem Tatort sprachen sie so gut wie nie. Wenn sie sich überhaupt miteinander verständigen mussten, taten sie das durch Gesten, Kopfnicken oder indem sie einen Laserpointer auf ein Objekt von Interesse richteten.

»Ach …« – »… was?«, hatten sie nur sarkastisch kommentiert, als Katharina und Amendt ihnen erklären wollten, wie sie in die Wohnung und dann ins Badezimmer gelangt waren. Nach einem kurzen Rundgang hatten die Hörnchen alle anderen Anwesenden auf den Balkon und die Leiter hinunter in den Garten gescheucht, sehr zur Zufriedenheit des einen Wiesbadener Kollegen, der sich endlich in Ruhe sein Pfeifchen anstecken konnte.

Und nun?

Zur Antwort klingelte Katharinas Handy.

»Wir haben den geheimnisvollen Mann mit dem Telefon gefunden«, erklärte Bruder Rapunzel mit gelassener Stimme. »Er … Wie war noch der Name?«

»Ulf Marbert«, hörte Katharina Frank Grüngoldt aufgeregt aus dem Hintergrund rufen. Natürlich. Marbert. Da hätte sie wirklich drauf kommen sollen. Der war kaltblütig genug, in Ruhe zu telefonieren, wenn sich vor seinen Augen ein Mann erschoss.

Katharina wollte schon auflegen, als Bruder Rapunzel sie bremste: »Darian möchte dich auch sprechen.«

Gleich darauf hörte sie Darians begeisterte Stimme: »Meine Mutter … also, eine Kollegin hat die blonde Frau gesehen. Sie ist Gast im Frankfurter Hof.«

»Und der Name?«

»Den weiß meine Mutter leider nicht. Aber die Frau hat den Aufzug mit einer Schlüsselkarte in Gang gesetzt. Muss also ein Gast sein. Sie ist allerdings wohl gerade wieder aus dem Haus gegangen.«

Nun, das klärte zumindest die Frage, welchen Zeugen sie als Erstes vernehmen würden.

Positionsspiel

Weiterhin Dienstag, der 8. April 2008.
Dienstage sind übrigens dem nordischen Gott
des Kampfs und Siegs gewidmet.

»The battle for the ultimate truth will never be won.
And that's why chess is so fascinating.«
Hans Kmoch

Im Sanssouci der Postmoderne.

Der Butler, der Katharina und Andreas Amendt zum Büro von Ulf Marbert geleitete, konnte Katharina gar nicht schnell genug gehen. Sie hatte keinen Blick für die Stahl-und-Glas-Postmoderne-Architektur des Marbert'schen Schlösschens. Ebenso wenig wie für die Kunstsammlung an den Wänden.

Als sie die Bürotür erreicht hatten und der Butler eigentlich den Besuch melden wollte, ging Katharina einfach an ihm vorbei und stieß die Tür auf.

Doch Marbert war schon auf dem Weg um seinen gigantischen Glasschreibtisch, dessen Platte auf mehreren Betonsäulen lag.

»Frau Klein, Herr Doktor Amendt. Schön, dass Sie kommen. Ich habe Sie schon erwartet«, säuselte er jovial.

Katharina ignorierte die Hand, die Marbert zur Begrüßung ausgestreckt hatte. »Warum haben Sie direkt nach Vogels Selbstmord telefoniert?«

»Setzen Sie sich doch erst mal! – James? Kaffee!«

Der Butler hieß tatsächlich James? Das brachte Katharina kurz so aus der Fassung, dass sie sich widerstandslos zu der Sitzgruppe vor dem Panoramafenster steuern ließ. Nicht beirren lassen, ermahnte sie sich, und blieb stehen. Sie wartete, bis der Butler davongeschwebt war, dann fragte sie erneut: »Mit wem haben Sie telefoniert? Und warum?«

Marbert hob mitleidig eine Augenbraue. »Mit meinem Büro natürlich. Um einen Notfallplan in Gang zu setzen. Das mache ich immer so, wenn ein Klient von mir in Schwierigkeiten ist.«

»Und wer ist dieser Klient?«

Verständnislos schüttelte Marbert den Kopf: »Justizminister Vogel natürlich. – Aber bitte! Setzen Sie sich. Dann erkläre ich Ihnen alles ausführlich.«

Katharina gehorchte. Beim letzten Mal war die Sitzgruppe in diesem Raum noch aus der Schule »Neue deutsche Unbequemlichkeit« gewesen; dieser Sessel war jedoch weich und komfortabel. Nur nicht hineinsinken, nicht einlullen lassen. Sie blieb auf der Kante sitzen und lehnte sich auch nicht an.

Amendt blieb an der Panoramascheibe stehen und sah in den Garten. Einen Moment überkam Katharina ein Déjà-vu. Damals, als sie endlich den Mörder ihrer Familie gestellt hatten, hatte er auch scheinbar unbeteiligt aus einem Fenster gesehen, während Katharina dem Mörder sein Geständnis entlockte. Und dann …

Aber nein, das hier war eine völlig andere Situation. Und vielleicht war Amendt auch ganz einfach müde oder wollte diesmal ihr den Ball überlassen. Nun denn:

»Der Notfallplan? Was war das?«, fragte sie.

Marbert, der sich gerade selbst hatte setzen wollen, eilte zurück zum Schreibtisch. Er nahm einen schmalen braunen Hefter, den er Katharina reichte. »Das hier.«

Katharina schlug die Mappe auf. Sie enthielt nur ein Foto. Nein, das Foto. Das Foto von Vogel in Frauenkleidern mit der blonden Frau.

»Das haben Sie an die Presse gegeben?« Weshalb war sie eigentlich so überrascht? Marbert war doch alles zuzutrauen. »Warum? Welchen Klienten schützen Sie? Und wo haben Sie das Foto her?«

Marbert hatte sich endlich hingesetzt und die Fingerspitzen zusammengelegt: »Lassen Sie uns das Warum einen Moment zurückstellen. Aber um ihre anderen Fragen zu beantworten: Der Klient war Vogel selbst. Und er hat mir auch das Foto gegeben.«

»Er selbst?«

»Nun …«, begann Marbert zögernd. Dann stand er auf. »Es ist besser, ich zeige es Ihnen.«

Er ging zu einem Regal mit einer Sammlung von Kunstobjekten und drehte eine Kugel aus poliertem Stein. Es klickte, und Marbert zog das Regal zur Seite. Eine verborgene Tür. »Kommen Sie! Sie auch, Doktor Amendt!«

»Ein Geheimgang?«, fragte Katharina. »Zu viele Bondfilme gesehen? Ein Rollstuhl und eine weiße Katze wären sicher billiger gewesen.«

Marbert lächelte schmal: »Folgen Sie mir einfach.«

Er führte sie eine Wendeltreppe hinab in ein Kellergewölbe und blieb vor einer großen Tresortür stehen. Katharina kannte die Tür. Die Gleiche hatte auch ihr Vater im Kellertresor verbaut, in dem er seine Kunstwerke lagerte.

Marbert musste ihre Gedanken erraten haben. »In der Tat, genau wie im Haus Ihrer Eltern«, erklärte er, während er zunächst eine Zahlenkombination in das kleine Terminal neben der Tür eingab, dann das Kombinationsrad in der Mitte der Tür drehte und schließlich mit zwei Schüsseln die beiden Schlösser öffnete. »Das hier ist allerdings das Nachfolgemodell. Und der Inhalt meines Tresors ist ein wenig prosaischer.« Er begann, die große Tür aufzuschieben. »Wissen Sie eigentlich schon, was Sie mit der Kunstsammlung Ihres Vaters machen werden? – Wenn nicht, sollten wir uns einmal darüber unterhalten, sobald sich der Rauch gelichtet hat.« Er hatte die Tür aufgeschoben und betätigte einen Lichtschalter. Neonröhren erwachten flackernd zum Leben. Der Tresorraum enthielt nichts als Regale, in denen Hängehefter hingen. Fein säuberlich geordnet.

»Das hier«, erklärte Marbert, »sind die Akten meiner Klienten.«

»Papier?«, fragte Katharina. »So altmodisch?«

»Nun, das Sicherste, der Natur nach. Die Informationen hier sind nicht für jedermann bestimmt. Außer in Notfällen. Ich meine, die regulären Akten haben wir natürlich auf dem Computer, aber …«

»Ja?«

»Nun, das ist vielleicht nicht so einfach zu verstehen. Also: Was glauben Sie, was ich beruflich mache?«

»Sie sind Lobbyist.«

Marbert lächelte wieder: »Nur ein Teil meiner Aufgaben und nicht einmal der wesentliche. Nein, mein Geschäft ist die Kommunikation.«

»Und das bedeutet?«

»Was denken Sie, dass es bedeutet?«

»Nun, ich nehme an, Sie fädeln Pressetermine ein und so.«

Jetzt musste Marbert sogar lauthals lachen: »Wenn es denn so einfach wäre. Nein. Ich baue meine Klienten auf. Von Anfang an. Ihr Image. Ihr berufliches und politisches Profil. Und ich betreue sie über ihre ganze Karriere. Halte ihnen den Rücken frei.«

»Und was hat das mit dem Pornofoto von Vogel zu tun?«

»Eine ganze Menge. Jeder von uns hat Leichen im Keller. Ich muss also schon im Vorfeld wissen, wo Probleme entstehen können.«

»Bei Vogel war es seine Sexualität? Und dann geben Sie das Foto an die Presse? À la ›Ist der Ruf erst ruiniert‹?«

»Nein, im Gegenteil. Das Foto war eine Exitstrategie. Jeder meiner Klienten hat so eine. Für den Notfall.«

»Was für Notfälle?«

»Nun, das haben Sie ja gesehen. Eigentlich geht es immer darum, einen größeren Skandal aus der Presse rauszuhalten. Und Sex ist dafür immer gut. Spektakulär, nichtssagend und steht im Zweifelsfall einem Comeback nicht im Wege.«

»Und doch hat Vogel sich umgebracht.«

»Aber nicht wegen dieses Fotos. Das ist eine Nebelkerze. Mit ihm so abgesprochen.«

»Im Falle seines Todes? Hat er Sie etwa um Rat gefragt?«

»Natürlich nicht. Und ich hätte es ihm schon ausgeredet. Jan-Ole war nicht nur mein Klient, sondern auch mein Freund.«

»Ich verstehe es noch immer nicht«, mischte sich Amendt ein. »Warum dann den Ruf ruinieren? Posthum?«

Marbert schüttelte in gespielter Verzweiflung den Kopf: »Nun seien Sie doch nicht so schwer von Kapee. Ich versuche hier, Ihnen den Rücken freizuhalten. Damit Sie herausfinden können, warum Vogel sich umgebracht hat.«

»Sie wissen das also nicht?«

»Natürlich nicht. Bestimmt hat er sich nicht umgebracht, weil er gerne mal Fummel trug.«

»Und die blonde Frau? Eine Geliebte?«, fragte Katharina. »Wir müssen auch mit ihr sprechen.«

Marbert holte Luft, um zu antworten, doch dann sagte er nur: »Sie sind die Detektivin. Finden Sie es heraus. Ich dachte, Sie wären schon längst darauf gekommen. Etwas enttäuschend, wie ich finde.«

»Enttäuschend?«

»Ich habe Hanfried die halbe Nacht bekniet, Sie beide zu speziellen Ermittlern zu machen.«

Hanfried? Ach ja, der Innenminister Hanfried de la Buquet. »Uns?«

»Natürlich Sie. Ich kenne sonst niemanden, der hartnäckig und rücksichtslos genug dafür wäre. Und Vogel hat das ja quasi so gewollt, oder?«

»Was gewollt?«

»›Ihnen den ersten Fall übergeben‹? Seine letzten Worte? Das war doch wohl eindeutig. – Ich hoffe, dass mein Rat kein Fehler war, Frau Klein«, fügte er nachdrücklich hinzu.

»Und um uns weiter zu motivieren, haben Sie dann auch gleich meine Kranken- und Polizeiakten an die Presse weitergeleitet?«, fragte Amendt sarkastisch.

Zorn blitzte in Marberts Augen auf. Das erste echte, ungefilterte Gefühl, das ich von ihm gesehen habe, dachte Katharina.

»Natürlich nicht«, blaffte er. »Das wäre doch wohl kontraproduktiv. Und wenn ich Sie wäre, würde ich rasch rausfinden, wer da seine Finger im Spiel hat. – Ihnen ist doch bewusst, dass Sie Feinde haben, oder?«

»Feinde wie Sie?«, schoss Katharina zurück.

Marbert starrte sie so wütend und überrascht an, als hätte Katharina ihm ins Gesicht geschlagen. Dann atmete er tief aus. »Ich bin doch nicht Ihr Feind«, sagte er. »Im Gegenteil.« Er richtete sich auf: »Warum, denken Sie, habe ich Himmel und Hölle in Bewegung gesetzt, damit aus Ihrem kleinen Weglobinstitut eine arbeitsfähige Einheit wird? Die ganzen Sponsoren zusammengetrommelt? Meinen beträchtlichen Einfluss dazu genutzt, dafür zu sorgen, dass Sie nicht schon nach Ihrer Eskapade im Winter in der Versenkung verschwinden?«

»Was wissen Sie darüber?«, fragte Katharina zurück.

»Nicht viel. Nur, dass Sie wohl den Mörder Ihrer Familie gestellt haben. Alles andere sind Gerüchte, auf die ich nichts gebe.«

Marbert sah ihr direkt in die Augen. Ohne Zwinkern. Ohne Zögern. Perfekter Pokerspieler, oder sagte er die Wahrheit?

»Und warum haben Sie das alles getan?«, fragte Amendt. »Sie werden verstehen, dass wir misstrauisch sind.«

»Natürlich. Sie sind sogar noch nicht misstrauisch genug für meinen Geschmack. – Aber, um Ihre Frage zu beantworten: Ich weiß, Sie halten mich für einen machthungrigen Zyniker. Aber ich tue, was ich tue, weil ich glaube, dass es richtig ist. Hessen und Deutschland brauchen ein Institut wie das Ihre.« Den letzten Satz hatte er mit geblähter Brust verkündet wie einen Wahlkampfslogan. Jetzt sank er in sich zusammen: »Und … um der Wahrheit vollständig die Ehre zu geben … Erinnern Sie sich an Amanda Peuckert?«

»Natürlich!« Katharinas erster Mordfall. Eigentlich eine Routineangelegenheit. Eine alte Dame war zu Hause verstorben, und der Arzt konnte nicht auf Anhieb eine Todesursache feststellen. Die Kollegen hatten Katharina geschickt. Die Jüngste im Team. Protokoll aufnehmen. Eventuell eine Autopsie mit der Staatsanwaltschaft abklären. Ihr damaliger Partner war sogar im Auto sitzen geblieben. »Frauen über achtzig sterben nun mal«, hatte er erklärt. »Lass uns nicht zu viel Zeit damit verschwenden.«

Die alte Dame hatte friedlich ausgesehen in ihrem Bett. Doch Katharina war aufgefallen, dass das Kissen voller ausgefallener Haare war. Vorsichtig hatte sie nachgeschaut: Auf der Kopfhaut der Frau fand sie kahle Stellen. Außerdem weiße Streifen auf den Fingernägeln. Sie wies den Arzt darauf hin, und er kam zum richtigen Schluss. Chronische Arsenvergiftung. Verabreicht von der Pflegerin, wie Katharina rasch herausfand.

Die Pflegerin pflegte gern. Genoss die Macht und die Abhängigkeit ihrer Patienten. Also sorgte sie dafür, dass sie eben etwas länger pflegebedürftig blieben, wenn sie zu gesund und unabhängig zu werden drohten. Amanda Peuckert war nicht die erste Patientin gewesen, die so ins Grab gepflegt worden war.

»Ja, natürlich erinnere ich mich an Amanda Peuckert«, bestätigte Katharina noch einmal. »Und Sie? Was haben Sie damit zu tun?«

»Amanda war meine Tante. Ich bin zum Teil bei ihr aufgewachsen«, sagte Marbert leise. Doch dann fügte er umso kräftiger hinzu:

»Ich denke, Sie verstehen jetzt, warum ich die Arbeit der Sonderermittlungseinheit für wichtig halte.«

»Und das Wunderkind, das Sie durch uns verloren haben?«, fragte Amendt. Offenbar traute er dem Frieden noch weniger als Katharina.

»Das wir durch Henthens Skrupellosigkeit verloren haben«, korrigierte ihn Marbert freundlich, aber bestimmt. »Wir – ich und meine Frau – haben uns in Henthen getäuscht und den Preis dafür bezahlt. Vermutlich unsere eigene Hybris. Und die Adoption war …«, das erste teflonfreie Lächeln, das Katharina bei Marbert sah, zauberte sich plötzlich auf sein Gesicht, »Abele ist so ein süßer Junge. Und so klug. Wissen Sie«, fuhr er vaterstolz fort, »er kann schon ›Der Mond ist aufgegangen‹ auf dem Klavier spielen. Ich muss ihm nur ein ganz klein wenig die Hände führen.« Beschämt von seiner eigenen Gefühlsaufwallung wandte er sich ab und ging zu einem kleinen Tisch, der zwischen den Regalen stand. Er nahm einen weiteren braunen Hefter. »Das ist alles, was ich über Jan-Ole habe. Nicht viel. Aber selbst meine eigenen Ermittler konnten nicht mehr auftreiben. Vielleicht hilft es trotzdem.«

Katharina nahm den Hefter, ohne ihn aufzuschlagen. »Warum sind Sie so kooperativ?« Marbert antwortete nicht, also ergänzte Katharina: »Ihr Klient ist tot. Die Presse ist an der Nase herumgeführt. Was haben Sie noch zu gewinnen?«

Hätte sie das vielleicht nicht fragen sollen?

»Jan-Ole war mein Freund«, brauste Marbert auf. »Und sehen Sie das?« Er deutete auf die Ordner um ihn herum. »Die mittelmäßigen Geheimnisse aus den mittelmäßigen Leben von mittelmäßigen Politikern, die einzig daran interessiert sind, so lange wie möglich an ihrem Posten kleben zu bleiben und dann mit einer schönen Pension in Ruhestand zu gehen. Technokraten. Bürokraten. Faule Säcke. Kein einziger Visionär ist darunter. Keiner, der sich mal fragt, wie unser Land in zehn, zwanzig, dreißig Jahren aussehen soll. Der Mut zur Entscheidung hat, auch wenn die ›Wählergunst‹«, er malte übertrieben große Anführungszeichen in die Luft, »und der Stammtisch anderer Meinung sind. Und das stinkt mir. Ich bin fünfundvierzig und habe jetzt ein Kind. Ich will was erreichen. Verändern.« Marbert musste tief Luft holen. Vor Wut und Anstrengung war er rot angelaufen.

»Und Justizminister Vogel war anders?«, fragte Katharina so freundlich, wie sie konnte.

»Ja, das war er.« Marbert schien seine Ruhe wiedergefunden zu haben, doch gleich ereiferte er sich weiter. »Er wusste, was er wollte. Hatte Ideen. Visionen. Und war pragmatisch genug, sie umzusetzen. Er hat nicht einen Pfifferling auf den Stammtisch gegeben. Oder auf seine Kollegen und die ›Fraktionsdisziplin‹. Er hätte es weit bringen können. Und sollen.« Er seufzte noch einmal tief und ordnete seine Krawatte: »Verzeihung. Das musste mal raus. Aber hier unten hört uns ja keiner. Ich verlasse mich auf Ihre Diskretion. – Und vielleicht verstehen Sie jetzt, warum Sie unbedingt die Wahrheit finden müssen. Wenn Vogel so einen Schritt tut, an diesem Ort, zu dieser Zeit, dann aus gutem Grund.«

»Guter Grund aus seiner subjektiven Sicht«, warf Amendt ein, um dann freundlicher hinzuzufügen: »Sie wissen sicher, dass Selbstmörder nicht immer rational handeln? Und dass die Wahrheit manchmal …«

»Manchmal unangenehm ist? Problematisch? Wem sagen Sie das? Das ist mein Geschäft.«

Dem war nichts mehr hinzuzufügen gewesen. Marbert hatte sie persönlich zur Haustür gebracht. Unterwegs hatte er Katharina noch eine fast leere Visitenkarte in die Hand gedrückt. Marberts Name stand auf der Vorderseite, auf der Rückseite nur eine Mobiltelefonnummer. »Meine private Nummer«, erklärte er, »für Notfälle.«

Katharina war noch geistesgegenwärtig genug gewesen zu fragen, ob Marbert wusste, wo Vogels Frau war.

»Natürlich. Im ›Frankfurter Hof‹. Abgestiegen unter dem Namen Adele Neumann.«

»Frankfurter Hof«? Im gleichen Hotel wie Vogels Geliebte?

Frankfurter Hof. Bestes Haus am Platze.

»Sind Sie Kriminaldirektorin Klein und Professor Doktor Amendt?«

Stimmgewordener Wohlklang entwich den klassisch geschwungenen Lippen des jungen Concierge, bei dessen Anblick Oswald sicher sofort weiche Knie bekommen hätte.

»Frau Adele Neumann erwartet Sie in ihrer Suite«, fuhr der Concierge fort. »Herr Marbert hat Ihr Kommen bereits avisiert.«

Die Suite war dank der betont unauffällig herumlungernden Männer in schwarzen Anzügen leicht zu finden. Katharina zeigte einem der Männer höflich ihren Dienstausweis. Personenschützer taten ja auch nur ihren Job. Und man hatte ihnen nicht einmal Stühle auf den Gang gestellt.

Der Mann ließ sie und Amendt passieren. Katharina klopfte an die kunstvoll nachgeahmte Eichenholztür, die sich gleich darauf öffnete. Vor ihnen stand …

… die Pornofoto-Kurzhaarblondine. Kein Irrtum möglich.

»Wir würden gerne mit Frau Vogel –«, wollte Andreas Amendt höflich aushelfen, doch Katharina hatte sich schon wieder gefasst.

Sie tat einen schnellen Schritt auf die Frau zu, die rückwärts in die Suite stolperte. Katharina stieß ihr den Finger vor die Brust. »Was ist das hier? Verschwörung der Frauen? Gattin und Geliebte manipulieren Medikamente, damit ihr Mann sich umbringt?«

Einen Moment starrte die blonde Frau Katharina verständnislos an. Um ihren Worten Nachdruck zu verleihen, riss Katharina deshalb das pornografische Foto aus ihrer Handtasche und hielt es der Frau unter die Nase. »Das hier sind doch Sie, oder?«

Die Frau blinzelte. Dann noch mal. Und dann brach sie in Lachen aus. So sehr, dass sie sich schließlich in einen Sessel fallen ließ und mit Armen und Beinen strampelte.

Was nun? Die Anti-Hysterie-Ohrfeige? Die Zimmertür stand noch immer offen, und die Personenschützer lugten neugierig herein. Okay, erst mal die Tür schließen.

Amendt beugte sich über die lachende Frau, wusste aber wohl auch nicht, was er tun sollte. Gerade, als er womöglich wirklich zum bewährten Hausmittel greifen wollte, beruhigte sich die Frau schlagartig.

»Das ist wirklich gut«, sagte sie mit leichtem Kichern. »Warten Sie.«

Sie sprang auf und steuerte auf eine kleine Tür zu. Katharina wollte sie aufhalten, doch die Frau sagte nur schnippisch: »Wir sind hier im vierten Stock und die Fenster im Badezimmer lassen sich nicht öffnen.«

Damit war sie im Bad verschwunden. Katharina wollte ihr folgen, doch Amendt hielt sie zurück.

Ein paar Minuten später sprang die Badezimmertür auf, und heraus trat … Frau Vogel, ihre feuerrote Haarmähne zurechtschüttelnd. Wo war die blonde Frau? Katharina drängte sich an Frau Vogel vorbei ins Badezimmer, doch es war leer.

Frau Vogel, um einiges größer als Katharina, sah amüsiert auf sie herab. »Was so eine Perücke doch alles ausmacht, nicht wahr? Aber warten Sie, das hier ist zu unbequem.« Sie zog sich die Perücke vom Kopf. Zum Vorschein kamen, wenn auch etwas zerzaust, die kurzen, blonden Haare.

Frau Vogel hängte die Perücke behutsam über die Lehne eines Sessels. Dann setzte sie sich, ohne ihren Gästen gleichfalls einen Platz anzubieten. »Offen gestanden war ich es leid, überall und stets als Frau meines Mannes erkannt zu werden. – Und der Kurzhaarschnitt ist einfach praktisch. Mein Mann mochte das.« Auf ihr eigenes Stichwort hin seufzte sie tief. »Ich nehme doch an, Sie sind hier, um über meinen Mann zu sprechen, oder?«

Statt einer Antwort hielt ihr Katharina erneut das Foto hin: »Das sind also wirklich Sie?«

»Ja, natürlich. Wer sonst? Das Foto haben wir auf einer privaten Swingerparty machen lassen. Thema der Party war ›Rocky Horror Picture Show‹. Und als Ulf Marbert dann nach belastendem Material oder einem möglichen Tarnskandälchen fragte … Ich nehme an, er hat Ihnen das Nebelkerzenprinzip erklärt?«

Katharina bejahte.

»Gut. Da fanden mein Mann und ich es sehr lustig, ihm dieses Foto zu geben.«

»Eine Swingerparty?«, fragte Andreas Amendt ratlos. Oh süße Unschuld.

»Ist das nicht recht riskant? Indiskretionen und so?«, ergänzte Katharina Amendts Frage rasch.

Frau Vogel grinste schief: »Nicht, wenn das halbe Kabinett und die gesamte Oppositionsführung ebenfalls Gäste sind. Mein Mann mochte das. So konnte er Spaß haben und nebenher etwas Politik betreiben. Nichts verbindet so sehr, wie nach einem guten Fick nackt an der Bar zu sitzen und ein Bier zu trinken, hat er immer gesagt.«

»Und die ...?« Wie sollte Katharina das jetzt am besten fragen? »Ihr Mann trug einen Damenslip, als er ...«

Frau Vogel winkte ab. »Ich weiß. Ich habe ja gesehen, wie er ihn am Morgen angezogen hat. Den mit der Dame drauf. Gehörte zu meinen Weihnachtsgeschenken. Das hat er häufiger gemacht vor Reden und öffentlichen Auftritten. Meinte, das kleine Versteckspiel würde gegen sein Lampenfieber helfen.«

»Und denken Sie –?«

»Dass das der Grund dafür war, dass er sich eine Kugel in den Kopf gejagt hat?«, fragte Frau Vogel giftig. »Wohl kaum. Dass er gerne mal Fummel trug, war ein wirklich schlecht gehütetes Geheimnis. Und harmlos. Wenn Sie wüssten, wer im Kabinett alles auf – sagen wir mal – Windeln steht.«

Frau Vogel stand auf, ging zur Bar, schenkte sich aus einer Karaffe einen Tumbler zu zwei Dritteln voll. Sie nahm einen herzhaften Schluck, dann drehte sie sich zu Katharina und Amendt um. »Ich würde Ihnen auch etwas anbieten, aber Sie sind im Dienst, nehme ich an? Vielleicht was Antialkoholisches? Wasser? Cola? Agavensaft? Ekliges Zeug, aber sehr gesund. – Und nehmen Sie doch bitte Platz. Verzeihen Sie meine Manieren.«

Sie kam zurück zu ihrem Sessel. Erst jetzt fiel Katharina auf, dass Frau Vogel leicht unsicher ging. Das Glas mit dem dicken Boden in ihrer Hand war sicher nicht der erste Drink des Tages.

Katharina setzte sich, Amendt blieb stehen, sein Blick diesmal nicht aus dem Fenster gerichtet.

Frau Vogel nahm noch einen Schluck und stellte das Glas auf dem kleinen Tisch vor ihr ab. »Sie wollen aber sicher mit mir über meinen Mann und seinen Selbstmord sprechen. Also fragen Sie.«

Katharina begann behutsam: »Können Sie sich vorstellen, warum –?«

»Warum?«, fiel ihr Frau Vogel schroff ins Wort. »Weil er ein Arschloch war! Darum! – Immer alles in sich hineinfressen. Immer alles mit sich selbst ausmachen. Nie über seine Probleme reden. Ich habe ihn gewarnt. So oft. Aber hat das Arschloch auf mich gehört?«

»Sie meinen –«

Frau Vogel beachtete Katharina gar nicht, sondern wandte sich an Amendt. »Sie! Sie sind doch der Leichenschnippler, oder? Haben Sie die Leichenschau gemacht?«

Amendt bejahte verdattert.

»Dann haben Sie ja sicher die Narben an seinen Oberschenkeln gesehen, oder? Und Sie wissen, was das für Narben sind?« Frau Vogel gab die Antwort gleich selbst. »Mein Mann war ein verdammter Ritzer. Oder ist es in seiner Jugend gewesen. Glauben Sie, da hat er einmal drüber gesprochen? Nein! Egal, wie oft ich ihn gefragt habe. Gedrängt habe, sich Hilfe zu suchen.«

»War Ihr Mann depressiv?«, fragte Amendt.

»Ja. War er. Zumindest dazu veranlagt. Ich meine, am Anfang unserer Ehe hat er das gut im Griff gehabt. Aber dann muss er ja auf einmal in seiner Vergangenheit rumwühlen.«

»Vergangenheit?«

»Er war Waisenkind. Wissen Sie das nicht? Und plötzlich, mit Anfang vierzig packt ihn die Midlife-Crisis. Anstatt sich einen Porsche zu kaufen, wie jeder vernünftige Mann, will er auf einmal wissen, woher er kommt.«

»Und hat er –?«, begann Katharina.

»Ich weiß es nicht. Er hat ja nicht drüber gesprochen. Jedenfalls, vor drei Jahren ungefähr, da kriegt er auf einmal diese Macke. Und da haben die depressiven Verstimmungen angefangen. Nicht schlimm am Anfang. – Aber ich war so blöd. Ich hätte es gleich sehen müssen. Und dann …« Sie nahm wieder einen großen Schluck, hustete.

»Und dann?«, fragte Katharina.

»Vor einem Monat wurde es ganz schlimm. Er kam nicht mal mehr richtig aus dem Bett. Ich musste ihn zur Arbeit prügeln. Aber … noch immer hat er nichts gesagt. Da habe ich ihn zum Arzt gejagt. Vor zwei Wochen ungefähr. Der hat ihn dann auf Antidepressiva gesetzt und zum Therapeuten geschickt. Das schien zu wirken.« Plötzlich hielt Frau Vogel inne. »Was haben Sie vorhin gesagt? Als Sie hier reingestürmt sind? Manipulierte Medikamente?«

Katharina sah zu Amendt, der den Ball aufnahm. »Schauen Sie«, begann er, »Antidepressiva werden zu Beginn der Behandlung zusammen mit einem –«

»Mit einem Sedativum verordnet. Ich weiß. Ich bin selber Ärztin. Ersparen Sie mir also die medizinische Vorlesung.«

Amendt sprach ruhig weiter: »Nun, wir haben ein Blutbild gemacht. Und dabei nur Spuren des Antidepressivums gefunden. Kein Sedativum. Daher dachte meine Kollegin –«

Weiter kam er nicht. Frau Vogel stürzte den Rest aus ihrem Glas herunter, dann warf sie den schweren Tumbler mit solcher Wucht gegen die Wand über dem Kamin, dass das Glas nicht nur in tausend Splitter zersprang, sondern auch ein Stück Putz aus der Wand schlug. »Dieser Vollidiot.«

Einer der Personenschützer steckte erschrocken den Kopf zur Tür herein.

»Alles in Ordnung, David«, fuhr Frau Vogel ihn herrisch an. Er zog sich sofort zurück und schloss leise die Tür.

Frau Vogel atmete tief durch. Dann wandte sie sich an Andreas Amendt: »Mein Mann wollte das Beruhigungsmittel nicht nehmen. Meinte, es hemme seine Konzentration. Ich habe ihn bekniet. Und er hat mir hoch und heilig versprochen, es zu nehmen. Aber …« Sie hielt inne, dann fuhr sie sachlich fort: »Nun, da haben Sie Ihre Antwort. Deswegen hat er sich umgebracht.«

»Ja, aber was war der Auslöser für seine Depression?« Amendt hatte sich jetzt in den Sessel neben Frau Vogel gesetzt.

»Ich weiß es nicht. Er hat nicht drüber gesprochen. Aber vor vier Wochen … Keine Ahnung. Irgendwas muss da passiert sein. Waren Sie schon in seinem Büro?«

»Im Ministerium? Das ist leergeräumt.«

»Nein. In unserem Haus. Im Souterrain. Wenn Sie eine Antwort suchen, finden Sie sie da. Da hat er sich immer eingeschlossen. An irgendwas gearbeitet. Ich weiß nicht, an was. War ja etwas wortkarg, der Gute. – Ich hätte es sehen müssen. Aber ich wollte lieber glauben, dass die Krise vorbei ist. Unbedingt. Ich war so blind.«

»Die Krise war vorbei?«, fragte Amendt.

»Ja, offensichtlich nicht«, fuhr Frau Vogel ihn an. »Ich dachte es nur. Am Freitag war er noch etwas verstimmt. Am Samstag dann blendender Laune. Wir haben richtig gut gevögelt. Verzeihung, aber Sie haben ja sicher auch die Dildospuren in seinem ...« Sie hielt inne, um dann hastig zu erklären: »Da stand er manchmal drauf. Wenn er gut gelaunt war. Und abends ist er dann zum Innenminister gegangen. Schach spielen. Ich war ziemlich platt, also habe ich ihn nicht nach Hause kommen hören. Am nächsten Morgen musste er dann früh raus. Ich ... ich habe ihm noch das Frühstück gemacht. Und seine Pillen hingelegt. Ich hätte schwören können, dass er beide genommen hat.« Frau Vogel sah Amendt durchdringend an. »Haben Sie eigentlich eine Autopsie gemacht?«

»Nein, nur Blut- und Hirngewebe. Und wir haben ein MRT gemacht. Keine Befunde außer dem Antidepressivum.«

»Hätte mich auch gewundert. Jan-Ole war manchmal ein ziemlicher Hypochonder. Gut, dass Sie ihn nicht aufgeschnitten haben. So ist seine Leiche wenigstens halbwegs ansehnlich. Ich dachte, Autopsie wäre Vorschrift?«

»Nur, wenn die Todesursache nicht so klar feststeht.«

»Ich verstehe. – Moment. Hirngewebe?«

»Aus der Kopfwunde. Ihr Mann hat mich vor der Pressekonferenz nach dem ›schwarzen Schwarm‹ gefragt. Und da dachte ich, ich schaue wenigstens mal nach Toxoplasmose.«

Frau Vogel wusste offenbar, wovon er sprach. »Ja, das war seit Neuestem so eine Obsession von ihm. – Und?«, fragte sie unvermittelt. »Halten Sie den ›schwarzen Schwarm‹ für möglich?«

»Möglich ist vieles«, antwortete Amendt. »Aber es gibt keinen einzigen dokumentierten Fall.«

Frau Vogel stand auf und goss sich an der Bar ein neues Glas ein. »So ist das eben mit Depressiven«, sagte sie über die Schulter, »die steigern sich manchmal einfach in etwas rein.«

Sie wollte sich wieder setzen, als es klopfte. Sie öffnete die Tür. Ein junger Mann stand davor. Muskulös. Jeans. T-Shirt. Spiegelsonnenbrille. Braungebrannt. Frau Vogel zog ihn ins Zimmer und deutete auf das Bad. »Da können Sie sich frisch machen.« Der Mann gehorchte wortlos.

»Ich fürchte, mehr kann ich Ihnen nicht sagen«, wandte sich Frau Vogel eilig an ihre Gäste. Sie sah zu Katharina, die ihrerseits auf die Badezimmertür starrte. »Ja, Frau Klein. Ihre Vermutung stimmt. Ich brauche jetzt einen guten Fick. Jeder trauert auf seine Weise. Und ein Profi erspart mir das Theater, jemanden an der Bar aufzureißen.«

Damit war das Gespräch wohl beendet. Katharina hätte auch nicht gewusst, was sie noch fragen sollte. Sie stand auf. Amendt erhob sich langsam und wandte sich Frau Vogel zu: »Ob wir uns mal in Ihrem Haus umschauen dürfen? Im Büro Ihres Mannes?«

»Klar. Ist ja jetzt auch egal.« Frau Vogel fischte einen Schlüsselbund aus ihrer auf der Kommode stehenden Handtasche, machte zwei Schlüssel ab und reichte sie Amendt. »Der Code für die Alarmanlage ist dreimal die Neunundsechzig. Dämlicher Witz meines Mannes. Aber wenigstens leicht zu merken. Das Büro werden Sie aber aufbrechen müssen. Jan-Ole hat es immer abgeschlossen. Und ich habe die Schlüssel nicht.«

Als sich die Fahrstuhltür hinter ihnen geschlossen hatte, fragte Amendt: »Wieso ist neunundsechzig leicht zu merken?«

Katharina schlug statt einer Antwort die Hände vor das Gesicht. Amendt braucht Sex. Ganz dringend. Und etwas Aufklärungsunterricht.

»War nur ein Scherz«, sagte er. »So unschuldig bin ich dann doch nicht. – Der Mann gerade war ein Stricher, oder?«

»Ich glaube, er würde wohl die Bezeichnung Escort vorziehen, aber im Großen und Ganzen stimmt Ihre Denkrichtung, ja.«

»Hm«, sagte Amendt zu sich selbst.

»Was ist?«

»Kirsten sagt immer, Sex sei ein gutes Antidepressivum. Offenbar denkt Frau Vogel genauso.«

Wo Kirsten recht hat, dachte Katharina, hat sie recht. Aber sollte eine Therapeutin so etwas wirklich sagen?

Als sie aus dem Fahrstuhl stiegen, klingelte Amendts Handy. Er lauschte, sagte ein paarmal »Ja«, dann »Können Sie mir eine SMS mit der Adresse schicken?«. Ohne Abschied legte er auf, seine Miene plötzlich steinern.

»Was ist?«, fragte Katharina.

»Das war der Nachlassverwalter von Paul Leydth. Die haben endlich einen Termin für die Testamentseröffnung«, antwortete Amendt, ohne sie anzusehen. »Morgen früh, sieben Uhr fünfzehn. Irgendeiner der Erben hat wohl nur dann Zeit. Und ich bin auch eingeladen.«

In der Villa der Vogels.

Katharina hielt mit quietschenden Reifen auf der Auffahrt zum Haus der Vogels. Im Rückspiegel sah sie im Wagen auf der anderen Straßenseite eine Bewegung. Natürlich, die beiden Paparazzi, die sie auch schon am Vortag gesehen hatte. Nun, sollten sie doch Fotos schießen. Sie hatten ja nichts zu verbergen. Ursprünglich hatte sie sogar überlegt, mit voller Kavallerie anzurücken, aber aus Rücksicht auf Frau Vogel hatte sie es dann doch nicht getan. Zudem wusste Katharina noch nicht, wonach sie eigentlich genau suchten.

Einer der Schlüssel passte zum Gartentor, sodass Katharina diesmal die Kletterei erspart blieb. Sie marschierten den Kiesweg zum Haus hinauf, und Amendt wollte gerade den Schlüssel in die Haustür stecken, als Katharina ihn zurückhielt. Das Licht an der Alarmanlage leuchtete nicht mehr rot, sondern grün. Sie zog ihre Waffe, dann bedeutete sie Amendt, die Tür aufzuschließen.

Die Tür war doppelt abgeschlossen. War der Eindringling schon wieder weg? Katharina startete einen Blitzspurt durch alle Räume des Hauses. Sie hatte Glück. Die offene Loft-Architektur bot nur wenige Versteckmöglichkeiten. Erdgeschoss: großer Wohnraum, offene Küche, Gästebad, ein kleines Arbeitszimmer. Obergeschoss: zwei Schlafzimmer, ein weiterer großer Wohnraum. Bad. Das war es. Kein Eindringling weit und breit.

Eine Treppe führte ins Souterrain. Zwei Türen. Eine Stahltür öffnete sich zu einem Heizungs-, Wäsche- und Vorratskeller. Die zweite Tür musste zu Vogels Büro führen. Was hatte Frau Vogel gesagt? Ihr Mann schloss das Büro ab? Katharina würde Amendts Hilfe brauchen, um die Tür zu öffnen. Trotzdem fasste sie nach der Klinke. Die Tür schwang auf. Einfach so.

Ein einfaches, funktionales Büro: Schreibtisch, Bürostuhl, an den Wänden Regale, in einer Ecke ein Sessel und ein kleiner Tisch. Und … die Regale waren leer. Die Schreibtischschubladen aufgezogen und … ebenfalls leer.

Verdammt. Jemand war ihnen zuvorgekommen. Katharina glaubte zwar nicht, dass es etwas nützte, doch sie rief auf ihrem Handy die Hörnchen an, während sie die Treppe zurück ins Erdgeschoss hochstieg. Sie hatte Glück. Die Hörnchen waren gerade fertig mit der Praxis des Therapeuten; sie waren also noch in Wiesbaden.

Während Katharina mit Amendt vor der Haustür auf die Hörnchen wartete, hörte sie es mit einem Male klicken. Die Paparazzi. Natürlich. Sie standen am Gartentor und fotografierten.

Katharina rannte los. Die Paparazzi wollten in ihr Auto springen und flüchten, doch die sperrigen Kameras und Stative bremsten sie, sodass Katharina sie stellen konnte. Sie streckte ihnen ihren Dienstausweis ins Gesicht.

»Wir haben nichts gemacht, ehrlich!«, sagte der eine.

»Pressefreiheit«, rief der andere, als würde er zum Schafott geführt werden. »Wir werden nicht noch mal unsere Fotos löschen.«

»Fotos löschen?«, fragte Katharina verwirrt. »Ich wollte nur wissen, ob Sie jemanden gesehen haben. Hier, im Haus.«

»Jemanden gesehen?« – »Natürlich haben wir jemanden gesehen.« Die beiden Paparazzi lachten freudlos auf. »So ein Militärtyp«, erklärte der eine. »Hält uns irgendeinen Dienstausweis und seine Knarre unter die Nase. Hat darauf bestanden, dass wir alle Fotos löschen.«

»Der gehörte zu den Umzugsleuten«, ergänzte der andere.

»Umzugsleute?«, fragte Katharina.

»Na ja, bestimmt sechs Leute oder so. Alle in weißen Plastikoveralls. Als ob die vom Seuchenschutz sind. Die fahren heute in aller Herrgottsfrühe ihren Umzugswagen in die Einfahrt und fangen an, Zeug aus dem Haus zu tragen. Sah ganz offiziell aus. Wir haben natürlich trotzdem unsere Kameras gezückt. Man weiß ja nie. Und da steht plötzlich der Typ mit der Knarre vor uns.«

»Den Namen, wissen Sie den noch?«

»Von dem Typen? Nee. Und der Dienstausweis war blau. Habe ich noch nie gesehen.«

Blaue Dienstausweise? Welche Behörde hatte denn blaue Dienstausweise?

»Aber der Laster hatte eine Aufschrift«, sagte der erste Paparazzi. »Biedermann Umzüge. Wie von Biedermann und die Brandstifter.«

»Müssen wir jetzt wieder unsere Fotos löschen?«

Katharina schüttelte geistesabwesend den Kopf. Blaue Dienstausweise und ein privates Umzugsunternehmen? Das roch nach Geheimdienst.

»Knipsen Sie, was Sie wollen«, sagte Katharina. »Aber stehen Sie den Kollegen nicht im Weg rum.«

Die Hörnchen arbeiteten schnell, professionell und erfolglos.

»Saubere Arbeit.« – »Zu sauber. Sogar für uns.« – »Keine Abdrücke. Keine Haare.« – »Nicht mal Werkzeugspuren …« – »… an den Schlössern.« – »Die hatten Schlüssel …« – »… oder haben einen Druckluftdietrich benutzt.«

Was wiederum Katharinas Alarmsirenen aufheulen ließ. Druckluftdietriche durften nur an Behörden und speziell lizenzierte Unternehmen abgegeben werden, weil man damit jedes Sicherheitsschloss so schnell öffnen konnte wie mit einem Originalschlüssel. Zudem noch spurenfrei.

»Und die waren …« – »… supergründlich.« – »Haben wirklich jedes Stück Papier …« – »… und jede Computerfestplatte mitgenommen.«

Verdammt. Aber vielleicht waren das Leute vom Staatsarchiv? Katharina zog ihr Handy aus der Tasche und rief Michael Glaser an.

»Hm«, knurrte er. »Für die privaten Büros ist das Staatsarchiv nicht zuständig. Und wenn doch irgendwelche Unterlagen von Leuten zu Hause abgeholt werden müssen, dann nur mit Zeugen und Unterschrift. Ich bin gerade ohnehin unterwegs ins Archiv. Die haben wohl endlich den Kram von Vogel wiedergefunden. Da kläre ich das gleich mal.«

Katharina wollte sich bedanken, doch Glaser hatte schon aufgelegt.

Nun denn, sie und Amendt sollten sich trotzdem mal im Haus umschauen. Vielleicht hatten die Diebe ja doch irgendetwas übersehen.

Sie schickte die Hörnchen vor nach Frankfurt, damit sie schon mal die Spuren aus der Praxis des Therapeuten auswerten konnten. Amendt nahm sich das Obergeschoss vor. Katharina blieb im Erdgeschoss.

Das Haus war, bis auf die Bücher, praktisch papierfrei, wie die Hörnchen gesagt hatten. Der Notizblock neben dem Telefon fehlte, in der Pinnwand darüber steckten nur noch die Nadeln. Katharina nahm das Telefon: Die Anrufliste und das Kurzwahlverzeichnis waren leer. Gelöscht?

Katharina stellte sich in die Mitte des großen Wohnraumes und drehte sich langsam im Kreis. Was fiel ihr auf? Was passte nicht ins Bild?

Hatten die Vogels hier überhaupt gelebt? Das Haus wirkte wie eine Kulisse aus »Schöner Wohnen«. Alles an seinem Platz, die Zierkissen mit ordentlichem Knick, die Gläser im Regal in Reih und Glied.

Aber … Dann sah sie es: Schachspiele. Überall. Wie viele? Vierzig? Fünfzig? Auf jedem eine andere Stellung.

»Ich habe gestern noch mit ihm Schach gespielt«, hörte sie plötzlich die Stimme des Innenministers in ihrem Kopf. Was, wenn Vogel mit den Schachspielen eine verschlüsselte Botschaft senden wollte? Oder war sie jetzt paranoid?

Drei Schachbretter standen auf einer Anrichte direkt nebeneinander. Die Stellungen unterschieden sich jeweils nur in einem Zug. War das etwa eine ganze Partie?

Katharina suchte den Eröffnungszug. Sie fand ihn auf einem Miniaturschachspiel in einem kleinen Regal neben dem Garderobenspiegel. »e2-e4«. Ein Zug mit dem Königsbauern. Sie folgte der Partie. Irgendwas klingelte in ihr, aber sie wusste nicht was. Sicherheitshalber zog sie ihr Handy heraus und fotografierte die einzelnen Stellungen.

Der Pfad der Schachspiele führte sie schließlich zu einem senkrechten Spiel in einem Setzkasten auf halber Höhe der Kellertreppe. Eine vertrackte Stellung. Aber das Spiel war einigermaßen ausgeglichen. Weder Schwarz noch Weiß hatten Grund zum Aufgeben.

Was war der nächste Zug?

Nein! Wo war der nächste Zug? Vielleicht im Büro?

Sie öffnete die Tür. Kein weiteres Schachspiel. Schade.

Okay. Büro. Jetzt, wo sie ohnehin schon mal hier unten war.

Wo würde sie etwas verstecken, wenn sie Vogel wäre?

Keine Bilder, die einen Safe verbergen konnten.

Keine Schränke.

Vielleicht im Lüftungsschacht? Nichts.

Vielleicht an die Unterseite einer Schublade gepinnt? Dort fand sie nur die Einstiche von ein paar Reißzwecken. Auf die Idee waren die Eindringlinge wohl auch schon gekommen.

Die Fußleisten saßen fest und waren überstrichen.

Frustriert setzte sie sich in den Sessel.

Der Sessel kippelte. Warum das denn? Sie tastete vorsichtig am Rand des Sessels entlang. Tatsächlich. Da hatte sich etwas verfangen. Sie zog es hervor. Eine Schachfigur. Nicht irgendeine Figur. Die Dame. Silbern. Die Figur war schwer. Doch …

Wo war der Rest des Spiels? Natürlich! In die Platte des Tischchens neben dem Sessel war ein Schachbrett eingelassen. Und die Figuren? Die Schublade des Tischchens war leer, die Figuren lagen nicht in ihren mit grünem Filz ausgeschlagenen Fächern. Warum hatten die Diebe ein Schachspiel mitgenommen? Seltsam. Sie zog einen kleinen Plastikbeutel aus ihrer Handtasche und steckte die Schachfigur hinein. Sie wusste nicht recht, warum. Vielleicht, weil es der einzige Gegenstand mit – wie hatte das ihr selten bürokratischer Spurenkundelehrer genannt? Ach ja, richtig! – der einzige Gegenstand mit Spurencharakter war, den sie finden konnte.

Sie setzte sich wieder in den Sessel. Eigentlich nur, um nachzudenken. Doch … Hatte Vogel so gesessen? Wo hatte er hingeschaut?

Da pinnte etwas an der Wand neben dem Schreibtisch. Hatten die Diebe doch ein Detail übersehen?

Es war nur ein Kalender des Jahres 2001. Das Werbegeschenk einer Apotheke. Laminiert. Und ohne Einträge. Zumindest für die sichtbare zweite Jahreshälfte. Die andere fand sich wohl auf der Rückseite. Warum hatte Vogel denn einen veralteten Kalender aufgehoben? Nachlässigkeit? Das konnte sie sich nicht vorstellen. Sie nahm den Kalender ab. Auf der Rückseite stand ein Dutzend Namen. An verschiedenen Tagen eingetragen. Mit einem Kreuzchen davor. Geburtstage? Aber mit einem Kreuz markierte man doch Todesdaten, oder nicht?

Zurück in der Karl-Kreutzer-Villa.

Auf der Rückfahrt nach Frankfurt hatte Amendt die ganze Zeit geschwiegen. Abwechselnd hatte er mit seinem Handy gespielt und seine linke Hand massiert. Einmal hatte Katharina einen Blick auf das Handydisplay erhaschen können: eine SMS mit einer Adresse. Vermutlich die Adresse für die Testamentseröffnung.

Kein Wunder, dass Amendt so bedrückt war. Paul Leydth war sein Ziehvater gewesen, sein Vertrauter. Doch er hatte Amendt verraten. Er war es gewesen, der, ohne es zu wollen, die verhängnisvolle Ereigniskette angestoßen hatte, die letztlich zur Ermordung von Katharinas Familie, von Amendts Verlobter Susanne führte.

Als sie endlich auf den Vorplatz der Karl-Kreutzer-Villa einbogen, war Katharina eigentlich halb entschlossen, Amendt nach Hause zu schicken. Oder zu Kirsten. Doch er war direkt aus dem Auto gesprungen und hatte verkündet, die Leichenschau von Siegbert Falcke dulde keinen Aufschub.

Die Leiche war tatsächlich bereits eingetroffen und lag auf einem der Autopsietische. Charlotte Perl hatte sich widerstrebend bereiterklärt, die zweite Ärztin zu sein, und sich trotz rechtzeitig eingenommener Medikamente zweimal übergeben, bevor sie überhaupt angefangen hatten. Dann hatte sie sich in eine Ecke des Autopsiesaales gesetzt und aus der Ferne zugeschaut, wie Katharina und Amendt die Leiche entkleideten. Der Befund war wenig überraschend. Nur ein einziges Set von Strangulationsspuren, keine anderen Verletzungen, keine Spuren von Fesselungen oder Drogengabe. Die radiologische Untersuchung, zu der sich Charlotte Perl dann doch herabließ, offenbarte einen gebrochenen Halswirbel und einen eingedrückten Kehlkopf. Tod durch Erhängen. Fremdeinwirkung unwahrscheinlich.

Das wurde auch durch den Abschiedsbrief an einen gewissen Folcke bestätigt, den Katharina aus der Innentasche des Jacketts gezogen hatte. Auf Bütten mit Füllfederhalter geschrieben, bat »Siggi« seinen »Fölli« um Verzeihung. Nichts weiter. Keine Erklärung. Kein Motiv.

Charlotte Perl wäre Amendt wohl am liebsten um den Hals gefallen, als er auf eine innere Leichenschau verzichtete. Dafür nahm er ein paar Proben von Blut und Leber und bat sie um eine Analyse. Betäubungsmittel. Erkrankungen. Charlotte Perl nahm das Tablett und marschierte von dannen in ihr Labor.

Amendt und Katharina verstauten die Leiche im Kühlfach neben Vogel.

»Jetzt hat er wenigstens seinen Therapeuten zum Reden«, kommentierte Amendt gallig.

Ratlos im Rittersaal.

Die Besprechung war kurz und ernüchternd.

Die Hörnchen bestätigten den Autopsiebefund: Siegbert Falcke konnte sich nur selbst erhängt haben. Anders war die Spurenlage nicht zu erklären. Die großen schwarzen Säcke im Flur der Praxis enthielten geschredderte Akten. Rekonstruktion unmöglich.

Der Computer von Falcke diente offenbar nur zur Buchhaltung. Vogel tauchte darin mit ein paar Zahlen- und Buchstabenkürzeln auf. Abrechnungschiffren für die Krankenversicherung: schwere depressive Verstimmung, mögliche endogene Ursache. Depression aus Veranlagung, übersetzte Arnulf Sturmer grob. Wenig hilfreich.

Endlich legte Katharina den schmalen Hefter auf den Tisch, den sie von Ulf Marbert erhalten hatte. »Alles Wissenswerte zu Jan-Ole Vogel«, sagte sie. »Wir sollten das mal überprüfen.«

Arnulf Sturmer wollte gehorsam danach greifen, doch eine leise Stimme stoppte ihn.

»Darf ich das mal sehen?« An der Wand des Rittersaals lehnte Michael Glaser, der Referent des Innenministers.

»Wie kommen Sie denn hier rein?«, nahm Jeannie Katharina empört die Frage aus dem Mund.

»Ich … ich habe eine Zugangskarte«, verteidigte sich Glaser stotternd.

»Und warum wurde mir dann nicht angezeigt, dass Sie die Tür geöffnet haben? Das tut das System nämlich.«

Zum Beweis seiner Unschuld zog Glaser eine Schlüsselkarte aus der Tasche seines Hemdes: »Das … das muss eine Fehlfunktion im System sein.«

Jeannie zog statt einer Antwort nur eine Augenbraue hoch.

»Was wollen Sie?«, fragte Katharina schärfer als vielleicht angemessen.

»Ich … also ich wollte nur mal nach dem Stand der Dinge fragen. Außerdem war ich im Staatsarchiv. Die ganzen Unterlagen von Vogel sind draußen. In einem Transporter. Ich dachte, die wollten Sie so schnell wie möglich haben.«

»Okay, okay«, sagte Katharina großmütig. »Aber schleichen Sie sich beim nächsten Mal nicht mehr so an.«

Michael Glaser grinste entschuldigend: »Verzeihung. Eine dumme Angewohnheit von mir. Einmal Geheimdienst, immer Geheimdienst.« Er wechselte zu einem sachlichen Ton, der gleichzeitig klarstellte, dass er als Abgesandter des Innenministers über Katharina stand. »Nun, wie ist der Stand der Dinge?«

Während Katharina berichtete, blätterte Michael Glaser in dem Hefter über Vogel. Hörte er überhaupt zu?

Er tat es. Als Katharina von ihrem Besuch im Haus der Vogels berichtete, sah er auf: »Wie hieß das Umzugsunternehmen, sagten Sie?«

»Biedermann. Sagt Ihnen das was?«

»Nein. Nicht direkt. Aber es würde mich nicht wundern, wenn es das Unternehmen gar nicht gibt. Zumindest nicht im Rhein-Main-Gebiet.«

Auf Kommando hatte Frank Grüngoldt (der hoch und heilig schwor, nicht die Schule zu schwänzen, sondern nur eine Runde Dungeons & Dragons) seinen Laptop aufgeklappt und darauf herumgetippt. »Ja, das einzige Unternehmen, das ich im Internet finden kann mit diesem Namen, sitzt in der Schweiz und gehört einem gewissen Maximilian Frisch.«

»Und welche Farbe hatten die Dienstausweise noch mal?«, fragte Glaser weiter.

»Blau.«

»Die einzigen blauen Dienstausweise in Hessen, die ich kenne, gehören zur Justus-Liebig-Universität in Gießen. Und ich glaube kaum, dass wir es mit einer Verschwörung von Germanisten zu tun haben. Obwohl ich für die Theaterwissenschaftler dort meine Hand nicht ins Feuer legen würde.« Glaser lachte als Einziger. Dann sah er wieder in den Hefter, seine Stirn in Falten gezogen.

»Was ist?«, fragte Katharina ungeduldig.

»Ich weiß nicht. Vielleicht bin ich zu lange beim Verfassungsschutz gewesen. Aber ... keine Eltern, aufgezogen vom zufällig ebenfalls bereits verstorbenen Onkel, Nobelinternat ... Für mich liest sich das wie eine Legende.« Er sah auf. »Sie wissen doch, was eine Legende ist?«

»Klar, ein Tarnlebenslauf«, antwortete Katharina. »Sie meinen ...?«

»Ich meine gar nichts. Aber Sie sollten den Lebenslauf vielleicht mal überprüfen. Ob der wirklich so stimmt.«

Er legte den Hefter auf den Tisch. Sturmer griff danach und kam damit Darian zuvor. »Ich denke, das ist dann mal meine Aufgabe. Aber du kannst helfen, junger muslimischer Freund aus südlichen Gefilden.«

»Südöstlich. Und ich bin Christ«, korrigierte ihn Darian unbeeindruckt.

»Gut«, sagte Katharina. »Und wir anderen nehmen uns dann mal die Akten aus Vogels Ministeriumsbüro vor.«

Frank Grüngoldt mischte sich mit leuchtenden Augen ein: »Wir könnten den ganzen Kram auch erst mal einscannen. Dann können wir eine Volltextsuche etablieren, vernünftige Indizes … Das sollte die Arbeit erleichtern.«

Offenbar hatte der Junge an der Scannerstraße einen Narren gefressen. Aber die Idee war wirklich nicht schlecht.

Unter Jeannies fachkundiger Koordination hatten alle mit angepackt und Michael Glasers Transporter entladen. Sie hatten die Aktenordner fein säuberlich in mehreren Reihen auf dem Flur vor dem Rechenzentrum aufgestellt, um Frank das Einscannen zu erleichtern.

Endlich waren sie fertig. Katharina wischte sich den Staub von den Händen und sah sich um. Wo war eigentlich Amendt?

Sie fand ihn auf dem Vorplatz der Villa, sein Handy ans Ohr gepresst.

»Ja, ich weiß, Kirsten, dass es spät ist. Es ist aber … Klar, natürlich hast du auch Anrecht auf ein Privatleben, aber …« So ging es ein paar Minuten hin und her, bevor Amendt frustriert auflegte und sich seine Hand massierte.

»Alles in Ordnung?«, fragte Katharina.

»Nein«, knurrte Amendt. »Kirsten hat keine Zeit für mich.« Er wollte seine Hände in die Jackentaschen stecken, doch Katharina hielt sie fest: Sie zitterten unkontrolliert.

»Sie sind auf Turkey«, sagte sie knapp.

Amendt zog ihr die Hände mit Macht weg und schob sie in die Taschen, widersprach aber nicht.

Natürlich, das hatte Katharina in der Aufregung beinahe vergessen, die Testamentseröffnung. Kein Wunder, dass er so fahrig war. Und …

»Amendt, was halten Sie davon, wenn Sie über Nacht mit zu mir kommen?«, sagte sie freundlich. »Der Notar ist bei mir in der Nähe und …«

»Das wird nicht nötig –«

Na gut, dann eben ohne Samthandschuhe. »Sie verbringen die Nacht in meinem Gästezimmer, Amendt. Ich habe keine Lust, Sie noch mal wiederbeleben zu müssen.«

In Katharinas Wohnung.

Katharina hatte kurzerhand den Dienstsmart requiriert, auch wenn sie ihn streng genommen für Privatfahrten nicht nutzen durfte.

Gemeinsam waren sie zu Amendts Wohnung gefahren. Amendt hatte eigentlich nur ein paar Kleidungsstücke und seinen Kulturbeutel holen wollen und gemeint, Katharina solle doch im Wagen warten, doch sie wich ihm nicht von der Seite. Das letzte Mal, als sich ihre Wege vor seiner Haustür getrennt hatten, war schließlich nicht gerade glimpflich abgelaufen.

Dann hatte Amendt sie zu einem Supermarkt gelotst, sie hatten eingekauft, waren endlich zu Katharinas Wohnung gefahren und hatten gekocht. Katharina hatte Amendt helfen müssen, da seine linke Hand noch verkrampfter war als sonst.

Während des Kochens hatte sich der eben noch so blaue Himmel zugezogen. Die ersten Regentropfen fielen. Bald schon zuckten Blitze. Großer Gott, es war doch erst Anfang April! Und da sage noch einer, es gäbe keinen Klimawandel.

Einerlei. Katharina mochte Gewitter. Und das Dachfenster ihrer Küche bot ihnen einen Logenplatz. Also hatte sie ein paar Kerzen angezündet und das elektrische Licht gelöscht, als sie sich zum Essen an den Tisch setzten.

Amendt hatte schweigend in seinem Essen herumgestochert und sich dann und wann eine Gabel voll in den Mund geschoben.

Endlich hatte Katharina gefragt: »Wissen Sie schon, wer was erben wird? Von Paul Leydth, meine ich?«

»Streng genommen hatte Paul keine Familie mehr. Und keine unmittelbaren Angehörigen. Er hat mir mal erzählt, dass seine Frau wohl Alleinerbin sein würde. Aber …«

Er brauchte nicht weiterzusprechen. Angelica Leydth war zwischen die Fronten geraten. Eine Profikillerin mit dem Codenamen S/M hatte sie erschossen. Weder Katharina noch Amendt hatten es verhindern können. Auch Ministro nicht, der Profi, der zunächst auf Katharina angesetzt gewesen war und dann die Fronten gewechselt hatte.

Aus Scham und Trauer hatte sich Paul Leydth selbst getötet.

»Wie dem auch sei«, Amendt richtete sich auf. »Das Erbe wird jetzt wohl an zahlreiche wohltätige Stiftungen gehen.«

»Und Sie?«

»Keine Ahnung. Vermutlich hat er mir irgendein Andenken zugedacht, das ohnehin im Feuer zerstört worden ist. – Ich werde es ablehnen.« Er wandte sich wieder seinem Essen zu. Appetitlos zwang er sich noch eine Gabel voll in den Mund.

»Fühlen Sie sich schuldig? Am Tod von Paul Leydth, meine ich?«

»Natürlich. Ich habe S/M ja überhaupt erst zu Paul und Angelica gebracht.« Er streckte Katharina abwehrend die Hände entgegen. »Ich weiß, was Sie sagen wollen. Er hat schließlich das Ganze ausgelöst. Und wir hätten nicht eingreifen können und so weiter und so fort. Das predigt Kirsten mir auch ständig.«

»Ich verstehe.«

»Wirklich?«

Amendt konnte nicht ahnen, wie gut sie ihn verstand. Sie machte sich selbst Vorwürfe. Sie hätte den Mord an ihrer Familie einfach ruhen lassen sollen, nachdem sie Amendt entlastet hatte. Dann sähe die Welt jetzt anders aus.

Amendt trank einen Schluck Wasser. »Sind … Waren Sie auch so wütend auf mich? So wie Frau Vogel auf ihren Mann? Sie scheint ihn wirklich zu hassen, jetzt.«

»Oh Amendt, Sie haben zu viel Zeit mit Leichen verbracht. Sie hasst ihren Mann nicht. Sie hat ihn geliebt. Deswegen ist sie so wütend.« Katharina holte Luft. »Und ja, ich war wütend auf Sie. Und auf mich.«

»Auf sich?«

»Ja. Weil ich die ganzen Warnzeichen nicht gesehen habe. Die Gravur auf der UV-Lampe? ›Damit Sie an mich denken‹? Das war doch ein Abschiedsbrief aus dem Lehrbuch. Und weil … Ich hätte Sie da nie mit hineinziehen dürfen.«

»Frau Klein, zum tausendsten Mal: Sie haben mich nirgendwo mit hineingezogen. – Abschiedsbrief?«, sagte er plötzlich nachdenklich. »Das habe ich nie so gesehen. Aber ja. Sie haben recht. Gut, dass Sie das rechtzeitig erkannt haben.«

»Also sind Sie nicht mehr wütend, dass ich Ihr Leben gerettet habe.«

Amendt sah auf, setzte an zu sprechen, schwieg dann aber.

Sie stocherten schweigend weiter in ihrem Essen herum. Plötzlich legte Amendt seine Gabel beiseite: »Und was Sie gesagt haben, damals … im Krankenhaus?«

Katharina hörte gleichfalls auf zu essen. Ihre und Amendts Blicke trafen sich. »Dass ich Sie …?«

»Weil ich Sie liebe, Sie Arschloch!«, waren ihre genauen Worte gewesen. Aber Katharina traute sich nicht, sie zu wiederholen.

»Wenn ich das vorher gewusst hätte, hätte ich niemals …«

War das ein Liebesgeständnis? Katharina griff nach Amendts Hand.

Die Bewegung wurde jäh unterbrochen vom Klingeln ihres Handys. Verdammte Scheiße!

Katharina wollte es klingeln lassen, doch das Display verkündete »Walpurga Grüngoldt«.

Kaum hatte sie abgehoben, überfiel sie die Oberbürgermeisterin mit einem Wortschwall: »Es tut mir so leid. Das Zitat aus dem Fernsehbericht ist total aus dem Zusammenhang gerissen. Das würde ich nie so über Sie sagen!«

Nur mühsam gelang es Katharina, Walpurga Grüngoldt zu entlocken, wovon sie eigentlich sprach. Offenbar hatte es wieder mal einen Fernsehbericht über Katharina gegeben, wohl nicht gerade positiv.

Endlich legte die Oberbürgermeisterin auf.

Was hatte sie gerade tun wollen? Ach ja, Amendt küssen. Katharina war halb aufgestanden, um sich zu ihm herüberzulehnen, als ihr Handy schon wieder klingelte. Hölsung? Was wollte der denn? Sich entschuldigen!

Dies musste der Abend des großen Vergebens sein. Er erklärte Katharina umständlich, dass die Informationen aus dem Fernsehbericht keinesfalls von ihm stammten. Gar nicht stammen könnten. Und sie –

»Krieg dich ein, Berndt«, unterbrach sie seinen Redeschwall. »Ich habe den Bericht noch nicht gesehen. Danach kann ich dir immer noch den Kopf abreißen.«

Die vertrauliche Anrede (irgendwie waren sie bei ihrer letzten Begegnung beim Du gelandet, und Katharina hatte ihm nicht vergessen, dass er versucht hatte, ihr das Leben zu retten) und ihr harscher Ton brachten ihn zur Räson.

»Katharina, bist du noch immer an der Vogel-Sache dran?«

»Natürlich. Was sonst?«

»Du, die Infos in dem Fernsehbericht: Das sind Verschlusssachen. Wer auch immer die weitergegeben hat, hat es auf dich abgesehen. – Ich habe Hanfried gewarnt«, Hölsung spielte Golf mit dem Innenminister und sie duzten sich, »ich habe ihm gesagt, dass das passieren kann. Pass auf, dass du dich nicht verbrennst.«

»So besorgt, Hölsung? Ich kann schon auf mich aufpassen.«

Er ignorierte sie. »Und wenn du Hilfe brauchst: Ich kenne die Wiesbadener Politikszene ein wenig. Vielleicht ...«

»Danke! Aber seit wann bist du so hilfsbereit?«

»Katharina, wir sind Kollegen. Und auch so was wie Freunde, dachte ich.«

Freunde. Ja. So hatte er sich wirklich verhalten. Und sie ...

»Ach, Berndt, ich hoffe, du verzeihst mir den kleinen Streich mit den Ufo-Entführungen.«

»Das? – Das war doch großartig! Wir haben das dem Neuen im Team aufs Auge gedrückt. So viel Spaß haben wir schon lange nicht mehr gehabt.«

Sie verabschiedeten sich, nachdem Katharina Hölsung halbherzig versprochen hatte, mit ihm mal irgendwann ein Bier trinken zu gehen.

Sie setzte sich zurück an den Esstisch. Wo waren sie gewesen? Ach ja!

Sie wollte wieder nach Amendts Hand greifen. Aber zu spät. Der Moment war verflogen.

»Exzessive Gewaltanwendung durch die Polizei ist nicht hinnehmbar und durch nichts zu entschuldigen.«

Das Bild friert ein und lässt so den Satz von Frankfurts Oberbürgermeisterin Walpurga Grüngoldt endlose Sekunden im Raum stehen.

Dann die Überblendung auf ein altes Pressefoto von Kriminaldirektorin Katharina Klein, Pistole und Handschellen griffbereit am Gürtel.

»Das ist Katharina Klein, Shootingstar der Frankfurter Kriminalpolizei«, raunt die verschwörerische Stimme aus dem Off. »Aufklärungsquote einhundert Prozent. Doch ist ihre Weste so sauber, wie es das Ansehen der Polizei verlangt?«

Zwei nicht sonderliche scharfe Fotos werden eingeblendet. Das eine zeigt einen jungen, gutaussehenden Südländer, das andere einen kahlköpfigen Kaukasier mit Tätowierungen am Hals.

»Miguel de Vega und Max Boroffski: Erschossen von Katharina Klein. Rechtfertigte die Situation wirklich die Todesschüsse?«

Ein neues Bild, diesmal gestochen scharf: Es zeigt die Oberbürgermeisterin, die einem schlanken Mann die Hand schüttelt. Zoom auf den Mann.

»Professor Doktor Markus Henthen – führender Gynäkologe der Universitätsklinik Frankfurt am Main. Gestorben durch eine Kugel aus der Waffe Katharina Kleins. War es wirklich Notwehr?«

Eine Kamerafahrt über rauchende Ruinen. Schnitt auf einen Krankenwagen. An der hinteren Tür steht Katharina Klein, in eine Decke gehüllt.

»Das Anwesen von Professor Paul Leydth und seiner Frau. Niedergebrannt. Paul Leydth und seine Frau sind in den Flammen umgekommen. Wieder vor Ort: Katharina Klein.«

Das Bild wird zum Hintergrund. Wieder der Tisch. Wieder die Moderatorin. Wieder der selbstgefällig-staatstragend dreinschauende Herbert Stammer.

»Katharina Klein. Leichen pflastern ihren Weg. Kann man das so sagen, Herr Professor Stammer?«

Entwicklung

Mittwoch, der 9. April 2008.
Der Mittwoch gilt in manchem Volksglauben als Unglückstag.

»Amberley excelled at chess – a mark, Watson, of a scheming mind.«

Sir Arthur Conan Doyle

In der Notariatskanzlei Edelstein.

Dr. Franziskus Edelstein war groß, schlank, graumeliert, das gewellte Haar akkurat frisiert. Man konnte ihn sich auch gut in der roten Robe des Verfassungsgerichts vorstellen. Er trug jedoch einen dezenten, dunkelgrauen Anzug von zeitlosem Schnitt, mit dem er sich perfekt an seine Kanzlei anpasste. Möbel aus dunklem Holz. Mit ledergebundenen Bänden reich gefüllte Bücherregale. Ein Orientteppich auf frisch poliertem Parkett.

Mehr als zwei Dutzend Personen saßen auf mehreren Reihen akkurat angeordneter und identischer Stühle und lauschten, als Dr. Edelstein das Testament von Paul Leydth verlas. Die Liste der bedachten Wohltätigkeitsorganisationen war endlos, die Beträge, die sie erhielten, genau aufgelistet in Euro und Cent.

Die warme Stimme des Notars ließ Katharinas Gedanken wegdriften. Zum Abend zuvor. Zum Fernsehbericht.

Sie selbst war nur fassungslos gewesen und hatte im ersten Augenblick nicht gewusst, ob sie in hysterisches Gelächter ausbrechen oder losheulen sollte. Der dramatische Aufmacher, die lächerlichen Statements von Stammer. Doch Amendt war … So wütend hatte sie ihn noch nie gesehen. Sie hatte ihm sein Handy entreißen müssen, damit er nicht sofort den Sender anrief.

Dann hatte er im Stakkato auf sie eingeredet. Dass er bezeugen würde, dass sie unschuldig war. Dass sie in Notwehr gehandelt hatte.

Der ganzen Welt würde er erzählen, dass er es war, der Henthen erschossen hatte. Was wirklich passiert war im Haus von Paul Leydth.

Er sprach von ihr. Nur von ihr. Er hatte doch genauso viel zu verlieren. Er … er wollte sie schützen. Um jeden Preis.

Katharina wusste nicht recht, wie sie damit umgehen sollte. Sie –

»Kommen wir nun zum Hauptteil des Erbes«, verkündete Franziskus Edelstein und riss Katharina damit aus ihren Gedanken. »Das ursprüngliche Testament sah eine Dreiteilung des Erbes vor. Da die Erbnehmer Angelica Leydth sowie Lienhardt Tripp ebenfalls bereits verstorben sind, ist der alleinige Erbe des restlichen Vermögens und der Besitztümer Doktor Andreas Amendt.«

Alle im Raum zogen hörbar die Luft ein. Nach einer Schrecksekunde begann Amendt: »Ich lehne –«

Mit einem kräftigen Hieb ihres Ellbogens schnitt Katharina ihm das Wort ab. »Um welchen Betrag handelt es sich denn?«, fragte sie laut.

Franziskus Edelstein warf ihr einen tadelnden Blick zu, ließ sich dann aber dazu herab, in seine Unterlagen zu schauen: »Nach Abzug von Erbschaftsteuern und Gebühren, unter Schätzung des Verkehrswerts von Immobilien und Anlagevermögen 237.345.272 Euro«, nach einem dramatischen Blick in seine Unterlagen fügte er hinzu, »… und 17 Cent.«

»Ich möchte –«, begann Doktor Amendt.

»Doktor Amendt möchte darüber gerne noch einmal schlafen«, stoppte ihn Katharina zum zweiten Mal. »Das ist doch möglich?«

»Selbstverständlich. Er hat sechs Wochen Zeit, sich zu entscheiden«, erklärte Edelstein.

»Und was passiert, wenn er das Erbe ausschlägt?«

»Dann freut sich die Staatskasse«, antwortete Edelstein. »Ich kann davon nur abraten.«

»Aber –«, begann Amendt wieder.

»Draußen, Amendt«, zischte Katharina ihm zu.

Ohne sich zu verabschieden, schleifte Katharina Amendt am Ärmel nach draußen und verfrachtete ihn in den Smart. Sie selbst schwang sich auf den Fahrersitz und fuhr los, um Amendt daran zu hindern, wieder aus dem Wagen zu springen.

»Was sollte das?«, raunzte er. »Ich bin durchaus fähig, solche Entscheidungen allein zu treffen.«

»Ja, aber nicht aus einer Laune heraus. Haben Sie nicht gehört? Das Geld geht sonst schnurstracks an die Staatskasse. Und Sie haben nichts davon.«

»Ich will auch gar nichts davon haben.«

An einer roten Ampel trat Katharina scharf auf die Bremse. »Ich weiß, Sie geben sich die Schuld an Leydths Tod. Aber, ganz ehrlich, er hat Sie verraten. Und das wissen Sie.«

»Und das Geld ist die Wiedergutmachung?«

»Wenn Sie unbedingt so wollen. Aber Sie müssen es ja nicht behalten. Spenden Sie es. Gründen Sie eine Stiftung. Retten Sie das Blaue Café. Tun Sie Gutes. Und …« Sollte sie das wirklich vorschlagen?

»Und?«, bohrte Amendt nach.

»Behalten Sie etwas. Genug, um von den Zinsen leben zu können. Wer weiß, was die Zukunft bringt.«

Hektisches Morgentreiben in der Karl-Kreutzer-Villa.

Kaum war Katharina auf den kleinen Vorplatz eingefahren, sprang Amendt aus dem Wagen und verschwand im Gebäude. Vielleicht bin ich doch etwas zu weit gegangen, dachte Katharina. Amendt hatte schließlich jedes Recht, das Erbe auszuschlagen. Auch wenn sie es für eine dumme Idee hielt. Sie würde sich später bei ihm entschuldigen.

Um ihm etwas Zeit zu geben, sich zu beruhigen, parkte sie den Smart ordnungsgemäß ein. Als sie ausstieg, fiel ihr Blick auf die kleine Rückbank. Dort lag die Plastiktüte mit dem Kalender und der Schachfigur, die sie aus Vogels Haus mitgenommen hatte. Verdammt. Sie hatte in der Hektik vergessen, beides ordentlich bei den Beweisen abzulegen.

»Ich bin mir ganz sicher, dass ich die hier abgestellt habe!« Jeannies verzweifelte Stimme drang aus dem Gang zum Rechenzentrum.

»Hier sind sie aber nicht.« Frank Grüngoldt. Ging er eigentlich jemals zur Schule?

Katharina bog in den Gang ein, um nachzusehen, was das Problem war.

Kaum hatte Jeannie sie erspäht, stürmte sie auch schon auf Katharina zu: »Drei Ordner sind weg.«

Katharina besah sich die langen Reihen von Aktenordnern entlang des Flurs. »Woher weißt du das denn?«

»Na ja, die waren in einem der letzten Kartons. Größer als die anderen. Und rot. Und statt einer Beschriftung klebte nur ein Löwenkopf auf dem Etikett. – Ich habe sie etwas abseits gestellt, weil sie so anders waren. Und vielleicht wichtig. Und jetzt sind sie weg.«

»Fehlt noch mehr?«

»Wir schauen gleich mal«, sagte Frank Grüngoldt beruhigend. »Und die drei Ordner werden sich schon wieder anfinden.«

Hoffentlich behielt er recht. Katharina fragte: »Kann ich beim Durchsehen irgendwie mithelfen?«

»Die Ordner sind alle alphabetisch geordnet. Dann nach Jahren.«

Zu dritt sichteten sie die Ordner, bis Frank Grüngoldt plötzlich rief: »Die Ordner für den Buchstaben D fehlen auch.«

Verdammt. Das konnte kein Zufall mehr sein.

»Ist aber halb so schlimm. Die hab ich gestern Abend schon eingescannt. – So, nun muss ich aber wirklich mal in die Schule.«

»Es sind schon wieder Beweise verschwunden«, begann Katharina ihre kleine Ansprache, als sich alle Mitarbeiter im Rittersaal eingefunden hatten. Alle bis auf Müller, der sich, laut Jeannie, wegen eines U-Bahn-Ausfalls verspäten würde.

»Wir müssen uns etwas einfallen lassen«, fuhr Katharina fort.

»Schon ...« – »... geschehen«, meldeten sich die Hörnchen zu Wort. »Wir haben das Schloss ...« – »... aus der Asservatenkammer ausgebaut ...« – »... und durch ein eigenes ersetzt.« – »Ein richtig sicheres.« – »Den Schlüssel ...« – »... haben nur wir.«

»Sehr gut.« Katharina öffnete die Plastiktüte und legte Kalender und Schachfigur auf den Tisch. »Dann bringt –«

»Ruhe! Ruhe!« Ein lautes Krächzen. Ein grüner Blitz. Dann war die Schachfigur verschwunden.

»Habt ihr den verdammten Vogel noch immer nicht –?«

Doch es war zu spät. Die Hörnchen waren schon laut »Coco! Coco!« rufend aus dem Raum gelaufen. Was für ein Irrenhaus!

Jeannie hatte unterdessen den Kalender zu sich herangezogen. Sie deutete auf einen der dort eingetragenen Namen. »Hier, den kenn ich.«

»Persönlich?«, fragte Katharina überrascht.

»Nein. Aber … als Frank die ganzen Akten von den Versicherungen eingescannt hat, musste manchmal etwas von Hand korrigiert werden. Das haben Oswald und ich gemacht. Und der Name hier stand auf einer Akte. Ich weiß noch, wie wir darüber gelacht haben. Ich meine, Wendellin Sturtz? Wer heißt denn so?«

War das jetzt eine gute oder schlechte Nachricht? Einerseits war einer der Namen identifiziert. Andererseits, wenn er in einer Akte aus den Versicherungen auftauchte, hieß das, dass er tot war.

»Kannst du schauen, ob du auch was über die anderen Namen herausfinden kannst?«

»Klar.« Jeannie nahm den Kalender und wollte aufstehen.

»Moment«, bremste Katharina sie. »Hat sonst noch jemand was zu besprechen?«

Arnulf Sturmer meldete sich. Er gähnte. Seine Augen waren rot umrändert. »Verzeihung. Ich habe mir die Nacht mit dem Lebenslauf von Vogel um die Ohren geschlagen.«

»Und?«

»Also: Die Eltern, die hier genannt werden, gibt es wirklich. Beziehungsweise gab es. Sind bei einem Autounfall ums Leben gekommen. 1965. Es gibt jedoch keine Unterlagen darüber, dass sie überhaupt Kinder hatten. Aber … Na ja, die haben auf so einem kleinen Kaff gewohnt. Und da hat das Stadtarchiv mal gebrannt. Die Infos können also verlorengegangen sein.«

»Wie praktisch«, rutschte es Katharina heraus.

»Und der Onkel ist auch tot. Gleichfalls ein Autounfall. Und keine Unterlagen über eine Adoption. Nirgendwo.«

»Auch verbrannt?«

»Denkbar. Oder die haben einfach keinen Papierkram gemacht. Die Rektorin der Grund- und Hauptschule hat nur gelacht, als ich sie aus dem Bett geklingelt hab. Wie sie sich denn an einen Schüler vor über dreißig Jahren erinnern soll. Und alle Unterlagen werden dort turnusgemäß nach zehn Jahren vernichtet. Das erste richtige Dokument, das Vogels Existenz belegt, stammt aus dem Internat Schloss Hagerhof. Dort musste er nämlich eine Aufnahmeprüfung ablegen.«

»Ist das so üblich?«

»Nein. Gab wohl Probleme, weil Vogel keine Zeugnisse hatte. Hat aber mit Bravour bestanden. Und ab da ist alles lückenlos. Abitur, Zivildienst bei einer Obdachloseninitiative, Studium in Gießen, Referendariat, Staatsexamen. Alles belegt.«

»Wer hat denn das Internat bezahlt?«, fragte Amendt. Er war urplötzlich neben Katharina aufgetaucht. Sie hatte ihn gar nicht hereinkommen hören.

Sturmer sah in seine Unterlagen. »Eine Stiftung in Liechtenstein. Ist aber aufgelöst. Wer genau dahintergesteckt hat, lässt sich wohl nicht mehr rausfinden.«

»Und die Unfälle von Eltern und Onkel?«

»Gibt es auch keine Unterlagen mehr drüber. Nur ein paar Berichte in den Regionalzeitungen, aber die habe ich noch nicht.«

Katharina dachte laut nach: »Entweder ziemlich viele unglückliche Zufälle, oder dieser Lebenslauf ist teilweise gefälscht.«

»Sehe ich auch so«, brummte Sturmer. »Aber ziemlich gut gemacht. Da waren Profis am Werk.«

»Also Geheimdienst?«

»Oder Zeugenschutz. Würde bei einem Sechzehnjährigen mehr Sinn machen.«

»Sechzehnjähriger?«

»Ja, so alt war Vogel bei der Aufnahmeprüfung. Und die hat wirklich stattgefunden. Ich hatte Glück, dass einer der Lehrer gestern Nachtwache hatte, der damals Referendar war und sich an Vogel noch gut erinnern konnte. War wohl einer seiner Lieblingsschüler.«

»Und?«

»Musterschüler. Unglaublicher Gerechtigkeitssinn. War in seinem zweiten Jahr bereits Schulsprecher. Mädchenschwarm. War aber wohl sehr zurückhaltend. Die Lehrer haben schon getuschelt, dass er vielleicht schwul ist. – Der Lehrer war ziemlich redselig. Ihm war offenbar langweilig.«

»Hat er sonst noch was erzählt?«

»Nur dass Vogel immer in der Schule war. Auch in den Ferien. Und selten Besuch hatte. Der Lehrer kann sich nur an zwei Männer erinnern. Einen Italiener und einen großen, bulligen Mann. Blieben nie sehr lange. Und kamen auch nicht oft.«

»Verwandte?«

»Der Lehrer glaubt es nicht. Vogel hat die beiden gesiezt. Vielleicht Vertreter dieser Stiftung.«

Amendt kaute auf seiner Unterlippe und wiegte nachdenklich den Kopf hin und her, sagte aber nichts.

»Was denken Sie?«, fragte Katharina.

»Zweimal die Familien verloren, dann ins Internat abgeschoben. Kein Wunder, dass Vogel depressiv war. Aber …« Amendt hielt inne. »Hat Frau Vogel nicht gestern erzählt, dass Ihr Mann sich mit seiner Vergangenheit beschäftigt hat? Nachgeforscht? Für mich klingt das, als gäbe es da nicht viel nachzuforschen.« Er wandte sich an Sturmer. »Könnten Sie herausfinden, ob schon mal jemand recherchiert hat? Irgendwas muss ja die akute Depression ausgelöst haben.«

»Guter Gedanke.« Sturmer gähnte. »Kann ich vorher noch eine Mütze voll Schlaf bekommen?«

»Leider nicht«, antwortete Katharina. »Wir brauchen auch noch jemanden, der die einscannten Akten durchgeht. Vor allem die aus den Ordnern mit dem Buchstaben D.«

Bruder Rapunzel, dessen bisher einziger Beitrag zur Sitzung das geräuschvolle Knabbern einer Mohrrübe war, meldete sich: »Das kann ich übernehmen. Oder zumindest helfen.«

»Und was machen wir anderen?«, fragte Harry.

»Oh, ihr könnt mir beim Einscannen der restlichen Akten helfen«, sagte Jeannie gutgelaunt. »Frank hat mir gezeigt, wie das geht.«

Harry seufzte, fügte sich dann aber seinem Schicksal.

»Wenn weiter nichts –«, wollte Katharina die Sitzung schließen.

»Guten Morgen, guten Morgen«, verkündete eine gutgelaunte Stimme. Manès Müller betrat den Raum: Dreiteiler, Blume im Knopfloch und einen Regenschirm über dem Arm. Fehlte nur noch die Melone, und er würde endgültig als Lord Peter Wimsey durchgehen.

»Ich bin ja schon ganz neugierig«, fuhr Müller munter fort. »Gibt es bereits eine Antwort auf die Frage?«

»Welche Frage?«, fragte Katharina.

»Ach, haben Sie die Zeitung noch nicht gelesen?« Müller öffnete seine Aktentasche und zog eine Ausgabe der »Frankfurter Presse« heraus, die er auffaltete und auf den Tisch legte.

»Ist das Jan-Ole Vogel?«, titelte die Schlagzeile. Das Foto, das die ganze Seite darunter einnahm, zeigte einen Jugendlichen mit wasserstoffblonden Haaren, die Hände offenbar mit Handschellen auf dem Rücken gefesselt. Ein uniformierter Polizist führte ihn am Arm.

Katharina betrachtete das Gesicht des jungen Mannes: sehr viel jünger, aber die gleichen markanten Linien. So würde Jan-Ole Vogel als Teenager ausgesehen haben.

Hübscher Junge damals mit seinem Billy-Idol-Look. Die Mädchen mussten ihm scharenweise nachgerannt sein. Gleichzeitig ... Sie fühlte sich an die knabenhaften Gesichter der Jungs vom Schwulenstrich erinnert. Doch bevor sie diesen Gedanken zu Ende denken konnte, entdeckte sie plötzlich den Mann, der hinter Vogel ging. Den kannte sie. Mein Gott, hatte er auch schon damals immer den gleichen Anzug und die gleiche zu breite Krawatte getragen?

Ein schmuckes, kleines Einfamilienhaus in Offenbach-Rumpenheim.

Polanski wohnte in Offenbach? Hatte sie die falsche Adresse erwischt? Das schmucke, kleine, frisch geweißelte Einfamilienhaus schien so gar nicht zu ihrem ehemaligen Chef zu passen.

Doch wie hatte sie sich eigentlich vorgestellt, dass Polanski lebte? Allein? Mit einer Partnerin oder einem Partner? In einem Einzimmerapartment, im Kleiderschrank nur Unterwäsche und fünfmal die gleiche Garnitur aus weißem Hemd, grau gemürmeltem Jackett und dunkler Hose, auf einer kleinen Stange an der Schranktür ein halbes Dutzend weinroter, breiter Krawatten?

Nun denn, hinein in die Höhle des Löwen. Allein. Sie hatte Amendt gefragt, ob er mitkommen wolle, doch er hatte abgelehnt. Natürlich. Er war noch immer sauer auf sie. Außerdem waren Polanski und er nicht eben beste Freunde.

Die Hand fest um die Zeitung gekrallt, öffnete Katharina das Gartentor, stieg die zwei Stufen zur Haustür hinauf und klingelte.

»Moment, ich komme gleich«, hörte sie Polanskis Bariton aus dem Inneren des Hauses. Nun, zumindest war sie an der richtigen Adresse.

Dann wurde die Tür geöffnet. Ja, der Mann, der vor ihr stand, war eindeutig Polanski, ihr ehemaliger Chef bei der Kriminalpolizei. Und doch wieder nicht. Jeans, T-Shirt. Er hatte sich einen Bart stehen lassen, sein Gesicht war gebräunt. Um den Leib trug er eine mehlbesprenkelte Schürze mit dem Aufdruck »Trau keinem dünnen Koch«. Und … Katharina konnte sich nicht erinnern, ihren Chef im Dienst jemals lächeln gesehen zu haben.

»Katharina, das ist ja eine Überraschung«, sagte er vergnügt. »Du kommst genau zum richtigen Zeitpunkt. Ich habe gerade einen Apfelkuchen gebacken. Und der Kaffee ist auch durchgelaufen.«

Unschlüssig betrat Katharina den Hausflur. Zugegeben, der Apfelkuchenduft war verlockend.

»Am besten raus auf die Terrasse. Das Wetter wollen wir doch nicht vergeuden.« Polanski lotste sie durch ein gemütliches Wohnzimmer. Helles Holz, weiße Sofas und Sessel, bunte Kissen. Eine teure Stereoanlage mit Plattenspieler. Ein Regal voller Schallplatten. Ein Poster von Louis Armstrong an der Wand. Polanski mochte Jazz?

Polanski lenkte Katharina weiter auf die Terrasse: Hollywoodschaukel. Holztisch. Zwei Holzstühle mit Sitzkissen.

»Geh doch auf die Schaukel! Ich hole gerade mal den Kaffee und den Kuchen.«

Er verschwand im Haus und ließ sie allein zurück. Unschlüssig setzte sich Katharina auf die Kante der Schaukel und sah in den Garten. Nicht sehr breit, dafür langgestreckt. Am Ende ein kleiner Holzschuppen. Rasen und bestimmt ein halbes Dutzend knorriger Bäume, die eben anfingen zu grünen.

Auf dem Tisch vor ihr lagen zwei Bücher. Ein Sachbuch über Apfelbaumpflege. Und »Ein Toter zu wenig« von Dorothy L. Sayers. Daneben Polanskis Lesebrille. Ihr Chef las Krimis? Und beschäftigte sich mit Apfelanbau?

Endlich kam Polanski mit einem reich beladenen Tablett. Ein großer Apfelkuchen, Teller, Tassen, eine Kaffeekanne, ein Kännchen mit Milch, eine Zuckerdose, Gabeln, Löffel. Polanski verteilte Geschirr und Besteck, um dann genüsslich den Kuchen anzuschneiden. »Leider habe ich nur Sahne aus der Sprühdose«, entschuldigte er sich, als er ein großes Stück auf Katharinas Teller legte. Er tat sich selbst auf und wollte sich setzen.

»Huhu, Paul«, trällerte eine Stimme. Am Zaun zum Nachbargarten stand eine Frau, die … Nun, die beste Bezeichnung ist wohl stattlich, dachte Katharina. Anfang oder Mitte fünfzig, groß, üppig, kurze blonde Haare. Sie winkte.

»Huhu, Renate«, flötete Polanski zurück. »Möchtest du ein Stück Apfelkuchen?«

»Aber gerne«, kam die Antwort.

Polanski musste damit gerechnet haben, denn auf dem Tablett stand ein dritter Teller. Rasch tat er ein Stück auf und trippelte durch den Garten zum Zaun.

»Ach, du verwöhnst mich mal wieder«, sagte die Frau. »Aber du hast Besuch. Da will ich dich nicht stören. Wir gehen doch später auf den Schlossmarkt, ja?«

»Aber natürlich. Versprochen ist versprochen.«

Vergnügt ging die Frau in ihr eigenes Haus zurück, nicht ohne Polanski noch einen sehnsuchtsvollen Blick über die Schulter zuzuwerfen. Frühling, dachte Katharina. Liebe und Triebe.

Polanski schwebte zurück zum Tisch und setzte sich: »Das ist Renate, meine Nachbarin«, erklärte er ein wenig beschämt, »sie ist auch alleinstehend und wir … haben uns angefreundet.«

Katharina unterdrückte ein Kichern. Polanski auf Freiersfüßen.

»Aber was bringt dich zu mir?«, wechselte er rasch das Thema.

Katharina wollte schon die Zeitung auffalten, fand dann aber, dass sie besser nicht mit der Tür ins Haus fiel.

»Der Ruhestand scheint Ihnen«, sie korrigierte sich rasch, »scheint dir ja gut zu bekommen.«

»Ja«, sagte Polanski begeistert, »mir hätte echt nichts Besseres passieren können.«

Aber war er nicht mehr oder minder unehrenhaft in Frühpension geschickt worden?

Polanski musste ihre Gedanken erraten haben: »Die haben irgendwann festgestellt, dass es unklug wäre, einen verdienten Beamten einfach so auf die Straße zu setzen. Also bin ich offiziell aus Gesundheitsgründen frühpensioniert worden. Mit vollen Bezügen. Außerdem hat mir mein Neffe irgendwann mal in den Neunzigern geraten, Apple-Aktien zu kaufen. Da waren die überhaupt nichts wert. Und jetzt ... Ich konnte locker das Haus abbezahlen, und es ist sogar noch ordentlich was übrig. Jetzt kann ich endlich mal reisen. Und mich um meine Hobbys kümmern.«

»Krimis lesen?« Katharina deutete auf das Buch auf dem Tisch.

»Auch das. Endlich muss ich deswegen kein schlechtes Gewissen mehr haben. – Aber hauptsächlich Apfelzucht.«

»Apfelzucht?«

»Na ja, ich mochte Bäume schon immer. Und da Haus und Garten mittels Apple bezahlt worden sind ... Da fiel die Wahl leicht. Wusstest du, dass es über dreißigtausend Apfelsorten auf der Welt gibt? Die hier«, er deutete auf den Kuchen, »die sind eine spezielle Kreuzung namens Cox Rosé. Ideal für Apfelkuchen. Bissfest. Nicht zu süß, nicht zu sauer. Aber lass es dir schmecken.«

Katharina nahm höflich eine Gabel voll von dem Kuchen. Er war wirklich nicht schlecht. Mit wachsender Begeisterung verspeiste sie das ganze Stück und ließ sich von Polanski noch ein Zweites aufnötigen.

»Also, warum bist du hier?«, fragte Polanski.

»Zum einen ...« Ja, wie sollte sie am besten anfangen? »Ich wollte mich entschuldigen. Wegen all des Stresses.«

»Ach, Katharina! Nicht nötig. Du hast dich doch schon entschuldigt.«

»Habe ich?«

»Ja, auf der Beerdigung von Marianne Aschhoff.«

Das war Katharina völlig entfallen. Aber richtig. Sie hatte auch mit Polanski gesprochen. Auf dem Weg zum Grab ihrer Eltern. Vor der unheimlichen Begegnung mit Ministro.

»Und zum anderen«, fuhr Polanski launig fort, »siehst du ja: Es geht mir prima. Ich habe gar nicht gewusst, wie sehr mir der Job zugesetzt hat, bis ich ihn nicht mehr hatte. Natürlich hatte ich Angst vor dem Loch danach. Aber ich habe Kassensturz gemacht, bin ein paar Wochen in den Urlaub gefahren – nach Südamerika! Apfelplantagen haben die da! –, und dann habe ich mich mit meiner Situation abgefunden. – Zum anderen?«, fragte er unvermittelt.

»Zum anderen?«

»Na ja, du hast angefangen mit ›Zum einen‹.«

»Zum anderen das.« Katharina schlug die Zeitung auf und deutete auf das Foto. »Das da auf der Seite, das bist doch du, oder?«

Polanski nickte nur.

»Und das da?« Katharina zeigte auf den jungen Mann in der Mitte. »Wer ist das?«

»Das ist Tim Scherer.«

»Nicht Jan-Ole Vogel?«

Statt einer Antwort rieb sich Polanski mit den Händen über das Gesicht. Dann schenkte er sich Kaffee nach, fügte Milch hinzu und rührte sorgfältig um. Endlich sah er wieder zu Katharina. »Du hast doch schon mal vom Bahnhofsviertel-Ripper gehört?«

Natürlich hatte Katharina davon gehört. Der »große Fall« von Polizeipräsident Karl-Ernst Drechsel. Im Bahnhofsviertel waren damals vier Menschen erstochen worden. Zwei Männer, zwei Frauen. Prostituierte. Zunächst war man von einem Serienmörder ausgegangen. Die Wahrheit war wesentlich prosaischer gewesen. Ein Geschäftsmann hatte im großen Maßstab Immobilien im Bahnhofsviertel aufgekauft. Zur Wertsteigerung war ihm jedes Mittel recht. Also beauftragte er ein paar weniger verdiente Mitglieder der Gesellschaft, im Bahnhofsviertel für so viel Unruhe zu sorgen, dass die Stadt endlich handelte und das Rotlichtmilieu verbannte.

Polanski musste gesehen haben, dass Katharina sich erinnerte: »Das war 1980. Ich war damals gerade zur Kripo gewechselt. Die haben mich nur in die Kommission zum Bahnhofsviertel-Ripper gesteckt, weil ich vorher dort Streife gelaufen bin. – Du weißt, wie wir dem Täter auf die Spur gekommen sind?«

»Durch einen Augenzeugen, nicht wahr? Dessen Identität geheim geblieben ist?«

Polanski tippte auf die Zeitung: »Tim Scherer.«

»Das ist also nicht Jan-Ole Vogel?«

Polanski zögerte erneut. »Ich schlage vor, dazu befragst du deinen Patenonkel.«

Das »Ristorante Puccini« in der Eschersheimer Landstraße.

Katharina hatte den Namen »Tim Scherer« an Bruder Rapunzel weitergegeben, damit er ihn überprüfte. Dann war sie zu ihrem Patenonkel gefahren. Antonio Kurtz. In sein »Ristorante Puccini«, das an der Eschersheimer Landstraße lag. Direkt gegenüber der Hochschule für Musik und darstellende Kunst. Es hatte zwar noch geschlossen, aber Kurtz öffnete ihr höchstselbst die Tür. »Ich habe fest damit gerechnet, dass du heute hier auftauchst. Hast du schon was gegessen?«

Er führte Katharina in die familiäre zweite Küche in einem halb verborgenen Winkel des Restaurants. Von hier aus verwaltete Kurtz sein Reich. Er galt als der »Pate von Frankfurt«, kontrollierte weite Teile des Rotlichtmilieus und illegalen Glückspiels der Stadt. Doch sein Hauptgeschäft waren Informationen. Er war stets ausgezeichnet darüber informiert, was in der Stadt so vor sich ging. Deswegen wunderte sich Katharina auch nicht, dass ihr Patenonkel sie fragte: »Du bist wegen Tim Scherer hier, oder?«

Katharina bejahte. »Was weißt du über ihn?«

»Das muss aber alles erst mal unter uns bleiben. – Hungrig? Ich habe da ein Rinderfilet in Salsa-Rotwein-Sauce mit hausgemachtem Sauerkraut, das zergeht im Mund.« Kurtz' große Leidenschaft war das Kochen. Am liebsten mischte er die Küchen unterschiedlicher Länder, wenn auch mit durchwachsenen Ergebnissen.

Katharina lehnte dankend ab. Polanskis Apfelkuchen hatte sie mehr als gesättigt, was sie Kurtz natürlich nicht erzählte. Er konnte, was kulinarische Genüsse anging, sehr eifersüchtig werden.

»Aber, Madonna, sieh dich doch an.« Kurtz hob flehend die Arme zum Himmel wie ein italienischer Operntenor während seiner Sterbearie. »Du bist schon wieder dünner geworden. Lass mich dir wenigstens Espresso machen.«

Ein paar Minuten später standen die Tassen dampfend vor ihnen auf dem Tisch, und Antonio Kurtz deutete auf die ausgebreitete Zeitung: »Also, das ist Tim Scherer.«

»Nicht Jan-Ole Vogel?«

Wie auch Polanski antwortete Kurtz nicht direkt auf ihre Frage. »Tim war eines von den Straßenkindern im Bahnhofsviertel. Obdachlos. Er ist eines Tages einfach aufgetaucht wie viele andere auch. Hat sich so durchgeschlagen. Kleine Diebstähle und solche Sachen.«

»Auch als Stricher?«

»Nur, wenn es gar nicht anders ging. Aber er war nicht wie die anderen. Keine Drogen. Hat immer auf sich geachtet. Und gelesen, was ihm zwischen die Finger kam. Hat die Tage oft in der Stadtbibliothek verbracht. Und er war pfiffig. Ich habe ihm manchmal kleine Jobs gegeben. Konnte in meinen Häusern die Dusche benutzen. Und die Mädchen haben ihn manchmal auch übernachten lassen, weil sie ihn so niedlich fanden. Aber mehr Hilfe wollte er damals nicht annehmen.«

Kurtz nahm einen Schluck von seinem Espresso.

»Und dann?«, drängte Katharina.

»Dann«, fuhr Kurtz endlich fort, nachdem er noch etwas Zucker in seinen Espresso gegeben und umständlich umgerührt hatte, »dann kam der Bahnhofsviertel-Ripper. Ich hatte damals gerade das ›Puccini‹ eröffnet. Und eines Nachts, wir hatten gerade Feierabend gemacht, da klopft es hier ganz laut. Ich mache auf, und Tim drängt sich an mir vorbei. Fleht mich an, die Tür sofort zu schließen. Und er wisse nicht, an wen er sich sonst wenden könne. Seine Kleidung war voller Blut. Ich habe ihn gefragt, was passiert ist. Aber er hat erst mal nur am ganzen Leib gezittert. Dann endlich hat er erzählt. Er sei auf einem Botengang gewesen und wollte einem Freund, der an der Elbestraße angeschafft hat, was zum Essen bringen. Doch als er die Elbestraße langgeht, auf seinen Freund zu, da hält ein großer

Mercedes vor dem Freund. Das sah nach einem guten Freier aus. Aber aus dem Mercedes ist ein Kerl gesprungen, der sich direkt auf den Freund gestürzt hat. Hat auf ihn eingeschlagen und getreten, irgendwann ein Messer gezückt. Tim hat sich in einem Hauseingang versteckt. Dann ist der Mann wieder in den Wagen gesprungen, und der Wagen ist weggefahren. Tim hat mir seine Handfläche gezeigt: Da hatte er das Kennzeichen aufgeschrieben. Mir war klar, dass es sich dabei um den Bahnhofsviertel-Ripper handeln musste. Also habe ich Polanski angerufen. Ihn direkt. Ich weiß nicht, ob du das weißt, Katharina, aber Polanski war mal Polizist hier im Bahnhofsviertel, und wir waren so was wie befreundet.«

Katharina zwang sich, nicht ungeduldig mit den Fingern auf der Tischplatte zu trommeln. »Was hat das alles mit Jan-Ole Vogel zu tun?«

»Warte ab. Polanski ist also direkt gekommen. Er hat sich die Geschichte angehört und dann sofort das Kennzeichen durchgegeben. Der Mercedes gehörte Arno Teichmann.«

Arno Teichmann war der Drahtzieher der Morde, das wusste Katharina.

»Die Polizei konnte Teichmann und seine beiden Schläger sehr schnell stellen. Die hatten keine Zeit mehr, die Spuren zu verwischen. Doch damit fingen die Probleme für Tim erst an.«

»Warum das?«, fragte Katharina.

»Es hat sich natürlich schnell herumgesprochen, dass es einen Zeugen gab. Und Teichmann hatte noch mehr Männer fürs Grobe. Außerdem war das Geld, das er hier im Bahnhofsviertel investiert hat, nicht nur seins. Es gehörte zum größten Teil – sagen wir mal – ›Geschäftsmännern aus Süditalien‹. Die von der Sorte, mit denen man keine Geschäfte machen sollte.«

Wiewohl selbst aus Sizilien und trotz seines Spitznamens »Pate von Frankfurt«, mochte Kurtz die italienische Mafia nicht. Zwei seiner Onkel waren bei einer Blutfehde ums Leben gekommen. Außerdem war Kurtz auf seine Weise sehr moralisch: keine Geschäfte mit Waffen und Drogen, keine Schutzgelderpressung.

»Wie dem auch sei, Polanski und ich waren der Meinung, dass es am besten wäre, Tim würde von der Bildfläche verschwinden.

Eine völlig neue Identität annehmen. Es hat uns ein gutes Stück Arbeit gekostet, ihn davon zu überzeugen, aber nach der ersten Begegnung mit einem Mafiaschläger hat er es sich anders überlegt. Ich und ein paar Freunde – dein Vater war übrigens auch dabei, Katharina –, wir haben zusammengelegt und diese Stiftung gegründet. Ein paar andere Freunde von mir haben die neue Familie zusammengebastelt: die verunglückten Eltern, der gleichfalls verstorbene Onkel ...«

»Aber ihr habt doch nicht ...?«, fragte Katharina streng.

»Natürlich nicht. Wir haben halt so lange nach ohnehin Verstorbenen gesucht, bis alles gepasst hat. Der Rest war dann viel Papierkram. Und ein paar Gemeindebeamte, die sich einen inoffiziellen Weihnachtsbonus verdient haben, indem sie die neuen Papiere ausgestellt haben, ohne viele Fragen zu stellen. Tim kam auf das Internat. Schloss Hagerhof. Da ist er dann richtig aufgeblüht. Polanski und ich haben ihn hin und wieder besucht, aber nicht allzu oft. Wir wollten nicht noch nachträglich die Schläger auf seine Spur setzen.«

»Und ab da war Tim Scherer dann Jan-Ole Vogel?«

»Genau.« Kurtz stand auf und ging zu einer kleinen Bar, um sich einen Grappa einzuschenken. »Du weißt ja, ich hatte nie Kinder. Aber Tim ... er war so etwas wie ein Sohn für mich. Ich war sehr stolz auf ihn.«

»Habt ihr danach noch Kontakt gehabt?«

»Wenig. Aber er hat mir jedes Jahr zu Weihnachten geschrieben. Einen langen Brief. Bis zuletzt.«

»Denkst du«, fragte Katharina behutsam, »sein Selbstmord hat mit damals zu tun?«

Kurtz nippte an seinem Grappa, bevor er antwortete: »Vielleicht. Man steckt nicht drin. Ich weiß, dass er sich selbst viele Vorwürfe gemacht hat wegen seines Freundes. Dass er hätte direkt eingreifen müssen. Dann wäre er allerdings wohl selbst getötet worden. Aber er war schon damals sehr melancholisch. Vielleicht liegen die Ursachen eher in dem, was er zuvor erlebt hat.«

»Weißt du mehr darüber?«

»Nicht viel. Nur dass seine Mutter ihn im Alter von drei zur Adoption freigegeben hat. Geschlossene Adoption, ohne Kontakt zu den leiblichen Eltern. Die Scherers haben ihn adoptiert und müssen ihn wohl später ziemlich misshandelt haben. Er ist ausgerissen. Und dann im Bahnhofsviertel gelandet. Würde mich sehr wundern, wenn er davon keinen Knacks abbekommen hätte.«

»Aber warum gerade jetzt?«, fragte Katharina. »Warum so? Was haben wir von der Sonderermittlungseinheit damit zu tun?«

Kurtz spielte mit dem Grappaglas zwischen seinen Fingern: »Ich habe keine Ahnung. Alles, was ich weiß, ist, dass Vogel sich sehr genau über eure Einheit informiert hat. Ich forsche aber weiter.«

»Danke«, sagte Katharina. »Und das Foto? Wer hat das an die Presse gegeben?«

»Das ist ganz seltsam. Von diesem Foto gab es nämlich nur genau einen Abzug. Den habe ich Tim, also Vogel, irgendwann geschenkt. Das Bild ist hier vor dem ›Puccini‹ entstanden. Wir mussten ihn irgendwie aus dem Gebäude bringen, also haben wir so getan, als hätte er versucht einzubrechen, und Polanski hat ihn zum Schein festgenommen. Das hat ein Lokalreporter mitbekommen.«

»Könnte der …?«

»Nein, der ist lange tot. Und ich habe ihm damals die Fotos und Negative abgekauft. War wohl dankbar für das Geschäft. Einbrecher auf frischer Tat ist ja nicht gerade ein Kassenschlager.«

»Und wer kannte alles die wahre Identität von Tim Scherer?«

»Da stellst du die richtige Frage. Wir wollten damals nämlich den Kreis der Mitwisser so klein wie möglich halten. Also im Prinzip nur Polanski, ich und Drechsel, der die Ermittlungen geleitet hat.«

»Aber die Geldgeber für die Stiftung? Und diejenigen, die die Identität gebastelt haben?«

»Kannten Tims wahren Namen nicht. Wussten nur, dass der Junge eine anständige Chance im Leben verdient hat.«

»Meinst du, jemand hat herausgefunden, wer Vogel wirklich war? Und gedroht, ihn bloßzustellen?«

Kurtz stürzte den Rest Grappa hinunter. »Offenbar. Wenn ich auch nicht wüsste, wie. Außer Polanski oder Drechsel haben geredet. Oder Vogel selbst. Auf jeden Fall bemüht sich jetzt jemand, ihn bloßzustellen. Posthum.« Kurtz legte Katharina besorgt die Hand auf den Arm. »Und dich auch, Katharina. Ich bin schon dabei, nachzuforschen, wie die Akten über dich und Amendt an die Presse gelangt sind. Bisher aber erfolglos. Also pass auf dich auf. Und auch auf Doktor Amendt. – Wie geht es dem überhaupt?«

Wenn man vom Teufel sprach: Kaum hatte Katharina ihren kleinen Bericht zu Andreas Amendt beendet, klingelte ihr Handy.

»Wir haben gerade diese Unterlagen aus den D-Ordnern durchgesehen. Starker Tobak«, begann Amendt ohne Einleitung. »Lauter Briefe von de la Buquet an Vogel und die Antworten. Und de la Buquet droht darin ohne Ende. Er wolle Vogels Karriere beenden und so weiter.«

Nun, die beiden waren Todfeinde, das war ja allgemein bekannt. »Irgendwas Konkretes?«

»Anspielungen auf Vogels Vergangenheit. Dass er sich bei seinem Engagement im Frankfurter Bahnhofsviertel nicht von der Nostalgie seiner Jugend leiten lassen solle. Scheint so, als sei der junge Mann von dem Foto …«

»… tatsächlich Vogel«, beendete Katharina Amendts Satz. »Weiß ich schon.«

»Ach so?« Amendt klang enttäuscht.

»Ist das Katharina?«, hörte sie Jeannie aus dem Hintergrund fragen.

»Moment, Jeannie will Sie sprechen«, sagte Amendt knapp. »Und unser Betriebsgeistlicher auch.«

Er hielt offenbar das Handy in den Raum. »Du zuerst«, hörte Katharina die Stimme von Bruder Rapunzel. »Nein, du zuerst.« Jeannie. »Ladys first.« – »Also gut.«

»Hallo, Katharina«, drang jetzt Jeannies Stimme viel zu laut aus dem Hörer. »Also: Die Namen von dem Kalender sind alle zwölf aktenkundig. Bei uns. Das heißt, bei den Akten der Lebensversicherungen. Alles Unfälle.«

Unfälle? Bei Katharina klingelten die Alarmglocken. »Und?«

»Wir wissen noch nichts Genaues. Ich kriege die Akten nicht ausgedruckt. Frank ist aber schon auf dem Weg hierher.«

»Sehr gut. Sag allen anderen, sie sollen sich die Akten sofort ansehen. Und auch mit den Polizeiunterlagen abgleichen.«

»Natürlich!« In Jeannies natürliche Fröhlichkeit mischte sich gekränkte Professionalität. »Wir stehen hier schon alle in den Startlöchern. – Warte, Arndt möchte dich auch noch sprechen.«

»Hallo, Katharina.« Bruder Rapunzel klang tiefenentspannt. »Ich habe mir gleich mal diesen Namen vorgenommen, den du mir vorhin durchgegeben hast. Tim Scherer. Wusstest du, dass wir von der Polizei eine Namenssuchmaschine haben, die alles gleichzeitig durchsucht? Polizeiakten, Einwohnermeldeamt und Google? Faszinierend.«

»Also, was ist mit Tim Scherer?«

»Der ist bei uns aktenkundig. Als Vermisstenfall. Allerdings von 1977. Offiziell noch immer offen. Ich habe gleich die zuständige Beamtin angerufen. Also, Tim Scherer war wohl ein Adoptivkind –«

»Ich weiß.«

»Und ist 1977 aus dem Haus seiner Adoptiveltern ausgerissen. Nicht zum ersten Mal. Aber diesmal ist er weggeblieben. Die haben sich aber nie die Mühe gemacht, ihn für tot erklären zu lassen.«

»Und daran konnte sich die Beamtin noch erinnern? Nach dreißig Jahren?«

»Das hat mich auch gewundert. Zumal sie mir erzählt hat, dass sie erst seit fünf Jahren bei den Vermissten arbeitet. Aber die Akte ist vor drei Jahren mal angefordert worden. Von ganz oben.«

»Justizministerium?«

»Nein. Innenministerium. Vom Innenminister persönlich. Daran hat sie sich erinnert.«

»Das ist seltsam. Noch mehr?«

»In der Tat. Ich habe die Scherers angerufen. Die waren ausgesprochen schlecht gelaunt. Kein Wunder, wenn sie nach so langer Zeit wieder was hören und dann ohne Ergebnis. Der Mann war ziemlich schroff. Wir sollen sie in Ruhe lassen. Und das Innenministerium auch.«

»Das Innenministerium?« Schon wieder?

»Ja. Nach einigem Hin und Her hat er erzählt, dass vor einigen Jahren ein paar Beamte vom Innenministerium da waren und nach Tim gefragt hätten. Aber nicht nach seinem Verbleib. Sondern wo er herkam und wer die richtigen Eltern waren und so.«

»Und?«

»Das wissen die Scherers nicht. War eine geschlossene Adoption. Und dann hat Herr Scherer endgültig gesagt, ich solle mich zum Teufel scheren, und den Telefonhörer aufgeknallt.«

»Kannst du mal beim zuständigen Jugendamt anfragen? Vielleicht –«

»Schon geschehen.« Bruder Rapunzel war fix, das musste man ihm lassen, auch wenn sich jetzt ein gesundes Maß an Überheblichkeit in seine Stimme mischte. »Ich hatte Glück und auch wieder nicht. Der zuständige Archivar hat sich geweigert, Akten zu vernichten. Das hat wohl schon zu Schwierigkeiten geführt, weil denen das Archiv aus allen Nähten platzt. Also: Die Adoption fand 1966 statt. So viel konnten die noch herausfinden.«

»Ich dachte, die haben die Akten?«

»Das meinte ich mit ›und auch wieder nicht‹. Die Akten sind vor drei Jahren angefordert worden und nie zurückgekommen.«

»Haben die keine Kopien verschickt?«

»Der zuständige Beamte hat wohl gedacht, dass eine vierzig Jahre alte Adoptionsakte kaum so wichtig sein kann. Und die Anfrage kam … Rate mal!«

»Vom Innenministerium?«

»Genau. Mit Brief und Siegel von Hanfried de la Buquet persönlich.«

De la Buquet hatte also in Vogels Vergangenheit herumgeforscht. »Und das hast du alles in einer halben Stunde herausgefunden?«

»Fünfundzwanzig Minuten. Hartes Training im Vatikan. Da lernt man sehr schnell, wie man Bürokraten Informationen entlockt.«

Der Innenminister also. Das verlangte nach einem Trip nach Wiesbaden. Aber nicht alleine. »Gib mir noch mal den Amendt!«

Im Büro des Innenministers.

»Dann finden Sie heraus, wer alles in meinem Büro war.« Der Innenminister schäumte vor Wut.

Seine Vorzimmerdame hatte ängstlich den Kopf eingezogen. »Aber ich sage Ihnen doch, nur Sie und Michael Glaser.«

»Und der Putzdienst?«

»Na ja, der auch, aber –«

»Dann finden Sie heraus, wer mein Büro geputzt hat.« In diesem Moment entdeckte de la Buquet Katharina und Amendt, die in der Tür seines Vorzimmers standen. »Ah«, sagte er grimmig. »Die Kriminalpolizei ist auch schon da!«

»Kriminalpolizei?«, fragte die Vorzimmerdame noch ängstlicher.

Der Innenminister ignorierte sie: »Frau Klein, Doktor Amendt. Gut, dass Sie kommen. Vielleicht können Sie ja im Rahmen Ihrer Ermittlungen auch herausfinden, wer das Schachspiel aus meinem Büro gestohlen hat. Das war ein Geschenk! Meines besten Freundes!« Die letzten beiden Sätze hatte er wieder vorwurfsvoll an seine Vorzimmerdame gerichtet, die völlig verzagt in einem Telefonverzeichnis blätterte.

»Aber kommen Sie doch herein«, sagte der Innenminister plötzlich übertrieben jovial und hielt Amendt und Katharina die Tür zu seinem Büro auf. Nachdem sie hindurchgegangen waren, verschloss er die Tür sorgfältig. »Was kann ich für Sie tun?«, fragte er, während er sie mit einer Geste bat, auf den Besucherstühlen vor seinem Schreibtisch Platz zu nehmen.

Statt zu antworten, fragte Katharina: »Ihr Schachspiel ist weg?«

Schon das zweite verschwundene Schachspiel. Ein Zufall? Dann erinnerte sich Katharina, dass der Innenminister ihnen erzählt hatte, er habe mit Vogel Schach gespielt. Am Vorabend des Selbstmordes.

Der Innenminister war zu dem kleinen Tisch vor dem Sessel am Fenster gegangen und deutete auf die leere Fläche. »Hier hat es gestanden. Noch immer mit der Partie …« Sein Ton wurde grüblerisch. »Ich habe den blöden Zug einfach nicht gesehen. Nicht gesehen.« Er richtete sich wieder auf und ging hinter seinen

Schreibtisch. Pompös setzte er sich. »Was kann ich für Sie tun? Oder wollen Sie mir persönlich Bericht erstatten?«

Ja, wie anfangen? Darüber hatte sich Katharina auf der ganzen Fahrt den Kopf zerbrochen. Immerhin war sie ja dabei, ihren Dienstherrn schwer zu beschuldigen. Okay, Augen zu und durch.

»Wir sind da auf Briefe von Ihnen an Vogel gestoßen«, sagte sie. »Briefe, die jemand verschwinden lassen wollte.«

»Briefe von mir? Verschwinden lassen?« Der Innenminister sah sie verdutzt an.

»Jemand ist letzte Nacht bei der Sonderermittlungseinheit eingedrungen und hat die Ordner mit den Briefen gestohlen. Aber wir hatten sie zuvor schon eingescannt.«

»Na, Gott sei Dank.« Ein Ruck ging durch den Innenminister. »Gestohlen? Was heißt das? Und fehlt sonst noch etwas?«

Eingeschüchtert gestand Katharina: »Bereits Sonntagnacht hat jemand Vogels Aktenkoffer und Kleidungsstücke entwendet. Wir wissen auch nicht, wie der Einbrecher ins Gebäude gekommen ist. Spuren gibt es keine.«

»Soso«, brummte der Innenminister mürrisch. »Und Sie sind sicher, dass Sie die Ordner und die anderen Dinge nicht einfach nur verlegt haben? Die Karl-Kreutzer-Villa ist etwas unübersichtlich.«

»Ganz sicher.«

»Ärgerlich. – Aber was ist mit diesen Briefen?«

Nun gut, heraus mit der Sprache. Katharina zog die Ausdrucke aus ihrer Handtasche. Die entsprechenden Stellen waren rot markiert. »Es hat den Anschein, als würden Sie Vogel ganz offen drohen und erpressen.«

Der Innenminister blätterte den Briefstapel durch. Dann lachte er auf: »Ja, den Anschein hat es. Und soll es auch haben.«

»Was? Haben Sie die Briefe geschrieben oder nicht?«

»Nein.«

»Aber die tragen Ihre Unterschrift.«

»Ja, *unter*schrieben habe ich sie. Aber nicht *ge*schrieben.«

»Wer dann?«

Der Innenminister nahm seine Brille ab und polierte sie mit einem Taschentuch. »Jan-Ole natürlich.«

»Vogel?«

»Genau. Beide Seiten des Diskurses beherrschen nannte er das. – Wissen Sie, durch wie viele Hände diese Briefe gegangen sind? Und wie gut der Ministeriumsflurfunk funktioniert? Die sollten alle den Eindruck haben, dass Jan-Ole und ich uns gegenseitig an die Gurgel gehen. Währenddessen haben wir hier gesessen, Schach gespielt und Kompromisse ausgehandelt. Seine Idee.«

»Ernsthaft? Ich dachte, Sie und Vogel …«

»Justizminister Vogel, bitte.«

»Justizminister Vogel«, echote Katharina angestrengt. »Dass sie tödlich verfeindet sind.«

»Ja, das ist der Eindruck, der entstehen sollte.« Der Innenminister setzte seine Brille wieder auf. Dann fügte er leise und traurig hinzu: »Jan-Ole war mein bester Freund. – Vielleicht mein einziger.«

»Ihr Freund?« Katharina hatte Mühe, vor Überraschung ihre Kinnlade oben zu halten.

»Nun gut, das müssen Sie alles vielleicht wissen. Für Ihre Ermittlungen. Ja. Jan-Ole und ich waren Freunde. Schon seit der Uni. Ohne ihn hätte ich niemals die Staatsexamina geschafft.«

»Und der Streit? Alles nur Show?«

»Ja, größtenteils. Zwar waren Jan-Ole und ich politisch selten einer Meinung, aber so eine Debatte macht ja Spaß. Das Persönliche … Damit haben wir irgendwann mal aus Jux angefangen. Und festgestellt, dass wir uns damit die Kollegen vom Hals halten können. Die haben sich wohl immer gesagt, dass wir das schon ausfechten werden. Und Jan-Ole und ich haben unterdessen Politik gemacht.«

»Clever. – Kann das jemand bestätigen?«, fragte Katharina plötzlich scharf.

Der Innenminister sah sie nur mäßig überrascht an: »Ja, natürlich. Meine Frau. Glaser. Jan-Oles Frau. Ich glaube, Sie haben Christiane schon gefunden.«

»Ja, im ›Frankfurter Hof‹. – Und warum sagen Sie uns das alles erst jetzt?«

Der Innenminister massierte sich das Gesicht: »Ganz ehrlich? Ich habe einfach nicht daran gedacht, dass es wichtig sein könnte.«

»Nicht wichtig?«

»Nennen Sie es Betriebsblindheit. Ich wüsste auch nicht, was meine Freundschaft zu Jan-Ole mit seinem Selbstmord zu tun haben könnte.«

»Vielleicht hat ihn deshalb jemand erpresst?«, schlug Andreas Amendt vor.

»Aber das ist doch lächerlich«, sagte der Innenminister entrüstet. »Auf so ein Manöver würde nicht mal der Ministerpräsident kommen. Und was soll das für eine Erpressung sein?«

»Ich meine ja nur. In der Öffentlichkeit –«

»Ach, kommen Sie. Die Bürger glauben doch ohnehin, dass wir hinter den Kulissen mauscheln und weiß Gott was treiben. Das wäre nun nicht mal ein Skandälchen.«

Das klingt alles logisch und zu irre, um ausgedacht zu sein, überlegte Katharina, aber …

»Sagt Ihnen der Name Tim Scherer etwas?«, fragte sie den Innenminister.

»Ja. Jan-Ole hat mir seine Geschichte erzählt. – Und, da Sie das entweder schon wissen oder bald herausfinden werden: Ja, ich habe die Vergangenheit von Jan-Ole untersuchen lassen. – Er hat mich darum gebeten.«

»Warum?«

»Ach, das war vor ein paar Jahren. Wir haben Schach gespielt und Wein getrunken. Ich habe ihm von meinem Vater erzählt. Dem ehemaligen Oberbürgermeister von Fulda. Und da hat Jan-Ole gemeint, ich hätte es gut, so viel über meine Familie zu wissen. Ich habe ihn gefragt, ob er mal nachgeforscht habe. Hatte er nicht. Wollte er aber. Und ich habe ihm angeboten zu helfen. Das Innenministerium kann so etwas unauffälliger.« Er musterte Katharina und Amendt. »Ich weiß, das ist nicht gerade im Sinne der Dienstvorschriften, aber ich denke, Sie haben dafür Verständnis, nicht wahr, Frau Klein?«

War das eine launige Anspielung oder eine Drohung? Katharina beschloss, sich nicht einschüchtern zu lassen. »Aber ein Erpressungspotenzial bietet so eine Vergangenheit doch sicher, oder?«

Für eine Schrecksekunde starrte de la Buquet sie nur an. Dann lachte er lauthals: »Für die Erpressung zum Karrieremachen, ja, klar.«

»Was?«

Es dauerte ein paar Augenblicke, bis der Innenminister sich wieder beruhigt hatte. Er wischte sich ein paar Lachtränen aus den Augenwinkeln. »Nun kommen Sie, Frau Klein. Vollwaise, Adoptivkind, Misshandlungsopfer, aus eigener Kraft emporgekommen zum Vorzeigejuristen und Musterpolitiker? Wenn das bekannt geworden wäre, hätte Jan-Ole seine eigene Partei gründen und sich direkt zum Bundeskanzler wählen lassen können.«

»Und die sexuellen –?«, begann Amendt.

»Auch lachhaft. Wann ist in Deutschland schon mal ein Politiker über eine Sexaffäre gestolpert? Dass Jan-Ole gerne mal Frauenkleider trug, war ein offenes Geheimnis. Er ist sogar als Frau verkleidet zum Kostümfest der Ministerien gekommen. Die wollten ihn erst gar nicht reinlassen, weil ihn niemand erkannt hat. – Und dass Christiane sich die Haare hat kurz schneiden und blond färben lassen, war wirklich das Tüpfelchen auf dem i. Die Gerüchte um eine Geliebte … Da rechnen sich doch die ganzen Wählerinnen alle gleich selbst Chancen aus.«

»Sie glauben also, Justizminister Vogel wurde nicht erpresst?«

»Zumindest nicht deswegen, nein.«

»Weswegen sonst?«

Der Innenminister wurde wieder sachlich: »Genau das herauszufinden, ist Ihre Aufgabe. Ich weiß es nämlich wirklich nicht. Wenn er überhaupt erpresst wurde.«

»Hat er mit Ihnen mal über seine Depressionen gesprochen?«, fragte Andreas Amendt.

»Natürlich.«

»Hat er Ihnen erzählt, warum er so deprimiert war?«

»Nein, da wollte er nicht drüber reden. Ich denke, es hat vielleicht was mit seiner Familie zu tun. Also, seiner richtigen.«

»Hat er die denn gefunden?«, fragte Katharina.

»Nur seine Mutter, soviel ich weiß.«

»Kennen Sie sie?«

»Nein. Jan-Ole wollte ihr selbst sagen, wer er ist. Und niemand sollte vorher etwas unbedacht ausplaudern. Aber …«

»Ja?«

»Na ja, Jan-Ole hat wohl herausgefunden, dass seine Mutter glaubt, er sei tot. Und er wusste nicht … Ist ja auch eine schwierige Situation. Hätten Sie es ihr gesagt?«

Katharina zuckte mit den Schultern.

»Hat Vogel sonst mal Andeutungen gemacht? Suizidgedanken geäußert?«, fragte Amendt.

»Ich denke da schon die ganze Zeit drüber nach. Ob ich was hätte ahnen oder wissen müssen. Aber außer einem launigen ›da kann ich mir ja gleich die Kugel geben‹ fällt mir nichts ein. Und warum er es getan hat? Keine Ahnung. Da hoffe ich auf Sie.«

Amendt lehnte sich vor: »Wissen Sie, Suizide ergeben nicht immer einen Sinn. Zumindest nicht für Außenstehende.«

»Ich weiß«, sagte de la Buquet leise. »Mein Bruder hat sich umgebracht. Warum, weiß ich bis heute nicht.« Ruckartig stand er auf: »Jetzt will ich Sie aber nicht länger aufhalten.«

Katharina und Amendt erhoben sich gleichfalls. Katharinas Blick fiel noch einmal auf das leere Tischchen. Sie dachte an die Züge der Schachpartie, die sie auf den Brettern in Vogels Haus entdeckt hatte.

»Haben Sie das Spiel zufällig mitgeschrieben?«, fragte sie de la Buquet. »Ihr letztes Spiel mit Vogel, meine ich?«

»Ja, natürlich.« Der Innenminister ging zum Tischchen und zog eine Schublade auf, der er einen Notizblock entnahm. »Wir haben immer beide mitgeschrieben. Haben gescherzt, dass wir irgendwann mal zusammen unsere Memoiren schreiben. Anhand dieser Schachspiele.« Nachdenklich sah er auf den Block. »Ich finde den verdammten Zug einfach nicht. Jan-Ole hat plötzlich aufgegeben. Und als ich ihn gefragt habe, warum, sagte er, ich müsse nur einen Zug machen und würde gewinnen. Wenn es der Richtige wäre. Ich müsste dazu jedoch über meinen Schatten springen. Aber ich sehe den Zug einfach nicht.« Er blickte zu Katharina. »Denken Sie, das war eine Anspielung? Wollte er mir etwas sagen?«

»Möglich ist es«, sagte Katharina diplomatisch. Sie ärgerte sich, dass sie selbst an dieser Verschwörungstheorie hing. »Wäre das denn denkbar?«

Die Innenminister lächelte melancholisch: »Das wäre sogar genau Jan-Oles Stil. Das haben wir oft gemacht, wenn wir in Kabinettssitzungen Nachrichten austauschen wollten, und niemand sollte es mitbekommen. Viele Schachzüge haben eine bestimmte Bedeutung für uns. Wir haben zum Beispiel die Ministerien den einzelnen Figuren zugeordnet. Die Rochade war immer ein Zeichen, dass wir eine Meinungsumfrage vorschlagen sollten. Die liebt Ministerpräsident Becker nämlich. Und die Kollegen haben geglaubt, uns wäre einfach nur langweilig. Und wir würden Schiffe versenken spielen. Das hat Becker immer zur Weißglut gebracht.«

»Becker?«, fragte Katharina.

»Ja, der Ministerpräsident ist ziemlich reizbar. Und Jan-Ole kann er auf den Tod nicht ausstehen. – Konnte«, korrigierte sich de la Buquet beschämt.

»Kann ich die Mitschrift kopieren?«

»Natürlich. Meine Sekretärin macht das. Die Gute. Ich fürchte, ich muss mich gleich bei ihr entschuldigen. Aber das Schachspiel war ein Geschenk von Jan-Ole.«

»Wann hat er es Ihnen denn geschenkt?«, fragte Katharina, einer plötzlichen Eingebung folgend.

»Am Samstag. Ein Abschiedsgeschenk, denke ich jetzt. Wenn ich all das gewusst hätte …«

Und schon wieder die Karl-Kreutzer-Villa.

Jeannie tigerte nervös vor dem großen Monitor am Kopfende des Rittersaals auf und ab, während die anderen Mitarbeiter der Sonderermittlungseinheit nach und nach eintrudelten. Immer wieder testete sie die Fernbedienung sowie den Laserpointer und rückte den Stapel mit Unterlagen vor sich gerade.

»Also«, setzte Jeannie an, als sie endlich die volle Aufmerksamkeit hatte. Doch dann schien sie den Faden verloren zu haben. Ihr Mund klappte auf und zu, doch nichts kam heraus.

»Zwölf Tote«, soufflierte Amendt.

»Ach ja, richtig.« Jeannie richtete sich auf. »Also, die zwölf Namen, die auf dem Kalender standen: Das waren alle Mitarbeiter bei Lionshare BioPharm. Das ist doch die Firma, für die Vogel mal gearbeitet hat, oder? – Also, die sind alle tot. Die Daten, an denen sie in den Kalender eingetragen sind, sind ihre Todesdaten.«

»Und wie kommen die dann in unsere Unterlagen?«, fragte Arnulf Sturmer, der wohl einen weiteren Hänger von Jeannie im Keim ersticken wollte.

»Genau. Gute Frage. Lebensversicherungspolicen bei Axxis. Also, hatten die alle. Oder, besser gesagt: Lionshare BioPharm hat diese Policen für sie abgeschlossen. Begünstigter – so nennt man das, habe ich mir sagen lassen – ist das Unternehmen. Die Policen wurden alle ausbezahlt. Zusammen ein Betrag von umgerechnet viereinhalb Millionen Euro.«

»Wieso schließt ein Unternehmen Versicherungspolicen für seine Mitarbeiter ab?«, fragte Bruder Rapunzel.

Das ist eine gute Frage, dachte Katharina, der ich nachgehen sollte. Doch sie bedeutete Bruder Rapunzel, Jeannie weitersprechen zu lassen.

Die hatte sich inzwischen wieder gefasst: »Das Merkwürdigste aber ist, wie die alle gestorben sind. Alles Unfälle. – Und was für welche.«

Sie tippte auf die Fernbedienung. Auf dem Monitor erschien ein von den Jahren zerknittertes Gesicht. Offenbar ein Foto aus einem Ausweis.

»Ewald Bleibtreu, dreiundfünfzig. Gestorben am neunzehnten Januar 2001. Er war Nachtpförtner bei Lionshare BioPharm.«

Ein weiterer Tastendruck beförderte ein neues Bild auf den Schirm: Ein Körper in Latex, kniend, vorgelehnt, ein Strick um seinen Hals war um einen Türknauf gebunden. Der schlaffe Penis hing frei: Der Latexanzug hatte eine entsprechende Aussparung.

»Auter … Aurer … Autor …«, begann Jeannie.

»Autoerotische Asphyxiation«, half Amendt aus.

»Genau. Er hat wohl …«, sie suchte nach halbwegs anständigen Worten, »mit sich selbst gespielt und sich dabei die Luft abgedrückt. Wozu auch immer.«

»Sauerstoffmangel gibt angeblich einen Extra-Kick beim Orgasmus«, erläuterte Bruder Rapunzel ruhig und zu aller Erstaunen.

Dann fügte er zur Erklärung hinzu: »Zwei Kurienmitglieder sind so vorzeitig vor ihren Schöpfer getreten.«

Jeannie tippte wieder auf die Fernbedienung. Ein neues Bild. Wieder ein Mann mittleren Alters.

»Stephan Brassel, Facilities Operator bei Lionshare BioPharm. Was auch immer das ist. Fünfter Februar 2001.« Das nächste Bild zeigte das vollkommen zertrümmerte Wrack eines VW Golf. »Er hat mitten auf der Autobahn gewendet und ist frontal in einen Laster gerast.«

»Verkappter Suizid oder Alkohol?«, fragte Arnulf Sturmer.

»Die Polizei schließt beides aus«, erläuterte Jeannie. »Laut Polizeibericht muss er wohl die Ausfahrt verpasst haben. – Nächster. Achtzehnter Februar. Karsten Stoye. Buchhalter und Controller bei Lionshare BioPharm.« Das Bild zeigte einen lächelnden Mann Mitte vierzig. Sorgsam frisiert, Krawatte, Hemd, Jackett.

»Kein Todesbild, leider«, sagte Jeannie, »aber er war wohl ein angesehenes Mitglied in einem Schützenverein. Bei einer Übungsstunde muss er sich die Pistole in den Hosenbund gesteckt haben, als er auf die Toilette wollte. Dort hat sich dann ein Schuss gelöst und eine große Arterie am Bein getroffen. Seine Kameraden haben den Schuss nicht gehört und sind deshalb zu spät gekommen.«

Das nächste Bild hätte eine jüngere Ausgabe von Karsten Stoye sein können, nur noch smarter und gegelter: »Siebenundzwanzigster Februar. Magnus Marbach. Assistent der Geschäftsführung. Er wollte wohl die Lampe in seinem Büro reparieren und hat dazu einen Hocker auf einen Sessel gestellt. Er ist heruntergefallen. Direkt in seinen Schraubenzieher.« Das Bild, das Jeannie dazu aufrief, hätte aus einem Horrorfilm stammen können. Marbachs Gesicht, blutüberströmt. Der Schraubenzieher steckte tief in der Augenhöhle.

Jeannie klickte weiter. Das Bild einer jungen, hübschen Frau. Dann der Körper der jungen Frau, auf einem Steinfußboden, Arme und Beine von sich gestreckt. »Am achten März ist Isabell Gmündner aus dem Fahrstuhl im fünften Stock des Hauptgebäudes von Lionshare BioPharm gestiegen und geradewegs über das Geländer einer Galerie gelaufen. Die haben wohl so eine Art Atrium da.«

Und keine Sicherheitsnetze?, fragte sich Katharina. Und ... »Wie war der Name?«

»Gmündner. Isabell Gmündner. Warum?«

»Ich habe den Namen schon mal irgendwo gehört.« Katharina konnte sich aber nicht erinnern, wo.

»Arne Gerhold, Systemadministrator in der IT von Lionshare BioPharm«, fuhr Jeannie fort und rief das Bild eines jüngeren Mannes mit Karohemd und ungleichmäßig kurzen Haaren auf den Schirm. »Der hat sogar Schlagzeilen gemacht. Am vierundzwanzigsten März 2001 ist er, um seine Freundin zu beeindrucken, ins Löwengehege des Frankfurter Zoos geklettert.« Wie zum Beweis drückte sie auf die Fernbedienung. Ein Zeitungsausschnitt mit der Überschrift: »Tod im Raubtiergehege«. Darunter das Foto einer friedlich ruhenden Löwenfamilie.

»Romana Leycht, Putzfachkraft bei Lionshare BioPharm«, sagte Jeannie mit dem nächsten Tastendruck. Der Monitor zeigte eine junge Frau mit langen, schwarzen Haaren, vielleicht Mitte zwanzig. »Sie ist am achten April 2001 aus dem Fenster ihrer Wohnung im fünfzehnten Stock gestürzt. Offenbar wollte sie ein Fenster putzen. – Wendellin Sturtz, Marketingleiter bei Lionshare BioPharm. Leider habe ich kein Foto. Nur das hier.«

Das Bild zeigte das Wrack eines Audis, der sich in eine Hauswand gebohrt hatte.

»Dreiundzwanzigster April 2001. Statt abzubiegen, ist Wendellin Sturtz ohne zu bremsen in eine Hauswand gerast. – Und dieser hier ist auch bei der Polizei anderweitig aktenkundig«, holte Jeannie aus, als sie das nächste Bild aufrief. Ein Mann im Laborkittel, jung, aber mit schütterem Haar, lächelnd, der einem anderen Mann die Hand schüttelte. Offenbar ein Pressefoto. »Doktor med. Doktor rer. nat. Philip Seligheimer, Leiter der Abteilung für biologisch-pharmazeutische Forschung bei Lionshare BioPharm. Er ist am fünften Mai 2001 in der Nähe seines Hauses auf die Autobahn vor einen Lastwagen gelaufen.«

»Und warum aktenkundig?«, fragte Katharina.

»Die Polizei war mehrfach bei ihm. Er hat seltsame Strafanzeigen gestellt. Etwa gegen seine Nachbarn, die ›von Aliens infiltriert sind und ihn mit Gedankenstrahlen kontrollieren wollen‹. Hat außerdem die halbe Nachbarschaft verklagt. Und das Ordnungsamt hat seine Jagdflinte eingezogen, nachdem er damit einen Passanten vor seinem Haus bedroht hat.«

»Wie alt war er?«, fragte Amendt.

»Dreiunddreißig.«

»Dreiunddreißig. Doppeldoktor. Und Führungskraft. Genie und Wahnsinn«, sagte Arnulf Sturmer. »Vermutlich übergeschnappt.«

»Wie war noch mal der Name?«, fragte Amendt.

»Philip Seligheimer.«

»Warum?«, fragte Katharina.

»Den Namen kenne ich. Ich kann ihn nur gerade nicht unterbringen. Ich denke drüber nach. Später. Jeannie?«

Jeannie drückte erneut auf die Fernbedienung. Das Bild einer gemütlich-runden Mittfünfzigerin in einer Kittelschürze erschien. »Gertrud Fröhlich. Dreiundzwanzigster Mai 2001. Köchin mit Spezialisierung auf vegetarische Gerichte in der Kantine von Lionshare BioPharm. Sie hat sich mit einem Salat vergiftet.«

»Ich habe ja immer gesagt, dieses Kaninchenfutter ist ungesund«, kommentierte Arnulf Sturmer und handelte sich einen Ellbogenstupser von Bruder Rapunzel ein.

»Sie hat«, Jeannie hatte die Stimme erhoben, um durch das allgemeine Lachen durchzudringen, »ihren Salat mit Amaryllis zubereitet.«

»Und so was passiert einer professionellen Köchin?«, fragte Amendt überrascht.

»Ihre Küchenhilfe ist auch tot. Am ersten Juni 2001. Alye Bach.« Eine junge, türkisch aussehende Frau. »Sie hat bei sich zu Hause einen Gasherd gehabt. Der war wohl etwas defekt, und sie muss einen der Regler mit einem Kochlöffel festgeklemmt haben. Leider ist die Flamme ausgegangen. Und dann wollte sie sich wohl eine Zigarette anzünden.« Jeannie rief ein weiteres Foto auf, das ein Mietshaus aus den Fünfzigern zeigte, dessen halbe Hausfront weggesprengt war. »Wie durch ein Wunder ist niemand sonst umgekommen.«

Sie rief ein neues Foto auf. Ein Mann in den Dreißigern. Blaumann. Unrasiert, aber lächelnd. »Hannes Schlender. Am einundzwanzigsten Juni 2001. Lastwagenfahrer für Gefahrengut bei Lionshare BioPharm. Er hat sich den Unternehmenslaster ausgeliehen, um für einen Freund einen Umzug zu machen. Die Ladung war wohl nicht gut befestigt. Als er den Wagen öffnen wollte, ist erst eine Waschmaschine auf ihn gefallen und dann ein Kühlschrank. – So! Das war der Letzte.« Jeannie stieß erleichtert die Luft aus.

»Wenn das –«, wollte Katharina die Diskussion einleiten.

Doch Jeannie sagte rasch: »Es gibt noch mehr. Etwas, was ich von Andreas gelernt habe. Dass man sich die Totenscheine ansehen soll. Also: Die sind alle vom gleichen Arzt ausgestellt. Einem Doktor Giselher Eggers. Der ist Firmenarzt von Lionshare BioPharm, wird aber auch als Hausarzt benannt. Außerdem ist er bei Lionshare BioPharm Leiter der medizinischen Forschung.«

»Also, wenn –«, setzte Katharina erneut an.

Diesmal war es Manès Müller, der sie unterbrach: »Zunächst einmal, Frau Söhnlein …«

»Jeannie, bitte.«

»Also gut, Jeannie. Das war eine sehr gute Präsentation.«

»Danke.«

»Sie sind für so was geboren. Die Bühne.«

»Danke. Ich will nämlich Schauspielerin werden.«

»Und wenn wir öffentliche Präsentationen haben, dann werden wir sicher an Sie denken. – Aber eine Frage: Sind noch mehr Lebensversicherungen an Lionshare BioPharm ausgezahlt worden?«

»Das habe ich natürlich auch überprüft. Es gibt schon ein paar. Meistens so eine oder zwei im Jahr. Aber die Todesursachen sind alle natürlich, Krebs. Herzinfarkt. Ein Blinddarmdurchbruch. Und ein Autounfall. Aber der war erst im letzten Jahr.«

»Dann ist diese Häufung also auffällig?«

»Ja. Ist sie. – Glaubt ihr«, fragte Jeannie in die Runde, »da ist ein Serienmörder am Werk?«

Arnulf Sturmer antwortete: »Nee, Serienmörder sind nicht so einfallsreich. Die haben meistens einen Modus Operandi, an den sie sich halten. Aber die Häufung ist schon auffällig. Wir sollten uns die Fälle mal detailliert ansehen, um herauszufinden, ob es noch irgendwelche Verbindungen gibt.«

»Das habe ich mir schon gedacht«, sagte Jeannie stolz und schob ihm den Stapel mit Akten hin, der vor ihr gelegen hatte. Arnulf Sturmer teilte den Stapel gerecht zwischen sich, Bruder Rapunzel, Harry und Darian auf.

»Und in jedem Fall brauchen wir mehr Informationen zu Lionshare BioPharm«, sagte Katharina. »Ich habe da eine Quelle, die ich gleich noch besuchen werde. Ihr anderen macht besser mal Feierabend. Die sind alle seit 2001 tot, laufen uns also bis morgen früh nicht weg.«

Bruder Rapunzel nahm seine Akten: »Nun, ora et labora, Katharina.«

»Na, dann geh mal beten, dass wir bald irgendeinen Faden finden, mit dem wir das Chaos entwirren können. – Doktor Amendt?«

Andreas Amendt hatte sich unterdessen der Fernbedienung bemächtigt und war gedankenverloren dabei, die Fotos noch einmal durchzublättern.

»Doktor Amendt?«, fragte Katharina noch einmal nachdrücklicher.

»Ja?« Endlich sah er auf.

»Ich würde gerne zu Arthur von Koestler, meinem Vermögensverwalter. Kommen Sie mit? Vielleicht fallen Ihnen noch ein paar Fragen ein, die wir zu Lionshare BioPharm stellen können.«

Sie hatten sich wieder in den Smart gezwängt und warteten auf eine Lücke im Verkehr auf dem Schaumainkai, um sich einzufädeln. Aus den Augenwinkeln sah Katharina, dass Amendt angestrengt aus dem Fenster starrte. Seine Lippen bewegten sich, als würde er mit jemandem sprechen.

»Alles in Ordnung?«, fragte Katharina. »Sie wirken verärgert.«

»Ja, ja, alles in Ordnung …«, sagte Amendt geistesabwesend.

»Irgendwas, was ich gesagt habe? Hören Sie, ich wollte Sie vorhin –«

»Nein, nein, es ist nicht wegen Ihnen.« Amendt drehte sich zu Katharina um. »Ich bin nur frustriert, weil mir nicht mehr einfällt, woher ich den Namen Philip Seligheimer kenne. Normalerweise ist mein Gedächtnis gut in so was. Außerdem ...« Er rieb sich mit der rechten Hand über das Gesicht.

»Außerdem?«, bohrte Katharina nach.

»Ach, ich ärgere mich über mich selbst. Weil ich schon anfange, an medizinische Ammenmärchen zu glauben.«

Endlich kam die Lücke im Verkehr, und so musste Katharina bis zur nächsten roten Ampel warten, um nachzufragen: »Medizinische Ammenmärchen? Den ›schwarzen Schwarm‹ meinen Sie?«

»Ja.«

»Wie kommen Sie darauf?«

Statt einer Antwort fragte Amendt: »Was haben alle zwölf Todesfälle gemeinsam?«

»Nun, es sind Unfälle«, zählte Katharina auf. »Alle haben bei der gleichen Firma gearbeitet, der gleiche Arzt hat den Totenschein ausgestellt –«

»Nein, das meine ich nicht. Bei allen Fällen ist die Unfallursache übersteigerter Leichtsinn und Unachtsamkeit. Das wäre genau das, was beim ›schwarzen Schwarm‹ als Extremversion von Toxoplasmose zu erwarten wäre. Nehmen Sie dann noch die Paranoia von dem Seligheimer hinzu ... Das passt alles.«

»Dann haben wir doch eine gute Spur, oder? Ich meine, ein unbekannter Parasit, ein Pharmaunternehmen und –«

»Zwölf Fälle? Und keine Dokumentation? Und wie sollen die überhaupt mit dem hypothetischen Erreger in Berührung gekommen sein? Betriebsausflug an den Amazonas?«

»Was ist denn die Alternative? Drogen vielleicht?«

»Na ja, das Einzige, was mir dazu einfällt, ist eine chronische Schwermetallvergiftung. Quecksilber oder so etwas. Aber dann gäbe es noch andere Symptome wie Haarausfall. Und das hätte Jeannie sicher erwähnt.«

»Aber möglich wäre es? Oder eine Droge mit chronischem Langzeiteffekt?«

»Na ja, Schwermetallvergiftung tritt meistens bei Unfällen auf. Oder wenn Räume entsprechend belastet sind. Aber die Toten kamen alle aus unterschiedlichen Abteilungen.«

»Bis auf die Köchin und die Küchenhilfe«, wandte Katharina ein.

»Ja, aber Küchen werden extrem streng überwacht. Und das erklärt auch nicht die anderen zehn.«

»Vielleicht eine Medikamentenstudie, die schiefgegangen ist? Lionshare ist doch ein Pharmaunternehmen.«

Amendt lehnte sich zurück in den Sitz des Smart. Nachdenklich begann er, seine Hand zu massieren. »Solche Studien sind streng reglementiert. Die Patienten werden genau ausgesucht. Da wählt man nicht einfach irgendwelche Leute aus, die man zufällig auf dem Büroflur trifft. Und vor allem: Was hätte Vogel damit zu tun? Wenn er Forscher wäre, könnte ich mir das vorstellen. Aber als Jurist? Glauben Sie, er hat neue Paragrafen getestet? Ich meine, Gesetzestexte können einen schon in den Wahnsinn treiben.«

Bei einem seriösen Vermögensverwalter.

Irgendein unsichtbares und unhörbares Signal musste Arthur von Koestler Katharinas und Amendts Kommen bereits angekündigt haben, denn er stand, gekleidet in einen dunklen Anzug mit grauer Weste, an der sich eine Uhrkette vom Knopfloch zur Tasche schlängelte, bereits in der Mitte seines großen Büros, um sie willkommen zu heißen.

»Guten Abend«, sagte er fröhlich. »Stehe ich wieder einmal unter Mordverdacht?«

Während der Ermittlungen zur Ermordung von Katharinas Familie hatte einiges darauf hingedeutet, dass Koestler in schmutzige Geschäfte verwickelt gewesen war; eine Vermutung, die sich im Nachhinein als falsch erwies und die Koestler noch immer amüsierte. Koestler stammte aus einer alten Ritterfamilie, die sich ihr ursprüngliches Vermögen als Raubritter verdient hatte. »Tja«, hatte er bei Katharinas letztem Besuch gesagt. »Schade, dass ich nicht wirklich ein Superhirn des Verbrechens bin. Meine Ahnen wären so stolz auf mich.«

Er reichte Katharina und Amendt die Hand, dann bat er sie, auf den Sesseln am Kamin Platz zu nehmen. »Was kann ich für Sie tun, Frau Klein?«

»Was können Sie mir über Lionshare BioPharm erzählen?«

»Ah, ich sehe, Sie haben bei unserem letzten Anlagegespräch doch einigermaßen aufgepasst«, sagte Koestler vergnügt. »Eine gute Geldanlage. Auf jeden Fall.«

»Nein, deswegen frage ich nicht. Sondern –«

Koestler winkte ab. »Das dachte ich mir schon. Sondern weil Jan-Ole Vogel mal für Lionshare BioPharm gearbeitet hat, oder? Guter Mann. Schade um ihn. – Also, was wollen Sie wissen?«

»Eigentlich alles. Was das Unternehmen macht und so weiter. Wir sind jetzt bei den Ermittlungen mehrfach auf Lionshare BioPharm gestoßen.«

»Nun, ich kann Ihnen nur sagen, was die offiziellen Quellen hergeben und was in der Branche so geredet wird. Es ist nicht viel.«

»Aber vielleicht ein Anfang.«

»Also gut: Lionshare BioPharm ist, wie Sie sich denken können, ein pharmazeutisches Unternehmen. Es übernimmt Medikamente in der Laborphase und entwickelt sie dann bis zur Serienreife weiter. Danach lizenziert Lionshare die Wirkstoffe an andere pharmazeutische Unternehmen. Das Modell ist ziemlich erfolgreich. Außerdem gerecht: So können wichtige Medikamente an mehrere Unternehmen gleichzeitig lizenziert werden, was die Preise im Rahmen hält. Das Unternehmen wurde 1997 gegründet. Jan-Ole Vogel war in den Anfangstagen mit dabei. Bis Ende 2000.«

Bis Ende 2000? Die Toten sind doch alle 2001 verstorben, dachte Katharina. Seltsam. Waren sie doch auf einer falschen Fährte?

»Und der Börsengang?«, fragte Andreas Amendt.

»Nun, Lionshare will expandieren und mehr Produktion selbst übernehmen, gerade bei kleineren Medikamentenserien. Dazu müssen neue Werke gebaut werden und so weiter. Dafür braucht das Unternehmen Geld. Deshalb der Börsengang. Ist aber ein sehr solides Geschäft.«

»Forschung und Entwicklung sind aber teuer«, tastete sich Amendt weiter vor. »Und die haben das nur über Lizenzen finanziert?«

Koestler lächelte wissend. »Ja, das war uns auch allen ein Rätsel. Tatsache aber ist, dass das Unternehmen sehr geschickt darin ist,

Forscher von Universitäten abzuwerben – und ihre Forschungsarbeit gleich mit. Was den Unis nicht ganz unrecht zu sein scheint. Immerhin kooperieren sie bei klinischen Studien und Ähnlichem. Drittmittel, Sie wissen ja.«

Katharina mischte sich ein: »Gab es jemals Hinweise auf unsaubere Geschäfte? Unregelmäßigkeiten?«

»Nein. Nicht, dass das Unternehmen nicht auch mit harten Bandagen kämpft. Das gehört zur Branche. Aber zum Börsengang mussten die sehr viel offenlegen. Und ich habe selten Bücher gesehen, die so sauber sind.«

»Was würde bei einem plötzlich bekannt werdenden Skandal passieren?«

»Das kommt darauf an, ob dieser Skandal vor dem Börsengang bekannt wird, danach oder währenddessen. Im ersten Fall würde es das Unternehmen eine Stange Geld kosten. Börsengangsvorbereitungen sind nicht zum Nulltarif zu haben und der Börsengang müsste gestoppt oder verschoben werden. Doch das wäre zu verkraften. Lionshare steht finanziell ziemlich gut da. Währenddessen oder danach ist eine andere Geschichte.«

»Nämlich?«

Koestler lächelte verschmitzt: »Die Kurse würden natürlich gnadenlos einbrechen. Je nachdem, wie gut das Unternehmen das managt, ist es entweder am Ende oder geht stärker daraus hervor. So auch die Aktionäre.«

»Wie das?«

»Nun, die Preise fallen deutlich unter den Buchwert. Wenn jetzt jemand geschickt kauft und sich das Unternehmen erholt, dann steigen die Kurse rasch wieder. Guter Gewinn, wenn auch nicht ohne Risiko. – Haben Sie denn einen Verdacht, dass bei Lionshare BioPharm irgendetwas nicht mit rechten Dingen zugeht?«

Den hatte Katharina allerdings. Doch das wollte sie nicht gerade aller Welt bekanntmachen. Koestler und seine Kollegen redeten viel, das wusste sie. »Nein, nichts Konkretes. Nur, dass Vogel für das Unternehmen gearbeitet hat. Und …« Wie fragte sie das jetzt am besten? »Sie haben ja vielleicht gehört, dass uns die Versicherungskonzerne mit ihren Akten überschwemmen.«

»Ja, das war zu erwarten. Denen ist jedes Mittel recht, Versicherungssummen zurückzufordern.«

»Nun, wir haben festgestellt, dass Lionshare BioPharm Lebensversicherungen auf seine Mitarbeiter abschließt. Ist das normal?«

»Nein, normal ist das nicht. Es sollte aber normal sein. Mitarbeiter zu ersetzen ist teuer. Gerade wenn der Todesfall überraschend kommt. Da können Sie schnell mal ein bis zwei Jahresgehälter ausgeben, um einen kompetenten Nachfolger zu finden und einzuarbeiten. Das ist ein Risiko, gegen das sich Unternehmen absichern sollten.«

»Aber«, fragte Andreas Amendt, »könnte das nicht auch missbraucht werden?«

»Leider ja. Es gibt gerade einige amerikanische Unternehmen, denen sind tote Mitarbeiter mehr wert als lebende. Aber bei Lionshare BioPharm ... Die Pharmabranche beschäftigt viele spezialisierte Mitarbeiter, die nur schwer zu ersetzen sind. – Um welche Summe geht es denn?«

»Viereinhalb Millionen Euro. Im Jahr 2001.«

»Für wie viele Mitarbeiter?«

»Zwölf.«

Koestler hob ratlos die Schultern. »Peanuts für ein Unternehmen wie Lionshare. Und bei zwölf Mitarbeitern ... Fast schon unterversichert. – Noch weitere Fragen?«

»Ja, eine«, begann Andreas Amendt. »Ist vielleicht eine dumme Frage, aber welche Aufgaben hat ein Justiziar?«

»Nun, er berät Unternehmen in rechtlichen Fragen. Er kann mit Einschränkungen Unternehmen auch vor Gericht vertreten. Aber die meisten Justiziare setzen eher auf solide Vertragswerke und Verhandlungen im Vorfeld.«

»Also würden sie eine Rolle bei möglichen Skandalen spielen?«

»Natürlich. Aber glauben Sie mir: Bei Lionshare BioPharm hat es keine Skandale gegeben. Das Unternehmen ist jetzt vor dem Börsengang derart auseinandergenommen und überprüft worden, da hätte es schon ein Genie gebraucht, um etwas zu vertuschen. Gerade bei den ein wenig seltsamen Eigentumsverhältnissen des Unternehmens.«

»Seltsame Eigentumsverhältnisse?«, fragte Katharina.

Koestler lehnte sich zurück: »Ach ja, richtig, das habe ich völlig vergessen, und es könnte für Ihre Ermittlung wichtig sein. Denn wenn es irgendwo Skandalpotenzial gibt, dann da.«

»Wem gehört das Unternehmen denn?«

»Nun, das weiß eigentlich keiner so genau. Offizieller Eigentümer ist eine Stiftung, die wiederum mehreren anderen Stiftungen gehört. Ich schätze mal, dass sich da ein paar reiche Menschen eine Altersversorgung geschaffen haben. Ist gar nicht so ungewöhnlich. Nur interessant, dass ich nicht weiß, wer dieses Stiftungssystem aufgebaut hat. So was spricht sich sonst in der Branche ganz rasch herum. Muss ein Außenseiter gewesen sein. Hat allerdings einen guten Job gemacht. Rechtlich einwandfrei. Mehr weiß ich leider auch nicht. Und wenn Sie sonst noch etwas wissen wollen ...« Er machte Anstalten aufzustehen.

Katharina fielen keine weiteren Fragen ein. Amendt wohl auch nicht. Er erhob sich ebenfalls, um Koestler zum Abschied die Hand zu schütteln.

»Ach, Doktor Amendt, mein Beileid zum Tod von Paul Leydth«, sagte Koestler plötzlich. »Das hatte ich völlig vergessen. Ich bitte um Entschuldigung.«

»Ja, ja, danke«, sagte Amendt hastig.

Doch Koestler ließ seine Hand nicht los: »Wissen Sie schon, was Sie mit dem Erbe machen werden? – Ich habe selbst einige Assets der Leydths in meiner Verwaltung, daher bin ich über den Erbnehmer informiert worden.«

Amendt zog die Hand zurück: »Ich werde das Erbe ablehnen.«

»Ich kann Sie verstehen. Aber wenn ich meine Meinung sagen darf: Die Entscheidung ist vielleicht etwas voreilig. In der Staatskasse nützt das Geld niemandem etwas.«

»Und was würden Sie machen?«, fragte Amendt zögernd.

»Kann ich Sie dazu einen Moment unter vier Augen sprechen?« Koestler wandte sich entschuldigend zu Katharina. »Klientengespräche sind vertraulich. Sie wissen das ja.«

Katharina stand auf. »Schon klar. Ich warte draußen.«

Katharina musste etwas länger als einen Moment auf Amendt warten. Endlich kam er aus Koestlers Büro, beladen mit Prospekten und Heftern. »Überlegen Sie es sich gut«, sagte Koestler, als er Amendt und Katharina persönlich zur Tür geleitete. »Sie könnten sehr viel Gutes tun.«

Er trat mit ihnen hinaus auf den kleinen Vorplatz der Villa und deutete auf den Smart: »Und, Frau Klein, gönnen Sie sich mal ein angemessenes Auto.«

»Das ist ein Dienstwagen«, sagte Katharina kleinlaut.

»Eben. Gönnen Sie sich was Anständiges. Und stellen Sie den da in die Polizeigarage. Sie können sich das wirklich leisten.«

Koestler reichte Katharina und Amendt zum Abschied die Hand. Dann verschwand er wieder im Gebäude.

Amendt saß schweigend auf dem Beifahrersitz und massierte sich die Hand.

»Alles in Ordnung?«, fragte Katharina.

»Nur noch mehr verkrampft als sonst«, erwiderte Amendt mürrisch. »Ich bin echt versucht, es bald mal mit tautologischer Mirabellentherapie zu versuchen, oder wie diese Dinge sonst heißen.«

»Denken Sie, das hilft?«

»Ich weiß es nicht. Kirsten meint ja, es wäre psychosomatisch. Vielleicht wird es von selbst besser.«

»Was hat Ihnen Koestler denn geraten?«, fragte Katharina, um das Thema zu wechseln.

»Im Prinzip das Gleiche wie Sie. Eine persönliche Rücklage bilden, den Rest auf Stiftungen übertragen und Gutes tun.«

»Und?«

»Ich denke noch mal drüber nach.«

»Sie könnten so immerhin das Blaue Café erhalten, nicht wahr? Als Stiftung für Jazzmusik zum Beispiel.«

»Vielleicht.« Amendt presste die Hände auf die Oberschenkel.

Katharina fuhr kurzerhand den Wagen rechts ran und schaltete die Warnblinkanlage ein. Dann drehte sie sich zu ihm um: »Sie sind wieder auf Turkey, nicht wahr?«

»Lionshare BioPharm – Erfolgsunternehmen oder politische Kaderschmiede?«

»... Das ist unser erstes Thema«, dröhnt die Moderatorin. »Willkommen bei ›Hallo Hessen – Wirtschaft am Morgen‹. Bei mir im Studio sind Francis Heitmann, Pressesprecher von Lionshare BioPharm ...«

»Guten Morgen.«

»... und Heinz Dolinski, Vorsitzender von Politik-Watch e.V.«

»Guten Morgen.«

»Lionshare BioPharm ist nach dem Freitod von Justizminister Vogel ins Blickfeld geraten, kurz vor dem geplanten Börsengang des Unternehmens. Jan-Ole Vogel war Justiziar des Unternehmens von 1997 bis zum Jahr 2000, dem Jahr, in dem er in die Landespolitik wechselte –«

»Ich finde sehr bedenklich, was Sie da insinuieren«, fällt Francis Heitmann der Moderatorin ins Wort. »Lionshare BioPharm hat seit seiner Gründung 1997 Erfolgsgeschichte geschrieben und das zwischenfalls- und skandalfrei.«

»Dennoch ist es zumindest bemerkenswert«, widerspricht Heinz Dolinski, »dass neben Jan-Ole Vogel nicht weniger als fünf weitere Mitglieder der jetzigen Landesregierung ehemalige Mitarbeiter von Lionshare BioPharm sind, darunter Robert Hans Becker, der erste Geschäftsführer und heutige Ministerpräsident.«

»Das ist natürlich –«, beginnt die Moderatorin.

»Aber, aber, Herr Dolinski«, übernimmt Heitmann wieder das Wort, »es ist doch gerade eine wesentliche Forderung von Organisationen wie den Ihren, dass wir Politiker mit Wirtschaftskompetenz brauchen.«

»Wenn ich dann einmal nach der Rolle von Jan-Ole Vogel bei Lionshare BioPharm fragen darf«, sagt die Moderatorin energisch.

»Es gibt immerhin Hinweise, dass sein Freitod mit der Arbeit bei Lionshare BioPharm zu tun hat. Herr Heitmann?«

»Also das halte ich für ganz ausgeschlossen. Jan-Ole Vogel war ein brillanter Wirtschaftsjurist und zentraler Architekt unserer Unternehmensstruktur. Wie Sie da auf einen Zusammenhang mit seinem Suizid schließen können, ist mir ein Rätsel.«

»Eine brillante Struktur, in der Tat.« Dolinskis Stimme trieft vor Sarkasmus. »So brillant, dass die wahren Eigentümer des Unternehmens bis heute unbekannt sind. Wer garantiert mir, dass dort nicht Gelder aus dem organisierten Verbrechen gewaschen werden?«

»Aber, aber, Herr Dolinski. Sie haben doch selbst die Bücher einsehen können, die ja dank des baldigen Börsengangs offenliegen. Mehrere unabhängige Experten haben bestätigt, dass es keinerlei Ungereimtheiten gibt.«

»Und diese unabhängigen Experten werden sich sicher auch bald auf gut dotierten Posten in der Landesregierung wiederfinden.«

»Ich verbitte mir solche Unterstellungen ohne jeglichen Wahrheitsgehalt.« Theatralisch unterdrücktes Seufzen. »Das ist leider das Problem in diesem Land. Erfolg zählt nichts mehr. Ein erfolgreiches Unternehmen geht an die Börse, das sollte ein Grund zum Feiern sein, aber nicht für Häme.«

»Über den Börsengang des Unternehmens werden wir im Laufe der Sendung auch noch sprechen«, mischt sich die Moderatorin versöhnend ein. »Doch zunächst etwas Musik: Bachmann Turner Overdrive mit ›Taking Care of Business‹.«

Zugzwang

Donnerstag, 10. April 2008.

»My opponents make good moves too.
Sometimes I don't take these things into consideration.«
Bobby Fischer

Der Ministerpräsident bittet nach Wiesbaden.

Dankenswerterweise drehte der Fahrer das Radio leiser, als das schwere Auftaktriff von »Taking Care of Business« aus dem Surroundsound-System des großen Mercedes drang.

Katharina ließ den Kopf gegen das kühle Leder ihres Sitzes sinken und dachte über den Radiobericht nach, den sie gerade gehört hatte. Die Medien spekulierten also über einen Zusammenhang von Vogels Suizid mit seiner Arbeit bei Lionshare BioPharm. Wenigstens war die Nachricht von den zwölf Toten noch nicht zu ihnen durchgedrungen. Dass auch Robert Hans Becker, der Ministerpräsident, für das Unternehmen gearbeitet hatte, war ihr neu. Und vermutlich der Grund, weshalb sie jetzt in diesem Wagen saßen.

Um exakt 5 Uhr 53 hatte sie ihre Türklingel aus dem Schlaf geschreckt. Vor der Tür hatten zwei Männer gestanden, Format Kleiderschrank, kurzgeschorene Haare, schwarze Anzüge. Die Männer hatten sie darüber informiert, dass der Ministerpräsident sie unverzüglich zu sehen wünsche. Sie und Dr. Amendt, der in diesem Augenblick, nur mit T-Shirt und Boxershorts bekleidet, aus dem Gästezimmer kam.

Fünfzehn Minuten später hatten die Männer sie zu dem schwarzen Mercedes eskortiert und auf die Rückbank verfrachtet. Es fehlte gerade noch, dass sie Katharinas Kopf mit der Hand führten wie bei einer Festnahme.

Das alte »Grandhotel Rose«, der Sitz der hessischen Staatskanzlei, war ein Prunkbau der Jahrhundertwende, malerisch am Kochbrunnenplatz gelegen. Becker galt als Liebhaber der Künste und so erinnerte die Etage, in der er residierte, eher an eine Galerie für moderne Kunst denn an den Dienstsitz eines Ministerpräsidenten.

Das Büro, in das die Männer sie schließlich geleiteten, war modern eingerichtet, Stahl und Glas, schwarze Ledersessel; die Möbel verloren sich fast in dem riesigen Raum mit hoher Stuckdecke. Der Innenarchitekt musste einen »Verschmelzung von Alt und Neu zu ästhetischer Symbiose«-Orgasmus gehabt haben.

Ministerpräsident Robert Hans Becker war bereits von seinem Schreibtisch aufgestanden, um sie zu begrüßen. Während er auf sie zukam, lächelte er das Lächeln, das ihm wohl einer seiner Imageberater als besonders sympathisch und staatstragend verkauft hatte. Es hatte auch die Plakate im letzten Wahlkampf geziert, bis jemand angefangen hatte, den ursprünglichen Slogan mit »Ich habe euch zum Fressen gern« zu überkleben.

»Frau Kriminaldirektorin Klein, Herr Professor Doktor Amendt, schön, dass Sie kommen konnten.« Beckers Stimme war noch öliger als in den Medien, sein Händedruck zu weich. Aus der Nähe betrachtet, ähnelten seine Augen noch mehr denen eines Komodowarans.

»Ich dachte mir, es ist an der Zeit, dass wir uns einmal über meinen Freund Jan-Ole Vogel unterhalten. – Hanfried wird auch gleich zu uns stoßen. Aber nehmen Sie doch Platz.« Er deutete auf eine Gruppe aus schwarzen Ledersesseln.

»Sie wissen es vielleicht nicht«, begann Becker, kaum dass sie sich gesetzt hatten, »aber Jan-Ole und ich sind zusammen zur Schule gegangen. Schloss Hagerhof. Eine einprägsame Zeit. Jan-Ole war im Jahrgang unter mir. – Schon damals der Typ idealistischer Politiker. Schulsprecher. Und immer genau und korrekt. So wie auch später. Seine Amtsführung war durchgehend ohne Fehl und Tadel. Da werden Sie nichts finden, was zu diesem … seiner traurigen Entscheidung beigetragen hat. Keine Unsauberkeiten, keine plagiierten

Doktorarbeiten oder so was. Da lege ich meine Hand für Jan-Ole ins Feuer. Sein Freitod muss persönliche Gründe gehabt haben.«

In Katharina begannen alle Alarmsirenen zu schrillen. Zwar hatte sie nicht den Eindruck, dass Becker log. Aber Zeugen, die ungefragt so viele Informationen preisgaben, hatten in der Regel etwas zu verbergen.

»Ah, Hanfried, komm doch rein.« Die Tür hatte sich geöffnet, der Innenminister war eingetreten. Becker stand auf, um ihn zu begrüßen. Der Handschlag zwischen beiden war frostig.

»Ich war gerade dabei, von Jan-Ole zu erzählen«, sagte Becker, während er de la Buquet zu den Sesseln führte. Der Innenminister ließ sich auf einem der Sitzmöbel nieder und murmelte eine muffelige Begrüßung.

»Wir drei, also Hanfried, Jan-Ole und ich, waren auch zusammen auf der Universität«, fuhr Becker munter plaudernd fort. »Mensch, Hanfried, weißt du noch, wie wir damals um die Häuser gezogen sind?«

De la Buquet nickte stumm.

»Jan-Ole war auch da schon der absolute Überflieger. Hat sein erstes Staatsexamen nach fünf Semestern gemacht. Hat uns glatt abgehängt.«

Katharina räusperte sich. »Ich würde gerne mehr über Ihre Zeit bei Lionshare BioPharm wissen.«

»Ja, das dachte ich mir. – Ich muss mich aber darauf verlassen können, dass diese Informationen vertraulich bleiben.«

»Wenn es uns im Rahmen unserer Ermittlungen möglich ist«, wählte Katharina die diplomatische Standardformulierung.

»Sie werden sehen: Was die Presse heute aufwirbelt, ist alles nur Schaum. Da ist irgendein Trittbrettfahrer unterwegs, der beim Börsengang die Kurse drücken will. – Also frisch heraus: Fragen Sie.«

»Sie waren Geschäftsführer bei Lionshare BioPharm.«

»Oh, mehr als das. Ich habe das Unternehmen praktisch gegründet. Also, der Jan-Ole und ich. Das war eine Idee, die wir schon länger hatten. Und wir sind damit dann zum Minister für Forschung und Bildung gegangen. Wir haben damals gerade angefangen, uns in der Parteipolitik zu engagieren. Jan-Ole bei den Liberalen, ich erst bei den Sozis und dann bei den Konservativen. Man lernt eben dazu im Leben.«

»Was für eine Idee?«

»Also ... Das muss aber wirklich unter uns bleiben. Sie werden sehen, das klingt alles geheimnisvoller, als es ist.«

Katharina schwieg. Bei beredten Zeugen die beste Strategie. Gehorsam fuhr Becker fort: »An hessischen Universitäten und anderen staatlichen Forschungsstätten in unserem Land wird jährlich Spitzenforschung betrieben. Bis zur Patentreife. Doch Unis und das Land haben kaum etwas davon. Weil die Privatwirtschaft die Forscher abwirbt. Und ihre Forschung gleich mit. Gerade im Bereich der pharmazeutischen und medizinischen Forschung. Herr Doktor Amendt weiß da sicher noch besser Bescheid.«

Amendt nickte, während er unauffällig seine linke Hand massierte.

»Ich meine, heute, mit den Verwertungsagenturen und der Drittmittelforschung, ist die Lage zwar besser, aber damals, Mitte der Neunziger, war das ein wirtschaftliches Disaster. Also haben Jan-Ole und ich uns gesagt, es wäre doch gut, wenn die Einnahmen aus diesen Patenten direkt den Unis zugutekämen. Und dem Land. Deshalb haben wir den Minister für Bildung und Forschung davon überzeugt, Lionshare BioPharm zu gründen. Lionshare, Sie wissen schon, wegen des hessischen Löwen.« Becker deutete auf das Landeswappen an der Wand über seinem Schreibtisch.

»Dann ist Lionshare BioPharm ein Staatsunternehmen? Warum dann diese Konstruktion über Stiftungen?«, fragte Katharina.

»Ich sehe, Sie haben Ihre Hausaufgaben gemacht. Also, der Jan-Ole und ich haben uns gesagt, dass wir eben kein Staatsunternehmen wollen. Keine Behörde. Sondern ein Privatunternehmen. Gemanagt wie ein Privatunternehmen. Nur eben in Landesbesitz. Aber mit möglichst geringem Einfluss seitens der Politik. Um das zu gewährleisten, hat Jan-Ole dieses System von Stiftungen ausgearbeitet. Auch, um geheim zu halten, wem das Unternehmen gehört, damit uns die Lobbyisten nicht die Bude einrennen. Oder irgendwelche Umweltschützer und sonstige Fanatiker. Aber der Gewinn des Unternehmens fließt je zur Hälfte, als Drittmittel deklariert, an die Universitäten und ins Landessäckel. Sehr profitabel. Wie schon gesagt, das muss vertraulich bleiben.«

»Und der Börsengang?«

»Nun, ich bin schon eine ganze Weile raus aus der Geschäftsführung, auch wenn ich noch immer Vorsitzender einer der Stiftungen bin. Aber die Idee ist, das eingenommene Geld zum Aufbau eigener Produktionsstätten zu nutzen, um so nicht nur über die Lizenzen, sondern auch vom direkten Vertrieb der Medikamente zu profitieren. Und nebenher Medikamente verfügbar zu machen, die für Big Pharma wirtschaftlich nicht interessant sind, weil sie zu spezialisiert sind. Das Ganze wird, wenn es aufgeht, Hessen nicht nur zum Innovationsstandort Nummer eins in Deutschland machen, sondern auch einen soliden Beitrag zu unserem Ziel ›Schuldenfreies Hessen‹ leisten.« Der Ministerpräsident klang so stolz, als würde er selbst den ganzen Tag im Labor stehen und die Welt verbessern.

»Hat es bei Lionshare BioPharm jemals Zwischenfälle gegeben? Unfälle?«, fragte Amendt.

»Nein, nicht dass ich wüsste«, sagte Becker hastig. Dann fügte er hinzu: »Außer ein paar kleineren Betriebsunfällen, die es überall gibt. Sie wissen schon: Jemandem fällt eine Kiste auf den Zeh oder so. Aber Zwischenfälle, an die Sie wahrscheinlich denken: nein. Jan-Ole war auch da ganz besonders hinterher. Er hat damals großen Wert darauf gelegt, dass das Firmengebäude nicht nur repräsentabel, sondern auch hochsicher ist.«

»Könnte es trotzdem sein, dass Justizminister Vogels Freitod in irgendeinem Zusammenhang steht mit Lionshare BioPharm?«, bohrte Katharina nach.

»Nein«, sagte der Ministerpräsident energisch. »Jan-Ole hat damals, nach seinem Ausscheiden, bewusst alle Verbindungen gekappt. Er war bei so was immer überkorrekt. Und das war im Jahr 2000. Vor acht Jahren. Also nein. Das kann ich mir nicht vorstellen. Wie ich schon sagte, ich denke … das Problem lag eher im persönlichen Umfeld.«

»Hatte Doktor Vogel Feinde?«, fragte Katharina.

Der Ministerpräsident lachte: »Klar. Die haben wir alle. Und Jan-Ole war immer besonders wenig bereit, von seinen Überzeugungen abzuweichen. Wer gerade ist, eckt eben an. Besonders in der eigenen Partei. Sie wissen ja: Feind, Todfeind, Parteifreund.«

Amendt lehnte sich vor: »Sie selbst sind ja mit Jan-Ole Vogel häufiger aneinandergeraten.«

Becker winkte ab: »Ach, Pack schlägt sich, Pack verträgt sich.«

»Und der Streit am Freitag vor seinem Freitod?«, fragte Katharina.

»Streit am Freitag?«

»Seine Sekretärin hat uns davon berichtet. Es soll sehr laut zugegangen sein.«

»Ach ja, richtig. Anita, die Gute. Immer die mütterliche Beschützerin. Das war nichts. Nur wieder mal das ewige Streitthema ›Frankfurter Bahnhofsviertel‹. Weiß auch nicht, was Jan-Ole immer damit hatte.«

Katharina bemerkte, wie der Innenminister die Luft einsog.

»Wie stehen die anderen pharmazeutischen Unternehmen zu Lionshare BioPharm?«, fragte Andreas Amendt.

Der abrupte Themenwechsel schien Becker zu überraschen. Er brauchte ein paar Sekunden, bis er antwortete. »Das beste Wort ist wohl ›Hassliebe‹. Die haben gerne die fertig entwickelten Medikamente lizenziert. Sparen sich dadurch viel Geld. Aber jetzt? Ich bin mir sicher, dass die versuchen werden, Lionshare BioPharm zu übernehmen. Aber siebzig Prozent bleiben in Landesbesitz. Die werden schon sehen, wer die härteren Bandagen hat.«

»Könnten die trotzdem Druck auf Justizminister Vogel ausgeübt haben?«, fragte Amendt weiter.

»Denkbar ist alles. Aber Jan-Ole war ja schon seit acht Jahren nicht mehr mit Lionshare BioPharm befasst. Ich glaube wirklich, Sie suchen an der falschen Stelle.«

»Was denken Sie denn, warum er sich umgebracht hat?«

»Ach, das ist eine schwere Frage.« Becker schaltete um auf professionelle Betroffenheit. »Man liest ja heute so viel von Burn-out und dergleichen.«

»Nun«, sagte Katharina, »wir werden uns trotzdem mit Lionshare BioPharm beschäftigen müssen. Allein schon wegen des Medieninteresses.«

»Also, ich würde es bevorzugen, wenn Sie Ihre Ressourcen sinnvoller einsetzten«, sagte Becker schroff. »Allein schon eine Untersuchung, die mit Sicherheit nichts ergeben wird, kann den Börsengang gefährden.« Er wandte sich an Hanfried. »Was denkst du?«

De la Buquet hob nur eine buschige Augenbraue: »Ich vertraue ganz auf Frau Klein und Herrn Doktor Amendt.«

Becker stieß die Luft aus: »Na, Sie werden ja sehen, was Sie davon haben.«

»Wie meinen?«, fragte Katharina knapp.

»Ich meine, dass Sie Ihre Zeit verschwenden. Lionshare Bio-Pharm ist die falsche Spur. Ganz sicher. Und seien Sie sich der Konsequenzen bewusst, die eine solche Untersuchung haben könnte. Der Verantwortung, die Sie tragen.«

Becker war natürlich nicht so höflich gewesen, Katharina und Amendt seinen Fahrdienst auch für den Rückweg zur Verfügung zu stellen. Deswegen war der Innenminister eingesprungen und hatte seinen persönlichen Referenten Glaser gebeten, sie zurück nach Frankfurt zu fahren. De la Buquet hatte sie persönlich zum Wagen gebracht und zum Abschied gesagt, dass sie sich nicht von Ministerpräsident Becker einschüchtern lassen und ihre Untersuchung durchziehen sollten. Einerlei, wohin sie führte. Er persönlich würde ihnen den Rücken decken. So viel also zur Freundschaft zwischen Becker und de la Buquet. Feind, Todfeind, Parteifreund.

Als sie endlich im Fond des Mercedes saßen, fragte Amendt Katharina: »Der Ministerpräsident hat uns gedroht, oder?«

»Das habe ich auch so verstanden.«

»Uns persönlich?«

»Ich denke schon.«

»Und? Was machen wir jetzt?«, fragte Amendt unsicher.

Katharina konnte sich das Grinsen nicht verkneifen: »Na, was wohl? Wenn man dir droht, bist du auf der richtigen Spur, oder nicht?«

In diesem Augenblick hatte der Wagen an einer Ampel angehalten, und Glaser drehte sich zu ihnen um: »Wenn ich Ihnen einen Rat geben darf: Nehmen Sie die Drohung nicht auf die leichte Schulter. Und überlegen Sie Ihre nächsten Schritte gut.« Nach einer kurzen Pause fügte er hinzu: »Becker ist gnadenlos. Sonst wäre er nicht Ministerpräsident.«

Morgenrunde in der Karl-Kreutzer-Villa.

Die SEDI-Ritter der Tafelrunde, dachte Katharina, während die Mitarbeiter der Sonderermittlungseinheit am großen Tisch im Rittersaal Platz nahmen.

Sturmer und Bruder Rapunzel mussten schon seit den frühen Morgenstunden bei der Arbeit sein. Sie hatten die Akten der zwölf Verstorbenen gewälzt. Sehr viel Neues hatten sie nicht zu Tage befördert.

Auch die Hörnchen hatten sich die Hergänge der Unfälle angesehen. »Die Qualität der Untersuchungen ...« – »... ist zwar Mittelmaß, aber ...« – »... es gibt keinen Hinweis ...« – »... auf Tötungsdelikte«, lautete ihr Fazit.

»Noch irgendwelche Leichen, die wir exhumieren und untersuchen können?«, fragte Amendt schließlich.

»Nur eine«, antwortete Arnulf Sturmer, wie üblich schlechtgelaunt. »Isabell Gmündner. Die, die im Gebäude von Lionshare BioPharm zu Tode gestürzt ist. Alle anderen wurden eingeäschert.«

»Mit Autopsie oder ohne?«

»Alle ohne.«

»Auch die Frau, die sich vergiftet hat?«, fragte Amendt.

Bruder Rapunzel schlug die entsprechende Akte auf: »Ja. Die haben wohl eine Blutuntersuchung gemacht. Aber die Spurenlage war ziemlich eindeutig.«

»Bei einer Vergiftung? Hoffentlich waren da die Kollegen nicht voreilig.« Amendt nahm sich die Akte und überflog den Bericht. »Besonders gründlich waren sie in jedem Fall nicht. Die haben nur nach den Alkaloiden der Amaryllispflanze gesucht. Nichts weiter.«

»Wonach sollten sie denn suchen?«, fragte Charlotte Perl neugierig. Sie war an diesem Morgen »rein zufällig in der Nähe« gewesen und wollte ein wenig mit dem OMA 2015 spielen. Amendt hatte sie kurzerhand auch zur Besprechung abkommandiert.

»Das ist genau die Frage.« Amendt hatte ein Flipboard zur Besprechung mitgebracht. Jetzt schrieb er darauf mit einem roten Marker:

UNACHTSAMKEIT

ÜBERSTEIGERTER LEICHTSINN

»Das scheinen alle unsere Fälle gemeinsam zu haben«, sagte er. Dann schrieb er weiter:

MÖGLICHE URSACHEN

»Alkohol«, schlug Harry vor. »Das ist meistens die Ursache für leichtsinniges Verhalten.«

»Oder Drogen wie Extasy oder Chrystal Meth«, warf Arnulf Sturmer ein.

Amendt ergänzte das Flipboard:

ALKOHOL

DROGEN

Darian meldete sich zu Wort: »Zumindest bei den Verkehrsunfällen wurde nach Alkohol und Drogen gesucht. Kein Befund.«

»Muss auch nicht sein. Es gibt jede Menge Substanzen, die Leichtsinn und Unachtsamkeit verursachen«, warf Charlotte Perl ein. »Schwermetalle wie Quecksilber. Einige Medikamente wie Opiate. Überhöhte Dosen von Antidepressiva. Schwer zu finden, wenn man nicht genau danach sucht.«

Amendt schrieb fleißig mit.

»Und Mutterkornpilz«, fuhr Charlotte Perl stolz fort. »Die Alkaloide sind verwandt mit dem LSD. Wenn die in ihrer Kantine verunreinigte Vollkornprodukte verkauft haben …«

»Passt eigentlich nicht zum Zeitfenster«, widersprach Amendt. »Dann hätten die Todesfälle viel dichter aufeinanderfolgen müssen.«

Er schrieb aber dennoch MUTTERKORN zu den möglichen Ursachen.

Charlotte Perl hatte einen neuen Geistesblitz. »Oder dieser Pilzparasit, den sie neu entdeckt haben«, rief sie begeistert. »Ophiocordyceps. Verwandelt Ameisen in Zombies.«

»Ja, Ameisen. Die Auswirkung auf Menschen –«

»Ist unerforscht!«

»Und wie sollen sich die Angestellten mit dem Parasiten infiziert haben?«

»Na, über die Kantine. Wenn sich die Köchin selbst Salat mit Amaryllis zubereitet … Wer weiß, was die dort ins Essen getan hat. Außerdem sind die meisten Vergiftungen in Deutschland Lebensmittelvergiftungen in Restaurants und Kantinen.«

»Na, meinetwegen.« Zögernd fügte Amendt

BRAINIACS ZOMBIEPARASIT

LEBENSMITTELVERGIFTUNG

der Liste hinzu.

Er hielt einen Augenblick inne. Dann schrieb er:

TOXOPLASMOSIS GONDII / SCHWARZER SCHWARM

»Ach, Andreas, das Ammenmärchen?«, protestierte Charlotte Perl. »Ich meine, Toxoplasmose erhöht die Risikobereitschaft, aber doch im einstelligen Prozentbereich.«

»Ich will ja nur nichts ausschließen«, antwortete Amendt. »Man weiß doch nie. Und sehr viel unwahrscheinlicher als deine Zombieameisen ist das auch nicht.« Er gab sich einen Ruck. »Aber, was haben alle diese möglichen Ursachen gemeinsam?«

»Moment, eines möchte ich noch zu bedenken geben«, sagte Bruder Rapunzel. »Drogen, Medikamente … davon findet sich nichts in den Akten. Bis auf Isabell Gmündner waren die meisten auch aus dem typischen Drogenalter hinaus. Und Schwermetalle et cetera: Da müssten doch auch andere Symptome vorhanden gewesen sein. Sogar ziemlich massive. Haarausfall und so weiter.«

Charlotte Perl meldete sich aufgeregt. »Nein, nein. Nicht unbedingt. Wir haben hier höchstwahrscheinlich eine chronische Geschichte. Keine akute Vergiftung oder so. Sonst hätten die Betroffenen doch Hilfe gesucht. Vermutlich kein Schwermetall, da hat … der Priester hier recht. Eher was Organisches. Oder wirklich ein Parasit. Was für Ophiocordyceps spricht. Oder meinetwegen deinen schwarzen Schwarm.«

»Genau«, sagte Amendt erleichtert. Offensichtlich war bei ihm ein Knoten geplatzt. »Es kann aber trotzdem sein, dass die Betroffenen vorher schon Symptome gehabt haben, die aber unspezifisch waren und erst mal harmlos wirkten.«

»Und welche sollen das sein?«, fragte Bruder Rapunzel.

»Persönlichkeitsveränderungen«, sagte Arnulf Sturmer muffig. »War da nicht dieser Forscher, der paranoid geworden ist?«

»Philip Seligheimer, genau«, sagte Amendt.

Katharina stand auf: »Na, dann wissen wir ja, was wir zu tun haben. Wir müssen mit den Angehörigen sprechen. Mal schauen, ob die sich noch an etwas erinnern.«

Andreas Amendt sagte: »Frau Klein, ich schlage vor, wir beide nehmen uns als Erstes die Angehörigen dieser Isabell Gmündner vor. Vielleicht können wir sie davon überzeugen, dass wir die Leiche exhumieren dürfen.«

Besuch bei einer alten Unbekannten.

»Das hier war mal ein idyllisches Weindorf«, stellte Andreas Amendt frustriert fest. »Da bin ich früher gerne mit dem Motorrad hingefahren.«

Von der weindörflichen Idylle war allerdings nicht mehr viel übrig. Verzweifelt versuchte Katharina, sich in dem Labyrinth aus mehr oder minder gleich aussehenden Straßen, an denen die immer gleichen Fertigbauhäuser standen, zu orientieren. Wozu die Straßen nach Bäumen benannt waren, »Buchenweg«, »Kastanienallee«, »Birkenstraße« und so weiter, war ihr ein Rätsel: kein Baum am Straßenrand, die Vorgärten alle gleichmäßig, grüner, sorgsam gemähter Rasen. Einzig die Blumenrabatten unterschieden sich in der Farbe.

Da, endlich. Der Eichenpfad. Die Straße, nach der sie gesucht hatten. In der die Mutter von Isabell Gmündner lebte. Wenn sie es denn noch tat. Hausnummer 18. Katharina wendete und parkte vor dem Haus. Ein Golf stand in der Garageneinfahrt. Also war wohl jemand zu Hause.

Katharina und Amendt stiegen aus und gingen durch das kleine Tor im sorgsam lackierten weißen Jägerzaun zum Hauseingang. »Gmündner« stand auf dem Emailleschild neben der Klingel. Drei Klänge eines elektronischen Gongs schallten durchs Haus.

Sie warteten. Endlich Schritte. Ein Schlüssel wurde umgedreht.

»Aber das ist ja … Wollen Sie mit mir noch mal über Jan-Ole sprechen?«

Vor ihnen stand Anita Gmündner. Jan-Ole Vogels Sekretärin. Daher war Katharina also der Name bekannt vorgekommen. Sie war so verblüfft, dass sie stotterte: »Ja … das heißt nein … das heißt … Dürfen wir hereinkommen?«

»Aber natürlich.« Anita Gmündner öffnete die Tür weiter. »Möchten Sie einen Kaffee?«

Anita Gmündner hatte sie in ein plüschiges, etwas übermöbliertes Wohnzimmer gelotst und es sich nicht nehmen lassen, Katharina und Amendt Kaffee einzuschenken, der eindeutig zu lange in der Thermoskanne verweilt hatte. Dennoch nahm Katharina einen höflichen Schluck.

»Haben Sie schon etwas herausgefunden?«, fragte Anita Gmündner unsicher. »An den ganzen Gerüchten mit den Sexpartys, da ist doch nichts dran, oder? Ich meine, jeder Mann trägt doch in seinem Leben mal ein Frauenkleid, oder? Ich weiß noch, welchen Spaß Jan-Ole auf dieser Kostümparty hatte. Die haben ihn erst nicht reinlassen wollen, weil seine Maskerade so echt wirkte. Er hat noch Wochen danach darüber gelacht. Und …« Ihr Ton wechselte. »Und dieser Junge da auf dem Bild? Mit den Handschellen?«

Katharina kramte in ihrem Gedächtnis, um sich zu erinnern, ob die Medien danach noch etwas darüber berichtet hatten. Doch Amendt war schneller. »Nein, das war eine Verwechselung«, sagte er hastig. »Wir haben den Jungen gefunden.«

»Na, Gott sei Dank.«

»Ach, sagen Sie«, fuhr Andreas Amendt fort. »Hatte sich Vogel … Doktor Vogel«, korrigierte er sich rasch, »irgendwie verändert in letzter Zeit?«

Anita Gmündner zog die Stirn in Falten. »Nun, er … Im Nachhinein weiß man es ja immer besser. Aber er war sehr bedrückt in den letzten Wochen. Er hatte auch jede Menge Stress. Mit dem Innenminister. Dem Ministerpräsidenten. Mit seiner Partei. Aber in der letzten Woche … da war er plötzlich wieder fast der Alte. Ich dachte, was auch immer es war, er hat es hinter sich.«

Das hatte Katharina schon öfter gehört. Dass Selbstmörder in ihren letzten Tagen gelöst wirkten.

»Natürlich bis auf den Streit mit dem Ministerpräsidenten. Ich habe echt geglaubt, die bringen sich gleich gegenseitig um. Aber ...«

»Und sie haben wirklich keine Idee, um was es ging?«

»Nein. Das einzige Wort, das ich verstehen konnte, war ›zwölf‹. Da kann ich mich aber auch verhört haben.« Anita Gmündner spielte nervös mit der silbernen Kette um ihren Hals. Erst jetzt fiel Katharina der Anhänger auf. Eine Schachfigur. Die Dame.

»Schöner Anhänger«, sagte sie.

Anita Gmündner betrachtete die kleine, silberne Figur. »Ja. Ein Geschenk von Jan-Ole. Ich sei doch seine Dame im Spiel, hat er gesagt.«

Die Dame. Schon wieder. Am liebsten hätte Katharina gefragt, ob sie die Spielfigur mal sehen könne, aber das erschien ihr doch zu aufdringlich.

»Frau Gmündner, weshalb wir eigentlich hier sind«, begann Amendt zögernd. »Und es tut mir leid, an solch alte Wunden rühren zu müssen: Wir wollten mit Ihnen über Ihre Tochter sprechen. Isabell.«

Anita Gmündners Miene versteinerte: »Was ist mit Isabell?«

»Nun, im Rahmen unserer Ermittlungen sind wir auch auf die Unfallakte Ihrer Tochter gestoßen. Und wir dachten, Sie könnten uns vielleicht eine Auskunft dazu geben.«

»Im Rahmen Ihrer Ermittlungen zu Jan-Ole?«, fragte Anita Gmündner misstrauisch.

Katharina entschloss sich, mit der Wahrheit herauszurücken: »Es sieht so aus, als habe sich Doktor Vogel vor seinem Suizid mit zwölf Todesfällen bei Lionshare BioPharm beschäftigt. – Haben Sie ihm jemals von Ihrer Tochter erzählt?«

»Ja, das war an ihrem Geburtstag dieses Jahr. Am vierzehnten Februar. Valentinstag. Ich ... ich war sehr geknickt. Und Jan-Ole hat mich gefragt, warum. Also, ich habe ihm erzählt, was mit Isabell passiert ist. Er ... er war sehr betroffen deswegen.«

Katharina lehnte sich vor und fragte behutsam: »Möchten Sie uns erzählen, was damals passiert ist?«

»Also, ganz genau weiß ich es auch nicht. Sie muss wohl aus dem Fahrstuhl ausgestiegen sein. Die haben da so Galerien in dem Gebäude. Sie war wohl abgelenkt und ist mit Schwung gegen das Geländer gelaufen und darübergefallen. Aber solche Geländer, die müssen doch brusthoch sein, oder? So was sollte doch gar nicht passieren können.«

Moment, was hatte der Ministerpräsident vorhin erzählt? Jan-Ole Vogel habe persönlich Wert darauf gelegt, dass das Firmengebäude von Lionshare BioPharm besonders sicher war? Und dann so ein Pfusch? War das der Auslöser für Vogels Depression? Aber wie passten dann die anderen elf Toten in das Schema?

»Sagen Sie«, begann Andreas Amendt, »hat sich Ihre Tochter in der Zeit vor dem Unfall irgendwie verändert? Ist sie vielleicht misstrauischer geworden? Ängstlicher?«

Anita Gmündner schüttelte den Kopf, gleichzeitig leuchteten ihre Augen auf: »Nein, im Gegenteil. Sie ist eher offener gewesen. Hat sich endlich auch mal getraut zu flirten. Wissen Sie, Isabell war immer ein Mauerblümchen. Das war … ich will nicht sagen, meine Schuld, aber … Meine Kindheit war nicht die beste, und ich wollte immer, dass mein Sohn … Verzeihung, meine Tochter mit all der Liebe aufwächst, die ich nie hatte. Und als dann mein Mann verunglückt ist … Isabell war fünf. Also, da waren es dann nur noch wir beide. Und ich war vielleicht etwas überbehütend. Aber nein. Sie war zum Schluss ganz glücklich. Sie hatte sogar diesen Mann kennengelernt. Aber …« Anita Gmündner zog aus einer Tasche ihrer Strickjacke ein besticktes Stofftaschentuch hervor und tupfte sich diskret die Augen ab. »Warum fragen Sie das?«

Amendt atmete tief ein und wieder aus. »Wir haben ein großes Anliegen. Ihre Tochter ist die Einzige der Toten, die nicht eingeäschert wurde.«

»Ja, Isabell hatte immer panische Angst vor Feuer. Da wollte ich ihr das nicht antun.«

»Und deshalb möchten wir Sie um die Erlaubnis bitten, Ihre Tochter zu exhumieren und zu untersuchen.«

Anita Gmündner wurde fahl im Gesicht. »Ist das wirklich nötig?«

»Ich fürchte, ja. Es ist leider unsere einzige Spur. Ich verspreche auch, dass wir nur das machen, was unbedingt nötig ist. Und sie danach sofort wieder beerdigen. Mit allen Riten. – Wenn Sie gerne darüber nachdenken möchten, dann … Aber es wäre wirklich wichtig. Und würde uns auch bei der Untersuchung des Freitods von Jan-Ole Vogel sehr weiterhelfen. Ich lasse Ihnen meine Karte da und –«

»Tun Sie es.« Anita Gmündner hatte sich aufrecht hingesetzt. »Wenn es Jan-Oles Seele Ruhe bringt. Wissen Sie, Jan-Ole war immer mehr als nur ein Chef für mich.«

Dass Amendt hektisch telefonierte, um die Exhumierung zu veranlassen, machte es für Katharina nicht eben einfacher, aus diesem Labyrinth aus Buchenwegen, Tannenpfaden und Pinienstraßen hinauszufinden.

Als sie erneut an einer Kreuzung hielt, um wenigstens einen Anhaltspunkt für die Orientierung zu finden, bemerkte sie, dass ein Wagen hinter ihnen herfuhr. Katharina bog rechts ab. Der Wagen folgte. Sie bog links ab, der Wagen folgte wieder. Endlich. Die Hauptstraße. Sie bog ein und fuhr mit gemächlichen achtzig Stundenkilometern die Landstraße entlang. Der Wagen hinter ihr machte keine Anstalten zu überholen.

Es war ein betont unauffälliger Opel. Wie ihn auch die Polizei für Observationen einsetzte. Sie wurden überwacht? Von wem? Zu welchem Zweck? Und seit wann? Woher wusste überhaupt irgendjemand, wo sie waren? War der Wagen ihnen schon aus Frankfurt gefolgt? Katharina glaubte es nicht. Der Verfolger war nicht eben unauffällig. Das hieß … Natürlich. Alle Dienstwagen der Polizei waren seit Beginn des Jahres mit einem GPS-Ortungssystem ausgestattet. Wenn sich der Verfolger da Zugang verschaffen konnte …

Der Wagen fuhr sehr dicht hinter ihnen. Zu dicht. Einschüchterungstaktik? Wem waren sie auf die Zehen getreten? Außer dem Ministerpräsidenten fiel Katharina niemand ein. Zumindest nicht an diesem Tag. Außer vielleicht …

Amendt hatte gerade sein Telefonat beendet. »Morgen früh, vier Uhr dreißig«, sagte er. »Wir müssen bis acht vom Friedhof verschwunden sein, weil dann Beerdigungen anstehen. Und früher geht es leider nicht.«

»Sagen Sie, Doktor Amendt, was halten Sie davon, wenn wir als nächstes Lionshare BioPharm einen Besuch abstatten? Ich denke, wir haben genug Anhaltspunkte für ein freundliches Gespräch.«

~~In der Höhle~~ Im Firmengebäude des Löwen.

Stahl, Glas, Backstein. Sieben Stockwerke hoch. Das Gebäude von Lionshare BioPharm schwang sich in einem mutig-postmodernen S über ein großes Grundstück in der Nachbarschaft des Industrieparks Höchst.

»Katharina Klein, Kriminalpolizei«, bellte Katharina, als der Pförtner sie durch die Gegensprechanlage fragte, zu wem sie wolle. Sofort öffnete sich die Schranke. Katharina ignorierte die Besucherparkplatzschilder und stellte den Wagen direkt neben dem Haupteingang ab. Im Rückspiegel sah sie, dass der unauffällige Opel nach ihr die Schranke passierte und sofort in eine Tiefgarageneinfahrt bog. Ihre Intuition war also richtig gewesen.

Auf der Fahrt hatten sich Katharina und Amendt eine Strategie zurechtgelegt. Sie würden nicht gleich ganz oben in der Chefetage anfangen. Sondern mit dem Betriebsarzt Dr. Giselher Eggers. Erst einmal schauen, was sie dort in Erfahrung brachten. Außerdem war es ganz logisch, mit ihm zu sprechen. Immerhin hatte er alle zwölf Totenscheine unterzeichnet. Und sie würden zunächst nur über Isabell Gmündner sprechen. Die anderen Toten konnten sie immer noch ausspielen.

Das Gebäude hatte eine Drehtür. Nicht sehr geeignet für dramatische Auftritte. Aber Katharina und Amendt taten trotzdem ihr Bestes. Kaum durch die Drehtür durch, marschierten sie im Gleichschritt auf den Empfangstresen zu und legten gleichzeitig und mit einem lauten Klacken ihre schwarzen Innenministeriumsdienstausweise vor die perfekt frisierte, im Make-up auf die Firmenfarben abgestimmte junge Frau, die sie unverbindlich anlächelte.

»Katharina Klein und Andreas Amendt, Sonderermittlungseinheit«, schnarrte Katharina.

»Wir wollen Herrn Doktor Giselher Eggers sprechen«, setzte Amendt im gleichen Tonfall fort.

»Ich werde schauen, ob er sie empfangen kann«, sagte die junge Frau mit professioneller Freundlichkeit. Dann griff sie zum Telefon.

»Ja, Herr Doktor Eggers, Angela Mehring hier vom Empfang. Hier sind eine Frau Klein und ein Herr Amendt, die Sie gerne sprechen möchten.« Sie lauschte, dann legte sie auf. »Herr Doktor Eggers kommt persönlich und holt Sie ab.«

»Haaaaaaa – tschi!«

Ein lautes Niesen.

Ein gefluchtes »Verdammter Heuschnupfen«.

Lautes Schnauben einer geputzten Nase.

Dann bog ein Mann aus einem Gang in das Foyer, ging schnurstracks zu einem Desinfektionsmittelspender, der in einem dezenten Edelstahlgehäuse an der Wand angebracht war, sprühte sich die Hände gründlich ein und rieb sie dann mit einem Papierhandtuch aus einem in die Wand eingelassenen Halter trocken. Er warf das Tuch in einen Papierkorb, dann blickte er sich suchend im Foyer um, bis er Katharina und Amendt entdeckte und auf sie zusteuerte.

Der Mann mochte Mitte fünfzig sein, das ihm verbliebene Haar war grau, ebenso der sorgfältig gepflegte Spitzbart. Über seinem grauen Anzug mit weißem Hemd und einfarbig grauer Krawatte trug er einen weißen Kittel. Der lässig an einem Knopfloch des Kittels baumelnde Firmenausweis wies ihn als »Dr. Giselher Eggers« aus.

»Sie müssen Herr Klein und Frau Amendt sein«, sagte er eine Spur zu laut.

»Kriminaldirektorin Klein und Professor Amendt von der Sonderermittlungseinheit eins Frankfurt am Main«, stellte Katharina betont sachlich richtig.

»Ach, Verzeihung, aber ich habe ein Namensgedächtnis wie ein Sieb. – Was kann ich für Sie tun?« Er bot ihnen nicht die Hand zum Handschlag. »Oder warten Sie, wir gehen am besten in mein Büro. Da sind wir ungestört. Folgen Sie mir.«

Der Weg führte sie durch mehrere verwinkelte Gänge, vorbei an Laboren und Lagerräumen. Zuletzt nahmen sie einen Fahrstuhl.

Eggers drückte den Knopf für die fünfte Etage. Neben dem Knopf stand auf einem kleinen, weißen Schild »Klinische Studien und Klinik«.

Nach einer sanften Fahrt öffnete sich der Fahrstuhl auf einen langen Gang, in dem es nach medizinischen Desinfektionsmitteln roch. Mit schnellen Schritten ging Eggers ihnen voraus, vorbei an Behandlungs- und Untersuchungszimmern, einem Röntgenraum, einem größeren Raum hinter einer Glasscheibe, in der ein Magnetresonanztomograf stand, sogar an zwei Zimmern mit Krankenbetten, die aber unbelegt waren.

»Sie sind ja gut ausgestattet«, stellte Amendt fest.

»Ach«, sagte Eggers gutgelaunt, »das sieht nur so aus, weil gerade kein Betrieb ist. Wir überwachen viele unserer Patientenstudien direkt. Und manchmal platzen die Räumlichkeiten hier aus allen Nähten. Aber Sie kennen das sicher aus dem Staatsdienst. Es sind vielleicht geradeso ausreichende Mittel da, aber nie wirklich genug. – Ah, da sind wir.«

Sie waren vor einer unscheinbaren Tür am Ende des Ganges angekommen. Das Schild an der Tür verkündete »Dr. med. Giselher Eggers – Leiter Klinische Studien«. In einer Unterzeile stand »Betriebsarzt«. Unter das Schild war ein in eine Dokumentenhülle verpacktes DIN-A4-Blatt geklebt, auf das mit Edding »Kommissarischer Leiter medizinische Forschung« geschrieben stand. Dem Zustand der Hülle nach zu urteilen, klebte das Blatt schon eine ganze Weile da.

Eggers tippte mit einem Finger auf die Hülle. »Fünf Jahre. Die können sich nicht entschließen, mir den Posten wirklich zu geben oder jemanden einzustellen. Na ja, mir soll es recht sein. Gutes Gehalt und nur begrenzte Verantwortung.«

Er wedelte mit seinem Dienstausweis vor dem Sensor des Schlosses, bis es endlich piepte und klickte. Eggers schob die Tür auf und bat Katharina und Amendt mit großer Geste herein.

Das Büro war groß, hell und ähnlich nüchtern eingerichtet wie die ganze Klinik. Ein Bücherregal, gefüllt mit den weißblauen Bänden medizinischer Fachliteratur, ein Glasschreibtisch mit Computer, ein lederner Bürosessel, zwei Besucherstühle, eine

Untersuchungsliege und mehrere Schränke für medizinisches Material.

Eggers bat sie, auf den Besucherstühlen Platz zu nehmen, und schwang sich selbst auf seinen Ledersessel. »Also, was kann ich für Sie tun?«, fragte er.

»Wir wollten –«, begann Andreas Amendt. Weiter kam er nicht.

Eggers drehte sich ruckartig ab und fischte in seiner Kitteltasche nach einem Taschentuch. Zu spät. Sein Körper wurde von einem heftigen Nieser geschüttelt. Rasch putzte er sich die Nase, dann sprang er auf und eilte zu einem kleinen Waschbecken, wo er sich gründlich die Hände wusch.

»Verzeihung«, sagte er über die Schulter. »Heuschnupfen. Ich war so dumm, mich als Proband für den Test eines neuen Antiallergikums zu melden. Angeblich völlig frei von Nebenwirkungen. Allerdings offenbar auch frei von Wirkungen.«

Nachdem er sich seine Hände abgetrocknet, desinfiziert und mit einem Papiertuch abgewischt hatte, setzte er sich endlich wieder. »Also, wo waren –?«

Sirenengeheul. Lautes Klappern, als große Plastikrollos vor der Tür und dem Fenster herunterfielen wie die Klingen von Guillotinen. Für ein paar Sekunden saßen sie im Stockdunklen, bevor endlich an der Decke ein kleines Notlicht anging und den Raum in grünlich-weißes Dämmerlicht tauchte. Rasch griff Eggers nach der Schreibtischlampe und schaltete sie ein.

»Nicht schon wieder«, stöhnte er. »Schon das dritte Mal diese Woche. Das tut mir so leid. Ich hoffe, Sie sind nicht klaustrophobisch.«

»Was ist denn passiert?«, fragte Katharina beunruhigt.

Eggers lehnte sich in seinen Sessel zurück. »Alle Räume im Forschungstrakt sind mit automatischen Keim- und Schadstoffdetektoren ausgestattet, die sofort Alarm auslösen und die Räume hermetisch abriegeln, sobald sie etwas entdecken. Seit dem neuen Update sind die Sensoren etwas paranoid. Keine Sorge, wir haben hier genug Sauerstoff für achtundvierzig Stunden. Und so lange bleiben wir sicher nicht hier drin.« Er wandte sich seinem Computer zu und tippte ein paar Tasten. »Was haben die Sensoren denn diesmal entdeckt? – Na, das ist ja mal ganz originell. Zyanidgas.« Er drehte den Monitor zu Katharina und Amendt.

»Bei der Konzentration wären wir schon längst tot«, kommentierte Amendt trocken.

Eggers hob entschuldigend die Schultern: »Ja, irgendwas beim letzten Update muss die Schadstoffdatenbank durcheinandergebracht haben. So wird aus jedem Nieser eine tödliche Gefahr. Na ja, besser als umgekehrt, nicht wahr?« Er bemühte sich zu lächeln.

»In der Tat«, sagte Amendt. »Hat es denn schon mal Zwischenfälle gegeben?«

Eggers zögerte einen Augenblick, dann antwortete er: »Natürlich kann es immer passieren, dass im Labor eine Kleinigkeit schiefgeht. Dass Säure austritt. Oder irgendein Chemiker die falschen Substanzen zusammenkippt. Aber mit Stoffen wie Zyaniden? Nie!«

»Und mit Bakterien, Viren oder Parasiten?«

»Oh, da fragen Sie mich was. Das müsste ich nachschauen. Wir betreiben hier schon seit sieben Jahren oder so keine Forschung mit solchen Mikroorganismen mehr.«

»Sondern? Was erforschen Sie?«

»Wie der Name BioPharm schon sagt: Wir konzentrieren uns ›auf die Heilkräfte der Natur‹, wie es in unserer Broschüre heißt. Nicht, dass da nicht auch das eine oder andere Gift dabei wäre. Aber hier ist alles doppelt und dreifach abgesichert. Auch in einem Büro wie diesem. Dann können Sie sich sicher die Maßnahmen in den eigentlichen Labors vorstellen. Da kommt nicht mal ein Luftmolekül rein oder raus, ohne seinen Ausweis zu zeigen, sage ich immer. Das war von Anfang an Firmenpolitik. Da hat damals wohl der Justiziar sehr viel Wert drauf gelegt. Verständlich. Zwischenfälle sind teuer und können Unternehmen nachhaltig ruinieren. Das sehen Sie ja am Industriepark Höchst.«

»Justiziar? Sie meinen Jan-Ole Vogel?«, fragte Amendt.

»Ja, genau«, antwortete Eggers. »Ist das nicht eine schreckliche Geschichte? Meine Frau und ich haben immer gesagt, der wird bestimmt mal Ministerpräsident. Oder Kanzler. Gewählt hätte ich ihn. – Aber, warten Sie, ich muss mal eben unsere Befreiung anleiern.«

Er griff zum Telefon und tippte eine Kurzwahltaste. »Gunther? Ich stecke mal wieder fest. Und ich habe Besuch. Wenn du die Güte haben würdest … – Ja, ich weiß selbst, dass das System Zyanid meldet. Das ist ein falscher Alarm. – Woher ich das weiß? Weil ich noch mit dir spreche und nicht röchelnd am Boden liege! – Also gut. Wir warten.« Er legte auf und blickte, um Verzeihung heischend, zu Katharina und Amendt: »Mein Bruder. Der Sicherheitschef hier. Mittelkind. Übergenau. Er will erst die Gegenprobe abwarten, bevor er uns rauslässt. Vielleicht will er mich auch nur ein bisschen ärgern. – Aber da wir hier so traut beisammensitzen: Worüber wollten Sie mit mir sprechen?«

»Über Isabell Gmündner«, sagte Katharina.

»Über wen? Isabell …?«

»Gmündner.«

»Tut mir leid. Da muss ich passen. Sie wissen ja, mein Namensgedächtnis.«

»Sie ist vor etwas über sieben Jahren hier im Gebäude zu Tode gestürzt.«

»Ach ja, richtig!« Es hätte nicht viel gefehlt, und Eggers hätte sich vor die Stirn geschlagen. »Das arme Ding. Aus dem Marketing. Schreckliche Geschichte damals. Mein Bruder war ganz außer sich. Er war Augenzeuge. Also, mein jüngster Bruder. Er ist technischer Gebäudeverantwortlicher hier. Sie ist ihm praktisch direkt vor die Füße gefallen.«

»Was ist denn passiert?«

»Also, genau weiß ich das auch nicht. Sie ist wohl über das Geländer des siebten Stocks gefallen. Aber das kann Ihnen mein Bruder, also mein anderer Bruder, der Gunther, besser sagen. Der hat damals den Tod ziemlich genau untersucht.«

»Sie haben den Totenschein unterschrieben. Und werden in den Unterlagen als Hausarzt geführt. Ist das nicht ungewöhnlich?«, fragte Amendt.

»Na ja, ich war der erste Arzt an der Unfallstelle. Aber zu spät. Da war sie schon tot. Wir haben zwar versucht, sie wiederzubeleben, aber keine Chance. Das hat der Notarzt dann auch gesagt und ist davongebraust.«

»Gab es keine polizeiliche und gerichtsmedizinische Untersuchung?«, hakte Katharina nach.

»Doch, natürlich. Die haben alles genau aufgenommen. Irgendjemand von der Versicherung kam auch. Der Gerichtsmediziner wollte die Leiche eigentlich mitnehmen, aber da war die Mutter schon hier und … Na ja, da haben wir gemeinsam die Leiche geröntgt. Unter anderem drei Halswirbel gebrochen. Daraufhin habe ich den Totenschein unterschrieben.«

»Und wieso waren Sie ihr Hausarzt?«

»Ach, das ist so ein Service, den wir allen Angestellten hier bieten. Ich meine, Sie sehen ja meine Abteilung. Wenn gerade keine Untersuchungen oder Inhouse-Tests anstehen, passiert hier nicht viel. Also nutzen wir die Ressourcen und entlasten so die Krankenkasse. – Unter dem Dach haben wir sogar ein eigenes Fitness- und Rehastudio mit einem Physiotherapeuten«, fügte er stolz hinzu. »Meine Idee. Außerdem schlagen wir zwei Fliegen mit einer Klappe. Die hier angestellten Ärzte behandeln gleichzeitig Patienten und kommen so nicht aus der Übung. Und sie behalten ihre Zulassung.«

»Haben Sie die Röntgenaufnahmen von Isabell Gmündner noch?«, fragte Amendt.

»Sicher, warten Sie.« Eggers tippte wieder auf seinem Computer, dann klickte er ärgerlich mit der Maus. »Ach, verdammt, das war vor der allgemeinen Digitalisierung. Die Filme und die anderen Unterlagen müssen im Archiv sein. Ich lasse sie Ihnen aber gerne raussuchen.«

»Das wäre sehr freundlich, danke.«

»Wenn ich sonst noch etwas für Sie tun kann …?«, fragte Eggers unverbindlich.

Katharina lehnte sich vor: »Kannten Sie Jan-Ole Vogel eigentlich näher?«

»Nein. Nur von ein paar Besprechungen zu den rechtlichen Rahmenverträgen für unsere klinischen Studien. Guter Mann. Traurige Sache, das mit seinem Freitod. – War das nicht bei Ihnen sozusagen vor der Haustür?«, fragte er Katharina. »Ich kann mir zwar keine Namen merken, aber ich meine, Ihr Gesicht in den Medien gesehen zu haben.«

Andreas Amendt half Katharina aus der Verlegenheit. »Sie können sich aber gut an die Einzelheiten beim Tod von Isabell Gmündner erinnern.«

»Ich habe ein gutes Gedächtnis. Bis auf Namen.« Zur Illustration tippte sich Eggers gegen die Stirn. »Und so ein Unfall ... so was bleibt im Gedächtnis. Es war der einzige tödliche Unfall, den ich je hier im Gebäude miterlebt habe.«

Moment. Da war doch noch der Assistent der Geschäftsführung, der ... Katharina hatte schon den Mund geöffnet, doch Amendt brachte sie mit einer unauffälligen Geste zum Schweigen. Sie gehorchte. Hoffentlich wusste er, was er tat.

In diesem Moment fuhren die schwarzen Plastikrollos nach oben und ließen das Tageslicht wieder in den Raum.

»Na, Gott sei Dank«, sagte Eggers. »Wir sind nicht mehr eingesperrt.«

Es klopfte laut, und die Tür des Büros ging schwungvoll auf. Zwei Männer traten ein. Der eine trug einen grauen Kittel über einem Blaumann, der andere eine schwarze Stoffhose und ein schwarzes Poloshirt. Zusammen mit dem breiten Ledergürtel und den schweren Stiefeln wirkte er, als trüge er eine Uniform. Ansonsten sahen die beiden Männer Giselher Eggers zum Verwechseln ähnlich. Sogar der Bartschnitt war der Gleiche.

»Alles in Ordnung?«, fragte der Uniformträger.

»Wie du siehst, sind wir nicht tot, Gunther. Wir müssen wirklich was gegen die wildgewordenen Sensoren unternehmen.«

»Da sagst du was. Schon der dritte falsche Alarm heute. Ich habe der Firma gerade noch mal Feuer unterm Hintern gemacht. – Wenn bei euch alles klar ist ...« Er wandte sich zum Gehen.

»Halt. Eigentlich gut, dass ihr beide gerade hier seid.« Giselher Eggers deutete auf Katharina und Amendt. »Das hier sind Frau Kleinschmidt und Herr Abend. Die brauchen Auskünfte zu ... Wie war noch der Name?«

»Isabell Gmündner«, half Katharina aus.

»Ihr wisst ja. Die in der Brunnenhalle über das Geländer gestürzt ist. Da seid ihr doch eigentlich die besseren Ansprechpartner. – Also, das sind meine Brüder Gunther und Gernot. Ich habe Ihnen ja schon von ihnen erzählt.«

Katharina und Amendt standen auf.

»Ich gebe sie dann mal in eure Obhut«, sagte Giselher Eggers zu seinen Brüdern. »Ich muss nämlich rüber zur Dienstbesprechung.«

Mit einer scheuchenden Geste, die gerade noch diesseits der Höflichkeitsgrenze war, komplimentierte Eggers sie aus seinem Büro hinaus. Sorgfältig verschloss er die Tür hinter sich. Dann eilte er durch den Gang davon. Als er hinter einer Biegung verschwunden war, hörten sie erneutes Niesen und den lauten Fluch »Verdammter Scheiß-Heuschnupfen«.

Die beiden Brüder schüttelten unisono missbilligend die Köpfe.

»Also«, begann Katharina, um die peinliche Pause zu beenden, »mein Name ist –«

»Sie sind Kriminaldirektorin Klein, schon klar«, winkte der Uniformierte ab. »Und Sie sind Doktor Andreas Amendt. Ich weiß, wer Sie sind. Ich habe mir noch nicht mein Namensgedächtnis rausgeniest wie mein Bruder.« Mit dem Daumen deutete er verächtlich in die Richtung, in die Giselher Eggers verschwunden war. »Ich bin Gunther Eggers, der Sicherheitsverantwortliche hier.«

Sein Händedruck war kräftig, seine Hände schwielig. Genau wie die von seinem Bruder: »Gernot Eggers, der technische Gebäudeverantwortliche.«

»Früher nannte man das einfach Hausmeister«, brummte Gunther Eggers.

»Der Witz hat echt einen Bart«, beschwerte sich sein Bruder.

»Also, Isabell Gmündner«, versuchte Amendt, das Gespräch wieder in geordnete Bahnen zu lenken.

»Richtig. Was wollen Sie wissen?«

»Was genau ist damals passiert?«

Gunther Eggers wechselte einen Blick mit seinem Bruder. »Wir zeigen Ihnen das am besten vor Ort.«

Gunther und Gernot Eggers führten Katharina und Amendt in eine große runde Halle, die auf sieben Etagen von Galerien umzogen war. Auf der Höhe der zweiten Galerie war ein Netz gespannt. Katharina deutete nach oben: »Ist das Netz damals gerissen?«

»Nein, das gab es damals noch nicht«, antwortete Gunther Eggers. »Ich wollte es von Anfang an, aber der Architekt hat sich mit Händen und Füßen gewehrt und mit Klagen gedroht. Aber nach dem Unfall habe ich darauf bestanden und gedroht, alle Stockwerke ab der zweiten Etage für die Nutzung zu sperren, wenn hier kein Netz aufgehängt wird.«

»Was ist damals passiert?«, fragte Amendt erneut.

»Vielleicht erzählst du am besten mal deine Hälfte, Gernot.«

»Gerne.« Gernot Eggers führte sie zu dem Brunnen in der Mitte der Halle, in dessen Mitte eine große Stahlplatte stand, an der Wasser herunterrann. »Der Brunnen war an dem Tag verstopft. Irgendwer hatte ein Brötchen ins Wasser geworfen. Ich war also gerade dabei, den Abfluss zu reinigen, da höre ich einen Schrei. Ich drehe mich um ... Und da schlägt sie schon auf. Direkt auf den Stufen.« Er deutete auf die Stufen, die zum Brunnen hinaufführten und vermutlich als Sitzgelegenheit gedacht waren. »Gut, dass da niemand gestanden oder gesessen hat. Und wäre sie nur einen Meter weiter gefallen ... Dann wäre sie auf dem Wasser aufgeschlagen. Vielleicht ...«

Amendt hatte einen Ärmel hochgekrempelt und eine Hand ins Wasser gesteckt. »Das sind vierzig Zentimeter. Das hätte nicht viel geändert.«

Katharina blickte wieder nach oben: »Von hier unten sehen die Geländer gar nicht so niedrig aus.«

»Sind sie auch nicht«, sagte Gunther Eggers. »Vielleicht besser, wir fahren mal nach oben.« Er führte sie zu einem Fahrstuhl, nachdem Gernot Eggers beflissen ein Papierhandtuch für Amendt geholt hatte, damit sich dieser den Arm abtrocknen konnte.

»Soweit wir das damals nachvollziehen konnten, war Isabell Gmündner vorher in der Kantine«, erklärte Gunther Eggers. »Sie ist in den Fahrstuhl gestiegen und nach oben gefahren. In den siebten Stock. Da war ihr Büro.«

Die Kabine kam, und alle vier stiegen ein. Stumm drückte Gunther Eggers den Knopf für die siebte Etage. Der Fahrstuhl fuhr sanft nach oben. Dort öffnete sich die Kabinentür mit einem dezenten Ping. Sie traten auf die Galerie.

»Sehen Sie?« Gunther Eggers deutete auf die andere Seite. »Ihr Büro lag direkt gegenüber.«

Katharina trat an das Geländer. Es reichte ihr bis zur Brust. »Wie groß war Isabell Gmündner?«, fragte sie.

»Vielleicht so groß wie Sie. Eher noch etwas kleiner.«

Katharina lehnte sich in verschiedenen Positionen ans Geländer, doch nie war sie auch nur annähernd in der Gefahr, über die abschließende Metallstange zu kippen. »Im Bericht steht, dass sie das Gleichgewicht verloren hat und über das Geländer gekippt ist.«

»Ja. Das haben wir damals in den Bericht geschrieben. Wegen der Versicherung. Und aus Rücksicht auf die Mutter.«

»Rücksicht?«

»Ja. Es gab hier oben einen Augenzeugen, und der hat erklärt, dass … also, dass Isabell Gmündner über das Geländer geklettert ist.«

»Sie ist gesprungen? Freitod?«, fragte Amendt.

»Sehen Sie, das ist das Merkwürdige. Der Zeuge hat gesagt, das wäre eine flüssige Bewegung gewesen. Sie sei aus dem Fahrstuhl gekommen, über das Geländer geklettert, wie man manchmal über eine lästige Bahnschranke klettert oder einen Zaun, und hätte dann einen großen Schritt in Richtung ihres Büros gemacht. Als wollte sie durch die Luft laufen.«

»Das ist doch absurd«, sagte Katharina.

»Genau meine Worte. Der Zeuge war auch ziemlich verwirrt damals. Verständlich.«

»Können wir mit ihm sprechen?«

Gunther Eggers zögerte. »Der … der arbeitet nicht mehr hier. Aber … ich lasse Ihnen mal die ganzen Akten mit den Aussagen und so raussuchen.« Ohne Katharinas Antwort abzuwarten, fischte er sein Handy aus dem Holster an seinem Gürtel und wählte. Knapp gab er Anweisungen, die »Akten zu Isabell Gmündner« aus dem Archiv zu holen. Dann beendete er das Gespräch. »Das kann ein bisschen dauern«, sagte er, »das ist alles noch auf Papier.«

»Was haben Sie denn damals gedacht?«, fragte Katharina.

»Na ja, Isabell war noch jung. Ich dachte, vielleicht Drogen oder so. Oder Überarbeitung. Aber so richtig Sinn hat das für mich nie ergeben. Um die Mutter hat es mir leidgetan. Die war schon Witwe damals. Traurige Geschichte.« Plötzlich hielt er inne, dann fragte er: »Untersuchen Sie nicht den Tod von Justizminister Vogel? Feiner Mann. Hat auch hier gearbeitet.«

»Wissen wir. Kannten Sie ihn?«

»Na ja, nur von ein paar geschäftlichen Besprechungen. Hat sehr viel Wert auf Sicherheit gelegt. Das hat mir imponiert. Aber wie kommen Sie dann auf Isabell Gmündner?«

Was sollte sie ihm sagen? Am besten eine kleine Wahrheit: »Isabell Gmündner war die Tochter von Anita Gmündner. Vogels Sekretärin im Ministerium.«

»Die Ärmste. Manche Menschen ziehen Leid und Pech wirklich an. Erst ihr Mann, dann ihre Tochter und jetzt ihr Chef. – Was halten Sie davon, wenn ich Ihnen das Beste an dieser Firma zeige? Die Kantine. Da können wir einen Kaffee trinken. Falls Sie noch weitere Fragen haben.«

»Entschuldigung, brauchen Sie mich noch?«, fragte Gernot Eggers. »Wir haben da nämlich noch ein Abwasserproblem in der GF, um das ich mich kümmern muss.«

Katharina schüttelte den Kopf.

»Haben die Chefs mal wieder das Klo verstopft? «, fragte Gunther Eggers mitleidig. »Möchte echt nicht wissen, was die den ganzen Tag essen.«

Gernot Eggers hob seufzend die Schultern, drehte sich um und wanderte davon.

»Tja«, sagte sein Bruder. »Fünf Jahre Studium der Gebäude- und Energietechnik – gewinnbringend eingesetzt.«

»Und Sie?«, fragte Andreas Amendt.

»Oh, ich war mal bei der Truppe. Bundesgrenzschutz. Aber die Bezahlung hier ist deutlich besser.«

»Sie da. Sofort raus und außen ums Gebäude rum! Ich glaube, es geht los!«

Kaum hatten sie die Kantine betreten, war Gunther Eggers zu einem anderen Eingang gestürzt, durch den zwei Männer gerade einen großen, gelb lackierten Transportbehälter mit der Aufschrift »Biohazard« tragen wollten. Die beiden Männer wollten wohl erst widersprechen, doch als Gunther Eggers noch einen Schritt auf sie zutrat und drohend nach seinem Handy griff, als sei es ein Colt, der dort an seiner Hüfte baumelte, trollten sie sich.

»Gefahrgut anliefern durch die Kantine. Ich glaube, es hackt. Als ob da nicht überall Warnschilder hängen würden.« Gunther Eggers schnaubte. »Aber die versuchen es trotzdem immer wieder. – Suchen Sie sich doch einen Platz. Ich hole gerade mal den Kaffee.«

Katharina und Amendt setzten sich an einen Tisch am Fenster.

Ein paar Minuten später brachte Gunther Eggers ein Tablett mit Kaffeetassen. »Entschuldigung für meinen Wutausbruch. Aber das ist so ein Konstruktionsfehler des Gebäudes. Der Lieferanteneingang für die Labors ist im Innenhof. Doch die Einfahrt zum Hof ist zu schmal für die Fahrzeuge der Lieferanten. Daher müssen sie draußen parken und ihr Zeug einmal ums Gebäude schleppen. Ich verstehe ja, dass das frustrierend ist. Und natürlich wäre der Weg durch die Kantine kürzer. Ist aber streng gegen die Vorschriften. Wenn da mal was passiert.«

»Ist denn mal was passiert?«, fragte Andreas Amendt.

»Ach hier seid ihr.«

Gunther Eggers kam nicht mehr dazu zu antworten, denn sein Bruder Giselher stand auf einmal neben dem Tisch, gleichfalls eine Kaffeetasse in der Hand. »Ich dachte, ihr seid in der Brunnenhalle und schaut euch die Unfallstelle an.«

»Da waren wir schon«, brummte Gunther Eggers.

»Ich hoffe, mein Bruder hat Ihnen nicht zu viele Geschichten erzählt. Er ist manchmal sehr fantasiebegabt, wenn es um Unfälle und so geht.« Giselher Eggers setzte sich. »Moment, irgendetwas wollte ich noch für Sie tun?«

»Die medizinischen Unterlagen und Röntgenbilder«, half Andreas Amendt aus.

»Ach ja, richtig. – Wo habe ich denn …?« Giselher Eggers tastete die Taschen seines Kittels ab. »Ach verdammt, ich muss mein Handy im Büro …«

»Hab schon alle Unterlagen bestellt«, sagte Gunther Eggers. »Allerdings … Es wundert mich, dass die im Archiv so lange brauchen. Die sind doch sonst nicht von der schläfrigen Truppe.« Er zückte sein eigenes Handy und wählte erneut. »Ja, Eggers noch mal. – Ja, genau. Wegen der Unterlagen zu Isabell Gmündner. – Ja, die sind für … – Was?«, blaffte er. »Nun macht aber mal halblang. Das soll unsere berühmte ›Wir haben ja nichts zu verbergen‹-Initiative für mehr Transparenz sein? – Okay, ich verstehe. Anweisung von oben.« Frustriert legte er auf und wandte sich zu Amendt und Katharina. »Tut mir leid. Aber die haben seit Neuestem die Anweisung, Unterlagen nur noch mit sehr gutem Grund herauszugeben. In Ihrem Fall wäre das eine richterliche Anordnung.«

Erstaunliche Erkenntnisse im Rittersaal.

»Wir sind verfolgt worden«, sagte Harry.

»Wir auch«, bestätigte Arnulf Sturmer.

»Und die haben sich nicht mal Mühe gegeben, es heimlich zu tun. Das war ziemlich offensichtlich. Entweder waren das Anfänger oder …«

»Einschüchterungstaktik«, erklärte Katharina. »Wir sind auch verfolgt worden. Unauffälliger Opel, aber viel zu dicht an uns dran. Wir sind wohl jemandem böse auf die Füße getreten.«

Katharina und Amendt waren praktisch gleichzeitig mit Harry, Darian, Bruder Rapunzel und Arnulf Sturmer in der Karl-Kreutzer-Villa eingetroffen. Die vier hatten den Tag genutzt, um mit den Angehörigen der anderen Toten zu sprechen. Deshalb hatte Katharina sofort eine Versammlung im Rittersaal anberaumt.

Katharina hatte gerade um den Bericht zu den Besuchen bei den Angehörigen gebeten, als Harry erst mal seiner Sorge um die Beschatter Luft machen musste.

»Was machen wir, wenn wir weiter beschattet werden? Stellen?«, fragte er.

»Bringt nichts«, sagte Arnulf Sturmer griesgrämig. »Hinter jemandem herfahren ist keine Straftat. Das sind die Methoden von Petersburg Inkasso. So sahen die Typen auch aus. Kahlgeschorene Muskelprotze. Einer von denen ist ausgestiegen und hat gegen einen Baum geschifft, als wir bei einem der Angehörigen waren.«

»Das klärt nicht die Frage, wie wir damit umgehen«, mischte sich Bruder Rapunzel ein.

»Wir ignorieren sie«, bestimmte Katharina. »Wenn sie aufdringlich werden ... Nun, wir sind alle Polizisten und wissen uns zu wehren. – Also, was sagen die Angehörigen?«

»Nicht viel«, begann Arnulf Sturmer. »Ich und Darian haben nur drei Angehörige auftreiben können. Die von Magnus Marbach, das war der, der in seinem Büro in den Schraubenzieher gefallen ist. Arne Gerhold, der im Raubtierkäfig. Und Romana Leycht, die Putzfachkraft, die beim Fensterputzen abgestürzt ist. Konnten uns aber nichts wirklich Neues erzählen.«

»Hattet ihr irgendwie das Gefühl, dass sie eingeschüchtert wurden oder etwas verschweigen?«

»Nein. Überhaupt nicht. Die Angehörigen von Magnus Marbach waren nur frustriert, dass Lionshare BioPharm damals keine Entschädigung gezahlt hat.«

»Irgendwelche Persönlichkeitsveränderungen, die die Angehörigen beobachtet haben?«

»Na ja, auch nichts wirklich Weltbewegendes. Die Eltern von Arne Gerholt haben berichtet, dass er damals endlich eine Freundin hatte. Hat sich mit ihr immer in seinem Zimmer eingeschlossen. Die Witwe von Magnus Marbach meinte, sie hätte sich öfter mit ihrem Mann gestritten. Aber er stand wohl beruflich unter großem Stress. Nur die Schwester von Romana Leycht hat gesagt, sie sei offener und freundlicher gewesen. Hätte viel geflirtet, was sonst nicht so ihre Art war. Aber es war ja Frühling.«

Offener, freundlicher. Viel geflirtet. Katharina erinnerte sich, dass Anita Gmündner etwas Ähnliches über ihre Tochter berichtet hatte.

»Und ihr?«, wandte sie sich an das Team aus Bruder Rapunzel und Harry. »Wen habt ihr erreicht?«

»Ich denke, bei uns gibt es ein paar deutlichere Hinweise auf Persönlichkeitsveränderungen«, antwortete Bruder Rapunzel. »Also, zunächst haben wir mit dem Witwer von Gertrud Fröhlich gesprochen. Das war die Köchin, die sich mit Amaryllis vergiftet hat. Er schiebt es darauf, dass sie zu eitel war, eine Brille zu tragen. – Aber ihre Persönlichkeit hat sich verändert, sagt er. Endlich hätte ihr Name wieder gepasst. Er hatte ihr vorher schon den Spitznamen Biestig gegeben. Dann waren wir beim Vater von Stefan Brassel. Dem Geisterfahrer. Der meinte, er hätte sich vorher noch nie wirklich gut mit seinem Sohn verstanden. Aber kurz vor dem Unfall sei es ziemlich krass geworden. Brassel hat seinem Vater vorgeworfen, ihn zu beklauen. Und dass er tödlich verunglückt ist, hat den Vater letztlich nicht gewundert. Brassel war wohl immer ein sehr aggressiver Autofahrer. – Zu guter Letzt haben wir den Bruder von Philip Seligheimer aufgesucht.«

Katharina sah, dass Amendt ärgerlich den Kopf schüttelte. Ihm war vermutlich noch immer nicht eingefallen, woher er den Namen kannte.

»Der Bruder wohnt jetzt im Haus von Seligheimer. Das war ganz praktisch«, fuhr Bruder Rapunzel fort. »Er ist damals mit eingezogen, als Seligheimer ›übergeschnappt‹ ist. Seine Worte.«

»Übergeschnappt?«

»Jeannie hat uns ja gestern schon davon berichtet, dass er seine Nachbarn bedroht hat. Er hat sie auch reihum verklagt. Die Klagen wurden immer wilder. Vorher war er wohl ein recht beliebter Nachbar. Dann hat er sich zum Teil wochenlang in seinen Keller eingeschlossen. Sein Bruder durfte ihm nur das Essen durch eine schmale Klappe reichen. Damit er sich nicht ansteckte.«

»Hat der Bruder gesagt, mit was?«

»Nein. Daran konnte er sich nicht mehr erinnern. Nur, dass Seligheimer wohl auch panische Angst vor Insekten bekam. Weshalb er den Nachbarn, der ein paar Bienenstöcke hatte, verklagt hat. Und als die Klage nicht durchgegangen ist, hat er die Bienenstöcke abgefackelt. Behauptet zumindest der Nachbar. – Ich bin zwar kein

Psychologe, aber für mich klingt das nach ziemlich ausgewachsener Paranoia.«

»Was ist eigentlich der ›schwarze Schwarm‹?«, wechselte Arnulf Sturmer das Thema.

Amendt rieb sich mit den Händen über das Gesicht. »Ach nichts, ein medizinisches Ammenmärchen. So eine Art Turboversion von Toxoplasma gondii. – Warum wollen Sie das wissen?«

»Weil ... Nun, von Toxoplasmose habe ich schon gehört. Kam mal in einem Seminar zur Verkehrspsychologie auf. Wegen der erhöhten Risikobereitschaft. Und ich meine mich auch zu erinnern, dass es weitere Verhaltensänderungen gibt. Dass Männer misstrauischer werden. Und Frauen offener. Wie bei unseren Toten.«

Amendt sagte zögernd: »Ja, das ist so, aber nicht so extrem wie hier. – Es gibt wohl auch einen möglichen Zusammenhang mit Psychosen. Aber das ist alles sehr fragwürdig.«

»Meine ja nur«, sagte Arnulf Sturmer missgelaunt. »Das mit der Turboversion: Das passt doch. Wäre die denn möglich?«

»Ja. Theoretisch. Aber ... ich glaube nicht dran.« Amendt stand auf. »Wir haben morgen früh eine Exhumierung. Isabell Gmündner. Um vier Uhr dreißig. Kommt wer freiwillig mit?«

Bruder Rapunzel meldete sich. »Ich bin gerne dabei. Es muss mich allerdings jemand aufgabeln.«

»Das machen Darian und ich«, sagte Harry. »Ein paar Uniformen vor Ort können sicher auch nichts schaden.«

»Na gut, na gut«, sagte Arnulf Sturmer rasch. »Bevor ich hier alleine zurückbleibe, komme ich auch. Auch wenn mir das meinen Schönheitsschlaf raubt.«

»Na prima«, sagte Katharina. »Ich finde, die Hörnchen sollten vielleicht auch mitkommen. Wer weiß, was wir im Grab finden.«

Amendt stimmte zu. »Gut. Machen wir den ersten Betriebsausflug unseres Instituts zu einer Exhumierung. Ist ja thematisch passend.«

In finanziellen Nöten auf den Straßen Frankfurts.

Katharina hatte Amendt nach Hause gebracht, nachdem er ihr hoch und heilig versprochen hatte, nicht auf Turkey zu sein. Sie war schön langsam und zivil gefahren, damit ihre Verfolger – wie zu erwarten folgte ihr wieder ein betont unauffälliger Opel – bequem mithalten konnten. Jetzt war sie auf dem Heimweg und freute sich auf die große Pizza, die sie sich gleich bestellen würde. Ihr fiel ein, dass sie kaum noch Bargeld im Portemonnaie hatte, also hielt sie an einer Sparkasse mit einem EC-Automaten.

Karte einschieben, Geheimzahl, Betrag. Zufrieden tippte sie die Enter-Taste. Doch plötzlich wurde der Bildschirm des Automaten leuchtend blau. »Konto gesperrt. Karte eingezogen«, stand dort. »Bitte melden Sie sich bei Ihrem Finanzberater.«

Verdammt. Das musste eine Fehlfunktion des Automaten sein. Während sie noch überlegte, ob sie das Experiment mit einer ihrer Kreditkarten wiederholen sollte, klingelte ihr Handy.

Artur von Koestler. Ganz gegen seine Art sprach er schnell und hektisch. »Das LKA war gerade hier. Die haben alle Ihre Konten bei mir eingefroren und alle Unterlagen zu Ihren Geschäften beschlagnahmt. Und zu denen Ihres Vaters. Es geht wohl um den Anwalt Ihrer Familie. Absalom Schmitz. Sie wissen ja, der, der sich vor ein paar Monaten umgebracht hat. Jetzt sind sie unterwegs zum Haus Ihrer Eltern. Das habe ich noch gehört, als die Beamten gegangen sind. Frau Klein … Katharina … Das ist ernst. Sie sollten –«

»Schon unterwegs.«

»Und nehmen Sie einen Anwalt mit«, riet ihr Koestler noch hastig. Dann hatte Katharina schon aufgelegt.

Natürlich würde sie einen Anwalt mitbringen. Einen der besten Strafverteidiger Frankfurts.

Katharinas Elternhaus.

Mit quietschenden Reifen hielt Katharina im Wendehammer der Sackgasse, an deren Ende das Haus ihrer Eltern lag. Eine Gründerzeitvilla, die ihr Vater günstig gekauft und stilecht hatte renovieren lassen. Das Haus stand seit dem Tod ihrer Familie leer. Katharina hatte nicht gewusst, was sie mit der Immobilie anfangen sollte. Eigentlich hatte sie sich vorgenommen, zumindest einmal die Kunstsammlung zu sichten, wenn sie etwas Freizeit hatte. Deswegen steckte der Schlüsselbund zum Haus immer in ihrer Handtasche. Ein glücklicher Zufall.

Denn im Wendehammer standen bereits drei Busse mit Wiesbadener Kennzeichen. Das LKA. Mehrere Beamte waren gerade dabei, einen Rammbock auszuladen.

Katharina sprang aus dem Wagen und hielt dem Beamten, der etwas abseits stand und offenbar die Arbeiten beaufsichtigte, ihren Dienstausweis unter die Nase. »Kriminaldirektorin Klein«, bellte sie. »Darf ich fragen, was Sie da machen?«

»Darf *ich* fragen, was Sie hier wollen?«, blaffte der Beamte zurück, wohl in der Hoffnung, die um einen Kopf kleinere Frau vor ihm einschüchtern zu können.

»Ich bin Eigentümerin dieses Hauses. Warum wurde ich über die Aktion nicht vorschriftsgemäß informiert?«

Der Beamte zögerte: »Wir konnten Ihrer nicht habhaft werden. Also –«

»Dann haben Sie sicher einen Durchsuchungsbefehl? Und erzählen Sie mir nichts von Gefahr im Verzug. Meine Eltern sind seit mehr als sechzehn Jahren tot.«

Der Beamte öffnete eine Mappe und reichte Katharina ein Dokument. Sie überflog es. Eine richterliche Anordnung zur Beschlagnahme aller Unternehmens- und Finanzunterlagen ihres Vaters. Das war doch …

Dann rief sich Katharina selbst zur Ordnung. Wie lautete die eiserne Regel? Wenn du unschuldig bist, halt die Klappe.

Der Beamte wollte ihr das Dokument wieder wegnehmen, doch Katharina hielt es außerhalb seiner Reichweite. Er verstand offenbar, dass er mit Druck nicht weiterkam, also schaltete er auf Diplomatie. »Wenn Sie uns einfach ins Haus lassen und die Unterlagen aushändigen, dann sind wir ganz schnell wieder weg.«

Katharina warf einen theatralischen Blick auf das Dokument. »Von ›ins Haus lassen‹ steht hier nichts. Und mit dem Aushändigen der Unterlagen warten wir mal schön, bis Doktor Meyerbruck hier ist.«

»Wer?«

»Mein Anwalt.«

Dr. Meyerbruck ließ auf sich warten. In der Zwischenzeit versuchte es der Beamte, der sich als »Kriminalrat Frankenbach« ausgewiesen hatte, immer wieder mit »Frau Kollegin, wenn wir …« und »Wir tun doch auch nur unseren Job. Sie verstehen das doch.« Katharina ließ sich nicht erweichen.

Die anderen Beamten standen unschlüssig auf dem Wendehammer, nachdem Katharina sie vom Grundstück gescheucht hatte.

Endlich, nach mehr als einer halben Stunde, fuhr ein Taxi vor. Meyerbruck stieg aus, ein kleiner, untersetzter Mann in den besten Jahren, der immer so wirkte, als wolle er sich lieber auf einen Äppelwoi in die nächste Besenwirtschaft setzen.

»Ei, wo brennt's denn?«, fragte er in weichem Hessisch. Er hatte diesen Dialekt für sich perfektioniert. Eine seiner Stärken war, permanent unterschätzt zu werden. Diesen Fehler machte auch Kriminalrat Frankenbach.

Er baute sich vor Meyerbruck auf und begann martialisch: »Wir haben einen Gerichtsbeschluss zur Beschlagnahme –«

»Na, dann zeiche Se mal den Beschluss her«, schnitt ihm Meyerbruck freundlich, aber bestimmt das Wort ab.

Katharina reichte ihm das Dokument. Meyerbruck studierte es eingehend, immer wieder »Soso« und »Aha« murmelnd. Schließlich kicherte er und reichte Kriminalrat Frankenbach das Dokument.

»Sehr unnerhaltsam, muss isch wirklisch sache. Wenn isch rescht informiert bin, starb Diether Klein 1991. Alle ihm vorgeworfenen Delikte dürften also inzwische verjährt sein. Und ob das mit de Regressansprüch so haltbar is, hab isch auch meine Zweifel.«

»Nicht bei Mord in mittelbarer Täterschaft«, erwiderte Kriminalrat Frankenbach mit mahlenden Kiefern.

»Oh, oh, ganz großes Geschütz. Mord in middelbarer Täte'schaft. Weil jemand angeblisch a Bild bei Herrn Klein gekauft hat, das er spädde wieder ve'kauft hat, um von dem Erlös aan Mord zu bezahle? Mutmaßlisch, wohlgemerkt? Und all das ohne Wissen von Herrn Klein?«

»Genau um den Nachweis dieses Wissens geht es ja. Dann wäre ein Teil des Vermögens von Herrn Klein und damit von Kriminaldirektorin Klein als direkter Erbin unrechtmäßig erworben und –«

»Und Sie hoffe, das mit die geschäftlische Unterlach von Herrn Klein beweise zu kenne?«

»Nun, wir haben genug Indizien, um –«

»Wenn Se wirklisch genuch Indizie hätte, wäre Se nisch hier.«

»Immerhin genug für den Gerichtsbeschluss.«

»Den isch ausgesprochen fragwüddisch find. Isch denk, da sollt isch erst mal mit dem Herrn Rischte selbä konferiere, nisch wahr?«

Endlich verstand Frankenbach, dass er so nicht weiterkam. »Aber vielleicht ist ja Frau Klein so freundlich und händigt uns die Unterlagen dennoch aus?«

»Da frache wir sie doch einfach mal. Sie steht hier ja direkt nebbe uns. Frau Klein, würde Se de Unterlache freiwillisch rausgebbe?«

Das war eine gute Frage. Einerseits war sie sich zu einhundert Prozent sicher, dass ihr Vater von den krummen Geschäften Absalom Schmitz' nichts gewusst hatte. Andererseits wusste sie nicht, aus was man ihrem Vater und damit ihr trotzdem einen Strick drehen konnte.

»Was raten Sie mir?«, fragte sie deshalb zurück.

»Nun, Sie müsse jetzt zunäx ma gaa nix. Und seie Se net zu nett zu de Kolleche. Die wedde sie ohne Rücksischt in die Pfanne hauen. Andererseits galt Ihr Vadder als sehr redlischer Geschäftsmann.«

Das war richtig. Ihr Vater war immer so ehrlich und übergenau gewesen, dass das Finanzamt permanent misstrauisch gewesen war und Buchprüfungen angeordnet hatte. Man hatte nie etwas gefunden. Wie sollte das also jetzt gelingen? Außerdem bestanden die Unterlagen im Haus aus zahlreichen Quittungen und Belegen über alles Mögliche, Ankaufs- und Verkaufslisten. Ganz sicher stand da nirgendwo eine Notiz à la »Picasso als Honorar für Auftragsmord«.

Das LKA würde nicht kampflos aufgeben. Wollte sie sich wirklich Tage und Wochen damit rumärgern?

»Also gut. Zwei Beamte zum Tragen. Und ich zeige Ihnen, welche Unterlagen das sind. Dazu müssen wir ins Arbeitszimmer meines Vaters. Alle anderen Räume sind für Sie und Ihre Beamten tabu, haben wir uns verstanden?«

Katharina wieder mal allein zu Haus. Oder auch nicht.

Frustriert und hungrig bog Katharina in ihre Hofeinfahrt. Die Pizza musste wohl ausfallen. Zwar war die geheime Pokerkasse in ihrer Keksdose gut gefüllt, aber wer wusste, wie lange sie ohne Zugang zu ihrem Konto auskommen musste. Also besser kein Geld verschwenden. Hoffentlich fand sie noch etwas Essbares im Kühlschrank.

Sie stieg aus dem Auto und ging zum Hauseingang.

»Katharina?«

Der Mann musste im Schatten der Toreinfahrt auf sie gewartet haben. Sie wirbelte herum, zog ihre Waffe ... Dann erkannte sie den Mann.

Natürlich. Berndt Hölsung. Nur er konnte das LKA auf ihre Spur gesetzt haben.

Dennoch nahm Katharina die Waffe herunter. »Hölsung, was willst du denn hier?«

Er hob die Hände, wohl um zu zeigen, dass er unbewaffnet war. »Dich warnen. Das LKA –«

»Ich weiß. Das war schon bei mir. Hat meine Konten eingefroren. Jetzt zufrieden?«

»Aber –«

»Und jetzt? Willst du dich ein wenig lustig machen?«

»Nein, ich ...« Endlich ließ er die Hände sinken. Sein Ton wurde giftig. »Hör mal, wann begreifst du endlich, dass ich nicht dein Feind bin?«

»Das LKA hat Informationen, die es nur von dir haben kann. Hast du sie ihnen gegeben?«

»Ja, das heißt nein, das heißt ...«

»Was nun? Ja oder nein?«

»Bitte. Das war alles unabsichtlich. Das war so ...« Er zögerte und blickte sich um. »Nicht hier.«

»Du kommst nicht mit in meine Wohnung«, sagte Katharina energisch.

»Nein, nein. Lass uns ein Stück gehen. – Du weißt, dass du beschattet wirst?«

Schweigend waren Katharina und Hölsung durch die Straßen spaziert. Am Westendplatz hatten sie sich auf eine Bank gesetzt. Die beiden Männer aus dem unauffälligen Opel waren ihnen gefolgt. Arnulf Sturmer hatte recht gehabt. Sie sahen wirklich aus wie russische Schläger. Jetzt wanderten sie um den Platz herum, aber außer Hörweite.

»Also, das war so«, begann Hölsung endlich. »Mir ist damals die Untersuchung zum Selbstmord von Absalom Schmitz aufs Auge gedrückt worden. Du weißt ja, der Anwalt deines Vaters. Ich war etwas genervt, hatte aber gerade eine Rüge gekriegt. Wegen schlampigen Arbeitens. Also war ich besonders genau.«

»War es kein Selbstmord?«, fragte Katharina und versuchte, so überrascht wie möglich zu klingen.

»Doch, ganz sicher. Er hat sich eindeutig selbst erschossen. Schusswinkel, Position der Waffe, selbst die Schmauchspuren. Das Einzige, was fehlte, war ein Abschiedsbrief. Aber er hatte ja keine Angehörigen oder so. – Was mich gewundert hat, war die Pistole. Ein russisches Modell. Und nicht auf ihn registriert. Ich dachte mir, die hat er vielleicht von einem Mandanten. Vielleicht wurde sie bei einer Straftat benutzt. Also habe ich sie ballistisch überprüfen lassen. Und plötzlich rückt das LKA an und reißt die Ermittlung an sich. Das Einzige, was ich noch mitbekommen habe, ist, dass mit der Waffe wohl ein Mord begangen worden ist. Wenn das LKA sich dafür interessiert, heißt das organisierte Kriminalität. Also habe ich denen alles übergeben. Und danach habe ich nie wieder was davon gehört. Bis heute. Heute ruft mich Hanfried an.«

Hanfried? Ach ja, Hölsung war ein Duzfreund des Innenministers.

Hölsung fuhr fort: »Sagt, dass da eine LKA-Untersuchung gegen dich läuft. Im Zusammenhang mit Absalom Schmitz. Und ob ich irgendwas davon wüsste. Ich sage, nein. Da hat er aufgelegt. Und ich habe sicherheitshalber mal im Archiv und in der Asservatenkammer nachgeschaut. Das ganze Material, das ich damals gesammelt habe, als …«

»… als du mich für eine Mörderin gehalten hast?«, setzte Katharina seinen Satz fort.

»Ja, genau. Du weißt schon. Diese krummen Geschäfte, die über den Kunsthandel deines Vaters abgewickelt wurden.«

»Mutmaßlich abgewickelt wurden«, korrigierte ihn Katharina.

»Mutmaßlich. Meinetwegen. Das war alles weg.«

»LKA?«

»Nur mittelbar. Angeblich hat das Innenministerium das Material angefordert.«

So war also Hanfried de la Buquet in den Besitz von Katharinas Schusswaffe gekommen. Und das LKA war ihm unterstellt. Hatte er die Untersuchung veranlasst? Aber wozu?

Berndt Hölsung musste den gleichen Gedanken gehabt haben wie sie. »Du musst irgendwo in ein Wespennest gestochen haben, Katharina. Dass die ausgerechnet jetzt mit der Untersuchung loslegen, ist bestimmt kein Zufall. Du hast einen Feind im Innenministerium. Jemand mit Einfluss.«

»De la Buquet?«, fragte Katharina eher rhetorisch.

Erstaunlicherweise musste Hölsung überlegen: »Nein, das glaube ich eigentlich nicht. So was wäre nicht sein Stil. Nicht so von hinten durch die Brust ins Auge. Er würde dir einfach eine Dienstanweisung geben, die Ermittlungen einzustellen. Oder dich versetzen.«

Was Hölsung sagte, klang einleuchtend. Andererseits kam es von Hölsung. Der konnte hundertmal sagen, dass er kein Feind war.

»Und was soll ich jetzt tun? Deiner Meinung nach?«, fragte sie.

»Was wohl? Am Ball bleiben. Aber sorg dafür, dass dir jemand den Rücken freihält. – Kannst du mir sagen, was du entdeckt hast? Vielleicht kann ich helfen.«

»Besser nicht, Berndt. Ich will dich da nicht auch noch mit hineinziehen.«

»Und du traust mir nicht.«

»Das habe ich nicht gesagt.«

»Es wäre aber besser. An deiner Stelle würde ich keinem Menschen trauen. Politik ist ein schmutziges Geschäft. Ich bin froh, dass Hanfried die Ermittlungen nicht mir aufgehalst hat.«

Sie hatten noch ein paar Minuten schweigend auf der Bank gesessen, dann war Hölsung aufgestanden und gegangen, ohne sich zu verabschieden. Katharina war sitzengeblieben und versuchte nun, sich einen Reim auf alles zu machen. Vor allem auf Hölsungs Verhalten. Von hinten durch die Brust ins Auge mochte nicht der Stil des Innenministers sein. Aber zu Hölsung passte er perfekt.

Die beiden Beschatter hatten aufgehört, um den Platz herumzuwandern. Stattdessen waren sie auf den Weg eingebogen, der direkt an Katharinas Bank vorbeiführte. Sie gingen schweigend. Breitschultrig. Im Gleichschritt. Ihre schweren Schritte knallten auf den Pflastersteinen wie schallgedämpfte Pistolenschüsse. Als Antwort zog Katharina ihre Waffe aus dem Holster und lud sie laut hörbar durch. Die Schritte der Männer wurden leichter, und als sie an Katharinas Bank vorbeikamen, passierten sie sie mit deutlichem Abstand. Katharina sah ihnen nach, bis sie im Dunkel verschwunden waren.

»Absalom Schmitz: Weltenretter oder Schwerverbrecher?«

... dröhnt die Stimme aus dem Off. Eine schnelle Montage. Absalom Schmitz, Anzug, Fliege, weiße Sturmfrisur, mit dem Ministerpräsidenten, der Kanzlerin, dem Präsidenten eines südamerikanischen Landes. Dann Absalom Schmitz in Wanderkleidung im Spessart, mit Tropenhelm im Urwald, in dicker Winterjacke im verschneiten Wald in irgendeinem nördlichen Land.

Suggestiv fährt die Stimme fort: »Absalom Schmitz, angesehener Anwalt und Notar in Frankfurt am Main, der Anfang des Jahres freiwillig aus dem Leben schied. Umweltschutzorganisationen nennen ihn den ›Retter des deutschen Waldes‹, Greenpeace zeichnete ihn als einen der fünfzig wichtigsten Retter der Menschheit aus. Sein Engagement im Naturschutz ist weltweit unbestritten. Doch ist das der wahre Absalom Schmitz?«

Wieder eine Montage von Bildern. Tatortfotos. Die aufgebrochene Fensterscheibe eines Juweliers, ein aufgeschweißter Tresor, eine Leiche in einem Ölfass, schließlich Videoaufnahmen eines brennenden Dorfes in Südamerika. Kinderbeine, die auf dem Boden liegen, die dazugehörigen Körper mit blutigen Tüchern abgedeckt.

»Einbruch, Überfall, Diebstahl, Mord, bezahlte Todesschwadron: Ist dies das wahre Gesicht von Absalom Schmitz? War er der Kopf hinter all diesen Verbrechen?«

Die Musik rauscht dramatisch auf. Dann beruhigt sie sich wieder. Eine neue Bildmontage. Katharina Klein, ein Porträtfoto, dann als junges Mädchen mit ihrer Familie, die Kamera zoomt auf ihren Vater, einen gut aussehenden, rotbärtigen Mann.

»Frankfurts Vorzeigepolizistin Kriminaldirektorin Katharina Klein: Absalom Schmitz war Anwalt ihres Vaters, des angesehenen Kunsthändlers Diether Klein. Doch waren Diether Kleins Geschäfte wirklich sauber? Und welche Rolle spielte Katharina Klein selbst dabei?«

Der donnernde Jingle verkündet Tod, Verbrechen, Weltuntergang.

Gardez!

Freitag, 11. April 2008.
Wenigstens nicht der Dreizehnte.

»First restrain, next blockade, lastly destroy.«
Aron Nimzowitsch

Neubausiedlungsfriedhof morgens um halb fünf.

Die gepflegten Gräber ordentlich in Reih und Glied, auf jedem Grab ein identisch flackerndes, batteriebetriebenes Ewiges Licht, die Grabsteine – alle ähnlich in Form und Farbe – sauber und poliert. Nicht mal ein Baum, der die Geometrie brach. Katharina fühlte sich wie in einem Horrorfilm, der unter einem Mangel an Budget und Ausstatterfantasie litt. Surrealer Auswuchs deutscher Kleingartenmentalität.

Auf verquere Weise passend zu der Stimmung, in der Katharina seit dem Fernsehbericht am Abend zuvor war. Anfangs war sie noch schockiert gewesen, doch irgendwann hatte sie nur noch gelacht. Absalom Schmitz, alias »Der Staufer«, wurde für alles verantwortlich gemacht, was in Frankfurt je an Verbrechen geschehen und nicht aufgeklärt worden war. Und Katharina wurde, ohne eine Anschuldigung direkt auszusprechen, als Gangsterbraut porträtiert; es könne ja sein, so mutmaßte der Bericht, dass sie die Geschäfte des Staufers gedeckt oder gar daran beteiligt gewesen sei. Dass Katharina dann ihre kriminelle Karriere im zarten Alter von sieben hätte beginnen müssen, ließ der Bericht außer Acht.

Unausgeschlafen gähnend, aber pünktlich waren die Totengräber erschienen und hatten das Tor aufgeschlossen. Jetzt bemühten sie sich, Verlängerungskabel für die Baustellenfluter zu legen.

Endlich gab es genug Licht. Einer der beiden Totengräber warf den Minibagger an. Amendt stand am Rand des Grabes und gab ihm Anweisungen. Nach etwa einem Meter stoppte er den Bagger und forderte die beiden Totengräber auf, mit der Schaufel weiterzumachen. Von Hand. Und äußerst vorsichtig. Missmutig gehorchten sie und trugen die Erde Schicht für Schicht ab. Endlich ein Kratzen. Amendt befahl ihnen, innezuhalten, und stieg selbst in das Grab. Mit einem Handbesen fegte er an einer Stelle Erde beiseite.

»Der Sarg scheint intakt zu sein«, rief er nach oben. Dann schickte er die Totengräber weg und bat die Hörnchen, ihm zu helfen. Eine halbe Stunde später war der Sargdeckel freigelegt.

Katharina bemerkte, dass Bruder Rapunzel nachdenklich an seiner Unterlippe kaute. »Alles in Ordnung?«, fragte sie.

»Nein, überhaupt nicht. So heil sollte der Sarg nicht aussehen. Genau genommen sollte er nach sieben Jahren Liegezeit vollständig verrottet sein.«

Endlich kletterten die Hörnchen und Amendt wieder an die Oberfläche. Dort überlegten sie, wie sie den Sarg aus dem Grab befördern konnten, ohne dass er doch noch durchbrach. Die Totengräber, die sie um Rat fragten, zuckten nur mit den Schultern. »Unsere Aufgabe ist rein ins Grab, nicht raus. Haben wir noch nie gemacht.«

»Wir brauchen eine stabile Plane«, sagte Bruder Rapunzel. »Die fädeln wir unter den Sarg. Das müsste gehen.«

Plane? Natürlich! »Habt ihr ein Tatortzelt in eurem Transporter?«, fragte Katharina die Hörnchen.

Es dauerte zwar eine Weile, aber endlich war es ihnen gelungen, die Zeltplane um den Sarg zu fädeln. Mithilfe des Baggers hoben sie ihn heraus. Sie hätten sich aber um die Stabilität des Sarges keine Sorgen machen müssen. Das Holz war zwar feucht, aber nicht morsch.

Bruder Rapunzel kniete neben dem Sarg und klopfte auf das Holz. »Das ist seltsam«, sagte er. »Wartet mal.«

Er kletterte in das leere Grab. Betastete die Wände.

»Was ist es?«, fragte Amendt. »Lehm? Zu viel Feuchtigkeit?«

Bruder Rapunzel antwortete nicht. Stattdessen nahm er eine Handvoll Erde und roch daran.

»Was ist?«, fragte Katharina.

»Ich rieche nichts.«

»Aber das ist doch gut, oder?«

»Nein, die Erde sollte nach Fäulnis riechen.«

»Alles raus und Abstand vom Grab«, kommandierte Amendt. Dann bat er die Hörnchen um Handschuhe, einen Einwegoverall mit Kapuze und eine Atemmaske. »Habt ihr auch ein Umweltschadstoff-Kit in eurem Wagen?«

»Besser.« – »Gaschromatograf.« – »Und ein Multifunktionsspektrometer.«

Gebannt starrten Amendt, die Hörnchen und Bruder Rapunzel auf die Monitore der Messinstrumente im mobilen Labor der Hörnchen.

»Großer Gott«, sagte Bruder Rapunzel, als er die Ergebnisse las.

»Was ist?«, fragte Katharina.

Amendt drehte sich um. »Alle, die im Grab waren, müssen sofort ihre Kleidung ausziehen und sich nach Möglichkeit abduschen. Wir haben hier Cadmium, Blei, Quecksilber und eine ganze Sammlung von krebserregenden, hochgiftigen Kohlenwasserstoffverbindungen. Die müssen den Friedhof auf einer alten Schadstoffdeponie errichtet haben. Hoffentlich betrifft das nicht die ganze Siedlung.« Dann griff er zum Handy.

Kaum eine Viertelstunde nach Amendts Anruf war der Katastrophenschutz mit Sirenen und Blaulicht angerast gekommen.

Männer in Overalls und Gasmasken hatten den Friedhof abgesperrt und auf einer Wiese in der Nähe ein Zelt aufgeschlagen, in dem Katharina und ihr Team sich entkleiden und abduschen mussten. Während sie duschten und sich danach weiße Einwegoveralls überstreiften, wurde ihre Kleidung getestet. Katharina, die als Einzige weit genug vom Grab entfernt gestanden hatte, durfte sich wieder anziehen, die anderen erhielten zwar ihre Kleidung zurück, wurden aber streng ermahnt, sie vor der nächsten Benutzung gründlich zu waschen. Die Schadstoffbelastung sei zwar gering, aber messbar.

Nur die beiden Totengräber, die täglich auf dem Friedhof gearbeitet hatten, wurden zur Beobachtung und Entgiftung in ein Krankenhaus eingewiesen.

Zum Abschluss nahm ein Arzt in Overall und Schutzmaske Blutproben von ihnen allen und maß ihre Atemluft. Ohne Befund, wie er erleichtert feststellte. Er nahm die Maske ab. Das Gesicht, das darunter zum Vorschein kam, war jung und schweißüberströmt.

Während sie auf ihre Untersuchung warteten, hatte Katharina Bruder Rapunzel gefragt, woher er sich denn so gut mit Graböffnungen auskenne.

»Ein Teil meiner Aufgaben im Vatikan war die Untersuchung von Wundern. Nicht verwesende Leichen gehörten dazu. Kommt häufiger vor, als man denkt. Ist aber in der Regel kein Wunder.«

»Was sonst? Immer Umweltverschmutzung?«

»Nein. Für eine Verwesung braucht es drei Dinge. Luft – die Erde muss also luftdurchlässig sein. Feuchtigkeit, aber nicht zu viel. Und Bakterien für die eigentliche Fäulnis. Viele Friedhöfe haben einen lehmigen Untergrund, oder der Grundwasserspiegel ist zu hoch. Also keine Luft. In unserem Fall fehlen die Bakterien. Die Schadstoffe haben den Boden ziemlich gründlich desinfiziert.«

»Aber warum wachsen dann da Pflanzen?«

»Na ja, mir ist aufgefallen, dass die oberen fünfzig Zentimeter des Bodens eine andere Farbe haben. Vermutlich haben die einfach den Friedhof mit fruchtbarerer Erde aufgeschüttet und dann planiert.«

Amendt setzte sich zu ihnen: »Ich habe gerade mit dem Einsatzleiter gesprochen. Wegen der Leiche. Glück im Unglück. Sie kommt zu uns. Dank unserer tollen Sponsoren sind wir nämlich weit und breit das einzige Institut, das einen Raum für die Autopsie kontaminierter Leichen hat.«

Katharina erinnerte sich an das Edelstahlgewölbe im Keller, durch das sie auf dem Rundgang für Sponsoren gekommen waren. Es war nur durch eine Doppelschleuse zugänglich. Wie ein Operationssaal. Nur eben, dass in diesem Fall keine Keime und Schadstoffe nach außen dringen sollten.

»Was glaubt ihr?«, fragte Bruder Rapunzel. »War es das? Eine illegale Mülldeponie, auf die Vogel hinweisen wollte?«

»Denke ich nicht«, widersprach Amendt. »Die anderen Toten sind hier nicht bestattet. Das war wohl ein Zufallsfund. Na, mir soll es recht sein. Wer weiß, was wir Schlimmeres verhindert haben. Hoffen wir, dass die Deponie nur unter dem Friedhof ist. Sonst kann es auch die ganzen Häuser treffen. Ist jetzt aber nicht mehr unsere Aufgabe.«

»Ist die Leiche eigentlich noch intakt?«, fragte Katharina.

»Schwer zu sagen. Immerhin hat nichts geschwappt, als wir den Sarg bewegt haben. Kann aber trotzdem sein, dass sie sich im Sarg verflüssigt hat. Hoffen wir es nicht.« Plötzlich grinste er. »Brainiac wird kotzen. Wörtlich.«

»Warum?«

»Na, ich brauche einen zweiten Arzt für die Autopsie. Und da sie die Laboruntersuchungen machen muss, ist das ihre Aufgabe.«

Im Autopsieraum für kontaminierte Leichen.
Karl-Kreutzer-Villa.

»Wow, eine richtige Wachsleiche«, rief Charlotte Perl aus. Ihre Stimme klang dumpf unter der Atemmaske ihres Schutzanzugs. Sie war zwar etwas blass um die Nase, aber die Neugierde hatte wohl doch gesiegt.

Bruder Rapunzel und Amendt hatten endlich den Deckel vom Sarg nehmen können. Sie hatten sich durch mehrere Schichten Plastikfolie schneiden und dann den Sarg mit einem Stemmeisen aufhebeln müssen.

Katharina, die sich in ihrem eigenen Schutzanzug eingezwängt fühlte und kaum atmen konnte, trat an den Sarg.

Wachsleiche war ein passender Ausdruck. Die Leiche sah aus, als hätte jemand den Wachsabguss eines schönen Mädchens gemacht, sich aber nicht allzu viel Mühe gegeben. Die Gesichtszüge waren zu erkennen, doch sie waren unförmig, aufgequollen. Die Haut war sehr hell und wirkte tatsächlich wächsern.

»Wie kommt so etwas?«, fragte sie.

»Nun, wie wir ja festgestellt haben, waren im umgebenden Boden nicht genug Mikroorganismen für einen normalen Fäulnisprozess«, dozierte Amendt. »Dadurch wurde die normale Verwesung stark verzögert, sodass die Hautfette zu sogenannten

Leichenlipiden umgebaut werden konnten. Diese treten aus der Haut aus und bilden eine Schutzschicht, die Adipociren, die die weitere Verwesung verhindert. Mit etwas Glück sind auch die inneren Organe noch intakt.« Er deutete auf die Wange der Toten. »Fühlen Sie mal vorsichtig.«

Zögernd strich Katharina mit den behandschuhten Fingern über die Wange der Toten. Die Haut fühlte sich tatsächlich hart und spröde wie Wachs an.

»So«, sagte Amendt und trat einen Schritt zurück. »Jetzt sollten wir beratschlagen, wie wir vorgehen. Sobald ich in die Wachsschicht reinschneide, setzt der Verwesungsvorgang ein. Und es kann sein, dass wir sehr rasch handeln müssen.« Er drehte sich zu Charlotte Perl um, die sich sicherheitshalber in eine Ecke des Autopsieraums verkrochen hatte, aber trotzdem neugierig den Kopf vorstreckte. »Was genau brauchst du?«

»Wonach soll ich denn suchen?«

»Im Prinzip nach allem, was chronische Bewusstseinsveränderungen verursachen kann. Schwermetalle, Drogen, Parasiten …«

»Dann brauche ich Blut, Leber, das Gehirn, außerdem Proben von Dickdarm und Dünndarm. Wird aber alles eine Weile dauern. Ich denke, bei der Liegezeit muss ich erst einiges aufbereiten.«

»Nun«, erwiderte Amendt trocken. »Ich hoffe, du hast am Wochenende nichts vor.«

»Andreas Zölestin, wenn ich dir nicht mein Staatsexamen verdanken würde … – Ach, da fällt mir ein, ich müsste auch wissen, was für Schadstoffe dort in der Erde waren. Damit ich die ausschließen kann.«

»Das haben die Hörnchen gemessen«, warf Katharina ein.

»Leider viele Schwermetalle«, sagte Andreas Amendt. »Das schließt ein paar Verdächtige aus.«

»Nun«, sagte Charlotte Perl, »wenn sie im Grab nicht wieder angefangen hat zu atmen und zu essen, dann sollte ich das an der Konzentration im Gewebe sehen.«

»Dann machen wir mal weiter«, forderte Andreas Amendt Bruder Rapunzel auf, während er sich den linken Handschuh glattstrich und dabei gleichzeitig seine Hand massierte.

»Frau Klein, kommen Sie bitte mal in mein Büro. Es eilt«, flötete die Stimme von Manès Müller aus einem Lautsprecher.

Zu blöd! Jetzt, wo es gerade spannend wurde.

Es hatte eine Weile gedauert, bis sich Katharina aus ihrem Schutzanzug geschält und wieder richtig angezogen hatte, also hatte sie noch drei weitere Aufrufe von Manès Müller über sich ergehen lassen müssen. Beim letzten Mal hatte er sogar vergessen, den Durchruf wieder auszuschalten, sodass jetzt das Klappern einer Computertastatur aus den Lautsprechern drang, gelegentlich unterbrochen von leisem Fluchen.

Endlich klopfte sie an die Tür seines Büros. »Herein«, kam es sowohl durch die Tür wie auch aus den Lautsprechern im Gang.

Katharina öffnete die Tür und hatte den Eindruck, sie sei entweder in einen Traum oder in eine Zeitmaschine geraten. Englisches Landhaus mit einem Nebenjob als Edelbordell. Dunkles Holz, geschwungene Möbel, roter Samt. Die Sitzgruppe bestand aus zwei altmodischen Ohrensesseln und einem Diwan, auf dem Boden lagen Orientteppiche.

Endlich entdeckte sie Manès Müller hinter seinem Schreibtisch. Er winkte ihr, zu ihm zu kommen: »Jeannie hat unsere Büros aus dem Theaterfundus ausgestattet und jedem ein Thema zugeordnet. Bei mir hat sie sich für die Dekoration aus der letzten Produktion von Agatha Christies ›Mausefalle‹ entschieden. – Aber nehmen Sie doch Platz.«

Er deutete auf den Stuhl vor seinem Schreibtisch. Katharina überkam ein ungutes Gefühl. Sie setzte sich auf die vorderste Kante des Chippendale-Stuhls.

Manès Müller nahm die Brille ab und rieb sich die Nasenwurzel, dann setzte er sich umständlich die Brille wieder auf, bevor er endlich anfing zu sprechen: »Der Fernsehbericht von gestern Abend hat leider die Runde gemacht.«

»Ich dachte, solche Sendungen nimmt niemand ernst.«

»Leider doch. Zumindest ein paar Journalisten. Und die haben beim LKA angefragt, ob auch gegen Sie ermittelt wird.«

»Und?«

»Die Frau von der Öffentlichkeitsarbeit war wohl völlig überfordert und hat nur gesagt: ›Wir ermitteln ergebnisoffen in alle Richtungen.‹«

Großer Gott. »Und? Wird gegen mich ermittelt?«

»Keine Ahnung. Das LKA mauert. Der leitende Ermittler, ein gewisser Frankenbach, ist nicht gut auf Sie zu sprechen und hat mich auf den extralangen Dienstweg geschickt. Das heißt, Eingabe ans Innenministerium, das dann beim LKA anfragt und vielleicht Informationen erhält und weitergibt oder auch nicht. – Die Medien waren schneller.«

Er drehte seinen Computermonitor zu Katharina. Die Website der »Frankfurter Presse«. »LKA überprüft Verbindungen von Kriminaldirektorin Katharina Klein zur organisierten Kriminalität«, lautete die Schlagzeile. Darunter ein Bild von ihr und Antonio Kurtz.

Ihr Patenonkel hielt ein Baby im Arm. Katharina kannte das Foto. Es war auf einer Weihnachtsfeier entstanden, die Katharina besucht hatte. Bei einer schwangeren Frau hatten die Wehen eingesetzt und Katharina hatte ihre Grundkenntnisse in Geburtshilfe zusammenkramen müssen, um das Kind zur Welt zu bringen. Das Bild war auch damals in der Zeitung erschienen, allerdings mit der Schlagzeile »Polizistin leistet Geburtshilfe für ein Christkind«.

Manès Müller drehte den Monitor wieder zu sich: »Im Polizeipräsidium herrscht helle Aufregung. Und die haben mich aufgefordert … Es bleibt mir leider nichts anderes übrig, als Sie zu suspendieren.«

»Was? Sind Sie dazu überhaupt befugt?«

»Leider ja.«

»Wegen einer Ermittlung, die es vermutlich gar nicht gibt? Sonst hätte Frankenbach Ihnen das doch direkt unter die Nase gerieben.«

»Ich weiß, Frau Klein. Das tut mir auch entsetzlich leid. Aber wir müssen schlechte Presse vermeiden. Und zeigen, dass wir handeln. Wenn ich es nicht tue, tut es der Polizeipräsident. Oder der Innenminister. – Also bitte ich Sie, mir Ihren Dienstausweis und die Zugangskarte zu geben und –«

»Das kommt …«, wollte Katharina aufbrausen. Doch dann fielen die Puzzleteile an ihren Platz. Die verschwundenen Beweise, die vertraulichen Informationen, die an die Medien durchgesickert waren. Dass die andere Seite so gut über den Stand ihrer Ermittlungen informiert war. »Sie sind ein Maulwurf, oder?«, fragte Katharina.

»Was, ich bin doch kein –«, wollte Müller protestieren.

»Unsere Verfolger gestern, die wussten immer ganz genau, wo wir waren. Und das ist nur möglich, wenn jemand die GPS-Daten unserer Fahrzeuge abgefragt hat. Das können Sie doch, oder?«

»Ja, aber –«

»Die verschwundenen Aktenordner werden wir dann wohl in Ihrer Wohnung finden. Für wen arbeiten Sie? Lionshare BioPharm?«

»Ich arbeite für niemanden. Ich bin kein Maulwurf. Und ich verbitte mir solch schamlose Unterstellungen.«

Viel zu laut. Viel zu heftig. Das war wohl ein Schuss ins Schwarze.

»Sie sind ab sofort suspendiert«, fuhr Müller schneidend fort. »Ihren Dienstausweis und Ihre Zugangskarte, bitte.«

Katharina zog beides aus der Tasche und knallte die Karten auf den Schreibtisch.

»Und die Schlüssel zu Ihrem Dienstwagen!«

»Gerne! Mit dem Smart mache ich mich ohnehin nur lächerlich.« Sie ließ den Schlüssel auf den Tisch fallen.

»Und Ihre Dienstwaffe.«

»Tut mir leid, die Pistole ist mein Privateigentum.«

»Aber führen dürfen Sie sie nicht.«

Na gut, wenn er es denn so wollte. Katharina zog die Waffe aus ihrer Handtasche. Müller warf sich erschrocken in seinem Schreibtischsessel zurück. Wirklich? Dachte er, sie würde ihn erschießen? Mit einer schnellen Bewegung klinkte sie das Magazin aus und entnahm die Patrone im Verschluss. Sie schob die Patrone ins Magazin und steckte Pistole und Magazin zurück in ihre Handtasche. »Ich führe sie nicht. Ich transportiere sie nur. Waffe und Munition getrennt. Sehen Sie?«

Manès Müller setzte sich wieder: »Frau Klein, hören Sie … Mir ist das genauso unrecht wie Ihnen, und ich verspreche Ihnen …«

»Ja, ja«, sagte Katharina, stand auf und ging zur Tür.

Müller folgte ihr: »Ich verspreche Ihnen, ich kläre das alles so schnell wie möglich und –«

Statt einer Antwort riss Katharina die Tür auf. Und musste selbst einen Schritt zurücktreten. Das ganze Team stand vor der Tür: Amendt, Harry, Darian, Sturmer, Bruder Rapunzel, die Hörnchen, Jeannie, Oswald, selbst Charlotte Perl. Nur Frank Grüngoldt fehlte. Der war in der Schule.

Natürlich. Der Durchruf war ja noch angeschaltet. Sie hatten alle ihr Gespräch mit Müller mit angehört. Ihre Mienen waren finster. Endlich sagte Oswald: »Wenn Katharina wirklich suspendiert wird, treten wir in Streik.«

Katharina hätte ihn am liebsten umarmt. Doch dann besann sie sich und bedeutete ihren Kollegen stumm, ihr zu folgen.

»Also, was ist jetzt? Streik?«, fragte Arnulf Sturmer, kaum dass sich die schwere Tür der kleinen Kapelle, die Amendt und Katharina zu Beginn der Woche entdeckt hatten, hinter der kleinen Gruppe geschlossen hatte. Amendt suchte bereits nach dem Lichtschalter. Endlich flammten die schwachen Glühbirnen auf und verbreiteten konspirativen Dämmerschein.

»Nein«, antwortete Katharina, »im Gegenteil. Ihr müsst euren Job so gut wie möglich machen. Wir brauchen, so schnell es geht, die Autopsieergebnisse. Und dann müssen wir nach einer Verbindung zu Vogel suchen. Wenn es die gibt. Wichtig ist aber, dass ihr alle Untersuchungsergebnisse geheim haltet. Vor Müller und allen anderen. Wir wissen nicht, ob es nicht noch ein Leck gibt.«

»Und wie soll das gehen?«, fragte Sturmer zweifelnd. »Hier hängt doch alles an Computern. Wer weiß, wer da alles Zugriff drauf hat.«

»Dann verzichtet eben mal auf eure elektronischen Spielzeuge. Nur Notizen. Handschriftlich. Und die behaltet ihr immer bei euch. Wenn Müller fragt: nur kryptische Aussagen.«

»Ach, den Müller kann ich schon ablenken«, sagte Amendt. »Autopsie einer kontaminierten Leiche ist eine echte Abrechnungshölle. Da soll er sich drum kümmern.«

»Und dann übernehme ich«, sprang ihm Jeannie bei. »Uns fehlt noch immer so viel Zeug, da kann ich ihn Tage mit dem Nachhaken beschäftigen.«

»Aber der OMA 2015 und die anderen Laborgeräte, die speichern Ergebnisse automatisch«, wandte Charlotte Perl ein. »Das müssen sie auch, wegen der Dokumentensicherheit. Und ohne die Geräte brauche ich Jahrhunderte.«

»Fragt Frank Grüngoldt«, sagte Katharina. »Vielleicht kann man die Speicherung ja umgehen.«

»Ich habe eine bessere Idee«, widersprach Andreas Amendt. »Ganz im Vogel'schen Sinne: Widerstand durch Soll-Übererfüllung.«

»Widerstand durch Soll … Was?«, fragte Charlotte Perl.

»Mach einfach jede Untersuchung, die die Kisten hergeben. Und nur du allein weißt, welche davon wichtig sind und welche nicht. Das dürfte jeden, der mitliest, verwirren, richtig?« Dann wandte er sich an Katharina. »Und, Frau Klein, Sie –«

»Ich weiß, ich weiß. Ich bin vom Dienst suspendiert und darf die Untersuchungen nicht durch meine Anwesenheit kompromittieren. Ich lasse mir was einfallen, wie ich von außen helfen kann. Also haltet mich auf dem Laufenden. Aber keine Anrufe von Dienstleitungen. Und alles Fallrelevante nur persönlich.«

»Aye, aye, Ma'am«, sagte Bruder Rapunzel. »Gott sei mit dir.«

»Da ist sie!« – »Frau Klein, stimmt es, dass gegen Sie ermittelt wird?« – »Sind Sie mit Antonio Kurtz befreundet?« – »Haben Sie Absalom Schmitz kurz vor seinem Tod besucht?« – »Wussten Sie von den Straftaten?« – »Hat Ihr Vater mit seinem Kunsthandel Gelder gewaschen?« – »Stimmt es, dass das LKA auch gegen Sie persönlich ermittelt?«

Kaum hatte Katharina die Tür zur Straße geöffnet, stürzten die davor wartenden Reporter auf sie zu und bombardierten sie mit Fragen. Kameras klickten. Rasch schlug sie die Tür wieder zu. Wie sollte sie an denen vorbeikommen?

Zeit totschlagen in Frankfurt.

Die Hörnchen hatten sie schließlich im hinteren Teil ihres Transporters verborgen und waren mit Blaulicht und Sirene aus der Einfahrt gerast. Anschließend waren sie kreuz und quer durch Sachsenhausen gefahren, bevor sie Katharina in einer ruhigen Seitenstraße in der Nähe des Südbahnhofs abgesetzt hatten.

Was jetzt? Im Fall Vogel konnte sie zunächst nichts ausrichten. Aber sie musste unbedingt herausfinden, ob wirklich gegen sie ermittelt wurde. Auf direktem Wege würde sie keine Auskunft bekommen. Aber es gab noch anderen Methoden. Zum Beispiel: »Folge dem Geld!«

Da einige Passanten Katharina bereits neugierig musterten, in ihren Augen ein Flackern des Erkennens, flüchtete sie in den McDonald's im Südbahnhof und verzog sich auf die Damentoilette. Sie schloss sich in eine Kabine ein und kramte ihr Handy aus der Handtasche.

Koestler meldete sich sofort persönlich: »Frau Klein, gut, dass Sie anrufen. Ich habe gestern gleich meine eigenen Anwälte auf die Sache angesetzt, und ich denke, ich habe gute Nachrichten für Sie. Zumindest zum Teil.«

»Nämlich?«, fragte Katharina.

»Also, im Grunde geht es um ein paar Geschäfte Ihres Vaters aus den Achtzigern und Neunzigern, die eventuell der Geldwäsche gedient haben könnten. Wenn auch ohne sein Wissen, dafür lege ich meine Hand ins Feuer. Und der zuständige Staatsanwalt hat sich darauf eingelassen, Ihre Konten wieder freizugeben, wenn wir den Betrag, der sich aus möglichen Schadensersatzleistungen ergeben könnte, auf ein Anderkonto überweisen.«

»Wie viel wäre es denn?«

»Wir sind hier gerade noch am Rechnen, wegen der Verzinsung. Aber sicher nicht mehr als zwei oder zweieinhalb Millionen Euro. Und das Geld ist dann auch nicht weg. Nur eine Art Sicherheitsleistung.«

Zweieinhalb Millionen Euro. Im ersten Moment blieb Katharina das Herz stehen. Doch dann besann sie sich. Da sie das Vermögen ihrer Familie nie angetastet hatte und dank Koestlers ausgezeichneter Hege und Pflege, war es auf einen hohen achtstelligen Betrag angewachsen. Den Verlust konnte sie also verschmerzen. Sie brauchte das Geld ohnehin nicht.

»Ist das machbar?«, fragte sie.

»Ja, ist es. Einen Teil der Summe hatte ich ohnehin schon für die Portfolioumschichtung bereitgestellt. Ich muss allerdings noch einige Assets auflösen. Das kann ich aber, Ihr Einverständnis vorausgesetzt, heute Nachmittag tun und dann den Betrag überweisen.«

»Und dann komme ich wieder an meine Konten?«

»Das ist allerdings die schlechte Nachricht. Bis das Geld gutgeschrieben ist und der Staatsanwalt Ihre Konten freigegeben hat ... Das kann bis Ende nächster Woche dauern. Können Sie das überbrücken?«

Katharina dachte an ihre gut gefüllte Pokerkasse. »Ja, kann ich. – Ach, haben die Beamten auch Fragen nach mir gestellt?«

»Nur ein paar. Allgemeinerer Natur. Aber nichts Konkretes. Ich habe sie mit Hinweis auf das Bankgeheimnis abgewimmelt.«

Keine spezifischen Fragen. Der Staatsanwalt war bereit, ihre Konten wieder freizugeben. Das sprach nicht gerade dafür, dass das LKA gegen sie ermittelte. Zumindest nicht ernsthaft. Sonst würden die dafür sorgen, dass sie von jeder Geldquelle abgeschnitten war. Katharina atmete erleichtert auf. Das war wirklich eine gute Nachricht. Sie bedankte sich bei Koestler und legte auf.

Katharina verließ die Toilettenkabine. Ihr Blick fiel in den Spiegel. Verdammt, nach dem Fernsehbericht würde sie jeder sofort erkennen. Mit einem Gummiband aus ihrer Handtasche band sie sich einen Pferdeschwanz und setzte sich die Kapuze ihres Hoodies auf, den sie als Schutz vor der morgendlichen Kälte des Friedhofs angezogen hatte. Eigentlich war ihr zu warm, aber besser schwitzen als durch die Stadt gehetzt werden.

So verkleidet verließ sie die Toilette und kaufte an der Theke einen Kaffee, der so bitter schmeckte, wie er aussah. Während sie reichlich Milch hineinrührte, warf sie einen Blick auf die Besucher des McDonald's. Ein paar Schüler, ein paar Obdachlose, ein paar finstere Gestalten hockten an den Tischen. Der gesamte Laden konnte mal eine Grundreinigung vertragen. Aber keine russischen Muskelprotze weit und breit. Und auch keine Reporter. Sie musste sie fürs Erste abgehängt haben.

Sie verließ den McDonald's und stieg zur U-Bahn hinab. Erst als sie bereits im Zug saß, fiel ihr ein, dass sie gar keinen Fahrschein hatte. Und auch keinen Dienstausweis. Einerlei. Sie musste ohnehin an der Hauptwache umsteigen. Da konnte sie noch immer ein Ticket kaufen.

»Fahrkartenkontrolle. Die Fahrausweise bitte.«

Natürlich. Heute war ja Katharinas Glückstag. Direkt hinter dem Willy-Brandt-Platz waren die Kontrolleure zugestiegen. Sie würde wohl in den sauren Apfel beißen müssen. Doch dann fiel ihr ein, dass sie ja noch immer den Dienstausweis als »Spezielle Ermittlerin im Dienste des Innenministeriums« hatte. Manès Müller hatte vergessen, ihn ihr abzunehmen. Vielleicht galt der auch?

Sie streckte dem Kontrolleur die schwarze Karte entgegen.

»Innenministerium?«, fragte er mürrisch. »Der gilt nur in Wiesbaden. Bei uns in Frankfurt brauchen Sie schon einen richtigen Fahrschein.«

Katharina stieß frustriert die Luft aus. Der Beamte verstand sie richtig. »Tut mir leid, dann müssen wir Sie bitten auszusteigen, damit wir Ihre Personalien aufnehmen können.«

Nur keine weiteren Schwierigkeiten. Katharina folgte den Kontrolleuren also nach draußen. Sie konnte es hinter sich tuscheln hören. »Verdammte Ausländer. Glauben, sie können sich hier alles rausnehmen.«

Wenigstens war der RMV-Kontrolleur höflich gewesen. Umständlich hatte er Name und Adresse aus ihrem Personalausweis abgeschrieben, auch wenn er beim Blick auf den deutschen Namen kurz gezögert hatte. »Deutscher Vater«, hatte Katharina ihm rasch erklärt.

Dann hatte er ihr vierzig Euro abgeknöpft und ihr einen Ersatzfahrschein ausgestellt. Katharina hatte für die Weiterfahrt trotzdem einen richtigen Fahrschein aus dem Automaten gezogen.

Doch wohin? Sie war sich sicher, dass die Presse auch vor ihrer Haustür lauern würde. Und in der Stadt … Nach dem Fernsehbericht gestern wäre es nur eine Frage der Zeit, bis sie erkannt werden würde. Wo also …?

Natürlich. Es war ohnehin Zeit, mal wieder ein wenig Sport zu treiben.

Konspiratives Kaffeekränzchen in Katharinas Wohnung.

Es war schon kurz nach fünf, als Katharina endlich nach Hause zurückkehrte. Sie hatte den Nachmittag im Dojo ihres Senseis Hiroshi Yamoto verbracht. Nachdem sie sich aufgewärmt und dann über eine Stunde auf Sandsäcke eingeschlagen und -getreten hatte, konnte Hiroshi sie davon überzeugen, sich einer etwas meditativeren Tätigkeit zu widmen. Er hatte es sich schon vor einiger Zeit in den Kopf gesetzt, Katharina den Umgang mit dem Katana, dem Schwert der Samurai, zu lehren. Seither bestand er darauf, dass sie die klassischen Formen des Iai Do, des choreografierten Schattenschwertkampfs, studierte. Geschlagene zwei Stunden arbeitete er mit ihr, bevor er sie endlich auf eine Tasse Tee in sein Büro einlud.

Katharina nutzte die Gelegenheit, ihn nach seiner Meinung zu Jan-Ole Vogel zu befragen. Doch ausnahmsweise hatte Hiroshi außer ein paar allgemeinen Ansichten zur Ehrenhaftigkeit des Freitods nichts zu bieten, was sie weiterbrachte.

Endlich hatte sie sich auf den Heimweg gemacht. Keine Presse vor ihrem Haus. Erstaunlich.

Während sie die Treppe zu ihrer Wohnung hinaufstieg, zog sie ihr Handy aus der Handtasche. Kein Anruf von Amendt oder sonst jemandem aus der Sonderermittlungseinheit, während sie trainiert hatte. Dann fiel ihr ein, dass Amendt ja vielleicht aus Sicherheitsgründen auf ihrer Festnetznummer angerufen haben könnte, und sie beschleunigte ihre Schritte.

Als sie gerade ihre Wohnungstür aufschließen wollte, hielt sie inne.

Stimmen. Aus ihrer Wohnung.

Katharina nahm ihre Pistole aus der Handtasche und lud sie wieder. Dann schloss sie die Tür auf, so leise es ging. Wenn das die russischen Muskelprotze waren, hatten sie endgültig ihr Blatt überreizt. Man würde sie aus der Wohnung tragen müssen. Katharina war es einerlei, ob auf einer Trage oder einer Bahre.

Die Stimmen kamen aus der Küche. Einen Moment überlegte sie, ob sie sich zurückziehen und Verstärkung rufen sollte. Andererseits …

Sie stieß die Küchentür auf und sprang hindurch, die Waffe im Anschlag.

Die Runde, die dort gemütlich um den Küchentisch saß, verstummte schlagartig.

»Schön, dass Sie sich zu uns gesellen«, sagte Ulf Marbert. »Wir haben schon auf Sie gewartet.«

Erleichtert ließ Katharina die Waffe sinken, als sie sah, wer dort noch alles saß und sich an ihrem Kaffee gütlich tat: Antonio Kurtz, Monica Marbert und Innenminister Hanfried de la Buquet persönlich.

»Setz dich zu uns«, sagte Antonio Kurtz. »Wir müssen mit dir reden. Und ich dachte, wir warten besser in deiner Wohnung. Du steckst nämlich in Schwierigkeiten.«

Na, das war ja mal ganz was Neues.

»Also«, begann Ulf Marbert, nachdem sich Katharina ihrer Jacke entledigt und einen Kaffee gezapft hatte. »Der Fernsehbericht von gestern Abend hat die Runde gemacht.«

»Diese Ansammlung von Hirngespinsten und Halbwahrheiten?«

»War Absalom Schmitz der Anwalt Ihres Vater?«, fragte Ulf Marbert so scharf wie ein Staatsanwalt im Kreuzverhör.

»Ja, aber –«

»Hat er den Kunsthandel Ihres Vaters genutzt, um Gelder zu waschen?«

»Ja, aber –«

»Sind Sie mit Antonio Kurtz befreundet?«

»Ja, aber –«

»Drei entscheidende Fragen. Drei Jas. Die ›Abers‹ sind vollkommen uninteressant. Die Medien und die Öffentlichkeit hören nur das ›Ja‹. Tut mir leid, wir leben in einer Soundbyte-Diktatur.«

»Okay, aber warum gerade diese Geschichte? Warum nicht mein Versagen bei Vogels Selbstmord? Dass ich mehrere Menschen erschossen habe oder zumindest bei ihrem Tod dabei war? Die Geschichten sind zumindest halbwegs wahr.«

Marbert grinste schief: »Ja, aber Vogel zu retten, war fast unmöglich. Jeder sieht das. Und ein Polizist, der vielleicht einmal zu oft zur Dienstwaffe greift: Also, das ist so wie ein Formel-eins-Rennfahrer, der einen Strafzettel wegen zu schnellen Fahrens bekommt. Doch jetzt werden Sie beschuldigt, kriminell zu sein. Das ist wie ... wie ...«

»Wie ein Erzieher, der Kinder missbraucht«, sagte eine Stimme hinter Katharina. Sie wirbelte erschrocken herum. An der Wand neben der Tür lehnte Michael Glaser. Den hatte sie beim Hereinkommen gar nicht bemerkt.

»Darüber hinaus«, mischte sich Monica Marbert ein, »ist Absalom Schmitz großes Drama. Der erfolgreiche Anwalt, der berühmte Umweltschützer, der Retter des deutschen Waldes, der tief fällt. Ich bin mir ziemlich sicher, dass die sogar schon einen Fernsehfilm dazu entwickeln. Und da Schmitz eigentlich ein Sympathieträger war, braucht es jetzt eine Mephisto-Figur. Einen Verführer. Ihren Vater.«

Katharina schluckte. Das ergab leider nur allzu viel Sinn. Auch wenn es nicht annähernd irgendeiner Wahrheit entsprach. Aber sie kannte die Fakten nur zu gut. Man konnte sie tatsächlich so drehen. Und ihr Vater war tot. Er konnte sich nicht mehr wehren.

»Was kann ich tun?«, fragte sie zögernd.

»Genau deswegen sind wir hier«, antwortete Ulf Marbert selbstzufrieden. »Die einzige Möglichkeit ist, eine mediale Gegenoffensive zu starten. Und exakt das müssen wir jetzt mit Ihnen planen.«

»Haben Sie nicht eben gesagt, dass eine Gegendarstellung oder ein Dementi verpufft, wenn ich nicht ganz drastisch lüge? Was höchstwahrscheinlich auch wieder nach hinten losgeht?«

»Da haben Sie völlig recht. Deswegen müssen wir die Sache von einer ganz anderen Seite angehen. Von der Menschlichen. Wir müssen ganz unabhängig ein völlig neues Bild von Ihnen in der Öffentlichkeit zeichnen.«

»Und ... und wie soll das gehen?«

»Monica?«, wandte sich Ulf Marbert an seine Frau.

Monica Marbert schlug zufrieden einen Schnellhefter auf: »Gott sei Dank gibt es eine ganze Reihe von Dingen, die für Sie sprechen und die wir verwenden können. Ihre beruflichen Erfolge, Ihre Aufklärungsquote, Ihre Karriere als Frau in einem Männerberuf.«

»Und die Sonderermittlungseinheit hat heute früh einen Umweltskandal aufgedeckt«, ergänzte Hanfried de la Buquet, der bisher schweigend dabeigesessen hatte.

»Guter Punkt«, sagte Marbert. »Da lässt sich was draus machen.«

»Was uns fehlt«, sagte Monica Marbert streng, »ist die menschliche Komponente. Natürlich ist die Tatsache, dass Sie Halbkoreanerin sind und damit einen Migrationshintergrund haben, schon mal nicht schlecht. Und auch der Mord an Ihrer Familie als das dramatische Ereignis Ihres Lebens. Aber es fehlt noch etwas konkret Menschliches. Aktuelles. – Sind Sie gerade in einer Beziehung?«

Katharina schüttelte den Kopf.

»Sie sind nicht mit diesem Doktor Amendt zusammen?«, fragte Glaser. »Der war doch am Montagmorgen in Ihrer Wohnung.«

Mit einem Mal fühlte Katharina alle Blicke auf sich gerichtet: »Nein, das war ganz harmlos. Also …« Ihre Wangen begannen zu glühen. »Lange Geschichte. Nein, wir sind kein Paar.«

»Schade«, sagte Ulf Marbert. »Doktor Amendt ist sehr fotogen. Und die Tragik seiner eigenen Geschichte … Das hätten wir verwerten können.«

»Ich weiß nicht«, wandte seine Frau ein. »Solange der Mord an Frau Kleins Familie nicht aufgeklärt ist und Doktor Amendt noch immer verdächtigt wird …«

»Er war es nicht«, sagte Katharina hastig.

»Das tut nichts zur Sache. Wir müssten da schon den wahren Täter präsentieren.«

Ulf Marbert wiegte den Kopf hin und her. »Wäre aber besser als nichts. Und dass Frau Klein mit ihm zusammen ist, hätte im schlechtesten Fall ein Element von Vergebung.«

»Ich bin aber nicht mit ihm zusammen«, sagte Katharina, in der Hoffnung, in der Angelegenheit das letzte Wort gesprochen zu haben.

»Bedauerlich«, sagte Monica Marbert trocken. Dann musterte sie Katharina mit ihren Scharfschützenaugen: »Lesbisch?«

»Nein! Ich bin nicht ...!«, fuhr Katharina auf, doch Antonio Kurtz, der neben ihr saß, legte ihr beruhigend die Hand auf den Arm.

»Schade«, sagte Monica Marbert. »Da hätten wir einen schönen Diskriminierungsfaktor draus bauen können. – Sonst jemand eine Idee?«

Wie aufs Stichwort klingelte es an der Wohnungstür. Katharina war froh, dieser Mischung aus Stilberatung und Kreuzverhör für ein paar Sekunden entkommen zu können.

»Wir wollten dir kurz Bericht erstatten.« Andreas Amendt und Bruder Rapunzel kamen die Treppe hinaufgestiegen.

Katharina legte den Finger an die Lippen, um sie zum Schweigen zu bringen.

»Was ist denn los?«, fragte Amendt.

»Hoher Besuch.«

»Ist das Doktor Amendt?«, hörte Katharina Ulf Marbert rufen. »Bringen Sie ihn doch bitte mit herein.«

Katharina führte Amendt und Bruder Rapunzel in die Küche. »Das ist mein Kollege Bruder ... Arndt Betsinger.«

»Ach ja, richtig«, sagte Ulf Marbert sichtlich erfreut. »Sie haben einen Geistlichen im Team. Das ist gut. Das können wir verwenden.«

»Sind Sie religiös, Frau Klein?«, fragte Monica Marbert neugierig.

»Nein.«

»Schade. Es wäre eine so schöne Szene. Sie in einer kleinen Dorfkapelle. Beim Gebet.«

»Darf ich fragen, um was es geht?«, fragte Bruder Rapunzel höflich.

»Wir planen gerade eine Imagekampagne für Frau Klein«, antwortete Ulf Marbert. »Setzen Sie sich, meine Herren. Wir können vielleicht Ihre Hilfe gebrauchen.«

»Wobei?«, fragte Andreas Amendt.

»Die suchen gerade einen passenden Liebhaber für mich«, entfleuchte es Katharina, bevor sie sich zurückhalten konnte.

»Aha«, sagte Bruder Rapunzel, »ich glaube, da komme ich nicht infrage. Ich bin katholischer Priester. Das dürfte Katharinas Image kaum helfen. Deine Aufgabe, Andreas.«

»Genau.« Ulf Marbert ließ Amendt keine Möglichkeit zu einer Antwort. »Sie sind doch Single, wenn ich recht informiert bin?«

»Ja, aber …« Endlich fasste sich Amendt. »Um was geht es überhaupt?«

Ulf Marbert hatte die Problematik und die Idee der Kampagne für Andreas Amendt und Bruder Rapunzel noch einmal knapp umrissen.

Als Marbert geendet hatte, fragte Amendt: »Was ist denn mit der Wahrheit?«

»Haben Sie nicht zugehört, Doktor Amendt?«, brauste Monica Marbert auf. »Die Wahrheit ist zu komplex für die Öffentlichkeit.«

»Das glaube ich nicht.« Amendt warf einen kurzen Blick zu Katharina, bevor er weitersprach. »Absalom Schmitz war der Mörder von Frau Kleins Eltern. Und meiner Verlobten Susanne.«

Alle Blicke richteten sich auf Katharina.

Oh Gott, was hatte Amendt nur angerichtet? Wollte er sich selbst ans Messer liefern?

»Wir konnten nichts beweisen«, sagte Amendt. Dann wandte er sich an Katharina. »Frau Klein, am besten erzählen Sie mal.«

Amendt spielte ihr also den Ball zu. Natürlich. *Das* war sein Plan. Sie konnte die Geschichte erzählen. Sie musste nur rechtzeitig aufhören. Und da die Katze ohnehin aus dem Sack war …

Sie begann zu berichten.

Wie Absalom Schmitz den Kunsthandel ihres Vaters missbraucht hatte, um Verbrechen zu finanzieren. Ohne dessen Wissen.

Wie er unter dem Alias »Der Staufer« nicht nur in Europa schwere Straftaten eingefädelt hatte, sondern auch Massaker in Südamerika hatte anrichten lassen. Alles zur Rettung des Waldes. »Manchmal muss man eben Opfer bringen«, war seine Entschuldigung gewesen.

Wie unter den Opfern eines dieser Massaker die Eltern eines jungen Agrarstudenten gewesen waren.

Wie dieser junge Student auf der Suche nach dem Mörder seiner Familie selbst zum Killer wurde. Ministro. Der Priester. Denn als Priester verkleidete er sich.

Wie Absalom Schmitz erfuhr, dass Ministro ihm auf der Spur war. Und diese Spur in Richtung von Katharinas Vater lenkte.

Wie Ministro ihre Eltern und Schwester erschossen hatte.

Wie er plötzlich begriff, dass er Unschuldige getötet hatte. Wie er darüber Gott gefunden hatte und wirklich Priester geworden war. Doch er hatte das Töten nicht aufgegeben. Es brachte Geld für seine Gemeinde.

Wie er Katharina auf Mafia Island ein zweites Mal verschont hatte. Stattdessen hatte er drei Geschosse dagelassen. Als Memento mori. Und als Spur.

Wie sie und Amendt am Rande der Legalität dieser Spur gefolgt waren.

Wie Absalom Schmitz ihnen wieder und wieder Steine in den Weg gelegt hatte. Mehrere Menschen waren umgekommen, darunter Amendts beste Freundin Marianne Aschhoff.

Wie es zur Katastrophe im Haus von Professor Paul Leydth gekommen war, der in falsch verstandener Loyalität mit Amendt behauptet hatte, er selbst sei der Staufer, was gar nicht stimmte. Wie Ministro ihnen dort erneut das Leben gerettet hatte.

Wie sie dann endlich, endlich das Puzzle hatte zusammensetzen können.

Wie sie und Amendt zu Absalom Schmitz gefahren waren, um ihn zur Rede zu stellen.

Wie er freimütig alles zugegeben hatte. Weil sie keine Beweise hatten. Und weil niemand einer fanatischen Polizistin, die selbst gerade erst einer Mordanklage entkommen war, und einem Arzt mit psychotischer Vorgeschichte glauben würde.

Je mehr Katharina redete, umso leichter fühlte sie sich. Endlich hielt sie inne.

»Und dann?«, fragte de la Buquet. »Was ist dann passiert? Sind Sie einfach so gegangen?«

»Was hätten wir sonst tun können?« Katharina hoffte, dass sie es nicht übertrieb mit der Verzweiflung in ihrer Stimme.

»Und Sie haben die Sache nicht weiter verfolgt?«

»Nein, als … als ich gehört habe, dass Schmitz sich umgebracht hat, habe ich gedacht, die Sache wäre ein für alle Mal erledigt. Was auch der Fall gewesen wäre. Wenn er sich nicht mit einer unregistrierten Pistole erschossen hätte. Wenn Hölsung nicht so gründlich gewesen wäre, diese Waffe ballistisch untersuchen zu lassen.«

»Mein Freund Berndt«, sagte der Innenminister nachdenklich. »Ein blindes Huhn findet auch einmal ein Korn. – Aber es ist richtig. Soweit ich weiß, hat diese Pistole die Ermittlungen erst ins Rollen gebracht.«

»Und das LKA hatte durch den Suizid und die Schusswaffe Zugang zum Haus und den Unterlagen von Schmitz. Konnte die Geschäfte genauer untersuchen«, sagte Katharina rasch. »Dafür hätten Doktor Amendt und ich nie im Leben einen Untersuchungsbeschluss bekommen.«

»Das ist ja fantastisch«, unterbrach Ulf Marbert sie. »Das ist die perfekte Geschichte. Und wir erledigen alle anderen Gerüchte gleich mit.«

»Vergebungselement?«, fragte seine Frau.

»Genau. – Frau Klein, nehmen Sie sich morgen den ganzen Tag nichts vor. Wir brauchen Sie für ein Fotoshooting.«

»Und ein ausführliches Interview. Ich weiß auch schon, wen wir da ansprechen«, ergänzte seine Frau.

»Kein Problem«, sagte Katharina, die zwar nicht so ganz verstanden hatte, worauf das Ganze hinauslief. Doch Antonio Kurtz hatte ihr ermutigend zugenickt. »Ich bin ohnehin suspendiert.«

»Oh, das sind Sie nicht. Stimmt. Das habe ich ganz vergessen zu sagen«, widersprach de la Buquet.

»Ich bin nicht suspendiert?«

»Nein. Das heißt doch. Als Kriminaldirektorin der Sonderermittlungseinheit sind Sie suspendiert. Da kann ich leider nichts machen. Aber Sie sind noch immer spezielle Ermittlerin im Auftrag des Innenministeriums. Da kann nur ich Sie suspendieren. Und das tue ich nicht. Es braucht ja kein kriminalistisches Genie, um zu erkennen, dass Sie einer großen Sache auf der Spur sind, wenn man bedenkt, welche Geschütze die anderen auffahren. Allein schon diese Ermittlung gegen Sie –«

»Es wird also gegen mich ermittelt?«, fragte Katharina schärfer, als sie es gemeint hatte.

Der Innenminister sah zu seinem Referenten: »Michael?«

»Na ja, ein wenig halbherzig, aber es wird ermittelt. Die hoffen wohl, so etwas wie eine Mitwisserschaft von Frau Klein zu konstruieren, um die Verjährung zu umgehen. Damit sie das Vermögen von Frau Kleins Vater einziehen können. Zumindest teilweise. Mein Jurastudium ist zwar schon etwas her, aber das Ganze steht für mein Gefühl auf ziemlich tönernen Füßen. Ich denke mal, die lehnen sich gerade ziemlich aus dem Fenster, um den Medien gerecht zu werden.«

»Lächerlich«, schnaubte de la Buquet. »Das erinnert mich …«, er wandte sich an Glaser, »Michael, wir müssen unbedingt herausfinden, wer eigentlich die Informationen aus dem Innenministerium und vom LKA an die Presse weitergegeben hat.«

Glaser nickte militärisch, zog sein Handy hervor und ging auf den Flur.

»Ich glaube, wir haben uns jetzt ein Glas Champagner verdient«, sagte Ulf Marbert. »Ich war so frei, welchen mitzubringen. Frau Klein? Haben Sie Sektgläser?«

Katharina, die so gut wie nie Alkohol trank, fühlte sich nach dem Champagner angenehm leicht. Dann hatten sich die Marberts, de la Buquet und Glaser verabschiedet. Vorher hatte Monica Marbert Katharina zur Seite genommen: »Frau Klein, ich war vorhin, als wir auf Sie gewartet haben, so frei, Ihren Kleiderschrank zu inspizieren. Sie brauchen dringend etwas weiblichere Kleidung. Aber keine Sorge, ich bringe morgen einen guten Modespezialisten mit.«

Antonio Kurtz verabschiedete sich ein wenig später. »Katharina, wir müssen leider unseren Kontakt minimieren, bis sich der Rauch gelichtet hat. Ich will nicht, dass du noch mehr Schwierigkeiten bekommst.« Katharina hatte verstanden. Auch wenn es ihr eigentlich egal war, was andere über ihre Freundschaft mit Kurtz dachten. Er war schließlich ihr Patenonkel.

Am Schluss waren nur noch Bruder Rapunzel, Amendt und Katharina in der Küche zurückgeblieben.

Endlich konnte Katharina fragen: »Und? Was gibt es Neues?«

»Nicht viel«, berichtete Andreas Amendt. »Die Autopsie hat bisher nur die Todesursache ergeben. Sturzverletzung. Brainiac ist noch im Labor. Sie muss die Hirnmasse und die anderen Proben erst aufbereiten nach der langen Liegezeit. Sie hat frühestens morgen Nachmittag Ergebnisse.«

»Und Müller eilt durch die Sonderermittlungseinheit und erzählt jedem, dass er kein Maulwurf ist«, ergänzte Bruder Rapunzel.

Sie alle nahmen schweigend ihren letzten Schluck Champagner.

»Ach«, wandte sich Amendt an Katharina. »Es tut mir leid, dass ich da vorhin vorgeprescht bin. Aber schon, als ich gestern den Fernsehbericht gesehen habe … Ich habe mich so geärgert, dass die Leute die Wahrheit nicht kennen. Und da dachte ich …«

»Schon in Ordnung«, sagte Katharina. »Hat gutgetan, alles zu erzählen.«

»Ich will mich ja nicht einmischen«, mischte sich Bruder Rapunzel ein, »aber ich kann mich des Eindrucks nicht erwehren, dass das nicht die ganze Geschichte war.«

»Wie kommst du darauf?«, fragte Katharina, einen Knoten im Magen.

»Weil es dir so gar nicht ähnlich sieht, einfach aufzugeben. – Habt *ihr* etwa diesen Schmitz erschossen?« Er hatte das wohl als Scherz gemeint, doch Katharina und Amendt starrten sich an.

Bruder Rapunzel zog fast den richtigen Schluss: »Ihr habt doch nicht wirklich …? Oder?«

»Nein, haben wir nicht. Aber …« Amendt hielt inne.

Bruder Rapunzel setzte sich aufrecht hin. »Wie wäre es, wenn wir das hier eine Beichte nennen? Ihr wisst doch, für uns Priester ist das Beichtgeheimnis heilig. Und vielleicht würde es euch auch guttun, einmal den Rest der Geschichte zu erzählen.«

»Arndt, wir können –«, wollte Katharina beginnen, doch Amendt legte ihr die Hand auf den Arm. »Das ist meine Geschichte. Außerdem denke ich, dass Arndt sich ohnehin schon das meiste selbst zusammenreimen kann. Lassen Sie mich erzählen. Dann haben wir es hinter uns.«

Und Amendt erzählte. Wie er nach dem leichtfüßigen Geständnis von Absalom Schmitz zornig geworden war. Schmitz einen EpiPen mit einer harmlosen Dosis künstlichen Adrenalins in den Hals gestochen und behauptet hatte, er hätte ihm einen stark krebserregenden Wirkstoff injiziert. Wie er dann die Pistole in Schmitz' Schreibtisch gefunden hatte. Sie vor ihn hingelegt. Mit einer Patrone. Und einem Glas Wasser.

Die Patrone hatte er später doch noch mitgenommen. Doch Schmitz musste Reservemunition im Haus gehabt haben.

Katharina und Amendt hatten das Haus von Schmitz verlassen. Und dann hatten sie den Schuss gehört.

»Ich wollte wirklich nur die Todesangst in seinen Augen sehen«, beendete Amendt seinen Bericht.

Bruder Rapunzel hatte schweigend zugehört, die Fingerspitzen aneinandergelegt, die Augen geschlossen. Jetzt öffnete er sie: »Wenn das wirklich die Wahrheit ist, dann habt ihr einen Mord begangen«, sagte er ernst.

»Und was –?«, wollte Katharina beginnen, doch Bruder Rapunzel bat sie mit einer Geste um Schweigen.

»Ich glaube aber nicht, dass er sich deswegen umgebracht hat«, fuhr er fort.

»Nein?«

Er wandte sich an Amendt: »Was ist die erste Phase des Sterbens? Du weißt schon. Die erste der fünf Phasen nach Kübler-Ross.«

»Nicht-Wahrhaben-Wollen«, antwortete Amendt.

»Genau. Wenn er nicht direkt in die vierte Phase gesprungen ist: Depression. Das halte ich aber für unwahrscheinlich. Man kann zwar Menschen in den Freitod treiben. Aber das dauert in der Regel Wochen und Monate. – Stell dir mal seine Situation vor. Ein mehr oder minder völlig Fremder beschuldigt dich, ein Verbrecher zu sein. Dieser Fremde hat ganz zufällig eine Spritze mit einem tödlichen Medikament dabei. Glaubst du ihm? Oder du, Katharina? – Ich würde ihm auch nicht glauben. Mir zumindest Gewissheit verschaffen. Zum Arzt gehen. Und selbst, wenn es wahr wäre ... Da kämen noch die Phasen Wut und Verhandeln.«

»Sondern? Was denkst du?«

»Ich denke, ihr habt den Suizid zwar ausgelöst. Aber der Grund liegt tiefer. Wenn Schmitz kein vollständiger Psychopath war, und dazu passen weder sein Engagement für den Wald noch seine Karriere, müssen ihn die Schuldgefühle irgendwann eingeholt, er muss schon vorher an Suizid gedacht haben. Ich meine, was zeichnet seine Verbrechen aus? Ganz genaue Planung. Jemand wie dieser Schmitz handelt nicht unüberlegt. Jetzt kommt ihr daher und zeigt ihm, welchen Schaden er angerichtet hat. Andreas bietet ihm einen Ausweg, über den er selber schon nachgedacht hat. Und er hätte sich an seinen zehn Fingern ausrechnen können, dass du nicht aufgeben wirst, Katharina. Dass du vielleicht das eine Detail finden wirst, das er übersehen hat. Da hat er eben den einfachen Weg gewählt.«

Katharina und Amendt schwiegen.

Endlich traute sich Katharina zu fragen: »Du meinst, wir sind unschuldig?«

»Nun, ganz freisprechen kann ich euch nicht. Aber ihr habt auch keinen Mord begangen. – Ich hoffe, das hilft euch. Und danke, dass ihr mich eingeweiht habt. Ich weiß das zu schätzen. Ich hatte schon bei unserer Begegnung am Montag den Eindruck, dass euch irgendetwas bedrückt.«

»Und jetzt?«, fragte Andreas Amendt.

»Normalerweise würde ich euch hundert Rosenkränze beten lassen. Aber da ihr beide nicht gläubig seid ... Ich bitte euch nur, über das nachzudenken, was ich gesagt habe. Und euch selbst zu fragen, wo eure Schuld liegt. Das hilft euch weiter als jede Moralpredigt.«

Überraschendes Fluchtfeld

Samstag, 12. April 2008. Tag des Saturns.

»Chess is a contributor to net human unhappiness, since the pleasure of victory is greatly exceeded by the pain of defeat.«
Bill Hartston

Fotomotiv Frankfurter Hauptfriedhof.

Die Worte von Bruder Rapunzel hatten Katharina in der Nacht kaum schlafen lassen. Sie wälzte sich hin und her, döste ein, schreckte wieder auf.

Um 5 Uhr 30, gerade als sie halbwegs eingeschlafen war, klingelte es an ihrer Tür Sturm. Monica Marbert schubste sie mit den Worten »Wir haben einen langen Tag vor uns. Und nicht schminken, das macht der Experte« ins Bad, während sich Stevie, das geschlechtslose Visagistenwesen, in ihrem Schlafzimmer breitmachte.

Katharina hatte schnell geduscht, sich die Haare gewaschen, Zähne geputzt und war dann ins Schlafzimmer geeilt, bevor Stevie irgendwelchen Schaden anrichten konnte.

Er schnauzte sie an: »Runter mit dem Bademantel!« Dann fügte er eine Nuance freundlicher hinzu: »Ich hab lediglich ästhetisches Interesse an weiblichen Reizen, also zier dich nicht.«

Schamvoll zog sie den Bademantel aus. Stevie fing sofort an, Unterwäschestücke an ihren Leib zu halten. Drei Kombinationen fanden vor seinen strengen Augen Gnade, darunter auch das Lederbustier von »Transitions«.

»Das heben wir auf für später«, verkündete er und drückte ihr dann eine Kombination in die Hand: »Anziehen.«

Er starrte angestrengt in Katharinas Kleiderschrank.

»Sag mal, hast du keine anständigen Klamotten? Was mehr Weibliches? Du hast so tolle Titten«, schwärmte er, während sich

Katharina Slip und BH überstreifte. »Und dieser Arsch. So eine Figur muss man doch zeigen und nicht verstecken.«

Katharinas schüchterner Hinweis, dass sie in ihrem Beruf eher praktisch als sexy gekleidet sein musste, wurde einfach ignoriert.

»Was ist die erste Location?«, fragte Stevie Monica Marbert.

»Hauptfriedhof.«

»Okay, das kriegen wir hin.«

Eine schwarze Stoffhose aus ihrem Kleiderschrank durfte Katharina schließlich anziehen. Aber keines der Oberteile. Schließlich klappte Stevie einen der großen Koffer auf, die er mitgebracht hatte, und warf Katharina eine schwarze Stoffbluse zu, die für ihren Geschmack einen Tick zu durchsichtig war.

Nachdem er dann noch mehrere weitere Kombinationen (Arbeit, Sport, Freizeit) teils aus Katharinas Kleiderschrank, teils aus seinem eigenen Bestand zusammengestellt hatte, war er endlich halbwegs zufrieden.

Auf der Fahrt zum Friedhof redete Monica Marbert unaufhörlich auf Katharina ein. Briefing nannte sie das. Sie würden am Eingang des Friedhofs den Fotografen und eine Journalistin treffen. Auf dem Weg zum Grab von Absalom Schmitz solle Katharina der Journalistin ihre Geschichte erzählen. »Genauso wie gestern Abend.«

Doch dann kam der Clou, der Katharinas Magen dazu brachte, sich zu verknoten. Sie solle am Grab von Absalom Schmitz einen Strauß Blumen niederlegen. Dazu hatte Monica Marbert ihr ein Statement auf eine Karteikarte geschrieben, das Katharina nun auswendig lernen sollte.

»Absalom Schmitz mag der Mörder meiner Eltern gewesen sein und vieler anderer Menschen. Doch er ist tot. Seine Schuld in dieser Welt ist gesühnt. Deshalb vergebe ich ihm. Vergebung und Liebe sind wichtiger als Hass.«

Monica Marbert ließ sie das Statement zigmal wiederholen, bis sie mit der Betonung zufrieden war. Katharina hatte trotzdem Zweifel, dass sie diese Sätze über die Lippen kriegen würde, ohne rot zu werden.

Am Eingang des Hauptfriedhofs warteten »Jochen«, wie sich der drahtige Mann mit der Anglerweste und den zwei Kameras um den Hals vorstellte, ein blasser Mann namens Markus, der mehrere große, weiße Styroporplatten mit sich herumschleppte, sowie Lisa Riedtmann, die Reporterin von »Mademoiselle«.

»Ach, das wird eine so tolle Story«, schwärmte sie. »Monica hat mich schon ein bisschen eingeweiht. Stimmt es, dass wir zum Grab des Mörders deiner Eltern gehen?«

Katharina war Monica Marberts Anweisungen gefolgt und hatte Lisa Riedtmann artig ihre Geschichte erzählt. Die Journalistin hatte ihr die ganze Zeit ein Diktafon vor den Mund gehalten und manchmal atemlose Zwischenfragen gestellt.

Endlich waren sie am Grab angekommen. Monica Marbert drückte Katharina einen Strauß weiße Lilien in die Hand.

Sie wollte den Strauß einfach zu den anderen frischen Blumen auf das üppig geschmückte Grab legen, doch dann sah sie, dass jemand mit Filzstift das Wort »Mörder« auf den Grabstein geschrieben hatte. Passend. Aber kein gutes Fotomotiv.

Sie kramte ein alkoholgetränktes Reinigungstuch heraus, das sie eigentlich in ihrer Handtasche hatte, um Flecken auf ihrer Kleidung beseitigen zu können.

»Schnell, schnell, Jochen, knips das«, fauchte Monica Marbert den Fotografen an. »Nichts erzählt Vergebung besser als das.«

Mal eben knipsen war nicht Jochens Sache. So musste Katharina erst mithilfe der Styroporplatten ausgeleuchtet werden, dann wurde das Wegwischen choreografiert, dann durfte sie endlich. Sie beeilte sich, während die Kamera klickte und klickte.

Katharina hoffte, wenigstens das Strauß-Niederlegen rasch hinter sich bringen zu können, doch weit gefehlt. Mindestens ein Dutzend Male musste sie es wiederholen, bis Jochen und Monica Marbert endlich zufrieden waren. Es war fast schon Zen. Das Zeichnen des perfekten Kreises. Das perfekte Niederlegen eines Blumenstraußes.

Ein letztes Mal noch. Blick auf den Grabstein. Kurzes Verharren. Langsam in die Knie gehen. Den Strauß auf die Markierung legen, die Jochen in die Erde des Grabs geritzt hatte.

Das war der Moment, in dem Katharina … verstand!

So zynisch sich das Statement, das Monica Marbert für sie geschrieben hatte, anfühlte: Es stimmte.

Schmitz war tot, sie hatte die Genugtuung, die Wahrheit gefunden zu haben. Ihr Hass auf Schmitz, ihr Triumph über seinen Tod würden ihre Familie nicht wieder lebendig machen.

Sie dachte an die Worte von Bruder Rapunzel. Dass sie überlegen sollte, was genau ihre Schuld war.

Nun, was war ihre Schuld? Vielleicht genau das, dass sie Schmitz nicht vergeben hatte. Dass sie Rache wollte. Dass sie ihm seinen Tod gegönnt hatte. Dass sie an diesem Morgen an seinem Grab zuerst nur ein Gefühl des Triumphs verspürt hatte.

»Mit dem Tode hört jede Strafverfolgung auf«, hatte ihr Strafrechtsprofessor an der Polizeihochschule immer verkündet. Vielleicht kein ganz schlechter Grundsatz auch außerhalb des Gerichtssaals.

Das Leben musste weitergehen. Sie … sie würde das Gefühl, das sie auf einmal erfüllte, nicht gerade Vergebung nennen. Eher, als würde sie ein Buch zuschlagen, um ein neues zu beginnen.

In Garten der Karl-Kreutzer-Villa.

»Besonders sexy ist das nicht.« Jochen ließ frustriert die Kamera sinken. Seit einer halben Stunde scheuchte er Katharina und Andreas Amendt jetzt schon durch den – zugegeben – sehr romantischen, parkähnlichen Garten der Karl-Kreutzer-Villa, um ein Bild der »jungen Liebe« einzufangen.

Ärgerlich schraubte der Fotograf ein neues Objektiv an die Kamera, als würde das irgendetwas nützen. »Die benehmen sich echt wie Teenager, die noch nie gefickt haben«, murmelte er halblaut, doch für alle hörbar, zu Stevie.

»Ich glaube, wir müssen das Ganze etwas aufpeppen«, ließ sich der Visagist vernehmen. »Also, zunächst mal andere Klamotten.«

Katharina, die sich in ihrer momentanen Verkleidung – »Freizeit«, verwaschene Jeans und ein zu knappes und zu kurzes T-Shirt – ohnehin schon reichlich nackt vorkam, befürchtete Schlimmes. Stevie zog sie hinter einen der Paravents, die er netterweise aufgestellt hatte, und drückte ihr das Lederbustier in die Hand. Dann verschwand er, um ihr Gelegenheit zum Umziehen zu geben. Wirklich? Was tat man nicht alles für eine gute Presse!

Moment! Was, wenn Manès Müller sie so sah? Katharina war sich ziemlich sicher, dass sie sich eigentlich nicht auf dem Gelände der Villa aufhalten durfte. Schließlich war sie suspendiert. Laut Jeannie war er zwar nicht im Gebäude, aber hoffentlich kam Müller nicht auf die Idee, am Wochenende etwas Büroarbeit erledigen zu wollen, und marschierte direkt in ihre sexy Fotosession. Das würde peinlich werden. Andererseits – und Katharina kicherte bei dem Gedanken – würde er sicher gänzlich die Fassung verlieren. Und was riskierte sie schon groß? Sie beschäftigte sich ja nicht mit dem Fall. Beinahe vergnügt streifte sie T-Shirt und BH ab, um das Bustier anzuziehen.

»Also erst mal runter mit dem Hemd«, hörte sie Stevie Amendt herumkommandieren. »Das Sixpack will doch gesehen werden. Mach mal ein paar Sit-ups.«

Amendt protestierte nicht. Auch er schien sich stumm seinem Schicksal ergeben zu haben.

»Und hol mal einer diese Lederjacke, die er vorhin getragen hat.«

Katharina ließ sich Zeit mit dem Umziehen. Als sie endlich hinter dem Paravent hervortrat, stand Amendt bereits auf der Wiese. Lederjacke auf nackter Haut, enge Jeans. Ein Büschel Härchen auf der Brust und … Wow, das war wirklich ein Sixpack. Er hatte ja schon immer eine gute Figur gehabt, aber jetzt?

»Viel trainiert, Amendt?«, fragte sie, so leicht es ihr möglich war.

»Sport ist das beste Antidepressivum, das es gibt«, antwortete er mit einem Schulterzucken. »Denken Sie, ich habe übertrieben?« In diesem Augenblick kam Stevie herangeschwebt, zwei Becher in der Hand, die er Amendt und Katharina in die Hand drückte. »Champagner«, erklärte er, »damit ihr ein bisschen lockerer werdet. Runter damit.«

Champagner auf nüchternen Magen? Katharina wollte protestieren, doch Stevie legte ihr nur den Finger an die Lippen. Also stieß sie mit Amendt an und trank.

»So, das ist besser«, stellte Stevie fest, als sie ausgetrunken hatten.

Während Jochen sie vor einem Busch drapierte – Amendt hinter Katharina, die Arme um sie geschlungen –, perlte der Alkohol langsam in Katharinas Hirn.

Stevie gab ihr Anweisungen: »Schmieg dich mal an ihn. Lehn dich richtig an. Andreas ist kräftig, der kann dich halten. Ja, so.«

Katharina gehorchte. Amendt roch nach Leder und Sonne, stellte sie fest. Dazu der Hauch eines Herrenparfüms.

»Gut, dann können wir«, verkündete Jochen und hob die Kamera. »Schaut euch an. Ja, genau so.«

Katharina musste blinzeln. Was war in dem Sekt gewesen? Sie vertrug doch keinen Alkohol. Das würde … Andererseits … Sie streckte die Hand nach hinten, um Amendt im Nacken zu kraulen.

»Großartig«, rief Stevie. »So kommt dein Busen super zur Geltung. – Küsst euch doch mal.«

Amendt flüsterte: »Tun wir ihm den Gefallen, dann sind wir hier hoffentlich schneller fertig.« Und dann neigte er den Kopf und …

Wow, waren seine Lippen weich.

Und … berührte seine Zungenspitze wirklich die ihre?

Und seine Hand … wanderte sie wirklich höher?

Katharina schloss die Augen. Es war ja für die Kamera. Sie taten ja nur so. Sie öffnete die Lippen, um Amendts Zunge einzulassen, schob seine Hand höher, sodass sie ihre lederverpackte Brust umfing.

Ein kleiner, noch nüchterner Teil von Katharina war dankbar für das Lederbustier. Dann würde wenigstens niemand sehen, dass ihre Brustwarze anfing, sich aufzurichten. Kribbeln im Magen und … Sie lehnte sich noch mehr an Amendt. War das, was da gegen ihren Hintern drückte, etwa …?

»Na endlich, das haben wir im Kasten«, sagte Jochen befriedigt. »Was jetzt?«

Fast schlagartig zog Amendt den Kopf zurück und stellte Katharina aufrecht hin. Dann fragte er Monica Marbert: »Werde ich noch gebraucht?«

Als sie verneinte, eilte er davon. »Ich bin in der Bibliothek«, rief er über die Schulter. Und schon war die Eingangstür der Karl-Kreutzer-Villa hinter ihm ins Schloss gefallen.

»Okay«, verkündete Monica Marbert nach einem Blick in ihre Unterlagen. »Als Nächstes brauchen wir Frau Klein bei der Arbeit. Wir fangen im Büro an.«

Stevie zog Katharina hinter den Paravent, um ihr beim Umziehen zu helfen. »Sag mal, ihr seid nicht wirklich ein Paar, oder?«, fragte er leise.

Katharina antwortete nicht. Stevie zog den richtigen Schluss. »Keine Sorge, ihr seid nicht das erste Fake-Paar, das wir fotografieren. – Aber warum eigentlich nicht? Ich meine, du bist nicht lesbisch und Andreas nicht schwul.«

Katharina schwieg weiterhin.

»Ich meine, dass ihr scharf aufeinander seid … Junge, hatte Andreas einen Mordsständer von eurer Knutscherei.«

»Ach?«, versuchte Katharina harmlos zu fragen.

»Ja, sorry. Ich achte auf so was. Ich bin schwul, ich darf das. Er ist schon eine ziemliche Sahneschnitte. Und ganz anständig ausgestattet. – Also, warum nicht?«, bohrte er nach, als er Katharina die Bluse hinhielt, die sie als Nächstes anziehen sollte.

»Es …« Was sagte man in solchen Fällen? »Es ist kompliziert.«

»Ganz ehrlich? Fuck kompliziert! Mein … mein Mann ist vor drei Monaten einfach tot umgefallen. Aneurysma. Das Leben kann schnell zu Ende sein. Grund genug, das Glück zu packen und festzuhalten, wann immer es geht.«

Während Katharina in ihrem Büro – Jeannie hatte sich für ein Hamlet-Thema entschieden, Claudius' Arbeitszimmer, Stahlrohre und viel Glas – eifrig Büroarbeit simulierte, dachte sie über das nach, was Stevie gesagt hatte. Er hatte recht. Der Kuss war keine Simulation gewesen. Und seine Erektion … Aber natürlich war Amendt wieder einmal davongelaufen. Frustriert klickte Katharina mit der Maus, während Jochen Foto um Foto schoss.

»So, jetzt brauchen wir noch etwas Action«, sagte Monica Marbert endlich. Das Team zog weiter ins Dachgeschoss, in Katharinas Dojo. Katharina wurde in einen schwarzen Gi gesteckt. Doch Sandsäcke als Gegner waren Monica Marbert nicht aufregend genug. Zu seinem Glück (oder Unglück) war Darian gerade in die Villa gekommen, um mal nach dem Rechten zu sehen. Kurzerhand wurde er zu einem Sparringskampf mit Katharina abkommandiert. Keine schlechte Entscheidung, dachte sie. Darian trug den ersten Dan in Karate, und die beiden schenkten sich nichts. Jochen war begeistert, auch wenn Katharina ihm Darian bei einem Wurf beinahe auf den Kopf hatte fallen lassen.

Nach über einer Stunde waren beide außer Atem und durchgeschwitzt. Katharina schlüpfte unter die Dusche. Als sie wieder herauskam, mit dem fünften Outfit des Tages, schwarze Jeans, eng anliegender Rollkragenpullover, sagte Lisa Riedtmann gerade: »Vielleicht noch irgendetwas mit einer Pistole?«

»Ist vielleicht ein bisschen zu martialisch«, widersprach Monica Marbert. »Hier gibt es doch diese ganzen tollen Labore. Da könnten wir auch was mitnehmen an Bildern.«

»Ich bin aber fast nie im Labor«, wollte Katharina widersprechen, doch Monica Marbert hatte Markus schon losgeschickt.

»Finden Sie mal diesen Amendt. Und er soll sich was Medizinisches anziehen.«

Charlotte Perl blickte von ihrem Mikroskop auf, als Katharina und Amendt, gefolgt von Monica Marbert, Stevie, Jochen und Markus, ins Labor gestürmt kamen. Ihre Brille rutschte ihr von der Stirn auf die Nase.

Als sie erkannte, wer dort kam, sprang sie von ihrem Hocker auf und flitzte um den Labortisch herum: »Ihr glaubt gar nicht, was ich gefunden habe.« Ihre durch die Brillengläser vergrößerten Augen funkelten vor Begeisterung. »Ich habe gerade das Hirn –«

Amendt legte schnell einen Finger an die Lippen, um sie zum Schweigen zu bringen. »Das hier ist unser medizinisches und toxikologisches Labor. Und das hier ist Brai- … Doktor Charlotte Perl, die uns zurzeit aushilft.«

Charlotte Perl schloss gehorsam den Mund. Doch Katharina hatte den Eindruck, dass sie vor Spannung explodieren würde, wenn sie nicht bald reden durfte.

»Doktor Amendt und ich am Mikroskop, während uns Frau Doktor Perl etwas erläutert? Wäre das ein gutes Motiv?«, wandte sie sich deshalb an Monica Marbert und Jochen, der bereits mit einem Belichtungsmesser in der Luft herumwedelte.

Sie erhielt keine Antwort, denn in diesem Augenblick hatte Lisa Riedtmann auf dem zweiten Tisch das Hirn und die inneren Organe entdeckt, die dort in Stahlschalen auf ihre Untersuchung warteten.

»Sind das etwa …?«, begann sie zu fragen, dann gab ihr Kreislauf nach, und sie kippte um. Amendt war gerade rechtzeitig zur Stelle, um sie aufzufangen.

»Waschbecken«, sagte Charlotte Perl streng. Amendt führte die Reporterin zu dem großen Becken und half ihr, sich über die stählerne Wanne zu beugen. Lisa Riedtmann würgte, aber – Glück im Unglück vielleicht – sie musste ebenso wie Katharina kein Frühstück gehabt haben, und es kam nur ein wenig Galle.

Jochen knipste trotzdem, bis ihn Monica Marbert antippte, um ihn stoppen.

»Was denn, was denn?«, beschwerte sich der Fotograf. »Arzt im Einsatz kommt doch immer gut an.«

»Kotzende Reporterin nicht.«

Amendt hatte Lisa Riedtmann ins Behandlungszimmer gebracht, damit sie sich etwas hinlegen und ihr Kreislauf sich beruhigen konnte. Katharina hatte die Chance genutzt, um Charlotte Perl zu erklären, sie solle sich so unverständlich wie möglich ausdrücken. Amendt würde sie schon verstehen.

Amendt kam zurück, und artig ließen er, Katharina und Charlotte Perl sich von Jochen um das Mikroskop arrangieren. Dann befahl der Fotograf, sie sollten sich einfach ganz natürlich verhalten.

»Also«, begann Charlotte Perl. »Wie Zölestin … also Doktor Amendt … mich gebeten hat, habe ich nach plasmodiumverwandten Protozoonen mit parasitärer Lebensweise gesucht.«

Katharina dachte, dass sie ebenso gut in einem chinesischen Restaurant in der Landessprache bestellen konnte.

»Und?«, fragte Amendt.

»Sieh selbst.«

Amendt beugte sich schön langsam über das Mikroskop, damit Jochen ein paar gute Aufnahmen machen konnte. Dann ging ein kleiner Ruck durch seinen Körper. Betont langsam richtete er sich auf. »Was sehen wir da?«, fragte er gleichfalls so langsam, als würde er gleich einschlafen.

»Eine bisher nicht katalogisierte Subspezies. Kleiner und eine andere Form, als zu erwarten. Kein klassisches Gondii.«

»Was?«, fragte Katharina.

»Schauen Sie selbst«, sagte Amendt. Dann korrigierte er sich: »Schau selbst.«

Katharina beugte sich über das Mikroskop. Wilde Muster in allen Schattierungen von Rot. »Wonach muss ich schauen?«

»Sehen Sie diese Gebilde, die so aussehen wie Bohnen oder Halbmonde mit einem Kern in der Mitte? Das ist unser Erreger. Aber so viele …«

»Ja«, bestätigte Charlotte Perl. »Kleiner als gedacht. Aber offenbar sehr viel aggressiver. Die Zystenbildung ist größer. Die Vermehrung muss also schneller ablaufen. Und im Blut …« Sie wechselte das Präparat unter dem Mikroskop. »Siehst du?«

Amendt blickte wieder durch das Okular. »Das sieht doch eher aus wie Plasmodium Malariae, aber auch wieder nicht.«

»Genau.«

Amendt richtete sich auf und stieß die Luft aus. Im nächsten Augenblick setzte er ein Grinsen auf, während er Monica Marbert fragte: »Reicht das an medizinischem Blabla? Mir gehen nämlich allmählich die Ideen aus, was wir hier noch an Unfug sagen können. – Außerdem würde ich gerne mal nach Frau Riedtmann sehen.«

»Ach, was ich Sie noch fragen wollte …« Lisa Riedtmanns Gesicht hatte wieder Farbe. Sie hatte sich auf der Behandlungsliege aufgesetzt und ließ die Beine baumeln. »Dieses Foto von dem jungen Mann … War das wirklich Vogel? Sie wissen schon. Das mit der Festnahme.«

Amendt verneinte hastig. »Nein, wir glauben es nicht.«

Das Foto! Richtig! Was hatte Kurtz erzählt? Es hätte nur einen Abzug davon gegeben? Wie war das Bild an die Medien gelangt?

Vielleicht könnte Lisa Riedtmann helfen, dachte Katharina. »Haben Sie das auch bekommen?«

»Ja. Natürlich. Aber wir wussten nicht so recht, was wir damit anfangen sollten. Und wir sind nicht so nassforsch wie die bei der ›Frankfurter Presse‹.«

»Auch per E-Mail?«

»Nein, das war ganz merkwürdig«, berichtete Lisa Riedtmann. »Das kam in einem großen, blauen Umschlag. Direkt an die Redaktion. Ohne Absender. – Und am Mittwoch kam dann noch ein Umschlag. Diesmal rot.«

»Was war drin?«, fragte Katharina.

»Ziemlich enttäuschend. Nur ein Aufkleber mit dem Logo von Lionshare BioPharm. Als ob wir nicht schon längst wüssten, dass Vogel da gearbeitet hat. Und was wir damit sollten ... Ich meine, ›Mademoiselle‹ hat keinen Wirtschaftsteil.«

Ach, daher waren die Medien am Donnerstag plötzlich auf der Spur von Lionshare BioPharm gewesen.

»Kamen noch weitere Umschläge?«

»Bisher nicht.«

Katharina setzte sich zu Lisa Riedtmann auf die Liege. »Könnten Sie uns einen Gefallen tun und uns Bescheid sagen, wenn Sie weitere Umschläge bekommen?«

»Klar.« Die Reporterin hüpfte von der Liege herunter. »So, ich glaube, es geht wieder.«

»Und haben Sie die anderen Umschläge noch?«

»Oh, da muss ich in der Redaktion mal schauen. Aber ich denke schon. Soll ich die vorbeibringen?«

»Das wäre ganz große Klasse.«

Als sich das große Tor der Karl-Kreutzer-Villa endlich hinter Monica Marberts Mercedes, Lisa Riedtmanns kleinem Toyota und dem VW-Bus von Jochen und Stevie geschlossen und Markus sich mit seinen Styroporplatten auf den Weg zur U-Bahn gemacht hatte, waren Katharina und Amendt wieder hoch ins Labor gegangen.

Charlotte Perl präsentierte noch einmal ihren Fund.

»Jetzt bleiben zwei Fragen«, sagte Amendt, als sie geendet hatte. »Wir müssen klären, wo sich Isabell Gmündner mit dem Parasiten infiziert hat und ob sich eine Verbindung zu Lionshare BioPharm finden lässt.«

»Na ja«, widersprach Charlotte Perl. »Wir müssten eigentlich erst mal klären, ob der Erreger überhaupt die Symptome verursacht, die wir ihm unterstellen. – Denkst du, die Oozysten sind noch infektiös?«

»Möglich«, antwortete Amendt. »Kannst du sie isolieren?«

»Moment, Moment.« Katharina hob die Hände, um die beiden zu bremsen. »Wie wollt ihr das denn testen? Wir können ja schlecht noch einen Menschen infizieren.«

»Natürlich nicht«, sagte Charlotte Perl. »Wir können aber einen Tierversuch machen. Ein halbes Dutzend Ratten sollte genügen.«

»Euer Forschungseifer freut mich«, widersprach Katharina. »Aber damit haben wir noch immer keine Verknüpfung zu Lionshare BioPharm.«

Amendt nickte. »Frau Klein hat recht. Und vielleicht sollten wir erst die Fachliteratur durchschauen, ob der Parasit nicht doch schon mal irgendwo beschrieben wurde.«

Immergrüne Partie

Sonntag, 13. April 2008.
Am Sonntag sollte man ruhen.

»A Queen's sacrifice, even when fairly obvious, always rejoices the heart of the chess-lover.«
Savielly Tartakower

Home, sweet home.

Katharina langweilte sich.

Es war nicht zu fassen.

Sie standen kurz vor der Aufklärung des Falles, steckten fest, brauchten den letzten, den entscheidenden Hinweis.

Und sie langweilte sich.

Katharina saß an ihrem Küchentisch, nachdem sie viel zu früh aufgewacht war. Sie trank Kaffee, sah aus dem Dachfenster ihrer Küche in den Morgenhimmel und wartete.

Worauf eigentlich? Auf eine Eingebung? Wohl eher darauf, dass Andreas Amendt oder Charlotte Perl oder die Hörnchen oder wer auch immer endlich den entscheidenden Hinweis entdeckten. Den einen Laborwert, die eine Untersuchung, die den Tod von Isabell Gmündner, den seltsamen Parasiten in ihrem Hirn, in beweisbare Verbindung mit Lionshare BioPharm brachte. Bis dahin war alles Spekulation. Kein Richter würde ihnen den notwendigen Durchsuchungsbeschluss ausstellen.

Katharina hasste diese Langeweile. Das Herumsitzen.

Nun gut, sie konnte genauso gut selbst etwas beitragen. Bevor sie am Vortag die Sonderermittlungseinheit verlassen hatte, hatte ihr Frank Grüngoldt alle wichtigen Unterlagen auf einen USB-Stick überspielt. Außerdem hatte sie noch zahlreiche Fotos auf ihrem Handy. Ihr Drucker würde Überstunden machen müssen, aber sie musste alles vor sich sehen. Alle Puzzlestücke.

Mehrere Stunden später hatte Katharina ihre Küche in ein Labyrinth aus Papierstapeln verwandelt. Auf dem Küchentisch, auf der Ablage neben der Spüle, auf dem Fußboden, überall lagen Papiere. Sie hatte sogar welche mit Magneten an den Kühlschrank gepinnt.

Da waren die zwölf Toten. Da war das erfolgreiche Unternehmen kurz vor dem Börsengang. Da waren die Politiker, die auf die eine oder andere Weise mit dem Unternehmen verknüpft waren.

Aber keine nachweisbare übergreifende Verbindung. Dass die Toten für das Unternehmen gearbeitet hatten, reichte nicht. Dass sich Vogel für ihren Tod interessierte, auch nicht. Jeder Anwalt würde nur lachen und das als das Hirngespinst eines schwer Depressiven kurz vor seinem Suizid abtun.

Was durchaus im Rahmen des Möglichen lag. Motive von Selbstmördern waren nicht immer nachvollziehbar.

Und vielleicht wollte Vogel nur den großen Abgang.

Aber das passte nicht zu dem Bild, das sich Katharina von ihm gemacht hatte. Der Idealist. Der Pragmatiker. Der Unbeugsame. Der Schachspieler.

Moment. Schach?

Die Dame auf dem Slip. Die Schachspiele in seinem Haus. Die Partie mit dem Innenminister. Hatte Hanfried de la Buquet recht, wenn er sagte, dass Vogel ihm einen Hinweis hatte geben wollen?

Der Stapel mit den Fotos der Schachspiele aus dem Haus der Vogels und die Kopie der Partieaufzeichnung von de la Buquet lagen noch unberührt auf einem Stuhl. Kurzerhand nahm sie den Stapel und ging ins Wohnzimmer.

Ihr Schachspiel, ein Geschenk ihrer Mutter, hatte sie schon lange nicht mehr angerührt. Sie fand das Brett und den mit Samt ausgeschlagenen Kasten mit den Figuren aus Elfenbein und Ebenholz in der hintersten Ecke ihres Wohnzimmerschrankes.

Rasch baute sie die Figuren auf. Doch mit welcher Partie beginnen? Vielleicht mit der aus Vogels Haus. Sie erinnerte sich, dass sie so etwas wie ein Déjà-vu gehabt hatte, als sie die Züge gesehen hatte.

Zug um Zug spielte sie die Partie nach und schrieb die Züge mit. War es Einbildung oder kannte sie die Partie wirklich?

Sie blickte auf die Endstellung, zumindest soweit sie die Partie rekonstruieren konnte. Das Brett sah aus wie eine dieser »Matt in drei Zügen«-Aufgaben, die man manchmal in Tageszeitungen fand.

Und sie war sich jetzt zu hundert Prozent sicher, dass sie die Stellung schon mal gesehen hatte. Na ja, zu neunzig oder achtzig Prozent. Nur wo?

Wozu gab es das Internet, diese Quelle von Weisheit und Halbbildung?

Sie holte ihren Laptop, rief eine Suchmaschine auf. Doch wonach sollte sie eigentlich suchen?

Na klar. Katharina gab die letzte Zugpaarung ein, die sie rekonstruieren konnte: »Te1xe7+ Sc6xe7«. Der weiße Turm schlug den noch in der Grundstellung stehenden Bauern und bot dem schwarzen König Schach. Der Springer verteidigte und schlug den Turm.

Gleich der erste Suchtreffer löste das Rätsel: »Immergrüne Partie.«

Natürlich, die berühmte Partie zwischen den Schachgroßmeistern Alfred Anderssen und Jean Dufresne. Kein Schachbuch war vollständig, ohne zumindest das spektakuläre Matt zu diskutieren.

Schnell, was war der nächste Zug? Klar! »Da4xd7+ Ke8xd7«. Dame schlägt Bauer und bietet Schach. König schlägt in einem Verzweiflungszug die Dame. Das spektakuläre, partieentscheidende Damenopfer. Das war der Zug, der auf dem Schachbrett in Jan-Ole Vogels Arbeitszimmer gestanden haben musste.

Sie hatte die weiße Dame auf dem Fußboden gefunden. Okay, die silbrige Dame in diesem Fall. Leider war die Figur noch immer verloren. Den Hörnchen war es bisher nicht gelungen, Coco wieder einzufangen oder die geheime Schatzkammer des Papageis aufzuspüren.

Damen … Jan-Ole Vogels Leitmotiv. Auf dem Slip. Auf dem Schachbrett. Dann … Ach ja, richtig. Anita Gmündner hatte einen Anhänger mit dieser Figur um den Hals getragen. Ein Geschenk von Vogel.

Katharina war gespannt, was die zweite Partie für eine Geschichte erzählte. Sie war kurz. Gerade einmal neun Züge. De la Buquet hatte weiß gespielt, Vogel schwarz. Katharina stellte die Züge durch und besah sich die Endstellung. Beide Seiten schienen nach einem ersten Schlagabtausch, in dem Schwarz einen Läufer einbüßte und Weiß einen Springer, eher defensiv zu sein. Doch warum hatte Vogel aufgegeben? Welchen Zug hatte der Innenminister nicht gesehen?

Sie versuchte sich zu erinnern, was de la Buquet ihr über das Spiel erzählt hatte. Also: Vogel hatte ihm das Brett und die Figuren geschenkt. Ein Abschiedsgeschenk hatte es der Innenminister genannt. Sie hatten gespielt. Vogel hatte aufgegeben … Da war doch noch was? Ach ja. Vogel hatte wohl noch gesagt, de la Buquet müsse für seinen nächsten Zug »über seinen Schatten springen«.

Was wusste sie über de la Buquet? Eigentlich nicht viel. Offenbar verbarg sich hinter seiner Neigung zum Pompösen ein aufrechter, wenn auch eher mittelmäßig intelligenter Politiker. Was noch?

Jurastudium, Mitglied der Konservativen … all das half ihr nicht weiter.

»Schach ist ein Charakterspiel«, hatte ihre Mutter immer gesagt.

Katharina spielte die Züge noch einmal. De la Buquet hatte sehr defensiv gespielt und verlor damit den Vorteil, Weiß zu spielen. Schwarz dominierte die Partie. Oder doch nicht?

Noch mal alle Züge. Und noch mal.

Defensiv. Natürlich. Hanfried de la Buquet war ein Politiker der kleinen, nach allen Seiten abgesicherten Schritte. Die dringend notwendigen Polizeireformen hatte er nur sehr langsam auf den Weg gebracht. Und das mit einer Detailversessenheit, die manchmal den Eindruck erweckte, er hätte das große Ganze vergessen.

Katharina sah wieder auf das Schachbrett. Das genaue Gegenteil von einem auf Sicherheit bedachten »Klein-Klein« müsste der Zug sein: groß, aggressiv. Und, da die Dame offenbar Vogels Lieblingsfigur war, vermutlich mit der Dame.

Sie probierte verschiedene Züge aus. Nein, alles zu defensiv. Vielleicht direkt in die Höhle des Löwen?

Ja! Genau das war es! Dame schlägt den Königsbauern. Dame wird ihrerseits vom F-Bauern geschlagen, aber da ist die Partie schon verloren. Der Läufer bietet Schach und matt.

Ein Damenopfer. Ein Geniales noch dazu!

Schon wieder ein Damenopfer?

Für einen Moment fühlte Katharina sich, als hätte sie das entscheidende Puzzleteil gefunden und an seine Stelle gesetzt. Doch dann fiel das übrige Puzzle wieder auseinander, und sie hielt nur noch das eine Teil mit der Aufschrift »Damenopfer« in den Fingern.

Verdammt! Steigerte sie sich in etwas rein? War das ein Hirngespinst ihrerseits? Und wenn der Zug tatsächlich eine Botschaft Vogels an de la Buquet gewesen war: Was hatte er zu bedeuten?

Das Damenopfer ... eindeutig Vogel selbst. Eine kleine Anspielung auf seine Neigung zu Frauenkleidern. Er hatte sich geopfert, damit der weiße König den schwarzen König schlagen konnte. Doch wer waren die Könige? Am naheliegendsten war de la Buquet als weißer König, obwohl Katharina ihm diese Figur nicht zugeordnet hätte. Eher den schlagkräftigen, aber nicht sehr mobilen Turm.

Und der schwarze König? Schwarz gegen weiß, Gut gegen Böse. Ziemlich eindeutige Symbolik.

Katharina rieb sich das Gesicht. Ganz sicher, das Damenopfer war die Antwort. Aber auf welche Frage?

Vielleicht erst einmal einen Kaffee zum Wachwerden. Sie ging zurück in die Küche, balancierte geschickt über die dort noch immer ausgebreiteten Materialien und stellte ihre Tasse unter die Kaffeemaschine.

Gerade als die Maschine anfing, Kaffee in die Tasse zu spucken, und Katharina überlegte, wie sie jetzt zum Kühlschrank gelangen konnte, ohne ihre Unterlagen durcheinanderzubringen, klingelte es an der Wohnungstür.

Andreas Amendt kam die Treppe hinaufgelaufen, triumphierend einen Stapel Papier schwenkend. »Ich habe unsere Verbindung gefunden. Ich ... ich war so blöd. Es war so einfach.« Außer Atem kam er auf dem Treppenabsatz an. Seine Haare waren noch wirrer als sonst, seine Augen rot. Er musste die Nacht durchgearbeitet haben. Hoffentlich ohne chemische Helfer.

»Keine Sorge, ich bin nicht high«, sagte er, als habe er Katharinas Gedanken erraten.

Katharina führte ihn ins Wohnzimmer, wo er sich auf das Sofa fallen ließ. Rasch ging sie in die Küche, um ihren Kaffee zu holen und Amendt auch einen zu zapfen. Nicht, dass er einschlief, bevor er berichtet hatte.

»Also«, begann er, nachdem er gierig ein paar Schlucke Kaffee getrunken hatte. »Dieser Parasit, den wir da gestern entdeckt haben. Der hat mir keine Ruhe gelassen. Ich wollte unbedingt wissen, ob so etwas schon mal beobachtet worden ist. Also habe ich mich in die Bibliothek verzogen und im Computer nach Literatur gesucht. Aber … gar nichts. Sehr viel zu Toxoplasma gondii, Studien und Gegenstudien, aber keinerlei Hinweis auf irgendwelche Abarten oder Mutationen. Aus purer Verzweiflung habe ich dann einfach mal ›schwarzer Schwarm‹ in die Literatursuche eingegeben. Und es gab genau einen Treffer.«

Triumphierend reichte er Katharina den Ausdruck eines Aufsatzes. »Der schwarze Schwarm. Hypothetische Erörterung einer Legende und Beurteilung eines pharmakologischen Nutzens«, las Katharina den Titel halblaut vor.

»Ich habe das erst für eine dieser Dünnbrettbohrer-Doktorarbeiten von irgendeinem angehenden Allgemeinmediziner gehalten.«

»Aber?«

»Schauen Sie sich den Autor an!«

Katharina sah auf die Unterzeile. Dort stand »Dr. med. Dr. rer. nat. Philip Seligheimer«.

»Endlich weiß ich, woher mir der Name so bekannt vorkam«, sprudelte Amendt weiter. »Seligheimer hat sehr viel zur Parasitenforschung publiziert. Einiges auch zu neurologischen Symptomen und zur postmortalen Diagnose. Ich muss den Namen also irgendwo in einer Fachzeitschrift gelesen haben.«

»Gut, Seligheimer kannte sich mit Parasiten aus. Wie hilft uns das weiter?«

»Na, dieser Aufsatz. – Ach so, ja, den können Sie ja nicht gelesen haben. Also, zunächst erörtert er die theoretische Möglichkeit der Existenz des schwarzen Schwarms; nach seinen Worten durchaus möglich, wenn man sich die bestehende Verwandtschaft von Toxoplasma gondii zu Plasmodien ansieht.«

»Zu was?«

»Zu den Erregern von Malaria. Und es kommt noch besser.« Er trank hastig einen Schluck Kaffee, verschluckte sich beinahe, hustete und redete dann weiter: »In diesem Artikel postuliert Seligheimer nämlich einen möglichen pharmakologischen Nutzen. Dieser Erreger muss in der Lage sein, die Blut-Hirn-Schranke zu überwinden, und zwar sehr viel schneller als Toxoplasma gondii. Seligheimer stellt die gewagte These auf, dass, wenn es gelänge, den Erreger umzuprogrammieren, er das perfekte Transportmittel für Medikamente ins Hirn wäre. Das ist der große Schwachpunkt vieler chemotherapeutischer Therapien des Hirns.«

»Das klingt nach Science-Fiction.«

»Ist es auch. Aber auch nicht undenkbar. Mikroorganismen als Wirkstoffträger werden derzeit sehr intensiv erforscht, vor allem in der Gentherapie. Als Nächstes dachte ich mir, dass ich vielleicht mehr über Seligheimer wissen müsste. Seine Forschungen und so weiter. War aber nicht viel zu finden, zumindest zunächst. Doch glücklicherweise war Frank Grüngoldt da …«

»Das muss doch mitten in der Nacht gewesen sein. Was hat er da in der Villa gemacht?«

»Keine Ahnung. Irgendwas mit der Datenbank. Dass da irgendwas übergelaufen ist. Er hat versucht, es mir zu erklären, aber verstanden habe ich es nicht. – Aber, wo war ich? Ach ja. Also, er hat mir die Wayback Machine erklärt. Wissen Sie, was das ist?«

»Ja, in diesem Internetarchiv kann man sich alte Websites ansehen. Die nicht mehr im Netz sind.«

»Genau. Und da habe ich Seligheimer gefunden. Auf der alten Website von Lionshare BioPharm. Aus dem Jahr 2000.«

Amendt reichte Katharina noch einen Ausdruck. Sie überflog ihn. Studium der Biochemie und Medizin, Parasitenforschung … Nichts, was sie nicht schon wusste oder sich hätte denken können.

»Und?«, fragte sie.

»Letzter Absatz«, antwortete Amendt mit glänzenden Augen, »auf der zweiten Seite.« Ungeduldig nahm er Katharina die Blätter weg und las vor: »Dr. med. Dr. rer. nat. Philip Seligheimer ist zurzeit von seinen Aufgaben als Leiter der biologisch-pharmakologischen

Forschung beurlaubt und befindet sich von März bis Oktober dieses Jahres auf einer Forschungsreise ins Amazonasgebiet, wo er traditionelle Methoden der Parasitenbekämpfung studieren wird.«

Endlich verstand Katharina: »Soll der schwarze Schwarm nicht gerade dort vorkommen? Im Amazonasgebiet?«

»Genau. Und der Parasit, den wir in Isabell Gmündners Hirn gefunden haben, entspricht genau seinen Vorhersagen.«

»Er hat den schwarzen Schwarm gefunden. Ist es das?«

»Es hat den Anschein, ja. Und das ist unsere Verbindung. Denken Sie, das reicht für einen Durchsuchungsbeschluss?«

Katharina dachte nach. Ein medizinisches Ammenmärchen, das sich plötzlich und zur rechten Zeit als wahr erwies. Sie würden einen sehr geduldigen Richter brauchen.

Oder einen sehr überzeugenden Staatsanwalt. Genau. Das war es. Katharina kannte eine sehr überzeugende Staatsanwältin.

»Moment, ich kläre das«, sagte sie, stand auf und ging in den Flur. Sie nahm ihr Festnetztelefon und wählte.

»Katharina! Schön von dir zu hören!«, schallte ihr die Stimme von Frauke Müller-Burkhardt aus dem Hörer entgegen. »Wie geht es dir?«

Katharina zwang sich zu ein wenig Small Talk, bevor sie endlich das Gespräch auf den Suizid Vogels und auf ihre neue Spur brachte.

»Das klingt zwar sehr weit hergeholt, aber ich denke, ich kann das einem Richter verkaufen«, sagte die Staatsanwältin, nachdem Katharina geendet hatte. »Ich müsste allerdings mehr darüber wissen und den Erreger selbst in Augenschein nehmen. Das Beste wäre, ich suche euch morgen in eurer Spukvilla heim. Die wollte ich mir schon lange mal anschauen. Normalerweise würde ich zwar sagen, sofort, aber ich muss erst einen Richter weichklopfen. Ich bin übrigens gleich mit einem geeigneten Kandidaten zum Essen verabredet.«

»Aber, aber, Frauke, du wirst doch nicht …?«, rutschte es Katharina heraus.

»Kein Gedanke. Der Gute ist nicht nur männlich, sondern auch über sechzig. Seine Tochter ist gerade Referendarin in meiner Abteilung. Ich glaube, er will mal ein wenig hören, wie sie sich so macht.

Nicht die Hellste, aber fleißig. – Also, ich komme dann morgen früh zu euch. Ist sieben Uhr dreißig zu früh?«

»Nein, nein.« Katharina gähnte zwar in Gedanken an das erneute frühe Aufstehen, aber vielleicht gewöhnte sie sich ja irgendwann daran. Sie bedankte und verabschiedete sich.

Dann ging sie zurück ins Wohnzimmer, um Amendt die frohe Kunde zu überbringen, doch er hatte sich auf dem Sofa ausgestreckt und schlief tief und fest. Katharina gelang es wenigstens, ihm die Schuhe auszuziehen. Dann deckte sie ihn mit einer Wolldecke zu. Sie dachte daran, wie er zum ersten Mal auf diesem Sofa übernachtet hatte. Und wie gerne sie sich damals zu ihm gekuschelt hätte.

Die Liebe hat gesiegt

Von unserer Korrespondentin Lisa Riedtmann

Katharina Klein (33) legt Blumen auf einem Grab nieder. Doch es ist kein Verwandter, der dort begraben liegt, kein guter Freund. Es ist der mutmaßliche Mörder ihrer Familie.

Er hat sich selbst gerichtet. Sie hat ihm vergeben.

»Liebe und Vergebung sind wichtiger als Hass«, sagt sie.

Eine große Geste dieser zierlichen und hübschen Halbasiatin, der auf den ersten Blick wohl niemand die erfahrene Kriminalpolizistin zutrauen würde. Doch auch das ist Katharina Klein. Langjährige Mitarbeiterin des Kommissariats für Tötungsdelikte in Frankfurt am Main mit einer Aufklärungsquote von 100 Prozent. Und jetzt die jüngste Kriminaldirektorin Deutschlands, Leiterin einer neuen Sonderermittlungseinheit.

Die Liebe siegt: Auch privat hat Katharina Klein das ihr lange versagte Glück gefunden. Mit ihrem Kollegen und Lebensgefährten Dr. Andreas Amendt (39). Der dunkelhaarige Arzt, der nicht nur im Kittel eine gute Figur macht, trägt sie auf Händen. »Bei einem gemeinsamen Fall in Afrika hat es gefunkt«, erklärt er.

Mehr über dieses Traumpaar erfahren Sie in unserer Fotogalerie und in der neuesten Ausgabe der »Mademoiselle – das Magazin für die Frau von heute«, die ab sofort im Zeitschriftenhandel erhältlich ist.

Familienschach

Montag, der 14. April 2008.
Hoffentlich ein besserer Montag als der letzte.

»The laws of chess do not permit a free choice:
you have to move whether you like it or not.«
Emanuel Lasker

Morgenchaos in der Karl-Kreutzer-Villa.

»Ruhe! Ruhe!«

Flügelschlagen.

Ein grüner Blitz.

Gleich darauf Rufe: »Coco!« – »Coco!« – »Komm …« – »… her!«

Die Hörnchen kamen die Treppe zum ersten Stock heruntergestapft, Schmetterlingsnetze in den Händen.

Na, das ging ja gut los! Katharina war gleichzeitig mit Oberstaatsanwältin Frauke Müller-Burkhardt und einem untersetzten, grauhaarigen Mann mit Schnurrbart eingetroffen: Richter Valentin Meißner, Strafrichter am Oberlandesgericht. Oswald war so freundlich gewesen, sie einzulassen, da Katharina keine Schlüsselkarte mehr hatte. Gleichzeitig hatte er ihr eine SMS geschickt, dass Manès Müller bereits durch das Gebäude geisterte. Nun, sollte er doch. Als SEDI-Ritter hatte sie ja das Recht auf Zugang. Oder nicht? Hatte sie den Innenminister vielleicht falsch verstanden? Egal! Jetzt war es ohnehin zu spät.

Kein guter erster Eindruck, den der Richter da vermittelt bekommt, dachte Katharina, als sie in das Chaos des Foyers traten. Sie warf ihm einen Seitenblick zu. Er schmunzelte und sah den Hörnchen nach, die ihre Expedition auf den Spuren Cocos bereits im Gang zur medizinischen Abteilung fortgesetzt hatten.

»Reporterin im Anflug«, vermeldete Oswald von seinem Platz hinter der Empfangstheke. Da schwang die schwere Eichentür hinter Katharina auch schon auf. Lisa Riedtmann kam hindurchgedüst, mit einer Ausgabe der »Mademoiselle« wedelnd.

»Die haben die Story vorgezogen«, verkündete sie stolz. »Acht Seiten!«

Sie wollte Katharina die »Mademoiselle« geben, doch Frauke Müller-Burkhardt war schneller und schlug das Magazin auf. Natürlich. Das Bild von Katharina und Amendt, knutschend. Feixend reichte Frauke Müller-Burkhardt das Heft an Katharina. »Na endlich! Euer Balztanz war ja schon nicht mehr zum Aushalten!«

»Ach ja, hier. Die wollten Sie doch haben.« Lisa Riedtmann zog einen durchsichtigen Plastikbeutel mit einem roten und einem blauen DIN-A4-Umschlag aus ihrer Handtasche. »Sorry, ich muss dringend in die Redaktion. Liebe Grüße an Andreas!« Damit verschwand die Reporterin wieder durch die Eichentür.

Rätselnd betrachtete Katharina die Umschläge in ihrer Hand. Ach ja. Richtig. In solchen Umschlägen waren das Foto von Vogel als Teenager und ein Aufkleber mit dem Logo von Lionshare Bio-Pharm an die Medien geschickt worden.

Katharina überkam ein Gefühl des Wiedererkennens. Wo hatte sie solche Umschläge schon mal gesehen? Ganz sicher im Rahmen ihrer Ermittlungen. Nur wann? Verdammt. Sie kam nicht drauf.

Kurzerhand drückte sie die Umschläge einem der Hörnchen in die Hand, die gerade gesenkten Hauptes und mit leeren Schmetterlingsnetzen zurück durch das Foyer schlichen – Coco war ihnen offenbar wieder entkommen: »Untersucht die hier mal. Fingerabdrücke, DNA und so weiter.«

»Ja …« – »Ja.« Die Hörnchen schienen sie gar nicht weiter zu beachten.

»Großer Auflauf heute Morgen«, sagte eine Stimme hinter Katharina. »Was Wichtiges?«

Katharina drehte sich um. Michael Glaser. Natürlich. Und erneut hatte sie ihn nicht kommen gehört. »Was wollen Sie denn hier?«, fragte sie.

Michael Glaser hob beschwichtigend die Hände. »Ich bin nur hier, um mich auf den neuesten Stand der Ermittlungen zu bringen. Der Innenminister hat mich darum gebeten.«

Katharina kam nicht dazu, etwas zu erwidern, denn in diesem Augenblick kam Manès Müller herangesegelt wie ein Kranich: »Ach, die Frau Oberstaatsanwältin! Und Herr Doktor Meißner! Was bringt Sie in unsere bescheidene Hütte?«

»Nun ja, bescheiden«, sagte der Richter. »Ich wünschte, das Oberlandesgericht wäre so schick untergebracht wie Sie. Aber ich bin heute Morgen auf Bitten von Frau Müller-Burkhardt hier. Es geht wohl um einen möglichen Durchsuchungsbefehl.«

»Durchsuchungsbefehl? Haben wir Fortschritte gemacht?«, wandte sich Manès Müller neugierig an Katharina. Dann stutzte er: »Frau Klein! Was machen Sie denn hier? Sie sind suspendiert!«

»Suspendiert?«, fragte der Richter. »Wirklich?«

»Nein«, mischte sich Michael Glaser energisch ein. »Das heißt, nur als Leiterin der Sonderermittlungseinheit. Aber nicht als Spezielle Ermittlerin des Innenministeriums.« Er wandte sich an Manès Müller. »Als solche hat sie Zugang zu allen Ressourcen der Sonderermittlungseinheit, wie Sie eigentlich wissen sollten, Herr Doktor Müller. Haben Sie das Memo nicht gelesen?«

»His Majesty's Michael. Natürlich.« Müller musterte Glaser mit säuerlich gekräuselten Lippen von oben bis unten. »Wieder mal in geheimer Mission unterwegs?«

Zur Antwort trat Glaser einen halben Schritt vor. Seine Muskeln spannten sich an. Doch seine Arme hingen locker herab. Katharina kannte diese Körperhaltung. Michael Glaser betrieb offenbar Kampfsport.

»Nein, ich bin ganz offiziell hier«, sagte er gefährlich ruhig. »Um dafür zu sorgen, dass Frau Klein bei ihren Ermittlungen nicht behindert wird.«

Ein paar Sekunden sahen sich die beiden Kontrahenten schweigend an. Endlich hob Müller besänftigend die Hände: »Schon gut, schon gut.« Er wandte sich an Frauke Müller-Burkhardt. »Ein Durchsuchungsbefehl, Frau Oberstaatsanwältin? Gibt es eine Spur, der wir nachgehen können?«, nahm er den Faden wieder auf. Genau das hatte Katharina vermeiden wollen. Dass Müller von ihrer Spur erfuhr. Der Maulwurf. Aber sie konnte ihn auch schlecht anlügen.

»Ja, eventuell«, übernahm sie rasch die Antwort. »Aber zunächst müssen wir Doktor Amendt finden.« Das Sofa, auf dem Amendt geschlafen hatte, war leer gewesen. Bis auf einen kleinen Notizzettel. »Ich bin schon mal vorgefahren. Danke fürs Zudecken. Liebe Grüße. A. Amendt«

»Oh«, verkündete Müller. »Der ist mit seiner Kollegin, dieser Frau Doktor Perl, im Rittersaal.«

Amendt und Charlotte Perl wirkten noch nervöser als Jeannie vor ein paar Tagen bei ihrer großen Präsentation. Sie tuschelten, ordneten die Unterlagen vor sich, Amendt spielte mit der Fernbedienung. Charlotte Perl wollte wohl gerade noch einmal hinauslaufen, doch in diesem Augenblick hatte Frauke Müller-Burkhardt einen Stuhl zurechtgerückt, um sich zu setzen. Charlotte Perl lief beinahe in sie hinein, nur um dann zurückzuprallen. Ihr Mund blieb offen stehen. »Ent… Ent… Ent… Entschuldigung.«

Frauke Müller-Burkhardt starrte sie an, nicht in der Lage, irgendetwas zu sagen. Hoffentlich hatte Charlotte Perl die Staatsanwältin mit ihrer Ungeschicklichkeit nicht verärgert.

Doch, nach einer halben Ewigkeit, antwortete Frauke Müller-Burkhardt endlich mit viel zu hoher Stimme: »Aber das … das … das … macht doch nichts.« Rasch wandte sie den Blick ab und setzte sich.

Charlotte Perl setzte ihren Weg nach draußen fort, nur um an der Tür stehenzubleiben, kurz innezuhalten, dann umzudrehen und zu ihrem Platz zurückzugehen. Und … Strich sie dabei absichtlich oder zufällig mit der Hand durch das Haar, das Frauke Müller-Burkhardt an diesem Morgen zu einem Pferdeschwanz gebunden trug? Lehnte sich die Staatsanwältin bei dieser kurzen Berührung tatsächlich ein wenig zurück?

Valentin Meißner räusperte sich: »Da ich heute noch ins Gericht muss, bitte ich um eine zügige Präsentation.«

Das war genau das richtige Stichwort für Andreas Amendt gewesen. Knapp, aber verständlich präsentierte er noch einmal die zwölf Todesfälle, um dann zum Parasiten überzuleiten. Er zeigte zunächst ein paar Aufnahmen von Toxoplasma gondii, schilderte die möglichen Symptome. Dann präsentierte er den neuen Erreger. Die Bilder, die er zeigte, waren drastisch, aber eindeutig.

Als er geendet hatte, räusperte sich der Richter erneut: »Also, dieser neue Parasit, den Sie da entdeckt haben, Sie wissen demnach noch nicht, ob er wirklich die von ihnen postulierten Symptome verursacht?«

»Nein, aber es liegt nahe.«

»Und Sie können auch noch keinen möglichen Infektionsweg aufzeigen, jenseits der Tatsache, dass alle zwölf möglicherweise Betroffenen bei Lionshare BioPharm gearbeitet haben?«

Amendt wollte antworten, doch ausgerechnet Manès Müller war schneller: »Wenn ich das richtig sehe, gibt es zwei Szenarien. Ein Unfall, aber dann müssten alle zwölf in einem Raum gewesen sein. Oder eine absichtliche Infektion.«

Katharina ertappte sich dabei, wie sie selbst anfing, ihre linke Hand zu kneten. Müller und der Richter hatten den Finger genau in die Wunde gelegt. Die Toten waren, bis auf Seligheimer, keine Forscher gewesen. Was also hätten sie in den Labors tun sollen, der wahrscheinlichste Ort für einen solchen Unfall? Ein Rundgang vielleicht? Aber warum sollten Kantinenangestellte an solch einem Rundgang teilnehmen? Oder eine absichtliche Infektion? Wollte Seligheimer vielleicht den Parasiten testen? Wären dazu Tierversuche nicht geeigneter? Nun, durchgeknallt genug war er offenbar gewesen.

»Es zeigt aber alles in Richtung Lionshare BioPharm«, wandte Frauke Müller-Burkhardt ein. »Und der Parasit existiert. Das ist und bleibt Tatsache. Es ist ja unbestreitbar, dass dieser Doktor Seligheimer nach einem solchen Parasiten geforscht hat.«

Der Richter wiegte den Kopf hin und her. »Also«, sagte er schließlich, »einen allgemeinen Durchsuchungsbefehl kann ich nicht ausstellen. Dazu ist die Beweislast zu dürftig.«

Katharina und Amendt wollten gleichzeitig protestieren, doch er hob die Hände, um sie zu besänftigen.

»Was aber meines Erachtens gerechtfertigt ist, ist eine Akteneinsicht, wenn auch in sehr begrenztem Ausmaß. Sie umfasst nur die Personal- und Krankenakten der Betroffenen. Schon damit lehne ich mich weit aus dem Fenster.« Mit diesen Worten zog er einen Laptop aus seiner Aktentasche.

»Wenn wir hiervon fünf Ausdrucke machen könnten …«

Der Richter hielt Katharina einen USB-Stick hin. Sie eilte zu Jeannie und Oswald und war in wenigen Minuten mit den Ausdrucken zurück. Der Richter unterschrieb sie und übergab drei der Ausdrucke an Frauke Müller-Burkhardt. »Enttäuschen Sie mich nicht, Frau Kollegin. Und Gruß an meine Tochter.«

Je schwächer das Fundament des Falls, desto größer der Auftritt. Das hatte Katharina von Polanski gelernt. Am liebsten wäre sie daher mit einer Hundertschaft bei Lionshare BioPharm vorgefahren. Aber so musste es denn ihr Team tun. Sie und Amendt fuhren im Dienstsmart vorweg. Müller hatte Katharina nach einigem Hin und Her und einer erneuten Intervention von Michael Glaser den Schlüssel für den Wagen wieder überlassen. Arnulf Sturmer und Bruder Rapunzel folgten im zweiten Smart. Dahinter wiederum saßen Darian und Harry in ihrem Streifenwagen. Im Rückspiegel sah Katharina, dass der Kolonne wieder einer der betont unauffälligen Opels folgte.

Michael Glaser war mit in den Streifenwagen gestiegen, doch Frauke Müller-Burkhardt, die kurzerhand ihre Termine für den Vormittag abgesagt hatte, zwängte sich auf die Rückbank des Smarts von Katharina und Amendt.

Sie sprachen zunächst kein Wort, während sich die Kolonne durch den dichten Morgenverkehr Richtung Höchst quälte.

»Hoffentlich sind wir erfolgreich, sonst bin ich bei Meißner unten durch«, brach Frauke Müller-Burkhardt endlich das Schweigen. »Und …« Sie zögerte. »Sagen Sie … Doktor Amendt … ist Frau Doktor Perl eigentlich Single?«

Sturm auf Lionshare BioPharm.

Der Auftritt bei Lionshare BioPharm war weniger dramatisch geraten, als Katharina beabsichtigt hatte. Sie hatten alle einzeln die

Drehtür passieren müssen, erst danach hatten sie sich zu einer Phalanx formiert, Katharina an der Spitze. Sie waren schnurstracks auf den Empfangstresen zugesteuert. Katharina hatte mit Nachdruck eine Kopie des Durchsuchungsbeschlusses und ihren schwarzen Dienstausweis auf den Tisch gelegt.

Doch die junge Frau hinter dem Tresen hatte nur professionell gelächelt und gesagt: »Ja, natürlich. Bitte gedulden Sie sich einen Augenblick, ich melde Sie gleich bei Herrn Doktor Silbermann.« Dann hatte sie zum Telefonhörer gegriffen.

»Oh nein, der Schmierling«, murmelte Frauke Müller-Burkhardt leise.

Katharina hatte sich eigentlich auf eine längere Wartezeit eingestellt, doch kaum drei Minuten später hatten zwei Männer das Foyer betreten. Beide mochten Mitte vierzig sein, glatt rasiert, die Haare ordentlich gegelt. Gut sitzende Anzüge, der eine grau, der andere anthrazit, weiße Hemden, dezente Krawatten und dazu passende Einstecktücher.

Der graue Anzug trat einen Schritt vor und streckte Katharina die Hand hin: »Ich bin Doktor Florian Silbermann.« Als die wohl erwartete Reaktion des Erkennens ausblieb, fügte er hinzu: »Vorstandsvorsitzender von Lionshare BioPharm.« Dann drehte er sich halb zu seinem Begleiter um, um auch ihn vorzustellen. »Thorsten Schierling, unser Rechtsbeistand.«

»Schmierling« ist wirklich passend, dachte Katharina. Schierlings Händedruck war weich, sein Lächeln ölig. Für Frauke Müller-Burkhardt hatte er nur ein knappes Kopfnicken übrig. »Frau Kollegin?«

Katharina verzichtete darauf, ihr Team vorzustellen, sondern hielt Silbermann den Durchsuchungsbeschluss hin. »Wir haben hier eine richterliche Anordnung zur Akteneinsicht.« Silbermann reichte das Dokument sofort an Schierling weiter.

Dann sagte er: »Ich bin zwar erst seit 2002 bei Lionshare, aber … Also, ich hoffe trotzdem, dass ich Ihnen weiterhelfen und dazu beitragen kann, die Fragen in diesem Fall rückhaltlos aufzuklären. Transparenz und Compliance sind für uns führende Geschäftsprinzipien.«

Das war sehr gut vorbereitet, dachte Katharina. Wie von einem Redenschreiber gedichtet. Jemand musste ihn vorgewarnt haben. Sonst wäre sicher auch der Anwalt nicht zur Stelle. Natürlich. Manès Müller, wer sonst?

»Na ja, für mich liest sich das eher wie Science-Fiction«, sagte Thorsten Schierling abschätzig und reichte das Dokument an Silbermann zurück.

Der überflog es: »Ein bisher unbekannter Parasit? Ist mir neu, dass wir in diese Richtung überhaupt forschen. Thorsten, deine Meinung?«

Schierling nahm das Papier wieder an sich und warf noch einen Blick darauf. »Wir vergeben uns nichts, wenn wir die Akteneinsicht gewähren. Das Ganze scheint mir völlig an den Haaren herbeigezogen. Und bevor wir uns jetzt wochenlang mit dem Gericht herumstreiten und den Börsengang durch üble Gerüchte gefährden …«

Silbermann nickte in bedächtiger Zustimmung: »Ganz recht. Transparenz ist eine Säule unserer Unternehmenspolitik.« Er wandte sich an Katharina und ihr Team. »Ich bringe Sie persönlich hinunter ins Archiv.«

Der Archivar, ein Mann Ende fünfzig, klein und hager, setzte sich seine Lesebrille auf, um den Durchsuchungsbeschluss zu studieren. »Gut, Herr Klein, ich suche mal eben die Unterlagen heraus.« Er verschwand zwischen den langen Regalen des Archivs.

»Herr Klein?«, fragte Katharina.

»Nun, nach hier unten verirrt sich normalerweise kaum jemand«, scherzte Silbermann, »da hat er vielleicht verlernt, wie Menschen aussehen.«

Nach ein paar Minuten kehrte der Archivar zurück. Ohne Unterlagen. Kommentarlos wandte er sich seinem Computer zu, auf dem er ein paar Minuten herumklickte und -tippte. Dann richtete er sich auf. »Tut mir leid, Herr Klein. Die Unterlagen sind nicht an ihrem Platz.«

»Nicht an ihrem Platz?«, brauste Silbermann auf. Guter Schauspieler oder nicht eingeweiht? »Die können doch nicht verschwunden sein.«

Empört antwortete der Archivar: »Von verschwunden habe ich auch nichts gesagt. Ordnungsgemäß entnommen, aber noch nicht zurückgegeben.«

»Und die digitalen Kopien?«, fragte Silbermann.

»Die Akten stammen aus den Jahren 2000 und 2001. Die haben wir noch nicht digitalisiert.«

»Noch nicht digitalisiert? Aber –«

»Dann müssen Sie schon mein Budget erhöhen, damit wir noch jemanden dafür einstellen können«, erwiderte der Archivar schnippisch. »Wir kommen ja kaum mit den aktuellen Unterlagen hinterher.«

Silbermann wandte sich an Katharina: »Das tut mir so leid, Frau Klein, ich –«

»Wer hat die Unterlagen denn ausgeliehen?«, unterbrach ihn Andreas Amendt.

Silbermann blickte zum Archivar, der sich dazu herabließ, noch einmal auf seinen Computermonitor zu schauen. »Ein gewisser J.-O. Vogel. Entnommen am siebten April. Die gleichen Unterlagen, die er auch schon im Februar entnommen und ordnungsgemäß zurückgegeben hat.«

»Jan-Ole Vogel?«, fragte Katharina überrascht.

»Vornamen stehen hier leider nicht.«

»Hatte der Justizminister denn überhaupt Zugang zum Archiv?«, mischte sich Frauke Müller-Burkhardt ein.

»Ja, Vogel hatte Zugang«, antwortete Silbermann. »Aber nicht in seiner Funktion als Justizminister. Er hat damals das rechtliche Rahmenvertragswerk geschaffen. Als er Justiziar bei uns war. Ziemlich komplex. Da müssen wir … Da mussten wir ihn hin und wieder konsultieren. Deshalb hatte er noch einen Firmenausweis und eine Zugangskarte für das Archiv.«

Katharina musste sich sehr zusammenreißen, um nicht lauthals zu fluchen. Vogel hatte sie auf diese Spur gesetzt und dann dafür gesorgt, dass die Akten, die sie dringend benötigten, verschwanden? Nun, sie waren vermutlich in seinem privaten Arbeitszimmer gewesen. Und jemand war ihnen zuvorgekommen. Aber … Moment!

»Wann, sagten Sie, hat er die Akten entliehen?«, fragte sie den Archivar.

»Nicht entliehen, Herr Klein. Entnommen. Am siebten April.«

»Aber am siebten April war Vogel doch schon tot«, sprach Michael Glaser das Offensichtliche aus. »Wie kann er da Akten entliehen haben?«

»Ist da vielleicht ein falsches Datum eingetragen?«, fragte Silbermann den Archivar streng.

»Das ist nicht möglich«, kam die hochnäsige Erwiderung. »Das Datum wird automatisch verzeichnet und lässt sich manuell nicht ändern.«

»Oder hat jemand anderes die Akten ausgeliehen? Auf Vogels Namen?«

»Der Ausweis wird elektronisch gelesen. Den Namen können wir von Hand nicht ändern. Und ohne Ausweis keine Aktenentnahme. Muss ja alles seine Ordnung haben«, sagte der Archivar herablassend.

Katharina fiel ein, dass Vogel keinerlei Ausweispapiere bei sich gehabt hatte, als er sich erschossen hatte. Und in seinem Haus hatten sie auch keine gefunden. »Kann jemand anderes die Ausweiskarte benutzt haben? Können Sie sich vielleicht noch an die Ausleihe erinnern?«

»Ausweiskarten dürfen nur von den autorisierten Personen benutzt werden.«

»Moment«, mischte sich Silbermann ein. »Meine Sekretärin kann auch in meinem Namen Unterlagen aus dem Archiv holen.«

»Weil sie dazu autorisiert ist.«

»Ist vielleicht noch jemand autorisiert, die Karte von Herrn Vogel zu benutzen?«

Der Archivar lehnte sich über seinen Computer und tippte. »Ja«, sagte er endlich befriedigt. »Eine gewisse Anita Gmündner.«

»Gmündner?«, fragte Katharina. »Wie Isabell Gmündner?«

»Nein, Herr Klein. Anita«, sagte der Archivar wie ein Lehrer zu einem besonders ungelehrigen Schüler.

»Das ist die Sekretärin von Herrn Vogel«, erklärte Michael Glaser.

»Ja, ich weiß«, blaffte Katharina. »Hat sie die Unterlagen entlieh- entnommen?«

Der Archivar schwieg.

»Na, kommen Sie«, sagte Katharina ungeduldig. »Sie müssen doch wenigstens wissen, ob der Entnehmer eine Frau oder ein Mann war.«

Der Archivar klappte den Mund auf und zu, sagte aber noch immer nichts.

»Einen Augenblick«, sagte Amendt, der einen Block und einen Kugelschreiber aus der Tasche gezogen und etwas auf eine Seite gekritzelt hatte. »Wir haben hier eine Phantomzeichnung. Sah der Entnehmer oder die Entnehmerin vielleicht so aus?« Er hielt dem Archivar den Block hin.

»Ja, genau. Das war er«, sagte der Archivar erleichtert.

Amendt zeigte Katharina unauffällig den Block. Er hatte einen simplen Smiley darauf gezeichnet.

»Was …?«, wollte Katharina fragen, doch Amendt tippte sie mit dem Ellbogen an. Sie verstand und schwieg.

»Das ist ja eine Katastrophe«, sagte Silbermann. »Ich schwöre Ihnen …« Schlagartig gewann er seine Fassung wieder und wurde zum Vorstandsvorsitzenden. »Erlauben Sie mir wenigstens, Sie durch das Unternehmen zu führen. Dann können Sie sich von unseren Sicherheitseinrichtungen selbst überzeugen. Transparenz und Arbeitssicherheit sind für uns oberstes Gebot.«

Mit großen Schritten marschierte Florian Silbermann los. Die kleine Gruppe folgte ihm. Katharina und Amendt blieben ein paar Schritte zurück. »Was ist mit dem Archivar?«, fragte Katharina. »Hat er gelogen?«

»Schlimmer«, antwortete Amendt. »Er leidet unter einer sehr ausgeprägten Prosopagnosie. Er kann keine Gesichter erkennen.«

Silbermann präsentierte seine Firma stolzer als ein Kurfürst seine Ländereien. Wenn er nicht gerade von der »Heilkraft, die wir hier jeden Tag der Natur entreißen« sprach, schwärmte er von der Architektur des Gebäudes. »Offenheit, Transparenz, Kommunikation und Sicherheit«, wiederholte er immer wieder, seien die grundlegenden Prinzipien des Gebäudes, und – welch Zufall – auch die Säulen der Firmenphilosophie von Lionshare BioPharm.

Unterwegs waren Giselher und Gunther Eggers zu ihnen gestoßen, die Silbermann dazu abkommandierte, die vielen Schichten der Sicherheit zu demonstrieren, auf die man bei Lionshare so viel Wert legte.

»Gut, dass das Heuschnupfenmittel endlich wirkt«, scherzte Giselher Eggers, als er die automatische Versiegelung der Räume im »K-Fall«, im Fall der Kontaminierung, erläuterte. »Sonst würde ich Ihnen wieder eine ungeplante Demonstration geben. Frau Klein und Herr Doktor Amendt haben ja letzte Woche die Effizienz dieser Anlage am eigenen Leibe erlebt.«

Der Rundgang endete in der Kantine, wo – noch so ein Zufall – bereits ein Tisch mit Kaffee und belegten Brötchen für sie bereitstand. Silbermann erging sich in der Bedeutung der Kantine als offenem Kommunikationsort, an dem Mitarbeiter aller Abteilungen den freien Gedankenaustausch pflegen konnten: Hier träfen Wissenschaftler und Ingenieure auf Wirtschaftsexperten, aber auch auf einfache Angestellte. Ganz im Sinne von »Offenheit, Transparenz, Kommunikation«.

»Ist Ihnen nicht gut, Frau Klein?«, fragte er plötzlich.

Katharina hatte für einen Moment die Augen schließen müssen. Ihr war, als hätte ein Windstoß die Puzzleteile in ihrem Kopf durcheinandergewirbelt. Jetzt schwebten sie langsam durch ihren Geist und ordneten sich zu einem Muster: natürlich. Dies war der Ort, an dem Wissenschaftler, Marketingexperten, Fahrer und Kantinenangestellte aufeinandertrafen. Hier konnten die Toten zur gleichen Zeit am gleichen Ort gewesen sein.

Charlotte Perls Ausführungen zu Lebensmittelvergiftungen in Kantinen!

Aber nein … Das war keine Lebensmittelvergiftung gewesen.

Eine Kiste mit der Aufschrift »Biohazard«!

Gunther Eggers, der zornesrot zwei Männer verscheucht hatte!

Katharina öffnete die Augen wieder: »Nein, nein, keine Sorge. Alles in Ordnung«, sagte sie rasch, als sie bemerkte, dass Silbermann besorgt zu ihr herübersah. »Sagen Sie, ich sehe, dass sich auch die Kantine hermetisch abriegeln lässt.« Sie deutete auf die großen Rollladenkästen. »Ist das Vorschrift?«

»Nein, Vorschrift nicht«, verkündete Silbermann mit stolzgeschwellter Brust, »wir legen hier einfach Wert auf Sicherheit. – Außerdem«, scherzte er, »experimentiert unser vegetarischer Koch gerne mal mit zu viel Knoblauch.« Er lachte als Einziger.

»Ist die Anlage denn mal im Einsatz gewesen?«, fragte Katharina weiter, bemüht, so naiv wie möglich zu klingen.

»Nun«, führte Silbermann aus, und Katharina konnte ihn vor sich sehen, wie er abends seine Gesten vor dem Spiegel übte. »Wir machen natürlich regelmäßige Tests und Probealarme.«

»Nein, ich meine … hat es hier in der Kantine mal einen Zwischenfall gegeben?«

»Natürlich nicht. Oder, Gunther?«, wandte sich Silbermann an seinen Sicherheitsbeauftragten.

Gunther Eggers holte Luft, um zu antworten, doch sein Bruder Giselher kam ihm zuvor: »Bestimmt nicht. Wie sollte es denn hier in der Kantine zu einem Zwischenfall kommen?«

Katharina bemerkte eine Bewegung aus den Augenwinkeln: Gunther Eggers nickte ihr zu. Fast unmerklich. Wollte er …? Hatte sie recht mit ihrer Vermutung? Und hatte Giselher Eggers sie eben angelogen?

»Sind Sie ganz sicher, dass es hier nie einen Zwischenfall –?«, wollte Katharina nachbohren.

Doch Schierling schnitt ihr eilig das Wort ab: »Nun wollen wir Sie aber nicht länger aufhalten. Ich denke, wir haben uns ausgesprochen kooperativ gezeigt. Mehr als wir mussten. Und sobald wir die fehlenden Akten gefunden haben, schicken wir einen Boten zu Ihnen. Auf unsere Kosten.«

»Was für ein Reinfall. Zufällig verschwundene Akten. Stundenlanges Transparenz-Blabla. Die wussten doch genau, dass wir kommen. Und sie haben uns nach Strich und Faden vorgeführt«, sagte Andreas Amendt frustriert, als sie endlich wieder im Smart saßen.

»Eigentlich nicht«, widersprach Frauke Müller-Burkhardt. »So schnell, wie die uns auf einmal loswerden wollten … Ich glaube, Katharina hat mit ihren Fragen genau ins Schwarze getroffen.«

»Wieso ins Schwarze getroffen?«, fragte Amendt missmutig.

»Ist das nicht eindeutig?«, sagte Katharina. »Die Toten sind alle in der Kantine infiziert worden. Vermutlich wollte Seligheimer die Abkürzung zu den Labors nehmen und hat seine Proben fallengelassen oder so.«

»Und wie wollen wir das beweisen? Ohne die Unterlagen?«, fragte Amendt gereizt. »Glauben Sie wirklich, seine Sekretärin hat die Unterlagen geholt? Nach seinem Tod?«

Katharina wusste keine Antwort auf diese Frage. Aber … »Vielleicht haben wir einen Zeugen.«

Sie berichtete von dem Kopfnicken Gunther Eggers'. »Er wollte meine Vermutung bestätigen. Da bin ich mir ganz sicher. Ich denke, wenn wir mit ihm direkt sprechen könnten …«

»Für eine Vorladung reicht das leider nicht«, sagte Frauke Müller-Burkhardt.

»Dann werde ich mal privat mit ihm reden. Nach Feierabend.« Katharina blickte in den Rückspiegel. »Keine Verfolger mehr. Ist das jetzt ein gutes oder schlechtes Zeichen?«

Konspirativer Treff in der Karl-Kreutzer-Villa.

Katharina, Amendt und Frauke Müller-Burkhardt falteten sich aus dem Smart.

»Dienstwagen waren auch schon mal komfortabler«, bemerkte die Staatsanwältin, während sie sich räkelte und streckte. »Und jetzt?«

»Wir gehen nach drinnen und beratschlagen uns erst mal«, schlug Katharina vor. Sie ging den anderen voran, stieß die große Eichentür auf und …

Das Foyer hatte sich in ein Meer aus Blumen verwandelt. Überall standen Sträuße. Rosen. Tulpen. Bunte Gebinde. Offenbar von Jeannie und Oswald nach Farben drapiert. Wenigstens hatten sie einen Gang zum Tresen freigelassen.

»Was ist das denn?«, fragte Katharina, auf die florale Flut hinter ihr deutend.

»Oh«, sagte Jeannie, »die kommen schon den ganzen Vormittag. Sind alle für euch, also Andreas und dich.«

»Die Leute schicken uns Blumen?«

»Und Faxe. Und E-Mails«, antwortete Oswald, der sich durch einen großen Papierstapel sortierte. »Ist so ziemlich alles dabei. Glückwünsche. Avancen. Heiratsanträge. Und …« Er hielt ein Blatt hoch, auf dem »Ausziehen, Amendt, ausziehen!« stand.

»Irgendwelche Drohungen und Beschimpfungen oder so?«, fragte Amendt, dessen Wangen rot angelaufen waren.

»Nein, bisher nicht. Aber die kommen sicher noch. Trolle sind Nachtarbeiter. Das Einzige, was ein bisschen herausragt, ist das.« Er nahm ein Blatt, das etwas abseits lag, und reichte es Katharina. »Von einem anonymen Fax-Dienst aus dem Internet.«

Liebe Katharina, stand auf dem Blatt. *Vergebung ist eine große und mutige Geste. In Anerkennung, Javier. P.S. Ich bin Ihnen noch etwas schuldig, glaube ich.*

Sie reichte das Blatt Andreas Amendt. »Glauben Sie mir jetzt, dass Ministro noch lebt?«

Amendt kam nicht mehr dazu, zu antworten, denn oben von der Treppe in den ersten Stock ertönte die Stimme von Manès Müller. »Frau Klein? Herr Amendt? Ich muss mit Ihnen reden. Sofort.«

Wir mit ihm auch, dachte Katharina. Dann stürmte sie, zwei Stufen auf einmal nehmend, die Treppe nach oben. Kaum angekommen, stieß sie Manès Müller den Zeigefinger gegen die Brust. »Die bei Lionshare BioPharm wussten, dass wir kommen!«, blaffte sie ihn an.

Müller klappte erschrocken den Mund auf und zu. Dann sagte er ängstlich: »Ich war das nicht. Ehrenwort. Ich bin kein Maulwurf.« Er sah aus, als würde er gleich anfangen zu weinen.

»Sie wollten uns sprechen?«, sagte Katharina schroff.

»Ja, ich … in meinem Büro.«

Mit schnellen Schritten stakste er ihnen voran und stieß die Tür zu seinem Büro auf. Auf dem Besucherstuhl saß Kriminalrat Frankenbach vom LKA.

»Was wollen Sie denn schon wieder?«, fragte Katharina trotzig. »Regeln Sie das am besten mit meinem Anwalt.«

»Sie sollten besser hören, was er zu sagen hat«, sagte Manès Müller, während er die Tür sorgfältig schloss.

»Ja?«, fragte Katharina Frankenbach.

»Das hier ist uns heute Morgen anonym zugesandt worden.« Der Kriminalrat tippte auf die Abspieltaste eines kleinen MP3-Players, der auf Müllers Schreibtisch lag.

»*Sie* sind *der* Staufer, nicht wahr?« Katharinas Stimme drang aus dem winzigen Lautsprecher des Geräts.

Vergnügtes Kichern, dann die Stimme von Absalom Schmitz. »Ich wusste ja, dass du irgendwann darauf kommen würdest. Du warst schon immer ein kluges Mädchen.«

»Sie haben Ministro beauftragt, meine Familie zu töten?« Wieder Katharina.

»Nein. Da hatte Ministro auf eigene Faust gehandelt. Und den Falschen getötet«, kam die sachliche Antwort von Schmitz. Seine Aussprache war etwas undeutlich. Katharina erinnerte sich, dass Schmitz an einem Keks geknabbert hatte.

»Den Falschen? Und wen hätte er eigentlich töten sollen?«

»Mich. Beziehungsweise den Staufer.«

»Versuch's doch!« Schmitz' Stimme zischte wie eine giftige Schlange. »Aber dann werde ich dich vernichten. Den jämmerlichen Rest deines Rufs, deine Karriere ... Du wirst im Knast landen. Glaub ja nicht, dass mein Einfluss nicht so weit reicht. Es gibt Gründe dafür, dass man mir nie auf die Schliche gekommen ist. Dass der Staufer heute noch als ein Märchen gilt.«

Mit einem elektronischen Knacksen endete die Aufnahme.

»Das ist leider alles. – Haben Sie diese Aufnahme gemacht, Frau Klein?«, fragte Kriminalrat Frankenbach.

Was sollte sie darauf antworten? Technisch gesehen schon. Aber sie hatte die Aufnahme nie in die Finger gekriegt. Ministro hatte sie unter Verschluss gehalten und eigentlich versprochen, sie zu löschen. Doch er musste sie behalten haben. Und nachbearbeitet.

Der ganze Schluss des Gesprächs, in dem Amendt Schmitz zum Suizid überredete, fehlte.

»Haben Sie nun die Aufnahme gemacht oder nicht, Frau Klein?«, insistierte Frankenbach unwirsch.

»Nein«, log Katharina.

»Aber Sie haben gewusst, dass Schmitz der Staufer war?«

»Nun, ja.«

»Das hätten Sie melden müssen«, blaffte Frankenbach. »Warum haben Sie das nicht getan?«

Es war Manès Müller, der antwortete: »Das haben Sie doch eben gehört, Herr Frankenbach. Niemand hätte Frau Klein geglaubt. Und nach Schmitz' Freitod ... Nun, ich denke, dass die heutige Presse zu Frau Klein eindeutig war. Sie hat ihm vergeben. Und die Aufnahme belegt ja, dass Frau Klein nicht in die Geschäfte des ›Staufers‹ verstrickt war. Ich wäre Ihnen also dankbar, wenn Sie die völlig unnötige Ermittlung einstellen würden. Damit Frau Klein ihren regulären Dienst wieder aufnehmen kann.«

Die kleine, scharfe Tirade Müllers ließ Frankenbach sprachlos zurück. Ebenso Katharina und Amendt.

»Dennoch hätte Frau Klein die Vorgänge melden können. Spätestens am letzten Donnerstag.«

»Ernsthaft?«, antwortete Müller. »Das hätten Sie ihr doch nur belastend ausgelegt. Ohne die Aufnahme. Sie wissen doch: Wenn du unschuldig bist, Mund halten. – Ich denke, Ihre Arbeit hier ist getan, Herr Kriminalrat.«

Frankenbach wollte etwas erwidern, entschied sich dann jedoch anders und stapfte ohne Abschied aus Müllers Büro.

Müller ging zu seinem Schreibtisch und zog eine Schublade auf. Dann streckte er Katharina ihren regulären grünen Dienstausweis und ihre Zugangskarte zur Karl-Kreutzer-Villa hin. »Hier! Vielleicht überzeugt Sie das davon, dass ich kein Spitzel bin.«

»Ministro hat dem LKA die Aufnahme geschickt, oder?«, fragte Amendt flüsternd, als sich die Tür zu Müllers Büro hinter ihnen geschlossen hatte.

»Wer sonst?«

»Warum?«

»Keine Ahnung. Vielleicht als Wiedergutmachung. Ich meine, was hat er geschrieben? ›Ich schulde Ihnen was‹? Eventuell hofft er, dass ich ihm auch vergebe. Kommen Sie, die Arbeit ruft.«

Langsam gingen sie den Gang entlang zur Treppe. Amendt blieb stehen.

»Haben Sie Schmitz wirklich vergeben?«, fragte er.

Katharina dachte einen Augenblick nach. »Ich denke schon. Er ist tot. Und mit dem Tod hört jede Strafverfolgung auf, nicht wahr?«

»Da mögen Sie recht haben, aber ... Erinnern Sie sich, was Arndt gesagt hat? Am Freitag? Über unsere Schuld?«

»Natürlich.«

»Ich weiß, der Staufer ist tot. Und eigentlich ... Aber vielleicht ist meine Schuld, dass ein kleiner Teil von mir sich wünscht, ich hätte Schmitz wirklich ein krebserregendes Mittel injiziert und ihn qualvoll sterben sehen.«

»Denken Sie nicht, dass sechzehn Jahre Hass und Wut genug sind?«

»Wie meinen Sie das?«

»Ich meine ... Ich weiß nicht, wie es Ihnen geht, aber ... Ich habe mehr als sechzehn Jahre gehasst. War wütend. Jetzt bin ich dreiunddreißig und ... Schauen Sie sich doch unser Leben an. Single. Keine Familie. Von unserer Arbeit besessen. Reicht das nicht? Der Staufer ist tot. Und meine Eltern und Susanne ... die auch.«

Amendts Augen füllten sich mit Tränen. Dann schluckte er hart. »Und ich habe immer gedacht, ich wäre die Stimme der Vernunft von uns beiden. – Nun, ich bin wohl noch nicht so weit. – Werden Sie auch Ministro vergeben?«

»Ich weiß nicht. Es ist sicher einfacher, ihm zu vergeben als Schmitz. – Aber er ist nun mal ein Killer. Egal, ob ich ihm vergebe oder nicht: Bei unserer nächsten Begegnung wird es so oder so darauf ankommen, wer schneller zieht. Und bis dahin möchte ich einfach nicht mehr drüber nachdenken.«

»Sondern?«

»Lieber einfach mal leben.«

»Einfach mal leben? Leichter gesagt als getan, oder?«

»Vermutlich. Aber kommen Sie. Zum Philosophieren ist immer noch Zeit.«

»Ach, hier seid ihr!« Charlotte Perl kam die Treppe hochgestürmt, ihnen entgegen. Auf dem Treppenabsatz stolperte sie beinahe über ihre Flipflops, fing sich aber. Sie streckte Amendt zwei Ausdrucke hin: »Das hier musst du dir anschauen! Siehst du auch, was ich sehe?« Sie wedelte Amendt mit den Blättern vor der Nase herum.

Amendt nahm die zwei Seiten und betrachtete sie eine Weile. Dann sah er auf: »X-chromosomale Übereinstimmung. Und?«

Charlotte Perl sprudelte los: »Also, ihr habt doch gesagt, ich soll ganz viele sinnlose Untersuchungen machen, um diesen Müller zu verwirren.«

»Und?«, drängte Katharina.

»Na ja, da habe ich eben auch DNA-Profile gemacht. Von Isabell Gmündner. Und von Vogel, wo ich gerade mal dabei war.«

Amendt sah ungläubig auf die Blätter vor sich: »Bist du sicher? Keine Kontamination oder so?«

»Andreas, ich bitte dich. Du weißt, wie ich arbeite. Außerdem habe ich den Test noch mal wiederholt. Das Ergebnis stimmt.«

»Was ist?«, fragte Katharina.

Amendt holte tief Luft. »Jetzt wäre eigentlich Zeit für eine dramatische Fanfare«, verkündete er. »Isabell Gmündner und Jan-Ole Vogel waren Halbgeschwister. Sie haben die gleiche Mutter.«

Im Schneckentempo Richtung Aufklärung.

Auf dem Alleenring hatten sich wieder neue Baustellen breitgemacht. Der Verkehr staute sich. Katharina und Amendt kamen nur schrittweise voran.

Eigentlich war Katharina dankbar für die Atempause. Die Chance, die Puzzleteile in ihrem Kopf neu zu sortieren.

Natürlich. Wenn Anita Gmündner die Mutter von Jan-Ole Vogel war, gab ihr das ein gutes Motiv, die Dokumente bei Lionshare BioPharm verschwinden zu lassen. Wenn diese denn Vogel belasteten.

Umgekehrt verstand sie Vogels Suizid besser: Wenn es wirklich seine Halbschwester war, die ums Leben gekommen war, dann war die Verbindung zu den Toten persönlich.

Doch wessen hatte sich Vogel eigentlich schuldig gemacht? Oder projizierte sie ihren eigenen Kampf mit Schuld, Sühne und Vergebung auf Vogel?

»Eines verstehe ich nicht«, sagte sie. »Die ganzen Toten, die starben alle 2001. Nachdem Vogel schon nicht mehr bei Lionshare BioPharm war.«

»Ja, aber der Unfall war vermutlich bereits 2000. Kurz nachdem dieser Seligheimer von seiner Expedition zurückgekommen ist.« Amendts Antwort kam wie aus der Pistole geschossen. Er musste wohl über die gleichen Fragen nachdenken.

»Aber ... Haben Sie nicht gesagt, der ›schwarze Schwarm‹ entfaltet seine Symptome nach wenigen Tagen?«

»Das sagt die Legende, ja. Aber wir wissen nicht, ob die Legende wirklich so stimmt. Oder ob das eine Übertreibung ist.« Amendt überlegte kurz, dann fügte er hinzu: »Ein Schwarm umfasst Hunderte von Insekten. Und ich zweifele, dass Seligheimer wirklich so viele Exemplare hat fangen können. Vielleicht ein paar Dutzend. Die Betroffenen wurden also nicht so oft gestochen. Außerdem: Wenn Seligheimer kein größenwahnsinniger Psychopath war, hat er bestimmt versucht, die Befallenen zu behandeln.«

»Und wie?«

»Mit Malariamedikamenten. Das würde ich zumindest probieren.«

Das leuchtete ein. »Und was hat Vogel damit zu tun?«, kehrte Katharina zu ihrer Ausgangsfrage zurück.

Amendt sah sie erstaunt an: »Das liegt doch auf der Hand, oder? Solch ein Zwischenfall wäre meldepflichtig. Aber die haben ihn ganz sicher nicht gemeldet, sondern vertuscht. Und Vogel als Justiziar ...«

»Sie meinen, er hat dabei geholfen?«

»Er war ganz bestimmt eingeweiht. Und hat sein Okay gegeben. Oder zumindest weggesehen. – Zunächst ist das Ganze ja auch gut gegangen. Wenn sich der Erreger ähnlich verhält wie Toxoplasma gondii, dann waren die Opfer eine Weile mehr oder minder symptomfrei. Vielleicht ein leichtes Fieber, mehr nicht. – Das erklärt auch Vogels Suizid.«

»Warum?«, fragte Katharina, obwohl sie die Antwort ahnte.

»Nun, er verlässt Lionshare BioPharm. Kappt alle Verbindungen hinter sich …«

»… bis auf die gelegentlichen Konsultationen wegen des Stiftungskonstrukts.«

»Genau. Bestimmt hat er von den Toten nichts gewusst oder allenfalls am Rande davon erfahren. Bis ihm seine Mutter vom Tod seiner Halbschwester erzählt. Er forscht nach. Und stellt fest, dass er zwölf Menschen auf dem Gewissen hat.«

»Aber doch nur …« Katharina wusste nicht so genau, wie sie ihren Einwand formulieren sollte.

»Sie meinen, er war doch nur Justiziar und nur am Rande beteiligt? Nun, Depressive sind auf ihre eigene Art und Weise größenwahnsinnig. Sie geben sich grundsätzlich die Hauptschuld an allem Unglück dieser Welt. – Das sehen Sie ja an mir.«

»An Ihnen?«

»Was denken Sie, warum ich um jeden Patienten bis zum letzten Atemzug kämpfe? Weil es natürlich meine Schuld ist, wenn er stirbt.«

Im Waldviertel von Wiesbaden-Kreuzheim.

»Ja?«

Die Haustür hatte sich nur einen Spaltbreit geöffnet, die Kette war vorgelegt.

»Katharina Klein und Andreas Amendt, Frau Gmündner. Wir haben vor ein paar Tagen schon einmal miteinander gesprochen.«

»Zeigen Sie mir Ihre Dienstausweise.«

Katharina zog ihren grünen Dienstausweis aus der Tasche, Amendt fischte in der Lederjacke nach seinem eigenen, fand jedoch nur die schwarze Karte des Innenministeriums. Vorsichtig schob Katharina beides durch den Türspalt. Die Ausweise wurden ihr aus der Hand gepflückt. Die Tür schloss sich.

Endlich hörten sie das Klirren der Kette. Die Tür öffnete sich etwas weiter. »Kommen Sie rein«, befahl Anita Gmündner.

Sie schloss die Haustür sofort, nachdem Amendt und Katharina eingetreten waren, und legte die Kette wieder vor. Dann gab sie Katharina und Amendt die Dienstausweise zurück.

»Entschuldigung«, begann sie. »Aber hier ... hier schleichen die ganze Zeit merkwürdige Männer durch das Viertel.«

»Merkwürdige Männer?«, fragte Katharina.

»Ja. Muskelbepackt. Kahlgeschoren. Schwarze Anzüge. Und ...«

»Und?«, hakte Katharina nach.

»Ich weiß auch nicht. Aber ich habe das Gefühl, dass jemand im Haus gewesen ist. Heute. Als ich einkaufen war.«

»Fehlt irgendetwas?«, fragte Katharina.

Anita Gmündner zögerte. »Nein. Nicht, dass ich wüsste.«

»Haben Sie mit den Männern gesprochen?«, fragte Andreas Amendt.

»Nein.« Anita Gmündners Stimme klang noch ängstlicher. »Aber ich bin mir sicher, die haben geklingelt. Ich habe nicht aufgemacht. So getan, als ob ich nicht da bin.« Plötzlich war sie wieder ganz die Chefsekretärin, die einen Besucher ohne Termin empfing. »Und? Was wollen Sie hier?«

»Wir müssten noch einmal mit Ihnen sprechen, Frau Gmündner. Können wir vielleicht ...?«, sagte Andreas Amendt behutsam.

»Ja, natürlich.« Sie ging ihren Besuchern voran ins Wohnzimmer.

Auf der Schwelle zögerte Katharina. Wenn jemand im Haus gewesen war und nichts fehlte ... Hatten die vielleicht Wanzen angebracht?

Sie ging an Anita Gmündner vorbei zur Terrassentür. »Sie haben einen so schönen Garten, Frau Gmündner. Vielleicht können wir uns raussetzen?«

»Wenn Sie meinen.« Anita Gmündner schob die Terrassentür auf und trat hindurch. Amendt folgte ihr, dann Katharina, die die Tür sorgfältig zuschob.

»Setzen Sie sich doch.«

Hollywoodschaukel, Tisch, zwei Stühle. Katharina setzte sich auf einen der Stühle, Andreas Amendt auf den zweiten. Unsicher nahm Anita Gmündner auf der Hollywoodschaukel Platz.

»Also?«, fragte sie. »Sie wollten mich sprechen?«

»Ja ...« Katharina zögerte. Wie sollte sie beginnen? Mit der Tür ins Haus? Besser nicht. »Sagen Sie, haben Sie am letzten Montag Unterlagen bei Lionshare BioPharm abgeholt?«

»Was?«, fragte Anita Gmündner verwirrt. »Nein. Ich war im Büro, bis es ganz ausgeräumt war. Bei Lionshare BioPharm war ich schon mindestens drei Monate nicht mehr.«

»Aber Sie hatten eine Ausweiskarte?«

»Nein, wenn ich dorthin musste, hat mir Jan-Ole seine gegeben. War ja nicht so oft. Und er hat vorher angemeldet, dass ich komme. Das war Vorschrift. Ich musste dann an der Pforte immer meinen Personalausweis vorlegen.«

»Wissen Sie, wo die Ausweiskarte jetzt ist?«

»Nein. Jan-Ole hat sie ... Die hat er immer in einer zweiten Brieftasche gehabt. Mit seinen ganzen anderen Ausweisen und Kreditkarten und so. Hatte er die nicht bei sich, als er ...?«

»Leider nein.«

Anita Gmündner verwandelte sich wieder in die Chefsekretärin. »Darf ich fragen, warum Sie das alles wissen wollen?«

»Weil bei Lionshare BioPharm wichtige Unterlagen verschwunden sind, die wir dringend brauchen.« Katharina zögerte. Aber es war Zeit, einen Testballon zu starten. »Unterlagen, die eventuell auch Justizminister Vogel belasten könnten.«

»Jan-Ole?« Anita Gmündner klang überrascht. Und erschrocken. War sie eine gute Schauspielerin? Oder wusste sie wirklich von nichts?

Amendt kam Katharina zur Hilfe: »Frau Gmündner, wir machen bei jeder Leiche, die wir untersuchen, einen DNA-Test. Das ist bei uns Vorschrift.«

Das war zwar glatt gelogen, aber wenn es half ...

»Und ...« Er zog die beiden Blätter mit den DNA-Profilen aus der Innentasche seiner Jacke. Dann richtete er sich auf. »Wir wissen, dass Jan-Ole Vogel der Halbbruder Ihrer Tochter Isabell war. Ihr Sohn.«

»Was?« Anita Gmündner wollte aufspringen. Doch dann gaben ihre Beine nach. Sie kippte auf die Hollywoodschaukel zurück. Amendt war gerade rechtzeitig genug bei ihr, um sie vorsichtig abzulegen.

»Schnell, die Beine hoch«, befahl er Katharina. Dann wandte er sich Anita Gmündner zu und gab ihr ein paar Klapse auf die Wangen. »Frau Gmündner? Bleiben Sie bei mir!«

Sie schlug die Augen auf, doch sie war totenblass.

Amendt sprach weiter leise auf Anita Gmündner ein: »Nicht wieder das Bewusstsein verlieren. Bleiben Sie bei mir. Alles in Ordnung. Ich bin Arzt.«

Endlich kehrte Farbe in das Gesicht von Anita Gmündner zurück, und sie wollte sich aufsetzen. »Ganz langsam«, sagte Amendt. »Bleiben Sie noch ein paar Minuten liegen. Frau Klein, können Sie schauen, ob Sie im Haus Tee finden?«

Katharina ging nach drinnen. In einem Küchenschrank entdeckte sie Teebeutel. Sie warf einen in eine Tasse und setzte einen Kessel mit Wasser auf den Herd.

Was noch? Moment! Litt Anita Gmündner vielleicht an einer Kreislauf- oder Herzschwäche? Musste sie Medikamente nehmen?

Katharina ging ins Bad. Im Spiegelschrank fand sie nur Aspirin und Hustensaft. Vielleicht im Schlafzimmer? Ebenfalls keine Medikamente. Weder im Nachtschränkchen noch in der Kommode.

Aber auf dem Bett stand ein großer Pappkarton. Er war leer. Katharina las die Anschrift und sah, dass der Karton an Anita Gmündner adressiert war, jedoch an ihre Büroadresse.

Moment, da klingelte doch was? Ja, klar. Als sie Anita Gmündner das erste Mal gesehen hatten, im Vorzimmer zu Jan-Ole Vogels Büro, war ihr Gespräch von einem Paketboten unterbrochen worden. Sie erinnerte sich, wie Anita Gmündner geistesabwesend das Paket geöffnet hatte. Es war voller großer, farbiger Umschläge gewesen.

Da also hatte sie die Umschläge gesehen. Hatte Anita Gmündner sie an die Medien geschickt? Wenn ja, warum?

Nun, die Antwort würde noch ein Weilchen warten müssen. Katharina ging zurück in die Küche und wartete, bis das Wasser kochte. Dann brühte sie den Tee auf und ging zurück auf die Terrasse.

Anita Gmündner hatte sich inzwischen aufgesetzt, Amendt saß neben ihr.

»Doch. Er war mit sehr hoher Wahrscheinlichkeit Ihr Sohn«, sagte er gerade.

»Das kann nicht sein«, antwortete Anita Gmündner dumpf. »Mein Sohn ist lange tot.« Dankbar nahm sie die Teetasse von Katharina entgegen und trank schweigend ein paar Schlucke.

Katharina setzte sich leise. Sie wusste, dass jetzt jedes Wort zu viel war. Anita Gmündner würde schon reden, wenn sie so weit war.

Endlich setzte sie ihre Tasse auf dem Tisch ab. »Ich … ich hatte Tim, als ich vierzehn war. Ich … Ach, ich wollte die Vergangenheit einfach vergessen, und jetzt kommen Sie und …«

Amendt legte ihr den Arm um die Schulter und zog sie an sich. Hielt sie umschlungen.

Endlich half er ihr, sich wieder aufzusetzen. »Tim war das Kind einer Vergewaltigung, nicht wahr?«, fragte er behutsam.

Anita Gmündner nickte schweigend. Dann murmelte sie für sich: »Mein Vater.«

Sie nahm noch einen Schluck Tee und starrte in ihre Tasse. Dann gab sie sich einen Ruck und setzte sich aufrechter hin: »Mein Vater … Er hat mich missbraucht, seit ich fünf war.«

»Und Sie haben nie –?«

Anita Gmündner lachte böse auf: »Das waren die späten Fünfziger und frühen Sechziger. Niemand hätte mir geglaubt. So was gab es einfach nicht. Mit dreizehn bin ich schwanger geworden. Eine Abtreibung kam nicht infrage. Also hatte ich das Kind. Und meine Eltern haben Tim … Sie haben ihn als meinen kleinen Bruder ausgegeben.«

»Und dann?«, fragte Amendt leise. »Was ist dann passiert?«

Anita Gmündner musste tief Luft holen. »Als Tim fast drei war … Also, da bin ich in sein Zimmer gekommen, um nach ihm zu sehen. Ich … ich habe ihn sehr geliebt und … da steht Papa an

Tims Bettchen und … Er hat sein … Ding … in Tims Mund gesteckt. Da habe ich … Meine Mutter hat in Tims Zimmer genäht, und da lag diese große Schere. Die habe ich genommen und Papa in die Schläfe gerammt.«

»Und dann?«, fragte Katharina.

Anita Gmündner lachte wieder böse auf: »Natürlich hat mir keiner geglaubt. Ich bin ins Gefängnis gekommen. Wegen Mord. – Kurz darauf ist Tim gestorben. Meine Mutter … Sie hat es mir auf einer Ansichtskarte mitgeteilt. – Auf einer Ansichtskarte!« Sie nahm ein paar Schlucke Tee, um sich zu beruhigen. »Als ich dann aus dem Gefängnis entlassen worden bin … Meine Mutter wollte mir nicht mal sagen, wo Tim begraben ist. Ich … ich habe nie wieder ein Wort mit ihr gesprochen. Im Gefängnis habe ich eine Ausbildung zur Sekretärin gemacht. Ich habe Arbeit gefunden. Dann meinen Mann kennengelernt. Wir hatten Isabell. Und ich dachte … Aber dann ist mein Mann gestorben. Und Isabell. Ich … ich habe meine Arbeit verloren. Ich … Und dann kam aus heiterem Himmel das Angebot aus dem Justizministerium. Vor drei Jahren. Von Jan-Ole.«

Das war genau die Zeit, in der Jan-Ole Vogel laut seiner Frau und Hanfried de la Buquet seine eigene Vergangenheit erforscht hatte, erinnerte sich Katharina. So musste er auf Anita Gmündner gestoßen sein. Seine Mutter.

Amendt räusperte sich: »Ihre Mutter muss Tim zur Adoption freigegeben haben. Eine geschlossene Adoption. Und Ihnen …«

Zwei Tränen rollten langsam über Anita Gmündners Wangen: »Und Jan-Ole war mein Tim? Ganz sicher?«

»Ganz sicher.«

»Das erklärt natürlich …« Sie nestelte die Kette mit dem Damenanhänger aus ihrer Bluse und betrachtete die kleine Spielfigur. »Das war es also, was ich bald verstehen würde«, sagte sie leise.

»Was war …?«, fragte Katharina.

Anita Gmündner sah auf. »Das hat Jan-Ole in seinem letzten Brief geschrieben. Da waren Sie, glaube ich, gerade in meinem Büro, als der kam. Dieses Paket … Darin war sein Brief, ein kleines Päckchen mit diesem Anhänger und … Hoppla.«

Im ersten Augenblick dachte Katharina, Anita Gmündner hätte die Kette zerrissen. Doch ... sie hielt nur den unteren Teil der Spielfigur in der Hand. Der obere Teil hing noch an der Kette.

»Das ...« Anita Gmündner hielt das Teil hoch.

»Das ist ein USB-Stick«, sagte Andreas Amendt überrascht.

»Haben Sie einen Computer, Frau Gmündner?«, fragte Katharina.

»Nein, daheim habe ich nie einen gebraucht.«

»Ob wir wohl ...?«, fragte Amendt.

»Natürlich.« Anita Gmündner nahm die Kette ab und reichte sie Amendt zusammen mit dem Rest der Spielfigur.

»Da könnten wichtige Daten drauf sein.«

»Das ... So was hat Jan-Ole angedeutet. Er hat in seinem Brief geschrieben, dass ich die Dame eventuell opfern muss. Ich glaube, das hier hat er gemeint.«

Katharina lehnte sich vor: »Sagen Sie, war noch mehr in dem Paket?«

»Ja. Lauter farbige Umschläge, die ich verschicken sollte. Sie waren alle an Zeitungen adressiert. Er hat mich in seinem Brief darum gebeten. Einen letzten Dienst hat er es genannt. Er hat genau aufgeschrieben, wann ich welchen Umschlag einwerfen soll.«

»Und was in den Umschlägen war, wissen Sie das?«, fragte Katharina.

Anita Gmündner verneinte.

»Haben Sie noch welche von den Umschlägen?«

»Ja, oben im Schlafzimmer. Der letzte Stapel. Den sollte ich morgen verschicken. Ich gehe sie holen. Die wollen Sie doch sicher haben, oder?«

»Aber das kann doch nicht wahr sein!« Anita Gmündner schüttelte den leeren Karton, als würden die Umschläge wie durch einen Zaubertrick wieder erscheinen. »Die waren vorhin noch da. In dem Karton. Zusammen mit Jan-Oles Brief!« Sie setzte sich aufs Bett und barg das Gesicht in den Händen.

Deshalb ist also jemand ins Haus eingedrungen, dachte Katharina. Um die Umschläge zu stehlen.

Katharina signalisierte Amendt, dass er ihr auf den Flur folgen sollte. Doch er winkte ab und setzte sich neben Anita Gmündner aufs Bett. »Frau Gmündner, ich halte es für besser, wenn Sie die kommende Nacht nicht hier verbringen. Damit Sie nicht allein sind und …«

»Ja, ich … ich habe schon selbst überlegt, ob ich …« Anita Gmündner stand auf und holte eine kleine Reisetasche aus dem Schrank. Mechanisch begann sie zu packen.

Katharina fischte ihr Handy aus der Tasche: »Ich rufe Antonio Kurtz an. Er soll –«

»Nicht nötig«, bremste Amendt sie. »Frau Gmündner kann im Bunker übernachten. Da ist sie sicher.«

Ein Wohnhaus im Frankfurter Ostend.

Katharina stand vor Gunther Eggers' Wohnungstür und klingelte. Sie war allein. Amendt war mit in Anita Gmündners Golf gestiegen, um sie in den Bunker zu bringen. Der Bunker war ein altes Luftschutzgewölbe unterhalb des Blauen Cafés, das Amendt und Marianne Aschhoff zu einem Tonstudio und einer Gästewohnung umgebaut hatten. Amendt hatte recht. Dort war Anita Gmündner sicher. Es war sehr unwahrscheinlich, dass ihre Verfolger von diesem Versteck wussten.

Katharina selbst war mit dem Smart zurück in die Karl-Kreutzer-Villa gefahren. Schön langsam. Damit ihr der betont unauffällige Opel, der vor Anita Gmündners Haus gelauert hatte, auch ja gut folgen konnte.

Dort hatte sie Frank Grüngoldt den USB-Stick in die Hand gedrückt. Doch der Stick war verschlüsselt.

»Eigentlich ein richtiger kleiner Computer«, hatte Frank Grüngoldt fasziniert erklärt. »Die Verschlüsselung findet auf dem Chip selber statt.«

»Können Sie ihn hacken?«, hatte Katharina gefragt.

»Ich kann es probieren. Aber der Stick ist sehr, sehr sicher.« Frank Grüngoldt hatte nicht sehr hoffnungsfroh geklungen. Katharina schärfte ihm ein, auf den Stick aufzupassen wie auf den eigenen Augapfel.

Wenigstens konnte Oswald die Adresse von Gunther Eggers herausfinden. Katharina entschloss sich, zu ihm zu fahren. Vielleicht würde er unter vier Augen etwas gesprächiger sein.

Eggers wohnte in Bornheim, in einer Seitenstraße der Berger Straße. Sie hatte erst an der Haustür geklingelt, doch niemand hatte geantwortet. Sie sah auf die Uhr. Kurz vor sechs. Vielleicht machte Gunther Eggers Überstunden?

Sie fasste an die Haustür. Sie ließ sich erstaunlicherweise öffnen. Dann stieg sie hinauf in den dritten Stock und klingelte an der Wohnungstür, deren Emailletürschild verkündete, das dort Gunther und Andrea Eggers wohnten. Nichts geschah.

Sie klingelte erneut. Klopfte. Rief: »Herr Eggers? Ich bin es, Katharina Klein.« Nichts.

Was nun? Warten? Oder … Mit Schrecken dachte Katharina an die letzte Tür zurück, die sie verschlossen vorgefunden hatte. Die von Siegbert Falcke, Vogels Therapeut. Sie wünschte sich, Amendt wäre bei ihr. Mit seinem Dietrichset. Sie klingelte ein letztes Mal.

Die Tür der gegenüberliegenden Wohnung sprang auf. Eine verhärmte Frau streckte den Kopf hinaus. »Da können Sie lange klingeln. Der Gunther und seine Frau sind verreist.«

Katharina drehte sich erstaunt zu der Frau um: »Verreist? Seit wann?«

»Seit heute Nachmittag. Hat mir den Schlüssel gegeben, damit ich die Blumen gieße.« Plötzlich wurde die Frau misstrauisch. »Wer sind Sie überhaupt?«

Katharina zeigte der Frau ihren Dienstausweis: »Katharina Klein. Ich bin von der Kriminalpolizei.«

Die Frau trat in den Hausflur. »Hat der Gunther was angestellt?«

»Nein, ich muss ihn nur als Zeugen vernehmen. – Wieso sollte Herr Eggers was angestellt haben?«

»Na ja, diese Abreise. Die war ziemlich hoppla hopp. Er kommt so um drei nach Hause. Viel früher als sonst. Und dann höre ich ihn und seine Frau rumoren. Da müssen sie gepackt haben. Und dann kommt der Gunther zu mir, um mir den Schlüssel zu geben. Er hätte zum Dienstjubiläum von seiner Firma eine ganz tolle Reise spendiert gekriegt, hat er erzählt. Nach Südamerika. Und dann sind sie auch schon runter mit ihren Koffern. Und mit diesen beiden Typen.«

»Typen?«

»Ja. So Muskelmänner mit kurzen Haaren. Dachte, das wären Arbeitskollegen vom Gunther. Der macht doch was mit Sicherheit.«

»Wirkte er irgendwie nervös? Unsicher?«

»Nein. Er war ganz glücklich. Gegönnt sei es ihm. Er arbeitet hart. Und hier im Haus fasst er immer mit an. Besser als unser eigentlicher Hausmeister. Der Muselman im Erdgeschoss.«

Katharina überhörte die rassistische Bemerkung geflissentlich. Was nun?

Sie setzte ihr freundlichstes Lächeln auf: »Ob Sie wohl gerade mal in seiner Wohnung nach dem Rechten sehen könnten? Hier im Hausflur riecht es ein bisschen verbrannt. Nicht, dass Herr Eggers in der Eile seinen Herd nicht ausgeschaltet hat.«

Die Frau schnupperte in die Luft. »Stimmt. Obwohl ich glaube, dass die Frau vom Muselman mal wieder das Essen anbrennen lässt. Aber schauen wir lieber nach. Sicher ist sicher.«

Sie verschwand kurz in ihrer Wohnung, um dann mit einem sorgfältig beschrifteten Schlüsselbund zurückzukehren. Sie schloss die Wohnungstür auf und ging in die Küche. Katharina nutzte die Gelegenheit, um gleichfalls in die Wohnung zu schlüpfen und einen Blick in die anderen Zimmer zu werfen. Eine ziemlich spießig eingerichtete und vor allem sehr aufgeräumte Wohnung. Zwei Eindrücke auf dem Doppelbett, wo wohl die Koffer gelegen hatten. Aber kein Anzeichen von Panik. Und keine Leichen. Wenigstens etwas.

Leider aber auch kein offensichtlich abgelegtes Dokument, in dem Gunther Eggers seine Zeugenaussage notiert hatte. Schade eigentlich. Aber das gab es wohl nur im Krimi.

Also: kein Zeuge. Jeder Mensch war wohl käuflich. Bei manchen reichte schon ein Urlaub in Südamerika.

Feierabend in Katharinas Wohnung. Oder nicht?

Blaulichter? Streifenwagen? Das war ... Die standen vor ihrem Haus. Katharina beschleunigte ihre Schritte.

Mit dem letzten Tropfen Benzin hatte sie den Smart zur Karl-Kreutzer-Villa zurückgefahren, da sie keine Tankkarte hatte und ihre Kreditkarten noch immer nicht funktionierten. Sie hatte am Morgen vergessen, Geld aus ihrer Pokerkasse mitzunehmen. Also hatte sie Oswald den Schlüssel in die Hand gedrückt und halbherzig gebeten, ob er feststellen könne, wohin Gunther Eggers gereist war.

Dann war sie zum Schweizer Platz gelaufen und in die U-Bahn gestiegen. Von ihrem letzten Kleingeld hatte sie sich ein Ticket gekauft, bevor ihr einfiel, dass sie ja jetzt wieder im Besitz ihres Frankfurter Dienstausweises war, also freie Fahrt gehabt hätte.

Sie war müde. Und sie war hungrig. Sie freute sich auf eine heiße Wanne. Auf ein paar leckere Reste aus ihrem Kühlschrank. Auf eine DVD. Und auf ihr Bett.

Und jetzt? Polizei vor ihrem Haus. Streifenwagen. Ein Zivilfahrzeug mit Magnetblaulicht auf dem Dach.

Zwei Stufen auf einmal nehmend rannte sie die Treppen nach oben. Erdgeschoss? Nichts. Erster Stock. Nichts. Zweiter Stock, dritter Stock. Nichts. Blieb nur noch die Dachetage. Ihre Etage.

»Katharina? Gott sei Dank!« Auf dem Treppenabsatz stand Berndt Hölsung. Ausgerechnet.

Hinter ihm stand ihre Wohnungstür offen. Sie wollte sich an Hölsung vorbeidrängen, doch er hielt sie fest. »Geh besser nicht rein.«

»Aber ... Das ist meine Wohnung.«

»Ja, ich weiß. Als ich die Meldung bekommen habe, bin ich so schnell wie möglich hergefahren. Ich habe auch gleich versucht, dich anzurufen, aber ich habe nur die Mailbox erreicht.«

Katharina befreite sich aus Hölsungs Armen und wollte in ihre Wohnung stürzen, doch Hölsung hielt sie erneut auf. »Zieh wenigstens Handschuhe und Überschuhe an. Und eine Haube.«

Panisch nestelte Katharina alles aus ihrer Handtasche. Hölsung hatte recht. Keine Spuren verwischen.

Endlich trat sie über die Schwelle. Ihre Wohnung war verwüstet. Schubladen waren herausgerissen, Kleidungsstücke, DVDs, Bücher verstreut. Der Küchenfußboden war übersäht von den Scherben ihres Geschirrs. Über allem lag ein schwerer, metallischer Geruch. Blut. An den Türen. Auf dem Boden. Auf dem Teppich im Flur.

Ihr wurde flau im Magen. Sie ging zurück ins Treppenhaus.

Hölsung reichte ihr ein Zitronenbonbon. Jeder Beamte hatte seine eigene Methode, den Geruch eines Tatorts, den schal-metallischen Geschmack des Adrenalins zu vertreiben. Sie nahm das Bonbon, wickelte es mechanisch aus und steckte es sich in den Mund.

»Hattest du Besuch?«, fragte Hölsung. »Oder war die Putzfrau vielleicht gerade da, als …?«

Richtig! Hatte der Einbrecher ihre Putzfrau überrascht? Oder sie ihn? Und … Doch dann fiel ihr ein, dass Montag war. Ihre Putzfrau kam mittwochs. Aber … Wer konnte in ihrer Wohnung gewesen sein, der …? Nur ein weiterer Mensch hatte einen Schlüssel. Ihr Patenonkel Antonio Kurtz.

Trotz des Bonbons schmeckte sie das Kupfer des Adrenalins, als sie ihr Handy aus der Tasche zog und mit zitternden Fingern das Nummernverzeichnis durchblätterte. Da. Die Nummer von Antonio. Endlich.

»Katharina, wir hatten doch vereinbart, dass wir –«, drang ihr die Stimme ihres Patenonkels entgegen.

»Antonio? Bist du in Ordnung?«

»Ja, natürlich. Warum –?«

»Bei mir ist eingebrochen worden. Und überall Blut. Hast du jemanden zu mir geschickt heute, der dem Einbrecher in die Quere gekommen sein kann?«

»Madonna Ragazzi. Nein. Habe ich nicht.«

Erleichtert atmete Katharina tief aus. Erst dann fiel ihr auf, dass sie sich gar nicht verabschiedet, sondern einfach aufgelegt hatte.

Sie wollte ihr Handy wegstecken, doch dann sah sie, dass das E-Mail-Icon blinkte. Eine neue Nachricht. Geistesabwesend tippte sie auf das Icon. Und erstarrte erneut. Der Absender der Nachricht war der Gleiche, der auch die Informationen über Andreas Amendt an die Presse gemailt hatte. Die anonyme Adresse. Katharina tippte die Nachricht an. Kein Text. Nur drei Bilder. Ein Foto von ihr. Ein Foto von Andreas Amendt. Ein Foto von Antonio Kurtz. Alle neu. Die Fotos von ihr und Amendt mussten vor Lionshare BioPharm aufgenommen worden sein. Das Foto von Kurtz, als sie ihn letzte Woche besucht hatte. Und über alle drei Köpfe waren Fadenkreuze gemalt. Die Botschaft war eindeutig.

Sie leitete die E-Mail an Antonio Kurtz weiter. Dabei fiel ihr auf, dass die Nachricht erst vor ein paar Minuten eingegangen war. Also nach dem Einbruch. Hatte sie Glück im Unglück? War der Einbruch auch nur eine Warnung?

An Hölsung gewandt fragte sie: »Wie ist die Meldung überhaupt reingekommen?«

»Ein anonymer Notruf. Nicht registrierte Handynummer.«

Natürlich. Der Einbruch musste eine Warnung sein. Vermutlich.

»Testet erst mal das Blut. Ob das überhaupt Menschenblut ist«, sagte sie zu den beiden Spurensicherern, die gerade mit ihren Koffern die Treppe heraufkamen.

Dann wählte sie erneut die Nummer ihres Patenonkels.

Kurtz hob nach dem ersten Klingeln ab. »Ich habe gerade die Polizeimeldung gelesen, Katharina. Ich schicke Hans und Lutz. Die sollen auf dich aufpassen. Und ein paar Leute zum Aufräumen.«

»Behalt Hans und Lutz lieber bei dir. Ich weiß mich zu wehren. Hast du meine E-Mail bekommen?«

Sie hörte das Klackern einer Computertastatur. »Madonna Ragazzi«, fluchte Antonio Kurtz erneut. »Du musst jemanden ganz schön geärgert haben. – Kannst du irgendwo sicher unterkommen? Hast du genug Geld?«

»Ja, habe ich. – Ach ja, das sind vermutlich Typen à la Petersburg Inkasso. Fahren Opels.«

»Die Russen?« Kurtz' Bezeichnung für alles was an organisierter Kriminalität aus dem Osten kam. »Soll ich mit denen mal wieder ein ernstes Wort reden?«

Katharina schauderte, als sie daran dachte, wie Kurtz das letzte Mal ein ernstes Wort mit einem »Russen« geredet hatte. Er hatte ihm die Nase gebrochen und gedroht, einen Finger abzuschneiden. »Besser nicht«, sagte sie daher rasch. »Ich glaube, die sehen nur so aus.«

»Na, ich höre mich trotzdem mal um. Und Danke für die Warnung. Pass auf dich auf. Und geh nicht in deine Wohnung, bevor meine Leute aufgeräumt und sie durchsucht haben. Ich will nicht, dass du noch mehr unangenehme Überraschungen erlebst.«

»Ihre Vermutung stimmt, Frau Klein.« Einer der Spurensicherer war auf den Hausflur hinausgetreten und hielt ein Reagenzglas in die Höhe. »Das ist Tierblut. Vermutlich Schwein oder Rind.«

Katharina hatte es schon geahnt. Aber trotzdem musste sie erleichtert aufatmen. Die Menge Blut ... Solch einen Blutverlust hätte ein Mensch nicht überlebt.

»Na, dann macht euch mal an die Arbeit. Spuren finden«, trieb Hölsung den Spurensicherer an.

»Vergebliche Liebesmüh, Berndt«, sagte Katharina. »Ich bin mir sicher, ihr werdet nichts finden. Das waren Profis. Und die wollten mich nur einschüchtern.«

Fast anderthalb Stunden hatten die Spurensicherer in der Wohnung verbracht. Ohne Ergebnis. Endlich hatte Hölsung sie ziehen lassen.

Gemeinsam hatten er und Katharina auf der Treppe gesessen und auf Kurtz' Leute gewartet.

Mehrfach hatte Hölsung versucht, sie auf den Fall anzusprechen. Aber es war besser, er erfuhr nichts. Sie musste ihn da nun nicht auch noch mit reinziehen. Am Ende mischte er sich in die Ermittlungen ein und setzte sie in den Sand.

Endlich waren Kurtz' Leute gekommen. Zu dritt. Gestalten, die dem Amte wohlbekannt waren. Deshalb hatte Katharina Hölsung zu verstehen gegeben, dass es besser für ihn wäre, jetzt zu gehen.

Sie wollte die Wohnung eigentlich Kurtz' Team überlassen, doch dann fiel ihr ein, dass sie noch Geld und Kleidung brauchte.

In ihrem Schlafzimmer raffte sie ein paar Kleidungs- und Unterwäschestücke zusammen, die kein Blut abbekommen hatten, und stopfte sie in eine Plastiktüte. Im Bad, das seltsamerweise unberührt geblieben war, packte sie rasch ihre Kulturtasche. Dann ging sie in die Küche. Doch schon vom Eingang aus sah sie ihre Keksdose auf dem Boden liegen. Leer. Verdammt. Ihre Pokerkasse war fort.

Nächtens im Blauen Café.

Kein Cent Geld.

Kein Fahrzeug.

Kein Versteck.

Blufften ihre Verfolger? Besser nicht darauf ankommen lassen. Aber …

Während die Gedanken in ihrem Kopf durcheinanderrasten, musste sie wohl aus ihrem Haus geflohen sein. In die U-Bahn gestiegen. Irgendwo ausgestiegen. Durch die Straßen gelaufen. Durch enge Gassen.

Plötzlich fand sich Katharina in Sachsenhausen wieder. Hinter der Dreikönigskirche in einer Seitengasse des Sachsenhäuser Ufers.

Das Blaue Café war nicht blau. Und auch kein Café. Der kleine Jazzclub war geöffnet. Musik drang auf die Straße.

Sollte sie wirklich …? Natürlich, sagte eine Stimme in ihrem Kopf. Amendt musste doch von dem Einbruch erfahren.

Katharina stieg die Stufen zum Eingang hinunter und zog die schwere Tür auf. Fast wie früher, dachte sie. Das mühsam auf Flohmärkten zusammengesuchte Mobiliar. Die kleine Bühne, auf der sich ein Kontrabassist und ein Pianist abmühten, das Publikum an den spärlich besetzten Tischen zu unterhalten. Fast erwartete Katharina, dass Marianne Aschoff aus der Küche trat, mit ihrer tiefen, kehligen Stimme lachend.

Das letzte Mal, als sie das Blaue Café betreten hatte, war alles dunkel gewesen, das Café geschlossen. Katharina und Amendt hatten den Laden für ein konspiratives Treffen mit einem Informanten ausgewählt. Doch eine Killerin war ihnen zuvorgekommen. Sie hatte den Informanten erschossen. Und Marianne Aschhoff. Die Wirtin. Amendts beste Freundin. Damals war der Boden vor der Bar eine einzige Blutlache. Das Regal mit den Flaschen hinter der Bar bespritzt mit Blut und Hirnmasse.

Amendt lehnte an der Bar, nachdenklich seine Hand massierend, neben sich eine Flasche mit Mineralwasser. Er blickte auf, als Katharina auf ihn zukam. Doch gleich verdüsterte sich sein Blick. »Alles in Ordnung?«, fragte er.

»Nein. Nichts ist in Ordnung.« Katharina schwang sich auf einen Barhocker neben ihm. »Sie haben nicht zufällig noch ein Bett frei?«

Amendt grinste schief. »Sie haben Glück. Letzte Woche hatten wir eine Band zu Gast, die unten im Studio Aufnahmen gemacht haben. Da sie kein Geld für ein Hotel hatten, haben sie sich Feldbetten in einem der leeren Räume im Bunker aufgestellt. Ich wollte da heute auch übernachten. Sicherheitshalber. Wegen unseres Gastes.«

Ach ja, richtig. »Wie geht es ihr?«

»Sie schläft. Hoffentlich. Sie war ziemlich mitgenommen. Also habe ich ihr ein Schlafmittel gegeben. Ich hatte ganz vergessen, dass ich hier auch einen Vorrat angelegt hatte.«

»Aber Sie haben doch nicht selbst …?«

Amendt massierte wieder seine Hand. »Nein, keine Sorge. Als ich die Packungen gesehen habe, habe ich nicht mal das Bedürfnis gehabt.«

»Gut.«

»Also, was ist passiert?«

Katharina berichtete ihm von dem Einbruch in ihrer Wohnung und zeigte ihm die Mail.

»Scheint so, als wären wir jemandem gehörig auf die Zehen gestiegen«, sagte Amendt trocken, als sie geendet hatte.

In diesem Augenblick hatte das Duo auf der Bühne sein Stück beendet. Das wenige Publikum klatschte umso frenetischer.

»Was zu trinken?«, fragte eine Stimme hinter Katharina.

Sie drehte sich um. Der untersetzte Mann hinter der Theke: Irgendwoher kannte sie ihn.

Das Gedächtnis des Mannes war offenbar besser: »Hey, Sie kenne ich doch. Sie waren mit Andreas bei mir im Zoo. Sie hatten dieses blonde, kleine Mädchen dabei, das so versessen auf Giraffen war.«

Ach ja, genau. Der Tierpfleger. Ein Bekannter von Andreas Amendt. Er hieß … »Karl, nicht wahr?«

»Sie erinnern sich? Andreas hat mich als Barkeeper zwangsverpflichtet. Zumindest, solange der Laden noch auf ist. – Also, was zu trinken? Nein, sagen Sie es nicht: Whisky, richtig? Sie sehen aus, als könnten Sie einen Schluck vertragen.«

Katharina wollte ablehnen, doch Karl hatte schon eine Flasche vom Regal genommen und ihr einen großzügigen Doppelten eingeschenkt.

»Ich habe aber kein Geld dabei.«

»Denken Sie, Sie müssten hier was bezahlen?«, mischte sich Amendt ein. »Wir sind sowieso nur dabei, die Vorräte aufzubrauchen. Aber sagen Sie es nicht weiter.«

Das Duo hatte wieder zu spielen begonnen. Amendt hatte sich ihnen zugewandt und knetete seine Hand.

»Sie wollen das Blaue Café wirklich schließen?«, fragte Katharina.

»Bleibt mir wohl nichts anderes übrig. Außerdem … ohne Marianne …«

»Und das Erbe? Von Paul Leydth? Haben Sie das ausgeschlagen?«

»Noch nicht. Ich denke darüber nach, wenn unser Fall vorbei ist. Dann habe ich den Kopf frei.« Er betrachtete seine Hand. »Ich könnte wirklich eine Pause vertragen.«

»Sie wollen also tatsächlich gehen?«

»Eine Hand, die ich nicht nutzen kann. Dann diese Gedächtnislücken. Dass mir nicht eingefallen ist, woher ich den Namen Seligheimer kannte. Auf die Idee, einfach in der Bibliothek zu suchen, bin ich auch nicht gekommen.«

»Kommen Sie, so was kann passieren. Und immerhin haben Sie einen neuen Parasiten gefunden und einen Umweltskandal aufgespürt.«

»Den Parasiten hat Brainiac gefunden. Und den Umweltskandal … Nun, ohne Ihren Kollegen … Verzeihung, ich will ihn immer Bruder Rapunzel nennen. Wie heißt er noch mal?«

Katharina musste selbst kurz überlegen. »Arndt. Arndt Betsinger.«

»Genau. Ohne ihn … Ich sage es ja. Ich brauche eine Pause. Ortswechsel. Kapstadt klingt immer mehr nach einer richtig guten Idee.«

Trauer, Wut und Angst ballten sich in Katharinas Magen zu einem Knoten zusammen. Deshalb sagte sie rasch und lauter, als sie es gemeint hatte: »Aber erst bringen wir den Fall zu Ende.«

»Das habe ich Ihnen ja versprochen, Frau Klein«, erwiderte Amendt. »Wir bringen den Fall zu Ende, und ich stelle Ihnen ein gutes medizinisches Team zusammen.« Amendts Augen blitzten plötzlich kampfeslustig. »Wissen Sie, wozu ich Lust hätte? Die Typen mit ihren eigenen Waffen zu schlagen.«

»Bei Lionshare BioPharm einbrechen und Schweineblut ausgießen?«

»Nein. Die treiben uns die ganze Zeit vor sich her. Wir sind permanent im Zugzwang. Das kotzt mich an. – Wir sollten einfach den ganzen Kram den Medien zuspielen. Den Parasiten. Die Versicherungsakten. Sollen die doch mal von ihrer eigenen Medizin kosten. Den Börsengang können die sich dann auf Jahre in die Haare schmieren. Wenn sie den Laden nicht gleich ganz zumachen müssen.«

Und wir alle verlieren unseren Job wegen des Verrats von Dienstgeheimnissen, dachte Katharina, sprach es jedoch nicht aus. Aber … Der Keim eines Plans formte sich in ihrem Kopf. Zugzwang. Richtig. Spieß umdrehen. Ebenfalls richtig. Nur wie? Was müsste ihr Zug sein? Natürlich. Groß. Aggressiv.

Katharina kicherte. »Die Idee mit den Medien ist gar nicht so schlecht.«

Andreas Amendt sah sie erstaunt an: »Das war ein Scherz, Frau Klein. Wenn auch, zugegeben, ein nicht besonders guter.«

»Natürlich. Aber die Medien … Ich habe da eine Idee. Warten Sie, ich rufe Ulf Marbert an. Wenn das jemand einfädeln kann, dann er.«

Sie kramte ihr Handy aus der Tasche. Und sie fand auch die Visitenkarte mit Marberts Nummer. Einen Moment zögerte Katharina. Es war schon fast elf. Andererseits … Hatte er nicht gesagt »Tag und Nacht«? Doch, sie war sich sicher, dass Marbert das gesagt hatte.

Eine halbe Stunde später saßen Ulf Marbert, seine Frau, Katharina und Amendt an einem der Tische im Blauen Café.

»Also ich finde Ihren Plan nicht schlecht, Frau Klein«, sagte Ulf Marbert, nachdem Katharina ihm skizziert hatte, was sie vorhatte. »Nur … Monica?«

»Na ja. Der Einbruch bei Frau Klein. Der USB-Stick. Damit an die Presse zu gehen, ist sicher der richtige Ansatz. Aber irgendwie fehlt der Knalleffekt. Vor allem, da Sie ja nicht wissen, was auf dem USB-Stick drauf ist. Oder ob Sie ihn überhaupt jemals entschlüsseln können.«

Der Einwand ist berechtigt, dachte Katharina. Aber … »Das wissen unsere Gegner doch nicht. Was, wenn wir behaupten, dass wir dabei sind, den Stick zu entschlüsseln? Ich meine, die notwendige IT haben wir ja in der Sonderermittlungseinheit.«

Ulf Marbert nickte anerkennend. »Ja, das würde eine Art Ultimatum bedeuten. Damit bringen Sie Lionshare BioPharm oder wen auch immer in Zugzwang. – Dennoch, mir fehlt auch noch der richtige Knalleffekt, damit wir wirklich das Medieninteresse wecken, das wir brauchen.«

»Irgendeinen menschlichen Faktor. Großes Drama«, ergänzte Monica Marbert.

»Und der Einbruch bei mir reicht da nicht?«, fragte Katharina.

Amendt räusperte sich. »Ich habe da eine Idee. Wir sollten mit meiner Patientin sprechen. Ich schaue mal, ob ich sie wach bekomme.« Er stand auf und ging durch eine schmale Tür, die, wie Katharina wusste, zu einem Vorratsraum führte. Von dort aus kam man über eine Treppe in den Bunker.

»Wo geht er denn hin?«, fragte Marbert.

»Wirklich großes Drama organisieren«, antwortete Katharina, die glaubte zu wissen, was Amendt vorhatte. Es gelang ihr nur mit Mühe, ein Kichern zu unterdrücken.

In diesem Augenblick piepte Katharinas Handy. Eine SMS von Antonio Kurtz.

»Drei Wanzen in deiner Wohnung. Pass auf dich auf. Mehr später.«

»Jan-Ole Vogel war mein Sohn!«

Anita Gmündner. Eine Großaufnahme. Im Halbprofil. Eine Träne auf ihrer Wange glitzert im Sonnenlicht. Der Kameramann hat sich selbst übertroffen.

Das Bild friert ein. Wird zum Hintergrund. Am Tisch steht die Moderatorin mit Professor Herbert Stammer und einem untersetzten Mann im Jeanshemd, das bereits graue, schüttere Haar lang und zu einem Pferdeschwanz gebunden.

»Dramatische Ereignisse auf der Pressekonferenz vor der Karl-Kreutzer-Villa, dem Sitz der Sonderermittlungseinheit eins Frankfurt am Main, zurzeit damit beauftragt, den Freitod von Hessens Justizminister Jan-Ole Vogel zu untersuchen.« Die Moderatorin lässt ihre Stimme in dräuendem Tremolo beben. »Darüber spreche ich jetzt mit meinen Studiogästen Professor Herbert Stammer …«

»Guten Abend.« Stammer nickt freundlich in die Kamera.

»… und Wulff Nederland, Sprecher des Chaos Computer Clubs.«

»Abend.«

»Herr Professor Stammer, die Sonderermittlungseinheit präsentiert Jan-Ole Vogels Mutter, selbst wegen Mordes verurteilt, weil sie versucht hat, ihren Sohn vor einer Vergewaltigung zu bewahren. Wie beurteilen Sie diese … Situation?«

»Nun, die Frau hat Schlimmes durchgemacht in ihrem Leben. Ihr gebührt mein ganzes Mitgefühl. Sie aufzuspüren war sicher solide Detektivarbeit. Aber die Frage bleibt: Welche Erkenntnis in Bezug auf den Freitod von Doktor Vogel ist damit gewonnen? Dass er ein Waisenkind war, ist ja nun hinlänglich bekannt gewesen.«

»Und warum, glauben Sie, tritt die Sonderermittlungseinheit ausgerechnet jetzt mit dieser Geschichte an die Öffentlichkeit?«

»Nun, ich denke, was wir gesehen haben, war eine Inszenierung. Die Sonderermittlungseinheit, namentlich Kriminaldirektorin Katharina Klein, steht unter Zugzwang, der Öffentlichkeit Ermittlungsergebnisse zu präsentieren, speziell da Frau Klein ja in der letzten Woche vor allem durch Negativschlagzeilen und eine eher

rührende Liebesgeschichte aufgefallen ist und nicht durch solide Polizeiarbeit.«

»Nun«, wandte die Moderatorin ein, »Anita Gmündner war ja nicht die einzige Überraschung auf dieser Pressekonferenz.«

Ein Einspieler überlagert das Bild. Katharina Klein hinter dem Rednerpult auf den Stufen der Karl-Kreutzer-Villa. Sie hält eine Schachfigur in die Höhe, die sie dann auseinanderzieht. Die Kamera zoomt auf die Figur und offenbart so den USB-Stick.

»Diese Figur«, ist die Stimme von Katharina Klein zu vernehmen, »ist ein verschlüsselter USB-Stick. Wir haben guten Grund zu der Annahme, dass Jan-Ole Vogel darauf Dokumente gespeichert hat, die uns einen besseren Einblick in die Motive seines Freitodes gewähren. Und vermutlich in einen weitreichenden Skandal. Unsere IT-Abteilung ist optimistisch, den Stick innerhalb der nächsten vierundzwanzig Stunden entschlüsseln zu können.«

Katharina Klein, den Stick hochhaltend, wird zum Hintergrund der illustren Gesprächsrunde.

»Sie schütteln den Kopf, Herr Nederland?«

»Mal abgesehen davon, dass das alles sehr nach James Bond klingt. Ich fürchte, Frau Klein hängt sich gerade ziemlich weit aus dem Fenster. Der Stick, den wir ja später in der Demonstration gesehen haben …«

Zur Illustration flackern Bilder aus dem Rechenzentrum der Sonderermittlungseinheit über den Hintergrund. Eine Bildschirmmaske zur Eingabe eines Passworts, dann der Stick selbst, über ein dickes Kabel mit einem Rechnerschrank verbunden.

»Dieser Stick ist ein Kryptotech X15, der speziell zum Speichern höchst vertraulicher und geheimer Unterlagen entwickelt wurde. Er verfügt über eine mehrschichtige 1024-Bit-Verschlüsselung. Natürlich ist es theoretisch möglich, solch einen Stick zu entschlüsseln, und die Sonderermittlungseinheit ist ja IT-mäßig gut ausgestattet. Aber in vierundzwanzig Stunden? Das wage ich doch sehr zu bezweifeln.«

»Ich sage es ja, eine Inszenierung«, ergänzt Stammer befriedigt. »Kriminaldirektorin Klein kocht eben auch nur mit Wasser.«

Endspiel

Dienstag, der 15. April.
Also technisch eigentlich schon Mittwoch,
der 16. April 2008. Langer Tag. So oder so.

»The pin is mightier than the sword.«
FRED REINFELD

Karl-Kreutzer-Villa. Nachts.

»Sind Sie sicher, dass dieser Plan funktioniert?«

Das war nun schon mindestens das fünfte Mal, das Michael Glaser diese Frage stellte. Er war kurz nach der Pressekonferenz in die Karl-Kreutzer-Villa gestürmt gekommen. Anders als sonst hatte er sich diesmal nicht angepirscht wie ein bürokratischer Ninja, sondern alle deutlich hören lassen, dass er da war. Er hatte verlangt, sofort mit Katharina zu sprechen.

Fast eine Viertelstunde lang hatte er auf Katharina eingeschimpft. Warum er nicht informiert worden wäre. Oder der Innenminister. So etwas müsse doch in einer konzertierten Aktion präsentiert werden. Die Pressestrategie abgestimmt. Die Kollegen von der Öffentlichkeitsarbeit informiert.

Katharina hatte ihn toben lassen.

Als Glaser endlich die Luft ausgegangen war, hatte sie ihm ganz freundlich erklärt, was sie vorhatte. Selbst Amendt war von ihrem Ton überrascht gewesen und hatte sie gefragt, ob sie etwa in der letzten Nacht von seinem Medikamentenvorrat genascht hatte.

Nein, hatte sie nicht. Erstaunlicherweise hatte sie sogar sehr gut geschlafen auf ihrem Feldbett. Amendt schlief zwei Betten weiter. Sie hatten sich im Dunkeln Geschichten von Susanne erzählt, Katharinas Schwester. »Fast wie auf Klassenfahrt«, hatte Amendt gesagt. Dann waren sie eingeschlafen.

Verdient. Es hatte eine Weile gedauert, die schlaftrunkene Anita Gmündner von ihrem Plan zu überzeugen. Doch endlich war es Monica Marbert gelungen. »Das ist Ihre Chance, dass Ihre Geschichte gehört wird, Frau Gmündner«, hatte sie gesagt. »Von einem großen Publikum. Wie viel Mut Sie damit all den Missbrauchsopfern da draußen machen können.«

Die Pressekonferenz am nächsten Morgen war ein voller Erfolg gewesen. Es waren sogar mehr Journalisten gekommen als zur Eröffnungsfeier der Sonderermittlungseinheit. Und alle, alle hatten sie berichtet. Der Köder war ausgelegt.

»Sind Sie sicher, dass dieser Plan funktioniert?«

Katharina räkelte sich auf ihrem Bürostuhl und drehte sich zu Glaser um. »Nein, sicher bin ich nicht. Aber fällt Ihnen was Besseres ein?«

»Ja«, schnaubte Glaser. »Wir könnten meine Verbindungen zum Verfassungsschutz nutzen, um den Stick dort entschlüsseln zu lassen.«

»Das dauert viel zu lang«, widersprach Katharina nun zum wiederholten Male. »Außerdem können wir das auch hier im Rechenzentrum machen. Dauert nur länger als mein Plan.« Wenn es überhaupt möglich war, fügte sie für sich hinzu. Da sie nicht wusste, wem Glaser alles berichten musste, was sie vorhatten, hatte sie ihn über diesen Teil von Anfang an angelogen. Nicht, dass der Maulwurf im Innenministerium ihr einen Strich durch die Rechnung machte, weil er zufällig von der Falle Wind bekam. Das ganze Team der Sonderermittlungseinheit saß in der kleinen Kantine, die Frank Grüngoldt zur Videoüberwachungszentrale umgewandelt hatte. Auf allen Tischen standen Monitore, jeder zeigte das Bild einer Überwachungskamera im und außen am Gebäude.

Die Fenster der Kantine waren so verhängt, dass kein Lichtschein nach außen drang. Offiziell war das Gebäude leer. Frank Grüngoldt hatte sogar das Meisterstück fertiggebracht, die Ausweiskontrollanlage glauben zu machen, dass sie alle die Villa zu Feierabend verlassen hatten. Auf den Gängen brannten nur Notlichter, die gerade hell genug waren, dass die Videokameras ein schemenhaftes Bild lieferten. Einzig das Licht im Rechenzentrum hatten sie brennen lassen. Wer auch immer versuchte, dort einzudringen: Sie würden ein gutes Bild von ihm bekommen.

Jetzt galt es nur noch abzuwarten, ob die Falle auch wirklich zuschnappen würde. Aber der Dieb war schon mehrfach ungesehen ins Gebäude gekommen und hatte Beweismittel gestohlen. Da war es wahrscheinlich, dass er es auch diesmal versuchen würde.

Dennoch: Der Köder war gut ausgelegt. Die silberne Dame mit dem USB-Stick lag, auf ein rotes Samtkissen gebettet, griffbereit im Rechenzentrum, über ein Kabel scheinbar mit einem der großen Rechenschränke verbunden.

Katharina und Oswald saßen gemeinsam vor vier Monitoren, die Bilder von den Straßen um das Gebäude herum zeigten. Vor lauter Langeweile hatten sie angefangen, die Briefe zu sortieren, die an diesem Morgen in mehreren großen Säcken angekommen waren. Liebesbriefe für Katharina, Liebesbriefe für Andreas Amendt, unzüchtige Angebote, meist mit Fotos von erigierten Geschlechtsteilen versehen, die Katharina an Oswald für seine private Pornosammlung weiterreichte.

Katharinas Lieblingsstapel war jedoch der mit den anderen Liebesgeschichten. Manche romantisch, manche dramatisch, manche traurig. Als hätten die Absender nur darauf gewartet, endlich einmal ihre eigene Geschichte jemandem anvertrauen zu können, der sie verstand.

»Es ist schon halb drei!« Michael Glaser tigerte zwischen den Tischen hin und her, sah mal auf diesen, mal auf jenen Monitor, bis ihn ausgerechnet der endlos geduldige Bruder Rapunzel, der akribisch eine Pyramide aus Obst vor sich abarbeitete, aufforderte, sich endlich hinzusetzen und vielleicht ein bis zwei Rosenkränze zu beten. Vor allem solle er aufhören, Kaffee in sich hineinzuschütten.

Das war leider das falsche Stichwort für Glaser. »Ich muss mal«, jammerte er.

Auch das noch. Wenigstens war die nächste Toilette im Gebäude direkt nebenan. »Kein Licht«, wies ihn Katharina an. »Und auch nicht spülen.«

Sie bekam Glasers Antwort nicht mit, denn endlich tat sich etwas auf den Monitoren vor ihr.

Gleich sechs Wagen hielten vor den Eingängen zum Grundstück der Karl-Kreutzer-Villa. Opels. Betont unauffällig. Katharina winkte die anderen zu sich.

Sie sahen, wie Männer aus den Wagen stiegen. Katharina zählte vierzehn. Alle trugen sie schwarze Anzüge. Alle waren sie muskulös. Alle waren sie kahlgeschoren.

»Vielleicht ist der wahre Skandal, dass Lionshare BioPharm die Mitarbeiter von Petersburg Inkasso klont«, sagte Amendt halblaut. Die anderen kicherten. Katharina bat sie mit einer strengen Geste um Ruhe. Was war das hier? Ein Abiturstreich?

»Was haben die denn vor?«, flüsterte Arnulf Sturmer mürrisch. »Sturmangriff?«

Doch die Männer kamen nicht mal in die Nähe der Eingänge. Einige lehnten an ihren Fahrzeugen, andere gingen paarweise den Bürgersteig auf und ab. Sie warteten. Nur auf was? Oder …

Fuck! Katharina sprang auf und stürmte aus dem Raum. Das war ein verdammtes Ablenkungsmanöver. Sie sprintete über den Flur, dann die Treppe hinunter, die zum Archiv und zum Rechenzentrum führte.

Im Laufen griff sie nach dem Holster an ihrem Gürtel … Oh nein, sie hatte die Pistole in ihre Handtasche gesteckt, die jetzt über der Lehne ihres Stuhls hing.

So eine blöde Idee! So eine verdammt blöde Idee!

Denn als sie durch die Tür des Serverraums stürmte, lief sie direkt in einen silbern glänzenden Pistolenlauf.

»Keine Bewegung«, kommandierte Michael Glaser. Mit einer Hand hielt er die Pistole auf Katharina gerichtet, während er mit der anderen Hand blind versuchte, den USB-Stick von seinem Kabel zu befreien.

Vielleicht würde er einen Sekundenbruchteil wegschauen?

Nein. So viel Glück hatte Katharina nicht. Der Stick löste sich vom Kabel. Michael Glaser umschloss ihn mit der Faust und schob ihn in die Jacketttasche.

»Schön rückwärts gehen«, befahl er Katharina. Sie gehorchte.

Durch den Gang. Rückwärts die Treppe hoch. Katharina wäre beinahe gestolpert. Kurz überlegte sie, dass sie sich einfach auf Glaser fallen lassen könnte. Und das Beste hoffen. Aber sein Finger lag am Abzug. Jetzt nur nicht die Heldin spielen. Die anderen würden hoffentlich am Monitor sehen, was hier passierte.

»Schneller«, befahl Glaser.

Katharina war jetzt schon in der Mitte des Foyers. Ein paar Schritte, und sie waren am Ausgang. Noch ein Schritt –

»Ruhe! Ruhe!«

Flügelschlagen. Ein grüner Blitz. Cocos Krallen packten den verlockend glänzenden Pistolenlauf. Ein Schuss krachte.

Jetzt oder nie! Mit einer Hand umschloss Katharina Glasers Handgelenk und drückte die Pistolenhand beiseite, während sie sich mit ihrem vollen Körpergewicht gegen ihn warf. Glaser war größer und schwerer als sie, aber der Aufprall reichte, um ihn aus dem Gleichgewicht zu bringen. Sie schlang ein Bein um Glasers Knie und zog. Glaser kippte nach hinten. Sie fiel auf ihn. Kurzerhand rammte sie ihm den Ellbogen unter das Kinn. Sein Hinterkopf knallte auf die Fliesen.

Im nächsten Augenblick war Darian an ihrer Seite. Mit der Fußspitze kickte er die Waffe, die Glaser hatte fallen lassen, zur Seite, gemeinsam drehten sie ihn auf den Rücken. Handschellen klickten. Geschafft.

Harry und Darian packten Glaser und stellten ihn auf die Füße. Er stand zwar, aber wackelig, und musste gestützt werden. Recht geschah ihm.

Eine Hand tauchte in Katharinas Gesichtsfeld auf. Andreas Amendt. Sie nahm die Hand, und er half ihr aufzustehen. Sein Lächeln fror ein. »Sie bluten, Frau Klein!«

Katharina sah an sich herab. Blutstropfen auf dem Boden neben ihren Füßen, sie blickte höher. Ihr T-Shirt. An der linken Seite. Ein Blutfleck. Der sich ausbreitete. Blut rann ihre Hand entlang. Glasers Schuss hatte also getroffen. Und sie hatte es nicht einmal gespürt. Wie war das? Der Schuss, der einen tötet, den spürt man nicht? Oder ging es ums Hören? Und warum hatte sie ausgerechnet ein weißes T-Shirt angezogen? Blut ging doch nicht mehr raus.

Plötzlich kippte ihre Welt um 90 Grad. Sie musste umgefallen sein. Komisch. Sie hatte den Aufschlag auf dem Boden gar nicht gespürt. Und ... Ja, sie war viel zu hoch. Sie lag nicht auf dem

Boden. Sie schwebte? Das musste diese Nahtoderfahrung sein, von der immerzu gesprochen wurde. Wo war der helle Tunnel?

»Schnell! Mach mir mal einer die Tür zum OP auf!«

Nein. Sie schwebte nicht. Amendt hielt sie auf den Armen. Er musste sie aufgefangen haben. Und sie war noch in ihrem Körper. Na, dann war ja alles gut.

Grelles Licht. War *das* jetzt der Tunnel?

Nein. Eine OP-Lampe.

Sie lag auf dem Rücken auf dem stählernen OP-Tisch und blinzelte, während Amendt mit einer Schere ihr T-Shirt aufschnitt.

Warum bin ich eigentlich noch bei Bewusstsein?, fragte sie sich. Und warum spüre ich die Wunde –?

Au! Es brannte. Amendt klappte das T-Shirt beiseite. Die Schere schob sich unter ihren BH. Katharina wollte protestieren, doch da hatte er die Schere schon zuschnappen lassen. »Amendt, Sie können mir jederzeit den BH ausziehen, aber doch nicht so!« Hatte sie das wirklich laut gesagt?

Andreas Amendt reagierte nicht. Er ignorierte auch ihr leises Jammern, als er mit einem Tupfer die Wunde reinigte. Dann richtete er sich auf. »Sie haben verdammtes Glück, Frau Klein.«

Glück? So fühlte sich das aber nicht an.

»Die Kugel ist genau zwischen Arm und Brustkorb durchgegangen. Nur zwei Streifwunden. Eine Rippe hat wohl auch ein bisschen was abbekommen, aber nicht viel. Das muss ich nähen.«

Er streifte sich ein neues Paar Handschuhe über und legte sich alles, was er brauchte, auf einem Tablett zurecht.

»Ich muss den Wundrand lokal betäuben. Keine Widerrede.«

Mit geübten Stichen stach er mit einer Injektionsspritze rings um die Wunden in die Haut. Schnell fühlte Katharina das Taubheitskribbeln.

Amendt tippte mit der Spitze einer Schere auf die Haut. »Spüren Sie das?«

Katharina verneinte. Ihre Stimme kratzte im Hals.

»Sehr gut.« Er begann, die Wunden zu vernähen. Mit kleinen, präzisen Stichen. Immer wieder tupfte er das Blut ab. Endlich stach er das letzte Mal ein und zog mit der kleinen Zange die Nadel durch das Fleisch nach oben.

Und da sah Katharina es.

Während er den letzten Faden verknotete, sagte sie: »Amendt, Sie sollten sich das mit dem Weggehen noch mal überlegen.«

»Warum?«, fragte er, ohne von seiner Arbeit aufzublicken.

»Sehen Sie sich mal Ihre linke Hand an.«

Amendt, der gerade den Nadelhalter und die Schere weggelegt hatte, hob die linke Hand. Sie war vollkommen gerade. Nicht verkrümmt. Nicht verkrampft. Langsam, als könne er es selbst kaum glauben, ballte er eine Faust und streckte die Finger dann wieder aus. Dann rollte er die Finger einzeln ein und wieder aus.

»Scheint so, als ob Ihre Kirsten recht gehabt hat. Es war psychosomatisch. – Na, da hat sich das Anschießenlassen doch doppelt gelohnt.«

»Ich wäre aber in Zukunft dankbar, wenn Sie auf solch drastische Therapiemaßnahmen verzichten würden«, erwiderte Amendt. Doch er lächelte. Und seine Augen glänzten feucht.

»Isch sage nischtsch ohne meinen Anwa't.«

»Halt doch die Klappe, Hasi«, brummte Arnulf Sturmer. Mit seiner geschwollenen Lippe hatte Glaser tatsächlich Ähnlichkeit mit einem Nagetier.

Katharina hatte sich gefragt, wie Glaser zu seiner Verletzung gekommen war. Hatte sie ihn so erwischt? Doch Harry berichtete, dass Glaser, als er wieder halbwegs zu sich gekommen war, versucht hatte zu fliehen. Dabei sei er »in Darians Faust gelaufen. Und das gleich zwei Mal«.

Glaser saß auf einem Stuhl im Rittersaal, die Hände mit Handschellen auf dem Rücken gefesselt, während die anderen beratschlagten, was jetzt zu tun sei. Mehrfach schon hatte Glaser einen Anwalt verlangt, doch sie ignorierten ihn.

Katharina trank artig den ihr von Amendt verordneten Orangensaft. Sie hatte zwar nicht viel Blut verloren, aber es war besser, den Flüssigkeitsverlust auszugleichen.

Amendt hatte ihr, nachdem er die Wunden vernäht und verbunden hatte, in ein weites Chirurgen-T-Shirt geholfen. Dann hatte er ihren Arm in eine Schlinge gelegt. Zwar konnte Katharina den Arm bewegen, aber es sei besser, die Nähte nicht zu stark zu belasten, wenn Katharina nicht große Narben zurückbehalten wolle, hatte er erklärt. Jetzt, wo die örtliche Betäubung abklang, ziepten und brannten die Wunden. Trotz der drei Ibuprofen, die Amendt ihr aufgedrängt hatte. Eigentlich hatte er ihr etwas Stärkeres geben wollen, doch Katharina hatte sich mit Grausen an das letzte Mal erinnert, als er ihr ein starkes Schmerzmittel verabreicht hatte. Sie wollte einen klaren Kopf behalten.

Während sie trank, musterte sie Glaser. Was jetzt? Sie war sich ziemlich sicher, dass er nur ein Handlanger war. Doch für wen? Es blieb eigentlich nur eine Person übrig. Auf die Katharina im Leben nicht gekommen wäre.

»Der Innenminister hat Sie geschickt, oder?«, fragte sie Glaser.

»Isch sage nischtsch ohne meinen Anwa't.«

»Dann lassen Sie mich mal eine Sekunde Ihr Anwalt sein«, mischte sich Manès Müller ein, der trotz der durchwachten Nacht noch immer aussah, als sei er einem englischen Krimi entstiegen. »Wenn ich alles zusammenzähle, bekommen wir Sie wegen Einbruchdiebstahls, Behinderung der Justiz, Beweismittelunterschlagung und Mordversuchs dran. – Vielleicht wäre es klüger, unsere Fragen zu beantworten.«

»Isch sage nischtsch ohne meinen Anwa't.«

Manès Müller stutzte. »Wieso eigentlich der Innenminister?«, fragte er Katharina.

»Es liegt doch eigentlich auf der Hand. Das LKA. Die internen Unterlagen über Amendt und mich. Alles in der Hand des Innenministeriums. Und Glaser ist sein persönlicher Referent.«

»Aber warum?«

Damit stellte Müller genau die richtige Frage. Was hatte de la Buquet zu gewinnen? Oder zu verlieren? Gehörte er auch zur Lionshare-BioPharm-Clique? Doch warum hatte er dann so darauf gedrängt, dass Katharina ermittelte? Um sie zu manipulieren? Und das ganze Gerede von der Freundschaft mit Vogel? Erlogen? Wenn ja, dann verdiente er den Oscar für sein schauspielerisches Talent.

Eigentlich gab es nur einen Weg, die Wahrheit herauszufinden.

Sie stand auf: »Ich schlage vor, wir klemmen uns den da«, sie deutete auf Glaser, »unter den Arm, fahren nach Wiesbaden und fragen da la Buquet persönlich. Kommt wer mit?«

Damenopfer

Nun aber wirklich Mittwoch, 16. April 2008

»We cannot resist the fascination of sacrifice,
since a passion for sacrifices is part of a chessplayer's nature.«
Rudolf Spielman

Innenministerium. Frühe Morgenstunden.

Alle hatten sie mitgewollt und ihre Ansprüche in kakophonem Chaos deutlich gemacht. Außer Michael Glaser natürlich, der weiterhin schweigend auf seinem Stuhl saß.

Endlich hatte Manès Müller ein Machtwort gesprochen. »Es fahren Frau Klein und Herr Amendt. Herr Karkass ... Kankan ... Also Darian und Harry transportieren den Gefangenen. Und ich fahre auch mit.«

Er hob seine Stimme, um den Protest der Zurückgelassenen zu übertönen. »Immerhin bin ich der Geschäftsführer. Und der Einzige, der sich im Innenministerium halbwegs auskennt. Oder glauben Sie, wir können da so einfach mit einer Hundertschaft reinspazieren? Das Gebäude ist ein einziges Labyrinth und wird intern Maison Kafka genannt.«

Das Argument stach. Müller wandte sich an Amendt und Katharina: »Gehen wir dann?«

»Schie wer'en schon schehen, wasch Schie davon hab – Aua!« Darian und Harry hatten den brummelnden Michael Glaser von seinem Stuhl gehoben, wohl etwas robuster, als vielleicht nötig gewesen wäre.

Einer Eingebung folgend, nahm Katharina die silberne Damefigur mit dem elektronischen Innenleben an sich und steckte sie in die Jackentasche. Als Requisit würde die kleine Spielfigur vielleicht noch nützlich sein.

»Lektion Nummer eins im Umgang mit Ministerien: Stell dich gut mit Sekretärinnen«, sagte Müller. Dann stieß er die Tür zum Vorzimmer des Innenministers auf und tat einen großen Schritt in den Raum. »Guten Morgen, guten Morgen, verehrte Rose.«

»Ah, der Herr Müller. Das ist aber eine Überraschung«, antwortete de la Buquets Sekretärin. »Und die Frau Klein. Und der Herr Amendt. Und ... Michael! Was ist denn mit dir passiert?«

Müller beugte sich vor, um Roses Aufmerksamkeit wieder auf sich zu lenken. »Ist wohl der Máximo Líder zu sprechen?«, fragte er in verschwörerischem Ton. »Es geht um eine dringliche Angelegenheit der Sonderermittlungseinheit. In der Causa Vogel.«

»Natürlich. Er ist vor einer Viertelstunde eingetroffen. Ich melde Sie gleich an.«

»Das wird nicht nötig sein.« Katharina marschierte am Schreibtisch der Frau vorbei und riss die Tür zum Büro des Ministers auf. »Folgt mir.«

»Ah, Frau Klein!« De la Buquet war aus dem Sessel neben dem kleinen Tisch aufgestanden. Auf dem Tisch stand ein neues Schachspiel.

Der Innenminister stockte, als Müller und Amendt gleichfalls das Büro betraten, gefolgt von Darian und Harry, die Glaser zwischen sich führten.

»Michael, was ist denn mit dir passiert?«

»Er hat versucht, Beweismaterial aus der Sonderermittlungseinheit zu stehlen und auf mich geschossen«, sagte Katharina in ihrem schärfsten Polizistinnentonfall.

De la Buquet erstarrte. Ein paar Sekunden stand er vollkommen still. Und dann ... Damit hatte Katharina nun gar nicht gerechnet.

Er stürzte auf Glaser zu, packte ihn am Kragen. »Du verdammter Spitzel«, brüllte er. »Becker, was? Von wegen Bundesgartenschau!« Glaser stolperte, fiel hin.

»Jan-Ole hat mich gewarnt, und ich Idiot –«

Dann war der Innenminister über Glaser, seine Hände schlossen sich um die Kehle des Referenten.

»Ich bring dich um, du kleiner, mieser –« Im Rhythmus von de la Buquets Worten prallte Glasers Hinterkopf auf das Parkett.

Endlich wich Katharinas Schockstarre. Sie wollte eingreifen, aber mit ihrem Arm in der Schlinge … Doch Harry und Darian hatten schon reagiert. Mit vereinten Kräften zogen sie de la Buquet von Glaser weg. Amendt und Müller zogen Glaser hoch und verfrachteten ihn in den Sessel. Sein Blick war starr, aber er war noch bei Bewusstsein.

»Und mein Schachspiel hast du auch geklaut!« De la Buquets Stimme überschlug sich.

»Beruhigen Sie sich jetzt, oder müssen wir Ihnen Handschellen anlegen?«, fragte Harry streng.

Das brachte de la Buquet zur Räson. Er ließ die Arme schlaff hängen und hörte auf, sich zu wehren. Darian und Harry führten ihn zu seinem Bürosessel und setzten ihn hin, blieben aber neben ihm stehen.

Amendt untersuchte Glasers Hinterkopf. »Nur eine Beule. Und vielleicht eine Gehirnerschütterung. Also artig sitzenbleiben.« Es sah auch nicht so aus, als wäre Glaser in der Lage, sich irgendwohin zu bewegen.

»Ich gehe recht in der Annahme, dass Sie von den illegalen Aktionen Ihres Referenten nichts wussten?«, fragte Müller den Innenminister überflüssigerweise, während er sich die Hände mit einem Taschentuch säuberte.

»Natürlich nicht«, beantwortete de la Buquet Müllers Frage dumpf. »Was hätte ich davon?«

Das ist mein Stichwort, dachte Katharina. Doch wie sollte sie beginnen? »Deswegen sind wir hier«, sagte sie.

Guter Anfang. Und jetzt?

Sie sah sich hilfesuchend im Raum um. Dann …

… fiel ihr Blick auf das Schachspiel.

Es war die Partie, die de la Buquet gegen Vogel gespielt hatte. Die Stellung, in der Vogel aufgegeben hatte.

Natürlich. *Das* war Vogels Botschaft gewesen. Sie hätte sich ohrfeigen können. Rasch zog sie die silberne Figur aus ihrer Jackentasche. »Ich glaube, das hier kann alles erklären.«

»Ach, haben Sie ihn doch entschlüsselt?«, fragte der Innenminister, während er Glaser wütende Blicke zuwarf.

»Nein, ich … Darf ich kurz an Ihren Computer?«

»Natürlich.« Der Innenminister schob seinen Sessel mit den Füßen zurück. Harry und Darian legten ihm sicherheitshalber die Hände auf die Schultern.

Katharina schloss den USB-Stick an. Das Fenster für die Passworteingabe poppte auf. Sie schloss kurz die Augen und schickte ein Gebet ans Universum. Dann tippte sie »Damenopfer«.

»Falsches Passwort«, meldete das Programm.

Verdammt!

Oder … Moment? Katharina warf einen Blick auf das Schachbrett. Natürlich. Schachzüge als Botschaft! Sie wandte sich wieder dem Rechner zu. Ihre Finger schwebten über der Tastatur. Dann hielt sie inne. Vogel musste die Dame mit dem elektronischen Innenleben vor dem Spiel programmiert haben. Woher hätte er wissen sollen, wie der Innenminister spielte?

Sie ließ sich die Partie durch den Kopf gehen. Im Wesentlichen Standardzüge. Und was hatte ihre Mutter immer gesagt? »Im Schach kommt es nicht nur darauf an, auf deinen Gegner zu reagieren, sondern ihn so zu manipulieren, dass er die richtigen Züge macht.« Das Zitat irgendeines russischen Schachgroßmeisters, dessen Name Katharina gerade entfallen war.

Doch, das klang genau nach Vogel, nach dem, was sie über ihn wusste. Einen Versuch war es wert. Sie tippte erneut: »Qxe6 fxe6«. Der alles entscheidende Zug der Partie. Das geniale Damenopfer.

Das Passwortfenster verschwand. Katharina dankte stumm dem Himmel und ihrem inneren Puzzle-Weltmeister, der sich endlich dazu bequemt hatte, alle Teilchen richtig zusammenzusetzen. Musste er eigentlich immer erst in letzter Sekunde aus seinem Tiefschlaf aufwachen?

Sie hatte jetzt eigentlich ein Fenster des Dateibrowsers erwartet. Stattdessen öffnete sich der Videoplayer und begann, einen Film abzuspielen.

Das Video hatte geendet. Der Player hatte sich automatisch abgeschaltet.

Doch sie alle starrten auf den Monitor. Konnten sie wirklich glauben, was sie eben gehört hatten?

Auf dem Bildschirm öffnete sich automatisch ein neues Fenster. Der Explorer. Drei Ordner. »Unfallbericht«, »Krankenakten«, »Schriftverkehr«.

Endlich rollte sich der Innenminister auf seinem Stuhl an seinen Schreibtisch. »Darf ich mal?« Er klickte den ersten Ordner an. Er enthielt ein PDF.

»Ich kann doch am Rechner nicht richtig lesen.« Katharina stellte fest, dass de la Buquet Tränen über die Wangen liefen. Kein Wunder.

»Vielleicht sollten wir alles ausdrucken?«, schlug sie sanft vor.

»Gute Idee.« Der Innenminister machte ihr Platz. Dann rief er laut: »Rose, wir drucken was aus. Bring uns die Ausdrucke bitte rein. Aber nicht draufschauen. Vertraulich.«

»Wird gemacht, Chef«, kam Roses Stimme durch die Tür.

Endlich brachte Rose einen großen Stapel Papier herein. »Kaffee, die Herrschaften?«, fragte sie freundlich. Der Innenminister bejahte. Rose wanderte wieder nach draußen und schloss die Tür hinter sich.

»Ach, meine Rose ist eine Perle«, sagte de la Buquet.

»Hoffentlich nicht auch eine Abwerbung von Becker«, sagte Katharina missmutig.

»Nein. Ausnahmsweise nicht. Jan-Ole hat sie mir empfohlen. – Ich hätte noch mehr auf ihn hören sollen.«

»Warum das?«

»Becker war vor mir Innenminister. Erinnern Sie sich nicht? Viele der Beamten hier hat er eingestellt. Auch den Leiter des LKA. Jan-Ole hat gesagt, ich solle die Leute loswerden, so schnell es geht. Aber ich war froh, ein funktionierendes Team vorzufinden. Ich war so blöd. Und dann lasse ich mir von Becker auch noch seinen persönlichen Referenten aufschwatzen. Den da.« Er zeigte auf Glaser, der in seinem Sessel vor sich hin brütete. »Dachte, ich mache einen ganz tollen Fang.« Er sah wieder zu Katharina. »Es tut mir leid.«

»Was?«

»Na, all die Informationen, die an die Presse gelangt sind. Die Ermittlungen gegen Sie. Ich wusste, dass ich ein Leck hier im Haus habe. Aber mein eigener Referent? Ich dachte, er wäre mein Freund.« De la Buquet war in sich zusammengesackt. Doch mit einem Ruck richtete er sich auf und klatschte in die Hände, bevor er nach dem Stapel mit Ausdrucken griff. »Was haben wir denn da?«

Er gab Katharina den Unfallbericht, Amendt die Krankenakten und vertiefte sich selbst in den Schriftverkehr, den er Blatt für Blatt an Müller weiterreichte. Darian und Harry stellten sich neben den Sessel, auf dem Michael Glaser saß. Wache schieben, falls er doch noch versuchen sollte zu fliehen.

Fast eine halbe Stunde hatten sie gebraucht, um die Unterlagen zu sichten und zu verstehen. Der Kaffee, den Rose in der Zwischenzeit gebracht hatte, stand unberührt auf dem Schreibtisch.

Der Unfallbericht bestätigte, was Katharina vermutet hatte. Seligheimer und Hannes Schlender, Gefahrgutfahrer und der Letzte der zwölf Toten, hatten die Abkürzung durch die Kantine genommen. Sie waren gestolpert und die Gläser mit den Insekten waren zerbrochen. Alle Anwesenden waren gestochen worden. Oder sagte man bei Fliegen »gebissen«? Einerlei. So waren sie infiziert worden. Der Unfall hatte sich abends ereignet, sodass nur wenige Menschen in der Kantine gewesen waren. Sonst hätten sie es wohl mit noch mehr Toten zu tun. Der Bericht endete mit der Aufforderung, diesen Zwischenfall zu melden. Gunther Eggers, der den Bericht unterschrieben hatte, musste gewusst haben, dass das nicht geschehen war. Kein Wunder, dass er sich gestern aus dem Staub gemacht hatte.

Amendt schnaubte wütend, während er sich durch die Krankenakten blätterte. »Ambulant behandelt. – Die Medikamentendosis viel zu gering. – Keine regelmäßige Blutbildkontrolle. – Die haben keinen einzigen Tropenmediziner um Rat gefragt. – Unglaublich. Denen gehört die medizinische Zulassung entzogen.«

Auch der Innenminister war beim letzten Blatt des Schriftverkehrs angekommen und hatte es an Müller weitergereicht.

»Und?«, fragte Katharina.

De la Buquet sah zu Müller.

Müller ordnete die Seiten, bevor er anfing zu sprechen: »Nun, hiernach hat es den Anschein, dass Doktor Vogel den Vorfall melden wollte, doch Becker als Geschäftsführer hat ihm widersprochen. Erst mit sachlichen Argumenten, dann mit Drohungen und dann …« Müller hielt inne.

»Und dann?«, bohrte Katharina nach.

Müller räusperte sich. »Es sieht so aus, als hätte Becker Doktor Vogel bestochen. Mit einem Staatssekretärsposten. Becker war ja schon auf dem Weg in die Landespolitik. Und Doktor Vogel hat zugestimmt. Da die … Patienten bis dato völlig symptomfrei waren. Er hat sie Vertraulichkeitserklärungen unterschreiben lassen und die Akten ins Archiv verbannt.«

Vogels Sündenfall, dachte Katharina.

»Und jetzt?«, stellte Harry die richtige Frage.

Katharina wandte sich an de la Buquet: »Wollen Sie Ministerpräsident werden?«

»Und wie stellen Sie sich das vor?«, fragte de la Buquet mürrisch. »Soll ich zu Robert Hans ins Büro gehen, ihm das Video zeigen und ihm sagen, dass ich gerne seinen Job hätte?«

»Nein, das übernehmen besser wir«, antwortete Katharina. »Amendt? Herr Müller? Kleiner Ausflug in die Staatskanzlei gefällig?«

»Das ist eine ganz dumme Idee.« Glaser. Sein Blick war wieder klar. Er deutete mit dem Kinn auf sein Jackett: »Linke Brusttasche.«

Katharina zögerte. Verdammt, warum hatten sie Glaser nicht durchsucht? Dann gäbe es jetzt keine Überraschungen. Endlich griff sie mit ihrer gesunden Hand in die Tasche. Ein metallischer Gegenstand. Sie zog ihn hervor. Ein MP3-Player mit Lautsprecher.

»Schalten Sie ihn ein«, sagte Glaser ruhig.

Katharina startete das Gerät.

»Ich will mich ja nicht einmischen«, drang die Stimme von Bruder Rapunzel aus dem kleinen Lautsprecher, »aber ich kann mich des Eindrucks nicht erwehren, dass das nicht die ganze Geschichte war.«

»Wie … kommst du darauf?« Katharinas eigene Stimme.

»Weil es dir so gar nicht ähnlich sieht, einfach aufzugeben. – Habt *ihr* etwa diesen Schmitz erschossen?«

Katharina ließ den MP3-Player fallen, als hätte sie sich die Finger an dem Gerät verbrannt. Dann trat sie mit voller Wucht drauf. Plastik und Metallsplitter spritzten in alle Richtungen.

Natürlich. Die Wanzen in ihrer Wohnung, vor denen Kurtz sie gewarnt hatte. Glaser musste sie angebracht haben, als sie mit den Marberts die Imagekampagne für Katharina geplant hatten.

»Sie glauben doch nicht, dass das die einzige Kopie der Aufnahme war«, sagte Michael Glaser höhnisch.

De la Buquet hatte sich halb erhoben, doch Manès Müller hielt ihn zurück: »Wollen wir wissen, was auf der Aufnahme zu hören ist?«, fragte er Katharina.

»Nein! Und die Aufnahme hat keine Beweiskraft.«

»Vor Gericht nicht«, höhnte Glaser weiter. »Aber für die Medien? Was denken Sie, was passieren wird, wenn das an die Öffentlichkeit kommt?«

Katharina dachte fieberhaft nach. Amendt hatte sehr viel mehr zu verlieren als sie. Sie sah zu ihm hin. Er … er nickte ihr zu. Sein Blick sagte: »Tun Sie, was Sie tun müssen.«

Katharina zwang sich zu einem Lächeln: »Wissen Sie was, Glaser? Die öffentliche Meinung geht mir am Arsch vorbei. Ich bin reich. Ich habe genug Geld, um mit Amendt zusammen irgendwo bequem zu leben.«

»Und Ihre Einheit?« Glaser wollte wohl immer noch höhnisch klingen.

»Die kann auf sich selbst aufpassen.« Katharina wandte sich ab und atmete durch. Ihr Blick fiel auf das Schachbrett. Damenopfer … Vogel war das Damenopfer gewesen. Und jetzt wohl sie. »Ich gehe. Und zwar allein. Alle anderen haben erst mal nichts gehört und nichts gesehen.«

»Das werden Sie bereuen«, sagte Glaser dumpf.

»Was denn? Glauben Sie, der Ministerpräsident wird mir irgendetwas antun? Ausgerechnet in seinem Büro? Aber wenn es Sie beruhigt …« Katharina zog ihre Pistole aus der Handtasche und reichte sie Amendt, der am nächsten stand. »Durchladen und sichern. Wie ich es Ihnen gezeigt habe.«

Amendt gehorchte und reichte ihr die Pistole zurück. Sie schob sie in die Schlinge.

»Soll ich wirklich nicht mitkommen?«, fragte Amendt.

»Nein. Ich gehe allein. Reicht ja, wenn einer von uns in noch mehr Schwierigkeiten gerät.«

»Gut, gut«, sagte Müller. »Aber was machen wir mit Herrn Glaser?«

»Zurück nach Frankfurt mit ihm. Wir haben ja die Videoaufnahme von seinem Einbruch. Bringt ihn ins Polizeipräsidium. Und …« Natürlich! Warum nicht auch mal jemandem eine Freude machen? »Bringt ihn zu Hölsung. Der weiß schon, was er tun muss.«

»Guter Einfall«, ließ sich der Innenminister vernehmen, »ich rufe Berndt gleich an und warne ihn vor.« Dann stand er auf. »Frau Klein, ich weiß nicht, was ich sagen soll.«

»Dann sagen Sie nichts. Heben Sie sich die Worte für Ihre Antrittsrede auf.« Katharina drehte sich um und marschierte aus dem Büro, die Treppe hinunter ins Freie.

Nur nicht stehenbleiben. Nur nicht darüber nachdenken, was sie gerade tat. Eine riesige Dummheit? Das einzig Richtige? Oder beides?

Erst vor dem protzigen Eingang der Staatskanzlei hielt sie inne und atmete noch einmal tief durch. Aber jetzt gab es kein Zurück mehr. Und wenigstens war sie Becker diesmal einen Zug voraus.

Während sie langsam durch die Drehtür ging, ertappte sie sich dabei, dass sie »Don't Stop Me Now« von Queen summte.

Nun, wenn sie schon das Damenopfer spielte, konnte sie es auch genießen.

»'Cause I am having a good time, having a good time …«, sang sie leise vor sich hin, als sie die große Treppe in der Eingangshalle der Staatskanzlei emporschritt. Stolz ignorierte sie die irritierten Blicke der ihr entgegenkommenden Menschen.

»Nach reiflicher Überlegung und langer Beratung mit meiner Frau und meinen Kollegen ...«

»... habe ich mich entschlossen, mein Amt als Ministerpräsident des Landes Hessen mit sofortiger Wirkung niederzulegen und schlage dem Landtag meinen geschätzten Parteifreund Hanfried de la Buquet als Nachfolger vor.«

Robert Hans Becker blickt staatstragend über den Wald der vor ihm aufgebauten Mikrofone in die auf ihn gerichteten Kameras.

»Ich habe mich zu diesem Schritt aus gesundheitlichen Gründen entschlossen und um mehr Zeit für meine Familie zu haben. – Wenn einen der eigene Hund verbellt und die Kinder fragen, wer denn der Onkel am Abendbrottisch ist, dann weiß man, dass man seine Prioritäten neu ausrichten muss.«

Er wartet auf den Lacher, der nicht kommt. Schnell schiebt er ein »Ich danke für Ihre Aufmerksamkeit« hinterher und dreht sich um, um seinem designierten Nachfolger die Hand zu schütteln.

»Hat Ihr Rücktritt seine Ursache im Selbstmord von Jan-Ole Vogel?«

Diese Frage eines Journalisten stoppt Robert Hans Becker. Er räuspert sich.

»Jan-Ole Vogel war eine herausragende Persönlichkeit, sein Freitod ein großer Verlust für Hessen, für die Republik und – was noch wichtiger ist – für seine Freunde, zu denen auch ich die Ehre hatte, zählen zu dürfen.«

Für einen kurzen Augenblick fängt die Kamera das Gesicht de la Buquets ein, unter dessen Auge ein Muskel zuckt. Dann schwenkt das Bild zurück auf Becker.

»Und wenn Sie mich fragen, ob mein Rücktritt auch damit verknüpft ist, so kann ich diese Frage nur bejahen. Solch ein Verlust sollte jeden Menschen, der ein Herz in seiner Brust hat, dazu anregen, ja,

dazu zwingen, das eigene Leben und die eigenen Prioritäten zu überdenken und sein Handeln neu auszurichten.«

Dem ist nichts mehr hinzuzufügen.

Schachmatt

Freitag, der 18. April 2008. Tag der Buße.

»Chess is war over the board.
The object is to crush the opponent's mind.«
BOBBY FISCHER

Großer Pressesaal der Landesregierung.

»Schön hat Becker das gesagt«, murmelte Andreas Amendt.

»Nicht wahr?«, sagte Ulf Marbert stolz. »Ich habe das für ihn geschrieben.«

»Und der Zwischenruf?«, fragte Katharina. »Einer von Ihren Leuten?«

»Natürlich. So etwas überlässt man nicht dem Zufall.«

Katharina sah Becker nach, der jetzt zum Bühnenrand ging und dort seine Frau umarmte. »Fast kann er einem leidtun.«

»Nur nicht zu viel Mitleid«, erwiderte Marbert. »Er fällt weich. Er hat sein Übergangsgeld und eine gute Pension. Und in ein paar Monaten wird er den Aufsichtsratsvorsitz der Kreditanstalt für Wiederaufbau übernehmen. Da kann er dann zu Fototerminen in die ganze Welt reisen, glücklichen Asiaten die Hand schütteln und ansonsten keinen Schaden mehr anrichten.«

»Lassen Sie mich raten: Becker ist Ihr Klient?«

Marbert unterdrückte ein Auflachen. »Natürlich.«

De la Buquet trat ans Rednerpult. Der Applaus, der ihn empfing, war kurz, aber freundlich.

»Ich dachte, Sie mögen kein Mittelmaß«, sagte Katharina zu Marbert und deutete mit dem Kopf in Richtung des zukünftigen Ministerpräsidenten.

»Ach, Hanfried weiß wenigstens um seine Mittelmäßigkeit und ist nicht beratungsresistent.« Marbert drehte sich zu Katharina.

»Darf ich fragen, was Sie Becker gesagt haben, um ihn zum Rücktritt zu bewegen?«

»Fragen dürfen Sie. Sie kriegen aber keine Antwort.«

Es war gespenstisch einfach gewesen.

Der Ministerpräsident hatte in seinem Büro gesessen, als hätte er nur auf Katharina gewartet. Seine Sekretärin hatte sie sofort vorgelassen. Kein Sicherheitsdienst, an dem sie vorbeimusste. Keine muskelstrotzenden Männer, die sie abfingen und mundtot machen wollten.

Alles, was sie hatte tun müssen, war, nach ein wenig »Was wollen Sie hier?«-Geplänkel, das nicht mal den Namen Vorspiel verdiente, den USB-Stick in Beckers Computer zu stecken und »Qxe6 fxe6« zu tippen.

Automatisch startete das Video: Jan-Ole Vogel, auf dem Bürostuhl in seinem privaten Arbeitszimmer sitzend, den ominösen Kalender, der letztlich alles ins Laufen gebracht hatte, hinter sich an die Wand gepinnt.

»Hanfried, Robert«, begann er, »liebe Frau Klein, lieber Herr Amendt, ich begrüße auch Sie, denn ich nehme an, dass Sie es waren, die endlich dieses Video gefunden haben. Wie dem auch sei, wenn Sie diese Aufnahme sehen, dann heißt das, dass ich tot bin.«

Er stockte, dann lächelte er.

»Mein Gott, das klingt so dramatisch. Wie aus einem schlechten Film. – Wobei, das ist vielleicht gar kein übler Vergleich. Schlechter Film. Mein ganzes Leben scheint einem solchen entsprungen zu sein. Sie wissen ja sicher jetzt über meine Jugend Bescheid, haben vielleicht meine Mutter gefunden. Und Sie wissen auch, was mich zu meiner Tat veranlasst hat. Ich bin mir sicher, in jeder zweiten Schlagzeile wird sie als ›Verzweiflungstat‹ bezeichnet werden. Aber ich bin nicht verzweifelt. Ich übernehme Verantwortung und ziehe die Konsequenz aus meinem Handeln. Ich bin mitverantwortlich für den Tod von zwölf Menschen: Ewald Bleibtreu. Stephan Brassel. Karsten Stoye. Magnus Marbach. Isabell Gmündner. Arne Gerhold. Romana Leycht. Wendellin Sturtz. Philip Seligheimer. Gertrud Fröhlich. Alye Bach. Hannes Schlender.«

Er sprach langsam und deutlich, ließ eine Pause nach jedem Namen, als wolle er ihnen ein kleines Denkmal setzen.

»Ich denke, inzwischen ist bekannt, woran sie letztlich gestorben sind. Sie waren infiziert mit einem bis dato unbekannten Parasiten, den Mediziner nur als den ›schwarzen Schwarm‹ kennen. Dass ich von der Existenz dieses Parasiten bis vor wenigen Wochen nichts gewusst habe, kann mich nicht entlasten. Ich hätte schon damals nachforschen müssen. Verstehen müssen, was wirklich passiert ist. Bevor ich geholfen habe, den angeblich unbedeutenden Zwischenfall in der Kantine von Lionshare BioPharm zu vertuschen. Die Betroffenen zum Unterzeichnen einer Vertraulichkeitserklärung überredet habe. Den Unfallbericht freigegeben habe, ohne ihn genau zu überprüfen. Vielleicht habe ich die Wahrheit nicht sehen wollen, vielleicht nicht sehen können. Beides ist keine Entschuldigung. Aber, für meine Schuld stehe ich ein. Wie es sich gehört. So habe ich immer gelebt. Und so will ich in Erinnerung bleiben. Doch warum nun das ganze Drama?«

Plötzlich schien er aus der Kamera heraus genau in Katharinas Richtung zu schauen.

»Liebe Frau Klein, lieber Herr Amendt. Ich muss Sie um Verzeihung bitten. Ich wusste, dass Sie diejenigen sind, die die Fähigkeiten und die Hartnäckigkeit haben, diesen Fall bis zum Ende zu verfolgen. Ich brauchte jemanden, der bereit war, den gleichen Weg zu gehen wie ich. Die gleichen Indizien zu sehen. Und hoffentlich die gleichen Schlüsse zu ziehen. Peer Review nennt man das wohl in der Wissenschaft. Mir ist bewusst, dass Sie in der Zwischenzeit durch die Hölle gegangen sind. Meine Gegner sind mächtig. Ich weiß das. Doch dieser dramatische Schritt war notwendig. Denn die Verantwortung endet nicht mit mir. Noch mehr Menschen haben Schuld auf sich geladen. Leider gelingt es ihnen wohl besser als mir, mit dieser Schuld zu leben.«

Vogel räusperte sich und setzte sich aufrechter hin.

»Robert, ich bin mir sicher, dass du dieses Video anschauen wirst. Auf die eine oder andere Weise. Wenn deine Männer es vorher finden, so lass mich dir sagen, dass weitere Kopien dieses kleinen Films existieren. Eine davon wird sicher in die richtigen Hände gelangen. Wenn du dieses Video gerade zusammen mit Frau Klein schaust, ist das bereits geschehen. Als wir uns gestern in meinem Büro gestritten haben, hast du große Reden geschwungen von der Verantwortung für das Land, dem großen Ganzen. Doch Verantwortung fängt im Kleinen an, Robert.«

Vogel lächelte melancholisch.

»Mein Gott, jetzt höre ich mich wirklich an wie eine Figur aus einem Fernsehkrimi. Um die Spannung nicht ins Unerträgliche zu steigern: Dieser Stick enthält Schriftwechsel, die belegen, dass du nicht nur die Parasitenexperimente von Doktor Philip Seligheimer ohne Risikoabwägung genehmigt hast, sondern auch sehr genau wusstest, womit sich die Betroffenen infiziert hatten, als du mich angewiesen hast, die Angelegenheit zu vertuschen.«

Er atmete durch.

»So, lieber Robert. Die Karten liegen auf dem Tisch. Oder besser, die Partie ist fast zu Ende. Matt in zwei Zügen. Ich bin mir sicher, dass Frau Klein Kopien dieser Dateien angefertigt oder zumindest eine Ahnung hat, wo sich weitere Kopien befinden. Wenn du also Frau Klein mundtot machst, setzt du einen Mechanismus in Gang, der dafür sorgt, dass diese Dateien an die Öffentlichkeit kommen. Oder, und dazu rate ich dir: Du trittst freiwillig zurück. Aus gesundheitlichen Gründen. Du beschwerst dich doch immer, wie sehr das Amt dein Herz belastet. Du trittst zurück und übergibst dein Amt Hanfried. Er ist der Einzige, der momentan die Mehrheit hat, dich zu ersetzen. Verlass dich drauf, dafür habe ich gesorgt. Geh in Pension. Genieß dein Leben. Vielleicht denkst du manchmal daran, dass du Mitverantwortung am Tod von zwölf Menschen trägst. Und sorgst in deiner letzten Amtshandlung dafür, dass die Angehörigen gerecht entschädigt werden.«

Jan-Ole Vogel schaute einen Augenblick in die Kamera. Dieser Blick. Viel gesehen, viel vergeben. Nichts vergessen. Dann hatte er wohl eigentlich geplant, das Video zu beenden und war halb aufgestanden. Doch er setzte sich wieder hin.

»Wer auch immer dieses Video jetzt ansieht: Würden Sie bitte das, was jetzt folgt, meiner Sekretärin Anita Gmündner zeigen?«

Er richtete sich auf:

»Liebe Anita. Vermutlich weißt du es längst, aber ich bin dein Sohn Tim. Ich hätte es dir schon viel früher sagen sollen, aber mir hat es jedes Mal die Sprache verschlagen, wenn ich es tun wollte. Ausgerechnet mir, dem zu allem etwas einfällt, wie du manchmal spöttisch gesagt hast, wenn du meine Reden abtippen musstest. Es tut mir leid, dass du die Wahrheit so erfährst. Doch bitte glaube mir: Du warst eine gute Mutter für mich und ich bin dankbar für die kurze Zeit, die wir uns kennen durften. Und ...«

Er hielt inne.

»Nein, ich glaube, jedes weitere Wort wäre zu viel. Danke dir. Und: Ich liebe dich, Mama.«

Dann endlich hatte das Video geendet. Becker hatte sich schweigend in seinem Bürosessel zurückgelehnt. Totenbleich. Katharina hatte den USB-Stick aus dem Rechner gezogen und wieder in die Tasche gesteckt. Dann hatte sie Becker in seinem Büro zurückgelassen. Wozu die Partie unnötig in die Länge ziehen?

»Mein Freund Jan-Ole hat einmal gesagt: Wer gerade ist, eckt eben an. Und das werde ich tun. Gerade sein im Sinne des Landes Hessen. Und Sie kennen mich, ich gehe keinem Anecken aus dem Weg.«

Das Lachen über de la Buquets Pointe holte Katharina in die Gegenwart zurück.

»Wer wird eigentlich neuer Innenminister?«, fragte Andreas Amendt Ulf Marbert gerade leise.

»Steht noch nicht fest. Würde mich nicht wundern, wenn er den Posten Frau Klein angeboten hätte.«

Katharina musste grinsen. Das hatte de la Buquet tatsächlich. Wenn auch nur im Scherz. Oder doch nicht? Vor dieser Pressekonferenz hatte er Amendt und sie kurz zu sich gebeten und sich bei ihnen für die gute Arbeit bedankt. Ihnen gesagt, dass sie jetzt einen Verbündeten in der Regierung hätten, was auch immer passierte.

Sie schob die Hände in die Taschen ihrer Lederjacke und tastete nach der silbernen Schachfigur. Die Dame. Die sich geopfert hatte. Und der sie noch einen großen Abgang schuldig war.

»Entschuldigt mich bitte«, sagte Katharina zu ihren beiden Begleitern. Ohne die Antwort abzuwarten, bahnte sie sich einen Weg durch die Menge hinaus aus dem Pressesaal.

Als Katharina und Amendt de la Buquet zur Pressekonferenz des Ministerpräsidenten begleitet hatten, konnte de la Buquet nicht umhin, ihnen stolz den großen Salon zu präsentieren.

»Das Kaminzimmer«, hatte er verkündet. »Hier gebe ich nachher mein erstes Interview als designierter Ministerpräsident und kommissarischer Leiter der Regierungsgeschäfte.«

Jetzt steckte Katharina vorsichtig den Kopf in den Salon. Die Kameras und Scheinwerfer waren bereits aufgebaut, doch der Raum war verwaist. Sicher waren die Journalisten alle bei der Pressekonferenz.

Sie trat an den Kamin, in dem ein echtes Feuer flackerte. Das war ihr vorhin gleich aufgefallen. Ein Gasfeuer, das an den dicken Scheiten zehrte, die eigentlich viel zu groß für ein Kaminfeuer waren.

Sie zog die Damefigur aus der Jackentasche. Sie hatte lange überlegt, was sie damit machen sollte. Aufheben? Irgendwo sicher verwahren? Jemandem anvertrauen? Im Grunde genügte es, wenn Becker nur glaubte, sie besäße die Figur noch. Und in gewissem Sinne stimmte das. Irgendwo in der Karl-Kreutzer-Villa lag die Dame aus Vogels Büro. Sicher gleichfalls präpariert. Coco war zwar wohlbehalten in seine Voliere zurückgekehrt, aber die Hörnchen hatten sein Schatzversteck bisher nicht aufspüren können.

Katharina betrachtete das Feuer, dann die Figur in ihren Händen. Die Figur war aus Metall und würde nicht brennen. Aber …

Kurzerhand zog sie die beiden Teile der Figur auseinander. Ein Griff, ein beherzter Dreher, ein leichtes Knirschen, dann hielt sie das elektronische Innenleben in der Hand.

Mit einer raschen Bewegung warf sie es in die Flammen. Es knackte und zischte, als der Kunststoff artig schmolz und in Flammen aufging. Mit einem Schürhaken zerrieb Katharina die Reste zu kleinen Splittern.

Sie dachte daran, wie sie und Amendt zu Anita Gmündner gefahren waren, um ihr die für sie bestimmte Passage des Videos zu zeigen. Sie hatten auf der Fahrt beratschlagt, ob sie ihr nicht das ganze Video zeigen sollten. Doch Amendt hatte mit seinem Einwand recht gehabt. Dass Anita Gmündner erfuhr, dass ihr verloren geglaubter Sohn Mitschuld am Tod ihrer Tochter, seiner Halbschwester, trug, war absolut unnötig. Es würde ihr nur erneut das Herz brechen.

Katharina warf einen Blick in die Flammen. Jetzt war auch diese Gefahr gebannt. Sie steckte die beiden Teile der Metallfigur wieder zusammen und schob sie zurück in die Jackentasche. Sie wusste nun, was sie tun würde, um der Figur einen würdigen Abgang zu verschaffen.

Was nun, Herr Ministerpräsident?

Die geschwungene Schrift verblasst hinter den flackernden Flammen eines Kaminfeuers.

Gemächlich und im Einklang mit den sanften Streichern der Titelmusik zoomt die Kamera zurück.

Das Landeswappen über dem Kamin deutet an: Wir sind im Kaminzimmer der Staatskanzlei.

Mit den letzten Klängen der Musik schwenkt die Kamera langsam, bis sie Hanfried de la Buquet erfasst.

Er sitzt entspannt in seinem Sessel. Er ist in den gleichen dunklen Anzug gekleidet, den er auch bei der Pressekonferenz getragen hat. Sein Haar ist frisch gekämmt, sein Bart gebürstet, seine Haut aufs Sorgfältigste abgepudert, damit sie trotz des Kaminfeuers und der Scheinwerfer nicht anfängt zu glänzen.

Seine Hände spielen mit einem kleinen, silbern glänzenden Gegenstand.

»Herr Doktor de la Buquet«, raunt der Interviewer, der ihm im Sessel gegenübersitzt. »Ganz herzlichen Glückwunsch zu Ihrem neuen Amt als Ministerpräsident. – Unsere Zuschauer im Lande sind jetzt natürlich gespannt. Was wird Ihre erste Amtshandlung sein?«

De la Buquet räuspert sich staatstragend. »Designierter Ministerpräsident, bitte. Noch bin ich nicht gewählt. Das kann nur der Landtag, der deshalb nächsten Freitag zu einer Sondersitzung zusammentritt.«

»Die Wahl dürfte eher eine Formalie sein«, widersprach der Interviewer höflich. »Und als Stellvertreter des Ministerpräsidenten übernehmen Sie ja die Amtsgeschäfte ab sofort kommissarisch.«

»Da haben Sie natürlich recht. Auch wenn ich die Wahl nicht als Formalie abtun, den Landtag zum reinen Akklamationsorgan degradieren möchte. Doch ich will die Zeit auch nicht ungenutzt lassen, denn natürlich ist viel zu tun. Zwei wesentliche Posten im Kabinett, die Leitung des Innen- und des Justizministeriums, sind neu zu besetzen. Darauf wird mein Augenmerk zunächst einmal liegen. Dass diese

Landesregierung so rasch als möglich wieder voll handlungsfähig wird und wir unsere erfolgreiche Regierungsarbeit fortsetzen können.«

»Sie sehen sich also in einer Kontinuität zu Ihrem Amtsvorgänger Doktor Robert Hans Becker?«

»Wir haben noch drei Jahre in der laufenden Legislaturperiode. Drei Jahre, in denen wir unsere Versprechen, den Wählerwillen, mit der gleichen Zielstrebigkeit umsetzen werden wie bisher. Den Schuldenabbau. Die Stärkung des Wirtschaftsstandorts Hessen.« De la Buquet richtet sich auf. »Allerdings müssen wir uns auch anderen Herausforderungen stellen. Weitere Aufgaben anpacken.«

»Und welche werden das sein?«, fragt der Interviewer höflich.

»Nun, Hessen ist eines der wirtschaftlich stärksten Bundesländer, gleich hinter Baden-Württemberg und Bayern. Da ist es nicht hinnehmbar, dass wir gleichzeitig eine steigende Armutsquote und eine zunehmende Anzahl von Obdachlosen haben. Hier müssen wir handeln. In Bildung investieren. In bezahlbaren Wohnraum. Wir müssen den Kampf gegen Alkohol- und Drogenmissbrauch aufnehmen, nicht nur auf der strafrechtlichen Seite. Sondern durch Vorsorge und Therapie.«

Der Interviewer lehnt sich zurück: »Das könnten fast Worte ihres jüngst verstorbenen Kabinettskollegen Jan-Ole Vogel sein. Seine Herzensangelegenheit.«

»Nun«, der Ministerpräsident betrachtet den kleinen Gegenstand in seiner Hand für ein paar Sekunden nachdenklich, um dann wieder in die Kamera zu schauen, »bei allen politischen Differenzen sind Jan-Ole Vogels Engagement, seine unbeugsame und konsequente Amtsführung, das Einstehen für seine Überzeugungen, seine Bereitschaft zur Zusammenarbeit über alle Ressort- und Parteigrenzen hinweg für mich ein großes Vorbild.«

De la Buquet wirft einen letzten Blick auf den Gegenstand in seiner Hand und stellt ihn dann auf den kleinen Beistelltisch neben seinem Sessel.

Die Kamera zoomt heran.

Es ist eine Schachfigur. Die Dame.

J'adoube

Noch immer Freitag, der 18. April 2008.
Aber eigentlich ist das jetzt unerheblich.

»No one ever won a game by resigning.«
Savielly Tartakower

In einer Seitenstraße der Eschersheimer Landstraße.

»Und jetzt?«, fragte Katharina.

Amendt machte keine Anstalten, aus dem Smart auszusteigen.

Sie hatten sich heimlich vom Sektempfang gestohlen, der sich an die Pressekonferenz anschloss, und Katharina hatte Amendt nach Hause gefahren. Ganz ruhig und langsam. Jede Minute auskostend. Schließlich war sie in die Hofeinfahrt von seinem Haus eingebogen.

Amendt schien nicht wirklich aussteigen zu wollen. Doch er sagte auch nichts. Also traute sich Katharina zu fragen: »Was denken Sie?«

Der Angesprochene sah auf, als sei er aus einem Tagtraum aufgeschreckt worden. »Ich? Ehrlich gesagt denke ich, dass Vogel ein feiges, selbstsüchtiges Arschloch war.«

Amendt sagte das so gleichmütig, dass Katharina doppelt erschrak. »Wie meinen Sie das?«

»›Ich übernehme Verantwortung!‹« Amendts Stimme triefte von Sarkasmus. »Nein. Hat er nicht. Ganz im Gegenteil. Er hat sich aus der Verantwortung gestohlen. Es uns überlassen, die Drecksarbeit zu machen, einerlei, ob wir dabei vor die Hunde gehen oder nicht. Er hat uns manipuliert. De la Buquet. Marbert. Seine eigene Mutter. Scheiß auf die Konsequenzen. Sich selbst hat der den großen Abgang verschafft. Der Märtyrer mit den großen Lasten seiner Vergangenheit. Um den sich alle die Augen aus dem Kopf heulen. Der geniale Staatenlenker. Das Vorbild für uns alle. – Ein narzisstisches

Arschloch war er. Wenn er wirklich Eier in der Hose gehabt hätte, wäre er zurückgetreten und hätte sich selbst angezeigt. Oder wäre mit dem ganzen Kram direkt zu uns gekommen. Hätte wirklich Verantwortung übernommen und die Konsequenzen selbst getragen. – Aber so? Immer das Opfer. Typisch Depressiver. Typisch Narziss. Offen gesagt, können wir froh sein, dass er uns als Ministerpräsident oder Kanzler erspart geblieben ist.« Amendt holte tief Luft. »Und seine Mutter? Ganz ehrlich, die war ihm doch scheißegal. Sie verliert Mann und Tochter. Und dann ihren Sohn das zweite Mal. Hat ihn das irgendwie interessiert? Nein! Ein feiges, selbstsüchtiges Arschloch eben.«

»Nun, er hatte es auch nicht leicht –«

»Eine schwere Jugend entschuldigt nicht alles«, blaffte Amendt. Dann versank er in düsteres Schweigen und starrte aus dem Fenster.

Katharina betrachtete ihn. Hatte er …? Sprach er …? »Warum haben Sie mich nicht sterben lassen?«, hallte sein Satz wieder in ihrem Kopf.

Schließlich sagte sie, um das Eis zu brechen: »Hey, der moralische Anfall am Ende einer Ermittlung ist meine Aufgabe!«

Wider Willen musste Amendt auflachen: »Na ja, ich wusste nicht, wie weit Ihr neu gefundener Wille zu vergeben geht. Und einer musste es ja mal aussprechen.«

Sie schwiegen.

Endlich fragte Katharina leise: »Sie haben auch von sich gesprochen, oder nicht?«

»Natürlich. ›Warum siehst du den Splitter im Auge deines Bruders, aber den Balken in deinem Auge bemerkst du nicht?‹ Steht doch schon in der Bibel. Kirsten zitiert das andauernd. – Entschuldigung«, fügte er sanft hinzu. »Ich wollte gar nicht so heftig werden.« Er drehte sich ab und wollte zum Türgriff greifen.

Katharina hielt ihn zurück. »Und jetzt? Sie sind mir noch eine Antwort schuldig. Ob Sie doch bleiben.«

Als Amendt nichts sagte, fuhr sie fort: »Ich meine, Sie haben kein Rücktrittsgesuch eingereicht, keine Kündigung. Und –«

»Ach ja, richtig.« Amendt griff in die Innentasche seiner Lederjacke und reichte Katharina mehrere gefaltete Zettel.

So wollte er kündigen? Zwischen Tür und Angel? Katharina griff mit spitzen Fingern nach den Zetteln.

»Ich ... ich war gestern länger bei Koestler«, sagte Amendt. »Lesen Sie!«

Misstrauisch faltete Katharina die Blätter auseinander. Das Erste war ein Exposé, das eine Stiftung beschrieb: »Die Blaues-Café-Jazz-Stiftung«. Mit einem Stammkapital von 20 Millionen Euro.

»Koestler ist davon überzeugt, dass er die zwanzig Millionen so anlegen kann, dass wir die Schulden abtragen und den Betrieb des Cafés finanzieren können. Einschließlich des Aufnahmestudios. Vielleicht reicht es sogar für ein kleines Plattenlabel«, erklärte Amendt ganz nüchtern und sachlich. Dann zog er Katharina das Blatt weg.

Auch das zweite Dokument beschrieb eine Stiftung. Mit einem Stammkapitel von 200 Millionen Euro.

»Karl-Kreutzer-Stiftung zur Förderung der forensischen Wissenschaften?«, las Katharina halblaut vor.

»Ich dachte mir, es wäre gut, wenn unser Institut nicht mehr von Sponsoren abhängig wäre. Und wir nicht noch einmal ohne Kleininstrumente oder Möbel dastehen, weil irgendein Haushaltsposten nicht freigegeben worden ist. Außerdem können wir damit Untersuchungen und Forschung bestreiten, ohne uns über die Kosten Gedanken machen zu müssen.«

Hieß das ...? Die Frage blieb Katharina im Halse stecken. Sie hatte Angst vor der Antwort. Was, wenn es doch die Falsche war?

Stumm reichte sie Amendt das Blatt zurück.

»Und den Rest«, sprudelte es plötzlich aus Amendt heraus, »den habe ich zurückgelegt, wie Sie gesagt haben. Falls mal was passiert. Zur Sicherheit. Falls uns doch mal der Boden unter den Füßen fortbricht.«

Katharina brauchte ein paar Sekunden, bis sie verstanden zu haben glaubte, was Amendt gerade gesagt hatte, und sie traute sich endlich zu fragen: »Heißt das ... heißt das, dass Sie nicht nach Kapstadt gehen? Dass Sie bleiben?«

»Ja. Natürlich«, sagte Amendt, als hätte Katharina eine vollkommen überflüssige Frage gestellt, deren Antwort doch auf der Hand lag. Hand? Er hatte sie dabei nicht mal angesehen, sondern seine linke Hand betrachtet.

»Verkrampft sie sich wieder?«

»Nein, nein, keine Sorge.« Zum Beweis streckte Amendt alle Finger aus und rollte sie der Reihe nach ein. »Wird nur eine Weile dauern, bis ich wieder die Flexibilität zum Gitarrespielen habe, die ich mal hatte. Die Muskeln sind atrophiert. Aber es ist schon besser geworden. – Sie hatten recht. Ich glaube, ich brauche die Action. Und in Ihrer Umgebung wird es nie langweilig. Neue Parasiten. Improvisierte McGyver-Medizin. Was will ich mehr? – Nur jetzt …« Er gähnte ausgiebig. »Solche moralischen Anfälle sind ganz schön anstrengend. Ich bin müde. Am liebsten möchte ich jetzt erst mal schlafen.« Er setzte sich mit einem Ruck auf. »Großer Gott, das habe ich damals auch zu Ihnen gesagt, oder? Sie wissen schon, vor …«

Ja, das hatte er. Damals hatte er noch hinzugefügt: »Und nie mehr aufwachen.« Katharina wurde es plötzlich kalt. Sie musste es fragen. »Sie … Sie haben doch keine Dummheiten vor, oder?«

Amendt lächelte: »Nein. Natürlich nicht. Entschuldigung.«

»Das ist auch besser so«, sagte Katharina, um ihren Schrecken zu überspielen. »Sonst würde ich mich verpflichtet fühlen, Sie nach oben zu begleiten und so lange fantastischen Sex mit Ihnen zu haben, bis Sie sich die dummen Gedanken aus dem Kopf gevögelt haben.«

Das war ihr so rausgerutscht. Als Scherz.

Doch Amendt lachte nicht. Er rollte nur nachdenklich die Finger seiner linken Hand auf und zu. »Wissen Sie, ich habe da oft drüber nachgedacht«, sagte er schließlich, ohne sie anzublicken.

»Über was?«

»Wie das wäre. Mit Ihnen zusammen zu sein. Mit … mit Ihnen zu schlafen.«

Katharina biss sich auf die Unterlippe, um nicht loszuprusten. Amendt hatte also auch Fantasien über sie? Sehr beruhigend, irgendwie.

»Ich habe mit Kirsten darüber gesprochen.«

Natürlich. Seine Therapeutin weiß mehr über unser gemeinsames Sexleben als ich selbst, dachte Katharina. Aber sie schwieg.

»Aber dann sehe ich immer wieder Susanne vor mir. Und …« Er blickte ruckartig wieder nach vorne. »Ich weiß, das klingt albern, aber … es fühlt sich für mich so an, als würde ich Susanne betrügen. Mit Ihnen. Ihrer Schwester.«

Von dieser Seite hatte Katharina es noch gar nicht betrachtet. Aber sie verstand. Am liebsten hätte sie geweint, aber sie holte tief Luft und riss sich zusammen.

»Wie dem auch sei«, Amendt löste seinen Sicherheitsgurt. »Danke fürs Heimfahren.« Er öffnete die Tür, doch dann hielt er noch einmal inne und drehte sich zu Katharina. »Ach ja, ich heiße übrigens Andreas.«

»Was? Ach so. Katharina.«

Amendt lehnte sich vor und gab ihr einen Kuss auf die Wange.

»Freunde?«

»Freunde!«

Remis? Revanche?

Ein Nachwort

Liebe Leserin, lieber Leser!

Das war er nun, der vierte Katharina-Klein-Krimi. Mit neuem Team. Einem für sie neuartigen Fall. In neuem Gewand. Ich hoffe, die Geschichte hat Ihnen gefallen. Mir hat sie jedenfalls beim Schreiben viel Freude bereitet. Und ich bitte, die lange Wartezeit zu entschuldigen, doch viel ist seit den Ereignissen in »Dolphin Dance« geschehen – in Katharina Kleins Leben, in meinem, auf der Welt …

Bevor ich nun zu den Danksagungen übergehe, gestatten Sie mir ein paar Anmerkungen zum Inhalt. Zunächst einmal: Der gesamte Inhalt des Buches entstammt, wie üblich, meiner mitunter sehr eigenwilligen Fantasie. Ähnlichkeiten mit realen Personen, lebend oder tot, sind praktisch überhaupt nicht beabsichtigt. In keinem Fall. Nein, nein. Wirklich nicht.

Es sei jedoch angemerkt, dass die Initialzündung für dieses Buch einem realen Fall entstammt. Tatsächlich hat sich schon einmal ein Politiker vor laufenden Fernsehkameras erschossen: Robert Budd Dwyer. Der Finanzminister des Staates Pennsylvania wurde 1987 in einem spektakulären Prozess der Unterschlagung angeklagt und verurteilt. Im Wissen um seine eigene Unschuld hat er sich auf seiner letzten Pressekonferenz vor laufenden Fernsehkameras getötet. Erst mehr als zwanzig Jahre danach wurde er entlastet und rehabilitiert, und zwar im Rahmen der Recherchen für den sehr sehenswerten Dokumentarfilm »Honest Man: The Life of R. Budd Dwyer«. Dieser Fall, vor allem die Suizidszene, hat mich schon seit Langem beschäftigt – in »Damenopfer« habe ich endlich ein geeignetes Sujet gefunden, diese Geschichte zu verarbeiten, wenn auch nur in groben Zügen.

»Der schwarze Schwarm des Todes« entstammt natürlich gleichfalls meiner Fantasie (das hoffe ich zumindest), wenn auch die im Text getroffenen Aussagen zu Toxoplasma gondii durch mehrere

Studien bestätigt sind. Auch den Parasiten, der Ameisen in Zombies verwandelt, gibt es wirklich.

Zuletzt seien noch die beiden Schachpartien erwähnt, die im Text eine wichtige Rolle spielen. »Die immergrüne Partie« ist in der Tat eine Lehrbuchpartie; die zweite Partie, das Spiel zwischen Vogel und de la Buquet, basiert auf der Partie »Alexander Alekhine vs. Vasic« in Banja Luka (1931). Ganz herzlichen Dank an Abadia Hernández für den sachdienlichen Hinweis. Dieser Dank und ein signiertes Exemplar sind Ihnen gewiss. Beide Partien habe ich auf der Website zu den Katharina-Klein-Krimis, www.sonderermittlungseinheit.de, zum Nachspielen eingestellt.

Und damit sind wir bei den Danksagungen angekommen: Dank gebührt zunächst einmal meinen fleißigen Testleserinnen sowie dem gesamten Sutton-Team, allen voran Julia Ströbel, meiner strengen und geduldigen Textwächterin, deren Einsatz und phänomenales Gedächtnis auch diesmal einige schwerwiegende Fehler verhindert haben.

Dank gebührt natürlich auch Ihnen, den Leserinnen und Lesern, die mir jetzt schon beim vierten Band die Treue halten, und der Facebook-Community unter facebook.com/Sonderermittlungseinheit: Ohne eure Hilfe, Ermutigung und die zahlreichen sachdienlichen Hinweise insbesondere zu seltsamen Unfällen wäre mir dieser Band unendlich viel schwerer gefallen.

Doch wie wird es weitergehen? Wird es die Sonderermittlungseinheit tatsächlich schaffen, sich durch die Versicherungsaktenberge zu arbeiten? Über welche spektakulären Fälle werden sie noch stolpern? Bleiben Katharina und Amendt Freunde? Oder können sie eines Tages die Gespenster der Vergangenheit endgültig hinter sich lassen?

Nun, ich bin genauso gespannt wie Sie (hoffentlich).

In diesem Sinne bis zum nächsten Mal,
Ihr
Helmut Barz
Offenbach am Main, November 2014

Buchhinweise

Westend Blues

Ein Katharina-Klein-Krimi aus Frankfurt am Main

Helmut Barz

14,90 € | 978-3-86680-484-5

Katharina Klein, Frankfurter Hauptkommissarin, hat Probleme: Ihr Partner wurde getötet und sie selbst hat zwei Menschen erschossen. Als ihre Nachbarin ermordet wird, muss Katharina deren Tochter, die vierjährige, altkluge Laura, bei sich aufnehmen. Unerwartete Hilfe bei der Mördersuche erhält Katharina vom undurchsichtigen, aber leider viel zu attraktiven Gerichtsmediziner Andreas Amendt – mit dem sie mehr verbindet, als gut für sie ist.